你要是想流浪，还打算往我心里走
我不会让你失了方向。

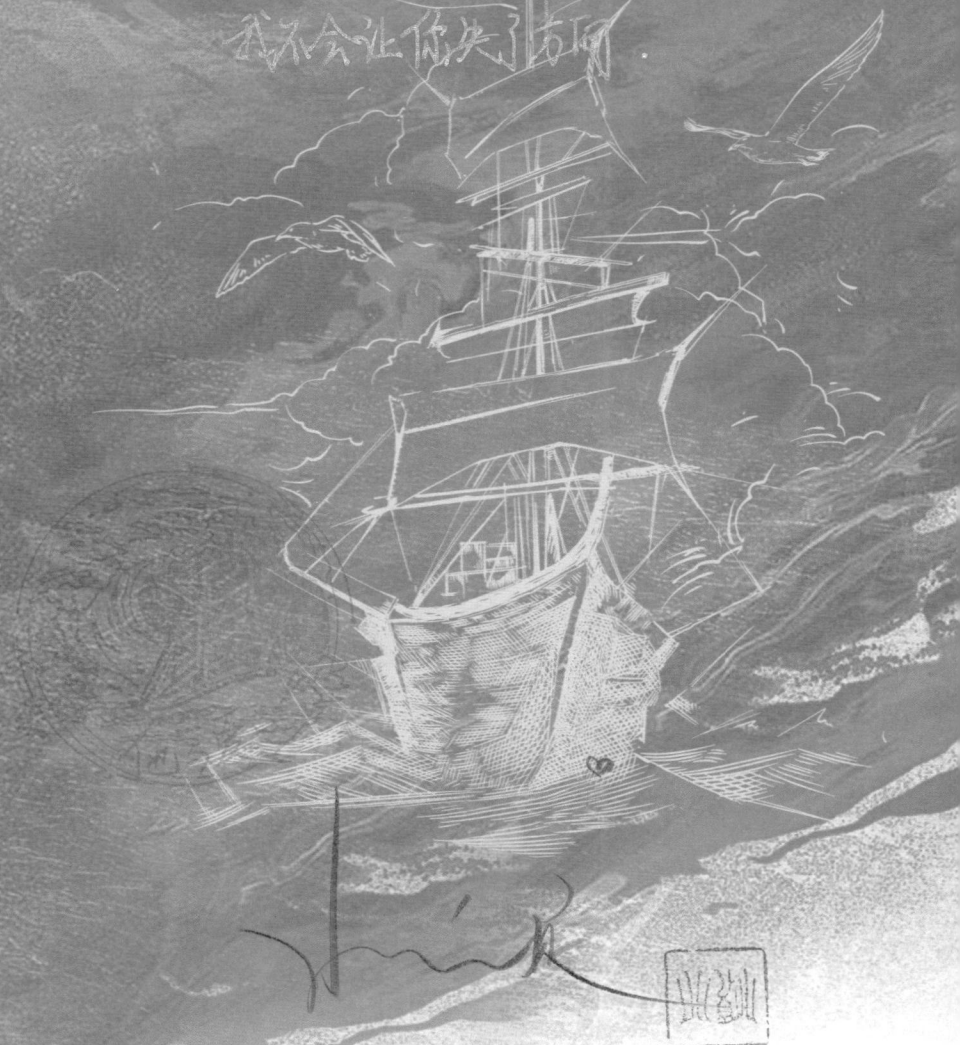

他与爱

He *and*

Love

北倾

BEI

QING

著

上

百花洲文艺出版社
BAIHUAZHOU LITERATURE AND ART PRESS

图书在版编目（CIP）数据

他与爱 / 北倾著 . — 南昌 : 百花洲文艺出版社，
2023.12
ISBN 978-7-5500-5333-5

Ⅰ . ①他… Ⅱ . ①北… Ⅲ . ①长篇小说－中国－当代
Ⅳ . ① I247.5

中国国家版本馆 CIP 数据核字（2023）第 195533 号

他与爱

TA YU AI

北倾 著

出 版 人	陈 波
出 品 人	李国靖
特约监制	张 俊
责任编辑	黄文尹　雷芯玥
特约策划	李 肖
特约编辑	李 肖
封面设计	Recns
版式设计	陈 飞
插画绘图	尽才无闷
赠品绘图	崔泡泡　Xmi
出版发行	百花洲文艺出版社
社　　址	南昌市红谷滩区世贸路 898 号博能中心 Ⅰ 期 A 座 20 楼
邮　　编	330038
经　　销	全国新华书店
印　　刷	天津融正印刷有限公司
开　　本	880mm×1230mm　　1/32
印　　张	17.25
字　　数	530 千字
版　　次	2023 年 12 月第 1 版
印　　次	2023 年 12 月第 1 次印刷
书　　号	ISBN 978-7-5500-5333-5
定　　价	69.80 元（全二册）

赣版权登字：05-2023-360

发行电话　0791-86895108
网　　址　http://www.bhzwy.com
图书若有印装错误，影响阅读，可向承印厂联系调换。

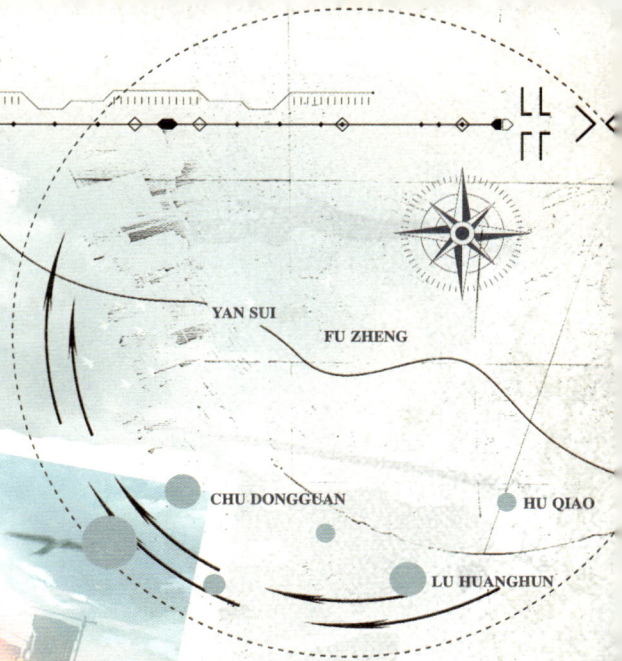

YAN SUI

FU ZHENG

CHU DONGGUAN

HU QIAO

LU HUANGHUN

16 : 40

海域
HAIYU

夕阳彻底沉没在海中央，
那丝余光渐渐凝成一道细线，
消失在海平线的尽头。

不会被丢下了，
没有人会被丢下。
每个人都能跟着
大部队一起撤离。

他们，能回家了。

THE JOURNEY IS THE SEA

15 ： 30

燕氏海建厂房
YANSHI HAIJIAN
CHANGFANG

FU
ZHENG ⟷ YAN
SUI

如果我不能
带你们回家，
还有祖国。

19 : 00

📍 港口
GANGKOU

1:00

AM

SEEING WORDS AS IF
THEY WERE FACE TO FACE,
I thought
THEY WERE PRONOUNCED.

见字如面

TA YU AI

见信如晤，
展信舒颜

燕绥
燕绥
燕绥

——等我回家。

——我等到你了。

目 录 contents

征途卷

HE
AND LOVE

征途卷

傅征的征途，是大海，也是燕绥。

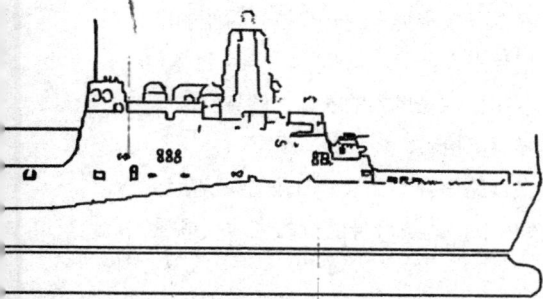

Chapter 1

我是傅征

摩加迪沙国际机场。

近凌晨三点，一架航班降落在跑道上，滑行数百米后，在机务的指挥下停向指定位置。

下客的台阶下，停了一辆四驱的乔治·巴顿。黑色的漆面镀了晶，在机场照射灯的灯光下反射出锃亮的流光。机舱门打开的同时，副驾上已经等候多时的年轻男人也推开车门，下车立于车前。

高跟鞋鞋跟落地的嗒嗒声止步在车前，年轻男人先一步拉开后座的车门，手心朝下虚虚遮拢住车顶，侧身招呼来人："燕总。"

燕绥随手将包递给随行的助理，双手压住长风衣的衣角，倾身坐进车内。车内不算明亮的光线里，她懒洋洋抬了抬眼，轻"嗯"了声。

车从机场驶离不久，切进小路。黄沙路面并不平整，凹凸的泥坑阻缓了车前行的速度。笨重的防弹车在夜色下，就如弓身前行的虎熊，颇受限制。

"燕总，从这条小路出去，就有接应。"他透过漆黑的车窗往窗外看了眼，隐约还能窥见月色下小路两旁的残垣断壁。

索马里长期战乱，就是在街头，也随意可见装备着重武器的武装分子。

此时虽是凌晨，万籁俱寂，也并不十分安全。

燕绥没接话，她从上车起就异常沉默。

车内安静到能听见笨重的防弹车轮胎触地时磨出的沙砾轻响，无形中加剧了从飞机落地起就开始渐渐凝固的紧张气氛。

索马里是世界上最危险的国家之一，它的危险，从不分时间和地点。

车行驶了近三分钟后，燕绥凝神，看向路边。

前方相距数十米处，路边停靠的一辆车车灯忽然亮起，凝成两束的光柱笔直射向不远处堆积着各种杂物的茅草棚。紧接着，引擎声轰动，远近光灯频繁闪了数下，车轮轧着泥沙飞快越过一个土堆直冲到车前，往前带路。

"是安保车。"年轻男人解释，"等上了公路，还有一辆殿后，保障我们平安到直升机的停机场。"

燕绥敛眉，没作声。

"附近有个难民营，这里的难民营满城到处都有，鱼龙混杂。城区北部帮派聚集较多，大多冲突和交战都在摩加迪沙的北部发生。"年轻男人回头看了眼燕绥，正撞上她抬眼看来。

那双眉眼在夜色里依旧明亮，她的目光淡然，眉目间始终凝着一股冷意，丝毫没有恐惧和紧张的样子。就连坐姿，也随意慵懒，不见半分压迫和畏惧。

年轻男人到了嘴边的安慰话默默咽回去，再没出声。

安保车扬起的黄沙在车灯下犹如魑魅，细小的沙砾被风吹向挡风玻璃，发出沙沙沙的撞击声。

约十分钟后，领路的那辆车，驾驶座车窗半降，露出手臂打了个手势。不过须臾，仿佛没有尽头的小路横生几道岔口，在拐过一个逼仄的巷子后，很快上了公路。路面刚平坦，公路左侧的加油站里，静悄悄跟上了一辆黑色的陆地巡洋舰。

燕绥这时才松了口气，踢了踢跷二郎腿跷得有些僵硬的腿，抬手拍了拍副驾的头枕，问："现在情况怎么样了？"

两天前，燕氏集团名下的商船燕安号航经索马里海域遭遇海盗，船只及船长在内的二十二名船员悉数被劫。

"还在僵持，劫持燕安号的数十名海盗全副武装，经验老到。目前除了索要一千万美元的赎金还未伤害人质。"

燕绥刚蹙起眉心又缓缓松开，微沉的声音里融了夜色的森寒，倒是褪去了几分疲惫："人质安全就好。"

她往后靠着椅背，沉思片刻，指尖在膝盖上轻轻敲了敲，复问："海军那边呢？"

年轻男人从座椅上转身，微抿了唇，轻声报告："燕安号遭遇海盗后立刻联系了公司和我国海军，军舰第一时间实行救援。目前正和劫持燕安号的海盗进行谈判……"

那就是还没有进展……

那种力不从心的疲惫让她生出几分倦意，燕绥闭上眼，从嗓子深处压出一句："到了叫我。"

"是。"

燕绥只眯了一会儿，就自己醒了过来。神经绷得有点紧，即使睡着了，心口仿佛也有人提着一根线，线两头攥得紧紧的，只要她的气喘得稍微重了些，整颗心就像被谁捏在手里用力地揉成了一团。

她睁开眼，看着窗外。

随行的助理辛芽正和副驾的年轻男人说着话，怕吵着她，声音压得很低："我听说海盗放下枪其实就是索马里的渔民，是真的吗？"

"也不全是。"年轻男人轻笑了声，耐心解释，"海盗也分组织和势力，有头目，也有编制，严格管理。以前还只用绳索、网纱、大刀和长矛这些传统的工具，现在也与时俱进，拿到的赎金，有一部分就用来升级装备……"

顿了顿，年轻男人的语气微沉，似有避讳一般，声音又低了些："这次燕安号就是被当地最大的海盗势力劫持的。这帮海盗装备了重型武器，又有人质在手，这才肆无忌惮，张口就索要一千万美元的赎金。"

辛芽是大半夜被燕绥从床上抓起来出差的，迷迷糊糊跟着到了机场，才知道这趟紧急的临时行程是因为燕安号在索马里海域被海盗劫持。

燕绥是燕氏集团的总裁，也是燕安号的船东，无论是谈判还是交赎金她都必须在场。本来以为就是去讨价还价，交完赎金就能结束了事，直到此刻听到劫持船只的海盗是索马里最大的一支势力，还全副装备了重型武器，这才发觉……事情并没有她想得那么容易解决。

一千万美金啊……

辛芽咂舌，她想起飞机起飞前，燕绥接的那个电话，当时燕绥正在脱外套，她替燕绥拿的手机，离得近，所以隐约听到了赎金要一千万。但听得模糊，辛芽都没往美金上想。此刻回想起来——她的大老板，那时可是连眉头都没有皱一下……

可如果小姑娘要是知道，燕总这么淡定是因为她做好了压根儿不付赎金的打算，估计要吐血五升。

车越往前开，夜色越深，车里的说话声渐渐就没了。大约继续前进了四公里，车队在路口左转，从路边铁丝围栏的缺口穿进去。

燕绥借着车灯的灯光看了眼，只看到一个破旧到已经露出墙体砖石类似于牌坊的建筑。而这牌坊的背后，是成簇的茅草屋和简易屋棚，在夜色里透着沁入骨髓的冷意。

泥泞的土路有点颠簸，燕绥看着车窗外飞逝而过的屋棚，问副驾的陆啸："到哪儿了？"

陡然听到燕绥的声音，陆啸怔了一下，转头看来说："是难民区。"

索马里的难民区遍地都是，条件好一点的有砖瓦遮顶，情况糟糕一些的幕天席地。眼下这片难民区，明显属于前者。成片的屋棚互相紧挨着，连成一群。前面还是个不堪风雨的茅草屋，后面就能接上半截集装箱的箱皮。中间供车走的土路更是狭窄到离两侧房屋不过几指距离。

"刚才那条公路继续往下走是索马里一支武装力量的盘踞地，并不安全。"陆啸指了指前方，"等穿过难民区，还要继续往北走。"

他抬腕看了眼手表，估算道："三小时之内应该能赶到。"

三小时之内……

燕绥正琢磨着，车内仪表台上随意放着的对讲机，信号灯一闪，发出有些模糊的电流声，断断续续，刺刺响了几秒后，终于清晰。

是一个男人的声音，声音粗哑，说话的语速很快，说的是阿拉伯语。

燕绥一个字也没听懂，十分坦然地用目光示意陆啸翻译。

陆啸摸了摸鼻子，忍着笑："他说'注意警戒注意警戒，小心那帮光屁股起夜的小浑蛋'。"

燕绥微微挑眉，几秒后才哧地轻笑了一声。

这一笑，让窝在后座另一侧一直不敢插话的辛芽顿生"燕总的心情看起来还不错"的错觉。她低头，用指尖蹭了蹭发痒的眉心，小心翼翼地开口："都凌晨了，应该不会出什么事吧？"

辛芽本是单纯地觉得深夜的索马里，途经的又是除了车队连飞蛾都没有一只的公路以及空无一人的难民区巷道。就这还让身经百战的雇佣兵头子这么紧张，是不是有点太夸张了？

不料，她的话音刚落，刺啦一声闷响后，对讲机里又传出刚才那道粗犷的男声。饶是她听不懂阿拉伯语，光是听他突然阴沉下来的语气也知道——大事不好。

辛芽的脸顿时绿了，她个乌鸦嘴。

燕绥倒没太大的反应，眼波一转，瞥了眼已经沉浸在会被她辞退恐惧里的辛芽一眼，给陆啸递了个眼神。

陆啸上道，立刻明白了燕绥的意思，翻译道："他们发现前面的公路上布置了几道路障。"

眼看着快要穿出难民区，这时候横生枝节，也难怪坐前车的雇佣兵头子连脏话都飙了出来。

燕绥连听了几声快把车顶都掀了的骂声后，眉心几不可察地一蹙："光是路障？"

陆啸还没来得及回答，前方枪声骤响，一连数下。

距离太近，对方警告不准再靠近的枪声像是秋日午后的穿堂风，从四面八方涌进来，就在耳边。

饶是燕绥胆子再大，此时也一个哆嗦，颈后发凉。没等她从这枪声里回过味儿来，保持两米远距离的前车在子弹斜擦过保险杠的威胁里，猛地踩停了车。

突然的刹车险些令司机措手不及，保持惯性继续往前冲的乔治·巴顿，在司机数下点刹的操作中，堪堪顶住前车停了下来。

辛芽已经吓傻了，到了嗓子眼儿的叫声在看见燕绥冷穆沉静的神情时硬生生咽了回去，惶然无措地看着前方。

两车相距太近，什么也看不到。有探照灯的灯光从前方打过来，紧接着是有些蹩脚的英文夹杂着燕绥听不懂的语言粗声粗气地警告车辆熄火，他们要盘查车辆。

盘查车辆？

索马里海盗也宣称自己是维护领海主权的海上保卫力量。

这年头，连抢劫都有这么冠冕堂皇的理由了？

燕绥四下看了眼，问："车里有枪吗？"

陆啸被问住，有些蒙："枪？"

见不能指望陆啸，燕绥试着用英语询问司机，边问边抬起左手，中指无名指和小拇指内扣，笔直伸出的食指在司机目光落下时微曲，同时还格外形象地加上了个象声词："砰。"

司机的表情顿时从茫然转为恍然大悟，他连连点头，拉下方向盘左下侧十分隐蔽的储物格，拿出枪在燕绥面前晃了晃。

一把黑色的棱角分明线条冷硬的枪支，在他犹如熊掌一样粗笨的掌心里，似袖珍的玩具。

知道燕绥听不懂阿拉伯语，他让陆啸翻译："枪是卖的，一百美元，子弹另外收费。"

辛芽脸都白了，哆哆嗦嗦地颤声问："燕总，你买、买……"

"枪"字在舌尖绕了半天也没能说出口，最后干脆跳过去："在国内是犯法的。"

燕绥盯着司机手里那把枪看了许久，没什么情绪地反问："国内治安这么好，用得着枪吗？"

车外是无声无息间控制了车队的索马里武装人员，两人一组分管一辆车的左右。虽是包围之势，但显然前车的雇佣兵手里也有筹码，此时还没有人敢强行登车。

持枪的武装头子正端着步枪直指前车驾驶车辆的雇佣兵头子，许是让他下车被拒绝，他托着枪管抬起枪口随意指了个地方开了一枪威胁，子弹穿过路边的钢板，发出的音波隔着车窗也刺得人耳膜发疼。

紧接着，燕绥这侧的车门被对方毫无善意地用枪托重重敲了两下。沉闷的敲击声，就像是击碎玻璃的重锤，你看着它落下，心渐渐沉进无声的谷底。气氛像是忽然间凝固了一般，压抑得只能听见胸腔内缓慢又沉重的心跳声。

终于，前车的雇佣兵头子妥协，推开车门，双手举在两侧慢慢下车。这种示弱的姿态看得人心里无端一沉，渐渐不安起来。

不知是为了安抚燕绥还是稳定军心，陆啸舔了舔唇，用一种自己也无法说服自己的语气，开口道："这队雇佣兵常年行走在索马里，承接过不少大订单，不会有事的。"

燕绥一想，觉得也是，她在安保公司花了高价，预付了高额的定金，还有尾款没有支付……这个念头刚一闪过，有流光从她脑中一掠而过，那种感觉就像是有什么她也未知的东西正被她忽略。

她皱眉，转眼看向车外格外瘦削的索马里人。前方的探照灯明亮，正好让她看得清楚。他皮肤黝黑，那双眼睛也浑浊，隔着黑沉的车窗，只有在他转换视线时才能看见他眼里的光，昏昏发暗。身上是松垮不合身的军绿色制服，袖口太宽大，被他粗略地挽到手肘。端着步枪，他卷起衣袖的小臂就毫无遮掩地暴露在燕绥的眼前。手臂上，是个不知道是图案还是文字的文身。

隐约地，有东西在她眼前渐渐变得清晰。她记得，从机场出发在小路上和安保车辆会合，即将上公路前，领路的雇佣兵曾从半降的车窗里伸出手臂打了个手势。

当时燕绥没怎么留意，现在回想起来，雇佣兵小臂相同的位置也有着类似的文身。

一个有经验的雇佣兵团队，怎么会在突发险情时这么容易受人控制？尤其对方是看上去毫无"军纪"的临时队伍。甚至，连反抗也没有，相当配合。

她花了高价雇用的安保，司机却褪不去索马里当地的风气，在她索要枪支防身时提出交易。一个可怕的念头在她脑海里逐渐成形，她整颗心都沉了下去，被冰水浸得冰凉。

良久，燕绥才收回目光，在司机有些不耐烦的催促里微微一笑，哑声道："把钱给他。"

没给辛芽说话的机会，她又慢悠悠、仿佛谈论天气一般散漫道："再给舰长打个电话，就说我们遇到麻烦了。"

辛芽忽然打了个冷战。那是一种打从心底冒出的寒意，像毒蛇吐芯，咝咝作响。她一时怔住，不知道该做何反应。

夜风把分隔难民区的铁丝网吹得呼啦作响，车里静了静，燕绥催促：

"照做。"

辛芽从进公司起就待在燕绥身边，做的又是最贴身的助理工作，无论是燕绥的做事风格还是行为习惯，她都无比熟悉。甚至，辛芽能弄混自己的生理期，都不会记错燕绥的。

此时见燕绥唇角还未收起的笑容，像一根被牵住头尾的线摆出恰到好处的弧度时，辛芽浑身一凛。尽管仍旧害怕得牙齿打战，也强自镇定下来。

没有再犹豫，她从随身携带的双肩包里翻出皮夹，抽出一张一百面值的美钞递给燕绥。

"一百不够。"燕绥睨了眼被辛芽紧紧攥在手里的美元，干脆接过皮夹，点了两张夹在指尖。

"卫星电话在夹层里。"她侧头觑她，不咸不淡地又低语了一句："机灵点，今年的奖金就是你半年的工资。"

辛芽哆嗦着抬眼，正好和燕绥的目光对上，她眼里蕴着笑，眼尾微微上挑，透着一股说不出的冷静和坚毅。

她静了几秒，反应过来，顿时领悟了什么叫作"有钱能使鬼推磨"，她现在何止手不抖牙不颤，甚至连干翻外面强盗的勇气都有了！

定了定心，辛芽透过车窗侧眼打量车外持枪威慑的索马里人，又回头看了眼全副心神都在燕绥手上纸币的司机。

没有人注意到她。

辛芽弓身，尽量避在椅背后，摸索到背包的夹层，取出卫星电话。一手虚拢着，挡住屏幕上的亮光，一手拨出电话。

同一时间，燕绥倾身，往前坐了坐，不偏不倚挡住车内后视镜的可视范围。夹在指尖的纸币递出，在司机微笑着伸手来接时，她手腕一抬，避了开去，"一手交钱，一手交货"。

她的目光落在枪上，笑容透着谨慎和含蓄，不用陆啸翻译，司机也意会。许是觉得她的小心太小家子气，司机耸了耸肩，掉转枪管，提着枪口把枪递给她。

燕绥没接，视线在车内溜达了一圈，这次等司机手指挨着了纸币，她才抬手，又把纸币抽了回来。

两次被耍，司机恼羞成怒，脸上难以抑制地有了怒容，正欲发作，只见燕绥又从皮夹里抽出一张一百美元的美钞，尽数压在中央扶手上。

"告诉他，"燕绥的笑容收起，声音也渐渐变得阴郁，"我不只要枪，还要全部的子弹。"她虽然没有看着陆啸，但这话却是对他说的。整辆车上，唯一能和司机交流的，只有陆啸。

陆啸替她翻译，太过紧张，一句话说得磕磕绊绊，交谈了数秒，司机才明白燕绥的意思，目光在三百美元的纸币上停留了一瞬。显然满意燕绥的爽快，接过钱，从储物柜的夹层里又摸出三颗子弹兜在手心里，和枪一并递给她，"枪里满膛，一共九发"。

燕绥接过，就着车外探照灯的灯光打量了几眼枪身。不算新，枪托和枪口都有被蹭掉的痕迹。子弹满膛，说明这把枪是司机留着防身用的。

车外是层层包围车队的武装分子，前车的雇佣兵已经失去战斗力，眼看着毫无反抗余地。他却愿意用枪换取三百美元，不是嫌自己命太大就是知道车外的索马里人丝毫构不成威胁。

索马里是什么地方？全世界最危险的国家之一。这里的老人、妇女、孩子都可以随时拿起枪来，常年在索马里讨生活的成年男人难道会没有这种意识？

想得太入神，连陆啸叫了她两声，燕绥也没听见。脚底像是有团火舌舔舐着，从脚踝到脚腕，烧得她心口发痒，浑身出了一层虚汗。思虑百转，她脑子里飞快地思索着脱身的办法，直到听见辛芽极小声地轻咳了一声："燕总，电话通了。"

她心中大定，没理会陆啸替司机问的"会不会用枪"的疑问，只是笑了笑，抽出皮夹内层厚厚一叠纸币，不紧不慢地捏在手心数了数，整好递过去，问："你还有枪吗？我全都要了。"

司机有些怔住，反应过来后，有些可惜地耸了耸肩："我只有那一把。"

燕绥又笑："那就好。"

车外，索马里的武装小队开始接管车辆。前车安坐车内的雇佣兵悉数被俘，雇佣兵头子更是被两个索马里人反锁双手压靠在车窗上，大声呵斥。

眼看着他们往这辆车走来，事不宜迟。燕绥放在膝上的枪，被她握起，她熟练地拉开保险，枪口对准司机的太阳穴指上去，命令："双手举过头顶。"

等不及陆啸翻译，她用简单的英文又重复了一遍，指着他脑袋的枪口重重往前一顶，迫他就范。

几乎是司机哆嗦着举起双手时，车外的人也发现了车里的变故。分守两侧的索马里人大声呵斥着，不断用枪托砸向车门以示威慑。

辛芽就挤在车门边上，枪托砸窗的敲击声就像捶在耳边，她吓得缩成一团，险些没拿稳手机，"我们在途经难民营北上往公路的缺口被索马里当地的武装人员拦下了……"

"对……我们需要保护……"

车外的人显然发现砸窗砸门的方式对车内的人没有用处，子弹上膛的清脆声响起，一声枪响，子弹穿透轮胎射进钢圈里，双重的炸响声炸得人耳边嗡嗡鸣响。

辛芽一阵耳鸣，听不清电话那端说了什么，控制不住地边哭边反复重复："我们需要保护，需要支援……"

燕绥拿枪的手心出了一层虚汗，她抿着唇，边留意着车外的动向，边抽走辛芽手里的卫星电话。

刚"喂"了一声，电话那端稳重醇厚的声音冷静地叮嘱："注意安全，我立刻派人支援。"

电话切断，只余忙音。燕绥烦躁地盯了眼手机，耳边是不断捶敲着车窗的声音，饶是厚重的防弹玻璃，此刻也被枪托砸出细碎的棱花，在灯光下有如碾碎的白纸，正一点点、一点点更深地侵蚀着。

玻璃不会碎。燕绥很清楚地知道，即使此刻防弹玻璃的表面有了裂缝，也很难在短时间内打穿玻璃。躲在车里，虽不是最安全的，但就目前而言，无疑是不用和索马里人有所接触的最佳方法。

能坚持多久？她不清楚。

海军派出的支援多久能到？她也没数。

而外面这些穷凶极恶的索马里人却没有耐心让她等来援兵。

她捏着枪的手指用力到有些抽筋，她咬着嘴唇，不动声色地舒展了下手指。目光落在仪表台上的对讲机，微微一亮，"喂"。

她微抬下巴，示意陆啸拿起对讲机："告诉他们，不介意死个同伴的话，可以继续砸车。"

完全密闭的狭小空间，车外是随时会持枪射击的恐怖分子。陆啸面色发白，僵坐在座位上数秒才反应过来，不敢置信地转头看着燕绥，嘴唇翕合了数次，想说些什么。

耳边是犹如万鬼啼哭的催命声，不留余力的砸车声，还有只有他听得懂的恐吓声。那些人，狰狞、恐怖，想要从任何一个地方伸出手来把他们拽下深渊。

燕绥喉咙发紧，心跳快得失序，许久没见陆啸动作，拧眉斥道："他们要钱，只要不给钱，我们就死不了。"

陆啸拧头看向车窗外犹如丧尸围车的索马里人终于醒神，手忙脚乱地拿过对讲机，深呼吸了一口气，尽量语气平稳地把燕绥的话重复了一遍。

外面没有任何反应，仿佛根本没听到一般。

燕绥蹙眉，没等她说话，又一声枪响，后座另一侧的轮胎被打爆，冲击波的余力让笨重的车身往下一沉，整辆车都随之晃了晃。

被枪口重重顶了一下的司机吓得连忙大叫："蠢货，你没按住通话按钮啊！"

陆啸："……"

十公里外，摩加迪沙驻索马里中国大使馆。

披着夜色的直升机降落在楼顶，舱门被推开，风卷起的气流盘旋着，呼呼作响。

后舱门跨下一个身穿墨色作战服、身形修长的年轻男人。他的眉宇间似凝着森寒夜色里的冰霜，浑身带着一股冷意。

将近凌晨四点，高楼之下沉寂在黑暗中的摩加迪沙，风声涌动，似一张蓄力的网正在缓缓收起。

耳侧，通话中的耳麦信号灯微闪。

傅征屈肘，调节手腕上的设备，刚扣紧袖口，听另一端提到的目标人物，一顿，缓缓眯了眯眼："女人？"

不知道该接什么话，耳麦的终端静了静，又听他问："她家属呢？"

距离天亮仅两个小时，眼前的这片夜色却像是深陷谷底的绝境，墨色浓烈。而比这无边的黑暗更令人恐惧的，是孤立无援的境地。

陆啸克制着双脚不受控制地打战，握成拳的手指紧贴着双膝的裤缝，重新按下通话按钮。他知道，眼前没有更好的处理方式。

陡然听到对讲机里传出陌生口音的阿拉伯语，车外的骚动停止了一瞬。

围车的索马里武装分子不约而同退后了一步，看向领头。

这一刹那的寂静，其实只持续了短短几秒，可对于从刚才起就处于被恐吓威胁恐惧里的燕绥而言，像是坐在话剧厅角落里听了一段格外漫长的开场白。

索马里荒漠的干燥仿佛此时才被唤醒。

燕绥口干舌燥，连额头沁出的汗顺着眼睑滴落，她也忘记要眨下眼睛。

就在燕绥以为她的要挟起了效果时，出乎她意料地，车外的人哄笑起来。

索马里人黝黑的面容在探照灯的灯光下似泛着油光，他们的眼睛幽绿，如一匹匹荒漠里饥饿的沙狼。

燕绥听不懂他们的语言，但光是判断他们的表情也能猜到他们此刻在笑些什么，不是嘲笑她的不自量力，就是讽刺她虚张声势。

陆啸不安地回头看了眼燕绥，他能听清车外他们大声讽笑嘲弄的言论。

这些人在自己的地盘上肆无忌惮，从对讲机传出的对话对于他们而言就像是一个很好笑的玩笑，他们不以为意，也不觉得燕绥真的会开枪。

中国是很安全的国家，那里枪支武器都受到管制，没有经受过训练的成年男人都未必知道怎么开保险，何况车里拿枪指着司机的人是个女人。

"他们并不在意他的死活。"陆啸没有翻译那些不堪入耳的原话，甚至有些夹杂着脏话的词汇，生僻到他也只能领会大概的意思。

他躁动地用指腹蹭着紧紧捏在掌心里的对讲机，六神无主，"燕总……怎么办？"

燕绥没接话，她不知道自己的判断失误在哪个环节。本以为雇佣兵和武装分子是一伙的，她有人质在手，就算不能提条件，起码也能拖延时间，在短时间内让他们束手无策。但显然，在索马里这种危险的地方，人命应该是最不值钱的东西。只可惜，有些错误，犯一次就足够致命。

这一段小插曲没有起到燕绥预期想要的效果，反成了一剂催化剂，车外原本还有所顾虑的索马里人像是被打了鸡血，甚至有瘦小的索马里人踩着保险杠爬上了引擎盖，示威一般，咧嘴笑着。

手上的步枪被他甩手斜挎至腰侧，他解开裤子，像是配合好了，探照灯的灯光从他身后切至车内，刺眼的白光正好对着燕绥。

突然的强光刺得燕绥下意识闭起眼睛，眼前青光阵阵，她怒从心起，偏头用手挡着光看向挡风玻璃。

那瘦小的索马里人在示威，在挡风玻璃前浇了一泡尿。

燕绥掀了掀唇角，眼尾的锋利如光刃，整张脸透出一股冷意来。

她持枪的手微曲，反手用枪托重重地砸向被安全带束缚在原座的司机额头，直听到他一声痛吟。燕绥起身，双手从后绕过驾驶座椅锁住司机的脖颈用力，直勒得司机的后颈后仰，呼吸粗重，她偏头，对陆啸说："皮带解下来。"

陆啸"啊"了声，因为索马里人的羞辱脸上怒容还未收起，下意识摸到勒着腰身的皮带，不知所措地看向燕绥。

燕绥用下巴示意他。"把他双手反绑在身后。"话落，她又生硬地加了一句，"会不会？"

陆啸语塞了几秒，乖乖照做。

预料之中，司机开始剧烈反抗，但因燕绥勒住了他的脖颈，他一挣扎锁住他脖颈的力量就越收越紧，到最后，他耗尽最后一口气，只能仰头面向车顶大口喘气，再没有半分力气。

等腾出手来，燕绥放下枪，先揉了揉手腕。她一沉默，车内便安静得只有司机粗重的呼吸声。

车外的哄笑辱骂从未停歇过，不过听不懂，燕绥也不在意。她卸下弹夹，认真地清点了子弹的数量。

辛芽躲在角落里，此时才敢小声地问："燕总，你练过枪吗？"

燕绥睨了她一眼，勾唇笑了笑，没回答。沁着汗的指腹一颗颗摩挲过子弹，燕绥垂着眼，飞快思索着。

她在雇佣兵这里的信息资料几乎没有隐瞒，等同于外面这伙索马里人也清楚她是来自中方的企业家。深夜急忙赶路，无论是谁看来，她都是一头肥得流油可以好好痛宰的羊。

这里没有法律，也没有正义，更没有路见不平拔刀相助。

她把弹夹上回枪管，指尖有汗水混着子弹交融的铁锈味，她伸出舌头舔了舔指腹。还在思量间，车门的把手从外被人扳动。

车外的人明显已经失了耐心，在强硬地扳动门把发现车门仍旧锁着后，举枪对着后窗已经有一丝缝隙的薄弱处又开了一枪。

和枪声同时响起来的，是清脆的玻璃碎裂声。

那一丝裂缝裹挟着子弹瞬间碎裂成花白的蛛网，整片玻璃从中点密集的缝隙往外，密密麻麻。

辛芽离得最近，眼睁睁看着车窗被子弹打裂，情绪彻底崩溃。她刚还压抑在喉咙间的细碎哭声终于忍不住，恐惧到极致连哭声都破了音。

燕绥下意识按低她的脑袋把她拖下后座，"待着别动"。她重新握起枪，刚擦干的手心又一次因为紧张，湿漉漉地出了一层冷汗。

许是察觉到车内临近崩溃的情绪，车外的笑声更加嚣张，那笑声伴着朝天射击的枪声，像是提前庆祝。

燕绥忍不住闭了闭眼，在安全的地方待惯了，别说像现在这样被一支武装势力团团围困在车里明目张胆地抢劫，她就连在商场被偷钱包也没遇到过。

她从刚开始表现出来的所有反应，早已经超出了她所能应付的能力范围。她咬唇，开始思考要不要现在下车投降，乖乖支付一笔"过路费"，破财消灾。

只是她无法肯定交钱是不是最安全的决定，如果下车后，他们的贪婪不止于要钱呢？

可根本没有时间让燕绥选择……

他们意图从最脆弱的后窗攻破，第二枪，已经不堪一击的玻璃被子弹射得整片玻璃内凹，再没有一片完好的地方，整块玻璃摇摇欲坠。

她必须尽快做出决定了。车里加上她三个人，别说有武力值了，连自保能力可能都是呈负数增长。而车外，数十个人。她们根本不可能有反抗的余地。

"砰！"枪托捶着碎裂的玻璃发出一声闷响。

燕绥惊得从后座上站起，双臂持平，持枪对准窗口。

后座卫星电话的铃声几乎是和第二次捶玻璃的闷响同时响起，系统自带的铃声急促，不知道是哪首歌的旋律，音色单调，还透着一股年代感。

燕绥却忽地松了口气，紧绷的神经舒缓了些。她伸手够到手机，转身靠着副驾的椅背，一手握枪继续对准车窗，一脚踩着后座的坐垫，让发软的双腿有个支撑点。

随即，微微屈身，用另一只手接起电话。

"喂？"声音沙哑，疲惫不堪。

傅征下意识皱眉，抬手上吉普车的车窗，把风声阻隔在窗外。

耳麦里清晰地传出有些沉重的呼吸声，确认通话安全后，他敛眸，直截了当道："我是傅征，中国海军特战队队长。"

回应他的是一声短暂沉默后的轻笑声，燕绥偏头看了眼窗外。

夜色像掀不开的黑纱，她触目所及，就连长在路边的荒树都透着一股凄凉。

她踩着坐垫，拱高身子，四下打量，"我的安保和索马里人勾结，我和我的助理、翻译被困在车内，后座的车窗坚持不了很久"。

这个姿势有些吃力，燕绥喘了口气，继续道："车里还有一名当地的司机，本想做人质拖延时间，但索马里的暴徒并不关心他的死活。我手上除了一把枪，什么防身的东西都没有。"

傅征本以为，自己开口后要先安抚受惊的女人，在浪费几分钟后才能问清她的周围情况。此时听对方条理清晰交代完情况，有些意外。

他挑眉，沉思数秒后，回答："我还需要十分钟。"

他没说大概，没说也许，也没说可能，而是很肯定地告诉她，他到达救援还需要十分钟。

这种确定的语气无端地让燕绥的心镇定下来，她算了算时间，难得有开玩笑的兴致："长官，十分钟你只能给我收尸了。"

她话音刚落，耳麦那端陡然传来一声枪响。

傅征的眸色一凝，手下方向盘速打一圈，飞快地从索马里狭窄的巷道穿过，驶上公路。

燕绥在剧烈抖动的车身里一头撞上车顶的扶手，额头剧痛。

她"咝"了声，手机没拿稳，跌至后座，也顾不得去捡手机，她在后座玻璃彻底被捅碎前，拉过辛芽推至身后。

握着枪柄的手收紧，燕绥龇牙，没犹豫太久。

她掉转枪口对准仪表盘，一咬牙，"砰"的一声开了一枪。

枪的后坐力震得她虎口发麻，耳边嗡嗡嗡的一阵耳鸣。整条手臂像被人拧着转了一圈，瞬间酸软。

突如其来的枪响以及司机被碎裂的仪表盘刮伤的吃痛声让一切戛然而止。

夜色忽然静了。

燕绥双手持枪，因后坐力不断颤抖的手指带着枪口也微微颤动着。她的眉目间却丝毫没有一点惧色，她微微抿唇，再开口时，声音沙哑："完了……"

一直留意着那端动静的傅征眉心几不可察地一蹙，本该肃容的时候他却忍不住有些想笑。他垂眸看了眼离他越来越近的定位，低声保证："你怎么来的我怎么带你回去。"

开枪前，燕绥其实没过脑子。她分心接着电话，眼看着车窗要被子弹打穿，她几乎是下意识地发了狠，没怎么想就把仪表盘爆了。但在她之前设想的一二三四五种应对计划中，唯一没有考虑的就是开枪威吓。

试想，她一个要拖延时间的人，不得卖乖卖惨身娇体弱到让人放下戒备？凶悍到让对方有所防备，那是脑子有病！

燕绥闭了闭眼，干脆将计就计，她转头，看向陆啸。

陆啸是她来索马里之前，燕沉替她安排的翻译。在此之前，燕绥见过他一次，在埃塞俄比亚，燕氏集团的海外项目。

她收起枪递给他说："记住刚才冲挡风玻璃撒尿的男人了？"

陆啸不明所以，没敢接，只点点头，完全一副唯她马首是瞻的模样。

"枪帮我收着，"她随手把枪抛进他怀里，"有机会好好教他怎么做人。"

她边放着狠话，边捡起还在通话中的卫星电话，拉开领口塞进去，夹在海绵垫和肩带之间，又担心会被发现，垫着胸托扶了扶。

　　"你现在用对讲机告诉他们，车里有人受伤了，你不希望再发生冲突，什么条件都可以谈。"燕绥弯腰捡起掉在车垫上的双肩包，她记得包里有辛芽休假去泰国时带的一盒止痛贴。

　　本是预防长时间飞行的肩背酸痛，不过现在嘛……

　　燕绥撕开包装，巴掌大的止痛贴正好严丝合缝地封住了司机的嘴。

　　"不出意外，他们肯定要钱。"燕绥把包翻了个遍，没再找出什么可以用的东西，她叹了口气，瞥了眼窗外，突生出英雄末路的悲凉感来。

　　陆啸从领会燕绥的意图后，就开始坐立不安。心口还有火舌舔燎着，两侧脸颊像被人狠狠抽了两下大嘴巴，火辣辣地痛。

　　"不然我去吧……"他动了动唇，鼓足了勇气，"我是男人。"

　　燕绥本想笑的，唇线刚弯起，余光却瞥到他攥着裤子的手，用力到指关节凸起，要是有光，一定能看到他绷起的手筋，乌青盘错。

　　一想到这句话是陆啸下了多少决心才说出口的，燕绥哪还有半分笑意。

　　"对讲机的通话距离在一公里以内。"她倾身，压住陆啸的后颈，手下微微用劲，转过他的脑袋让他去看不远处公路上的路障，"路障在两百米左右，他们的地盘离这里不会超过半公里。"

　　"我没有现金，会要求一台电脑进行银行转账，从他们索要这笔过路费到我讨价还价的过程我都需要你翻译。你并不是什么都不做地待在车上。"

　　松开手，燕绥扣着他的手腕，把对讲机移到他嘴边，补充最后一句："我去比你去相对更安全。"

　　另一边，抄近路穿过巷道的傅征，边留神开始移动的坐标点，边加足了马力从狭窄的路面上疾驰而过。

　　耳麦里不算清晰的对话声像蒙了一层不透气的纱布，沉闷、迟钝。

　　他瞥了眼仪表台上显示的时间，远光切换成近光，渐渐减缓车速准备停车靠近。除他以外，同车的还有三位一队的特战队队员。

　　临近任务点，沉默了一路的傅征终于开口："提高警惕。"

　　他压低声音，语气沉稳："尽快控制车辆，保证人质安全，等待指令撤离。"

"是。"

燕绥下车后，除了藏在胸垫里的卫星电话，当着武装头子的面一个个掏空身上的口袋。除了手表，她全身上下没有一件配饰。

确定她没有携带枪支在身上，从她下车起便一直指着她的枪口终于放下。有人递来一个雇佣兵车内的对讲机给燕绥，供陆啸帮助翻译。

索马里的黎明，夜风比二月的春寒还要料峭，一件风衣根本不能御寒。

"过路费按照人头算，包括雇佣兵的……"陆啸音调都变了，没忍住，吐槽，"十万美金一个人，比打劫燕安那帮海盗还要狮子大开口。"

整个车队加上他们三个一共十二个人，按照十万美金一个人算，一百二十万美金。燕绥不傻，知道这不过是他们抛出来试探的价格。

她吸了吸鼻子，有些冷，嘟囔道："你问问，安保车队的人我不给钱，就一辆车加司机四个人行不行。"

陆啸一听就知道她在开玩笑，有些无奈道："燕总。"

"行行行。"燕绥认真起来，"让他们给个打包价。"她低头，借着搓手的动作瞄了眼手表——刚过去五分钟。

虽然燕绥没打算交这笔过路费，但表演的诚意必须有。傅征没来之前，她都要表现出一种孤立无援只能配合的窝囊样。嘴上服着软，心里却憋着坏。

想是怕夜长梦多，武装头子也没矫情，偏头往雇佣兵那儿看了一眼，许是达成了一致意见，伸手比了个五，要五十万美金。

风刮面实在有点冷，燕绥被吹得有些糊涂，正想再耗着时间砍砍价，陆啸的话刚递过去，本就有些不耐烦的武装头子喷出一口气，伸手拔出别在腰间枪袋的手枪几大步迈到燕绥跟前，拉开保险抵住燕绥的眉心。

突如其来的变故惊得陆啸大喊了一声，恐惧骇在嗓子尖，连忙妥协。

燕绥没说话。枪口冰凉，抵着她眉心的触感一路传到心口，让她那一块被火星烧出了一个子弹大小的直径，痒得她浑身发软。

怕。

很怕。

有那么一瞬间，她好像听见子弹从枪管里飞出的声音，穿透她的脑壳，径直落在满是沙砾的黄土上。

她再不敢掉以轻心，双手高举示弱："好，五十万，我给你。"最后半句话，她说得咬牙切齿，"我身上没有那么多现金，我需要一台电脑银行转账，而且调动资金我必须要和集团副总协商……"燕绥深吸了一口气，握住他的枪口慢慢从自己的眉心移开，"麻烦不要拿枪指着我，我会忍不住想拧断你手指。"

陆啸翻译到一半，立刻打住，没再敢把后半句照实翻译……生怕武装头子一个没有轻重，真开枪了。

刚被惊出一身汗湿的衬衫，紧贴着他的背，黏腻得难受。他忍不住侧身扯开紧贴自己后背的衬衣，刚一偏头，余光瞥见一道影子快速贴近车门，他眨了一下眼，心顿时蹦到了嗓子眼，头也不敢回。

一样看见人影的还有司机，嘴上被贴了止痛贴，他试图引起注意，刚哼出声音，就被辛芽从后勒住了脖颈。

她学着燕绥那样，用手臂环过座位头枕，微微收力。

陆啸还没说话，她抽着鼻子，边哭边提醒："我看清楚了，是国旗。"

辛芽从燕绥下车后就坐在右侧的后座上，车外的索马里人在燕绥下车前全会聚到了左侧听候指令，以至于大后方并没有人看守。

她刚才看得清楚，有人影从牌坊后的土坑里一跃而上，胸章上贴着的就是国旗。

一瞬间，得救了的喜悦和看见国旗的感动一股脑冲上脑门，辛芽呆了一呆，想笑。笑容还没展开，嘴角不受控制地往下耷拉，又哭起来，说："我们是不是不会死了？"

话落，她吸着鼻子，喘了口气，断断续续地嘟囔："我要是死在这儿，谁知道我加薪了……"

陆啸被她的哭哭啼啼吵得头疼，瞥了她一眼，说："别哭了。"

他不说还好，一说，辛芽一直强忍着的鼻涕也冒出泡来。她咬唇，闷出一声哭腔，抽噎着回答："我、我停不下来……"

她呜咽着，嗓子呛得生疼，憋了半天发现没能把眼泪憋回去，更伤心了："我怎么停不下来了……"

得得得！

陆啸撇开视线，余光瞄到被辛芽越勒越紧、整张脸憋得通红又发不出一点声音的司机，连忙提醒："你手松松，要勒死人了……"

辛芽哭声一止，小心翼翼地松了些，眨眼看陆啸："这样呢？"

明明眼前的女孩哭得满脸泪痕、狼狈不堪，可在索马里这片被无形硝烟笼罩、一切随时都能定格在最后一刻的地方，他却看出了最单纯的珍贵。

那是一种强烈的求生欲被激醒的兴奋感，他浑身战栗，血液奔腾，有股力量从地心一路贯穿心脉，他移开眼，紧紧盯住车外把一切都挡在身后的燕绥。

武装头子对燕绥提出的条件非常不满，骂骂咧咧地僵持了数秒，挥手招了招，招来刚爬上引擎盖示威的那个索马里人，附耳低语。

说话时，目光从上到下把燕绥打量了一眼，那种审视物品的眼神看得燕绥极不舒坦，突然涌起一股强烈的不安。

没等她回过味儿来，一把枪忽然指上来，不轻不重地抵住她的脊背。

隔着外套，那枪管的触感都格外清晰。燕绥下意识僵直了后背，动也不敢动，重新摆出举手投降的示弱姿态，警惕地看向站在几步外已经直起身看着她的武装头子。

嗓子干疼得厉害，她却连吞咽的动作也不敢做，僵硬地露出一丝笑来，叫了一声："陆啸。"

燕绥握在手心的对讲机并没有按下通话按钮，她微微低头，对着藏在胸垫里的卫星电话，用尽量清晰的声音一字一句道："我被枪指着了。"

匍匐在车底伺机而动的傅征听着耳麦里她微微喘气带着几分惊惶急躁的语气，抬起帽檐，顺着底盘的空隙看过去。

十点钟方向，靠近油箱方位的索马里人微弯着腰，用步枪抵着她的背脊。

他抿唇，原本瞄准武装头子的枪口掉转方向，悄悄指向她的身后。

对讲机里，终于发现燕绥危险的陆啸几乎再度失控："这群王八羔子，说出口的话跟放屁一样，还是不是男人！"

燕绥听着那端乱七八糟的动静，大声喝道："待在车里别动。"

她话音刚落，抵着她后背的枪口往前一送，燕绥立刻闭嘴，眼也不眨地看向俯身靠近的武装头子，用英文毫无畏惧地发问："你到底想干吗？"

站在她身前的人，掀了掀唇角，用蹩脚的英文回答她："你等会儿就知道了。"

和刚才的毛躁不同，他低头正了正自己的衬衫，粗糙的手指顺着衣领仔仔细细地摆正。

相比其他松松垮垮衣着不合体的索马里人而言，他要体面得多，腰间系了镶金的皮带，衬衫内拢，虽不是很平整，不少地方还有污渍，但并不妨碍他的讲究。

即使是肩上斜挂的那柄步枪，也被擦得锃亮，要不是枪柄松木烤漆蹭掉了小块，根本看不出来它已经有些年头了。

索马里的政府形同虚设，不同地区不同的武装势力分据，常年战乱不断，是这片大地充斥着硝烟炮火的人间炼狱，是连这世界最纯洁的孩子都能拿起枪、眼也不眨杀人的地方。

燕绥从没那么清晰地意识到，眼前这个人，是索马里残酷的狩猎者。她死死咬住后槽牙，不让自己露出一分胆怯来。

"我听说，你深夜赶路是去索马里海域交赎金。"他抬头往车内陆啸的方向看了眼，隔着车窗，明明什么也看不见，他的目光却犹如实质直直对上陆啸，一点也不客气。

他在示意陆啸替他翻译。

比陆啸先有反应的是一直被索马里人压着的雇佣兵，他对武装头子破坏约定自作主张的行为不满，更担心燕绥知道真相会收不到那笔尾款，怒声争论起来。

眼看着雇佣兵挣脱了索马里人的钳制，与此变故同时发生的，是一直站在武装头子身旁冷眼旁观的瘦小的索马里人，突然朝正往这儿走来的雇佣兵开了枪。

枪声近在耳旁，不是隔着车门，不是意图打穿防弹窗，不是假把式仅仅作为恐吓，而是真的子弹从枪管疾射而出，以人眼不可见的速度没入躯体。

燕绥脸上血色尽褪，一口气还没提上来，眼看着子弹射穿雇佣兵的胸前，他那怒意未消的表情定格在一瞬间，戛然而止。

同一时间，傅征眯眼，对准枪口，比枪声先响起来的，是他格外冷静的命令："行动。"

提前在高处隐匿的狙击手在第一时间击毙了持枪威胁燕绥的索马里人，突如其来的枪响，在短暂的死一般的静默后突然爆发骚动："有狙击手！"

燕绥还没缓过神来，眼睁睁看着离自己最近的武装头子目眦尽裂地伸手一把抓来。

那坚实的手掌刚扣住她的肩膀，那恍如捏碎她的力道让她忍不住"咝"了声，正欲摆脱，恍然发觉抓住自己的人一声闷哼，膝盖软了下去，重重跪倒在地，连带着抓住她一把拖曳而下。

下一秒，傅征从车底翻出，屈膝抵住他的下巴用力一顶。那力道，瞬间粉碎了武装头子的下颌骨。

没让对方有反抗之机，傅征一手抓握住他紧扣在燕绥肩上的手腕反手一扭，武装头子吃痛，下颌骨被碾碎，那声痛哼几乎是从嗓子深处迸出，如困兽，哀哀悲鸣。

他试图反抗，五指用力，青筋绷起，无奈腿上中了一枪，已被卸去支撑力，眼睁睁看着傅征微曲手肘，一记令人毫无反抗之力的重击彻底让他失去了意识。

燕绥那口气还没喘上来，肩膀被捏得生疼，刚才被武装头目猛地拽向地面，膝盖磕在地上，此刻软得根本没有力气。

耳边枪声混响，分不清是谁和谁。她哆嗦着，被索马里的夜寒沁得骨头打战，一直死死提着的那股劲一泄，半天缓不上来。

探照灯的灯光随着人的走动东摇西晃的，直晃到她眼睛里，她眼前骤然一片模糊，随即感觉被人单臂紧扣着腰从地上抱起，她抬头，一眼看进了那双寒潭一般沉敛的目光里。

傅征任她倚着自己，单臂牢牢支撑着她，快速退向车后。接应的车已经停在路旁，傅征先带她撤离，借着狙击手火力的掩护，一路护送到车前，半扶半抱把她塞上车，视线不经意落在形状奇怪的胸前，忽地想起他听了一路朦胧含混的声音是从哪里发出的，顿时有些不自在地移开眼。

燕绥顺着他的目光落到胸前，一手拉住领口，一手伸进胸垫把摔歪显形的卫星电话取出来，受了惊吓脸还苍白得毫无血色，这会儿笑眯眯地看着傅征，说："长官，见怪啊。"

傅征跟没听见一样，反手关上门，大步迈向驾驶座，有条不紊地下达指令。

一直保持待命状态的吉普，车身微微抖动着，那轻鸣的引擎声像是随时要出征的士兵。平时从不会在意的声音，燕绥愣是在此时听出了几分安心。

她揉着被抓疼的肩膀，视线忍不住落在傅征身上。年轻男人的肩削薄挺直，一丝不苟的作战服也穿出了正装的笔挺感。握着方向盘的手五指修长，透着寻常男人鲜有的利落感。

燕绥的方向，能看到他小部分的侧脸。他的帽檐压得很低，微偏头注视着战况，眼神专注，隐隐有光。微抿起唇时，唇部线条锐利，有一种常年在沙场才会有的坚毅感。

冷静，沉稳。

燕绥很难想象，她刚才把命交给了这样一个人——一个如果光看脸，未必让她觉得有安全感的英俊男人。

Chapter 2

天晴，无风，海

路黄昏收到傅征让他营救车内人质的任务后，借着队友掩护，绕到车的背侧。

陆啸那侧车门被打开时，他吓了一跳，还没看清人，手里唯一的对讲机被他下意识掷出。他惊恐地后退，一米八的年轻男人紧张起来连条件反射的抵抗都跟花拳绣腿一样，一股脑全部招呼出去。

路黄昏险些被对讲机砸中脸，惊险地避开，伸出去的手刚摸着陆啸的衣袖就被对方跟甩小强一样一把挥开。

路黄昏蒙了一瞬，有那么一刻有点怀疑人生。

时间紧迫，避免耗在陆啸的不配合上，路黄昏强行登车，单手制住陆啸乱踢腾的双腿，一手钩住陆啸的脖子迫得他弯下腰来，一股带着东北味的普通话扑面而来："兄弟，睁开眼仔细瞧瞧。"

他往车内巡视了一圈，看见瞪着双眼和他对视的辛芽，问："车里就你们俩人了吧？"

辛芽还在哭鼻子，抽噎着点点头。

狙击手的火力覆盖下，已经失了头领的索马里人跑的跑散的散，早就不成气候了。

如今车外还有一位特战队队员，正和雇佣兵车队僵持着，想不造成更大的冲突，就必须抓紧时间赶紧撤离。

路黄昏一边毫不客气地拎着陆啸后颈把他拉下车，一边叫上辛芽："你赶紧也出来。"

辛芽却急了，她双手还锁着司机，根本不敢松开，眼看着路黄昏把陆啸带走了，又哭起来。

路黄昏被她哭得一紧张，又探回来，还没问呢，辛芽哑着声音先开口了："我松手了他怎么办啊……"

路黄昏沉默，他憋着劲，好半晌才压下那股难言的暴躁，面无表情道："要不我把椅子给你拆下来，你带着一块走？"

车熄火多时，车内空气不流通，有着与车外凉爽不同的闷热。

辛芽光是用力哭都憋出了一身汗，此刻和路黄昏大眼瞪小眼数秒，脑子终于恢复正常运转，她没敢再接话，飞快松了手，拎起后座上的双肩包，推门下车。

一脚刚落地，又想起什么，飞快爬回去，从陆啸座位上捡走了那把燕绥花了三百美金买下的枪塞进包里，手脚并用地下了车。

路黄昏一手拎一个，跟拎小鸡仔一样立马把两人拎上车，回头接应队友。

空间宽阔的吉普车后座，一下子坐下三个人，瞬间变得拥挤。不过此时，车外枪声不断，劫后余生的三个人谁也没先开口说话，安静地坐在后座。

眼看着局面被控制，傅征启动车辆，后退式倒了一段路，刚停下，后备厢被掀开，两位从战场撤离的战士飞快跳上车，一把压下后备厢的车盖。

燕绥只听子弹落在车身上，数声枪响后，吉普的油门轰鸣，瞬间提速，飞快穿过难民区的牌坊，后轮加速摩擦地面扬起的烟尘洋洋洒洒，把整个视野遮挡得只有难以穿透的沙土。

最后的枪响也停了。

四驱的吉普从蜿蜒的土坑爬上土堆，车身起起落落数次后终于驶上公路，一路坦途。

紧张的气氛还未散去，车里依旧安静着，没人先起话头。一直到车穿进巷道，弯弯绕绕地开了小段路后，停在路边，穿着作战服抱着狙击枪的特战队员上了车，所有人员到齐，辛芽死命憋了一路的打嗝声终于从指缝中漏出。她涨红了脸，另一只手也牢牢地捂住嘴，惊惶地和转头看她的狙击手对视一眼。

胡桥年纪小，又是娃娃脸，看着跟还没长熟的瓜一样，透着几分青涩。他见辛芽不好意思，笑了笑，安抚道："已经安全了。"

辛芽几不可闻地"嗯"了声，默默地把嘴捂得更严实。

燕绥在商圈，出了名的情商高，会来事。这种受了别人救命之恩才死里逃生的时候，哪怕只是口头感谢她都能真诚到让人无法拒绝。可这会儿，心里装着事，她连说话的心思也没有，眉头皱得紧紧的。

想了半天，她还是没想明白在她答应交五十万美金过路费之后，为什么武装头目会反口让他手下拿枪抵着她，甚至一言不合令手下打死了可以算是同伙的雇佣兵头子？

她揉着眉心，在脑子里回放着从她下车后发生的每一个节点，仔细到连她悄悄看了几次手表都没有漏掉……直到回想起被枪口抵住背脊时，那武装头领抬头看陆啸的画面，她挑眉，转头问坐在最外侧的陆啸："那个头领，想让你告诉我什么？"

陆啸的神经刚放松了一会儿，突然被提问，脸上的表情还没来得及管理，呆萌地和燕绥对视了几秒，才道："他说知道你深夜赶路要去索马里海域交赎金。"

燕绥若有所思地摸了摸下巴，雇佣兵和武装头领是一伙的这事是没跑了，按照正常逻辑推断，应该是雇佣兵头子在听到武装头领这句暴露他们合作事实的话被燕绥听懂，担心不止尾款收不到，很有可能整笔交易都会被取消，所以一时没忍住，气急败坏地和他理论起来，结果武装头领暴脾气直接干掉了雇佣兵头子……

如果她当时没有发现两队人马互相勾连，没有第一时间选择向自己的国家求援，事情糟糕些可能她这会儿已经死在两队的火拼中，又或者自己孤身犯险，被榨干剩余价值，怎么死的都不知道。

她实在不敢高估人性。索马里海域的强盗在索取赎金后还会"诚信"地放船放人，那也是因为对于他们而言，劫持船只索要赎金是一笔生意，生意就要讲诚信，如果收到巨额赎金却不放人，此后再遇到劫持事件，不会有人相信他们拿到赎金后还能安全释放人质。但在索马里，遇到今晚的情况，她真的不敢想，如果她没有中国公民的身份，是不是……

这种后怕的情绪让她心口像是堵了一块石头，沉得喘不上气来。燕绥忍不住摸了摸自己的脖子，总觉得凉凉的，项上人头早已落地了一样。嗓子干巴巴的，挤不出一句话来。

她抬眼，透过车内后视镜只能看到傅征的帽檐，她盯着看了几秒，清了清嗓子："谢谢你们……"

很久没说话的嗓音有些沙哑，她轻咳了一声，继续："要不是你们及时赶到，今晚就要交待了。"

路黄昏盘腿坐在后备厢，闻言，掀了掀眼皮子，也不知道要婉转些，直肠子道："这种危险的地方，你不带三五个保镖就算了，还带了两个保姆出门拖后腿。"

燕绥："……"

胡桥趁她转头瞥窝在角落还怡然自得的路黄昏，怕她尴尬，善解人意地转移话题："燕小姐，你学过射击吗？"

他还一直记得耳麦里突然爆出的那一声枪响，虽没亲眼看到燕绥开枪，但在当时，对已经把燕绥定位成手无缚鸡之力又养尊处优的女总裁形象的他而言，着实惊艳。

"学过。"燕绥没否认，"我外公是郎誉林，他教的我。"

车内顿时一片寂静。

陆啸和辛芽还不明所以，车里海军特战队的几位队员却不自觉地肃然起敬，就连傅征，也透过后视镜看了她一眼。

郎誉林年轻时曾任某驱逐舰第一任舰长，官级中将，是赫赫有名的将军，也因他和海军的因缘深厚，海军部队无人不知。

胡桥一时不知道该接什么话，可不说话又显得他有些肤浅，哪有听到人家外公是将军就不说话了……于是绞尽脑汁，憋出一句："燕小姐，你的卫星电话是放哪儿了才没被他们发现？"

话音刚落，后脑勺就被招呼了一下。胡桥吃痛，捂着脑袋转头去看面无表情好像什么都没发生的傅征，委屈兮兮地叫了声："队长……"

傅征头也没回，斥道："问什么问，哪儿那么多废话！"

声音压得极低，却一字一字尽数落入燕绥耳中。她抿唇，借着偏头看窗外的动作，悄悄遮了遮忍不住弯起的唇角。

　　胡桥被训斥了一顿，没敢再说话，搂着枪目视前方，坐得端端正正。

　　陆啸挤在最外侧，也不知道哪里来的风，吹得他脚背凉飕飕地冷。本就没放松下来的神经重新绷紧，他瞪眼看着窗外，几次路过半人高的草堆后，他抖着声音有些不太确定地问："我们后面……不会再遇到危险了吧？"

　　"索马里这条公路是就地取材修建的，公路平坦，两侧也没有可以遮掩行踪的楼房的巷道，不会有人把伏击的地点选在这种地方。"

　　陆啸的怕，其实路黄昏能理解，解释了一长串话后，想了想，不那么情愿地又补充了一句："索马里虽然随时是战时状态，但还没那么可怕。"

　　陆啸只想寻求个安全感，听完路黄昏的两段话，把凉飕飕的脚背叠在一起往后缩了缩，筋疲力尽。

　　燕绥睡不着，情急之下开的那一枪，后遗症最明显的就是耳鸣。一闭上眼，耳边的噪声就像成群结队的蚊子围着你耳朵开 Party。

　　她开始没话找话："长官，我们离目的地还有多久？"

　　傅征瞥了眼仪表上显示的时间，言简意赅："两小时三十五分钟。"

　　离天亮仅一个多小时。

　　燕绥又问："到海上呢？"

　　"半小时。"真是多一个字都不愿意说。

　　燕绥"哦"了声，再接再厉："海上天气怎么样？"

　　傅征难得哑了几秒，他抬手调了调车内的后视镜，方便自己的角度能够看到燕绥："我建议你……"

　　"我睡不着。"燕绥抢先一步回答他，"耳鸣，头晕，畏寒。"

　　力求真实性，她揉了揉肩膀说："这条手除了酸软什么感觉都没有了。"

　　傅征的注意力重新回到路况，抬手把后视镜重新掰回去："天晴，风大。"

　　坐在副驾的胡桥耳朵抖了抖，心里噼噼连拉了好几声语气词，才堪堪维持住自己的呆滞脸。

　　燕绥知道见好就收，没再给傅征找不痛快，撤下车窗留了一道小缝，换换空气。

高速行驶下，即使开了一个缝隙，风也争先恐后地擦着边挤进来，燕绥呼吸了好几口新鲜空气，嗅着空气中隐隐约约的硝烟味，心头沉重。来之前，她还很乐观，燕安号出事的海域在索马里附近的亚丁湾海域，船长经验丰富，在遭遇海盗时立刻通知了公司，也向交通运输部发起了求助。

正逢舰艇编队第四批编队抵达亚丁湾海域执行护航任务，才能第一时间赶赴现场实施救援。国有强兵，她对祖国的力量相当自信，也对自己的能力胸有成竹。

可今晚命悬一线的意外让她开始反省，她毫不怀疑海军部队强有力的后援支撑，只是她在应付这样的场面时，是不是该更谨慎一些？

她一动不动地维持着这个姿势坐了许久，久到天色渐渐卷边泛白，她陡然醒过神，搓了搓被风吹得麻木的脸，问："我能打个电话吗？"

得到允许，她轻呼了一口气，拨出一个熟悉的号码。

中国当地时间十点整，燕氏集团会议室，燕沉正在听助理汇报今天的行程安排，手机铃声响起时，他几乎是立刻打断了助理的汇报，接起电话。

"小绥？"

"是我。"燕绥关上窗，风吹得太久，皮肤都失了温度，她此时才感觉冷，"我长话短说，你听好。"

"好。"燕沉答道。

"给安保公司的尾款扣下来，等我回来让律师准备起诉。燕安号的事，分两手准备，你尽快筹备一千万美金的现金，以防万一。"

燕沉从她的安排中听出一丝不对劲，从座椅上起身，走到落地窗前，声音下沉："发生什么事了？"那压低的声线里，有显而易见的关心和焦虑。

"回来再说吧。"燕绥含糊地应了一句，抬腕看了眼时间，"你那边十点了吧，下午和淮岸的合作有把握吗？"

"淮岸的事你不用操心。"听出她不太想谈，燕沉没再追问，承诺会尽快安排好赎金后，临挂电话前，他倚着落地窗，忍不住叮嘱了一句，"一切注意安全，没有什么比你平安回来更重要。"

　　燕绶沉默了几秒："挂了。"挂断电话，她松了口气，卫星电话被她拿在手里，颠来倒去地把玩着。她心里想着事，手也停不下来，不做点什么总觉得心里那股邪火没地方发泄。

　　辛芽睡了一会儿刚醒来，听了一半的电话内容，迷迷糊糊地想再睡回去，最后一次掀眼看燕绶不停地转着手机，一个激灵，硬撑着眼皮醒过来，低声唤她："燕总。"

　　燕绶"嗯"了声，转头看她。

　　辛芽除了刚进公司那阵，已经很少能看到燕绶焦虑的样子，哪怕此刻她神情舒展，脸上一丝不耐烦都看不到，可就光摆弄卫星电话一个动作，她就知道，燕绶现在很焦虑。

　　上一次看到，还是一个海外项目，进行到一半的时候合作公司突然撤资，资金周转不过来，导致工程项目停止，工人停工只能滞留海外。那时候的燕绶就和今天一样，一言不发地坐在会议室的桌子上，手里把玩着魔方，沉默了整整一天。

　　她坐起来，小声地问："你肩上的伤要不要我给你贴几张止痛贴？"

　　燕绶摇头："不方便。"她的风衣里面是件紧身的长袖，这一车的男人，她有心理障碍……

　　辛芽闻言，也明白自己提得不合时宜，便不再说话。

　　天色渐渐亮了，离海岸越来越近后，空气中海水咸涩的腥味渐重。离傅征预判的时间一分不多一分不少，两小时三十五分后，车辆准时抵达海边。

　　直升机已经等待良久，燕绶登机后，即刻起飞，赶往亚丁湾海域。

　　燕绶算着这路上还有半个小时的飞行航程，问傅征："傅长官，你是第几次参加护航行动了？"

　　傅征最后上飞机，直升机的舱位紧张，只留燕绶身旁的一个空位。

　　此刻听她发问，一点也没有回答的欲望，修长的双腿往前一伸，本就压得很低的帽檐被他又往下压了压。

　　那双眼隐在帽檐下，不咸不淡地看了她一眼。随即转头，随意寻了个舒适的位置，闭目小憩。

　　燕绶朝天翻了个大白眼，等着，事完了之后一起收拾。

直升机在海上飞行半小时左右，后排的辛芽"呀"了声，激动地坐起身，从后拍了拍燕绥的肩膀，说："燕总，燕安号。"

燕绥顺着她指的方向看去。太阳已经跃出海平线多时，正热烈地发着光，金色的阳光把海面照耀得像是一面镜子，一望无尽，波浪起伏，耀眼得几乎刺目。

相隔几海里正和水灰色军舰遥遥对望的巨大商船上，刻印着硕大的"燕安"二字。

阳光洒在燕安号的甲板上，风平浪静的海面，透着一股让人不安的死寂。

天晴，无风。

本该……是个好天气的。

几分钟后，直升机在军舰的停机坪上停稳。

机舱离地面有些高，燕绥下机时，螺旋桨转动掀起的风浪把她的风衣瞬间拂向身后，她迎着风，像披着战袍，一身战意。

傅征正低头听胡桥说话，在燕绥迈下机舱的瞬间似有所感，偏头看了眼。

这是三个小时以来，傅征第一次认真打量这个女人。

燕绥脚踩实地面的瞬间，未束的长发被风吹得涌向肩后，露出的脖颈修长，此刻低头留意脚下而微微弯曲的弧度让傅征有那么一刻想到优雅的白天鹅。

这个念头只维持了一秒。

下一刻，她立在直升机前，目光远眺，眼角锋利，不见刚才的半分柔婉。

燕绥不算矮，一米七，骨架小，身材比例完美，腰细腿长。常年不晒太阳的缘故，她的肤色很白，五官精致，美得没有攻击性。偏偏气质凌厉，常年大权在握的人，身上自然有不怒自威的领导气质，令她看上去像是站在塔尖，瞭望着这个世界。

此刻抿唇不说话时，侧脸线条柔和，在半是阳光半是阴暗的交界处，像是一幅毫无瑕疵的油画，透着说不清的神秘感。

谜一样的女人。

有碎发迷了眼，燕绥偏头，指尖勾开那缕发丝。

扑面的海水潮意在阴凉处随风一吹，紧紧地贴着皮肤。那种冷意就像凌晨在索马里时，被人用枪抵住背脊，生命完全掌控在别人一念之间的感觉。

她转头，眺望海面的目光转向几海里外因为距离而显得不那么庞大的商船。

这艘船浮在海面上不如在港口时给人巨大的压迫感，可此时它随波逐流，像一叶浮萍，正等待着一条缆绳能牵引它归岸。

燕绥回过神，拢起外套。飞扬在身后的衣摆收拢，她终于觉得温暖，抬步走向船舱。

船舱内的指挥室，舰长正在和临时组建的应急小组商定营救计划，傅征领着燕绥进来时，他顿了顿，似乎是有些意外燕绥的年轻，诧异了片刻。

还是燕绥面带笑意走上来，向他伸出手："首长您好，我是燕氏集团总裁燕绥，也是此次燕安号事件的负责人。"

邵建安伸手握住她递来的指尖，一边连声应好，一边邀请她坐下说："你这一路过来也是波折艰辛，幸好安全抵达。时间紧迫，我先跟你说明一下目前的情况。"

桌上摊着一张燕安号扫描后的内部结构图，邵建安用笔圈出船长室和内舱。"船长室有两名人质，船长和船员，船员在抵抗海盗登船时受了轻伤。我试图让军医上船治疗，被拒绝。另外二十名船员全部关押在内舱，目前安全。船上一共二十名海盗，是布达弗亚势力的一支叛军，海盗和人质比例几乎达到一比一看守比例，很难有所突破。"

燕绥来之前做过功课，布达弗亚是索马里海域让人闻风丧胆的最大的一支海盗势力。即便是叛军，武装力量也不可小觑。

她拧眉，没思考太久，问："首长，您的意思呢？"

邵建安沉眉思索道："半小时后我再安排一次对话，有人质在手，我们处于被动。之前因为船东没到，他们拒绝沟通也一直警惕我们靠近。"

燕绥抚额，一夜未睡的疲惫和担心人质安全的焦虑压得她喘不上气来，她点点头，安静地坐在椅子上："我配合安排。"

燕绥对船只被劫的处理没有经验，也没有可供参考的过往经历。

过往所有船只远航，天灾人祸的比例低得只有六百分之一，被海盗劫持更是头一回。

有人端了杯热茶放在她面前，燕绥抬头，傅征手还没收回，被她盯着看，微微挑眉，示意："喝茶。"

燕绥"哦"了声，乖乖捧起纸杯喝了口。

茶有些烫，她抿了一小口，有些苍白的唇色立刻被水温染得晕红。她心不在焉，也没看到傅征被邵建安招到一边，谈了几分钟后，傅征被留下。

她一口一口抿着茶，直抿到水温凉透，燕安号终于主动发起沟通。

海盗里弗是这支叛军头目，他在二十分钟前看到直升机降落在军舰停机坪上就猜测船东来了，此时开口点名要和燕绥直接通话。

里弗说的是索马里当地的语言，索马里语和英语发音差不多，不用翻译，燕绥也能听懂。

他说，给他一千万美金，给钱他就放人。

燕绥透过玻璃往远处的燕安号看了一眼，那目光仿佛能穿透所有阻碍看到船长室一般，可其实隔着几海里，阳光强烈，她的视野里只有泛着白光的光圈。

她稳下心神，按照应急小组的提示回应："我想知道我那位受了轻伤的船员目前状况还好吗？"

里弗有些不耐烦，声音拔高："现在很好，等会儿就不知道了。"

燕绥咬唇，深吸了一口气，语气维持平稳："赎金能否再谈谈？"

里弗是布达弗亚的叛军，走这一步本就是铤而走险，打算大捞一笔就离开，尤其从登船后他已经在船上待了三天，越拖下去越不利，他打算今天速战速决，所以毫不犹豫地拒绝了。"三个小时后，把一千万美金现金空投到甲板上，我收到钱，你的船员就会平安无事。"

邵建安摇头，短短几秒时间内，无声的激烈讨论后，提示板上又重新写下一句。

"三个小时太短了，那么多现金我起码需要二十四小时才能调动。"

三小时其实可以做到，燕沉安排的一千万美元现金已经准备好，只要她需要，这笔现金会立刻安排直升机飞到燕安号进行空投。

只是劫持船只成功，就要妥协交出赎金，这种做法无疑是对海盗的纵容。

邵建安不乐见这种解决方式，燕绥同样。她疾恶如仇，是非黑白在她眼里就是明显的一条界线，踏破底线，触及原则，她骨子里就有一股战意，不死不休。

电话那端突然沉默，这种沉默让燕绥也跟着紧张起来。就在她试图询问里弗是否还在，并愿意重新交谈时，那端传来争执不一的争吵声。

但很快，他们意识到这种争吵不能被燕绥听到，立刻安静下来，几秒后，里弗留下最后一句话："你准备好钱，三小时后你一个人提着电脑坐小艇过来，银行转账。不能如约，我不会放过这里的每一个人。"

燕绥刚消化完这句话，正欲再提条件，那端似是料到，不等她回答直接挂断电话。

这不会是最后一通电话，但下一通电话什么时候打来还是个未知数。

对方态度强硬，警戒心十足，加上一船的人质，局面一时陷入了死胡同里，走进去却绕不出来。

燕绥越遇到难解决的事越冷静，一双眼因为没有休息好，此刻微微发红。

她盯着窗外的海平面看了许久，忽然转头看向傅征："有烟吗？"

指挥室内一静，众人皆看向两人。

傅征唇角一扯，果断否认："没有。"

下一秒，燕绥语出惊人道："骗子，你抱我的时候我闻到你身上的烟味了。"

邵建安顿时目光复杂地看向傅征，那眼神直看得傅征皮紧。

一屋子乱七八糟的眼神看得傅征再也待不下去，他站起来，曲指轻叩了叩燕绥面前的桌面，低着声音，不容拒绝道："你，跟我出来。"

燕绥把手边的资料一推，在一众复杂探究的目光下，神情坦然地跟着傅征前后脚出了指挥室。

出了门，傅征回头看了眼燕绥，手指挎住枪袋往前走："跟我来。"

语气还算平静，可那浑身绷着劲的感觉……燕绥怎么看怎么觉得他是想找个没人的地方把她揍一顿……

傅征这趟跟驱逐舰执行任务，已经在海上待了三个月，对船舱结构和定点人员分布格外熟悉。他绕开执勤瞭望的士兵，领着燕绥到一个没人的舱口，一路走向尽头。

船舱有些狭窄，阳光透不进来，全靠灯光照明。

燕绥跟着他在船舱里穿梭了才一会儿，便觉得有种不见天日的感觉，她突然有些不能想象，潜艇舰队这种几乎一作业一备战就要沉入海底的军队，他们的军旅生活该有多枯燥。

走到尽头，是一扇舱门。傅征反手拉开舱门，率先迈出去。他开门的动作大，阳光争先恐后涌进来，在地面上铺成一扇小片的光影。

燕绥脚尖刚抵到阳光，厚重的舱门就咿呀着缓缓合上。

舱门笨重，不用点力推不开。燕绥刚握住门把，还没使劲，傅征从舱外撑开门，一脚迈进来，用力到整个舱门紧紧贴上墙壁。

他脸上依旧是那副没什么耐心的样子，一双眼又黑又沉，军人受过的磨砺在他眼底有很深刻的痕迹。

他的眼神坚毅，举止利落，说不出的爽利干脆。但被这种眼神盯久了……莫名就有些毛毛的。就跟第一次同大型猛犬接触时，绝对不能和它眼神对视太久的道理一样，那种交流到最后会变成莫名其妙的挑衅。

燕绥被脑子里突然冒出的念头逗笑，她轻咳一声掩住笑意，紧跟着他的步伐，迈过门槛跟上去。

舱外是和指挥室同一层的小平台，平时做瞭望敌军用，面积很是狭窄。燕绥在原地站定，等傅征发作。

这模样落在傅征眼里，很是不服管教。就跟当初路黄昏刚入伍时，由于性子太过坦诚，嘴上也没个把门，往往顶撞了教官还不自知，懵懂耿直，没少被操练。

傅征把他拎出来第一次谈话的样子，隐约和燕绥现在的模样有着妙不可言的重合。但眼前的女人，不是他的士兵，不能罚站军姿，也不能罚跑操场，更别说负重越野五公里。他牙根发紧，扣着帽檐把帽子重新戴正，低头看她。

燕绥眼也不眨地和他对视，她的眼圈还有些泛红，眼尾那抹晕红淡化了她的锋利，意外地抹上了一丝脆弱。

傅征到嘴边的话鬼使神差地改成了："你抽烟？"

燕绥想了想："看场合需要。"

她身上从不带烟，对烟的需求也不大，只是偶尔工作量大到心烦时会跟燕沉借一支，通常也就浅尝一口，很少贪恋，也不会上瘾。

她这个人，其实自制起来，可以没心没肺，无所牵挂。

傅征没接话，往后倚着栏杆，偏头去看盘旋在头顶的海鸥。

等了片刻没等到燕绥自述罪行，他转头，盯着她："是话不会说还是报告不会打，想出来透口气非得先给我扣个败坏军纪的罪名？"

燕绥脸皮厚，再刻薄的话听起来都面不改色，何况傅征这连点火气都没有的。

她蹬鼻子上脸，笑意盈盈地开口就道："不然怎么跟长官独处？"

傅征顿时哑了，他垂眸看了眼立在门边迎着光的女人，站直身体，不再是刚才倚着栏杆还有闲情逸致看海鸥的闲适姿态。

傅征上前一步，修长的身材挡在她面前，也挡住了照在她身上全部的阳光。

燕绥仰头看他，看他掀了掀唇角，露出抹毫无笑意的笑容，低了头，语气略痞："你是不是嘴里就没句实话？"

被质疑人品，燕绥有些委屈："那你倒是说说我哪句话不是实话？"

傅征没耐心和她周旋，刚才把她领出来也是防止她再说些什么语不惊人死不休的话。闻言，绕开她，推开舱门就要走。

燕绥"欸"了声，连忙拦住他，说："我好好说话！我保证。"

傅征瞥了她一眼。

"我其实是想知道登船作战的可能性有多大。"燕绥顿了顿，解释道，"我是船东，无论接下来采用哪种方式营救人质，我都要对自己做的决定负责，所以在了解风险之前，我不敢做任何决定。"

燕绥肩上担负的压力可想而知，她一肩担着二十二名船员的安全，一肩担着一千万美金的巨额损失，无论是哪一边，她都要为自己的决策付出惨痛的代价。

站在公司决策者的角度，她既希望船员安全，也希望不要蒙受巨额赎金的损失。可如果这两样不能兼得时，首先是人质平安，其次才是经济损失。

傅征听懂了。

　　邵建安留下他参与，也是做好了登船作战的打算。

　　两人的思考方式和出发点虽然不一致，但她的想法和邵建安不谋而合。

　　"风险很难预估。"傅征回答。

　　以往被海盗劫持索要赎金的谈判周期，有长有短，四个月到七个月不等。

　　这次情况特殊，劫持船只的是布达弗亚叛军，他不敢在亚丁湾停留太久，时间太久，他首先会遭到布达弗亚的报复。

　　这艘船是他站稳脚跟甚至后备储蓄的重要来源，他贪婪又谨慎。局势紧张到别说小艇突进，就连他的小队登船都有困难。

　　整艘商船被他们牢牢把控，没有一丝可以乘虚而入的机会。

　　"那可供参考的案例呢？"

　　傅征笑了，他反问："你想听哪种？"

　　"2008年11月在索马里被劫持的天狼星号油轮支付了巨额赎金获释，二十五名船员无一伤亡。天狼星的巨额赎金也刷新了索马里劫持船只索要赎金的最高纪录。

　　"2013年，索马里几支比较大的海盗团伙宣布金盆洗手，就在长期存在的海盗活动有望彻底解决的时候。索马里海域船只被劫持，法国特种部队解救人质失败，人质死亡，特种兵两人阵亡。"

　　燕绥听得眉头紧锁，阳光落在脸上，有刺痛的感觉。

　　她眼底那片湛蓝似被蒙上了一层灰，再耀眼的光芒也无法驱散。

　　这片小平台在驱逐舰的侧面，前方视野被遮挡，看不见几海里外停驻的燕安号。

　　燕绥听着海鸥声声鸣啼，终于有些承受不住地蹲下身来。

　　傅征很难和她解释战场每分钟的瞬息万变，也很难预估每一次行动的风险。他低头看着蹲在他脚边的那一团，头一次开始反思自己说话方式是不是太强硬了些……

　　"里弗给你三小时，让你提着电脑单独坐小艇登船，说明三小时后他会主动跟你联系。"傅征拧眉，蹬着军靴的腿踢了踢她的脚尖，提醒，"你用点脑子，拖延到晚上交易。"

　　燕绥本被里弗斩钉截铁的语气震慑，把思维牢固在三小时后去交赎金上，青天白日的无论是哪种方式都容易被发现，惊动海盗，极有可能造成他们勃然大怒射杀人质的危险。但如果她真能拖延到晚上，晚上的大海诡异莫测，就像是天然的保护衣。里弗想速战速决不就是担心出现意外吗？

燕绥想明白这些，顿时觉得豁然开朗，重新充满了活力。有了力气，燕绥又憋了坏，看着傅征的眼神透着几分狡黠，她把手递给他，软着声音撒娇："长官，我腿有点麻了。"

有些新鲜。

有次军事演习，为了适应各种地形作战，在山地狙击目标人物。因射击角度不佳，傅征和胡桥在山林隐蔽处整整潜伏了十个小时，纹丝未动。

还有路黄昏，一次执行秘密任务时，隐藏在目标人物的阳台上，跪到整个膝盖都青肿，也没对他说一句自己脚麻了。

这还是第一次有个这么不要脸的，蹲了还没一分钟就敢朝他伸出手。

他瞥了眼燕绥的腿，轻飘飘地丢下一句："打折了就不麻了。"

燕绥眼睁睁看着他毫无怜香惜玉之情地抬腿离开，起身看着他推门离开，差点没忍住脱鞋扔他后脑勺的冲动。

眼看着厚重的舱门重新关上，燕绥深吸了一口气，仰头骂了句"浑蛋"，紧跟着拽开舱门返回指挥室。

邵建安正在等她，燕绥刚回到指挥室，就跟着他去了隔壁船舱。

海上的阳光仿佛更具穿透力，一会儿工夫，暴露在阳光下的船舱温度升高，一阵热意扑面而来。

燕绥随他站到窗前，窗外正对面就是燕安号，在烈阳下，船漆反射了光，在波光粼粼的海面上，格外耀眼。

比船漆更显眼的，是挂在船桅上的五星红旗，正随风猎猎作响。

邵建安眉头深锁，一动不动地凝视着那面红旗良久，终于转过身道："有些事，我想听听你的意见。"

邵建安单独把她叫到另一个船舱，显然是因为接下去的谈话内容不宜公开。

燕绥预感到他想说什么，压下心中追切，颔首道："您问。"

不出燕绥意料，邵建安和她谈论的就是登船作战的计划。他当然可以直接下这个命令，他身经百战，是海上当仁不让的霸主。他的经验，他的判断，甚至他的直觉都比任何人来得权威专业。

只是当这个命令，是以二十二名船员的生命安全做赌注时，邵建安不得不谨慎。他不需要胜利的战绩为他锦上添花，他要的是祖国的子民平安脱离险境。

毫无疑问，燕绥是支持邵建安的。交付赎金虽是最快解决问题的途径，但于外交角度来看，并不是最佳方案。

燕绥极具行动力，在和邵建安的意见达成一致后，立刻申请加入会议讨论。

应急小组紧急备案，开始策划登船救援行动。

燕绥从来没开过这么累的会议，争分夺秒，赢取所有可以争取的时机。

电话铃声响起时，整个讨论如同被谁按了暂停键一样，戛然而止。

所有人一致转头看向声源。

离里弗挂断电话仅两小时四十分钟……还有二十分钟才到交付赎金的时间。

几乎是瞬间，燕绥心率加快，她盯着电话看了数秒，倾身，在众人的注目下接起电话。

是里弗。

他开门见山地问："你准备好了吗？"

燕绥按照之前预案的那样回答："还没有。时间太短了，我的股东还在开会商量……"她不自然地舔了舔嘴唇，"你再宽限一些时间，反正已经等了这么久。"

里弗几乎是立刻被点爆，电话那端传来噼里啪啦摔东西的声音，他喘着粗气，暴躁地说："二十分钟后，我开始每小时射杀一个人质。"

燕绥的心跳猛地一顿，撑在桌面上的手也不自觉地抠住桌角。牙尖被刺激得有些发痒，她试着调整呼吸，压下想立刻游过去把里弗扔进海里喂鲨鱼的冲动，耐着性子继续周旋。

眼前恰好递来一本笔记本，白色的纸页上，有匆忙中写下的潦草字迹："按人数加十万美金。"

燕绥一眼扫完，顺着拿笔记本的手转头看向傅征，按照他的提示告诉里弗："如果你伤害人质，你不止一分钱得不到，还会受到中国军队的制裁，得不偿失。我并非不想支付赎金，公司不是我一个人说了算，必须要走流程。"

话到最后，她作出无奈的口气，继续补充："你应该清点过船上的物资，我放弃这艘船的损失只比你索要的赎金多一些而已。"

里弗好像被说服了，沉默不语。

燕绥放轻声音，舒缓了语气，轻声道："我愿意按人数加十万美金，我要不了花样的，而你只需要多等待一些时间。"

最后这句话，就像是给里弗吃了一颗定心丸，他算了算额外增加二百二十万美金的利益，终于动摇，说："我下午再给你打电话。"

电话被挂断，听筒里传来一阵忙音。

燕绥握着话筒，手心一片冷汗。

傅征从她手心抽出被她紧握住的电话，重新扣回座机。咔嚓一声轻响，电话重归原位，她紧张到出窍的魂魄仿佛也随之回体。

她慢慢坐下，舌苔发苦，喉咙发干，只能不停地喝水。

指挥室里因为完成第一步骤成功拖延了救援时间而欢呼喜悦的声音像是从另一个世界传来，她没有一点欣喜。反而，因为计划启动只能不断推进而忧虑重重——她掌握着接下来至关重要的每一步。

午饭吃得索然无味，燕绥没什么心情，填了填肚子，转身出了舱门站上甲板。

正午的阳光毒辣，打一个照面就晒得她皮肤发烫。她揣着从辛芽双肩包里搜刮来的面包，拈了一片揉成团，抬臂掷高。

悬在军舰上方的海鸥压低身形，鸣叫着飞速扑食。

燕绥"嘿"了声，觉得有趣，又拈了一片继续投喂，直到把整块面包喂光，她转头看向不知道在那儿站了多久的傅征，挑衅道："抢地盘来了？"

傅征站在她头顶上层的甲板上，闻言，低头看了她一眼，远眺的双眸还眯着，眼里的光又黑又亮。

燕绥自觉没趣，撇了撇嘴，换了话题："你看什么呢？"

"海。"

燕绥抬头打量他。

傅征站得高，隔着一层甲板，他站在那儿，又远又难以靠近。她之前倒没觉得，这会儿看仔细了发现傅征这人长得是真的没死角一样欠揍。

她记得有一年接受财经杂志记者的采访时，记者问她："你觉得你拥有什么过人的天赋？"

既然是天赋，她的回答自然是："长得比较好吧。"这还是她谦虚了。

在燕绥还未有自己一席之地时，无论是燕氏集团的股东还是和燕氏集团有合作的公司，对她的观望评价里都相致的一条——"怕是个花瓶吧。"

燕绥长得好看，从小到大都好看。她也知道这是自己的优势，从不吝啬发挥。哪怕不是刻意，光靠着颜值，也没少得过便利。

傅征虽然不是头一个不吃这一套的人，但却是头一个无视她无视得这么彻底的人……

她突然觉得没劲，也不知道是不是投喂海鸥太用力有些乏力，她懒洋洋地倚着栏杆，顺着他的目光看向远海。

海面蔚蓝，海平线的边线清晰，分割了天与海，又在尽头吹了几口气，朦胧了边界。

天不是天，海不是海。

燕绥抬手遮了遮阳光，仰头问："傅长官，你们一出任务就几个月半年之久，在船上怎么打发时间？"

傅征眼也没抬，漫不经心地回答："钓鱼。"

燕绥哧地笑了一声，一句"无聊"还没来得及评价。

傅征低眸，在燕绥的凝视下，低笑了声："鲨鱼。"

燕绥："……"

痞！

够痞！

被傅征闲来无事钓鲨鱼打发时间的回答震慑，燕绥一整个中午没再找过傅征。

里弗的电话不知道什么时候就会打来，她从甲板上回来后就老实地蹲在指挥室，以防邵建安找不着她。

干等着也无聊，燕绥坐不住，借了望远镜去瞭望燕安号。

燕绥正式去燕氏集团当老板前，去过船厂，登过拆得只剩下船壳的货轮，甚至亲自爬过架子，给船身刷漆。

她熟悉商船的结构，但也仅仅只是熟悉，对现在她遇到的困境没有一点帮助。燕戡上个星期刚进入南极圈，除了他几天前报平安的电子邮件，父女俩目前仍旧失联中。

太阳有些晒，燕绥把望远镜还回去，搬了椅子躲进角落，脱下外套盖住头部，沉沉地吐出一口气。

邵建安瞧见她那边的动静，拿了瓶水递给她道："怎么无精打采的？"

邵建安人到中年，一口嗓音醇厚得像是含了一口海水，标准的播音腔。燕绥一听就把人对上号了，拉了下风衣露出脸来："首长。"

刚在风衣里罩了一会儿，陡然见光，燕绥有些不习惯地眯了眯眼。她接过水，瓶盖刚拧开，还有小半圈连着圈头，没彻底打开。

燕绥道过谢，抿了几口润嗓子。

"要不要安排你去休息一会儿？"邵建安问。

"哪睡得着！"燕绥笑笑，弯腰把水瓶放在脚边。

这句话说了没超过半小时，傅征被邵建安叫进来时，先看到的不是在最后确认行动计划的邵建安，而是角落里的燕绥。

实在是太显眼。

要不是风衣下露出她交叠的二郎腿，他远看时一眼看成了挂衣架。

"小傅。"邵建安叫他。

等他走近，邵建安往燕绥的方向看了眼，说："刚睡着。"

傅征听着他的语气，莫名有种邵建安是在跟他交代的错觉。

果然，下一句邵建安就问他："你跟这姑娘，之前就认识了？"

"不认识。"傅征面无表情地觑了眼蒙头大睡的燕绥，遮得是真严实，连头发丝都没露出一根来。

……

燕绥没能睡太久。

邵建安交代完傅征，又给他指了个差事："去把燕绥叫醒，里弗差不多要来电话了。"

傅征一口水还没滚下喉咙,他放下水瓶,好半晌才拖长尾音"哦"了声,不情不愿。

下午三点,日头已经偏西。

傅征没立刻叫醒她,他出去一趟,集合了一队。

等回来,往角落看了一眼,燕绥还睡着,风衣盖住头脸,连姿势都没换一下。

指挥室是战备区,没人顾得上照顾睡着的燕同志,除了说话时压低声音,走动时尽量减小动静以外,做不到更多。

她睡在那儿,就像一道分割线,把紧张、有序的指挥室分成了两个世界。

傅征站在她面前,有些无从下手。

傅征训兵,从来不手下留情,收拾起不懂事的新兵蛋子更是毫不手软。军纪、军法、军令,由他带领的部下从来都是严格执行,从无例外。但对燕绥,他平时练兵的方法没一个能用的……

他束手盯了她片刻,希望她能自觉点自己醒过来,但对一个神经高度紧绷、整天整夜没休息的人而言,根本不可能。

胡桥、路黄昏和褚东关都在指挥室外面等着呢,见自家老大对着燕绥瞪了半天,面面相觑后,胡桥小声问:"老大不会以为瞪着就能瞪醒人吧?"

路黄昏耿直,小眼一眯,幸灾乐祸道:"那你进去知会一声。"

胡桥立刻把头摇得跟拨浪鼓一样:"我还没找女朋友呢,不想死。"低声说完这句,刚扭头,就见傅征扯下燕绥盖住头脸的风衣。

褚东关"欸"了声:"醒了醒了。"

那惊喜的语气就跟出现了奇迹一样……人家四肢健全,只是睡个觉而已,这戏加得胡桥要是不知内情还得以为燕绥怎么了。

这边,燕绥眼前骤然亮起。

她浅眠,一见光就醒了过来,眯着眼适应了明亮强度,拢着她的外套还有些回不过神来地看着傅征。那表情,就跟没见过这个人似的,直勾勾,亮堂堂。

傅征怀疑她是故意的，俯身，捏住她的下巴转向指挥室的显示屏，提醒她看时间："三点了。"

燕绥刚睡醒，大脑还没开始运作，扬着尾音酥酥软软地"嗯"了声。

傅征不太友善地睨了她一眼："还'嗯'，洗把脸，精神点。"

傅征肃容时，有种让人无法拒绝的信服，那种威严……也不知道她得修炼多久，才能复制粘贴。

她"哦"了声，在他松开手后，囫囵摸了把脸。

这会儿是真的清醒了，她感觉到贴着墙壁的后颈发麻，整个腰椎跟被人用钉子钉在墙上一样，僵得无法动弹。浑身都累，那些骨头跟东拼西凑随意搭出的骨架一样，全不听使唤。

腿刚一动，就麻到钻心，这回是真的麻了，她动都不敢动，麻木地和傅征对视了几秒："长官……"

燕绥一脸的为难。

傅征挑眉，也没等她把话说完，握着她的手臂一用力就把她拉了起来。

燕绥压在下面的那条腿顿时从脚底麻到腿跟，她咬唇"咝"了声，斜眼瞪傅征。连站都不敢站实，身体一半的承重力全靠傅征支撑着，她踮着脚，整个人如同静止了一般，一动不敢动。

"翘脚趾。"耳边，傅征的声音清晰，语气低沉，仔细听还能听到隐约的笑意。

燕绥下意识抬眼。

"不会？"他压低声音，一字一顿，"那我教你。"

燕绥听他语气就觉得不妙，果不其然，不该他操心的时候他真是把心都操碎了，直接抬脚顶起她发麻不敢点地的脚底。

燕绥倒吸一口凉气，打击报复啊这是！她心里嗷嗷叫，面上却强装淡定，硬是挤出一抹笑来，道："长官，你一定没有女朋友吧？"

那咬牙切齿，傅征好像都听到了磨牙声。

燕绥憋了一口气，硬气地挣开傅征的手，照他说的翘脚趾，忍过那阵酸麻，肢体的知觉终于渐渐回来。她忍不住又瞪了傅征一眼，一瘸一拐地出门去洗脸。

燕绥洗完脸回来，就在电话边上等着，边等边看天色。

三点多，海上的阳光还新鲜着。下午起了风，静下来特意去等，也能等到船身被风吹皱的海浪摇晃时很轻微的一点失重感。她五指微曲，落在桌面上，没什么规律地轻轻敲动。

邵建安看出她的紧张，来安抚过一次，军人给人打气加油的用词好像总是很匮乏，翻来覆去的一句话，燕绥在郎大将军那儿从小听到大。

有一种熟悉的军腔，亢奋又热血。

于是，燕绥不用手指敲桌面了，她要了支笔，开始临摹燕安号的内部结构图。

燕绥咬着笔帽画到一半的时候，电话来了。她没想太多，目光和邵建安一对，直接伸出手去。临拎起听筒时，她微微顿了顿，深呼吸了一口气，转头看向站在几步外的傅征，语气认真恳切地问他："傅队长，如果……"

她顿了顿，用谁都看得出的郑重态度继续道："如果计划顺利推进，你能陪我上船吗？"

没有意外的话，这次通话燕绥要答应里弗登船交付赎金。

以里弗的谨慎，他不会允许除燕绥以外多余的人再登上燕安号。燕绥要说服里弗的，就是再带上一位公证人。

那个人，她希望是傅征。

　　傅征上不上船、陪不陪她都不是自己能够决定的。整艘驱逐舰，特战队只有他们一支，他们需要完成的任务往往是技术兵做不到的，这就需要把他们的力量放在刀尖上使，务必一击即中。

　　傅征答应不了，也不能答应。燕绥也明白这个道理，话一出口就后悔了，只是收回也来不及了。电话铃再响起来的时候，她没再犹豫，拎起话筒。

　　里弗坐在船长室里，脚踩着就绑在控制台边上的船长后背，指尖夹了根烟，没抽几口，那烟灰全抖落在船长的身上，把他的格子衬衫烫出了一个个黑边翻卷的破洞。

　　等听到那端明显酝酿后发出的女声，他把烟凑到满是胡茬儿的嘴边，吸了一口。"现在能过来谈事儿了吗？"他的语气相当平静，就像是无风无雨天气下的海湾，海水只能泛起小浪花。

　　燕绥做好了岩石会被海浪兜头浇淋的恶劣设想，事到临头却只是被海水舔湿了脚趾，和就近的邵建安交换了个眼色，换了种怀柔政策："可以，避免到时候发生误会影响合作，我过去前有几件事想和你再确认一下。"

　　里弗毫不意外这个女人会得寸进尺地提出条件，他低头看了眼蜷着身子努力缩成一团的船长，点了点烟管，已经燃烧了大半将落不落的烟灰瞬间扑簌簌落下，烟灰里暗藏的火星溅落，烫得船长闷哼一声，开始挣扎。

　　几秒寂静，就在燕绥默认里弗的沉默是默许时，她听到听筒那边轻微的鞋底用力摩擦地板的声音，隐约还有粗重的呼吸声，忽近忽远。

　　她眉头渐渐蹙起，应急小组负责题板提示的翻译还在不停地提醒她要让里弗应允的几个条件，反复提示无果后，她拿着题板靠近，伸手扯了扯燕绥的衣袖。

　　不料，这一下就像是点燃了引信，燕绥霍地站起，抬手撤下题板。

　　所有人都被燕绥突如其来的反应吓了一跳，纷纷停下手头的工作，抬眼向她看去。

　　燕绥在听到里弗特意折磨船长令他发出呻吟时就被引爆了，她来来回回在电话线的允许长度内踱步数次后，到底没忍住，怒喝："不是让你老实点不要伤害人质吗？"

　　她几乎忘了原定的软磨硬泡计划，火气噌噌噌地往上蹿，仅有的一点理智让她自动把语言切换成了中文："人渣。"

　　里弗听不懂，但猜燕绥的语气应该是在骂他，不仅没生气，反而愉快地笑起来："你再耍花招我就不止拿烟头烫他了，听你的船员说，这位老船长为你工作了几十年，也不知道后半生能不能好好养老。"

　　燕绥冷哼了一声，没受激，但也没有了刚接电话时的好脸色："交赎金前，我需要亲眼确认二十二名船员的安全。"

　　里弗笑了声，爽快地答应："可以。"

　　"我要带一位公证人上船。"她的语气完全没有商量的余地，直接省了和里弗交涉的口舌，"男的，身高……"

　　燕绥转头目测了一下傅征的身高，"一米八五。"

　　正在指挥室待命的胡桥，瞄了眼傅征复杂的脸色，心里嘀咕："估少了……"队长要不高兴的。

　　大概是没见过燕绥这种临场发挥型的，整个指挥室的气氛都有点低迷。关键时刻，连邵建安也不由自主地放轻了呼吸，等着里弗的回答。

　　预料之中地，里弗拒绝。

　　燕绥一点挫败感也没有。"身高太有压迫性的话我可以挑个……"

　　她的目光在胡桥身上溜达了一圈："一米七的。"

　　胡桥："……"等等，他有这么矮？

　　里弗大怒，他脾气本就不好，燕绥这种挑白菜凑合的口吻显然刺激到他了，但眼看着就要收赎金了，他不好真让人质缺胳膊缺腿，压抑着，只能起身，拎着凳子腿，一手砸向船长室的玻璃。

再厚重的玻璃，都被里弗用尽全力的一砸砸得蛛裂。

燕绥被那声音刺激得头皮发麻，蜷了蜷手指，用力地用指甲抠住手心："我不会带任何武器，如果你撤离时需要，我愿意跟你走。"

燕绥激进要求下的退步，出乎所有人意料，这不在任何预案中。

原定计划在一步骤、二步骤连续失利的假设下，尽数压在里弗撤离上。

里弗收了赎金，会叫母船接应。他不傻，军舰就在几海里外，他肯定也做好了收完赎金被狙击的打算，不带上人质想安全撤离？那是做梦。

燕绥猜想，里弗一定会带上船长，等撤离到安全的海域再释放人质。

燕安号的老船长，在燕戡在任时就为燕氏集团工作，数十年，长途远洋，跑了不知道多少趟的船。她记得，这是老船长最后一趟出船。

邵建安皱眉，不赞同地看了燕绥一眼。但很快，里弗答应了她的条件，电话挂断，谈判顺利得出乎意料。

之前写了整整一页纸的各种应答方案都没有用上……

她用手背贴了贴有些发汗的手背，深吸了一口气做足了心理建设，才敢转身。

等待中的批评并没有到来，邵建安虽然觉得燕绥的决定不够理智，但这种情况下，战备时间都是紧着用的，他根本不会用来浪费。

整个指挥室立刻恢复了刚才的忙碌，一道道指令吩咐下去，所有人都像陀螺一样，忙得团团转。

反而燕绥这个要登船的人……闲着没事干。

她喝了一会儿水，又起来活动了下手脚，尽管早已经把燕安号的船体结构记得清清楚楚，但为求心安，又仔仔细细地默背了一遍。

直到这会儿，邵建安才顾得上她，亲自叫到跟前重复了一遍注意事项。生怕她又临场发挥，横眉竖目地要求道："等会儿听指令，别蛮干。"

燕绥连连点头。

"等会儿路黄昏陪你上船，"邵建安软下声音，给她讲道理，"傅征太显眼，路黄昏单兵作战能力也很强，更能好好保护你。"

燕绥干笑了声，和邵建安交换了个心照不宣的眼神。

其实他和邵建安都知道，无论是谁，只要一上船就会被限制行动能力。

不管路黄昏打不打眼，里弗都不可能放任一个有作战能力的军人跟在她身边，那是对里弗最大的威胁。

但选择路黄昏，邵建安的确是有考虑的。傅征队里的人，随便拉出来一个，单兵作战能力都可以一敌十，路黄昏上船对燕绥而言，的确是一个强有力的安全保障。

下午四点，一切安排就绪。

日光渐渐偏黄，海上起了风，风吹得桅杆轻响，一直跟船的海鸥仍旧盘旋着，始终不离军舰左右。

傅征在指挥室隔壁的船舱找到倚窗而望的燕绥时，她正准备去洗手间再洗把脸。

迎头撞上要进来的傅征，燕绥怔了一下，问："找谁？"

"找你。"傅征提了提手上的防弹衣，"这个穿上。"

燕绥受宠若惊，但手上动作麻利，脱下外套随手挂在一旁，接过他手里的防弹衣。结果低估了这家伙的重量，燕绥的手一坠，险些没拎住。

傅征及时收了力，垂眸看了她一眼，示意她伸手。"套上。"他那一眼，目光沉静，莫名地就把燕绥有些浮的心稳住了。

她抬起手，看着他俯身替她收紧防弹衣的结扣。他低着眉眼，脸部线条柔和，被跃进船舱的夕阳暖化，明明还是那副冷冰冰、生人勿近的姿态，燕绥愣是感受到了他难得的温和。

傅征替她穿好防弹衣，退后一步端详了两眼，"转身。"

燕绥依言转身背对着他，下一秒，她感觉他靠近自己，近到几乎贴着她。然后衣角被掀起，一柄枪，枪身冰凉，斜插进她的裤腰。

燕绥下意识想低头去看，手刚扶上腰，傅征低头，嘴唇近到几乎擦着她的耳畔，低声道："别动。"

燕绥僵住了。

"上船会搜身，"傅征放下她的衣角盖住枪，"上去后找机会。"

找什么机会，他不说燕绥也知道。手里要是真的没点防身的东西，基本任人宰割。

枪悄悄递了，话也说完了，傅征退后两步，转身离开。

刚走到门口，被燕绥叫住，她难得严肃正经地叫了他一声"首长"。

傅征停住脚步，墨色的作战服把他身姿衬得格外修长挺拔，他在夕阳的余光中转身，无声地用眼神询问：还有什么事？

光偏斜了一些，燕绥有一瞬间看不真切傅征的脸。她摸到腰间被他别上的那把枪，枪托上蹭掉漆的触感和她从司机那儿买的那把枪一模一样，应是傅征去找辛芽要来的。

她抿了抿唇，似有些不好意思地笑了笑："忘记多久前了，我在南部军区见过你。"

郎誉林到军区视察顺便看望战友，正逢她也在南部，就捎上了一条小尾巴。那是秋末冬初了，她窝在窗台下的靠椅上倒时差，阳光太晒，她兜脸罩了件外套。外套从脸上滑下来的时候，她一抬眼，就看到了负手立在外公身旁的年轻男人。

不知道在聊什么，他唇角挂着淡淡的笑，眼里的光却清而疏浅，不浮不躁。连窗外那枝海棠，都没能压过他的颜色。

"登船后才凶险，"她酝酿着，逆着光，笑容依旧清晰明媚，"所以有些话得提前说清楚。"

傅征随时能抬腿就走，闻言，按着枪袋的手落下来，好整以暇地等着听她要说什么。

不负他所望，燕绥很诚恳："对你的冒犯，纯属鬼迷心窍。"

准备登船的小艇已经放下，路黄昏来叫人。

指挥室里没看到人，他正准备去辛芽陆啸休息的房间碰碰运气，路过隔壁的船舱，先是看见了傅征，惊奇了一下："老大。"

"你怎么在这儿，舰长正到处……"话没说完，路黄昏的视线一转，看到了站在船舱里的燕绥，耿直的人连情绪也不会藏，闭着嘴，满脸的原来如此。结果，当事人没一个有被撞破的尴尬反应，比路黄昏还要淡定。

燕绥取了风衣外套穿上，傅征转身搭着路黄昏的肩膀往外走。

隔了一堵墙，傅征停下来，和路黄昏在门口等燕绥。往常总是一个队集体出动，今天拆成两股，傅征有些不放心，问他："准备好了？"

路黄昏点头，握拳捶得自己胸膛嘭嘭直响："准备好了。"

傅征"嗯"了声，搭在他肩上的手收紧，用力地握了握，压低声音交代："里头那女人，你多照应些。"

路黄昏愣了一下，用力点头："燕姑娘是军人家属，拿命换我也是愿意的。"

"不用你拿命。"傅征笑了，拍了拍他的肩膀，"你上船后也要注意安全，我随时接应。"

时间差不多的时候，邵建安亲自把燕绥送到甲板。

洒在海面上的日光已渐渐偏黄暗淡，不似早晨的金光闪烁，余晖把海水的颜色染深，整片海域悠悠荡荡的，风云莫测。

邵建安心头忧虑，面上不显，目送着路黄昏和燕绥顺着软梯下到小艇，回头看了眼天色，转身回了船舱指挥工作。

军舰大而稳，风平浪静时，停留在海上如履平地。小艇就不同，路黄昏光是从船尾走到船头，这一艘小舟就左摇右摆的。傍晚又起了风，海浪左右拉拽着，迎着风前进的小艇翻摇，晃得燕绥头晕眼花。

路黄昏让她抓好把手，全速前进。

离得近了能看见燕安号船舷一侧放下的软梯，垂直落在海面上。软梯的尽头，左右分守了两个海盗，拿着枪，枪口瞄准了小艇过来的方向。

路黄昏操纵着快艇在软梯下方停下，取了绳在软梯上系了个死结，先托起燕绥上船。

这种没有着力点的软梯最考验臂力，饶是燕绥，爬上船也花了不少力气。路黄昏紧跟在她身后，拎着电脑箱，单手攀爬。

刚上船，看守软梯的海盗就拿枪指住两人，要求搜身。

燕绥抬眼打量了两人一眼，抬了抬下巴指向船长室："我只跟里弗说话。"

两名海盗对视一眼，回头往船长室张望，得到里弗许可后，一前一后押送着两人进入船长室。

燕安号一直是老船长掌舵，远洋航运又是极为漫长枯燥的工作，和其他商船不同，燕安号的船长室有老船长自己的风格和装饰。

燕绥当年在船厂时，燕安号进港，她在船上住过几天，没少跑船长室。她隐约还有印象，船长室的门口就有一个柜子，装了不少老船长拾来的贝壳海螺。

于是进门之前，燕绥很干脆地被门槛绊倒，狼狈地整个摔扑在船长室的门口。

海盗们哄堂大笑。

路黄昏皱着眉去牵她起来，刚弯腰，就见她借着爬起的动作手速飞快，从腰间抽了枪滑进柜子底层和地板的空隙。

路黄昏眼角狠狠一抽，抬头四下看了眼。

海盗忙着嘲笑燕绥出的洋相，并没有人留意到她的小动作。真的服了！

……心服口服，五体投地那种。

燕绥爬起来后，跟没事人一样拍了拍膝盖，目光睃巡一圈，锁定里弗。

船长室里的五名海盗，里弗最显眼，他蓄着络腮大胡，头脸方正，嘴角边横亘着一道刀疤，皮肤黝黑，看上去狰狞凶恶。身上的衣服也穿得松松垮垮，一身匪气。只有他跨坐在椅子上，冷眼打量着路黄昏。

他显然是看出了路黄昏是军人，最显眼的就是路黄昏臂章上的"八一"标志和印着五星红旗的胸章。那一身彪悍的体格，连最能掩盖所有特点的作战服也藏不住。

打量完路黄昏，他的眼神落向燕绥，上上下下扫了几眼，开口时，带着几分做生意的客气："按着规矩来，先搜身。"

他抬了抬手指，叫出一个格外瘦弱、身材矮小、皮肤黝黑、看着才十岁出头的小男孩，吩咐他尊重一点后，手掌一推，推得那个小海盗一个趔趄就到了燕绥跟前。

早听说了索马里的危险，是孩子也能拿起枪来，但燕绥没想到，此行她真的会看到一个还稚嫩年幼的小海盗。

这个年纪，在国内，还是五六年级，天天过着抱怨老师抱怨作业抱怨家长日子的小学生。不过索马里这种地方，什么都难以想象。

燕绥乘他过来，问："几岁了？"

男孩抬头，表情麻木地看了燕绥一眼，那双眼睛黑白分明地看着她，听懂了，却不回答。

搜完燕绥，他又去搜路黄昏，对男人他就没那么小心客气了，粗鲁地把路黄昏整个翻了一遍，连手表也没放过，直接摘走套在了自己的手上。

燕绥没作声，她敲了敲电脑箱，暗示。

所有的条件在登船前就已经达成一致，里弗也没卖关子，让手下把船长带回船长室。

里弗做事谨慎，燕绥登上小艇后，以防燕绥带来的人突袭，就先把船长藏了起来当筹码。现在搜过身，路黄昏又被自己的人看管着，当所有的事情都在他的掌控之中，他就不再那么处处小心了。

屋子里的海盗一下子出去两个，燕绥倚着柜子半坐，脚尖点地，故作轻松地问：“其余二十一名船员呢？”

“别着急。”里弗看了她一眼，眼神晦涩阴沉，“等会儿带你去。”

“倒不是急。”燕绥瞥了眼他桌前的那包烟，抬了抬下巴，“能借根烟吗？”

里弗的体毛浓密，眉毛粗黑，上挑时有种说不出的诡异诙谐，他的戒心重，总觉得燕绥这种云淡风轻的表现是憋着坏，没拒绝也没同意：“我的东西你敢碰？”

等会儿还要老虎头上拔毛，你说她敢不敢？

说话间，脚步声传来。燕绥偏头看去。

老船长被带上来了，也不知道受了多少惊吓，双目浑浊，看着反应也迟钝了不少。身上的格子衬衫东一处西一处的脏污，受了不少伤。看见燕绥时，老船长的眼神有一瞬间的波动，不知是出于对燕绥的愧疚还是对里弗的恐惧，嘴唇翕合了数下，没发出任何声音。

燕绥只感觉额角青筋猛跳，她脸色一沉，表情顿时有点难看。

里弗也察觉到了她阴郁的气息，起身道：“我带你去看看其他船员。”

燕绥没接话，她走到老船长面前，上上下下检查了一遍，手扶上他的手臂时，能感觉他条件反射地颤抖。

她立刻收回手，安抚：“没事。”

老船长点点头，来来回回只重复一句：“不妨事。”

里弗不乐见他们多交谈，正欲打断，忽听海上有动静，顿时紧张起来，一边大声吼叫着让杵在一边的手下去船舷上探查，一边又气急败坏地问负责瞭望的那个海盗：“有没有东西靠近？”

得到安全的答案，他怒色不减，对着燕绥也没了好脸色，只留了一个人在船长室看守船长，脚步匆匆地带着燕绥去看关在船上其他地方的二十一名船员。

路黄昏跟在燕绥身后，半点行动自由也没有，他一左一右全是强壮的海盗，紧紧盯着他的一举一动。

燕绥预感是傅征上船了，只是没有通信设备，只有单方面能把声音传回军舰的音讯设备，她只能尽力让傅征知道她和路黄昏的位置。顺着楼梯一路往下，从船员的休息室一路走向船只尾部，燕绥越走脚步越慢。

不出意外，二十名船员被关押在了船机舱里，燕安号是典型的货运商船，船机舱设在船的尾部，几乎囊括了这艘船的全部动力。这对营救行动非常不利。

她默不作声，被里弗领到船机舱。她的眼前，是二十名被绑住手脚限制了行动自由的船员，他们围成一个圈人挨着人坐在地上。外围是十名持枪的海盗，虽然有些懒散，但一人分看两人，绰绰有余。

燕绥头皮发紧，总觉得哪里不对劲，又丝毫找不出里弗布置下的漏洞。他对燕安号的赎金，志在必得，不容许有任何的意外和破绽。

船机舱有些闷，她站了片刻，没看出所以然来，正要出去时，灵光一闪，忽然反应过来是哪里不对劲。

她转身，看向里弗："还少一位船员。"包括里弗手下的人数也对不上号。

燕绥不敢深想，盯着里弗的眼神越发锐利："人呢？"

回答她的是小海盗，他握着枪，冷冰冰地丢出三个字："还活着。"他抬头看了眼里弗，见里弗并没有制止他，继续道，"不过跑了，我们也在找他。"

他话音刚落，上层甲板突然传来一声枪响，隐约还能听到海盗气急败坏的斥骂。

里弗面色一凝，此刻也顾不上对燕绥客气了，一把拽过燕绥横挡在身前，夺过小海盗别在腰上枪袋里的手枪抵住她，不容反抗地边推着燕绥往前走，边恶狠狠道："上去看看。要是你给我招来了我不欢迎的人，我就一枪毙了你。"

还没过十二个小时又被枪指着的燕绥很憋火，她干吗把枪扔在船长室！

相比在索马里被人用枪抵住脊背，燕绥这次要狼狈得多。里弗身高体壮，手掌宽厚，五指抓握的力量似穿骨的铁钩，越挣扎越紧实，燕绥根本无力挣脱。

从船机舱返回甲板的一路，里弗连拖带拽，毫不怜香惜玉。上下层船舱之间的楼梯狭窄，燕绥受限于身后的抓力，好几次脚尖磕绊，几乎是踉跄前行。

她心里窝火，又什么都做不了，在心里把里弗骂了个祖宗八代，才稍稍解气。

上至甲板，天色已暗。

天边卷着的云层被渐渐沉没在海中央的夕阳镶出了金边，海上暮色如回光返照，整片水域洒着暗黄的金光。

船舷上一片混乱。里弗大吼，质问发生了什么事，没等他手下的海盗回答，船长室的门被推开，铁板搭筑的楼梯被踩得噔噔作响。

燕绥抬头看去，原本看守老船长的海盗捂着头破血流的脑袋，正快速往下走。快到甲板时，不知是走得太慌还是视线恍惚，一脚踩空，滚了下来。

身后有瞧起哄的海盗，还没嘲笑两声，里弗转头盯了几人一眼，所有的声音戛然而止，甲板上安静得只有挟夹着水汽的风声，把桅杆上的国旗吹得猎猎作响。

从楼梯上摔滚下来的海盗终于爬起来，不敢看里弗，抬头觑了一眼弯着腰一副怕极了的样子说："逃跑的船员把船长带走了。"

里弗大怒，抬脚一个狠踹，那海盗被风吹得本就站立不稳的身子顿时一斜，直接昏死过去。

燕绥大气也不敢出。

里弗呼吸间喷薄的鼻息炙热，像随时能爆发的火山，她是真的害怕，怕里弗一个情绪管理障碍，赎金不要了，命也不要了，直接杀了她泄愤。

不是不速之客登船的消息显然让里弗松了口气，他冷眼看着站在船舷上的手下，问："刚才谁开的枪？"

有海盗举起手来。

"我听到船长室的动静时，人已经跑进去了，就躲在里面。"他指了指货舱上叠了数层、有小山一般高的集装箱。

燕安号是全集装箱的货柜船，货舱内设有固定货箱的格栅式货架。货舱盖平直，船上没设起货设备，甲板上的空间以最大限度的容量装满了集装箱，完全不利于藏身。

只要给里弗时间，抓捕是迟早的事。甚至，他都不需要花费时间花费人力去每个集装箱的分集空隙里查看。他直接推着燕绥走进堆满集装箱的甲板："让他们出来。"

他的声音就在燕绥耳边，不带任何情绪的冰凉嗓音透着一股耐心告罄的杀意。他缓慢地用大拇指顶开保险，枪口从燕绥的脖颈移到她的太阳穴，轻轻一送。

冰凉的枪口让她浑身涌起一股颤意，她忍不住咽了口口水，余光紧张地盯住他扣在扳机上的手指，小心翼翼地开口道："没有这个必要，他们也是人质，就让他们待在那里，赎金我不会少给的。"

里弗冷笑了一声："来不及了，他打死了我一个手下，已经不在我们的交易里了。"

他压在扳机上的手指微微下沉，声音越发轻："给你十秒钟，你好好想想，是为了这个船员不惜搭上全部人的性命还是为了下面二十条生命送我个人情。"

燕绥真的、真的非常讨厌别人威胁她。她闭上眼，垂在大腿两侧的双手握拳，直用力到指骨青白，指根发软，她才睁开眼，眼里难掩的怒意被藏起，她直视眼前被集装箱遮挡了光而显得黑黝黝的走道，一字一句咬字清晰道："我也说最后一遍，现在回船长室，我还愿意支付赎金。"

里弗笑了声，枪口又往前一送，顶得燕绥偏了偏头。

路黄昏在她身后紧张得都快窒息，奈何自己也被枪指着，只能暗自蓄力，以期能找到机会给里弗来个出其不意。

"五，"里弗开始倒数。

燕绥咬紧后槽牙，没出声。

"四。"

耳边风声再起，桅杆上的国旗扬起，在燕绥眼前铺成完全立体的旗帜。

里弗势在必得的眼神在她不动如山的镇定中渐渐瓦解，他加重了语气，几乎是在她耳边吼着："三。"

燕绥大脑一片空白，有一瞬间她都记不起自己为什么会在这儿，湿咸的海风吹得她嘴唇干燥，她伸出舌尖，舔了舔唇珠。

那点湿润，很快又被风带走。

里弗浑浊的双目死死地盯着燕绥，扣着她肩膀的手也用力，几乎想透过她的皮肉抓到的骨头："二。"

路黄昏脚尖微错，双目紧盯住里弗扣着扳机的手指。

"一。"

几乎是同时，两个集装箱之间的走道上出现了一个穿着工作服的年轻男人，拖着脚，目光幽亮，气息虽不稳吐字却有力："我在这儿。"

抵着燕绥额角的枪口忽然移开，燕绥瞳孔骤缩，就在里弗把枪口对准船员的那一刻，她抬手，双手抓握住里弗的手腕用力往旁边一撞。

手枪的后坐力震得燕绥虎口一麻，稍一愣神，反应过来的里弗立刻单手锁住她纤细的脖颈推着她用力往集装箱上一撞。

撞击的疼痛让她有短暂的发蒙，骤然被夺走呼吸，她眼前发黑，视野模糊。朦胧间只听到路黄昏的怒喝，随即便是贴身的打斗声，整个甲板乱成一团。

不知道是谁先开了一枪，一梭的子弹声沿着楼梯口一路崩向集装箱。

里弗没料到路黄昏能挣脱两个人的钳制，也顾不上先寻仇，咒骂了一声，松开燕绥，近乎蛮力地拎扣住她的肩膀往回拖曳。

不料，刚才在他手里还只能垂死挣扎的女人此时像一尾入水的鱼，一个巧劲挣开他的掌控，往集装箱后跑去。

里弗怒骂了一声，杀意顿起，抬枪指住燕绥。

枪声一响，路黄昏双眸大睁，魂飞魄散。

燕绥耳边有风声忽地一下涌来，恍若雷霆之势。她心里一咯噔，还没来得及做出反应，腰间一紧，一只手揽住她的腰，扑面而来的海水的湿意把她重重扑倒在地。

不疼······一点也不疼！

她被紧紧箍在男人的怀里，鼻尖抵着他的颈窝。他浑身湿漉漉，漫着暮色来临时的潮冷寒意。燕绥整颗心瞬间塌下去一角，软得像是化在水里的棉花，烫得她眼眶发热。

傅征怕摔着她，即使落地时他整个手肘撞地也根本没让她挨着地面。但此刻，燕绥缩在他怀里，脸色煞白，颤着睫毛的脆弱模样仍旧让他有种碰疼她的错觉。

他揽在燕绥腰上的手臂带着她坐起，耳边混乱的枪响里，他低头向她确认："没事？"

燕绥摇头，说不出话，那双在将暗未暗天色下反而更加明亮的眼睛看着他，专心得像是要把他五官的每一处棱角都记进心里。

直到此时她才迟钝地发现，傅征整个人像是刚从海里捞起来的，从发梢到脚底，湿淋淋的一直在滴水。

他站起来，伸手拉她。

燕绥这时才回过神，清了清嗓子，条理清晰道："二十名人质在船机舱里，有十名海盗看守，都有枪。甲板上有作战能力的大概有五名海盗——"

话还没说完，燕绥被他的眼神盯得莫名，问："怎么了？"

傅征在想今天凌晨的那通电话，她也是第一时间条理清晰地描述周围环境。打电话时他看不见，也不知道她上一秒经历了什么样的遭遇。

但这次，他亲手把她从里弗的枪下救下，明明前一秒她还脆弱得像是海上的泡沫，海浪随意一个扑腾就会立刻粉碎，下一秒却能很快镇定······

这女人，应该天生就缺失害怕这种情绪吧？

"没事。"傅征低头，避开她的视线，抽出别在腰后的枪，"胡桥和东关去船机舱了，你不用担心。"

他检视了一遍枪支，交代："彻底安全前，你先躲在这儿。"

燕绥下意识地有些抗拒他的安排。

"那你呢？"她问。

"我去支援。"路黄昏手里没有枪，单靠近身战会吃亏。

"里弗很危险。"燕绥四下打量了眼，总觉得太阳沉下去后，海风吹得甲板萧瑟又阴凉，"我跟着你好不好？我可以做你的视野，帮你看着你看不到的地方……"

其实燕绥是害怕。

里弗怒极锁住她脖颈想掐死她那次，是真的动了杀心。到了这个地步，他肯定反应过来她不是真的来交赎金的。等船机舱被控制，里弗失去了最大的筹码，他不会坐以待毙，按照他睚眦必报的性格，肯定会疯狂反扑，拽上一个是一个。

她一个人不敢待在这儿。

只不过燕绥表达害怕的方式别具特色。也不知道傅征是不是听懂了，他盯着燕绥看了一眼："你的枪呢？"

燕绥："……"哪壶不开提哪壶。

她撇嘴，气弱道："我怕搜身给搜走，藏船长室了。"

傅征沉默了几秒，终是妥协："自己机灵点。"

话落，还是有些不放心，拧眉严肃地和她对视了一眼："跟紧我，要一步不落。"

夕阳彻底沉没在海中央，那丝余光渐渐凝成一道细线，消失在海平线的尽头。半暗的天空随之现出一卷斑斓的晚霞，把海面渲染成一幅瑰丽的画卷。

海浪是浓墨，商船是重彩。城市里最热闹的晚高峰时间，这片海域却安静得仿佛整个天地都空荡荡的。所有的声音仿佛是在刹那消失的。

离燕绥不远的集装箱上，还有子弹穿过铁板的弹孔痕迹，甲板被黑暗一点点蚕食，那晚霞如昙花，顷刻间被一片夜色覆盖。

路黄昏的声音隔着不稳定的电流信号传进傅征的耳麦："里弗不见了。"甲板上的缠斗持续了几分钟，路黄昏趁乱躲进了船员的休息室，等待偷袭时机。

两人居的船员休息室靠堆积集装箱的前舱有一扇封闭式的窗，路黄昏就倚在船窗和门之间的薄层墙壁上，观察舱外。

十秒钟之前，他看见里弗从集装箱后出来，大踏步地在他视野范围内经过，消失不见。

傅征抬眼，目光穿透黑夜，看向一片漆黑的甲板室道："你最后看到他的具体位置在哪儿？"

"左舷，往楼梯口，但没有上楼。"路黄昏所在的休息室在第二层，居高临下又紧贴楼梯，里弗如果上楼，他一定能听到动静。

"那就是去后机舱了。"傅征快速穿过走道，隐蔽在第一层集装箱后，等燕绥跟上。

耳麦里，胡桥的声音响起："报告队长，船机舱十名海盗全部击毙，报告完毕。"

他的话音刚落，褚东关说："有人来了，人质停止转移。"

傅征呼吸微紧，没再耽搁。他伸手往后一捞，准确地扣住燕绥的后颈压到胸前，他低下头，保证她的视线和自己的一致，指着集装箱和甲板室之间那一段毫无遮掩的路程："跑过去，进船长室。船长室里有监控，你不要做我的视野，去那里待着。"

后颈被他的手指压得生疼，燕绥没吭声，仰头看了他一眼。

察觉到她的视线，傅征微拧了眉尖，垂眸和她对视："听不懂？"

"没有。"

他的眼神太有威慑力，不是里弗那种常年刀口舔血的凶狠和阴沉，而是他本身就拥有让人信服的力量。

没有任何异议，燕绥抬步就走。

不料，一脚刚迈出，傅征原本扣住她后颈的手指一松，转而拎住她的后领把她拎回原地，直接气乐了："你这人挺有趣啊。"

燕绥被他这句话弄得莫名其妙。

"战场上，你就这么大摇大摆走过去？"咬住手套，他的声音含混不清，"拿着。"

背着光，海面漆黑，燕绥还没看清他递来的是什么东西，手上一沉，他重新戴回手套，问她："会不会用？"

"闪光弹？"燕绥问。

傅征觉得燕绥是真的省心，他"嗯"了声，握住她的肩膀转向甲板室："我说跑，你就矮身往楼梯冲，敢不敢？"

最后三个字，他忽然压低了声音，像哄小孩一样，又酥又沉。

燕绥失语片刻，没回答"敢"，也没说"不敢"，她把闪光弹塞进风衣口袋，似笑非笑地反问了一句："长官你紧不紧张？这闪光弹一落地你就要多写几百字的报告了。"

傅征面无表情："多写几百字报告，你能闭嘴的话，我很乐意。"

甲板上并不安全，里弗的人说不准在哪个角落里等着伏击。没再浪费时间，傅征压在她肩上的手微沉："听见枪声也别停，路黄昏在第二层船员休息室，你上了楼梯就安全了。"

说完，他的手松开，那声"跑"几乎是从嗓子深处逼出来的。

燕绥的心都提到嗓子眼了，绷紧的身体在这道指令下像拥有自己的意识一般，她还没反应过来，已经离开集装箱的掩护，暴露在了甲板上。

枪声是在燕绥距离楼梯仅一步之遥的时候响起的，子弹射入铁栏杆，回响不绝，也分不清是从哪个角落传来，有没有打中。

她浑身虚汗，一步也不敢停，一口气跑到第二层，路黄昏已经在等她了。这种时候，她竟然还能观察仔细，看清路黄昏脸上的血迹。她起先以为他只是弄脏了脸，提醒的话到了嘴边，隐约嗅到了血腥味，顿时反应过来。

路黄昏看她一直盯着自己看，警惕地扫了眼四周，提醒她："先上去。"

燕绥忍不住回头，看了眼刚才藏身的集装箱后。叠了数层的集装箱，除了侧面稀疏的重影，什么也看不见。没等路黄昏催促，燕绥转身，三步并作两步大步赶往船长室。

此时，距离燕绥登船已经过去了四十分钟。

船机舱，二十名人质被褚东关保护在后舱贴着船壁的死角，胡桥守在制高点，和褚东关一远一近配合逼退了两波试图强攻的海盗。

狭小到不容有半分忽视的战场，舱内闷热，空气里还挥发着一股柴油燃烧的味道。离引擎室又近，耳边隆隆作响的引擎声里，胡桥专注到连额头上的汗都不敢擦，任由汗水沿着他紧皱的眉心，涓涓细流。

通道里传来数声枪响。

胡桥闭了闭眼，汗珠刚从他的睫毛上眨落，耳麦里傅征的声音清晰得和现实重叠："安全。"

胡桥憋了数秒的气终于吐出："老大。"

傅征的枪口仍旧对着海盗，他的视线从一堆人中扫过，沉声问："看到里弗了吗？"

胡桥和褚东关对视一眼，都从彼此眼中看到了一丝不妙："东关正要转移人质的时候，里弗带了人下来，被击退后就没见到他了……"

傅征眉心隐隐作痛，额角跳得厉害。他握枪的手指紧了又紧，用力抿紧唇："救援马上来了，你们立刻带人质转移。"

他转身飞快地往回走，压低的声线里透出山雨欲来的紧迫感："路黄昏，给我守好燕绥。"

路黄昏听到这句话的时候刚把瘦小的小海盗扑倒在甲板上，傅征的语气让他脑子里那根弦嗡的一声轻响，他浑身发冷，猛地抬头看向船长室。

原本漆黑一片的船长室，此刻灯火通明。

三分钟前，燕绥和路黄昏抵达船长室门口。

船长室内没有开灯，唯一的照明是二十四小时值岗的监控摄像。夜间模式下，屏幕透着白惨惨的光，正对着窗。有浪头打来时，船身轻微晃动着，那光影也随之左摇右摆，不仔细看，像一团正在游走的磷火。

船长室的门也没有关实，轻掩着，只露出一条缝，十足的空城。

"我先进去看看。"路黄昏让燕绥在原地等他，自己一矮身，攀住围栏，翻过扶手，灵活地从正对着甲板的窗口跳进去，无声无息。

海上风大，门扉被风拍合，发出吱呀一声轻响。

燕绥头皮一阵发紧，心尖像被谁拿钻子钻空了一样干涩得难受。风吹来的冷意像刀子，刮得她脚踝冰凉。她搓了搓手，警惕地环顾四周。

从刚才起，她就有种被人盯上的感觉。越寂静她就越心慌，连头发丝挠得脸颊发痒，她都控制不住脑补成是狙击枪瞄准镜的红点正瞄准了她。

就在她待不下去想直接进屋时，路黄昏拉开门，侧身让她进来："地上有玻璃碎片，你避着点。"

谁也没去开灯。不少暗杀能成功，都少不了没拉窗帘和晚上开灯。在战况还未知的情况下，开灯无疑是向敌方宣告自己的坐标。这等蠢事，有点智商的人都不会做。

窗户不知什么时候开着，屋子里未散的烟味，被风稀释了不少。

里弗烟瘾大，控制船长室时，几乎一根接一根地抽。他又胆小，生怕几海里之外就被人取了项上人头，不只门窗紧闭，还加派人手瞭望，时刻警惕船只靠近。

才过去了半小时……谁有时间开窗散味？

燕绥觉得奇怪，踩着满地没人收拾的烟头正往窗台去。门外忽然一声重物落地的声音，像有人从高处跳下来，就站在门口。

路黄昏的注意力高度集中，他回头，无声地用手势示意燕绥趴下。他侧身紧靠着墙壁，屏息敛神，等待时机。

门外的人丝毫不在意暴露自己的存在，他抬步，几乎刻意地踩出脚步声，停在门边。

燕绥单膝着地蹲在控制台后，总觉得那双眼睛正顺着门缝静悄悄地往里打量。她身上汗毛直竖，狠狠打了一个冷战。

刚才那种被人虎视眈眈的感觉又来了。出乎意料地，门外的人并没有进来。短暂的安静后，停在门口的脚步声突然转向，下了楼梯。燕绥大气也不敢出，悄悄从控制台后探出脑袋。

路黄昏正做着和她一样的事。他侧过头透过门缝往外看了眼，视野受限，他只能看到一个瘦小的身影穿着并不合脚的旧皮鞋从门口经过。

小海盗走下楼梯，等了一会儿，见没人跟出来，镇定地换膛，眯眼瞄准金属门把，毫不迟疑开了一枪。

子弹穿过气流，打偏射中门板。路黄昏立时像出猎的猎豹，以迅雷不及掩耳之势开门冲出。太过用力，门板撞上墙壁，发出巨大的碰撞声，刮起的风卷得满地烟灰纷纷扬扬。

楼梯上顿时传来追赶的脚步声，声音密集，渐渐远去。

燕绥的危机感却越来越重，颈后似有穿堂风掠过，她冷得缩了缩脖子。刚刚站起，她脚尖前的地板上，朦朦胧胧地映出了一道影子。

身后有人。

这个发现，瞬间让燕绥毛骨悚然。

她的心脏猛然加速，理智告诉她需要尽快离开这个是非之地，可恐惧像是一双从地底下伸出的手，牢牢地扣住她的脚踝把她定在原地。

燕绥心跳得突突的，耳膜鼓动，口干舌燥。短短数秒的思考时间，她背脊吓出的冷汗几乎把长袖浸湿，紧贴着她的皮肤。

下一秒，就在她恢复行动意识的同时，开关轻响，灯光大亮。

里弗站在灯下，似笑非笑地看着她。

燕绥都快有心理阴影了，她退后，扶住控制台的桌角，满地找缝。

要是能钻进地缝就好了，燕绥想。

路黄昏意识到自己中了调虎离山计时已经晚了，他瞪着灯火通明的船长室，双眼怒红。被扑倒在甲板上的小海盗不适时地还发出一声讽笑。

路黄昏怒极，单手拎起小海盗的衣领拖至左舷走道，抽出搅在一起的麻绳绑住他手脚，跟扔麻袋一样直接扔在角落里，飞快折回。

傅征从船机舱返回，越走越快，最后干脆攀住错落的栏杆和扶手，三两下跃至甲板。

路黄昏刚加速跑到二层，眼前一花，就见傅征原地一个纵跃，攀住横栏，一个引体向上，蹬着二楼的窗台飞快翻上船长室。

完了……

五公里负重越野少不了了。

一天之内，连续三次被枪指着的燕绥已经没力气发脾气了。

里弗会出现在船长室，说明船机舱已经被傅征控制，所有人质安全。这对燕绥而言，是目前为止唯一的好消息。她的目光落在门口立柜的底部，盘算着怎么把里弗骗到门边。

赎金这一套肯定行不通了，里弗的手下几乎全军覆没，眼下自保都棘手，身外之物肯定没法打动他。

于是，燕绥张口就开始忽悠："趁现在支援还没来，左舷软梯下还停了一艘快艇，足够支撑你回到索马里。"

里弗不为所动，他背靠着墙壁，锁着燕绥脖颈横挡在身前，目光如电，眨也不眨地盯着门口。显然，他是在等人，等那个能做决定的人。

被挟持出经验的燕绥不慌不忙，继续忽悠："不然直升机也行，军方的或是私人的，都满足你。"

里弗依旧没有反应，甚至连嫌她烦的负面情绪也没有，如僧人入定，一动不动。

燕绥皱眉，思索了几秒，觉得实在扫兴，索性放弃游说。

傅征没有直接进去，他在船长室外站了片刻，等到路黄昏后，他无声地用手势示意他从后包抄，控制后窗。随即估算时间，确认路黄昏已经在后窗上待命。

他活动了下手腕，透过半掩的门扉看向船长室。灯光从门缝中透出，正好落在他脚尖寸步的距离。

"里弗。"傅征用脚尖抵开门，已经脆弱不堪的门板慢悠悠地被推开，他出现在门口。唇角噙着三分笑，目光不动声色地落在燕绥身上，上下一个打量，迅速卸下弹夹，把肢解的手枪放在立柜上。

一步，一步，慢慢走近。

走了没几步，里弗的枪口瞬间移开，在他脚前放了一枪。

枪声刺得燕绥耳膜生疼，像针扎了一下，耳边嗡的一声，她听见自己的心跳声，震耳欲聋。

里弗终于开口说了第一句话："你放我走，我就不杀她。"

傅征没有立刻回答，他的目光转向燕绥，问："敢不敢再跑一次？"他的声线低沉，充满了诱惑力。

燕绥小腿发软，支撑身体的重量尽数压在脚心。里弗生怕她跑了，钳制她的力量几乎用了五成，一下发力，她根本推不开。

抑制住了到了嗓子眼的战意，燕绥冷静下来，道："柜子底下有把枪，长官你要是不介意的话，多写几页报告吧？"

远处，隐约有螺旋桨的声音由远及近，风掀起海浪，拍打在船身上，水声滂沱。

商船被这个浪头打得一晃，几乎是同时，傅征原本拆解的手枪被他顺起一把掷出。燕绥只看到一个黑影掠来，抵着她额角的枪口一晃，她头皮发炸，求生本能瞬间被激起，猛地推开里弗的手。

奈何，她还是低估了里弗的力量，挣开里弗的瞬间，反作用力的冲劲太大，她一个不稳，直接摔倒在地。

眼看着里弗龇牙，枪口对着她的眉心，就要扣下扳机，挂在窗后良久的路黄昏猛然蹿出，没等他扑上里弗，砰的一声，整个视野亮如白昼，又白茫茫，像是看见了无尽的雪山，失去了焦距。

　　燕绥哆嗦着往后躲，手肘刚落地，就是一阵刺痛。她没忍住，刚"咝"了一声，又一声枪响，子弹不知道落在哪里，整个地板一震。

　　傅征伸出去的手准确地握住她的肩膀，往下落了寸许，揽住她的腰往后抱进怀里。几乎是同时，又一声枪响，子弹就落在燕绥脚边。

　　子弹冲击地板的力量炸碎了脆弱的空心木，夹着尖刺的木块打在燕绥脚踝上，像是挨了一记高跟鞋的跟尖。

　　这回燕绥没敢出声，她捂着嘴，在渐渐变得清晰的视野里，努力辨清方向。

　　没有沟通，甚至连眼神的接触也没有，可这一刻，傅征却像是有所感应一般明白了她的意图。

　　退回门口的立柜，放下她。

　　脚尖一挨着地，燕绥连滚带爬扑至柜底，伸手摸出枪来，递给傅征。

　　同一时间，烟雾尽散。

　　里弗的目光穿透白雾，始终举起的枪口对准燕绥，毫不迟疑地扣下扳机。

　　砰——重叠响起的枪声。

　　燕绥眼前一暗，带着暖意的手指遮住她的眼睛。天旋地转中，她鼻端嗅到略带潮意的男人气息，耳边，傅征的呼吸微沉。

　　燕绥的世界里，所有声音远去，唯有那一句压低了、从嗓子眼里发出的"别看"像是山谷回音，余音不绝。

　　海浪忽然汹涌，翻滚着舔上甲板。

　　哗啦作响的潮水声里，国旗被风吹得鼓起，猎猎作响。

Chapter 4

红茶是故人的味道

结束了。

一切都结束了。

从三天前得知燕安号被挟持，海盗索要一千万美元赎金，到她亲身赶往索马里，里弗被一枪击毙的这一刻，终于尘埃落定。

搭载救援小艇的海军编队陆续登船，飞行在燕安号上空的直升机盘旋了数圈降落在甲板上。

耳麦里，嘈嘈切切的杂音响了数秒。等杂音消失，傅征听到从甲板到船长室的楼梯上，密集又匆忙的脚步声。

傅征松开燕绥，屈肘撑地，翻身站起。他的身影修长，居高临下笼罩住神志还未彻底清醒的燕绥，转头看了眼单膝跪地正在确认里弗是否死亡的路黄昏。

"断气了。"

傅征闻言，"嗯"了声，咬着手套摘下，交叠在一起扔在控制台上："带一编队全船搜捕，别落下漏网之鱼。让随队军医尽快过来，给船员处理伤口。"

"是。"

路黄昏小跑着出了船长室，调控现场兵力。

他一走，傅征蹲下身，低头看向双眼直盯天花板的燕绥："还不起来？"

"不想起。"躺在地上的人叹了口气，转眼看他，"我得再感受下。"

傅征挑眉，接着她的话问："感受什么？"

"三入鬼门关，阎王爷都不收，不得好好感受下？"

傅征先是蹙眉，等听出这是她劫后余生的感慨后，忍不住低笑了一声："刚才也没见你有这么强的求生意志。"

燕绥又叹了口气，她哪是求生意识不强烈，她是生怕自己今天要在这里交待了。反正，她一点也不想回忆刚才的死里逃生，被枪指着脑袋那种毛骨悚然感比她大半夜看鬼片可刺激太多了。

她不想起，傅征也没时间跟她耗。

路黄昏带了一编队全船搜捕，他也要带人对海盗枪击、登船、伤害人质等行为进行取证，准备将余下还存活的海盗移交海牙国际法庭进行审判。

他前脚刚迈出船长室，燕绥后脚就跟了出来。

开玩笑，这船长室里还躺着一个没气的……她光是想一想就浑身发毛，不寒而栗，还共处一室？

傅征丝毫不意外燕绥会跟上来，一路下至甲板，他正要去船机舱，燕绥叫住他："傅长官。"

傅征脚步一停，回过头。

燕绥原本是有事想问，刚叫住他，就见在船机舱关押了数天的船员被胡桥和褚东关带上来。她挥挥手，笑道："没事，都先忙吧。"

燕绥要做的事，还算简单。

老船长受了惊吓，精神状况有些糟糕，军医处理过伤口后，燕绥看着老船长睡下才出了甲板室。

辛芽就等在门外，海上的夜晚，海风萧瑟寒凉。也不知道她在门外站了多久，等到燕绥时已经冻得直吸鼻涕，声音也有些含混："燕总，船员都安顿好了。"

燕绥快步走下楼梯，随口问道："通信恢复了吗？"

"恢复了。"辛芽跟得有些吃力，没几步就喘了起来，"不过海上没信号，我就自作主张把卫星电话借给他们用了。"

燕绥"嗯"了声，又问了几句船员的情况，听到都安排妥当了，点点头："行，我知道了，你忙完也去休息吧。"她还要跟傅征碰个头，了解下船上的情况。等会儿抽空，还得跟燕沉通个电话，报声讯。她兀自沉浸在自己的思绪里，辛芽叫了她好几声她才听见。

一转头，甲板走廊的灯光下，辛芽红着眼眶，一副强忍眼泪的模样看着她。那眼神，柔弱可怜，看得燕绥良心都受到了拷问。

辛芽在船上担惊受怕了一晚上，上了船安顿好船员，跟陆啸在休息室听船员说了这几天的经历，又听了好几个燕绥上船后被挟持，好几次命悬一线的版本，后怕得不行，憋了一晚上的情绪。

她揉了揉眼睛，忍住那股想哭的冲动，继续把刚才没说完的话补充完整："燕副总那边我第一时间通知过了，他让我转告你注意安全，早日回去，等闲下来再给他打电话。"

燕绥点头，示意自己知道了："还有吗？"

"还有位称是您外公，让你无论多晚务必给他回个电话。"

燕绥一听，顿时一个头两个大。

无论多晚？

她抬腕看了眼手表，索马里当地时间晚上十点，国内五个小时的时差，已经是凌晨三点。她犹豫了片刻，问："电话在你这儿吗？"

辛芽点头，把卫星电话递给她道："号码我已经存在通信录里了。"说完，自觉离开。

甲板上风大，燕绥寻了个避风的地方，给郎誉林拨了个电话。电话响了没几声，立刻有人接起。

郎誉林的声音沉厚："是阿绥？"

"外公。"燕绥笑眯眯地接了一句，"这么晚还不睡？"

回应她的是老爷子中气十足的怒骂："我不睡还不是在等你电话？兔崽子，这么大的事你也不跟我说一声。"

老爷子的身体不太好，事情发生的时候，他正在军区医院住院，她哪敢告诉他？

不过现在他也不敢顶嘴就是了，等郎誉林训够了，燕绥才哄道："时间不早了，您早点休息，等我回来了立马过来请罪，然后把事情完完整整讲一遍。"

"不用了。"郎誉林的语气温和下来，"我给傅征打过电话了，你安顿好船上的事，他会送你去机场，我也放心。"

燕绥的笑意瞬间僵在唇边，等等……

傅征送她去机场？

有个问题她必须问清楚："你强迫他了？"

郎誉林脸一虎："没大没小。"

"他自愿的。"

挂了电话，燕绥身心舒畅。

既然还要再同一段路，她也不急着找傅征了，转身折回甲板室。

疲惫了一天，加上凌晨赶路一夜没睡，燕绥洗了把脸，躺在床上没多久就睡着了。

辛芽和她同住一屋，下午在驱逐舰上补过觉，晚上格外精神。

没有睡意，她亮了床头灯，塞着耳机看手机上离线下载好的影片。看了一半，隐约听见敲门声，还以为是电影效果。可影片里，演员正甜甜蜜蜜地演着亲热戏，哪来的敲门声？

她拔下一只耳机，这回听清楚了……

是真的有人在敲门。

她转头觑了眼睡得正沉的燕绥，轻手轻脚走到门边："谁呀？"

门外，傅征听着有些陌生的嗓音，想了一会儿才想起是燕绥带的助理，他沉默了几秒："傅征。"

辛芽打开门，看见门外站着的傅征和他身后带着十字袖章的军医，怔了一下，挠挠头："长官你是来找燕总的吧？她睡下了，要我叫醒她吗？"

傅征的角度，正好能看见对门的窄床，床上侧着一道身影，被子只搭在腰腹，鞋子也没脱。他敲门的动静，丝毫没有惊扰她的睡眠。

他看了一会儿，目光落在身后的军医上："就这间，自己记着路，明天早上过来给她处理下。"

军医闻言，"哦"了声。然后看着傅征转身走了几步，还没走出走廊的灯影，又回头，吩咐了一句："给她把被子盖好，别着凉耽误返程。"

辛芽原本都要关门了，听了这句和门口呆萌的军医对视一眼，半晌反应过来，探出脑袋去看，走廊上早没了傅长官的影子。

她缩回来，门口的军医对她笑了笑，也告辞离开："那我也走了，明早再过来。"

直到关上门，辛芽都觉得——好像哪里，怪怪的……

一整夜，风平浪静。

燕绥睡得沉，漂在海上也无知无觉，一觉睡到甲板室有船员开始走动，她终于醒过来。

房间里有压低的说话声，一道是辛芽的，另一道……有些陌生。

燕绥坐起来，目光落在正对着她床坐着和辛芽说话的女孩身上。初醒的迷茫，让她花了几秒才认出这个穿军装的女孩是昨天随队上船的军医。

她下意识以为她是为了老船长的事过来，张口便问："船长情况怎么样了？"

军医愣了一下，回答："船长受了些皮外伤，昨晚都处理过了。"

燕绥挑眉，无声询问她的来意。

"傅队让我来给你处理伤口，"军医笑了笑，"你洗漱下，我帮你看看吧？"

房间里就有洗手间，不过地方狭小，仅供一个人活动。燕绥掬水洗了把脸，满脸水珠地抬眼看向镜中。休息过一晚，她的状态看着精神不少。要不是一晚上摸爬滚打，身体酸痛，她对这个早晨应该会更加满意。

洗漱完，燕绥脱了外套坐在床上。

军医的医药箱打开放在桌上，她回头看了眼燕绥："长袖也脱了吧，不然手臂上的伤不好处理。"

她话音刚落，就听刺啦两声轻响。

军医诧异地转头看去，只见坐在床上的女人随手撕了两段长袖，随意道："脱衣服太麻烦了，直接来吧。"

军医："……"

辛芽："……"

燕绥伤得最重的除了昨晚在船长室落地时被碎玻璃扎伤的手肘，还有被子弹弹飞的木板刮伤的脚踝。

军医处理伤口细致，清洗消毒包扎后，目光掠过她领口露出的那一块青紫，随口问了句："肩膀是不是也伤了？腹部呢？你衣服掀起来我看看。"

她不提燕绥还不觉得，一提就觉得肩膀的酸痛感加剧。

反正都是女人，燕绥卷着衣角撩上去。

腰腹处还真的青了一大块，也不知道是什么时候伤着的，她皱着眉头看军医用棉签蘸了药水细致地给她上药，随口问："你们队长上药了没？"

"傅队昨晚就处理了。"哪像这位这么心大，带着一身伤就睡过去了。

军医卷了棉花，按上伤口，抬眼看了她一眼，道："我听说傅队差点中枪了，子弹擦过大腿，流了不少血。"

差点中弹了？

燕绥诧异，还想问点什么。

门被随意敲了两下，吱呀一声从外推开。

傅征站在门口，还保持着进来的姿态，一眼看见燕绥卷着衣角，露出雪白纤细的腰腹，一侧胸口点缀了蕾丝的黑色胸衣衬得肤色如凝脂般白腻，半遮半掩。

他一怔，脚步生生顿住，下意识退出去。口中的"抱歉"还未说完，坐在床上被看光了大半身子的人反而比他要镇定。

燕绥垂手放下衣角，似笑非笑地睨着他，说："看都看了，就别走了。"

她轻描淡写的一句，傅征反而进退不得。

进，房间里除了燕绥，还有军医和她的助理，脚尖往前多迈一寸他都觉得尴尬。退，又显得他有些不够磊落。

正为难之际，路黄昏从甲板跑上来。"老大你在这儿啊，老翁到处找你，说要给你换药。"

路黄昏的嗓子高，吼得几乎整艘船的人都听见了。

傅征却从没觉得路黄昏这么顺眼过，他转头看向燕绥，语气冷淡："等会儿船长室碰面。"

燕绥"哦"了声，等傅征一走，便问正收拾医疗箱的军医："老翁是昨晚给老船长处理伤口的军医吧？"

年纪看着也不大，就是皮肤糙了点，看着显老，怎么就叫老翁了……

见她疑惑，军医笑了笑，解释："他姓翁，是另一位随队军医。昨晚他是第一个随海军编队上船的军医，傅队他们和他关系好经常这么叫，一来二去我们也跟着叫他老翁。"

"我听说是因为特战队的路黄昏，有一次执行抢滩登陆任务时受伤，下唇裂开了一条半厘米深、三厘米长的伤口。老翁是那次随队的军医，任务结束后第一时间给路黄昏进行清创缝合，六针，整个过程用了不到六分钟，这是寻常医院医生没有的效率。"女孩语气里带了几分骄傲，也没发觉话题跑远了，继续道，"军医是要上战场的，前方有伤员，就算枪林弹雨也要硬着头皮上，用最快的速度治疗更多的伤者。"

房间里异常安静，军医收拾好医疗箱终于发觉自己扯远了，笑得有些不好意思："反正后来常听路黄昏说要不是翁医生，他现在吃饭都得用手接着下巴防漏。说得多了，就越叫越亲热，直接从翁医生改成老翁了。"

她背起医疗箱："我说的这些是不是有点无聊？"

"不会。"燕绥回答得很诚恳，"我家母上大人就是军医。"

她拎起脱在床上的外套穿回去，起身送她："我要去船长室，正好送送你。"

傅征换好药到船长室，燕绥已经在了。她屈膝踩着架脚反坐在红木椅上，双肘杵在椅背和窗框上，正在看海景。

听见动静，燕绥叼着半块巧克力转头看过来，懒洋洋地和他打了声招呼："傅长官。"

傅征找她是想问燕安号后续的安排，亚丁湾是从印度洋通过红海和苏伊士运河进入地中海及大西洋的海上咽喉，船只被劫大多发生在这片海域。

除了里弗这支布达弗亚的叛军，索马里海域的海盗数量还有至少一千名以上，比 2000 年年初的规模扩大了超过十倍。这数据还没算上为海盗提供情报、后勤服务的人数。

光说布达弗亚，就是亚丁湾海域最大的海盗势力，有成熟的上下级体制，熟练的劫船技术，还有高层管理下奖罚分明的制度。里弗作为叛军，带走的自己势力里除了索马里当地走投无路的居民，还有少数好战成性的部族武装分子及军阀残部。

光是里弗这支海盗队伍，就险些造成不可逆转的重大后果。

这片海域充满危险。

他话刚起头，燕绥就明白了。

傅征要找她商量的事，无非就那么几件。所以燕绥来之前，先去看过老船长了。

燕安号是继续前行，还是返航休整，她都做了思量。综合考虑后，最后还是决定尊重老船长的意思。

"这是燕安号老船长最后一次远洋跑船，我想，燕安号还得继续走下去。"顿了顿，"军医的意见，包括船员的个人意愿，我都参考了。"

傅征多看了她一眼，说："你不用和我说得这么详细，既然决定了，驱逐舰会一路护航直到燕安号抵达安全的海域。"

风有些大，夹着海水的潮意扑面打来。

甲板上，有船员喊了声什么，三三两两的笑声传来。

燕绥被笑声吸引，忘了自己手肘还有伤，杵着窗框趴出去。一下顶到伤口，手臂一软，被人从后拎回来，顺手关了窗。

她疼得"嗞嗞"倒抽气，觑眼悄悄瞄傅征，见傅征一副"看你装"的表情，牙都酸了。

啧，真是不解风情。

本来七分真痛，这会儿也装得只有三分。她撇了撇嘴，起身给傅征和自己泡茶。

她记得，立柜里就放着她送给老船长的大吉岭红茶。这茶种不算名贵，就是冲泡后的香味和口感都特别对味。燕绥在开始高压工作前喜欢过一阵，等后来公司事务繁重，她渐渐就开始转喝高浓度的咖啡提神。

泡好了茶，燕绥端着茶杯递给他："傅长官，你们什么时候归港休假啊？"

茶温不算烫，傅征接过，握着杯耳，抬眼看她，没作声。

燕绥弯起眼睛，唇角藏着笑，纯良无害得哪有和武装分子对阵时的锋利和视死如归，她笑眯眯的，丝毫不掩饰自己的意图："我办公室里的茶比这杯好多了，你什么时候休假了过来坐坐？"

傅征没想到她会这么直接，微抿起唇角，挑眉看她。

　　他眼神里的穿透力像是来来回回扫上两遍就能把人所有的心思给剥得一干二净，直看得燕绥有些小心虚。

　　"海上待久了有些跟社会脱节，听说一些没处消遣的人平日逗趣解闷最爱玩的好像叫什么……猎艳？"他觑了燕绥一眼，似笑非笑，"燕总应该对这个不感兴趣吧？"

　　说着，他拿出烟盒，敲了根烟出来，夹在指尖凑到唇边咬住。

　　也没有盯着她非要个答案，但那眼神似有若无的，直看得燕绥万分煎熬。就在她思忖着怎么回答合适，一个激灵，突然反应过来。

　　傅征哪是真的在问她，他分明是拐着弯地警告她，让她别乱动心思。

　　看着是一换一换掉了彼此的马和炮，可实则燕绥是被傅征狠狠将了一军。

　　燕绥委屈，斜了他一眼，嘟囔："我哪有这个北京时间……"

　　傅征没听清，不过他猜也不会是什么好话，看了眼时间，问："你什么时候走？跟船到安全的地方再离开，还是原路返回从摩加迪沙走。"

　　聊到正事，燕绥正经起来，沉吟道："原路返回吧，到下个港口起码还要两天两夜，我等不起。"

　　"今天？"

　　"今天。"

　　再给她一个下午的时间安排燕安号，下午五点从海上离开，算上去机场的时间，正好能赶上深夜回航的那班飞机。机场再中转两次，后天下午就能到家。

　　谈妥时间，等下午五点，直升机准时降落在燕安号的甲板上。

　　老船长和船员知道船东要走，都停了手头的事出来相送。

　　燕安号历经被劫一事，没多久就恢复了正常运转，该交代的该安抚的燕绥都做了，离开得虽然匆忙，但接下去的航程都有海军护航，她也没什么可担心的。和老船长话别后，燕绥登机，带辛芽和陆啸返回索马里。

　　来时和归时的心境大不同，燕绥重新坐上昨天凌晨将她从索马里黑暗里拽出来的吉普，亲切感顿生。虽然才过去一天一夜，时间却像是流逝了很久一样。

拎着心的迫切感卸下，天黑时入城，燕绥还有心情欣赏战时索马里的疮痍和荒凉，满目新鲜。

车里，陆啸听说海盗会移交海牙国际法庭接受审理后唏嘘不已："现在各国海军在索马里都加强了海岸警卫能力，相比之下，海盗袭击次数会减少不少吧？"

胡桥点头："2011 年时，海盗的袭击次数就下降了百分之六十，不少海盗金盆洗手。像亚丁湾海域，我国海军编队日夜巡航，有商船需要都会护航经过，能得手的海盗少之又少，但仍旧没有杜绝。"

几个男人凑在一起，聊不多时就谈论到政治立场。

车驶入索马里的街道，天色还不算太晚，路上还有三三两两少数的行人。燕绥嫌车里闷得慌，揿下车窗换气。刚开了一道口，她就眼尖地看到一家酒店门口停着一辆眼熟至极的陆地巡洋舰。

她的心猛地一跳，有个念头忽然活跃起来："停车。"

傅征依言踩下刹车，把车靠边。

车刚停稳，燕绥开门下车，拎过辛芽的双肩包，从内夹层摸出枪格外熟练地别到后腰，又摸出一支口红，淡了语气道："各位稍等啊。"

傅征从后视镜里看到燕绥离开的方向，皱了皱眉，也跟着下车："我去看看。"

两人前后脚下车离开，车内还不知道发生了什么事的所有人，下意识屏住了呼吸，目光嗖嗖地紧跟上两人的背影。

燕绥在离陆地巡洋舰还有几米的距离时，蹲下身系鞋带。酒店的大门虚掩，透明的玻璃门里灯火通明，隐约能看到几个身材健壮的男人或坐或站地等在前台。

燕绥没见过陆地巡洋舰里的雇佣兵，但认出其中一个站着正和前台说话的男人，就是她乘坐的乔治·巴顿的司机。

她唇角冷冷一掀，起身走向陆地巡洋舰。

为了以防万一，她绕着车子转了一圈，确定没人注意这里。她踩着轮胎爬上引擎盖，拧开口红挥臂涂了个大号加粗版的"fuck"。涂完，她端详了两眼，摸出别在腰后的枪，对着保险杠和车轮比画了下。

傅征看到这儿，也明白了她想干什么。他折回车旁，脱下军装，看了眼陆啸的外套：“脱下来。”

陆啸大气都不敢喘，麻利地脱了外套递给他，生怕自己还不够热情，他提着裤腰，哆哆嗦嗦地问：“裤子要吗……”

傅征刚穿好陆啸的外套，闻言，顿了顿，瞥了他一眼：“不用。”

陆啸顿时松了一口气，不要就好。

傅征把拉链一口气拉到顶，竖起的领口刚好护住整个脖颈。他攀着半人高的墙体跳上台阶，躲在立柱后，守在酒店大堂的必经之路上。

燕绥终于比画好，往轮胎上打了两枪，一前一后，枪法准得跟受过专业训练一样。

傅征看得暗暗挑眉。

枪声一响，酒店内的雇佣兵警觉地望出来，许是没想到有人会对他们的车下手，只推搡出倒霉的司机出来探查情况。

燕绥余光瞥见有人出了酒店，又往保险杠上补了一枪。补完就跑，毫不恋战，以至于根本没看见那倒霉蛋刚出酒店就被傅征放倒。

他速度快，酒店里的雇佣兵还没回过神来，人就被放倒在酒店门口，连一声惨叫都没来得及发出，只抱着腿满地打滚。

燕绥火烧屁股似的跳上车，傅征紧跟着开了驾驶座的车门。

眼看着酒店里的雇佣兵回过神，纷纷追出来，傅征用力踩下脚下油门，改装后的吉普马力十足，引擎咆哮着，绝尘而去。

开出几里地后，车内仍旧诡异地安静着。

车内目睹了整个事件的所有人都在心情复杂地消化中……

良久，傅征抬眼，透过后视镜和后座的燕绥对视了一眼。

他的声音低沉，听不出什么情绪：“能耐了。”

车从土坡驶下，钻进了巷道。两束远光灯雪亮，把车前浮动的尘埃都照得纤毫毕现。

燕绥开过枪的手还在抖，真枪和闹着玩的玩具枪到底不同，后坐力震得她虎口发麻，整条手臂酸痛不已。过速的心跳还没平息，咚咚咚地跳着，声音竟盖过了轮胎打磨碎石的声响。

燕绥压根儿没想到傅征会跟着她下车，还……帮忙善后。

刚才那件事，就是对她这个始作俑者来说，也太过大胆任性。更遑论傅征，人还是海军特战队的现役军官。

这件事要是让郎将军知道，肯定先弹她几个脑嘣让她长长记性。她瞄了眼傅征身上那件黑色夹克，又顺着后视镜悄悄打量了眼正专注开车的傅征。视野有限，燕绥只能看到他那双浸在林间雪水上黑色晶石的眼睛，正注视着前方路况。估计是担心雇佣兵会换车追上来，从刚才起他就油门猛加，开得飞快。

燕绥做完坏事的兴奋感涌上来，压也压不住。她轻咳了一声，借着吸鼻子的动作抵住鼻尖，刚忍过那阵笑，结果转眼瞥见跟小媳妇一样坐在座位上的陆啸，到底没绷住。

陆啸对傅征有天生的弱者敬畏强者的心态，傅征借了他的外套没脱还给他，他也不敢开口要。手上捧着的那件特战服更不敢穿，生怕亵渎了。这会儿冷得瑟瑟发抖，唇色发青，还强装镇定。

她一笑，本就等着听她发表感言的一车人，这会儿都似有若无地打量她，试图从她这里听到只言片语。

无论是感人肺腑的真情故事还是瞎编乱造的检讨报告，她随便说点什么都行。

燕绥想了想，觉得这事自己应该道歉："对不起啊，我这个人什么都挺好的，就是有点记仇。"

有点？路黄昏对她的说辞嗤之以鼻，明明是很记仇好吗？

燕绥嘴上说着自己不好，但语气理直气壮，好像她记仇就是理所应当的，丝毫没有一点愧疚感："我来之前花了重金跟安保公司雇了一个车队，为的是一路平安畅通。结果这帮孙子却憋着坏勾结了索马里人想再坑我一笔。你说我一个一毛不拔的资本家，怎么咽得下这口气。"

辛芽听得喉咙咕咚一声轻响，嗓子发痒。

来了来了，燕总开始发表领导讲话了……

"我这小助理昨天以前看到这个世界最黑暗的一面顶多还是微博热搜上那些晚八点档家庭伦理狗血剧，他们都把辛芽的世界观重铸了，我弄坏俩轮胎算什么？"

听得津津有味的胡桥听到这儿算是听明白了，这哪是检讨和认错，她明明是拐着弯地给自己脱罪……

他眨了眨眼，用余光去扫傅征。驾驶座上的人仿佛丝毫没受这些话的影响，减速挂挡，目光专注。

胡桥看在眼里，只觉得自家老大对燕总是真的仁慈……这事要是放路黄昏身上，狗腿都能打折好几次了。

傅征不接话，燕绥也没再说下去。再解释听上去就像狡辩，不讨喜还会惹人嫌。

她看出来了，傅征并没有跟她计较的意思。

车内一静，傅征抬眼往后座看了眼。

这种境外势力，尤其在索马里这种有政府跟无政府状态一样的地方，就是犯罪也很难约束。

就她昨天凌晨的那番遭遇，让她卸两个轮胎撒撒气，的确没什么大错。否则在看穿燕绥意图的时候，他早就出手阻止了，哪还能继续纵容？

引起傅征兴趣的，其实是她那手枪法。他离得近，看得很清楚，她手腕力量不强，握枪的时候甚至手还在抖，但每回开枪几乎都离中心不远，显然是受过训练。

前方下坡，傅征踩刹车减速，语气也跟着徐缓："这手枪法，郎将军教出来的？"

"没。"燕绥回答得很真诚，"外公不喜欢女孩子舞刀弄枪太强势，所以不怎么教我这些。不过……"

燕绥卖了个关子，这胃口吊得胡桥都忍不住转身看向她，等她说完。

她故意顿了几秒："郎家有个今年军校刚毕业的，算是我表侄。他别的爱好没有，就特别喜欢射气球，跟他玩得久了，射击射箭都会一点。"

会一点绝对是谦虚了。

不过傅征也没挑破，他在记忆里搜寻了一番，隐约记起是有这么一个人，叫——郎其琛，就在他的部队里。

一路畅通无阻，三小时后，燕绥终于看到了从机场出来的那条黄土小路，机场就在眼前了。

陆啸是燕氏集团在埃塞俄比亚海外项目的翻译，虽说项目已经在收尾阶段，但缺了陆啸还真的不行。是以，到了机场，三个人还要分成两路。

这一趟出生入死，辛芽和陆啸倒是建立起了革命友谊，还在车上就已经讨论起了等陆啸回国，去哪哪餐厅庆祝一下此行大难不死。

辛芽的小棉袄属性燕绥一直知道，正听着辛芽关照陆啸要平安回来，转头她又春风煦暖地关切胡桥："胡桥，你们什么时候休假啊？"

路黄昏抢答："还有小半年，年前军舰归港。"

竖着耳朵听清休假时间的燕总笑眯眯的："辛芽你等会儿把大家电话都记下来，等大家休假了，我做东，大家再聚聚。"

说着，笑眯眯扫了眼傅征的脸色……

嗯，面无表情。

还挺沉得住气。

燕绥这趟返程，中国驻索马里的大使馆提前和机场做好了沟通。傅征出示军官证后，机场工作人员并没有加予阻拦便行了方便。

在柜台领了登机牌，航空公司的人员接引一行人去贵宾室稍作等待。

陆啸的航班更早一些，过了安检直接去登机口检票登机。

半小时后，燕绥的航班也开始检票。

头等舱的席位，前面只排了一对夫妻，很快检票通过轮到她和辛芽。

燕绥的机票刚递出去，又反悔了，就这么走了，怪不甘心的。

她转身，看向离她仅两步远的傅征："这两天，多谢傅长官的关照。"

傅征微微颔首，客气又疏离："应该的。"

燕绥笑了笑，她站在明亮的灯光下，饶有几分未收整的狼狈，也因脸上那抹笑容显得格外明艳。她像是生来不知道什么叫含蓄，拢了拢发，笑意微敛，道："下次见面也不知道是什么时候，有些话经不起藏。"顿了顿，她那双眼直勾勾地盯着他，不怀好意，"傅长官你也就是占了时间的便宜，放几百年以前，你这样可是要娶我的。"

说完，也不等他什么反应。

她的目光穿过他看向身后的三人，用比对他客气得多的姿态告了辞。转身，肆意潇洒地检票，进入舱口，头也不回径直走进了仿佛深不见底的通道里。

傅征站在原地，一动不动。他身后听完全过程的三个人，不约而同立正站军姿……昂首挺胸目视前方，假装什么都没听见。

生怕燕绥一走，被殃及的就是他们。

意外地，傅征什么也没说，深深看了眼登机口，压低了帽檐，转身离开机场。

胡桥和路黄昏对视了一眼，都从彼此眼中看到了五个字——这事还没完。

航班晚点，燕绥在国外机场滞留了一夜，等回到南辰市已是第三天的傍晚。

秋意正浓，越靠近冬令时，天时越短。

下飞机时夕阳还挂在山头，余光暖暖。等燕绥从下客通道走到机场外，暮色沉沉，天色夹着灰，被点缀在枝头的路灯照得灰扑扑的，像翻旧的相册。

上了车，燕绥吩咐司机先送辛芽回家。

她半夜把人小姑娘从家里拎出来带去索马里出生入死，再不赶紧给人送回去，估计明天就能上微博头条了。

刚把辛芽送到，郎誉林的电话又追了过来，问她到哪儿了。

原本燕绥还想回家冲个战斗澡，换身衣服，郎大将军一听她就在两条街外，嘟囔："一来一回的时间够你把一个月的澡都洗了，你也不嫌麻烦。"

燕绥沉默，两小时能把一个月的澡都洗了？郎大将军真是年纪越大越爱开玩笑！

"直接过来吧，你舅妈在家呢，让她给你找件换洗衣服。"话落，电话那头蹿出一道燕绥意料之外的声音："姑，你麻利点赶紧来，一家子等你开饭呢。"

燕绥挑眉，笑了："你今天怎么回来了？"

郎誉林手里的电话被郎其琛接过来，他咬着苹果，声音满是朝气："想你了呗。"

"贫嘴。"

郎其琛笑了两声，又压低了声音道："我听说这两天你过得很是惊心动魄啊，回头给我说说？"

"行啊。"

挂断电话，燕绥拉下车窗，晚秋的夜风不像亚丁湾势不可当的海风。它被城市的灯光磨平了棱角，干燥温凉，充满了人情味。她往后倚着椅背，看着车窗外流水般的行人，吩咐："直接回大院吧。"

遇上下班高峰期，只隔了两条街都寸步难行。

燕绥在路上堵了近半个小时，终于从车潮中解放出来。车通过门检驶进大院，燕绥在门口下了车，往里走了几步，想起什么，又折回去交代："你先回去吧，我要是今晚还回再给你打电话。"

司机答应了声，看着她进了屋才掉头离开。

知道她回来得晚，郎家还没开饭。

郎誉林戴着老花镜正在看《晚间新闻》，远远听见郎其琛小狼崽一样嗷嗷兴奋的叫声就知道是燕绥回来了。他端起茶杯喝了口，不慌不忙一口茶饮下，门口果然探出了半个身子。

燕绥踩着玄关的软垫，边换鞋边笑眯眯地把屋子里的人都叫了一遍。

小舅妈早替她准备好了干净的换洗衣物，等她洗完澡下楼，正好开饭。

郎誉林一路催得紧，知道燕绥离开索马里后，隔半天就打通电话催她赶紧回来。说是等着她回来请罪，实际是担心她受了伤又瞒着，这会儿见她神清气爽，也不见断胳膊断腿的样子，终于放心。

一顿饭数数落落的，燕绥吃得反倒开心。

晚秋上了早橘，皮还青黄，里面的橘肉倒是不酸不甜。

饭桌上的气氛很浓，燕绥出来透个气，就站在廊下慢条斯理地剥橘子。刚剥出完整的橘肉，郎其琛不知道从哪蹿了出来，伸手就分走了一半。

燕绥正有事想问他，干脆连橘带皮都递了过去："傅征你认识吗？"

运气不好，整瓣橘酸得不能下嘴，郎其琛鼻子皱得不是鼻子，眼睛挤得不是眼睛，好半晌才管理好表情，嘟囔："你这不是废话吗，你问问部队里哪个兵不认识他。"

他把橘子推回来，倚着摆在墙角的自行车坐下，意味深长地看了她一眼："好端端的怎么跟我打听起傅征来了？"

燕绥不爱卖关子，丢了瓣橘子进嘴里，道："看上他了。"

靠……这橘子是真酸。

郎其琛"嘶"的一声倒抽一口凉气,做贼似的左右环顾了一圈,压低声音不敢置信地反问:"等等,你说的'看上他了'是我理解的那个意思吗?"

燕绥斜睨了他一眼,啧了声:"你贼兮兮的干什么,我看上傅征就这么见不得人?"

郎其琛被噎得没接上话,他一直觉得他姑灵魂里就住着个汉子,现在他更坚定自己这个想法了……人家女孩表达喜欢,不说捂脸跺脚捶小胸胸,那是有点矫情,但脸红总会有点吧?

他姑说看上傅征的时候,磊落得这件事跟吃饭喝水睡觉一样普通。

燕绥见他出神,撞了撞他胳膊:"我问你,傅征没女朋友吧?"

"没有。"郎其琛想了想,"但之前听说傅家那边给他安排了个相亲,也不知道怎么想的,找的女孩家里做生意的。"

话落,郎其琛才想起来他姑就是从商的大魔头,赶紧改口补救:"做生意挺好,脑子灵光不容易被骗……"他"哈哈"干笑两声,又补充了句,"你可能知道,姓温,在本地有家分公司。"

燕绥慢悠悠地"哦"了声,往嘴里塞了瓣橘肉,含糊道:"你的意思是他现在没女朋友,但不排除有个正在相处的女孩呗。"

郎其琛看她吃那橘子,牙齿直泛酸,咽了口口水,点头道:"是啊,傅队又出了名的闷……一般消息轻易不能打听到。"

燕绥瞥了他一眼:"那你从哪儿听到的?"

郎其琛尴尬地咳了声:"越难听到的八卦越劲爆的道理你还不懂嘛……"

说的也是。

见她不问了,郎其琛却憋不住,一股脑地把脑子里所有有关傅征的消息都掏出来嚼了嚼:"等军舰归港,傅队长回来我们今年的集训也开始了……"

说到部队里的事,郎其琛格外兴奋道:"就那个选拔特战队的,我有内部消息啊,这次能留下来的直接进傅队的一编队。他回来就是给我们当教官的,我一想到要被傅队操练,就血液沸腾,心跳加速,浑身充满了力量。"

燕绥"呵"了声,剩下的橘子全部喂进郎其琛嘴里,道:"你那是吃了春药吧？"

郎其琛被酸得掉牙的橘子塞了满嘴，"唔唔"了两声，捂着嘴奔回屋里去吐了。

他一走，院子里安静下来。

燕绥摸了摸下巴，琢磨：这半年，她是不是得刷点存在感啊……

隔天，燕绥到公司的第一件事，就是把辛芽叫进办公室。

一夜不见，被亲情滋润的小姑娘容光焕发，捧着给她买的早餐边布置边问："燕总，你昨天休息得怎么样啊？"

燕绥的睡眠一向不好，尤其昨晚又是歇在大院，感觉刚合上眼天就亮了。

她掰了筷子夹了个汤包，声音含混："还行，在机场的时候让你把路黄昏他们的号码要来，你要到了吗？"

"要到了。"辛芽还不清楚燕绥的心思，用手机翻了通信录，递给她，"不过只要到路黄昏和胡桥的，另外一位太闷了，说话也不爱搭理……傅队长跟我说他不用手机。"话落，她又自己嘀咕了句，"怎么可能有人不用手机？"

摆明了就是不想给她号码。

燕绥哼了声，张嘴一口吞掉整个汤包，瞥了眼屏幕上那两个号码，吩咐："你没事跟他们多聊聊，联络下感情。"

辛芽狐疑地看了她一眼，"哦"了声，"可是胡桥说他们在海上，没信号，手机就用不了……"

燕绥筷子一顿，暗骂了一句猪脑子。她怎么忘了海上没信号呢！

她嘬了口豆浆，挑眉道："这样，你等会儿打个电话，往军舰上的值班室打。就感谢，感谢海军让商船和船员平安，让他们务必转达这份感谢给当事人，记得要诚恳点啊。"

辛芽听得一脸蒙，感谢这种事，来之前不是已经做了嘛。她还记得燕总跟傅队长握手的时候，感动得都舍不得放……所以还要感谢一遍吗？

"再去做面锦旗，等着胡桥他们回来，就送过去。"燕绥咬住吸管，绞尽脑汁，"还有什么可以做的？"

辛芽目瞪口呆，她瞄了眼办公桌上堆积如山的文件，小声提醒："傅队长他们还有半年才回来，不如你慢慢想，燕副总还在会议室等你。"

此时，远在亚丁湾海域的傅征，刚接到任务——

当地时间下午三点，百洲号一名船员受外伤后鼻腔突然大量出血，其余船员紧急治疗无效，危及生命，申请救助。

收到紧急医疗救助信息后，邵建安立刻派出医疗小组登船，傅征随小艇护送。

患者伤势稳定后，医疗队留船一天，观察患者情况。

傅征和医疗小组同住在百洲号的甲板室，入夜后，他值班瞭望。

没有月光的夜色，海上唯一的光芒就是远处的灯塔，正随着波浪浮浮沉沉。

老翁从房间出来透气，见他一个人站在高处，手脚并用地爬上来："也没月亮啊，你这一脸思念的，想什么呢？"

傅征垂眸看他："没光你也能看见我一脸思念？"

"心灵感应，哈哈。"老翁有点恐高症，爬上来就后悔了，蹲了会儿，被风吹得有点冷，灰溜溜地又爬下去，"老年人先回去睡了。"

傅征搭了把手把他送下去，自己又站了片刻，摸了摸脸。

刚才隐约听到有鱼尾在海面摆动的声音，有一刹那，他忽然想起那天午后，燕绥抬手遮着阳光，仰头问他在船上怎么打发时间……

那扬着唇角漫不经心的笑容，比这大海还让他有征服欲。

眨眼入冬。

立冬那日，郎誉林叫她回大院吃饺子。

有一段时间没回去，燕绥也馋小舅妈的手艺，那天提前下班，自己开车回了大院。到的时候小舅妈还在包饺子，燕绥是小辈，不好站着空等，洗了手进厨房帮忙。

"其琛怎么没回来？"燕绥刚才里外晃了一圈，都没见着郎其琛，猜想这个点还没来，今天应是不回来了。

"部队有纪律，哪能随他想走就走的。"小舅妈看了她一眼，温声问，

"你爸呢？现在还在南极？"

"没。"燕绥蘸了点水捏饺子皮，道，"去冰岛了，说要看极光。"

小舅妈轻叹了一声："你说你爸也真是，这么大一公司丢给你就不管了，上次劫船的事他到现在都不知道吧？"

燕绥笑了笑，替燕戳开脱："我没跟他说，都过去的事让他操什么心。"

"那过年呢？"饺子下了锅，沸腾的水汽里，小舅妈的语气也带了几分蒸腾的朦胧，"有没有说过年回不回来？"

"不回来了。"燕绥递了碗给她，"不回来也好，我怕他回家了，家里空荡荡的又要难受。"

燕绥的母亲叫郎晴，是郎誉林最小的女儿，生前是名军医，三年前因病去世。

燕戳和郎晴感情深厚，结婚二十多年也宛如新婚。郎晴去世后，燕戳伤心过度，一蹶不振，生了一场大病，养了足足一年才好。

燕绥当时在国外，刚读研结束。此事来得突然，她惊闻噩耗，立刻放弃了继续读博的计划，匆匆回国。也是那时，赶鸭子上架，她毫无准备就被燕戳扶上了燕氏集团的高位。

燕戳那时候身体虽然不好，但还没到重病不起的程度。等燕绥坐稳总裁之位，他吊着的那口气一松，顿时病来如山倒。

那一年，燕绥的日子过得就像是被架在火上烤，白天处理工作，晚上照顾燕戳。连轴转到生理期失准，重返了一次青春期。

燕戳病好后，就开始不着家。从起初没日没夜的临河垂钓，到后来变着法地给自己找事做打发时间，燕绥生怕他又把自己折腾病了，给他买了张机票送去了法国。

此后，燕戳就像找到了新的人生目标，两年来四处旅游，一趟也没回来过。

厨房里沉默了片刻，两人默契地不再继续这个话题，转而谈论另一件事："我听其琛说，你有喜欢的人了？"

燕绥挑眉，心里把郎其琛从头到脚骂了个遍，嘴上糊弄道："这小兔崽子说的话，十句里面九句是假的，哪能听啊。"

她看上傅征这事，当着郎其琛这小畜生的面说了也没心理障碍。可小

舅妈就不同了，再无话不谈那也是长辈，她回头跟退休后闲得没事干的郎
大将军八卦一嘴，肯定要插手干预……

傅征这种人，看着就挺不好驯服的。她要是搬出长辈来施压，这辈子
都别想和他有一腿了。

许是郎其琛平时的信用度真的太差，小舅妈没怀疑，笑呵呵地叮嘱她
大事抓紧后也没再追问下去。

三月末。

燕绥正和燕沉在他办公室就海外工程的投标开会，辛芽硬着头皮来敲
门，"燕总"。

燕绥被打断，拧眉看向门口："什么事？"

辛芽看了眼燕绥，又看了眼燕沉，指了指手机："您表侄……"话一
出口，觉得不够妥当，改口道，"郎其琛说有很紧急的事找你。"

很紧急？

他能有什么紧急的事？

燕绥心里这么想着，手还是伸了过去，接过手机。

郎其琛等得都火烧眉毛了，好不容易听到燕绥的声音，又是那副懒洋
洋的音调，尾巴毛差点爹了。但对着燕绥，他不敢耍横，连抱怨都跟撒娇
一样："我说姑，手机的发明不就是为了让人随时随地能联系吗？你倒
好，我打电话给你十次有九次都是辛芽接的，还有一次不是没人应答就是
在服务区外……"

燕绥挑眉，看了眼燕沉，低声道："先休息一会儿吧，我接个电话。"

燕沉颔首，做了个"你请便"的动作。

燕绥推开椅子起身，出去接电话："不是说有很紧急的事找我？"

"对对对。"郎其琛差点忘记正事，奸笑了两声，"南辰舰队明天上
午归港，你要不要过来？"

明天？

明天四月一号啊！

燕绥极警惕地反问："愚人节开我玩笑呢？"

郎其琛被问得一蒙，等回过神来，顿时跟受了莫大的侮辱一样，带着

哭腔道："我好心给你提供战报，你还怀疑我跟你开玩笑。要不是你是我姑，我犯得上这么上心吗？我这半年逢傅征的消息必打听，我战友都快以为是我喜欢他了！"

小朋友有心要诉冤屈，那语气要多可怜有多可怜，要多委屈有多委屈，听得燕绥眉头直跳，赶紧认错："行行行，我错了。可我也没让你四处打听傅征的事啊……"

郎其琛顿时原地爆炸："你还说！"

"不说了不说了。"燕绥认输，"谁叫郎其琛谁就说得对。"

小朋友这才满意："那你这周来队里给我改善下伙食。"

燕绥满口答应："不说了，我正开会呢。"

临挂电话前，郎其琛不死心又问了遍："明天你真不来？"

"不来。"军舰归港，去迎接的不是领导就是家属，她哪个也算不上，去那儿干吗？

郎其琛沉默了几秒，吐槽："我还以为你有多喜欢傅队长呢……切。"话落，生怕燕绥能顺着电话爬过来揍他一样，以迅雷不及掩耳之势挂断了电话。

燕绥听着那端忙音，"嘿"了声，骂："小畜生。"

她收起手机，原地站了片刻，抓了抓头发，转身回了燕沉的办公室。

隔日，燕绥一大早来到公司，把辛芽叫到跟前问今天的行程安排。

辛芽一口奶茶咕咚咽下去，抱着平板汇报："早上有个周常会议；下午两点和法务部的律师就安保公司那起案子需要再接洽下；下午四点约了淮岸老总；晚上订了盛远酒店的包房和淮岸、安远的老总一起吃饭。"

还真是没点空闲。

燕绥揉了揉眉心，撇开杂念，道："你先下去吧。"

辛芽"哦"了声，出去到茶水间给她泡了杯大吉岭的红茶送过去，这才退出去。

自打上次从索马里回来，燕总就变了口味，惯喝的咖啡换成了红茶。辛芽生怕是自己煮咖啡的手艺退化了，胆战心惊地拐着弯问了燕绥，得到的回答是："红茶是故人的味道。"

文绉绉的……反正辛芽旁敲侧击，知道不会丢饭碗后也就随她去了。

毕竟老总的心思你别猜，猜来猜去也猜不透。

午休燕绥叫了外卖，就在自己办公室的休息间吃。

辛芽作为贴身处理，三餐都跟燕绥一起解决。一到饭点，她就习惯性地打开韩剧，边看边吃。

燕绥对韩剧虽然没什么兴趣，但觉得男演员长得都挺下饭也从没有意见。

可是今天有点奇怪，进度条刚过完片头曲，燕总一个皱眉："今天看点上进的。"

辛芽："……"

"军事频道有没有？"

辛芽一脸蒙，半晌才答："有有有。"她边调频道边偷偷觑燕绥，满头雾水。

直到某军事频道传来——

"海军第二十六批护航编队，于四月一日上午顺利返回南辰某军港。南辰舰队在码头举行隆重欢迎仪式，舰队司令员 ××× 和政治委员 ××× 代表舰队党委和机关到码头迎接……"

辛芽咬着筷子，瞬间恍然大悟。

Chapter 5

听说你对我念念不忘？

应酬这种事，只要做生意都免不了。往常有应酬，大多是燕沉应付，极少需要燕绥同时作陪。当然，也有特殊情况的时候，比如燕沉出差不在公司。

好在这次应酬并不是喝酒谈人情，聊了半盏，酒没喝多少，菜倒扫了一大半。

燕绥年纪虽轻，但商场三年打磨下来，早褪稚气，做事沉稳，谈吐风雅又不失幽默。淮岸和安远的老总平时和燕沉接触较多，今天和燕绥打了交道，不由得惊艳："还真不能小看了现在的年轻人，都是后起之秀啊。"

淮岸老总也笑着附和："燕副总还说你不善言辞，我看他是舍不得他这小堂妹陪我们这些老头子吃饭，又无聊又死板。"

燕绥笑而不语，举了举盏，敬了两人一杯。

晚上九点，饭局结束。

燕绥在酒店门口先送走了两位老总，正等司机开车来接，手机响起来，"小畜生"三个字出现在屏幕上。

燕绥酒意未散，倚着酒店门口的喷泉坐下，声线慵懒地开口道："小畜生，你当你姑这是热线电话啊，天天打。"

那端诡异地沉默了几秒，一开口，就把燕绥吓醒了。

男人的声音低沉，隐隐能听出在压着火，低声道："你侄子喝多了，赖在我车上不走，是你来接还是我随便找个地方把他扔下车？"

"傅长官？"燕绥不确定地问了一声。

没听到那端回答，燕绥反而确定。她抚额，低声笑起来："这不省心的，你在哪儿？我现在过去接他。"

报了地址，傅征挂断电话，倚着车身转头看了眼睡在他后座几乎昏迷不醒的郎其琛，头疼不已。

胡桥喝得半醉，蹲在地上直笑。

战舰归港，部队给放了几天假。在海上待了八个月，天天吃食堂……回来可不得好好祭祭五脏庙嘛。

聚餐结束，正要原地解散。也不知道郎家这小子从哪儿冒出来的，缠着傅征死活不撒手，傅征见人醉得不轻就没计较，托老板叫车把人送回去，不料郎其琛张口就娇嗔："不坐，我要姑父送我回去。"

傅征当时那脸色，看得胡桥顿时酒醒了一半。

这会儿终于知道这小子的姑姑是谁，胡桥是真的忍不住……

就在傅征脸色越来越黑，耐心即将告罄的时候，路口一辆大 G 风驰电掣地冲上路肩，刺耳的刹车声后，车停在几人面前，驾驶座的车窗撤下。

燕绥坐在后座，笑眯眯地和傅征打了声招呼："傅长官，许久不见甚是想念啊。"

离红绿灯不远，有轿车喇叭长鸣催促挡在人行道上的电瓶车快走。傅征收起视线，看了眼坐在车里半年没见的燕绥。化了淡妆，她的五官更精致不少。眉如远黛，眼尾的锐利锋芒被挑勾起的弧度柔化，多了几分狡黠。背着光，那双眼全是漆黑的瞳色，清澈又明亮。

这个女人，明明沉浮在利益交汇人情复杂的商场上，却始终清醒着，没让自己沾染上半分世故和功利。

许是他看得有些久，燕绥倾身和司机说了句什么，随后推门下车，开口半句没提郎其琛："傅长官回来多久了？"

"刚回。"傅征不欲和她多寒暄，侧了侧身，让开地方，示意，"人在里面。"

燕绥走近看了眼，郎其琛四仰八叉地睡在车后座，怀里还死死地搂着个半人高的泰迪熊。

她挑眉，腹诽：又送熊。

燕绥的这个表侄，关系其实有点远。他是郎大将军哥哥的曾孙，但几乎从小就养在郎誉林膝下，论辈分，是要叫燕绥一声表姑。

郎其琛个子出挑，长得也好，从小到大屁股后头都跟着一堆眼神不太好的小姑娘，不是递情书就是送巧克力。许是打小就太缺爱的缘故，有人对他好他就来者不拒，时间久了，养出个爱撩妹的性子，十八岁成年后，身边就再没缺过女朋友。

燕绥本来还奇怪，郎其琛怎么会喝得烂醉如泥还勾缠上了傅征，这会儿见他抱着个显然没送出去的泰迪熊，什么都明白了。

不出意外，又失恋了……

看情形，这次应该是被分手。

她有些头疼，想起这几年郎其琛每回失恋都要来和她回忆往昔，不由操心地问道："他没跟你说什么奇怪的话吧?"

傅征偏头回望，脸上的光影随着附近的霓虹彩灯切换着，眸色深深地盯住她。

这眼神和傅征在索马里时看她的不太一样，可到底哪里不一样，燕绥又说不上来。反正也习惯了他爱搭不理的，燕绥把长发拢至脑后，粗粗用根皮筋绑住，比画了下郎其琛的身量，有些为难："傅长官你给搭把手，先帮我把人弄上车。"

傅征一声不吭，侧脸看了眼停在路肩上的那辆大 G。本欲叫司机来帮忙，抬眼一看，驾驶门大开，司机叼着烟抖着腿已经站在路边打了辆出租车。

燕绥循着他的目光看去，唔了声，解释："酒店给叫的代驾。"

她难得表情生动，皱了皱鼻子，嫌弃道："消极怠工。"

傅征一声不吭，他没错过燕绥下车前交代司机的画面，虽没听到她和司机说了什么，但也不难想象。他深看了燕绥一眼，在后者的满脸无辜下，傅征越过她就要俯身。这动作的完成度刚到和她擦肩而过，他便停了下来，转头打量了她两眼，眉心一蹙道："你喝酒了?"

燕绥直觉不妙。

果然，他的语气沉下来，像压着火气道："你就打算这样把人接回去?"

那语气，冷得她一个哆嗦，舌头像是僵住了，什么也说不出来。

原本，燕绥吩咐司机先走是意图让傅征送她一程。这种摆在眼前的便宜不占，不是她的风格。

不料，还没等她"突然"想起来自己喝了酒没法开车，再顺便央他帮忙开车送回家，傅征先发难了。

啧，先机尽失。

胡桥见势不对，扶着车门站起来，没站稳，晃了两晃，又头晕地蹲回去，叫唤道："老大，风吹得我头疼。"

胡桥是南辰市土著，没郎其琛这意外的话，他这会儿应该被傅征送回家，正舒舒服服躺在客厅那沙发上焐着热毛巾边喝蜂蜜茶解酒边享受二老春风般的关怀。

所以他这一叫唤，格外有效。

傅征脸色还阴沉着，却移开眼，先架起胡桥大步走到路肩上。叫了辆出租，把人送上车，报了地址，又给胡桥留了打车钱，关上车门，折回来。

燕绥远远看见他把胡桥送走，大概猜到了他的意思。虽然过程未在她掌控之中，但结果一致，过程便不重要了。

等傅征回来，燕绥主动上交了车钥匙，"悉听尊便"。

傅征的脸色还不太好看，接了钥匙先把她的车停到饭店的车库，押了停车费再出来时，见燕绥还站在车外等他，微微挑眉："怎么不上车？"

燕绥穿得单薄，一件衬衫一件西装外套，根本不御寒。在风里站了这么久，早就冷得不行，听他语气终于缓和，边跟着他上车，边道："这不是让自己长点记性吗？"

傅征瞥了她一眼，没作声。发动引擎后，却顺手开了空调，调了暖风。

燕绥的车钥匙又被他抛回来，傅征系好安全带，观察着路况，开车沿着路口汇入主车流，眼看着百米外就是个路口，这才想到问她地址："住哪儿？"

燕绥报完地址后，车内顿时又安静下来，除了偶尔交错而过的车辆行驶声就只有后座郎其琛一声高过一声的鼾声。

燕绥想过和傅征再见面的场景，按照她的计划，应该是在几天后，她亲自邀请邵建安、傅征以及胡桥、路黄昏他们吃饭。即使不在饭局上，也不会像今天这样……计划赶不上变化。

所有的安排都被后座昏睡不醒的郎其琛搅得一塌糊涂。她心里默默叹了口气，也没心思找话题了，一路安静到小区门口。

已经过了十点，燕绥没打算让傅征把郎其琛送上楼，车在楼前停下后，燕绥先给物业打了个电话，让物业派个保安过来帮忙。

傅征对她的这个安排不置可否。

一时无话，燕绥想了想，说："其琛的父母做科研，没什么时间照顾他。他从小在我外公家长大，年龄小嘴又甜，家里人都宠他。他的命也是真好，顺风顺水，都没人给他添过堵，所以这么大了性子还跟孩子一样，顽皮不服训。"

燕绥抬眼，看着他的目光诚恳："我听他提过，四月中旬有个选拔赛，你是教官。他今天做事糊涂，但专业素养很不错，也是很优秀的军人。"

傅征听懂她的意思了，她试图挽救郎其琛在他这里的坏印象，哪怕不能改变，也要争取下。起码以后他和郎其琛交锋时，想起今晚不至于先否定他的全部。

车没熄火，空调吹出的暖风渐渐让车厢里的空气变得干燥。

傅征摸出烟盒，抽了根烟凑到唇边咬住，倒不是想抽烟。只是嘴里不叼点东西，喉结有些发紧。

他咬了一会儿，微微眯眼，睨她："担心他，还是不放心我？"

这话听着有些亲密，可从傅征嘴里说出来，就是短了情分多了距离。

燕绥半分没多想，笑笑，也有些无奈："我护短。"

傅征认识她的时间不长，只知道她记仇，听她说护短……他回头看了眼后座上蜷成一团的郎其琛，信了。

燕绥这样的女人，不多见。

又坐了会儿，物业和保安同时来了人。

燕绥先下车，让两人把郎其琛从后座架出来，送上楼。她绕到傅征那侧，敲了敲，等他降下车窗，又道了谢："今天真是给你添麻烦了。"生怕他说不麻烦，燕绥没给他说话的机会，紧接着接了一句，"我明天还要回去取车，顺便请你吃饭。"

她用的还不是问句，傅征这人就跟天生不解风情一样，直接拒绝："吃饭免了。"

他顿了顿，转头看了眼消失在电梯拐角的郎其琛，问："他明天醒来还记得今晚做了什么事吗？"

燕绥虽然不解，但还是点点头："会。"

"行。"傅征颔首，似笑非笑地睨了她一眼，"劳烦你明天帮我问问，他知不知道他那声'姑父'叫的谁。"说完，没再停留，掉头离去。

燕绥往回走了两步……倏地皱起眉。

等等……

姑父？！

这小畜生该不是对着傅征叫姑父吧？

……看她明天揍不死他！

燕绥一夜没睡好，郎其琛后半夜又是吐又是哭的，没个消停。

她伺候了大半夜，听着小兔崽子回忆了一宿他深爱的前女友，眼看着天都快亮了，他终于累极，昏昏沉沉地睡了过去。

燕绥被磨得没了脾气，懒得再挪窝，就在客房的沙发上将就着睡了几小时。再醒来，天色大亮，辛芽煮好了咖啡，正在叫郎其琛起床。床上那人睡得昏昏沉沉，含混地哼了几声，又没了动静。

燕绥揉着眉心坐起来，初醒，声音有些沙哑："别管他了，不是他自己想起来你叫不醒他。"

辛芽"哦"了声，显然对这种场面见怪不怪，习以为常了。

"你几点过来的？"

"你迟到半小时后我就来了，公司没人，电话又没人接，平常让你养个宠物什么的你也不听……我不得担心嘛。"辛芽指了指门口，还照顾着没睡醒的郎其琛，声音压得极小，"你快点洗漱，出来吃早饭，我在外面等你。"

燕绥挥挥手，坐着清醒了会儿，靠着"郎其琛醒了就可以打他了"的念头顽强地从沙发上爬了起来。

燕绥刚回国时跟燕戡住在燕家，两年前燕戡病愈四处旅游后，燕家空荡荡的只有她一个人住。后来天冷，早晨起床困难，为了多赖半小时的床，燕绥就买了离公司最近的小区搬了过去，反正一个人，住哪儿不是住？搬过来不久，燕绥给辛芽也配了把钥匙，方便她出入。

今天公事不多，燕绥索性在家办公。

郎其琛在下午两点前终于醒了过来，他还没意识到门外有什么在等着他，从床上爬起来，揉着眼睛走到客厅，开口就说肚子饿。

燕绥电脑一合，微抬手指点了点，示意他过来。

郎其琛这才觉得不对劲，忐忑不安地坐到燕绥身旁："姑，我是不是昨晚又吵着你了？"

燕绥有心要吓唬他，板着张脸问："你昨天都干什么了你好好想想。"

郎其琛脸顿时绿了，他摇头："不记得不记得，什么也不记得。"

"不记得？"燕绥缓缓眯了眯眼，扣住他后颈的手指用力，捏得他缩着脖子嗷嗷叫，半点不心疼，"想不起来今天就别出这扇门了。"

郎其琛都要哭了："我昨天喝多了，看见傅队长格外亲切，就……"

燕绥冷笑道："他让我问你，知不知道那声'姑父'叫的谁！"

郎其琛下意识答："叫他啊，我还能叫谁……"

话音刚落，郎其琛"咦"了声，一脸稀奇地打量了燕绥好几眼："昨晚傅队长送我回来的？"

燕绥"哼"了声算回应。

郎其琛挑眉，又问："他亲自送我回来的？"

燕绥加重声音"嗯"了声，觑他："现在知道你犯他手里，以后的日子会不好过了吧？"

郎其琛压根儿没在意这点，他挠挠头，道："他送我回来……那是承认当我姑父了？"

厨房里，辛芽正给燕绥煮水果茶。午饭后，大院的人来了，送了一箱新鲜的水果。燕绥时常出差，冰箱里存不住东西，水果也是。每次不是带去公司让辛芽煮水果茶，就是做成水果沙拉，一天解决。

唯一例外的是椰子，只可惜开椰子太费劲，燕绥没这个耐心。

茶温刚好时，辛芽切了柠檬淋汁提味。忽听客厅一阵鸡飞狗跳，郎家那小少爷哭天抢地，吓得辛芽手一抖，咕咚一声，半个柠檬直接掉进了水壶里。

辛芽顿时傻眼："完了完了完了……"

燕绥收拾完郎其琛，渴了，半天没等到辛芽的水果茶，朝厨房叫了声，讨水喝。

辛芽出是出来了，泡了杯速溶的，红着脸递给她："柠檬加多了，水果茶太酸了……我重新煮一壶。"

"不忙了。"燕绥摆摆手，"我出去一趟。"

辛芽诧异："现在？"

燕绥一口气灌了半杯果汁，俯身捞起挂在沙发扶手上的毛呢外套，边穿边往外走："我得把这小畜生送回去，车还停在部队门口，不开回来我晚上得走着回大院。"

辛芽瞄了眼沙发上被压在抱枕下的电脑，欲言又止。眼看着燕绥换好鞋，开门要走，连忙道："燕总你等我一下，我跟你一起走。"

她匆匆拎了外套，跟上去，等进了电梯，提醒她："燕副总下午投标，再过一会儿该跟你电话连线了……"

燕绥还没作什么回应，郎其琛先哼了一声："姑，这个人怎么还在你公司上班啊？"

燕绥瞥了眼身侧低头挠耳朵当作没听见的辛芽，瞪他："怎么说话的？"

"我还说错了？"话落，正好电梯到达一层，他搂着燕绥带她往外走，和辛芽错开几步，"你是不长记性还是怎么着，当年姑爷爷刚出国，燕沉就指使他妈来公司跟你争权争公司……"

"到此为止啊！"燕绥立刻打断，没再让郎其琛说下去。

有些事，还不到摊牌的时候，就提也别提。

燕绥先替辛芽拦了车，送她回公司。

五分钟后拦到第二辆，送郎其琛回部队。后者还因为刚才燕绥让他闭嘴的事，满腹情绪，扭头看着窗外，一言不发。

郎家大爷的独子和儿媳在战场上为国捐躯，他一白发人独自抚养孙儿长大，送出国搞科研。后来郎其琛出生，夫妻俩忙于工作，只能把孩子寄养在郎大爷那儿。

可惜郎大爷去世得早,临走前把郎其琛托付给了郎誉林。

郎誉林军中事务繁忙,有心无力。所以,照顾郎其琛更多的反而是燕绥的小舅妈和郎晴。也因燕绥看着他长大,两人虽是表姑侄的关系,却比一般的亲姑侄还要亲。

郎其琛以前最常挂在嘴边的一句话就是:"你也就占了辈分的便宜。"

当然,这种话通常是开玩笑的时候才敢说,对着燕绥,郎其琛有一百个胆子也只能乖乖听话。因为燕绥急眼的时候,骂是真骂,揍也是真揍。和郎誉林不一样,郎誉林被他惹了顶多关个禁闭,罚个检讨,扣个零花钱,几乎没怎么和他动过真格。整个郎家,真正能镇得住这小狼崽的,除了调任去北部军区的舅公,就是燕绥。

没让郎其琛的闷气生太久,燕绥软了语气,哄道:"燕氏最艰难的时候我都扛下来了,现在谁还敢惹我不痛快?"

郎其琛闷哼一声:"每年过年借着走亲戚,来给你添堵的人是谁?"

燕绥被噎得差点回不上话,她也不想和郎其琛说太多公司的事,转了话题,说:"傅征回来了。"

年轻人是真的好糊弄,郎其琛瞬间忘记了自己还在生气,偏头看她,兴致勃勃地问:"有想法了?"

燕绥故意蹙眉:"没有。"

"是真的没有。傅征就一闷葫芦,他对你没兴趣的时候,你绞尽脑汁也撬不动他的嘴。聊天增进感情?不存在的。"

郎其琛掰过她的脑袋,使劲地往她跟前凑:"看我,快看我。"

燕绥嫌弃地一把推开他,咻了声:"看腻了,不想看。"

郎其琛原本是想暗示她多发现他充实的内在,迎头接了这么一句,差点内伤,郁闷了一会儿才道:"我是让你看你旁边就坐了一个现成的军师……"

沉默了几秒,燕绥说:"算了吧,我觉得我自己瞎琢磨都比你出馊主意强。"

郎其琛想,这个姑姑他可以选择不要吗?

把郎其琛送到部队门口,燕绥看着他一步三回头地走进去,不由得失笑。二十好几的人,却跟个长不大的孩子一样。

她站了片刻，转身去对面。

海军部队驻扎在南辰市近郊，离市中心较远，附近有一家小学，还有个农家乐式的农场。餐馆就开在小学对面，除了餐馆，还有几家超市和文具店，不算太荒凉。

燕绥过了马路又走了一段路，才看见停在餐馆门口的大 G，引擎盖连着挡风玻璃大半露在渐渐偏西的阳光下，车漆锃亮。

燕绥昨晚没休息好，肠胃不适，中午和辛芽叫的外卖也不合胃口。这会儿看到餐馆，才觉出几分饿，又抱着万一能碰见傅征的侥幸念头，进餐馆点了碗面。

下午茶的时间，餐馆里没什么人，站前台的女孩正坐在椅子上歇脚，燕绥加点了一份酸萝卜和芥末章鱼，女孩犹豫了下，问："我们餐馆来的大多是部队里的，所以给的分量比较大……小份也很大。"

她戳着笔帽，打着商量："不然我给你量放少点？价格就按量收费。"

还真是实诚的生意人。

燕绥一口汤咽下去，点头道："好。"

女孩掀开帘子去了后厨，交代完再出来直接坐在了燕绥隔壁那桌，问："你是军人家属吗？"

燕绥微微挑眉，觉得有趣："怎么看出来的？"

"我刚看见你从部队那方向走过来。"女孩笑了笑，有些好奇，又不敢直盯着她打量，就含蓄地看着她。

燕绥见着这种纯良无害的姑娘就忍不住打趣，顺口忽悠道："我来看朋友的，很久没见了，也没个联系方式。"她嘬了一口面，继续道，"也不知道进部队要提前申报审批，被拦在门口，进不去，也找不着人。"

女孩惊讶地嘴微张，有些同情。正想说什么，后厨喊了声，许是叫女孩的名字，她转头飞快地应了，起身去端菜。

离燕绥最近的包厢，人员满座。

傅征大半年在海上，错过了去年十一月末的老兵退伍，也错过了年关前后战友的婚礼。昨天战舰归港，不少收到消息的退伍老兵一大早赶回了南辰市，说要补上那杯酒。

军人的情谊，不是一起扛过枪、不是一起训过练、不是一起流过血受过伤，外人是真的不懂。这些男人，都曾一身军装，出海远征。或是保卫边疆国界，或是替商船保驾护航，不论事情大小，全是真刀真枪豁出命去保卫国家安全，守护国家边境，保护祖国子民。

同样，都曾以星辰大海为征途。

傅征一夜没睡，一大早就高铁站飞机场客运中心，一个一个去接了，直到所有人到齐，回到了这家餐馆。

刚坐下，还能互相打趣。

这个说老班长妻管严，这趟出来提前跪了榴梿，嫂子才点的头。

那个说李海洋金枪不倒，结婚没俩月，媳妇就怀上了。还维持着当年一靶十环、十靶也十环的傲人成绩。

说着说着，又开了荤话，一堆大老爷们回到这里，就跟还在部队时一样，只有那一身脱下的军装，是真的脱下了。

傅征喝了不少，门被推开时，他回头看了眼，餐馆老板的女儿又抱了一箱啤酒进来。酒太沉，她使劲憋得整张脸通红，放下啤酒后看了眼醉得歪七扭八的大老爷们，转身就要出去。屋里酒气太重，空气窒闷。

傅征交代她："门先开着透透气。"

闷了许久才说话，他的嗓音低沉，有种说不出的惑人。

女孩答应了声，又急匆匆跑到厨房给燕绥端了凉菜，重新坐下来，热心地问："你找的人是谁啊？"话落，又觉得自己太唐突，解释道，"我家在这儿开了十几年了，军区首长都在这里吃过饭，你告诉我名字我也许有办法帮你联系上。"

燕绥一口章鱼没夹住，她抬起眼，一双眼亮得惊人："真的？"

女孩重重地点头，点完又有些犹豫，说："不过你得跟我讲清楚讲详细了，我先帮你问问。"

燕绥乐了，从筷筒里掰了双筷子递给她："不然再上点花生米、饮料，我这事有的说。"

女孩忙摆手："不不，不用了。"

燕绥长得好看，还不是一般的，是那种放在红毯盛典满座明星里都能脱颖而出的好看。这会儿笑容明艳，那双眼睛看着人时像会勾人一样，让你想去看又不敢直视，被她扫一眼，仿佛就能融化在她的笑容里。她的笑，就像是有光，明明什么也没做，就已经让人心甘情愿把最好的都拱手相让。

女孩忍不住避开燕绥的视线，红着脸，支吾道："你快说。"

"半年前吧，公司的船在亚丁湾海域被劫了，海盗索要赎金。我们公司三个人去了索马里，结果雇佣兵跟索马里当地的武装势力勾结，险些就死在半路上……"

燕绥说得投入，压根儿没注意闹哄哄的包厢里已经安静了下来。

傅征本来只是觉得说话的人声音耳熟，这会儿听着故事……也挺熟的？

他往后搬了搬椅子，继续听。

燕绥觉得自己上辈子一定是说书的，整个故事跌宕起伏，情节饱满，情感丰富，绘声绘色，业务很纯熟啊。

她夹起最后一口章鱼蘸上芥末，总结道："我起初还以为是救命之恩，可都过去半年了，我对他还念念不忘……所以听到他回来了，就想来碰碰运气。"

筷子凑到唇边，燕绥张嘴咬住，还没尝到芥末的味道，忽听背后一道熟悉的声音响起："你对我念念不忘，我怎么不知道，嗯？"

燕绥吓得一个趔趄，差点从椅子上摔下去。她转头，看见傅征的刹那，嘴里的芥末味轰的一下，直冲脑门，辣味呛得她灵魂差点出窍。

她掩唇想，还不如真的灵魂出窍算了……

偌大的餐馆里就傅征这一桌，还有燕绥这个散客。

有好事的，看热闹的，一个两个从包厢里出来。生怕别人不知道他们出来干什么的，每个出门跟喊口号似的，欲盖弥彰地强调："酒喝多了有点晕啊，我去后厨讨碗醒酒汤。"

"我也喝多了，皮带紧，去松松……"

"我再点两个菜吧，这一桌大老爷们一个个胃口大得跟怀了胎一样。"

燕绥听着都替他们尴尬。

缓过芥末那阵辣呛，燕绥压了压眼角，不动声色地整理好情绪，再转身时面色平静，一脸意外，好像看到傅征是件多么千年难遇的奇事。

"傅长官，好巧啊。"表情没跟上有些浮夸的语气，燕绥立刻截住话头。

"不巧。"傅征拆台，"部队外就这一家像样的餐馆，在这见到我有什么可奇怪的？"话落，他的目光落到燕绥桌前剩着的半碗面、半碟酸萝卜……只有和他掌心大小的碟子被扫空了。

她的车还停在外面，傅征猜她是过来取车的，没多说什么，也没有抓着刚才那句话打趣她的意思，点点头，算是打过招呼，转身就要回包厢。

"小妹。"不知道什么时候从后厨回来的李海洋，叫了声还愣在那儿的女孩，"赶紧添把椅子，再加副碗筷。人千里迢迢过来，怎么也得招待下啊，是吧，傅队。"

燕绥挺想说，一点也不千里迢迢，她打个车二十分钟就到了，来回都不用一小时。

不过话还没来得及说，意外地，傅征拎开挡在两人之间的椅子，示意她进来："不赶时间的话，再坐坐吧。"

燕绥被傅征和昨晚完全不同的诡异态度惊着了，脑子空白了一瞬，有逻辑思维后第一时间想的是——她赶不赶时间？

不赶。

燕沉出差，除了不知道什么时候会打来电话，她所有的时间都可以自由支配。

那就坐坐吧。

燕绥一来，所有人都有些拘谨。

一桌子被肢解的蟹壳、鱼刺、骨头，平常他们聚餐满地酒瓶也不觉得有什么，来了个女人，尤其还是个漂亮的女人，就都浑身不自在起来。

李海洋帮着给添置了餐具，悄声地让小妹把桌上收拾收拾，这吃得满桌狼藉的实在不像样。

椅子加在了傅征和李海洋的中间，为了给她腾出位，李海洋往里挤了挤，格外热情地邀请她："你尝尝这梭子蟹，整个南辰市，我敢说就这里做得最好吃。"

打开话匣，最好的方式就是从吃的入手。

李海洋善谈，光这梭子蟹就跟燕绥聊了大半天："最佳赏味期其实在八月，阴历十月以前，又是母蟹最好吃……你别不信，我当兵这四年，每月一顿大餐，工资全花在吃上了。"

燕绥在外用餐大多是应酬，吃得不多，也很讲究。虾、蟹、有细刺的鱼和要吐骨头的肉她都不碰，嫌吃起来姿态不好看。

这会儿倒没什么顾忌，夹了半只到碗里，边吃边聊。等聊熟了，基本上李海洋家住哪儿，家里几口人，做什么工作燕绥几乎都清楚了。

李海洋话匣子一打开就停不下来，边给燕绥倒饮料，边问："你刚才在外面跟小妹说的那些话都是真的啊，那你真是了不起。"

燕绥的笑容有一瞬间的僵硬，真是哪壶不开提哪壶……

李海洋丝毫没觉得自己找的话题有什么不对，追问道："你们公司老总这么不靠谱？索马里那种地方女孩能去嘛！又是被劫道勒索过路费又是被海盗挟持做人质……我要是你，我等会儿喝口酒就去老总办公室拍桌子。这龟孙子，使唤着你给他赚钱，遇事跟缩头乌龟一样……"

傅征一直没说话，听老班长聊退伍前最后一次联合军演，也分心听着她说话。

直到这会儿，看着她笑容渐渐僵硬在唇角，欲言又止的憋屈模样，没忍住，低了头，无声地笑起来。

李海洋为她打抱不平，和她同仇敌忾，又骂她骂得咬牙切齿，情真意切……燕绥实在不好开口说她就是那个龟孙子……

她揉了揉眉心："李海洋。"

"欸。"小伙子应得干脆，一张脸因为喝醉酒红通通的，还带着傻笑看着她。

燕绥沉默了几秒，算了算了……不计较了。

她举杯和他的酒杯碰了碰："你人真好。"

李海洋笑了两声还没来得及谦虚，又听她慢悠悠补充了句："就是有点缺心眼。"

李海洋摸了摸剃着寸头的脑袋，笑得露出一侧酒窝："傅队也这么说我。"

李海洋虽然缺心眼，但性格是真的好，体贴周到。该安静的时候安静，该捧哏的时候他最会捧场。

燕绥坐着听了会儿，听明白这桌酒席的意义，侧脸看了眼傅征。他话不多，通常都只是听着，被点名的时候才会接话。

　　察觉到她的视线，他偏头看来，无声地用眼神询问："怎么了？"

　　他的唇角舒展，和往常总是抿着的冷漠不同，带了几分放松还透出一丝纵容。

　　燕绥摇了摇头，心情有些差，压低声音道："我出去下。"

　　她起身，搭着他座椅的椅背站起来往外走，一直走到餐馆外简陋的停车场，她眯眼看着停在车位上的大G，差点想一脚踹上去。

　　她是商人，在商言商，一分的利益都要咬紧牙根，反复计算。经她手的资金数额，小到百万，大到数亿，有目的有野心唯独缺的是人情味。

　　她的饭局，谈情谊要钱，谈利益没人情，和傅征他们不一样。

　　他们坐在这儿，是始终只有一个信仰，他们的情谊山不可破海不可过，非常纯粹。对于燕绥而言，这样的感情可望不可即。

　　她其实知道自己为什么喜欢傅征。

　　不是爱，只是喜欢。她喜欢傅征身上的安全感，那种和他在一起就无所畏惧的安全感。她也喜欢他铁血铮铮的性格，话不多，该做什么的时候做什么，比她要清醒。

　　她不是傻子，再迟钝也看得出来傅征反常地留她再坐坐是什么意思，他想让她看看他的世界，他的生活。就像半年前，在燕安号上，他一眼看破她的意图，一句话堵死了她的进攻。

　　这一次也一样，他在告诉她，两人的不匹配。用这种隐晦的、让她自己领悟的方式，留了足够的体面，让她知难而退。

　　和上次不同，这次留给她的，是退路。

　　傅征这个人了解得多了，才发现他的深不可测。他什么都藏着，留了后手。你还没看清他的时候，他已经把你剖得一干二净，清清楚楚。

　　燕绥一直觉得自己够人精了，可这会儿才觉得……自己的段数跟傅征就没在一个水平线上。

　　她还以为傅征性子闷……搞半天，人家那是没看上她，不爱搭理。

　　想通这点，燕绥那口郁气顿散。怎么着，她有钱还不配追他是吧？非得穷得只有梦想和尊严不成？

　　他是打着让她知难而退的主意，可她偏不，她就喜欢迎难而上，越难越想上！

燕绥折回去，没进包厢。她把自己那桌饭钱结了，给小妹留了句话，又交代了几件事，借口公司有事便先走了。

小妹目送着燕绥出了门，看她径直走向停在店门口的大 G 时，眼都瞪直了。她踩着架脚，站得高一些，眼睁睁看着燕绥上了车，油门一踩，那辆豪车就在她眼前掉头离开，很快，连车影也看不到了。

小妹目瞪口呆，她回想起昨晚阿爸在前台，傅队长为这辆车来押停车费时，她阿爸还满眼惊艳地问他是不是换车了……

傅队长那时候回答："朋友的车，明天就来取。"

所以……燕绥说的什么半年没见念念不忘都是骗人的？

啊啊啊啊，生气！好生气！

燕绥上路没多久，燕沉就来了电话。手机连着车载蓝牙，她顺手按了确定，下一秒，车厢里就响起了燕沉的声音："小绥？"

"是我。"燕绥翻下头顶的挡光板遮阳，"现场情况怎么样？"

"不少人瞄准了利比亚的海外建设项目，竞标角逐激烈，比我们预期的竞标价可能还要上浮百分之五。"燕沉喝了口水，再开口时，声音仿佛被水浸润，透着丝温和，"之前我们商量好的限度在百分之三，你怎么想？"

燕绥对这个反复计算后的数据没有任何疑问，她顺着路牌指引上了高架，车速从四十提至八十，她稳稳地把车速控制在测速区间内，快速分析着："利比亚正处于过渡期，政局动荡，军警体系不完善司法体制又欠缺，危险程度没比索马里低多少。"

单这项国情，她就觉得不值得她冒险。可有利的恰恰也是这点，利比亚石油资源丰富，曾经富甲一方，如今经济也在渐渐复苏，虽然缓慢，但这成长期就是最好的投资时间。

思考的这会儿工夫，她从高架第一个出口驶出，顺着车流停在路口，冷静道："就百分之三，你想办法给我拍下来。超过这个百分比，就不要冒险。"

燕沉顿了顿，应道："那我尽量。"

燕绥正要挂电话，忽听他又问："等我回来，一起吃饭吧？"

燕绥微微挑眉，没流露出半分异样地笑了笑："我让辛芽先准备庆功宴。"

那端一静,头一次有些强势道:"只有你和我。"

燕绥看着路口信号灯由红转绿,轻抬刹车,没什么情绪地回答:"等你回来再说吧。"

燕沉没再勉强她,挂断了电话。

聚餐从中午连续吃到夜幕降临,终于解散。

傅征去前台结账,李海洋扶着喝高了的老班长在大堂的椅子上坐下,一手挂在收银台,含混不清地问:"小妹,你看见下午那位……嗝,什么时候走的吗?"

反正他一晃神,旁边的位置就空了。

小妹正用电脑调消费单,头也没抬道:"下午坐了一会儿就走了。"话落,她把消费单打印出来递给傅征,压低声音悄声问,"首长,你没跟他们说啊?"

燕绥离开一会儿了没回来,傅征就出来寻过她。停在店门口的大G不在时,他就知道燕绥是先走了,跟小妹确认后,正要回包厢,听身后有人问:"首长,她刚才跟我说的那些是不是都编故事骗我呢?"气鼓鼓的,跟受了天大的委屈一样。

"没骗你。"傅征拉开冷藏柜的柜门,从里面拿了瓶冰镇的啤酒,示意她记账上,"她那单,也算我的。"

小妹一听燕绥不是骗她的,又高兴了,抿着唇笑得露出个小梨涡,摆摆手道:"燕姐她自己埋过单了,跟我说公司有急事,提前先走了,让我转告你一声。"顿了顿,小妹往停车场瞥了眼,压低了声音又问,"燕姐挺有钱的吧?我听阿爸说,那辆大G要三百万哪。"

傅征瞥了她一眼,她自觉问得逾矩,吐了吐舌头,缩回收银台后。

傅征直接无视了小妹的问题,付过钱就要离开。

小妹"欸"了声,连忙叫住他:"首长。"

傅征偏头回望。

小妹指了指坐在角落里正在打手游的瘦削男人,道:"燕姐下午走之前给你叫了代驾,等到现在了……"

隐约感觉到有目光看过来，代驾抬起头，一副还没睡醒的样子，收了手机快步走过来，扬着手掌和眼前醉得七倒八歪的男人们打招呼："嗨。"

傅征拧眉。

代驾直觉眼前盯着他的男人正压着怒气，颤巍巍缩了缩脖子，小声嘟囔："我就一代驾，有活就接单，你瞪我没用的。你们小两口吵架，有气也别朝我撒啊……"

小妹看看这个又看看那个的，小声劝和："首长，他在这儿等了也蛮久的，你现在打电话叫代驾还费时……"

话还没说完，哐当一声，李海洋拄着收银台的手一滑，连着扫落桌上那盆文竹一屁股摔倒在地。

小妹吓了一跳，忙绕出收银台去捡那盆养了三年的文竹。前几天刚换了花盆底，陶瓷的，这会儿磕在地上碎得四分五裂，连着盆里栽的土都摔散了。

李海洋这么一摔，清醒了，侧身捂着尾椎骨也不敢喊疼，用掌棱拨回土，正要去捡碎片，小妹迭声喊道："行行行，你别动，给它留个全尸。"

李海洋手上动作一僵，小心翼翼地看了眼小妹，生怕惹哭她："对不起啊，我不是故意的……"

小妹心疼得不行，又不好和喝醉的人计较，嘴上说着"没事"，眼眶都红了。

就这会儿工夫，傅征把车钥匙抛给还等着他给话的代驾，吩咐他去后面的巷子里把车开来。他俯身，托着李海洋的胳膊架起他，瞥了眼他按在尾椎的手："摔着了？"

"就是有点疼。"李海洋觉得自己摔一下就跟瓷做的一样，有些臊得慌，"以前在部队的时候从横杠上摔下来都没点屁事……"

不知道谁顺口接了句："那他妈的是以前。"

代驾从巷子后面把车开过来，停在店门口，见人还都围着收银台，摁了下喇叭。

七八个人，一次性送不走，分两批。

第二批是从外地赶来的退伍老兵，今晚在南辰市住一晚，明早再离开。

代驾帮着把人抬上车，气喘吁吁地坐回驾驶座，忍不住腹诽：这些当兵的，是真结实……

他系上安全带，发动引擎，边打方向边问："长官，燕总把酒店安排好了，就隔着一条街，双人房三人房或者套房都在同一层。你看你是喜欢高层落地窗的江景房，还是喜欢环境清幽点的山景房？"

车轮碾过路肩，汇入车道。没听到回答，代驾觑了眼傅征，车厢里头太暗，他什么也没看清，顿了顿，他只能继续道："山景房的话离机场比较近，就是现在过去稍微远一点，要经过一个龙门山隧道。"

仍旧没听到回答，代驾有些纳闷，犹豫了下，问："都没喜欢的？"

傅征终于抬眼，语气冷淡："她难道没教你，我都不喜欢的时候要怎么说吗？"

代驾总觉得自己是在受夹板气，但看在钱的分儿上还是耐心地解释："燕总说她也是军属，特别敬佩军人，安排酒店是看在这些老兵的面子上，希望在南辰这晚能够住得舒服些。"

代驾先入为主以为是情侣吵架，这会儿终于找到了自我定位，努力游说："她下午一个电话让我来这里，说都喝了酒没法开车。让我就安心等着，她按包日费用结账。再说酒店吧……近的这家叫盛远，她们公司一接待外宾，合作方都在那儿，和酒店签了长约的，不住白不住。"

傅征点了根烟，问："你给她当代驾多久了？"

"三年了。"代驾替他开了半扇车窗散烟味，"不过次数不多，她平常习惯自己开车，公司也有安排司机，出差接送都不是我的活儿。"

傅征转头看他。

代驾以为他不信，扯了嗓子拔高音量："真的。我觉得你对她肯定是有什么误会，她今天给我打电话的时候让我好好跟你聊聊，她平时都是个什么人。"

也是因为她这句话，代驾才以为燕绥是和傅征拌嘴了，闹得不愉快。虽然也纳闷，燕绥这种隔三岔五就出差的大忙人是怎么无声无息谈上恋爱的……但他赚了她这么多年钱，这会儿整颗胸腔里燃烧着正义感，恨不得直接把他脑子里的思想全部灌输给傅征。

"燕总也是会投胎，燕氏在南辰站稳脚跟的时候她从她爹手里接过来，一接三四年。你看这公司发展得这么好就知道，人有真本事，不是花瓶，也不是出去会跟别人乱搞的那种人。人家谈生意做企划案做得头皮秃了你是没看见……头皮秃了是种修辞手法知道吗？不是真的秃了！"

　　傅征在烟雾里缓缓眯起眼，想着昨晚让他大开眼界的郎其琛，和今晚逮句话就能说上一段路的代驾，忍不住想：她身边怎么尽是些不正常的人？

　　代驾后面还说了些什么，傅征没听进去。他只知道，燕绥在用她自己的方式向他宣告存在感。

　　她看懂了他的意思，却不退缩，也不急躁。那姑且当她是认真的吧，毕竟……她的这个下马威，就差她亲自跟他说："长官，祝你好运了。"

我就是看上你了

接下来的几天，燕绥专心工作，没动歪脑筋，也没去傅征跟前刷存在感。

利比亚海外建设项目中标，她这几天带着整个工作组跟进，直到昨天才刚刚结束第一个阶段的工作内容。

临近中午，燕绥合上笔帽，按下内线叫辛芽进来。

"我中午去部队一趟。"她把上午处理好的文件顺手递给她，"下午可能会晚点回来。"

辛芽"哦"了声，把文件抱过来，犹豫了一下还是提醒她："燕副总中午的飞机。"

燕绥仿佛把前两天答应去接机的事情忘记得一干二净，懒洋洋地看了她一眼。

辛芽立刻会意："那我去接，燕副总问起，我就说你临时有事。"

够上道，燕绥满意地挥挥手，示意她可以先出去了。

辛芽离开后，她又在办公室坐了会儿，这才抓起车钥匙，直接从专属电梯离开。

为了出入方便，燕绥没开车，叫司机开着挂了通行证的军牌车，通过门检进入部队。

部队内行车限速三十，沿着笔直的水泥路经过转盘分流，郎其琛正好掐着时间过来，刚跑完步，汗流浃背，跟着龟行的车走了几步，一路到食堂，停下来时替燕绥拉开车门，笑得跟久别重逢一样灿烂，"姑"。

周六，不少士兵放假，或有外出。以至临近饭点，眼前这家私人承包的餐厅虽还算热闹，却还不至于人员满座。

郎其琛前脚进餐厅点菜，燕绥后脚跟着进去。虽然穿着简单的外套长裤和板鞋，但在满厅的水军服或作训服的包围下，燕绥仍旧引人注目。

郎其琛点完菜，寻了座位先替燕绥拉开椅子，等着她坐下。他人缘好，加上又有郎誉林和郎啸这位舅公的后台加持，整个部队就没几个人不知道他的。见他带了燕绥来，知道他没有女朋友，好奇得比较含蓄："郎其琛，你自己主动介绍下啊。"

"我姑，有喜欢的人了啊，别瞎打主意。"

和郎其琛一样只穿着水军服的士兵被他一句话堵得干笑了两声，正要走，被郎其琛拽住，他压低声音，神秘兮兮地问："看见傅队长了没？"

还真问对人了，他指了指厨房方向："后门，刚出去。"

人一走，郎其琛就冲燕绥挤眉弄眼："怎么着，我说的吧，今天来保准让你见到傅队长。"

刚好上了菜，燕绥拿了筷子夹了肉片吃，不怎么走心地夸他："那你真是棒棒哒。"

郎其琛刚跑完五公里，饿得前胸贴后背，没空和她计较，一筷子夹走三片肉，塞进嘴里，边嚼边含混地说道："每逢周六，他中午都会来这儿。"

燕绥筷子一顿，终于被勾起好奇心，问："有故事？"

郎其琛又不是傅征，哪知道他为什么每周六定点来，但在燕绥面前却不能说不知道，他想了想，答："可能每周六，这里才有寒山鱼吧。"

燕绥翻了个白眼，筷子一搁道："坐不住了。"

郎其琛乐得她赶紧去找傅征，他好独享他的寒山鱼。目送着燕绥往后门走去，他埋头，继续"扫盘行动"。

燕绥顺着走廊走到底，是一间独立的包厢。包厢空着，中心位置摆了张圆桌，围着圆桌空着间距摆了椅子，墙角还放了个置物架，再没有别的东西。

放在圆桌上的纸巾被风吹得直飘，燕绥顺着看去，才注意到玻璃窗半开，风正从窗户里涌进来，贴着地面打转。

燕绥放轻了脚步走进去，视线放得远，并没有留意到倚着墙根的男人。

　　有烟味隐约沁入鼻尖，燕绥蹙眉，正在分辨方向，傅征先一步察觉，转头回望。那眼神，仿佛丝毫没有意外来的人会是她。

　　燕绥的"惊吓"落空，难掩失望。她撑着半开的窗台坐上去，半个身子探出窗外，叫了他一声："傅征。"

　　这还是她第一次连名带姓地叫他傅征。

　　傅征咬着烟，抬眸。窗台离地面有些距离，她反身坐着晃荡着双脚，也没个着力点，看着晃晃悠悠的，像是随时都会掉下来。

　　他眉心一蹙，咬着烟声音含混："什么毛病，非得这么坐着？"

　　燕绥跟没听见一样，扶着窗台故意又往外挪了挪，侧身看他，笑得顾盼生辉："怎么着，你是算到我今天会来？"

　　傅征是真觉得燕绥会摔下来，他走近两步，似笑非笑地回了句："黄历说我今天撞瘟神，你说我是算到了还是没算到？"

　　有烟味沁入鼻尖，意外地有些好闻。

　　燕绥晃了晃脚，朝他笑了笑，软声问："我都千辛万苦跑进来找你了，是不是该给我个面子……"那声音，故意放轻了，好让语气里的娇软随着尾音沁出来。

　　傅征一晃神，燕绥大半个身子都探出来，近得就在他耳边："留个号码给我？"

　　郎其琛明天开始集训，傅征是教官，整个集训结束前，燕绥都不可能有机会再见到傅征。

　　意外地，傅征轻扬眉，没说好，但也没说不好。他看向她，那双眼又深又沉，泛着海水的潮意，就像在索马里那夜，他把她扑倒在甲板上时垂眸看下来的那一眼。

　　傅征还咬着烟，微勾了唇角，漫不经心道："也不是不可以。"

　　也不是，不可以。

　　那就是可以喽？

　　燕绥反复咀嚼了几遍这句话，目光渐渐变深，唇角微翘，控制不住地露出几分小得意，她侧过身子，倚着窗。"条件呢？别割地赔款得太过分。"

　　傅征碾熄了烟，说："不过分，对你来说只是举手之劳。"

燕绥微微挑眉，如果她没有理解错……傅征这话听着，像是对她有事相求啊？她挠了挠下巴，故意做出一副为难的表情："就算是举手之劳吧，一般也没几个人能使唤得了我。"

傅征抬眼，他善于观察人，只一眼，就知道她在打什么主意。于是，他不慌不忙，抬手正了正领口。

燕绥下意识地被他的动作吸引，看着他修长的手指从后颈处沿着衣领严丝合缝地规整好。男人的喉结微微一滚，侧头看她，声线慵懒，语气也有些寡淡道："不有负我这身军装，随便你再提个要求。"

燕绥心里咕咚一声，吐了个大泡泡，一时恋爱脑，第一反应居然不是思考他有什么事需要劳驾她，而是满脑子脑补傅征穿军装、整衣领、正帽檐的样子。

她不动声色地移开眼，摸着下巴，认真地想了想。良久，有些为难地开口道："你这是给我出考题啊，太过分的不能提，不切实际的又不能提，可换你跟我吃顿饭吧……我又不甘心。"

她眼珠子一转，透了几分坏："先欠着行不，等我们再熟点，让我占点你便宜。"

傅征还是头一次听女孩这么明目张胆地说要占他便宜，他失笑，又是刚才说"也不是不可以"时候的痞样，微挑了眉几分打量几分打趣地看着她："我这边，赊账从来不给人涨利息，你要是真想欠……"

他一顿，再开口时，声线低沉："随你。"

两个字，燕绥愣是听出了几分纵容和妥协。

燕绥很受用，警戒线一降再降，就算傅征等会儿开口让她上刀山下火海，她都能面不改色上上下下。

她答应得爽快，傅征也没拖泥带水。傅征有个发小叫迟宴，从出生到念军校都没分开过。军校毕业后，又同时分配到一个部队，成为战友。

前几日，傅征这批护航编队归港，迟宴的护航编队出发，临走前拜托他一件事。

迟宴小学时就喜欢揪揪前座女生的小辫子，拉拉同桌女生的小手，所以初中会早恋，傅征一点也不意外。一路换女友换到高三，迟宴遇到了刚入学的苏小曦，从此栽在她手里。

因为苏小曦一句想看海看星星，迟宴偷开了家里的摩托车带她去海边，被迟爸发现，没收手机关禁闭关了整整一个星期。就这样，他还天天溜到阳台叫住傅征，让他当两人的信使，互相传信。

分手是因为迟宴想考军校，而苏小曦希望他能考南部理工大学，先去大学里等她。两人因为这件事多次争吵，迟宴年轻气盛，苏小曦也不愿服软，这分歧不可逆转，只能以分手告终。

后来再复合是两年后，迟宴回了趟学校，苏小曦辗转打听到他的联系方式，渐渐恢复了联系。

当傅征发现迟宴一有休息时间就抓紧玩手机的时候，才知道迟宴和苏小曦复合了。

可惜旧情复燃的感情并不顺利。

苏小曦是单亲家庭，父亲没什么正经工作还嗜赌如命。父母离异后，苏小曦跟着母亲过，因苏父时常骚扰，母女两人被迫搬过不少次家。

大三那年寒假，迟宴和苏小曦复合没多久，迟宴就和傅征因为苏小曦父亲上门骚扰、勒索，去过苏小曦的家。此后苏小曦就像是个无底洞一样，拖曳着迟宴生活在她父亲的阴影里。

"因她父亲的缘故，她休学过两年。"傅征顿了顿，"这次来，是想在南辰找地方落脚，我明天开始封闭式集训，顾不了。"

燕绥坐办公室三年，八卦嗅觉培养得很灵敏。她把傅征的话从头到尾消化了一遍，问了几个关键的问题："迟家是不是不同意他们在一起？苏小曦想在南辰落脚的意思应该不只是租个房这么简单吧，工作也想在这儿找，那她有没有工作经验？"

傅征倒不意外她能猜到迟家并不同意迟宴和苏小曦交往，但这毕竟是迟宴自己的事，他避重就轻，只回答了她后半个问题："她留在这儿，是打算和迟宴结婚的。"

燕绥"哦"了声，没想法了。

她这会儿倒觉得，傅征这个封闭式集训来得正是时候，要搁她这会儿正稀罕他的时候，看他一脚踩进这泥塘里为自己不省心的发小他女朋友忙前忙后，她醋劲大起来真怕吓死他。

而且，她的直觉告诉她，这女人……可能是个绿茶婊啊。不过不管苏小曦是不是,她这会儿都欢迎她来,非常欢迎!

她把手机递过去:"你把号码存上。"

知道这是她答应了,傅征伸手接过,在拨号键盘上输入号码,拨过去。

手机屏幕的背光亮度有些低,燕绥凑近了些勉强看清,他输一个数字她就记一个,等傅征把号码拨出去时,她已经背了下来。

确认电话通了,傅征把手机递回给她,说:"晚点我把航班信息发给你。"

燕绥接过,指尖故意挨着他手指,蹭了个便宜。她的指尖凉,有着女性才有的纤细柔软,几乎是触到傅征手指的瞬间,他倏然抬眼,目带警告地盯住她。

燕绥占到便宜,笑眯眯的,一点也不怵他:"那就到时候再联系了,傅长官。"话落,她撑着窗沿跳下去,头也没回,扬起手挥了挥,径直从包厢走了出去。

晚上十点,燕绥的手机收到一条航班信息。

她刚从浴室出来,听到振动提示,手指还湿漉漉的,一手拎着围在胸前的浴巾一手滑开屏幕,查看短信。

"苏小曦,东航 MU8888,明天下午三点四十,南门六号出口,手机号码:1385168××××。"

燕绥回:"收到。"

隔日,燕绥到公司的第一件事,就是让辛芽往行程单上加上三点半到机场接苏小曦这一项。

燕绥的生活圈很小,小到辛芽五根手指就把她的朋友点完。所以,她听到苏小曦这个完全陌生的名字时,顿了顿,问:"需要我安排酒店吗?"

"安排一下吧。"燕绥用笔帽点了点文件,思索了几秒,"定盛远的,她一个人住。还有……房屋中介的号码给我整理几个,等会儿发到我手机里,要是有靠谱的房东也行。"

辛芽惊得下巴都掉了,"燕总,你要租房子住?"

燕绥头也没抬,指了指门口,示意她麻溜地先出去。

她这个助理哪儿都挺好,就是有点傻白甜……燕绥有时候是真的很想撬开她的脑子，看看里面到底装了什么。

辛芽的办事效率高，到中午，除了整理好的房屋中介的号码，连租房都挑了好几户，打印了递给她。

这回不糊涂了，大概是想明白附近没有比燕绥住的那个小区离公司更近的住宅楼。挑选的租房，不是户型稍大的合租屋就是价格实惠的单身公寓。

燕绥没和苏小曦见过面，更不清楚她的喜好，在傻白甜助理满眼期待的目光下，不动声色地按下那几份租房图，"嗯"了声，然后欣赏辛芽耷拉着肩膀一副没被表扬无精打采的模样，慢腾腾挪出办公室。

下午两点半，燕绥离开公司，前往机场。燕绥的方向感一般，跟导航抵达南门六号出口后，在路边临时送客区熄了火，去机场旅客到达区接人。

三点四十，机场广播提示东航 MU8888 准时落地，燕绥调出傅征的短信，给苏小曦打了个电话，告知位置和穿着。

十五分钟后，燕绥看着出现在旅客到达区，推着行李箱，身着浅蓝色束腰风衣，长发飘飘的苏小曦时，她按着墨镜鼻托往下拉，露出一双眼睛，噼里啪啦地给傅征发了条短信："接到苏小曦了，完美完成任务，傅队请放心。"

收起手机，她这才向正四处张望的苏小曦挥了挥手："这里。"

一天的训练结束，傅征回到宿舍。

被塞在柜子里一天的手机嗡鸣着响起两声，他拉开柜子，屏幕亮起的瞬间，满屏都是同一个未知号码的短信。

三点五十五分，1367666××××："接到苏小曦了，完美完成任务，傅队请放心。"

五点整，1367666××××："在潮汕牛肉火锅和苏小曦友好进餐。"

六点十分，1367666××××："与苏小曦亲切交流了租房要求和工作选择等内容。"

八点三十，1367666××××："苏小曦已在盛远酒店下榻。"

傅征有些头疼，他把号码存进通信录，看着那串号码在首页提示上统一换成"燕绥"后，觉得更糟心了。

正犹豫着是回短信呢还是直接回电话时，手机振动了两声，又进来一条燕绥的短信，这次言简意赅："可以给我打电话了。"

傅征沉默了数秒，原本按在通话键上的手指缩回来，他刻意把手机扔在一边，起身去浴室洗澡。

十五分钟后，傅征换上背心、家居裤，重新走回书桌前，给燕绥打电话。

响了几秒，那端接起。

燕绥嗅着小舅妈开好的椰子汁，把一晚上翻了一半的书倒扣在腰上，深深吸了口气，调侃："傅长官，你的沐浴露好香。"

傅征被她一句话诈得警觉性刚起，部队的熄灯号吹响，号声和手机那端重合。很快，又同时归于沉寂。

装逼失败，燕绥咬着吸管，尴尬得没好意思出声。

短暂的安静后，床板被压出吱响，傅征说："还以为你有个狗鼻子。"

哪有什么狗鼻子，燕绥的舅舅郎啸昨天公差刚回，顺路带了几箱椰子。小舅妈知道她喜欢，就叫她顺路来大院带一箱走。

郎啸是这次封闭式集训的总教官，燕绥把苏小曦送到盛远酒店后顺路回了趟大院，郎誉林担心她晚上开车不安全，没得商量地让她留在院里住一晚。

正巧郎啸回来，她借口关心郎其琛，没费什么工夫就套出了这次集训的时间安排。

本还想着好好调戏下傅征，结果出师不利……

椰汁喝完，吸管爆出咕噜声，燕绥回过神，琢磨着等会儿去厨房借把刀劈开椰壳吃椰肉。

她不说话，傅征只能先开口。他倚着床头，微合了双目，声音也变得懒散："你打算怎么安排？"

燕绥戴上耳机，把手机塞裤子袋里，捧着椰子下楼去厨房。

傅征听到她在踢踏的脚步声里，轻轻地嘟囔了句："我等你电话可等了一个小时，能别上来就关心别的女人不？"

燕绥对怎么刷存在感格外有心得，猜他应该是听见了，又清了清嗓子，正经起来："苏小曦比我还大一岁，毕业两年了居然没有任何工作经验。她不是应届毕业生，在南辰可不好找工作……"

原本燕绥打的算盘是，给苏小曦在公司里安排个职位。要是短期内没有合适的房源，还能暂时住在公司的员工宿舍。所以晚上吃饭时，燕绥就顺口问了问苏小曦的工作经验，寻思着给她安排个适合的岗位，也算给傅征有个交代了。

不料，苏小曦不只毕业两年没有工作经验，她连简历都没有投过，一心想要随军当全职太太。听见燕绥问她工作问题时，还有些意外。

燕绥从刀架上取了把结实的刀，对着椰子比画了下，一刀落下，哐当一声闷响，傅征睁开眼，问她："大半夜的你磨刀？"

"劈椰子。"话落，燕绥又一刀，就着第一道刀痕用力砍下去，虎口被震得发麻，她松了刀柄甩了甩手腕，继续刚才的话题，"工作难找就算了，她还不情愿工作，我就没说让她进我公司的事了。目前嘛……先替她租好房子，我又不是她妈，别的管不了。"

傅征复又闭眼，低低地"嗯"了声。

燕绥又哐哐地劈了两下，抬刀的空隙，忽听他指导："找个薄弱处，刀尖凿进去，用腕劲按着刀背下压，试试。"

燕绥照办，手上功夫利落，嘴也没闲着，调戏道："傅长官是心疼刀还是心疼我啊。"

傅征静了几秒，说："是嫌你太吵。"

多了苏小曦这个横空飞来的麻烦，燕绥本来就不够用的时间更加紧张了。

下午约了合作公司续签合同，燕绥实在走不开，答应苏小曦陪她去看房的事只能交给辛芽。

第一晚和苏小曦接触后，燕绥就不太喜欢她。辛芽临出发前，燕绥生怕自己这个傻白甜助理会错意太殷勤招待苏小曦，特意把她拎到办公室好好补了补课。

辛芽一走，合作方也到了，燕沉来办公室叫她，不见辛芽，随口问道："你助理呢？"

燕绥正在补妆，粉饼轻轻扫过鼻尖，抬眼看他，半开玩笑半正经道："你助理一个顶十个，你还惦记我的辛芽。"

燕沉倚着门，好整以暇地看她用粉饼扫过眉黛，轻压眼角，最后涂上口红，用小拇指的指腹抹匀唇色。她的动作很快，可落在他的眼里，每一帧都像是静止的，所有的画面都像是后期处理过的明星画报，精致夺目。

他的眸色微深，没来得及细想，一句话脱口而出："晚上一起庆祝下吧。"

燕绥最后看了眼镜子，确认没有问题，推开椅子起身，语气浅淡得听不出喜怒："好啊，你定好叫我。"

她答应得这么爽快，燕沉反而有些意外，但这种情绪只出现了短短几秒。很快，他隐藏起所有的情绪，目光迎向朝他走来的燕绥，微笑颔首，"走吧"。

签完合同，燕绥送走合作方，盘算着下半年的巨额进账，心都要飞了，哪还有心思工作。

燕总一高兴，就喜欢提前下班。十分钟后，公司某十人工作小群里冒出前台打了无数感叹号的一条消息："燕总又双叒叕提前下班了。"

回复的队列整齐划一："有什么奇怪的？"

"有什么奇怪的 +1。"

"有什么奇怪的 +2。"

"……"

"有什么奇怪的 + 身份证。"

前台曰："和燕副总一起提前下班。"

工作群顿时炸了。

"真的假的？两总裁之间不是隔着争夺皇位的血海深仇吗？"

"除了必要的会议，难得见两位同框啊。"

"一个星期抛开工作交流说不上十句话的两个人一起下班，我是不是今天可以去买彩票了？"

七嘴八舌的讨论中，前台又补充了一句："还有说有笑的。"

工作小群安静片刻后，再一次整齐回复："活久见。"

两年前，燕戩病愈出国，他前脚刚上飞机，燕沉的母亲后脚带人闯入公司会议室，打断了那天的工作组汇报会议。

　　燕沉的母亲是燕氏的开国功臣之一，说话举重若轻。从燕戳病重决定让燕绥接班那日起，她就一直在反对，她的反对意见很简单——燕氏要留给真正的燕家人。

　　可惜，燕氏的决定权在燕戳手里，没人能挑战他的权威，燕沉母亲的反对自然也毫无意义。此后，燕绥接手公司，燕戳从旁协助，帮她早日熟悉公司业务。

　　然而一年后的那天，发生的一切都令燕绥猝不及防，她在燕沉母亲把事情闹得无法收拾前，遣散了工作组，清空了顶楼。她独自面对燕沉的母亲以及她雇用的几个打手，不卑不亢，不惊不惧。

　　燕绥做事讲究效率，在燕沉的母亲蛮不讲理、无法沟通的情况下，她立刻选择了最有效的报警。

　　燕沉得知消息穿越大半个南辰市回到公司时，只看见燕绥站在会议室门口目送他的母亲被警察带走。

　　两家，在那天彻底交恶。

　　八卦这种东西，是长着翅膀的。

　　哪怕燕绥那天反应及时，及早隔断了消息的流传，燕沉母亲带人闯入会议室却有不少员工亲眼看见了。

　　公司的小道八卦、未解之谜里，常年置顶的，始终是这件事。

　　不清楚详情，也不清楚原委，更不清楚事情的真相，但并不妨碍她的员工们给想象力插上翅膀，天高任鸟飞。

　　饭局吃多了山珍海味，燕绥私下反而更喜欢酒香不怕巷子深的饭馆。燕沉熟悉她的习惯，带她去的是一家私房饭馆。点了菜，又开了瓶红酒，既然是庆祝，自然无酒不欢。

　　燕绥惦记着辛芽，匆匆填饱肚子就要离开。不料，她刚有这个念头，燕沉就似察觉了她的意图，先她开口道："你最近有置办房产的计划？"

　　燕绥挑眉："你听谁嘴碎呢？"

　　察觉她的不悦，燕沉看了她一眼，耐心解释："没人跟我说，辛芽跟我助理要过房产中介的号码，我以为……"

　　燕绥笑了，语气微微缓和："我买房还需要中介？那么多房产商，随便打声招呼就有最好的房源，我犯得着亲力亲为吗？"

燕沉不说话了，看她明显心不在焉的样子，知道自己强留不住，笑了笑，说："你要有事就先走吧。"

燕绥没跟他客气，拎了钥匙起身就走。

走了没几步，帘子刚掀开，燕沉又叫住她："小绥。"

燕绥放下手，转身看他。

隔断的包厢灯光昏暗，烛台上的烛火微微摇晃着，他的面容在一片烛光中柔和得像被虚化，看不真切。

"两年前的事，虽然我说过不少次让你不要放在心上，你是不是还在介意？"

燕绥最烦燕沉在感情上拖泥带水的性格，两年前的那件事的确让燕绥对燕沉心生芥蒂，但到底一起共事，她也不是不分场合就小心眼的人，该放下的事她自然不会再提起。

不过燕沉此刻提出来，她不得不耐着性子回答："你都说是两年前的事了，又不是你的主意，我跟你置什么气？倒是你，比我才大几岁啊，别跟我爸一样活得像个老学究。"

她有意轻松气氛，笑眯眯的："人生大事也抓紧点，娶了媳妇，你家那位老佛爷就没空每年来给我添堵了。"

燕沉苦笑一声，没接话。

珠帘轻响，燕沉再抬头，燕绥已经撩开帘子走了出去。没走远，还能听到她和老板说："账记我堂哥账上啊。"

燕沉晃着红酒，看着对面燕绥用过的那个酒杯上留下的口红浅影，烦闷地仰头一口灌下。

代驾早就到了，正蹲在燕绥的大 G 旁闷头抽烟。看见燕绥从门口出来，碾了烟张口就抱怨："燕总你太不够意思了啊，给我发的微信十万火急得我不立刻出现你就要暴尸荒野了一样。我在澡堂，刚抹上沐浴露，水都来不及冲，火急火燎地赶过来，这会儿浑身滑腻腻的，就快跟泥鳅没啥两样了。结果你倒好，让我在这凛冽寒风中等了足足半小时！"

燕绥把车钥匙抛给他，对他的卖惨嗤之以鼻："你当谁傻呢，边洗澡还能边'推搭，弄死那残血'的？"

代驾被揭穿也不见羞恼，催着她上车："赶紧上车，你这是喝了多少酒，一身味。"

燕绥斜了他一眼，拉开车门坐进副驾："不回家，你给我往军区大院开。"

代驾答应了声，车从小路汇进车流后，他悄悄打量了眼燕绥，问："你跟那军官，和好了？"

"没。"燕绥信口胡诌，"你说我哪点不好，他这么看不上我？"

"不会吧。"代驾狐疑，"是不是外面有别的女人了？"

燕绥没吭声，她把腿架上仪表台，放低了椅背，掩面深深地叹息了一声。

这落在代驾眼里，赤裸裸就是一副被辜负的无助模样，他一时忘了燕总那股剽悍劲儿有多少男人都要胆怯，胸腔里燃起一股火，恶狠狠在心里骂了傅征一句："人渣！"

燕绥回大院，就是单纯地想去碰碰运气。喝了酒，躁得慌。浑身的精力没处发泄，她觉得自己不找个宣泄口，晚上会爆炸。

大 G 没挂军牌，也没有通行证，门检处熟脸的岗哨不当值，燕绥被拦下来，光是门检就盘问了十多分钟。

代驾那个尿包，尿得声音都发抖，苦口婆心地劝她："燕总，咱别逞强了，那男人不值当，等会儿你被抓起来了我可救不了你……"

燕绥本就一肚子火，狠狠瞪了他一眼，给他指了指路边那棵大树："你去那儿等我。"话落，她推开车门，利落地跳下车，拿出手机打电话。

代驾等了一会儿，实在扛不住岗哨那审视的眼神，一踩油门，溜了。

燕绥打了几遍电话才打通，一听到那端低沉的男声，那股躁动仿佛轻易就被安抚了，她深吸了一口气，没皮没脸道："傅长官，来门口领下人呗。"

傅征接到燕绥电话的前一刻还在洗澡，封闭式集训进行了一周，晚上加操。趁队伍刚带回，所有人警惕心弱，队伍重新拉起，扛圆木负重涉水。

仅一晚上，增长的淘汰率逼近临界值。明知这种选拔式的集训就是要百里挑一，挑选最优秀的海军战士，但傅征的情绪仍旧不高。直到听到手机振动时和桌面摩擦出的声音，他揿下淋浴的开关，推门出去。

代驾把车开到行道树底下，隔着门检一百多米的距离后，他终于能正常呼吸。他降了车窗边观察门口的情况，边用手机上百度搜索：硬闯军部大院会有什么后果？

没有相关的回答，连问题也没有，看来傻到硬闯的目前只有燕总一个人。

代驾舔了舔唇，重新搜索：干扰部队岗哨执勤的后果？

这次终于有参考答案了，代驾直接略过冗长的《内务条令》规定，拉到最后看结果——制服后扭送派出所。

他松了口气，开始安心地等警车什么时候来。

傅征来得很快，看见被拦在门口的燕绥后，先跟岗哨了解了下情况。

岗亭里的岗哨向他敬了礼，压低声音颇有些为难地把始末说了一遍。

傅征拍了拍他的肩膀，回头看了眼燕绥，招手，示意她过来，按规矩做个登记。看着她不情不愿地在册子上签了字，不疾不徐地问道："怎么过来的？"

燕绥指了指远在天边那辆只露出个车头的大Ｇ："让代驾送我过来的。"她知道傅征是闻见了她身上的酒味，又规规矩矩地补充了句，"牢记长官的教训，不敢再犯。"

傅征没接话，等岗哨登记完，领她进大院。没问她怎么不带通行证，也没问她为什么不给郎誉林打电话，她喝了酒，估计是不敢回去的。更何况，那辆车就停在大院外，怎么看也不像是今晚要住这儿的意思。

九点半，已经熄了灯。前头战士的寝室黑黢黢的，家属院也只零星亮着灯，不远之外的南辰市市中心此时必定灯火通明，夜景璀璨。相比之下，这里就像是另一个世界，掩映在重重围墙之中。

燕绥是想见傅征的，可这会儿见到他，又不知道要说什么。她在饭局上遇人说人话，遇鬼说鬼话，什么话题抛过来都接得顺手。就最尴尬的一次，那合作方也不知道是不是个傻子，把正宫和小蜜聚在了一张饭桌上。

她什么事没有，两边光是眼神厮杀都快把饭桌给掀了，她手下那个经理就差点头哈腰伺候那俩祖宗了，生怕两边一言不合就打起来。

燕绥最看不惯这种男人，一副自己御妻有方的嘚瑟样，左拥右抱，骨子里看轻女人。

她都没挨到上主菜，凉菜上了七八道，她也不在乎会不会把人得罪了，直接让服务员撤了他们的碗具，把人请了出去。

那场子，也是她主动，她说了算。可傅征这里不一样，他像是天生压她一头，专门来治她的。

走了一段路，眼见着往下再走过个路口就能到郎家，傅征到花坛时就停了脚步，转身看了她一眼："要回去的话我送你回去，不回就在这里坐一会儿。"

"坐会儿吧，等酒醒了，我就走。"

这大院燕绥跟着郎晴没少来过，后来出国，就每年过年时来院里给外公守岁拜年。后来郎晴去世，除了照顾燕戳那年回得少，她独居后，郎老爷子就没少招她回来。就是小舅妈做了顿好的，都新鲜得非得叫她回去。

这还是头一回，她来这里，不是为了回家。来的路上，她还躁得想去操场跑圈。可这会儿跟着他在这里坐下来，她整颗心随之也静了。她手肘撑着石桌，单手托腮，就着路两旁笔直的路灯打量他："你什么都没说就挂了电话，我还以为你不管我的死活了。"

傅征倚着石桌正在看靶场方向，闻言，转头和她对视了一眼，说："那在索马里岂不是白白救了你三回？"

燕绥笑，想着离开之前，在摩加迪沙的酒店门口。她拆陆地巡洋舰，他就守在酒店门口，明明是临时起意，却默契得像是早就达成了协议。那时候燕绥就知道，傅征不会不管她，不是出于军装赋予他的责任，也不是什么个人英雄主义作祟。

她换了一只手托腮，看着他笑眯眯的："傅长官你也救了我三回了，不想跟我要点好处？"

她竖起手指，一个个数："你看我要钱有钱，要权有权，长得好看身材又好……"

一直听着她胡说八道的人忽然偏头看她，眼神似带了几分打量，定定地锁住她。

太过专注，燕绥被他看得不好意思，那些没皮没脸闭眼吹自己的话到底没好意思继续说下去，收了声。

"你说你的。"他开口，视线却没收回，"随便什么。"

他这么一说，燕绥反而不知道说什么，想了一会儿，才干巴巴的："那给你说说苏小曦吧？"

没得到回应，她清了清嗓子，随便起了个话头："她这两天一直有跟我提起你，先是问你集训什么时候忙完，又问我是不是跟你有一腿……虽然我蛮想承认的，但没经过你同意，我不敢……"她悄悄觑了眼傅征，他听得倒是认真。

"房子她想找离市中心近的，但除了我住的小区是这几年刚建的，其他小区都有些老旧了。我看着物业安保都不靠谱，她一娇滴滴的姑娘，在南辰又举目无亲的。男朋友这会儿不知道在哪片海上，就不说别的，光是换个灯泡、漏个水的她都找不到人帮忙。"

傅征问她："那你呢？"

"我？"

燕绥微微翘了唇角，一副突然被老师提问却答上来了的得意表情："郎其琛每回来我家，都会检查，有问题及时排查。如果真的运气不好遇到突发事件，去酒店住一晚，第二天再解决。"

"倒不是因为不会。"想了想，她又补充了一句，"就是赚的钱没时间花，遇事总想花钱解决。"

傅征失笑，她不是坦诚，她是卖弄小聪明。她知道说什么话可以在某种场景里造成她想要的效果，她也知道自己的优势是什么，她年轻，漂亮，有能力，她不会刻意遮掩自己的锋芒，也不曾试图模糊她和他其实分属两个世界的界线。

她每次面对他，脸上就差没写上"没什么不好承认的，我就是看上你了"。

傅征是真没见过把所有企图刻在脸上，生怕对手不知道的人。

燕绥是第一个，绝无仅有。

酒劲过了有些冷，燕绥估算时间差不多了，正欲打道回府，忽听傅征问："你是不是觉得我找你帮苏小曦，是又想让你知难而退？"

那天迟来的老兵退伍宴，他不过是让她知道两个人的生活差异有多大，她就立刻给他来了个下马威。

苏小曦是迟宴的女朋友，投靠迟宴来的南辰市，本该迟宴替苏小曦安排好的事却需要他找她帮忙，这几天又是因为租房的房源不合适，又是工作还没着落，连累她跟着焦头烂额。

她应该知道，什么事到了他这边，不过是吩咐一声的事，可找了她，难免有再次让她知难而退的嫌疑。说燕绥没多想，傅征不信。

燕绥还真的琢磨过，她不是愿意吃亏的人，对自己没利的事，她通常没什么兴趣。但苏小曦这事，她这么心甘情愿，显然是看明白了，傅征不只不是这个意思，他还想欠她这个人情。

她想得有点久，傅征也没真要听她是怎么想的，俯身凑近些，注视她的眼眸，那压低的声线就像是被月色拂过的清泉，问："醒了还是醉着？醒了就听仔细了。"

"我凡事喜欢求稳，尤其感情问题。"他的话少，即使是这种时候，也冷静得像是在谈公事一样，唯有那双始终凝视着燕绥的眼睛，细辨之下，隐隐有流光浮动。

"我这人有点不好，认了人容易死心塌地。给你拦的路障是为你好，你要是想清楚了还打算往我心里走，我不会让你失了方向。"话落，生怕她没拐过弯来，又问了一遍，"听明白了，嗯？"

燕绥满脑子炸烟花，这会儿根本分不清自己是不是在红酒的后劲里又醉回去了。

她没出息得跟哑了一样，半天没答上来。她听明白了，她怎么没听明白？他都说得这么清楚了，她怎么可能听不懂。

这么大一颗定心丸，跟定海神针差不多了……

燕绥也不想跟个傻子一样问他说的是真的假的，他这样一个人，说出口的话必定都是一诺千金的，那可比燕绥放在银行保险箱里的金条值钱多了。

没料到今晚有这么大收获……难不成她刚才在门口等他"认领"的时候太丧家犬了，让傅队长心生怜悯？不应该啊……她难道不是何时都是风度翩翩的吗？

偶尔犯傻就犯傻吧，反正她都这么精明了。

于是，燕绥思考了几秒后，没按捺住内心的蠢蠢欲动，问："我是今天看着特别好看，还是哪里打动你了？"

傅征顿了顿，反问："岗哨让你打电话给家属提人的时候，你为什么打给我？"

过去了半小时，代驾瞄了眼仪表上显示的时间，手指握着标有奔驰标志的方向盘努力凹造型，用力过猛，双下巴都挤了出来，这才终于拍出一张除了大 G 标志锃亮、背景虚化、手指修长、装逼装得十分内涵典雅的……游客照。

他皱眉看了半晌，下车，调了小视频模式，视角从完整的大 G 侧身到他开门进入驾驶座，最后对准他，他露出个灿烂至极的笑容："帅不帅？"

录完，他看了一遍回放，满意至极，顺手发到朋友圈。

正享受着朋友圈满屏"哎哟帅炸了"的恭维，一抬眼，瞥见燕绥和那军官一前一后从岗亭走出来，他"哧"了声，恨铁不成钢地翻了个大大的白眼。

傅征送她出来，近到车前，跟汇报行程一样交代了一句："明天拉练去营地，等集训结束才回来，十天。"

燕绥"哦"了声："是不是不能给你打电话了？"

傅征颔首。

燕绥藏都没藏她的失望之情，满眼可惜："那你回来了给我个信啊。"

她一副"失去了明天睁眼醒来的动力"的表情委实感人，代驾"呸"了声，脑子一热，脱口而出一句："他外面都有别的女人了，还能把你当回事？想什么呢，我看着你不是那么天真的人啊！"

他陡然出声，刷满了存在值。

傅征转头看他，他的眼眸即使在日光强烈时也漆黑得像是个无底洞，不用衬着夜色时，那双眼就像深夜的大海，涌动的是无边的墨色的浪潮。

代驾被他这一眼看得底子都虚了，眼神飘了飘，有些怂。但转念一想，他又没说错，该心虚的人怎么也不该是他。于是，又鼓了胆气，挺起胸板，壮胆似的吼了声："我燕姐亲口说的，我难不成还冤枉你了？"

"被亲口"的燕绥这会儿想把代驾那颗项上狗头拧下来的心都有了……她都没敢看傅征的脸色，怒瞪了代驾一眼，一掌把他探出来还欲辩个黑白的脑袋推回去，冷飕飕警告："不想死就把窗给我关上。"

安静了几秒。

车窗飞快升起。

路见不平拔刀相助那也得先留着命不是？

燕绥回过头，挠了挠下巴，有些尴尬，正想着怎么解释。

傅征抬腕看了眼时间："赶紧回去。"

面无表情，语气正常……那应该是不计较了。燕绥松了口气，刚拉开后座的车门，听他不疾不徐地又补了一句："回来再跟你算账。"

燕绥背脊一凉，上车的动作更麻利了，关上车门，她这才降下小半截车窗，露出一双眼睛："傅长官再见。"

车在岗亭前的大片空地上掉了头，往来时的路回去。

上了车道，再也看不见傅征，燕绥收回视线，一脚踹在椅背上，震得代驾吓了一跳，嘀咕："车贵着呢，你踹它我心疼。"

"你刚那行为算不算出卖我啊？"燕绥弯腰，长腿一迈，按着前排两侧座椅一个借力，坐回副驾。

"哪算出卖啊，我这是帮你认清那渣……"男字还没出口，听她不悦地"啧"了声，代驾翻了个白眼把话吞回去，腹诽：没救了没救了，恋爱脑病入膏肓。

"他算渣男这世界上估计就没好男人了。"

这年头，男人对送上门的女人，不玩暧昧，不择备胎，不做中央空调。还生怕会辜负了她，就差给她盖个戳，发通行许可证了。

像是终于良心发现，燕绥理了理被风吹乱的长发，侧脸觑了眼还活在自己设定里的代驾，澄清："他还不是我男朋友。"

代驾目瞪口呆，不是男朋友不早说？！

他他他他还以为……他他他他还……真是的！

他这会儿想起傅征刚才看他的那个眼神，心里还发毛。刚才那副侠肝义胆怒噎渣男的勇气瞬间还给了梁静茹，他牙齿上下打战，脸色发白，从兜里摸出手机强行塞给燕绥："姐，你快给我查查，我刚才对他……那样，会不会被送进派出所去啊？"

"你想得美！"她接稳手机，低头一看。

已经解锁的屏幕上正播放着他刚发朋友圈的小视频，最后那句"帅不帅"说完，他还咬唇放电，看得燕绥一阵心里不适。

她沉默了几秒，说："没看出来你挺有做微商的潜力。"

代驾"啊"了声，不解。

燕绥好心地解释道："你这视频拍得跟微商逛 4S 店，拍个照说自己今天赚了豪车房子明天赚了一座岛一样没有水准。"

代驾内伤。

燕绥顺便又补了一刀："我记得 4S 店微商拍照要付钱吧，我不多收，下次再拍照一百一张收费，小视频按秒计时，一秒收五十。"

代驾吐血，再开口时跟肾虚一样，提不起力气："燕姐，你们当老板的，是不是一高兴就特别喜欢压榨底层民工……"

他是真社会底层人员。

燕绥指了指自己，问："我高兴得有这么明显？"

代驾点头："就差放鞭炮庆祝下了。"

Chapter 7

像星辰点燃心火

　　燕绥一早有个常会，忙完到中午，又被燕沉叫去就"利比亚的海外建设项目负责人"拟定候选名单，午饭也在他办公室一并解决了。

　　下午才抽空把辛芽叫进来，边批着文件边问："你昨天什么时候回的，也没跟我说一声？"

　　"我回家都快十点了，就没跟你说。"辛芽瞄了眼她桌上只剩下浅得见底的茶水，去茶水间给她重新泡了一杯。

　　回来时，燕绥在打电话，见她进来，指了指待客的沙发示意她去那里等她。

　　电话是燕戬打来的，父女俩约定过，燕戬每去一个地方，无论是邮件还是电话方式，都要给燕绥报个平安。如果燕戬被某座城市绊住脚，停留得久了，会习惯性地给她寄跨洋明信片。

　　漂洋过海的信件，往往到达时，他早已去了另一个国家。两年多，除了偶尔视频，父女俩始终是这种模式互相联系。这种用国内眼光来看有些寡淡的亲情维系，对于燕绥和燕戬而言，恰恰合适。

　　这个时间，应该是冰岛的清晨。燕戬的声音听上去像是一夜没睡，低沉沙哑，带着淡淡的疲惫："我下午的飞机，去瑞典。我昨晚给你外公打了个电话，他跟我说了一些事。"

　　燕绥不用猜都知道郎誉林会跟他说什么，她拧眉，一时不知道要怎么宽慰他。

　　她不说话，燕戬也安静了下来。不知道过了多久，窗外有汽车开过，短促的一声喇叭声从大洋彼端传来，燕绥像是突然回过神，笑了笑说："你把燕氏交给我，那种时候我不去，谁去？"

燕戬笑了声，郁结了一晚的消极情绪淡着些，他试探着问："小绥，你要是太累可以告诉爸爸，让爸爸回来给你分担一些。"

燕绥想了想，说："再过一个月，妈妈的忌日。你回来看看她吧。"

挂断电话，燕绥站在窗前良久，久到仿佛忘记了办公室里还有辛芽在等她。她垂眸，看着高楼之下，楼高层错，半个南辰市都映在她的眼底。她闭了闭眼，缓过眼角那阵酸涩。再睁开眼时，眼底情绪尽收，她转身，看着坐立不安的辛芽，声音微哑："开始吧。"

辛芽还是头一次看燕绥和燕戬通完电话是这副表情，迟疑了下，才说道："我出门没多久，苏小曦和我通了一次电话，把原定在中介会合的地点直接改成了下午要去看的小区。那段路修路，路况不太好，我就迟到了半小时……"

她抬头觑了眼燕绥，见她面色不变，这才继续道："因为不认识，她对我也没有很热情。陪她跟着中介看了几套房后，她选了临江小区八十八平方米的小套房，小是小了点，但客厅卫生间厨房餐厅挤一挤还都挺齐全。"

燕绥毫不意外，大套的合租她不喜欢，担心迟宴回来不方便，这个燕绥理解。

六十平方米的单身公寓，苏小曦又嫌太小，担心迟宴个子高，进来会觉得逼仄不想多待，这个燕绥也尊重。

择中给她挑了些房源，不是地段不好，就是房子太旧，还有小区的狗太多，房东看着不够面善的理由。不过现在房子租下来了，旧事翻篇。

她回办公桌后坐下，问辛芽："她租了多久？"

"一个月。"辛芽也觉得奇怪，"她租的是短期，中介说半年租金可以再打折，她也没动心，好像就打算住一个月。"

燕绥"咝"了声，眯了眯眼。

"我以为她手头拮据，就说需要帮忙的话我手头还有点。签合同付款的时候，我悄悄瞄了眼……她存款比我多多了。"辛芽撇了撇嘴，现在回想起来还觉得苏小曦当时的那个笑容有些硌硬得慌，人家指不定嘲笑她多管闲事呢⋯⋯

"签完合同七点多了，她请我去吃饭，说耽误了我一下午不好意思。"辛芽舔了舔唇，继续道，"我就说，你忙着走不开，又担心你一个人人生地不熟不安全，于情于理我都该帮这个忙，让她别放在心上。然后跟你料得差不多，吃饭的时候她果然跟我打听。问你做什么的，我就照你教我的，先说自己是助理，再说你是我同事，她就先入为主以为你也是助理⋯⋯又问我，既然是助理，那辆大G是不是开的老板的车，我说是啊。"

可不是老板的车吗，燕绥就是大老板啊！

燕绥看她一副口干舌燥的样子，失笑道："去倒杯水，慢慢说。"

辛芽火速回茶水间拿了自己的茶杯，好好润了润嗓子："燕总，我觉得这个朋友不能深交。"

燕绥翻文件的手一顿，抬眼看她。

辛芽很认真地点了点头："她跟我挑拨你来着，说你跟她认识都快一个星期了，绝口不提这车不是自己的，暗指你虚荣。"

燕绥笑了笑，没作声，她想听的还没听到。

"后来我就问她工作打算怎么办，幸好她没问我在哪儿工作，否则我脱口一说燕氏⋯⋯她就是个傻子也得猜猜你和燕氏是什么关系了。"

燕绥喝了口水，"嗯"了声，问："她想干什么我已经不关心了，她还问你什么了？"

"她问我，你跟傅长官是什么关系⋯⋯说能帮忙接待朋友应该是男女朋友。"辛芽挺直了背，落字铿锵有力，"我帮你承认了。"

燕绥的这个助理，说她是傻白甜，真不算冤枉她。但傻归傻，在怎么讨燕绥欢心上，她跟系统bug一样，简直无师自通。

三年前，燕绥刚被赶鸭子上架接手公司业务，每天都在尽快熟悉燕氏集团，日常除了枯燥的工作就是无聊的会议。

正巧，燕戬的助理因二孩政策开放，辞职回家养胎。岗位一空缺，开始招聘。

燕绥开出的薪资高，待遇好，又正好赶上毕业季，应聘场地犹如海选现场，乌泱泱地挤满了人。

来应聘的大多数是应届大学生，不乏名校毕业，履历跟开挂了一样是优秀的好苗子。

辛芽纯属是来碰运气，面试那天，燕绥胸前挂了个面试官的工作牌，就坐在角落最不起眼的位置上，整个流程都没开口询问过一个问题。

辛芽偷偷打量了她好几眼，心理阴暗地揣度她可能是因为裙带关系进来的，否则谁能在工作时间，倚着座椅旁若无人地玩魔方？

不止是辛芽，就连当天来面试的应聘者都没一个猜透她身份的。

面试结束后，人事部的经理很委婉地表示让她回家等通知。辛芽是在求职苦海里挣扎过的人，当下就听明白了这是让她别耽误时间早点找别家的意思，正要告辞离开。

燕绥叫住她，还零零散散的魔方碎片在她指尖飞快地旋转着，她抬眼，示意她坐下，面试还没有结束，她还有几个问题要提问。

辛芽心里刚打起鼓，还没来得及紧张，就听她问："平常外卖点得多吗？"

"多。"

"本市人，那南辰市哪里好吃哪里好玩儿知道吗？"

辛芽点头。

"爱好呢？"她捏着易拉罐仰头灌了口可乐，眼神往旁边面试官手里的资料上瞥了眼，干脆承认，"不好意思，我没看过你的简历。"

"我比较宅，喜欢烹饪，烘焙……"

"处女座？"

"不是，我是巨蟹座。"这个时候辛芽其实有些蒙了，这是什么套路的问题？

燕绥问完了所有想问的，思考了几秒。辛芽就看着她把玩了许久仿佛一直毫无头绪的魔方在短短数秒后翻天覆地，她起身，从桌后绕出来通知她："恭喜你，你被录用了。"

在面试官一脸错愕的表情下，她接过燕绥离开前顺手抛来的魔方，呆呆地问了一句："刚才那位是？"

得知燕绥是小燕总后，辛芽始终有些迷醉。恍恍惚惚实习了一段时间，就在所有人都在打赌她什么时候会被开除时，她坚挺地熬过了实习期，正式转正。

后来跟了燕绥三年，渐渐熟悉，辛芽还问过她："当时的小燕总看上我什么了？"

"太聪明的放身边不省心，太花瓶的不会煮茶做点心不够贤惠，那些人我不要去别的地方照样高就，你就不同了。我这万里挑一地把你从人海里拣出来，也是煞费苦心了。"

辛芽自动翻译成："你人甜没心机还会煮茶做点心，看着讨喜，你这万里挑一实至名归。"

事实也证明了，辛芽小事虽然容易犯糊涂，但凡属工作范畴比如照顾燕总她面面俱到，就是郎誉林这最爱挑剔的老爷子也很是喜欢她，连带着没少夸燕绥——眼光够毒辣！

苏小曦的事，燕绥觉得辛芽办得就挺好。辛芽向着她，了解她，所以哪怕是苏小曦有些过分的试探她也应付得进退得宜。

"我明天出差。"燕绥放下茶杯，"你不用去了，苏小曦要有事找你，你自己看着办，拿不准的再问我。"

出差的行程有些突然，辛芽挠挠头："那你什么时候回来啊？"

燕绥沉吟了几秒，答："傅长官出关前吧。"话落，她又自言自语似的嘀咕了一句，"这么大一人情，我得天天杵他眼前提醒他还我。"

燕绥出差和昨天下午与合作方续签的合同有关，对方听说燕氏投标拿下了利比亚的海外建设项目，盛情邀请燕绥去工地现场视察，争取在海外项目上也分上一小块蛋糕。

是以，行程有些匆忙，明天一早燕绥就要和对方同行，一起去北星市。

另一边，深山老林的营地里，刚完成两小时的抗暴晒形体训练，队伍解散后，郎其琛掀了掀被汗水浸湿像刚从水里捞出来的作训服，大步往澡堂赶。

走了一半，看见坐在军用吉普车车顶的傅征，瞄了眼他手边的喇叭，警惕心顿起："你不会等我洗澡洗到一半喊集合吧？"

这几天近乎严苛的训练，郎其琛看傅征的眼神已经没有"亲情"了。

傅征衔着根草，居高临下睨了他一眼，抬腕看了眼时间，道："你再不赶紧，我就不能保证了。"

嘿！

他还真打算洗澡洗到一半给他们来个惊喜呢，他叉腰，懒散地仰头看着他："那我不洗了，反正等会儿还要被你们折磨。"

傅征不搭理他，瞥了眼时间，侧头瞭望。

郎其琛觉得没趣，抬步往澡堂走。也不知道燕绶看上傅征哪点了，又闷又沉，哪像他，既有鲜活的肉体又有一颗有趣的灵魂。找男人啊，就该照着他这款找！

走了没几步，傅征叫住他，他想起郎其琛射靶训练的成绩，问："枪法是你教她的？"

迎着光，郎其琛眯起眼，翘了唇角笑得有些小得意。这姑侄两人长得一点也不像，偏这个动作如出一辙，一个模子里刻出来的一样。

"算是吧，老爷子领进门，我带她修行。"郎其琛折回来，三两下蹭上车和他并排坐在车顶，他兴致勃勃道，"你是在索马里看到她开枪了吧，她就是手腕力量不够，而且开枪瞄准的时候有个小习惯，这样。"

他模仿燕绶举枪抬臂的动作，耸了下肩膀，吸引傅征的注意："她的目标不是靶子就是气球，没对准过人，所以脱离熟悉的靶圈肩膀就会特别僵硬，手指也绷直。"

傅征缓缓眯了眯眼，回想她在摩加迪沙酒店门口开枪的样子，好像是有些僵硬。

"是不是觉得我姑胆子特别大？我小时候惹她生气，被她追到差点跳河。我姑奶奶……"怕姑奶奶的称呼引起歧义，郎其琛一顿，解释，"就是我姑的亲妈，带我和我姑在小区空地上放风筝，风筝飞出去挂在人家的防盗窗上，我姑几下就爬上去把风筝摘下来了。五楼啊，还是外墙，踩着空调外机就上去了，吓得我姑奶奶脸都白了，我就是那次彻底服了我姑的。"

郎其琛是真的佩服燕绶，打从心眼里佩服，提起这个姑姑，他就双眼发光，恨不得全世界的人都知道她有多好，他的姑姑厉害得能撑起天地。尤其傅征，他将来是要做他姑父的人，哪能对他姑的神秘力量一无所知！

"你知道我姑什么学校毕业的吗？哈佛！哈佛商学院的研究生。要不是我姑奶奶病逝，她原本还想继续读博的。"郎其琛颇有所感地摸了摸自己的脑袋瓜子，"我就不行，让我跳飞机速降打打靶子什么的还成……这会儿想起来，当初想考军校的时候，应该是我人生中最博学的时候了吧。"

傅征是军校最高学府国防大学的高才生，文化课和体能训练两手抓。毕业这么多年了，部队里的干部举例还喜欢点傅征的名，就跟他们这帮刚毕业的新兵蛋子都是一无是处的一样，听得郎其琛耳朵都快起茧子了。

似有所感，郎其琛挠了挠有些发痒的耳朵，转头看傅征："人家茶楼听书听评弹还得点壶茶呢，我这给你说了半天没半口水喝就算了，你怎么连点反应也没有？"

傅征看他一眼，郎其琛这才看到他眼里那浅浅的笑意，他小心肝一跳，想着回去就敲燕绥几顿大餐，才不枉他口干舌燥如此卖力。

"昨天晚上我跟你姑姑见了一面。"傅征吐掉口中衔着的草，慢条斯理道，"想不想知道她跟我说了什么？"

郎其琛明知他不怀好意，还是受不住诱惑地点点头，耳朵凑过去，问："她说什么了？"

"说什么不重要。"傅征瞥了眼时间，往澡堂方向看了眼，"反正一句没提你。"

靠……郎其琛的俊脸顿时绿了。

枉他跟傅征掏心掏肺呢，他还试图挑拨他和燕绥坚固的姑侄情谊，不能忍！他果断从吉普车的车顶跳下去，踩实了地面他的气焰也嚣张了起来："你以后真跟我姑在一起了，别想听我叫你一声姑父。"

傅征懒洋洋地垂眸睨他，不以为意："你早就叫过了，不差这一声。"

郎其琛年轻气盛，最受不了激："我当初是猪油蒙了心，才会叫你姑父。那一声不是自愿的，不算！"

傅征有意针对他，俯身盯住他："你说不算就不算？你算老几？"

哎哟喂，忍不了了忍不了了！

郎其琛涨红了脸，视线瞄着他屈膝踩在车顶的军靴，琢磨着等会儿拖着他脚把他从车顶拽下来的成功性有多大，琢磨着琢磨着，他迟钝的脑子突然灵光一闪。

"等等……"

傅征不是不乐意当他姑父吗？

他这会儿抢着答应那声姑父是几个意思？

没等他琢磨明白，哨声一响，坐在车顶的男人，举起喇叭："集合！"

郎其琛仰头看着他逆光的侧脸，满心奔腾的羊驼——他澡还没洗呢！

燕绥这趟出差，轻松得跟度假快没什么两样了。

北星的合作方生怕怠慢了她，定本市最好的酒店，配置私人管家，全程车接车送。除了初到北星的前几天，参观公司和工地，接下来的时间，完全由燕绥自由支配。

苏小曦在朋友圈晒泡温泉的泳衣照时，燕绥正和燕沉开视频会议。

"北星这家虹越早年主做家电，国内的家电市场他们家挤占了一半。"燕绥手边没有纸笔，她顺手把放在桌角的酒店意见簿移过来，用被削得只剩下短短一截的木炭铅笔在纸上备注。

"我这几天除了北星的几个大商场，周边城市也都跑了跑。"时间虽然是自由支配的，但燕绥显然没用来闲散度日，她把去过的地名和商场在纸上写下来，撕下白纸递到电脑摄像头前让燕沉看清楚。

"北星的商场我分时段待了一整天，人民广场附近那家商场的客流量最大，全天卖出的家电里，虹越占的比重最大。"燕绥的笔尖在纸上顿了顿，她抬头看屏幕那端的燕沉，"虹越和我们合作了有八年吧？"

"对，八年。"燕沉摸着下巴思考了几秒，提道，"先不用这么快确定，具体的合作方式可能还需要时间打磨。着急的不该是你，是虹越。"

燕绥一想也是，她把意见簿一推，那根短削的铅笔夹在指间转动着，她思考问题的时候就喜欢手里把玩着东西，在公司大大小小、花花绿绿的魔方她可以随便挑。出门在外，就不能太讲究了。

铅笔在她指尖转到第五圈的时候，门铃响了。燕绥瞥了眼屏幕右下方的时间，挑眉道："我的下午茶到了。"

燕沉正在签助理递来的文件，递回去再看屏幕时，只看到她起身的侧影，他弯了弯唇，示意助理先出去，他端了茶杯，呷了一口。

门外是私人管家，替她出去跑了趟腿，拎了七七八八吃的回来，替她放在了电脑桌旁。

燕绥送人出去后，关门落锁，回来开始一样一样拆外卖。

燕沉听着她那端的杂音，竟也不觉得吵，等她掰了筷子坐下吃肠粉，才问："打算什么时候回来？"

"后天晚上的飞机。"燕绥用筷尖挑了口虾仁喂进嘴里，"虹越的老板娘约了我后天的午饭，盛情难却。"

这几年，燕沉和燕绥公事上磨合较多，早就培养出了默契。她尾音一溜，他就能辨着她的语气和表情配合她，或唱红脸，或唱白脸。两人一起出马谈的合作，再棘手也能顺利拿下。

此时，听她的语气，猜测她应是想趁着和虹越老板娘吃饭面谈的机会套些话，不置可否道："虹越现任这位比你还小吧？"

虹越老总两年前离婚再娶，娶了和他女儿同龄的校友，婚礼的排场还不小。燕绥受邀去参加过婚礼，在新娘的休息室见过新娘。

"比我小几岁，人精着呢，一点也不傻。"肠粉有点咸，她拆了杯奶茶吸了两口，继续道，"我去参加婚礼是两年前，结婚前一天虹越千金还跟这年轻的后妈打了一架，连婚礼都没出席。前几天参观完虹越的总部一起吃饭，一家三口虽没有其乐融融，但关系明显回暖。"

她难得在谈公事的间隙和他说起商场这些牛鬼蛇神的私事，燕沉听得认真，唇角不自觉地微微勾起，道："也是难为你了。"

燕绥咬住吸管微微一顿，安静了几秒，道："正事说完了，你继续忙吧。"她往阳台的方向指了指，"我出去晒晒太阳。"

说完，也不等燕沉的回答，按着鼠标关掉视频通话。

燕沉话未出口，看骤然结束的视频通话，鼠标上移，落在坐标为北星市的天气预报上良久，才把目光从那显示小雨的图标上移开。

隔了一日，燕绥赴宴。出乎意料地，原本说好的只有虹越自家人的饭局坐了满满一桌。

燕绥被服务员引进房间时险些以为走错了，直到看见虹越那位年轻的老板娘，才脚步一顿，似笑非笑地看着她问："你们虹越还挺人丁兴旺的？"

虹越的老板娘姓庄，名晓梦，有点取"庄生晓梦迷蝴蝶"的意思。

庄晓梦起身，脸上半点不见尴尬，亲自迎燕绥坐在上座。燕绥推托自己是客，也没能拗过非要表现自己贤惠大度的庄晓梦，干脆大大方方地坐下了。

房间里多数是女客，庄晓梦见燕绥没有要喝酒的意思，让服务员倒上早就备好的饮料，给她一一介绍。除了虹越不同岗位的工作人员还有一位北星报社的记者，在场为数不多的男性之一。

庄晓梦嫁给虹越老总后，因那场世纪婚礼和豪门八卦在微博博过一阵眼球，初尝了出名的滋味。此后便借着这股风势，在微博刷热度，网上评价虽然错落有声好坏参半，但并不影响网民对虹越整体关注度上升。

燕绥闲着无聊时，还找数据算过，庄晓梦的媒体指数替虹越省下了一笔宣传费。

不过当初塑造的是麻雀变凤凰的人设，后来跟着网民的审美渐渐改成现实版职场励志女性，绝对是值得参考的宣发成功案例。

燕绥没打算和庄晓梦谈公事，四两拨千斤地把她引来的话题都推了，正琢磨着找个借口早退，手机一振，进来一个电话。

她垂眸看了眼。

屏幕上"傅征"两个字猝不及防撞进她心口，她恍然心跳漏拍，打断还在喋喋不休的庄晓梦，微笑着颔首道："有个重要的电话，我出去接一下。"

出了门，门口左右分立着服务员。燕绥婉拒她们的帮助，边接起电话边往安静的角落走去。

她来的路上留心过酒店的布局，走廊尽头有个阳台，置放了几把躺椅。她推门，踩上阳台铺着的木地板，找了个伞下遮阴的圆桌，拉开椅子坐下。

久没人响应的电话突然被接起，傅征微微抬眼，夹在指尖的烟被他曲指轻弹了一记，烟灰抖落之际，听她笑着问："傅长官，闭关结束了？"

傅征"嗯"了声，听那端隐约有车流声传来，似是临街，道："不方便的话，等会儿再打给你。"

"没什么不方便的。"燕绥躲在伞下也能感受到烈日的灼热，她眯了眯眼，语气懒散，"肯定不是因为想我了才给我打电话啊，什么事？"

傅征忽然有些明白"得寸进尺"是什么意思了，他沉吟数秒，问："晚上有没有安排？"

燕绥微微挑眉，这是想约她？

这个念头刚从脑中掠过，苏小曦的名字忽然跃上来。

她顿了顿，问："想请我和苏小曦吃饭？"

傅征含着烟，"嗯"了声，没多解释。

燕绥想了想，说："我现在在北星，落地九点，应该赶不上了。没准等你和苏小曦吃完饭能顺路接我回大院。"她拐着弯地暗示他。

傅征自然听懂了，他在烟雾里缓缓眯了眯眼，微勾起唇角："九点？"

"九点十分。"生怕他觉得晚，又补充一句，"我行李不用托运，下机就可以直接走。"

火星快要舔到烟屁股，他慢条斯理地把烟头碾熄在烟灰缸里，算是默认："登机了给我发个短信。"

挂断电话，燕绥在伞下又坐了一会儿，指尖捏着下巴轻轻摩挲了一阵，到底没忍住，笑起来。

真是意想不到的意外之喜啊！

心情好，燕绥难得有耐心和庄晓梦周旋。

燕绥双商都在线，她有心，那自然宾主尽欢。饭毕，庄晓梦还有些舍不得她走，陪着她回酒店拿了行李，又亲自送到了机场。

头等舱在柜台不用排队，取了登机牌，庄晓梦把燕绥送到安检口，犹豫了几秒，还是问道："燕总，利比亚的项目，我很感兴趣，不知道有没有这个机会能合作？"

燕绥难得没有打太极："利比亚局势不稳，治安很乱。虽然海外项目有国家扶持，有政策上相对的照顾和宽容，但高收益要面临的也是高风险。刚听说你打算最近休息的时候出去走一走，如果机票还没定的话，去利比亚吧。等你回来了，还有合作意愿，我随时恭候。"

她扬了扬手里的登机牌，笑了笑，说："留步。"她的长发束起，添了几分干净利落的英气。笑起来时，眼角的锐利被夕阳的余光暖化，整个人像是笼在烟雾里，透着股不真实感。

庄晓梦有一瞬的失神，等反应过来，燕绥拉着行李箱已经进了安检通道。她在原地又站了会儿，一时说不上是羡慕还是失落，心底空落落的，急需什么东西能够填满。

直到燕绥的身影再也看不见了，她这才转身，和身边的人说道："像燕总这样的女人，不知道多少女人羡慕她。"

活得肆意潇洒，过得任意妄为。

这样的人，走的每一步路都是踏着喝彩声的吧。

然而，别人眼中应该踏着喝彩声一路不疾不徐莲步轻摇的燕总，在九点十分的南辰国际机场步履匆匆。

她越过身边慢吞吞的旅客，越走越快，越走越快。等抵达机场国内到达的三号门时，她微微气喘，这才想起来忘记给傅征打电话。

她低头，从通信录里找到傅征的号码，拨出。

太专心，以至于并没有看到不远处一辆低调的大切正沿着路肩缓缓前行。车内竖在收纳箱上的手机嗡鸣着振动起来，傅征落下她那侧车窗，按了按喇叭。

短促的两声提醒，燕绥下意识抬头看去。

大切的车身线条流畅，两侧耳朵亮起双闪，傅征下车，几步越过路障走过来，低头看她时，皱了皱眉："发什么呆？"

他俯身，从她手里接过十六寸的行李箱，刚转身，被她拽住衣角拉回来。

燕绥一颗心咚咚跳个不停，她攥在傅征衣角的手上移，拎住他的衣领，踮脚凑上去嗅了嗅他衣服的味道。

傅征一动不动地站着，看她突然靠近，嗅了他衣领后，抬眸，挑眉，一副挑事的模样，揪住他的领口："闻到香水味了。"

其实除了男人的荷尔蒙气息，什么味道她也没闻见。

傅征不怕她诈，沉默了几秒，就在燕绥以为自己玩大了的时候，他低笑了一声，漫不经心道："要不再往上闻闻？可能还有脂粉味。"

往上？

燕绥抬眸，视线从他弧线完美的下巴往上，落在他的唇上。

有那么一两秒，耳边车流鸣笛的声音远去，她满脑子只有一个念头——拽着他的衣领把他拉下来，咬住他的嘴唇，辗磨舔压。

不过一想后果……燕绥立马很客气地松开手，还替他拂了拂被拎皱的衣领，微笑道："还不到占你便宜的时候，先放过你。"

得了便宜还卖乖说的就是燕绥这种人。

傅征懒得跟她计较，拎起她的行李箱，率先走到车后。

后备厢打开，他把占地方的工具堆到一边，放平了她的行李箱，推进去。余光瞥见燕绥从副驾转过身来，他按下左侧后备厢的自动关合按钮，退后一步，从车后绕过来坐进驾驶座。

燕绥无所顾忌，直勾勾地盯着他看。看他踩住刹车，手指握挡调至D挡，腿移了移，换上油门，车渐渐加速，很快把夜深依旧嘈杂的机场抛至车后。

燕绥的目光又从他握方向盘的手指移到他的侧脸。

这次去北星市，她凑巧碰上了虹越在自家摄影棚里拍广告，请了两个。一个是最近上升势头很猛的小生，就是两耳不闻窗外事一心只赚人民币的燕绥，瞧见那小生标志的脸也知道他是娱乐圈的哪号小鲜肉。还有一个是长相偏硬朗些的现役运动员，但听说成绩不好，很快就要从国家队退下来专心进娱乐圈了。

一连两个，燕绥都觉得不如傅征长得好。起码，他的眼神，恐怕很难有人再复制。幽亮的，像星辰，也像心火。

看着你的时候，发狠专注和漫不经心是两种颜色，前者像暴风雨来临前瞬息万变的墨色，能看见他眼里卷起的飓风，从风眼到旋涡，你能看见风暴在他眼里慢慢形成；后者像波澜壮阔的海面，碧蓝的，洒着光，能看见他眼底的海平线从遥远的天边推着海面叠起浪花。

等他喜欢一个人的时候，恐怕那静谧的海面能被巨浪掀起，山呼海啸。

她是真好奇！

傅征被她盯得不自在，眉心微蹙，经过路口后腾出手来捏住她的下巴把她转回去。

燕绥抗议："怎么着，闭关几天看都不让人看了？"

车内有些闷，傅征边调了外循环换气边睨了她一眼，说："上一个这么盯着我看的人，已经死了。"

换作路黄昏，听到这话估计要吓到晕厥。

燕绥却不吃这套："你说里弗啊？"

车轮从落差较大的路面碾过，车身一震，抛上接下的浮沉感就像那日站在燕安号的甲板上。

他浑身湿漉，刚从海里上船。风无遮无拦地掠起海浪扑面打来，整艘巨轮都在他的脚下浮动。

傅征开了车窗，车内一下涌入街面上的杂音，他侧脸看向马路对面灯火通明的烧烤摊，转头问她："吃点？"

这一带在建起机场以前荒无人烟，后来才渐渐发展了不少酒店、宾馆。

地方荒，酒店又自带餐厅，饶是靠近机场，也没什么像样的超市和餐馆。只有这一条不知道什么时候兴起的夜市，一入夜就闹哄哄地摆上小吃摊，从烧烤到烹炸，应有尽有。

傅征在附近停了车，就近挑了家烧烤摊，燕绥从冰柜里拎了一把牛肉串，数了数竹签，问他："够你吃吗？"

她参考的郎其琛的食量，每回和郎其琛出门吃饭她都不敢把人往西餐厅领，法国的精致料理对于郎其琛那种吃法而言，实在是吃不起。

"你挑你的。"傅征从燕绥身后绕过来，接过竹篮替她拿着，"给我多数三串就行，等会儿还能去吃点别的。"

燕绥循着他的目光看向小吃街的深处，心念一动，一个猜测在心口几欲滚滚而出——除了她，他今晚没有赴别人的约吧？

挑好食材，傅征递给摊主，和燕绥就在摊后露天的桌子旁坐下。塑料红凳的架脚不结实，不知道被谁踩断了，支棱着有些扎脚。

她低头看了眼，抬头时看见隔壁摊上叠的一栏北冰洋，起身去拿了两瓶。等回来，下意识往架脚上一踩，凳子被傅征换过了，四个塑料架脚都还结实着。

她笑眯眯的，一副"我发现了哦"的表情，利落地用桌角一磕一拍，顶开了铁盖把饮料瓶推过去，道："外公和舅舅喜欢喝酒，逢休假我就伺候这俩大爷，开瓶递酒，这种瓶盖早没把它放眼里了。"

有烤串端上来，她拿起竹签，用牙尖咬着肉从竹签里叼出来吞进嘴里："差点忘了问你，我侄子打进内部了没有？"

问虽这么问，语气却是笃定。郎其琛这小畜生其实挺浑的，但在部队，他就是一杆抛光过的枪，有锐意有锋芒，同时又能做到内敛、服管教，收放自如。

就是严肃死板谁都看不惯的郎啸，以前还私底下跟郎誉林夸过他，说郎其琛既是刺头，也是尖兵。

傅征面无表情，没透露任何信息，只说："等他亲口告诉你吧。"

这种语气，莫名地让燕绥的小心脏扑腾了一声，她衔着竹签，辨了辨他的神色。

傅征故意晾着她自己猜，不动声色，专注地一口一个解决他的烧烤。

燕绥什么也没看出来，磨了磨牙，想着自己瞎操心也没用。估计明天郎其琛就要给她打电话了，放宽了心，张罗着要了个一次性的杯子，又跟摊主要了半杯醋，拈醋捻辣地吃了个七分饱。

傅征中途接了个电话，没避着燕绥。就是不知道电话里说了什么，他的脸色瞬间变得有些难看，他看了眼燕绥，等电话挂断，他拎起挂在一边的外套，示意摊主把桌上还没吃完的烤串全部打包。

燕绥猜是他那边出了什么紧急的事，没吭声，看他付了钱拎过打包盒跟着他走出一段距离，四周没人后，说："你要是有事先走，我等会儿让司机来接就成。"

"不差这一会儿。"他开了车门示意她上车，等坐进车内，他才言简意赅地交代了一声，"迟宴回来了。"

迟宴刚出任务没多久，最早也是半年后，战舰归港他才回来。出去没多久被送回，用脑子想想就知道，肯定是出事了。

涉及机密，傅征没有多说，燕绥也知趣地没有刨根问底。

"你送我回小区吧，还近点。"想了想，她又问，"苏小曦知道了吗？"

"还没通知她。"和燕绥也不是不能说，傅征思考了几秒，"迟宴被炸伤，背部多碎片，现在在海军医院手术室里抢救。"

燕绥明白了，迟家人不同意迟宴和苏小曦交往，本就在迟宴生死攸关的时刻，苏小曦要是出现在医院，指不定得给迟家人添多少堵。

这种事燕绥帮不上忙，也无从关心起，干脆不说话。

等到了小区门口，燕绥接过行李箱，看他上了车又撤下车窗，脚尖一转，自觉地往他那儿走了几步。

傅征其实也没什么要说的，只是看她拖着行李箱站在花坛边上，也不知道怎么回事，心口一软，像穿指而过的海水，指尖只剩下湿漉的触感。

"没事。"他声音低沉，"早点休息。"

车被辛芽送去保养，燕绥到车库看到空荡荡的车位时才想起有这么一回事。公司离小区也没多远，她不好意思叫司机来接，干脆走着去上班。

员工习惯了总看燕绥豪车来回，再不济也有辛芽的甲壳虫代步，陡然见她步行上班个个都很惊喜。

"燕总早，燕总兴致看着挺好，走路锻炼呀？"

"燕总早，最近还真挺流行低碳环保出行的。"

"燕总早……"

……

燕绥微笑不语，等踏进电梯，她脸上的笑容顿时收起。

她平时怎么没发现，她员工的笑容这么灿烂呢。

辛芽是最早发现燕绥低气压的，她直觉是燕绥没有睡好正在闹起床气，上午都没敢进她办公室，就连郎其琛的电话她都选择了用内线转接。

郎其琛对燕绥的手机总是无人接听已经没什么脾气了，听到他姑冷清的声音，依旧热情不减："姑，太爷叫你今晚回大院吃饭，舅婆给你做了糯米鸡。"

燕绥提不起兴趣，懒洋洋地说："怎么让你传话了？"

郎其琛静了静，低了声音一本正经道："姑你的语气不太对啊，是不是在我傅教官那儿栽跟头了？"

燕绥"呵呵"了一声："也不知道谁在他手里没讨着好呢。"

听筒里传来一声轻哼，小狼崽声音一恹，委屈巴巴的："过了半个月不知道什么日子的日子，为了打进内部帮你追男人，咬牙撑着一口气坚持下来的。结果你不冷不热，连句关心都没有，我太难过了。"

他一卖惨一撒娇，燕绥就拿他没办法，她头疼地揉了揉眉心，搁下笔往后倚着椅背，轻舒了口气："怪我怪我，怎么着，给我报喜来了？"

"可不，这次真百里挑一，只有我进了特战队。"一说到部队里的事郎其琛就格外兴奋，尤其闭眼吹自己，天花乱坠也面不改色。

燕绥"嗯嗯"地应了几声，等他说完，很给面儿地夸奖："我侄子就是厉害，真给郎家长脸。姑这就叫辛芽去做一面'十佳模范标兵'的锦旗，过两天大张旗鼓敲锣打鼓地给你送进去，怎么样？"

郎其琛被她逗得哈哈大笑，又闲扯皮一阵，忽然正经起来，压低声音道："姑，傅教官……你要不要算了？我听说他有未婚妻了，就和他相亲的那个，叫温时迁。"

燕绥脑袋一炸，唇角笑容敛起，连带着眼神都变了："有未婚妻？"

"是啊，明天晚上订婚宴。"郎其琛昨晚就知道这个消息了，想着他姑听到该有多难受啊，这么多年她难得有个心动的男人。想着想着，自己的心先碎了，昨晚就没敢给燕绥打电话，想到她就哆嗦。连怎么安慰她、怎么逗她开心都想了七八种方案。

这会儿一听电话那边没声了，心都提到了嗓子眼："姑，你没事吧？"他结结巴巴地又补充，"听胡桥说他一早来部队批了两天假，估计就是忙这事呢……"

燕绥总觉得这事不对。傅征这人，做不出这边勾搭一个，那边订婚一个这种事。

可郎其琛不会骗她，就算这事有误会，肯定也不是空穴来风。

她琢磨了一会儿，说："我知道了。"

郎其琛还有些惴惴不安，燕绥不说话，他觉得这种安静是她难过到失去了语言能力。说话了，语气太冷静，又疑心是她对傅征心冷，伤透了。

他想了会儿，声音压得更低，神秘兮兮道："姑，你要是气不过，我给傅征套个麻袋，打他一顿给你出出气？"

燕绥气乐了："你别胡闹。"想了想，她又慢悠悠地补充了一句，"我觉着，你那麻袋没套到他，先被他收拾了。"

郎其琛正欲跟她争辩可行性，忽听燕绥很认真地叫他："其琛。"

他顿时乖巧得跟小奶狗一样："姑，我在呢。"

"我认识的傅征，不是这样的人。"

Chapter 8
你来，我风雨相迎

燕绥一整天都闷闷不乐，临了到下班，叫司机在公司门口等，她收拾了收拾，跟阵风一样刮进电梯里，辛芽都没来得及叫住她……

燕沉临时有事被耽搁了十多分钟，过来时见辛芽在收拾桌子，大概猜到燕绥已经下班了。他在门口站了会儿，转身正要走，余光扫到桌上那串大奔的钥匙，问："燕总下班了？"

辛芽正哼着曲，陡然听到燕沉的声音，吓了一跳，道："燕副总。"

燕沉颔首，还在等她回答。

辛芽以为燕沉是来查勤的，下意识回答："燕总是准点下班。"

"不是，她没开车？"燕沉的目光落在桌上的钥匙上，"叫了司机来接？"

"嗯，回大院了，好像是老爷子叫她回去吃饭。"

燕沉走进来："她车呢？"

"她出差回来之前送去保养了，"辛芽声音变轻，讷讷道，"昨晚她回来应该我去接她，顺便把车给她开过去。但下午的时候燕总打电话来让我下班了直接回家……"她这不老实听话嘛。

燕沉顺手拿起桌上的车钥匙说："车我来开吧。"

辛芽愣了一下，眼看着车钥匙被燕沉拿走，慌到差点咬舌头，急忙叫住就要走的燕沉，磕绊道："副总，还是我去吧……"

"你不用管了。"燕沉把钥匙收进裤袋，似想起什么，走了两步又转身看她，"她最近是结识了什么人？又是租房子又是找工作的，尽做些打下手的事，人也没见她招进公司来。"

燕沉是燕绥的堂哥，颇受燕绥尊敬。公司里的人一直以为正副两位老总不和，其实不是的，燕沉和燕绥都是公事公办的人。在公司，两位领导人做什么都被员工盯在眼里，偶有分歧有争执，各持己见，就是针锋相对也是常事。

私底下两人的相处，只有辛芽和燕沉的助理见到过。抛开公司、利益、立场，两人同框时就像一幅画，说不出的美好。

哪怕这两年，这种私下的相处越来越少，辛芽始终记得燕绥对待燕沉的态度。

不敢不回答，辛芽想了想，搪塞道："是认识了一个朋友，租房就是还个人情，没别的事。"

燕沉知道问她也问不出什么了，不再追问，转身离开。

辛芽拨着她燕总花里胡哨的笔筒，愁得眉毛都打结了……这一个个的，怎么都上赶着给她添堵呢。

燕绥到大院时，天刚暗下来，整片天空被暗金的墨色掩盖。

门口挂着的红灯笼已经亮了起来，把墙壁映得红彤彤的。

燕绥让司机吃过饭回来接她，她下了车，推门进屋。隔得老远，就看到厨房里蒸腾的热气，像屋顶烟囱冒出的白烟。

她脱下大衣挂上衣架，阴沉了一天的心情忽然就放晴了。

舅妈正端了小蒸笼出来，抬眼瞟见她，连声招呼："阿绥来了，快进屋，今天做的全是你爱吃的。"

燕绥笑着应了声，进屋挨个叫人。

郎啸难得也在，燕绥叫过他后，他指着身旁的空位，示意她坐："刚出差回来？公司忙不忙？男朋友找了没有？"

又来了……

燕绥心里翻了个白眼，脸上挂着笑，笑盈盈地回答："去了趟北星，待了快小半个月。下半年有个海外项目，时间紧，什么事都赶得慌。"

她起身，把汤包夹进老爷子的碗里，又给郎啸夹了个，落筷后回头张望了眼厨房里的舅妈，溜似的丢下一句"我去帮忙"，转身钻进了厨房。

来回端了两趟蒸笼，厨房里也没事了，燕绥只能老老实实地出来吃饭。

"本来以为其琛今天能回来，"小舅妈往她碗里夹了个蟹黄汤包，看她眉目被热气氤氲得隐隐约约，叹道，"集训完也没个假期，又开始训练了。"

燕绥笑了笑，说："我帮他吃。"

小舅妈也跟着笑起来，看她张嘴去咬汤包，提醒她："汤汁还烫着，你慢点吃。"

燕绥"唔"了声，齿尖刚咬住汤包，就听郎誉林问："你出差前有个晚上回来过？"

燕绥的记性好，郎誉林一提她就记起来了，她垂眼，面无表情地扯谎："没有啊。"

"没有？"郎誉林不信，他用筷子轻敲了敲碗沿，语气厚重，"门口白纸黑字都登记着，还没有！"

燕绥眼珠子滴溜溜转了转，还没等她想到圆回来的借口，忽听老爷子压低了声音，神秘兮兮地跟她确认："听说是傅征把你领进来的，现在满大院的人都在跟我打听傅家这小子是不是跟我外孙女谈对象，你还不老实。"

燕绥嘴角一磕，鲜甜的汤味还未尝到，先被汤汁烫了嘴唇，她"嗞"了声，捂着嘴匆匆去厨房敷冷水。

小舅妈被她吓了一跳，搁了筷子去看她。

两个人一走，饭桌上空下来，郎啸忽然笑起来，说："爸，你说的是傅征吧，我瞧见那小子第一眼，就觉得他能镇住燕绥。"

郎誉林哼笑了声，不赞同："燕绥差哪儿了，还能制不住那小子？"

郎啸没接话，他听着厨房里隐约传出的对话声，微微挑眉："那打个赌？"

一顿饭，燕绥吃得惊心动魄。饭后也不敢多留，推托公司有事急着处理，急吼吼地就走了。

傅征这事，其实没什么好瞒的。坦坦荡荡地直接承认自己在和他交朋友，哪用得着像做贼一样？气质全无。

可燕绥下意识的反应却是遮掩。除了不想让郎誉林干预，不想被长辈看笑话，还有个原因是……郎其琛的电话。

哪怕直觉和理智都告诉她，这事肯定哪里有误会。但没确定之前，燕绥实在没有坦诚的勇气。就像背光面的阴影，得阳光才能驱散。

她没那个闲工夫慢慢猜，想得烦了就给傅征发了条短信，没提别的，只是问了问迟宴的情况。

不知道是手机没带在身边还是没工夫看，燕绥等了一会儿，直等得心浮气躁。

她转头看着车窗外被远远甩在车后的路灯，眼神渐渐失焦前，脑中隐隐冒出了一个念头，她"欸"了声，叫司机："叔，前面掉头。"

她报了苏小曦的地址，让司机往这儿开。

十分钟后，她提前在路口下车，步行进了小区。

一路踱到苏小曦的单元楼，她站在楼底下仰头看了眼苏小曦的楼层，满楼灯火，唯独她那层暗着。

苏小曦不在家。心里的猜测验证了大半，燕绥四下观察了下楼道口，灯光照不到的阴暗处堆着一辆废弃的自行车，燕绥走过去，拍了拍积了一层灰的坐垫，坐上去，慢慢等。

她猜得没错的话，昨天傅征没和苏小曦吃饭，单独和发小的女朋友吃饭？这事他做着肯定不自在。

燕绥昨天不在南辰市，他自然也回绝了苏小曦。以她对苏小曦的了解，这女人应该受够了她父亲的骚扰，她无能为力，所以才会死死拖住迟宴。迟宴不在，她就顺势依附傅征，没料错，她今天肯定按捺不住联系过傅征。

朋友圈没更新，饭点过去那么久人还不在家，她已经不作他想了。

许久没这么虚耗过时间，一分一秒都有些难熬。燕绥在指间颠转了会儿手机，耐心告罄正要起身走人，引擎声忽然变得清晰，一辆车在单元楼外停下来，把燕绥脚尖那束灯光也彻底遮住了。

她抬眼，目光落在停下来的大切诺基上。

苏小曦正从副驾下来，她反手关上车门，往里走了两步又折回去，敲了敲车窗。

副驾的车窗降下来，傅征蹙眉，有些不耐烦："还有什么事？"

苏小曦像是被他吓了一跳，低声道歉："对不起，我知道是我给你添麻烦了。"那声音听上去，像是刚哭过，还带着鼻音。

"迟宴……会好的吧？"

没听到回答，苏小曦又是一副泫然欲泣的表情："我是真的慌了，我同学告诉我迟宴在医院的时候……"她掩唇，抽噎着，"我什么都想不到了，只想亲眼确认下……他出任务前还答应我回来跟我求婚的，傅征你知道的，我和迟宴有多不容易。"

傅征仿佛根本没看到苏小曦哭得梨花带雨，丝毫不为所动："等迟宴醒过来，他想见你，我再安排你们见面。"

苏小曦失魂落魄地点点头："那我等你消息。"

傅征颔首，正要说什么，余光扫到楼道口有抹亮光一闪而过，像是有人藏在那儿，他不动声色，叮嘱苏小曦："你现在上楼，我看到你房间灯亮了再走。"

苏小曦一怔，似是没想到傅征会这么体贴，呆呆地点头，转身进了楼道口。

燕绥悄悄往里缩了缩，屏住呼吸，苏小曦正低头擦眼泪，根本没留意到燕绥。直到她的脚步声一路敲远，燕绥听到楼上铁门开合的声音，不一会儿，停在单元楼外的那辆大切油门一踩，飞快地离开了。

燕绥这才松了口气，她起身，从楼道口出来时探头探脑地四下观察了会儿，确定傅征是真的走了，这才把死死捂在胸前的手机放下来。

手机早就静音了，但燕绥忘了系统设置里她默认了静音后闪光灯提示消息的选项。刚才进来一条短信，闪光灯提示的瞬间，燕绥心都提到了嗓子眼，浑身血液冲到头顶，面红耳赤的，生怕被傅征发现……到时候十张嘴都说不清，她为什么会在这儿。

一路警惕地走到小区口，彻底不见傅征的大切，燕绥这才低头查看短信。

她倒要看看是哪个倒霉蛋差点坏她大事！

屏幕解锁后，辛芽的微信消息冒出来：对手指，燕总……你回家了没有？

哈？！

然而下一秒，燕绥的后领被拎住，毫无防备之下，燕绥倒退一步整个撞进身后男人的怀里。大脑警报瞬间响起，燕绥头皮一阵发炸，本能地屈肘往男人的肋下用力撞去。

攻势未到一半，身后的男人警觉地发现了她攻击的意图，五指虚扣，握住她的肘臂，轻而易举卸掉了她全部的力量。

拎着她后领的手松开，傅征单臂锁了她的喉，怕碰疼她，没用力。

燕绥却觑着他心慈手软的空当，抬腿后踢，直踢他小腿膝盖。

傅征垂眸看了眼，难得这个时候还能笑得出来，他后撤一步避开她这记想踢断他膝盖骨的蓄力。顺势反身，把她压在了墙上。

傅征见识过她的"防狼术"，这里黑灯瞎火的，不敢掉以轻心。他整个人压上去，单手抓握住她两只手腕，扣紧，两人之间只虚留了一指的距离。

随即，又屈膝顶住她的双腿死死压住，这才低头，声音低沉又沙哑："是我。"

声音太过熟悉。

燕绥怔了下，反应过来眼前的人是谁时，后颈一凉，吓出一身冷汗。

傅征？

傅征？！

傅征！！！

他不是走了吗？

她瞬间忘记了挣扎，忘记了反抗，抬头和他对视。

傅征这会儿还有闲心指导她："第一次自卫式攻击被我识破的时候，你就该喊救命了，哑了吗，嗯？"

燕绥这会儿才是真哑了，只盯着傅征，却不说话。

傅征的视线下落，在她负气紧抿的双唇上停留了一瞬，声音愈低："说你还不服气？"

"偷袭你还有理了？"燕绥挣了挣，手腕上的钳制没挣开，反而握得更紧。

傅征打定了主意跟她慢慢算账，双眸缓缓一眯，反问："那你呢？是在这散步锻炼呢，还是看风景呢？"

燕绥忍住呸他的冲动……当然，更直接的原因是因为她不敢。

她清了清嗓子，理直气壮："我找你来了。"

职业使然，傅征对细微的动静有很强的捕捉能力。从燕绥转着眼珠子躲避他的视线，到几次轻抿唇角的不自然，他几乎能预料到她的回答，无论是哪种，都是意图撒谎。但此时看来，寻常的行为分析放在燕绥的身上好像……不太适用。

事情开了头，也就没那么难以启齿了，燕绥瞥他一眼，继续道："其琛说你请了两天假，给你发短信又不回，我又不知道你在南辰除了部队还住哪儿，能想到的也就苏小曦这里了。"

听那语气，满腹委屈。

傅征扣着她手腕的力量微松，反问："你不知道打电话？"

燕绥顿时一噎。

傅征看她那表情就知道她没想着，缓了语气解释："在部队里手机就是个摆设，出海也用不着。就没看短信的习惯，以后有急事直接给我打电话。"

燕绥最擅长顺杆往上爬，刚还有些强硬的语气立时跟着软下来："那没急事怎么办，就不能给你打电话了？"

傅征差点笑了，险些被她带跑，他顿了顿，才问："找我干吗？"

最头疼的问题还是来了……

燕绥为难地叹了口气，这事也不能照实说啊。她这刚从起跑线上起跑的，独木桥可就这么窄窄的一根，踏错一步都会造成不可挽回的后果。

她还琢磨着，傅征用余光四下扫了眼——这么困着她也不是个事。

本是随意看看，结果还真让他看到了树底下的单杠。

傅征松开手，直接扣着她腰两侧一个用力把她抱上单杠。

这突然的举动，吓了燕绥一跳，她下意识地紧紧扶住他的肩膀，直到被他抱上单杠坐好，才听他低声道："自己扶好。"

他的音域低，声音低沉，燕绥听过他整队、发指令的声音。音量比平时说话高不了多少，但暗含力量，吼人时有时声音会低哑，男人味得要命。

毫无防备地，燕绥莫名又被他击中了心底的柔软，耳根一阵发烫。

傅征单手扶着单杠护在她身侧，她坐在单杠上，视线与他平直，被他这么盯着想躲也躲不了。

燕绥头一次……真的是人生头一次，有种被人压在手心翻不了天的挫败感。她想了想，不能供郎其琛。傅征要订婚这事也不能听风就是雨的，该怎么做最合适她心里已经有谱了，这会儿也不急着和他对质，笑眯眯道："想你了呀，还能是为什么？我知道你还想问怎么知道来这儿就能找到你……"她看着他，一点也不胆怯，"苏小曦跟我磁场不合，南辰市她就信任你，知道你集训已经结束怎么着都会跟你搭上线的。我路过，想着过来看一眼，碰碰运气。"

傅征不动声色："楼道口是有珍珠还是有宝石让你捡？"

喜欢的人太聪明了，也不是件好事……

首先骗不了，稍微有个逻辑性错误的地方他就能揪线头一样，顺着就把事情理清楚了；其次不好瞒，理由生硬些，他能立刻找到你的痛处，准确无误地发起进攻。

不过想想也是，傅征要是不聪明，她也不至于这么稀罕他。

燕绥很坦诚，起码态度上绝对友好："虽然我对着你脸皮挺厚的，但对别人我皮薄得裹不住馅。万一我猜错了，你今晚不来呢，我大晚上出现在她单元楼门口，我怎么跟她解释？"

这个理由还算成立，看他像是接受了这个解释，燕绥缩了缩肩膀，问："傅长官你要没别的事了，送我回趟家呗？"

傅征看了她一会儿，一偏头，示意她跟上，转身先走了。

燕绥瞄了眼地面，撑在单杠上的手腕微微用力，轻松地跃下来，快步跟上去。

车停在小区围墙的墙脚下，位置隐蔽，真不容易发现。

燕绥上车前，特意绕到车后看附近是不是有小区的偏门。

没有。

她狐疑地边扣上安全带边瞄了眼墙高，问傅征："你为了逮我，翻墙过去在门口守株待兔呢？"

傅征微微挑眉："有问题吗？"

燕绥顿了顿，面无表情地接了一句："深感荣幸。"……个屁！

也不能怪傅征。

他在车里和苏小曦说话时，真真切切发现楼道里有人。从察觉到目送苏小曦安全上楼，回房间开了灯，他都在观察。

离开也是个幌子，如果楼道里的人心虚，他断定他离开后的短时间内都不会有所动作。从小区出来，停好车，再翻墙回来。他原本打算回去杀个措手不及，不料，还未靠近，燕绥鬼鬼祟祟地先暴露了。

她那做贼心虚的样子，不守她，守谁？

小区不远，十五分钟的路程。车到了楼下，燕绥解开安全带，没立刻下车，她琢磨了一路，问他："迟宴情况怎么样了？"

"最凶险的时候已经熬过去了。"昨晚长达十多个小时的手术，才把迟宴的命从阎王手里抢回来。还没脱离危险期，正在重症监护室观察。

"那就好。"燕绥是真的松了一口气，前线的军人，尤其是海军，就是边防的第一道防线。即使不是迟宴，她也不忍心看谁倒下去。

国人生在和平的年代，只从新闻里听说哪个国家战乱，哪个地区发生战争，却不知道自己身处的和平，是多少战士日夜巡逻在海防边关，有多少次驱逐他国"海鲨"的刺探，又是如何在国界线上，拼着血肉身躯誓死防卫祖国防线。

她做不到，所以她才更敬畏。

车里沉默了半晌，燕绥再开口时，已经收拾好了情绪："你明天晚上有空吗？一起吃个饭。"

"明晚没空。"傅征看了她一眼，这一眼，目光就没从车外的人身上移开。

燕绥还想问得再仔细点，看他视线如同入定，循着转头看过去。

不远处，燕沉就站在门口，目不转睛地看向车内。

明明车窗镀了一层膜，即使在灯光下也很难看清车里的人，可燕沉的眼神……就是让燕绥觉得，他看见她了，不止她，还看清了傅征。

她眉头一皱："是我堂哥。"

说话间，她已经推门下车，反手关门前，似是想起什么，语气认真地问他："我明天晚上有急事的话，是不是能给你打电话？"

傅征一怔。

燕绥还在等他回答。

也不知道过了多久，他有些无奈道："我尽量。"

燕绥心里咯噔一下，她退后一步，狠狠撞上门："长官你慢走。"

整辆车被她关门的力道震了一震，傅征透过车窗定定地看了她两眼，跟他的车生什么气？

傅征一走，燕绥转身看着此时出现在这里的燕沉，有些狐疑地问："堂哥？"

燕沉的目光刚从大切上收回，他抿唇，把手里捏了一晚的车钥匙递给她道："辛芽说你的车送去保养了，我帮你提回来了。"

这辆大 G 就是燕沉陪她去梅赛德斯－奔驰店选的车，第一次保养，轮胎维修，都是燕沉经手，但这些……都是以前了。自从燕沉的母亲程媛到公司大闹过一次，燕绥亲手把程媛送进警局后，什么都变了。

"大灯的问题正常，刹车也检查过了。你说的刹车卡顿的声音是石子敲上底盘护板，开了三年也没见你怎么蹭掉车漆，车技还不错。"他的声音自然，就是笑容看着有些勉强。

燕绥突然就觉得有点尴尬，地方不对，时间不对，人也不对……她浑身不自在，也不敢开口提让燕沉上去坐坐的话，他要真说"好"，她要先蒙了。

"刚才那位……"燕沉顿了顿，和她对视了眼，"是傅征？"

燕绥一时没想起来自己什么时候和他提过傅征，"对。"回答得好像太简单了，想了想，燕绥问，"不要干站着了，上楼去坐会儿？"

"不了。"燕沉抬腕看了眼时间，"这么晚了，你早点休息吧。"

燕绥抛了抛车钥匙，要到嘴边的"好"字改成："你把我的车开过来，那你怎么回去？"

"司机在外面。"

燕绥这才点头，送了燕沉几步，他停，她也停。"怎么了？"

"不用送我了。"他屈指敲了敲表盖，发出清脆的声音，"这么晚了，没有让你送我的道理。"

燕绥跟燕沉就没那么客气了，她转着车钥匙，笑盈盈地和他挥了挥："那我先上去了，明天公司见。"

燕沉颔首，看她毫不留恋地转身，就站在原地目送着她低头边看手机边刷开门禁进了楼，收回目光时，那双眼，像是裹挟了尖尖的冰凌，冷冽而幽沉。

燕绥上了电梯，指尖不停，单手按下楼层键，把微信发给辛芽。

辛芽联系不上燕绥，忐忑了一晚上，将睡未睡之际，听到微信提示音响起，一激灵，摸索到枕边的手机递到眼前一看，差点吓昏过去。

燕绥说："扣年终奖金！！！"

辛芽只有燕绥这一任老板，年轻漂亮有本事，给钱还大方。同学群每年在抱怨老板给的年终奖太少时，辛芽光是这三年的年终奖就付了百平方小套房的首付，更别提春节放假、大大小小的奖励和补贴……

要不是燕绥和她同性别，辛芽的爸妈都要怀疑她是想吃窝边草了，才一年一年把她喂养得圆溜溜胖乎乎。所以……扣年终奖的惩罚对于辛芽而言，无异于一个晴天霹雳。

辛芽觉睡不安稳了，早餐也没胃口了，起了个大早去城北的早餐店给燕绥带了丰盛的早餐，直接送到了小区公寓，顺便提供免费叫醒服务。

燕绥睡得沉，被辛芽叫醒时，记忆有片刻的断片儿。

她坐起来，眉目慵懒地横了她一眼："你怎么在这儿？"

"馄饨，糯米饭，豆浆油条……"辛芽指了指餐厅，"现在起来吃吗？"

燕绥有片刻失神，上一次辛芽拎着城北早餐店的早餐来给她请罪，还是因为嘴上没把门被人套了话，险些让燕氏损失了一张几百万的单子。

她当时罚她闭门思过一星期，顺带扣一个月的工资。第二天天刚亮，小姑娘就肿着一双眼给她带了早餐，认了错，怯生生问她事情处理得怎么样了。

时隔一年，这傻白甜的小助理还是没什么长进……

燕绥洗漱完毕，招呼辛芽一起吃早饭。离上班还有段时间，整座城市将醒未醒，还被薄云笼罩在晨光里。燕绥咬着里嫩外焦香气扑鼻的煎饺时，已经不大能记得起昨天为什么想扣辛芽的年终奖了。

满足地祭完五脏庙，燕绥筷子一摆，临时加了一趟行程："晚上给我预约下泰拳教练，八点左右。"

辛芽一脸惊恐地抬起头。

燕绥觑了她一眼，冷笑："放心，不是揍你。"

辛芽顿时松了口气，她见过燕绥打拳，两年前程媛带人来公司大闹的那晚。辛芽陪她从警局出来后，她一言不发，径直去了泰拳馆。

陪练的是她的教练——托尼。一米八的大高个，又结实又强壮，戴着护具也被燕绥打得青一块紫一块的。趁燕绥筋疲力尽去洗澡的时候，还从拳台上俯身来问她："你老板被男人甩了？"

他说："上一次这么挨揍还是一年前，我看她从隔壁健身房出来对泰拳很好奇的样子就忽悠她办卡，请私教，一分都没给她优惠。"

辛芽那时候就想：活该，燕总越是和颜悦色的时候就越该警惕好吗！

"办了终身卡……"托尼提到这事也有点脸红，但当时燕绥和和气气的，他说什么她都满口答应，很爽快地签了协议刷了卡，那时候他怎么可能想得到她是笑里藏刀呢！

"我带她参观完泰拳馆后，她问能不能今天就上一节体验课。"

托尼说到这儿的时候，辛芽基本上已经猜到了结局。

燕绥打拳时的狠劲，就差把人收拾得五体投地了……这托尼明摆着忽悠她，她不傻，她自愿上当，肯定琢磨着找别的办法还回去。

果然，托尼戴着拳套的两只手捧住脸，心有余悸。"她系统地学过泰拳，虽然荒废了，但我教什么，她能立刻招呼回我。腿，就这条腿，被她踢肿了！"他指着自己的左腿，一脸的怀疑人生，"我还拿过轻量级的金腰带，这么敦实地站在这儿，被她打得浑身浮肿，还得笑着欢迎她随时再来。"

虽然托尼的描述里有夸张成分，但辛芽见识过一次后，对燕绥的战斗力已经留下了深刻的不可磨灭的阴影。

只是这两年，光是公事就像座大山一样压得她喘不过气，别说泰拳了，燕绥就连属于自己的时间都要东拼西凑挤牙膏一样。不是压力过大需要发泄，辛芽就没见过她去泰拳馆。

她默默地起身收拾快餐盒，心想：这回也不知道是哪个倒霉蛋撞燕总枪口上了。

下午下班，辛芽从门口探出半个脑袋，很可爱地问："燕总，晚上需要我陪你吗？"

燕绥临时多了公事，头也没抬道："你先进来。"

辛芽踮着脚，小碎步地挪进来，乖巧地站到办公桌前，等候发落。

燕绥这才抬头，瞥了她一眼，问："年终奖金扣哪儿了知道吗？"

"燕副总拿走车钥匙的时候我应该立刻通知你。"辛芽偷偷看她脸色，眼神刚往下溜就被燕绥捕捉到。

她笑了声，语气一点也不友好："车钥匙就不该让他拿走，吩咐你的事，你让公司副总帮你完成，你是不想干了还是怎么着？"

辛芽噤声，大气也不敢出。

门口，燕沉抬起正欲敲门的手微微一顿，他身形如同凝固了一般，静止在门前。

燕绥没再说下去，她把手上的文件夹一合，递给她："把文件送过去。"

辛芽"哦"了声，接过文件夹时小心地瞄了眼她的神色，低声问："燕总，你以前不是和燕副总……"顿了顿，一时不知道该怎么形容燕绥和燕沉过去的感情，索性跳过，"现在就像只是上下级，公事公办的。"

燕沉抬起的手放下，良久也没听到里面的人回答。

辛芽问完才觉得自己太逾矩了，被燕绥的眼神盯得头皮发麻，一低头，跟鸵鸟一样把自己的脑袋埋进臂弯里："大燕总下午让我帮忙订了张一个星期后回来的机票。"

"大燕总"是辛芽对燕戳的称呼，相应地，燕绥就是"小燕总"。

只是燕戳两年没在公司出现过，也没人再用小燕总这个称呼来区分燕戳和燕绥。

燕绥陡然听到这三个字时，还有些恍惚。

门口敲门声规律地响了三声，燕沉应声而入，神色自若道："叔叔要回来了？"

燕绥眉心几不可察地一蹙，站起迎他："嗯，妈妈的忌日快到了。先坐会儿吧，我还要一会儿才下班。"

"不坐了，我正准备走。"燕沉看了眼辛芽抱在怀里的文件，伸手，

"文件是给我的吧，我正好带回去看。"

辛芽顺势递给他，借口自己还有事，退了出去。

燕沉也没有留下来的理由，翻了翻文件，道："那我也走了，你早点忙完早点回去休息。"

燕绥笑了笑，说了声"好"，目送着他的背影消失在门口，她的笑容微敛，盯着门把出了会儿神，好一会儿才重新坐下，继续加班。

七点，燕绥在公司吃过外卖，驱车去泰拳馆。

托尼就在门口等她，看燕绥揉着后颈走来，立刻笑得跟朵太阳花一样迎上去说："燕总，好久没来了。"

燕绥丝毫不打算给他留面子，拆穿道："你巴不得看不到我吧？"

托尼笑得心虚，一边道"哪有"，一边领她进拳馆："按你助理的要求给你清馆了，你看还有什么需要？"

"带我做下热身，拉拉筋。"燕绥取下背在肩上的单肩包放在桌上，拉开拉链依次往外掏拳套，缠手带，水杯，速干毛巾。

托尼看着她一样一样取出来，咕咚咽了下口水，试探道："今晚心情不好？"

燕绥没理他，继续说："我荒废一年了，格斗动作也帮我复习下。"

托尼默了默，咬牙挤出一个"好"字。

一年没练，燕绥的体能有点跟不上，腕部力量和腿部力量退化严重，除了身体本能的敏捷反应，真没有一点能拿出来秀技的。再次把托尼撂倒在拳台上，燕绥喘息着，闭了闭眼："你先回去吧，过两小时来锁门。"

托尼刚活动开筋骨，听说自己今晚不用陪练，莫名还有些小失落。他撑着拳台起身，三两下翻出去，很快不见了踪影。

燕绥抬眼看了看挂在墙上的电子屏，时间正好指向八点整。运动后，耳膜鼓动，她听着胸腔里剧烈的心跳声，在拳台上坐下来，摘了手套，解开缠手带，拿起手机给傅征打电话。

八点零三分，电话接通。

先入耳的是听筒里传来"订婚快乐"的碰杯声，燕绥眼前似恍惚了下，视野一暗。

傅征看了眼仍在通话中的显示屏，问："燕绥？"

"是我。"燕绥用手背蹭掉顺着眼睑下落的汗水，喘息未平，她的声音听着有些虚弱，"我被教练性骚扰了……"

傅征眉头一拧，他起身离席，快速穿过会场，开门出去："你在哪儿？"

燕绥听着耳边属于他那个世界的乐声和祝福远去，随着关门声，他周边一静，她顿了顿，报上地址。

傅征觉得地址有些耳熟，随手拦了正要进会场的服务员询问泰拳馆的方位，服务员想了想，说："不远，就在隔壁商场的三层，不过那家泰拳馆收费昂贵，地方也很偏，不知道现在有没有倒闭。"

傅征道过谢，很快想起为什么会觉得熟悉。

商场一楼有座银楼，傅衍给女方准备的钻戒尺寸偏大，送去银楼修改尺寸，订婚宴前让他帮忙取来。他记得酒店二楼有直达商场的外桥，以他的速度，五分钟内就能赶到。

燕绥挂了电话，抬眼看对面墙上的虎头标志。为了艺术感，托尼还在周围刷了一层五颜六色的油漆，看上去……挺不伦不类的。

她盯着虎头出神，盯得久了眼睛有些酸，她却很满意此时完全放空的状态。

她不想去猜她刚才听到的那声"订婚快乐"是不是祝福他的，也不想猜如果真的是他，他隐瞒自己又欺骗他的未婚妻自己会有什么反应。

潜意识里，她的直觉告诉她，那不是他。

可是这种信任，在知道答案前，像架在炉子上翻烤的鱼，焦灼不安。

不管是不是，他来了不就知道了吗？

傅征来得比燕绥预期的要快十多分钟。

虚掩的大门被砰的一声用力往两边推开，她抬眼看去，昏暗得只有一束壁灯的拳馆门口，傅征站在那儿，只有一道修长挺拔的剪影。

刚从订婚宴的会场赶来，他一身正装，西装笔挺。西装的尺寸应该偏小，腰身收得紧。燕绥见惯了他穿着作训服的样子，恍然看见他穿这么勾人的西装，不受控制地被他吸引了全部的注意力。

傅征一路跑来，呼吸还未平缓。

从接到电话起就弥漫在心头的异样感，在此刻见她盘膝坐在泰拳中央慢条斯理往手上缠布带的这一刻彻底落实。

燕绥也看着他，眼神避也不避地和他对视着。缠手带已经包缠住五指固定在腕间，她五指收握，反复几次后，勾勾手指，示意他上来。

空无一人的泰拳馆里，只有拳台上一束灯光笔直从上往下，打在拳台的正中央。

傅征在原地站了一会儿，看她戴好拳套，几步走上来，单手撑着拳台的沿边，一个借力翻上来，站到她面前。

他脸色阴沉，居高临下地睨她："不是说被教练性骚扰？"

察觉他喷之欲出的怒意，燕绥摆出无辜的表情："教练刚来啊。"

傅征眉心一蹙，难得反应延迟了几秒。等明白过来她指的教练是他，怒极反笑。

他扣住领结微微用力，扯松了领带顺手抛出拳台。随即，三两下解开西装纽扣，快速脱下挂在台柱上。然后慢条斯理地解了袖扣，挽至小臂。

全程，他的眼神都没离开过燕绥。那深沉的，像要把她吞下去的眼神，直直地锁住她，一字一句道："过来，我好好给你讲讲道理。"

谁要跟你讲道理？

燕绥戴着拳击手套触地，借力站起。她微扬了扬下巴，示意傅征转身去看他身后的手靶。

傅征刚转身，耳边风声忽至，他顷刻间判断出攻击方位，伸手格挡。

燕绥蓄力的侧腿未蹬到傅征跟前就被他轻而易举挡开，她站稳，眉目微沉："订婚宴上就这么出来，没有问题？"

不等傅征回答，她瞬间逼近，肩膀用力，正拳推出。

拳风刚至，傅征双手格挡，刚扣握住她的小臂，忽觉她的力量一收，正觉有诈，燕绥膝盖一抬，顶至他的小腹用力一击。

傅征及时松手，后撤，饶是反应迅速，这一记蓄力仍让他觉得吃痛。

他拧眉，终于正色："还有呢，想问什么？"

燕绥冷眼看他："你有没有骗过我？"

"没有。"

他回答得干脆，趁她思考下个问题的时间，捡起身后的手靶，似是觉得身上的白衬衫有些碍事，他边防着燕绥像刚才那样突袭边单手从领口顺着往下解了两颗纽扣，裤子微提，主动地用手靶迎了上去。

燕绥的应激反应几乎立刻苏醒，她后退半步，忽地迎上去，一记刺拳，拳风扫至傅征鼻尖，眼看着就要命中靶心，傅征后退一步，反应极快地抬手用手靶格挡。

打不打得过燕绥心里早就有数了，她也没有撂倒傅征这种不切实际的念头，就专挑容易痛的地方打。接连几个刺拳把傅征逼至拳台的角落，她左侧踢，小腿横扫，直接命中他的大腿。

"那你今晚和谁订婚呢，嗯？"占了上风，她发了狠，也不顾招数了，刺拳，刺拳，后手直拳，接连一个大摆拳打出了一套组合拳。

原本始终防守的人忽然有了反应，他轻而易举地截住燕绥的拳头，手腕用力，反身把她压在台柱上，"再问一遍"。

他背着光，衬衣松散，整个人像是从那团雾影里走出来的。压向她的身体肌肉紧实，没见他用多少力，燕绥却被他压制得动弹不得。

燕绥恼羞成怒："你松开。"

"不松呢？"他扬了唇角笑。

不松？

燕绥张嘴就去咬他，那来势汹汹的模样大概真的很有杀伤力，她还没挨着傅征的手背，他先一步松开，客客气气地往后退了一步。

燕绥又怒又委屈，瞄准手靶又狠狠挥了两拳，那力道就是傅征，也需要戴稳了手靶才不至于被她直接打到。

这是来真的了？

燕绥受过泰拳的系统训练，拳法讲究，还有自己的一套组合攻势。虽然手法生疏，力量也不够，但光是昨晚她本能反应的几招制敌术，如果不是遇到他，普通男人很难招架。

不过此时傅征最关心的不是这些，他回想起昨晚她的反常，以及从他进泰拳馆开始燕绥毫不掩饰的战意，隐隐有条线把所有的事情都串联在了一起。

嘭嘭嘭！一连几声拳套击中手靶的声响，傅征凝神打量她。

运动过量，燕绥出了一身汗，额头汗津津地往下滴着水。有悬而欲落的汗水正凝在她的鼻尖，她抬眼，那双眼里有短暂几秒映出他的身影。很快，她的注意力重新回到手靶，出拳又重又猛。

傅征故意地露出一个破绽。果然，燕绥下一秒一个侧踢扫出，绷直的脚尖夹着风声，又准又狠地踢中他的腰侧。

傅征不躲不避，愣是受下这记侧踢。手指却在下一秒，她还未来得及收起时，握住她的脚踝，俯身，手臂下抄，圈住她的左腿。一步上前，逼至她眼前，他低头，那双眼像是要看进她心里去，问："解气了？"

话音刚落，他错身，脚跟绊住她立地的那条腿，一屈一顶，燕绥还没反应过来，就被他直接放倒在拳台上。

落地时，还有个缓冲，他先单膝跪地，垫住了她的颈背。

燕绥顿时安静了。

单膝跪在她身侧的傅征俯下身来，问："老实了？"

燕绥没应声。一整年没怎么活动筋骨，突然过量运动，她肺里的空气仿佛都被挤光了，整颗心跳得飞快。

她闭了闭眼，也懒得再挣扎了，躺在拳台上，一句话说得断断续续："不是你订婚。"

肯定句，而不是问句。

"不是问我今晚和谁订婚？"傅征拉着她坐起，撕开粘合，替她取下拳套。

她的手滚烫，从指尖到被缠手布缠住的手心都透着一股湿意。

傅征垂眸看向她发红的指尖，握住她的手腕，撕开缠布带的粘合，咬住一角后，手指卷着布带，一圈圈从她手上解下，揉成一团。灯光下，她的手指关节泛红，因过度用力，手指还在微微颤抖。

傅征瞥了眼燕绥，什么都没说，沉默着替她解开另一副拳套。

直到此时，燕绥才有一星半点的愧疚感："我也没打到你……"

傅征垂眸，毫不客气地拆台："那是我不好意思喊疼。"

燕绥："……"

以托尼能被她打得连请三天病假回家休养的程度而言，好像是有可能？

"晚上是傅衍和温家的订婚宴。"傅征解完缠布带，起身时顺势伸手拉起她，没好气地备注，"傅衍是我堂弟。"

燕绥"哦"了声，解释："我这不是不好意思直接问你跟谁订婚嘛……"

话没说完，被傅征打断："不好意思问我跟谁订婚，好意思在我订婚当晚把我叫出来给你当陪练？"

燕绥理亏，没吱声，嘴角却微微上扬。

傅征拎起西装外套，从拳台上跃下去。

燕绥脸上的笑意顿时没了："你这就走了？"

"不然呢？"傅征转身，面无表情地看着她，"留下来给你指导动作？"

说话这么呛……好吧，谁挨打谁有理。

燕绥接到辛芽电话时，正跟托尼在路边吃烤串。

托尼正在跟她聊他最近刚忽悠的新会员，是个娱乐版记者。学了几次泰拳课后和他交上了朋友，在微博上给泰拳馆做了推广。

燕绥在心里冷笑了一声，她说托尼这么抠抠搜搜的人怎么会无缘无故请她吃夜宵，原来打着让她拉生意做广告的意图。

她无视托尼的暗示，当作听不懂的样子，赞道："这牛肉串挺好吃的，料味不重，牛肉也嫩。"

托尼懒得理她，他基本上已经看清楚了——这顿夜宵请燕绥那是白请了！

正好辛芽来了电话，两人一拍两散，燕绥边上车边接起电话："喂？"

事情紧急，辛芽没寒暄，开门见山道："燕总，你前几天在北星市和虹越的老总夫人是不是一起吃饭了？"

燕绥坐进车内，眉心微蹙，"怎么了？你慢点说。"

"大概晚上七点左右，网上一个营销号曝出一个视频，应该是庄晓梦买了营销通稿。她前段时间迎合网友喜好塑造职场成功女性的人设嘛，这次大概也是同样的意思，就发了几天前和你一块吃饭的那个短视频，剪辑了几段拼凑在一起。"

燕绥立刻回想那天自己有没有言论不当的地方……显然没有。她虽然不想跟没什么权力的庄晓梦聊公事，但也没聊奢侈品牌，总不会引起什么失言的事故吧？

她把手机通话切换成蓝牙，边启动边问："庄晓梦要营销自己没问题，但视频涉及我，她没有和我方公关交涉就擅自放了？"

辛芽一顿："虹越一直是燕副总的助理在联系，视频出来后我第一时间联系了。他说你回来的第二天她们就拿剪辑好的视频来找他，燕副总今天下午同意的，都下班了还特意打电话让他联系虹越。"

燕绥看了眼后视镜，切换车道："燕沉？"

"对，燕副总说公司正好需要一个正面形象去刷存在感，也对维护市场亲和力有利，帮你同意了。"

燕绥沉默了几秒，没再纠结燕沉的问题，转而问："视频引起什么负面影响了？"

"啊……没。"辛芽这才意识到自己没把话说清楚，"不是负面影响。"

"庄晓梦的通稿是写自己人生都已经这么成功了还在默默努力……"辛芽默默在心里给庄晓梦翻了个白眼，继续说，"大概没想到，花了一笔钱给营销号，结果上热搜的人是你吧。"

燕绥平时不怎么玩微博，但关注民生大事时免不了偶尔要去参阅一番娱乐八卦。对热搜，自然也不陌生。可恍然听到自己莫名其妙上热搜，还是怔了怔，问："视频里拍的我好不好看？"

辛芽静了几秒，回："……好看。"

"那就明天上班再说。"

辛芽："……"

她燕总的处事标准，还真是让人难以捉摸。

订婚宴结束，傅征把傅老爷子送回军区大院，高速来回两小时，回到部队已经是十一点。他回寝室换回作训服，步履匆匆地趁着夜色去操场。

两小时前，海军特战队一编队由胡桥带出，在操场上列军姿。

傅征到操场时，四人小队仍旧站得笔直，立在操场中央。他哨声一吹，整队，报数，命令除了郎其琛，全部带回。

郎其琛今天刚完成三项训练，困得脑袋打结。被傅征单独留下来，脑子一蒙，随即立刻警醒。他暗咬了一下舌头使自己保持清醒，正面迎上傅征的眼神。

傅征转身指了指跑道："去，跑十圈。"

郎其琛眼睛都要瞪出来，他嘴唇一碰："报告！"

傅征厉喝："说。"

"为什么只留我一个人跑十圈？"

傅征一字一句吼道："因为你欠收拾！"

热搜的事，燕绥说不关心就真的不关心了。微博上因为她掀起的风潮，趋势持续上涨时，当事人事不关己地正在阅读几小时前燕戬发来的电子邮件。

燕戬两年没有归家，再加上行踪不定，除了报平安和燕绥的交流很少。因此格外重视每次发给燕绥的邮件，从文字到配图，几乎都能看到他反复修改的痕迹。

燕绥有时候甚至觉得……燕戬如果不从商，他如今应该是文坛巨匠。她哼着歌，把进度条拉至最后，一幅瑰丽的雪山图下，燕戬标注了他的归期——

"我已让辛芽替我订好了七天后回国的飞机票，等我回来，我们一起去寺庙给你妈妈供奉长明灯。"

燕戬的信仰是郎晴去世后才有的。

《闻解脱》里说："嗔恨心重的人，长明灯能使她免受油锅煎炸之苦；贪心重的人，供灯的功德会让她远离恶业转生净土；痴心重的人，流连于世，点灯的力量能使她远离浊世免于堕落；骄慢之人，会受妖魔鬼怪之扰，点灯能让她免听不善之音。"

郎晴这一生，不痴不恶，不贪不念。

燕戬给她点长明灯，只为了能让她身在光明之中，一点数年。

燕绥回了邮件，合上电脑，再无半点心事，安然睡去。

第二天一早，燕绥咬着路上买的杂粮饼从电梯里出来时，早早在电梯口守株待兔的辛芽噌的一下冒出来，积极地把整理了一晚的数据递给她："燕总，你边吃边听我汇报吧。"

还不是问句，是陈述句。

燕绥嚼着香脆的饼肉，奇怪地上下打量了她一眼："今天怎么这么积极？"

她上个热搜，她家傻白甜助理兴奋个什么劲？

辛芽憋了一整晚，翻来覆去睡不着又爬起来开了电脑做统计，时刻监控着事态发展。天刚亮就迫不及待地开着她的甲壳虫来上班，打印、整理、备注，那认真劲跟每次考试前狂抄笔记时有一拼。

眼瞅着燕绥一副拒绝配合的态度，她一急，挎住她的小臂挽着她往办公室走："今天要交代的事情太多了，不抓紧说等会儿开会就没时间了。"

她前脚把燕绥推进办公室，后脚折回她的办公桌抱了电脑来，绘声绘色地结合着备注过的数据给燕绥描述了整件事情的大概。

燕绥边听边自动剔掉辛芽自行加上的主观臆测，重新在脑子里整理了一遍。

辛芽昨晚在电话里说的那些差不多就是起因，出乎意料的是，经过视频剪辑毫无女主光环的燕绥竟然会意外走红。

她认真地把营销号首发的视频从头到尾看了一遍，她不是晃着酒杯倾听庄晓梦侃侃而谈，就是目光慵懒地看着庄晓梦作秀，全程一句话都没有……就连表情都极为敷衍，嘴唇微扬，压了几分笑意，那开小差的眼神一看就格外不真诚。

燕绥反思了自己的"不专业"，滑着鼠标看了眼底下的热评，百思不得其解地转头看已经星星眼的辛芽："我脸上写着'我是大佬'四个字？"

底下一水的高吹她才是真正不显山不露水的女总裁……燕绥自己看了都心虚。

"气场啊。"辛芽指着暂停的视频里，燕绥唇角那抹懒散的笑，"你看，那种目中无人的感觉是不是特别到位？"

燕绥斜了她一眼，问："你真的是在夸我？"

辛芽"嘿嘿"笑了两声，切换网页让她接着往下看："昨晚十点左右的时候从另一个营销号的微博热评里出现了一个我们公司的员工，爆了底。"

燕绥的个人资料不是秘密，她两年前手握燕氏集团大权的时候就有了百度百科，编辑百科的人她也认识，是同在国外留学时的同学，回国后开创出版公司，做起了总经理。

"然后……你就多了一个燕总全球粉丝后援会。"

燕绥差点以为自己听错了，她拧眉道："什么？"

"燕总全球粉丝后援会。"辛芽瞄了她一眼，解释，"你用你的美貌、才华和气质征服了一众网友，所以粉丝后援会的官博应运而生。"辛芽把微博页面切出来，递给她看，"已经十几万粉丝了，还在不停地往上涨。"

燕绥的重点没在粉丝数上，她指尖一滑，看了眼这个账号唯一的那条微博，配图是半年前，她心血来潮开了大 G 去爬山路，到山顶时，她一手倚着敞开的车门，巧笑倩兮的照片。

她抬眼，扫了眼忽然心虚的人："你跟这个账号什么关系？"

辛芽声音虚弱，气势不稳："我创建的。"

燕绥笑眯眯的："不然你年终补贴也别拿了吧？"

那哪行。

辛芽连忙合了电脑，收了燕绥面前的一叠数据，转移话题："对了燕总，苏小曦去淮岸的人事部工作了。"

燕绥之前交代过辛芽，可以从合作公司里找找适合苏小曦的职位以她的名义写个推荐。

苏小曦租房后也没提找工作的事，前两天却突然想通了似的，找辛芽帮忙联系。辛芽也吃不准她能不能顺利入职，就没跟燕绥提。今天早上收到苏小曦感谢她的微信，这会儿才想起来说。

"哦。"燕绥没什么反应，"挺好的。"

迟宴重伤，她终于有危机感了。

燕绥心下轻蔑，也不愿多听到有关苏小曦的事，淡淡吩咐道："她的事，以后不用跟我说了。"

过了一会儿，见辛芽还站着不走，燕绥抬头看了她一眼说："还有什么事？"

"在索马里的时候，你说等路黄昏他们回国后请他们吃饭这事还算数吗？"辛芽觉得自己跟催债鬼一样，不过燕绥经常不记小事，她只能硬着头皮问，"路黄昏他们集训结束了，这段时间也不出任务，除了训练，日子过得挺清闲的。"

"当然算数啊。"燕绥差点把这茬忘记，她转着笔帽，沉吟片刻道，"他们周五晚上开始休息，到周日，你看着约时间。地点就约他们部队门口那个小妹餐馆，那边热闹有氛围，厨师手艺也不错。"

辛芽暗暗记下，想了想，有些不对："燕总，我怎么觉得你对他们比我这个负责联络感情的还熟悉……"

燕绥不答反问："你跟路黄昏联系挺紧密啊？"

果然，辛芽立刻被带偏："我加了路黄昏的微信，别看他长得凶，打游戏好厉害。手机就这么点大，感觉还不够他放手指的，居然操作还挺灵活。"

打游戏啊……别看辛芽傻白甜，关键时刻还挺聪明。玩游戏又有共同语言，又有共处时间，带来带去最容易带出感情来。

她心念一动，把自己的手机递过去："你给我也下个，让我跟跟潮流。"

辛芽一走，燕绥反而没了刚才的漫不经心，她来回旋着笔帽，思索着燕沉有些反常的行为。燕沉对她的偏护不是一天两天的事，以前虽然没有庄晓梦这种情况，但即使是杂志专访他从问题到采访稿都要一再审思，更别提这种把她推到公众面前用于营销的视频。

她想得眉头打结也没想通燕沉这么做的意图，他一不图她利，二没损她利，的的确确是替燕氏集团刷了一波存在感。更令她费解的是这种有关她的决定，燕沉没有尊重她个人意愿，私自决定。他是不是……太不把她放在眼里了？

部队周五晚上开始放假，但没有特殊允许，晚上时间不得外出。即使是周六周日，也只有半天可外出。

辛芽和路黄昏就约在了周日下午，除了郎其琛值班不得外出，所有人自由活动。

起初听到燕总的小侄子值班缺席时，辛芽还有些犹豫，给燕绥发了微信询问是否改期。不料，燕绥对此毫无波动道："我醉翁之意不在酒，他会体谅的。"

辛芽："……"

燕绥上次把傅征得罪狠了，安分了好几天，没打电话也没发短信，就连大院也没回去,认认真真地失踪了好几天。

等到周六下午,她觉得晾傅征也晾得差不多了,发了条短信给他:"明天答谢你的救命之恩,你不会不来吧?"

傅征正在军区医院,迟宴脱离危险,刚从重症监护室转到了普通病房。除了他,还有不少来看望迟宴的战友。

手机振动时,他垂眸看了眼屏幕,起身出去给燕绥回电话。

燕绥正坐在拳台上,铃声响起时,她看着来电显示挑了挑眉,咬住拳套扯下来,伸手接起电话:"傅长官?"

傅征听着她那端嘭嘭作响的拳击声,有些诧异:"在泰拳馆?"

"是啊。"她眉目舒展,不自觉就扬起了唇角,"周六难得休息,赶紧来补课,不然以后家暴还占不了上风。"

傅征没接她这话,心里暗忖:家暴?没这个机会的。

"你说的明天怎么回事?"

燕绥"啊"了声,听他语气像是真不知道这件事,暗斥辛芽办事不力,婉转地解释道:"在索马里的时候不就说了等回国请你们吃饭嘛,辛芽和路黄昏约好明天下午去小妹那,没跟你说?"

傅征隐约想起是有这么一回事,路黄昏只来得及提了句吃饭,就被郎其琛叫走打篮球了。他没回答,倚着窗,叼了根烟在嘴里。手指刚碰到打火机,余光扫到挂在墙边"禁止吸烟"的提示牌,没点,咬着烟问她:"鸿门宴?"

他漫不经心地开了个玩笑,燕绥的心湖却像是被他这句话投掷的石子激出了圈圈涟漪,她顿了顿,笑道:"我是不怀好意来着,那你要来吗?"

燕绥能感觉到傅征的变化,在索马里时,她就没掩饰对傅征的欣赏,她表现得直白,傅征拒绝得也干脆。战舰归港后,他又忙于集训,燕绥和他见面的次数一双手就能数得过来。

不过也能理解,她从商,他从军,如果不是索马里劫船事件,她可能只是知道有傅征这个人,却远无交集。

从起初她一头热地上赶着,到现在他慢慢回应,协调着节奏,就像他承诺的那样:"你要是想清楚了还打算往我心里走,我不会让你失了方向。"

电话那端短暂地沉默了几秒,傅征咬着烟低声笑了笑,说:"来。"

你的星辰大海，山河万里

　　周日下午，燕绥和辛芽提前半小时到了小妹餐馆。刚过饭点，大堂里零零星星地还坐着几桌客人。小妹刚清闲下来，双手杵着收银台，侧身在调电视频道，老旧的遥控板按钮失灵，她正拆了电池板要换电池，忽听一声有些嚣张的引擎声由远及近，转身看去。

　　一辆黑色的大 G 撵上路肩，停在门口唯一空着的停车位上。

　　燕绥车技不错，攀上路肩时就对角对线打好了方向，几次进退微调后，车正好卡进停车位里。

　　燕绥推门下车，反手关上车门时，余光瞥见停在她左侧的这辆绿皮越野，忽然觉得有点眼熟——像傅征的车。她摘下墨镜，叼着镜腿有些不快。

　　小妹已经迎出来了，先是打量了眼车漆锃亮的大 G，欣赏够了才和燕绥打招呼："燕姐，好久不见。"

　　燕绥转身看了她一眼，又转回来，盯着那车牌问她："这是傅征的车吧？"

　　见面少，燕绥只熟悉他那辆大切诺基，熟到车牌号都能倒着背了。绿皮的越野却只见过一次，还是大晚上，郎其琛醉得人事不省，她又被傅征训得如履薄冰，哪还有心情观察他的车。

　　"是啊。"小妹盯着大 G 的眼睛都移不开了，"啧啧"有声地夸道，"这辆车真帅。"

　　燕绥以为她说的是傅征的越野，附和地点点头，这车开出去，是真吸引眼球。

她叼着镜腿，揽着比她矮小半个头的辛芽往里走，经过小妹时，问："他们人在哪儿呢，给我指个路啊。"

咬着镜腿，她声音含混，气势却不减。

小妹连忙回神，引着她去二楼的房间："刚来一会儿，厨房切的水果都还没送上去。"

燕绥脚步一停，又问："菜都点好了？"

"还没。"小妹从围裙的口袋里掏出速记笔记本和圆珠笔递给她，"首长说等你来了再点菜。"

"他们常来，口味和偏好你肯定比我熟悉。"燕绥没接，笑盈盈地抬手推回去，"就照常点的菜上，然后店里新鲜的时令海鲜别客气，都给我端上来。"

小妹"欸"了声，用笔帽挠了挠头，飞快地在笔记本上备注。

还有几阶楼梯就到了二楼，小妹没再上去，给她指了对着楼梯的那个房间："首长他们在房间里，我先下去让后厨备菜，早点给你们上。"

下楼走了两步，小妹又想起一件事，叫住她："燕姐，他们平常来都会喝点酒，要我端一箱上来吗？"

"端啊。"燕绥说，"你们隔壁不是有卖烤羊肉串的嘛，你帮我跑个腿，多买点过来。"

辛芽就没见过比燕绥还接地气的老总……吃堂食让店里服务员跑腿去隔壁买烤羊肉串，半点没有不好意思！

尤其小妹也没觉得有哪里不妥当的，高高兴兴应了，掐着指头算了算人数："那我照人头给你们数扦数啊。"

燕绥挥挥手，看着小妹蹦跳着下了楼，迈上楼梯，也不再没个正形地挎着辛芽了，她规规矩矩地把墨镜折好收起来，大步迈进房间。

人都到齐了，围着圆桌落座。

先看见燕绥的是路黄昏，他正给褚东关倒茶，壶口一提，差点把水洒褚东关身上。他连忙拎了茶壶退开两步，挠头叫人："燕总，辛芽。"

傅征抬眼看去，夹在指尖半明半灭的烟头被他碾熄在烟灰缸里，他起身，开窗透气。

等烟味散了些，他单手拎开身边那把椅子，抬眼看她，"过来坐"。

胡桥是见过一个月前战舰归港那晚，傅征对燕绥的态度，不说爱搭不理吧，但绝对客气疏离。反正怎么着都不该是现在这样，看着跟自己人一样。他说郎其琛是"关系户"吧，看他说错了没有！

燕绥坐下后，挨个和胡桥、路黄昏、褚东关打了遍招呼。虽有并肩作战、共同进退的革命友谊，但半年没见，再深的情谊不加联络都会稍显生疏。

路黄昏压低了声音和辛芽说悄悄话，耳朵却竖着留意桌上的动静，听燕绥和所有人都打了招呼唯独没提傅征，耿直男孩立刻上线了："怎么不提我们老大？"

燕绥被他问得一怔，思索了几秒，坦荡荡地回答："比较熟。"

她侧头看他，似询问他的意见："是吧？"

圆桌上的银色茶壶正好转到他面前，傅征顺手提起水壶，给她斟茶，似是而非回答了一句："是不用见外了。"

路黄昏的眼珠子都要瞪出来了，他天天和辛芽打游戏，也没听辛芽说她老板和他老大……有这么熟啊！他老大都亲自斟茶倒水了……

小妹在门口轻轻敲了两下门，端着铁盘推门而入，"羊肉串，先烤了一半给你们垫垫肚子。"

跟在她身后进来的是后厨，拎了一箱啤酒过来，笑了笑，放下开瓶器就先走了出去。

"尽快给你们上菜，有需要让路黄昏叫我啊，他嗓门大。"她又从柜子里找出几个备用的玻璃杯，确认没什么遗漏了，这才轻手轻脚地退了出去。

褚东关话少，脾气是队里最好的，一声不响开始张罗，开酒瓶，斟酒。到燕绥时，体贴客气地问她："你要来一点吗，还是给你拿瓶饮料？"

燕绥代驾都约好了，招招手："满上。"

傅征没说话。这第一杯是燕绥的敬酒，按规矩，不能拦。

果然，上了几道凉菜后，燕绥起身道："今天让辛芽把几位约在这里，主要是想敬谢下我们祖国的战士。在索马里，多谢你们照顾。"

她没说救命之恩这么重的话，也没提燕安号上解救人质的那场战斗。但这样一句话，足够让坐在这里的几人感受到她的诚挚。

她仰头干了那杯酒，酒杯倒过来后，笑盈盈地又补充了一句："无以为报，以后只能多多创收，多多缴税，多给国家贡献自己的力量。"

傅征难得地笑了，他拎起玻璃杯，半盏酒液随着他的动作在杯壁上晃动了两下，他微微坐直身体，手中酒杯和她的杯盏相碰，算是领了她的心意，"应该的"。

一轮敬酒后，气氛也跟着随意了些。

胡桥善谈，开口问："我听狼崽子……"当人姑姑的面叫外号，胡桥脸红了红，清了清嗓子才重新说，"郎其琛说你家还有个造船厂啊？"

"有啊。"燕绥撑着下巴，耐心给他们科普燕氏集团，"我听我爸说，燕家祖上是依海靠海吃的渔民，后来慢慢攒了些家底。爷爷辈的时候有点小家产，置办了造船厂，那时候规模还不大。等我爸从商，就把这个家族产业接了过来，靠造船厂发的家，有了整个燕氏的前身。"

网上流传的燕戬白手起家的消息其实并不是那么准确，燕戬创办燕氏集团时手上就有资本了。

"有钱了以后，生意就是用钱生钱，燕氏除了造船厂还投资了不少别的项目，所以看上去整个集团好像涉及的领域特别广，但都离不了根本。"她又给自己斟了满满一杯，那架势，看着是不打算今天能自己走出这扇门了。

胡桥听得似懂非懂，总结下来，就是燕氏集团生意做得挺大，燕绥很有钱。

他举杯敬燕绥："我是南辰土著，燕氏就跟地标一样是我们南辰的一部分。要不是索马里这次护航，也没机会认识你。成功的实业家，又是军属，除了部队里的女兵我真没见过像你一样有胆魄的女人。我嘴笨，说不来什么好听的话，你尊重体恤我们的工作，让我觉得海军这个职业除了使命感还有荣誉感。希望燕总事业顺利，万事都能如愿以偿。"

和这些军人在一起，燕绥总能轻易就感受到热血和单纯的生活追求。不可否认，她就像向阳花，拼命地汲取着这些正能量。越是看过这个世界龌龊的角落和黑暗，越是向往美好。

门扉有规律地轻敲了两下，小妹端着盘子进来上菜。

短暂的安静后，燕绥端起酒杯，转向傅征："傅长官，我敬你一杯。"

傅征微扬了扬眉，没拒绝，他左手拿起只有浅浅一口的酒杯，右手从她手心接过那杯倒得满满的，仿佛轻轻晃动下就能溢出来的酒杯，神色自若地做了交换。

瞬间，路黄昏和辛芽咋呼的声音变小了；褚东关的筷子突然开始打滑，盘子里的红烧肉始终就没夹起来；胡桥屏息，眼睁睁看着傅征随意地就把那杯酒干了，呼吸差点打岔。

他们老大当他们都是瞎的吗！！！

燕绥面上不动声色，心里忍不住笑。等胡桥他们的注意力不在她和傅征这儿了，她轻轻撞了撞傅征的胳膊。

傅征靠近，微低了头，听她说话。

燕绥压着声音，咬字清晰地问他："替我挡酒，你喜欢我啊？"

傅征抬眼，不经意地和燕绥的目光撞上，她是故意和他开玩笑，眼里的狡黠和小聪明还没来得及收起，被他看得一清二楚。

就在燕绥以为他懒得配合她时，他像是认真思考了几秒，反问："你自己心里没数？"

燕绥不淡定地差点想爆粗口，一时吃不准他是单纯看不惯她出口就调戏的毛病，还是变相给了回答……

脸莫名有些烫，燕绥咬了咬唇，摸着酒杯，笑起来。那双眼亮晶晶的，时不时瞥他一眼。想说些什么，但这种场合，又不合适。

不急，反正来日方长。

燕绥请这顿饭的本意除了感谢，还有个目的是在胡桥、路黄昏和褚东关面前刷存在感，最好能就此种下友情的小幼苗。打入内部，才能更容易统一不是？

燕绥情商高，聊着天就不动声色把几个人的喜好摸了个门儿清。知道胡桥喜欢时下流行的女团，一副"真凑巧"的模样说："我有签名照，下次见面给你带过来。"

辛芽一脸蒙，她燕总上次连这女团的团名都叫不清楚……

于是，一顿饭后，路黄昏几人对燕绥的称呼一致从燕总改成了"燕姐"。

拿人手短的胡桥更兴奋，连傅征在场都不怵了，很是爽快地卖了他一波："东关喝酒上脸，其实他酒量比老大还好。老大喝醉会踢正步……"

后面的话胡桥没能顺利地说下去，傅征顺手拎了纸巾就砸过去，稳准狠，正中胡桥脑门。他"哎哟"了声，戏精附体，抽搐了两下直接趴倒在桌上。

燕绥跟着笑，支着下巴，头一回觉得吃个饭也能这么有意思。

吃完饭，辛芽先一步结了账，在楼下等燕绥。

"没人管"三人组互相搀扶回部队。

门岗远远看见胡桥几人回来，不见傅征，检证时随口问道："你们首长真交女朋友了啊？前阵子听军属院的门岗说你们首长领了一个女孩子进去我还不信。"

胡桥跟部队在深山老林里封闭式集训了十天，消息闭塞，头一回听说傅征交女朋友还有些狐疑："真的假的啊？"

"骗你干什么？"门岗一副受了天大委屈的表情，严肃起来，非得把这事给说清楚了，"你就想想你们首长最近有没有带你们见过哪个女孩子？"

胡桥被他唬得一愣一愣的，都不用仔细想，几分钟前才刚分开的一个人突然蹿进他的脑海里，他点点头，"还真有"。

"这不结了？"门岗拍了拍他的肩膀，"是不是开大 G 的，长得还贼漂亮？"

胡桥大惊，真是不得了了。

燕绥刻意走得慢，渐渐落在最后。

路黄昏追着辛芽下了楼，胡桥和褚东关勾肩搭背三两下就消失在楼梯拐角后，燕绥伸手，悄悄地拽了拽傅征的衣袖。

傅征原本比她走快一步，见状回头看了她一眼，停了停，和她并肩往下走。

"小狼崽子怎么样？"

刚才人多，路黄昏他们都在，她不好直接问，这会儿只剩下傅征了，她惦记起来："集训结束到现在，还没见过他。"

"好着。"实话。

郎其琛开朗外向，人缘好，不管和谁好像都天生气场契合。集训选拔后调到一编队，也没见他怎么调整，就适应了新环境。

燕绥对郎其琛的业务能力以及社交能力都有盲目的信心，只是目前她和傅征的交集点只有郎其琛，她没话找话道："没给你添乱吧？"

话音刚落，傅征的脚步一顿，停在了楼梯上。

燕绥和他错身几步，也停了，一脸莫名地看着他，忽然有些发虚："怎么了？"

"进队没多久就添乱了。"傅征几步走下楼梯，停也不停，"傅衍订婚那事是他谎报军情吧？"虽是问句，他的语气却很确定。

燕绥看着他从自己身前快步经过，头皮都麻了。郎其琛告诉燕绥是不希望她被蒙在鼓里，情报来源是错的，他并不知道。之前要不是担心会暴露郎其琛，她早就和傅征当面对质他订婚这件事的真实性，何必耐心等到订婚当晚？

结果，傅征早就猜到了……

她在原地站了几秒，反应过来后，立刻追上去，忍着笑，问他："你把他怎么了？"

后厨正收了大厅里散客的空碗，高呼着"让一让"，步履不停地往燕绥的方向走来。

眼看着两厢就要撞上，傅征抬手揽住她的肩膀把她护到身侧，让了过道等后厨走过去，才松了手，回："罚跑操场，十圈，翻篇儿了。"

话落，问她："罚轻了还是罚重了？"

燕绥扬眉，用手指了指自己："我偏听偏信，不该罚我？"

说话间，到了餐馆门口。

傅征车前已经站了个穿着便装的大高个，看见傅征，瞬间站得笔直敬了个军礼："首长。"

燕绥转头看辛芽，无声地用眼神询问怎么回事。

"傅长官叫来的，我下来的时候他就在这儿了。"辛芽回答。

燕绥顿时明白过来，都喝了酒没法开车，这人应该是傅征叫来开车的。她瞄了眼绿皮越野车旁的大 G，正犹豫着怎么处理，傅征似是看穿她的想法，先一步回答："车钥匙留给我，晚上给你开回去。"

这句话甭管谁听了，代入的主角理应都是傅征。

结果，燕绥晚上收到傅征短信让她半小时后到公寓楼下取车，结果看见车门推开下来的是欢天喜地的郎其琛时，她狠狠磨了磨牙，带小狼崽去吃夜宵时没忍住，给傅征回了条短信："傅长官，你什么意思啊？"

傅征半小时后才回："偏听偏信的惩罚。"

燕绥："？？？"

她还以为他没听到，结果在这儿等着她呢！

对面的郎其琛正大口撕着鸡腿，抬眼看到燕绥的表情，齿关一冷，默默打了个哆嗦。

燕绥记仇，这件事后连着几天都没联系过傅征。她手上把着度，两人的关系到现在，渐趋平稳。冷几天？无妨。

眼看着燕戬的归期将至，燕绥处事越发沉稳。她大多数的时间都用在了工作上，趁着这几天出了趟差，和燕沉敲定了利比亚的项目内容，整个项目从资金到团队，在重重考核后，大致落定。

燕戬对她要求颇高，利比亚的海外建设项目又来得恰是时候，燕绥总有种交答卷的紧迫感，争分夺秒到一连几天都只睡四五个小时，醒来立刻投入工作。连燕沉，整个燕氏集团公认的"最沉迷工作的工作狂"被她拉着加班加点，都有些吃不消。

他看出燕绥的紧张，还调侃："又不是家长会，你害怕什么？"

燕绥承认得也干脆："我怕他失望。"

燕沉这才敛了笑意，认真地看了她一眼，说："不会的，我陪你。"

久违的，燕绥再一次从燕沉身上找到了当初走马上任时和他一起披荆斩棘的热血感。那种有着同一个目标，并肩作战的安全感。

燕戬回来的前一天，燕绥终于舍得让全公司的员工喘口气。她留下来把利比亚海外建设项目的文件从头到尾看了一遍，封存好，和辛芽一起下班。

意外的是，燕沉也没走。燕绥看到燕沉办公室透出的大片灯光，让辛芽先去停车场等她，她折回去，在燕沉办公室门口站了会儿，敲了敲门。

燕沉正和合作公司视频会议，仿佛才发现燕绥过来，暂停了会议，转头问她："忙完了？"这语气听着……像是在等她。

燕绥抬腕看了眼时间，道："快九点了，还不下班？你加班我可不给加班费的。"

"怕你回去太晚不安全，"他顿了顿，和对方另约了视频会议的时间，结束通话后，起身，拎起挂在椅背上的外套，"我送你回去。"

燕绥有些诧异，但几秒后，立刻消化了这件事，她莞尔一笑，道："不巧，你可能要多送一个人。"

等着蹭燕绥车回家的辛芽，不小心蹭上了燕副总的车，有些生无可恋。

自打上次燕沉颇为强硬地取走燕绥的车钥匙，替辛芽把车开回小区从而导致她被扣除丰厚的年终奖后，辛芽看燕沉是怎么看怎么不顺眼，顺带瑟瑟发抖、战战兢兢、如履薄冰。

上了车后，不听不看不说，乖乖地缩在后座，安静得如同静止画面。

两位老总也一副完全忘记她的存在一般，相谈甚欢。

燕绥住得离公司近，几分钟后，她下车，目送着燕沉掉头离开，回想起辛芽面如菜色的那个表情，心情愉快地转身走进单元楼。

傅征把苏小曦送回家，目送她走进楼道时，下意识看了眼背阴处堆摆着自行车的角落。

那里新堆挤了一个皮质的单人沙发，把楼道挤占得严严实实，再没有可藏人的空隙。他收回目光，车在楼下停了片刻，拿起手机给燕绥拨了个电话。

燕绥接到电话时，刚走出电梯。门锁是密码锁，她按下数字，听着嘀嗒一声开锁的声音，压着门把进屋。

一只脚刚迈进去，在她看见楼道里应急指示灯透进玄关的幽幽灯光下，鞋柜下方摆着一双陌生整齐的男人的鞋子时，浑身血液仿佛瞬间凝固了一般，她面上血色尽失。

感知到危险时的本能反应让她下意识收回踏进去的那只脚，她退回电梯口，按下下行键打开电梯门后用脚抵住电梯门，使它无法关闭。

目光寻到应急逃生通道后，她紧盯着黑黢黢的房门，起伏数次仍旧沉重的呼吸声里，她听见傅征警觉地问她："出什么事了？"

"傅征。"她声音有些颤，浑身神经紧绷到极致后，手脚发凉，"我家……好像有人。"

燕绥独居，燕戳还未回国，就算回国，也不可能出现在家里，他不知道密码，甚至没有门禁卡，连这栋楼都进不来。

玄关却诡异地出现了一双摆放整齐的男人的鞋子……

燕绥刹那汗毛直竖，说这句话的短短几秒，背脊仿佛湿了一遍，出了一身冷汗。

她吞咽了声，不知是不是心理作用，她仿佛听到了近在耳边的呼吸声，身在灯光下犹觉得浑身发冷，好像在各个她所看不到的地方都有一双眼睛在暗暗看着她，观察着她的反应。

她退进电梯里，手指紧紧按住关门键，傅征说了些什么她没仔细听，全神贯注地盯着电梯门缓缓关上，神经紧绷到极致，她甚至模拟着，万一……电梯门即将关上时，突然出现一只没穿鞋的男人的脚顶开了电梯门，她该怎样应对。

幸好。

电梯门从关上，到下行，顺利到没出现任何意外。她往后靠着电梯门，手心汗湿到有些握不住手机，她换了只手，那些高度紧张时被她自动屏蔽的声音自动恢复了听觉。

她听到傅征说："别慌，我现在过来。"

挂断电话。

燕绥在大厅的沙发上坐了一会儿，稳了稳心神，先报警。报警后，她又立刻联系了物业，第一时间索要这栋楼人员进出的监控视频。

从最开始的慌乱恐惧到现在，燕绥已经冷静下来，在大厅等人来。

几分钟后，物业的值班人员和安保人员迅速赶到。

五分钟后，警车也停在了公寓楼外，出警的警察赶到。

燕绥却频频地留意着楼外。

警察在了解燕绥的基本信息后，耐心地和她再确认一遍："燕小姐，从你报警到现在，你都在大厅里等候，没有离开是吗？"

"是。"

"从你到一楼大厅后，电梯再没有运行过是吗？"

"是。"

话音刚落，盼望中的引擎声忽至，绿皮越野车在楼下停稳。

大厅里一静，皆转头看去。

傅征下车，披着一身夜色走进大厅。乌泱泱的人群里，他一眼寻到燕绥，原本把她挡在最里侧的物业工作人员下意识给他让开路。

燕绥看着他几步走至跟前，众目睽睽之下，她踮起脚，抱住他。

傅征一怔。他站的位置，和刚才核查燕绥身份的警察正好面对面。两个男人的目光一对视，偏显稚嫩的小警官立刻不好意思地移开眼，生扯了个话头和同事讨论刚从燕绥口中了解的有关信息。

傅征低头，下巴碰到她鬓角柔软的发丝和冰凉的耳郭。时近五月，连晚风都带了几分暖意的季节，她犹如身坠冰窖，浑身透着冷意。

傅征压下到了嘴边的问话，对周围的窃窃私语也恍若未闻，他伸手揽住她的腰身把她压进怀里。原本保持着几分距离的拥抱，瞬间被他严丝合缝地揉进了怀中。

看不见表情，傅征仅凭着她的肢体语言猜测到她的情绪，他犹豫了几秒，低声道："交给我，嗯？"

燕绥的手心有点麻，抱住他的几秒里脑子空茫茫的像幼时老旧的没有信号时满屏雪花的电视机。

开门时毫无防备看到一双男人皮鞋的冲击感和对未知事情发生的本能防御，让她在现场慌了阵脚。

傅征来之前，她在接受出警民警的身份核实，听男人敦实的声音条理清晰地逐一询问她整个事件，并抛出合理的质疑时，她有那么一瞬间，为自己处事惊怪、不稳重，产生了些许惭愧的情绪。

惊疑、无措、懊恼这些情绪在傅征出现的这一刻悉数转化，她理所当然地把傅征当成了她的台阶。出乎预料地，傅征居然意会了，所以他说的第一句话不是用来安抚她的"没事了"，而是"交给我"。

她忽然有些想笑，环在他颈后十指紧扣的手指微松，脚跟落实地面后，她低着头，额头抵着他的肩膀，很含蓄地点点头。

傅征没有立刻松手，他揽着燕绥往后移了一步，抬手按下电梯的上行键，对再度看来的民警微微颔首，正色道："先去楼上看看吧。"

始终停留在一楼的电梯，在按键后的下一秒就向两侧开了门。

傅征先松手，握住燕绥的手腕，先一步迈进电梯里。

紧跟着进来的是两位民警和物业处的值班经理，其余人默契地一致留在了一楼的大厅里。

傅征进入电梯后，先寻到电梯内的监控摄像，目光微定。

监控是常见的球机，镜头朝向电梯口，此时镜头中心的位置散着红光，红光闪烁，显示着正在工作状态。

他的视线一转，侧头看向电梯门侧的楼层按键。物业经理正用有管理权限的门禁卡刷卡，嘀声提示后，他抬手按下二十七楼数字键，电梯开始上行。

一路沉默，电梯上行至二十七层，提示到达。

民警和物业先步出电梯，燕绥迟疑了一下，后脚跟着傅征走出去。

房门仍保持着燕绥离开前打开的角度，灯光切入玄关照亮的那双摆放整齐的男人皮鞋也未发生过丝毫偏移。

这个角度，饶是几个大男人站在门前，望着黑洞洞的里屋都要瞬间后颈发凉。

声控灯熄灭之前，傅征推门而入。

燕绥被他握着手腕，跟在他身后，低声提醒："电灯开关在鞋柜上面。"

灯应声而亮，暖橘色的灯光铺洒下来，瞬间驱走了刚才冷光下的诡异感。

傅征放轻了脚步声，沿着墙根从玄关走到客厅。

落地窗拉上了窗帘，外界的光线被遮得密密实实，什么也透不进来。还未适应黑暗的眼睛，视野所及一片墨色的暗沉。

燕绥伸出去的手指碰到多宝格装饰架，继续提醒傅征："九点钟方向有总开关。"

傅征抬手，轻触电源开关，下一秒，灯光亮起，整个室内灯火通明。

他转身看向燕绥："你有拉窗帘的习惯？"

燕绥也正盯着被拉上的窗帘，暗自压下心底升腾起的诡异感，缓缓摇了摇头："客厅的窗帘，我就没拉过。"

"站这儿。"傅征松开手，先进房间。

跟在最后的物业看着傅征进屋，走近真就老老实实站在原地的燕绥身旁，怀疑道："燕小姐，是不是你男朋友换的鞋子放在玄关，你不记得了？"

燕绥看向他，刚揉红的眼角像一抹烧红的印记，眼锋凛冽。

半晌，她摇头："这是他第一次来这里。"

物业经理顿时噤声，他转身跟上两位民警去检查别的房间，只不过每次到了门口，他便不再进去，只站在门口四处环顾。那架势，看着不像是检查房间的，倒像是在欣赏房间的装修。

民警排查完主卧客卧后，互相对视了一眼，年纪偏小些的小警官先嘀咕："门锁没破坏，屋内没有脚印，就连翻找的痕迹也没有，看着不像是入室偷窃啊。"

另一位民警没应声，他巡查完最后一个房间，折回门口："燕小姐，你检查一下，看有没有损失财物。"

燕绥刚从主卧检查完去衣帽间，她的小金库不多，除了主卧床柜里几笔日常备用的现金，卡包里的银行卡就是衣帽间的名牌包和手表。再值钱些的，不是在银行就是在燕家别墅。

等把所有她记得起来的贵重物品都清算了一遍，燕绥的眉头拧得更紧。

主卧的床柜被拉开了，她随意堆放的港币和数张外币都有移位的痕迹，现金的摆放位置也有更改。显然是有人曾经打开过这个柜子，甚至可能财迷心窍地动过心思，可燕绥来回数了几遍，数量是一张都没少。

包括衣帽间，她陈列柜里的贵重手表，数额从几十万到几百万不等，都有被拿起欣赏的痕迹。但同样地，没有丢失任何一只。

她挠了挠下巴，对上傅征问询的目光，摇摇头："什么都没少。"

"没有财产损失，不能立案调查。"傅征沉吟数秒，"他应该也是知道这点。"

物业经理跟燕绥一起在衣帽间清点财物时，傅征留在玄关，仔仔细细地把那双黑色皮鞋打量了一遍。

这双鞋干净簇新，像是刚从商店买来，还未穿过就被放在了这里。

鞋垫上标注着尺码260，是最常见的男鞋尺码。

圆头鞋尖，鞋身偏窄，所以实际尺码应该偏小一号。鞋面皮质偏牛皮，鞋底是橡胶材质，无论实体店还是电商，这种款式材质的鞋子都能找到不少，毫无鲜明特点。

这个人的目的，可能只是为了骚扰燕绥，昭示他的存在感。所以现金、手表，哪怕是这个家里的任何东西他都没有带走。

燕绥的想法和傅征的不谋而合。

她沉吟片刻道："我前几天出差回来后，就感觉有人跟着我……"顿了顿，她又道，"不过我长得好，走到哪儿都有人悄悄盯着看，所以也没觉得要引起重视。"

趁没人注意这里，她勾勾手指，示意傅征靠近，等他配合地俯下身来，神秘兮兮道："而且最近，我不小心在网上火了，你说有没有可能是疯狂迷恋我的男粉丝啊？"

她半开玩笑半认真，声音轻细。因为靠得近，她温暖的呼吸时不时撩着他的耳朵，傅征的鼻端隐约有几缕暗香浮动，他偏头望向她。

燕绥以为他不信，较真起来："难不成我看着没这魅力？"

傅征要敢说是，她保证下一秒就招呼他一套组合拳！

结果，傅征什么也没说，他抬手，把物业经理刚才递给他的香烟顺势夹到她耳后，抬步走向站在玄关四处张望的物业经理。

……

什么意思？打发她？

傅征是和物业经理交涉调看监控的事，物业经理有些不情愿，他私心觉得是燕绥自己出的问题，和小区安保无关，便推托自己做不了决定和傅征打太极。

警方挨个排查完所有房间、角落、外置机，甚至床底，只要是能藏人的地方他们都事无巨细地检查了一遍。确认没什么异样后，走到玄关，有些为难道："房间我们全部检查了一遍，确认安全。燕小姐也没有财产损失，立不了案。"

"可能你女朋友进门看到陌生皮鞋的时候太紧张，产生了太多联想。我建议你们先问问知道密码的家人、朋友，看看今天是不是有人来过这里，没有告知她。"

物业经理一言不发地听完，忍不住开口道："我们小区的安保一向不错，从未出现过纰漏。"

言下之意，似附和着警方的说辞埋怨燕绥对一双鞋子大惊小怪。

傅征抬头，不咸不淡地瞥了他一眼。那眼神的威压，像是暗中有一双手压在物业的背脊上，让他瞬间呼吸急促。他眼皮猛地跳了一下，识趣地闭上嘴。

眼下没证据，一双男士皮鞋的确说明不了什么问题。还得从小区的监控录像入手，排查是否有可疑人员。

傅征思忖了几秒，道："户主单身独居，知道公寓密码的人不超过三个。她的亲人除了分居在外的，还有在国外没回国的。她的思维逻辑也没有出现幻觉，更没有被害妄想症。"顿了顿，他补充，"她是公众人物，有一定的知名度，不排除有人蓄意骚扰。"

认真做记录的小警官"咦"了声，问："燕小姐是公众人物？"

傅征回答得面不改色："是，财名在外。"

还不知道自己"财名在外"的燕绥倚在门口给辛芽发微信。刚寻了借口提前下车的辛芽，跟着人潮穿过马路，去对街一家老字号买卤味和炖品。

九点半，正是夜市刚开张的时间，狭小又老旧的店面前热气蒸腾，辛芽边排队边刷微博。

前两天得到燕绥准许后，辛芽准备了资料认证了微博，正式接管"燕总全球粉丝后援会"的微博账号。最近一有空，就在打理微博。

正忙着申请 # 燕绥 # 的超级话题，微信提示拉出横幅，她顺手点开。

小燕总："安全到家了？"

辛芽刚要打字，排在她后面的女孩伸出手指轻轻戳了戳她的肩膀："到你了。"

微信叮咚一声，又追了一条："今晚方便收留你家大老板不？"

辛芽眼皮一抬，还没来得及回答，只要一份的外卖立刻又追加了燕绥那份，扫码结账后，她从窗口接过那两盒拌了香醋和辣椒的卤味，腾出手给她回语音："我跟燕副总天生磁场不合，他可能有事吧，一路上频频低头看手机。我怕耽误他事，他回头给我穿小鞋，很善解人意地借口要带夜宵回去，在地铁站下车了。"

她絮絮叨叨的，又拎起那盒卤味和炖品，嗅着令她食指大动的食物香味，哼哼了两声，愤然道："老实交代，你是不是闻着我买夜宵的味追来了！"

微信里三言两语地说不清，哪只小贼闯空门，燕绥自己心里也没谱，再加上辛芽胆子小，她略一思考就决定把这事先按下不提："没有我的份，你就等着瞧啊。"

打完这段字，她探出半个身子，见傅征正欲送警察出去，忙收了手机跟上去。

小警官边往外走边热心叮嘱傅征："你们可以翻查下监控记录，看是否有可疑人员。一旦发现异样，立刻通知警方，我们一定会重视的。"

傅征颔首，把人送到门口："辛苦你们了。"

小警官扶了扶帽檐，板直了背脊道："应该的。"

物业经理已经先一步进了电梯，小警官转身往里走了一步，想起什么，又折回来，道："我们最近也会尽量安排警力覆盖，周边多加巡逻，加强警戒。"

话落，目光不自觉地落向不知道何时跟出来的燕绥身上，微微颔首后，转身进了电梯，这次是真的走了。

燕绥双手环胸倚在门口，慢悠悠道："看着挺年轻，应该还在实习期，怪热情的。"

傅征立在原地，转头看她："你呢？"

这话问得简单，听着还有些没头没尾，燕绥却听懂了，微微一笑："我不一样，我始终保有热情。"

不等傅征问原因，她迫不及待地补充道："我赚一笔能养几百口人一整年，这种成就感可不是一般工作能有的。"话落，意识到自己面前就站着位为人民服务的海军战士，来不及收回了，只能补救，"你例外啊……"

傅征没搭理她，错身进屋时，瞥了眼玄关那双男式皮鞋，脚步一顿，和她并肩站着，调侃了一句："这会儿不怕了？还能贫嘴。"

这种难得可以示弱的好机会，燕绥不蠢，她当机立断握住傅征的手腕，软着声音道："怕。现在看见这双鞋子，我都得默念富强民主文明和谐自由平等……"她抬眼，和他对视，情真意切地想在脸上刻上"我害怕"三个字。

她还真没撒谎。

房间排查过，已经确认屋子里没有藏人。她除了会脑补半夜自己睡得正香突然被人拍醒，醒来看见一张人脸的惊悚以外，对这双鞋子最初时的恐惧早已经淡化。

人的害怕往往是因为不知道下一秒会发生什么。她现在最想做的，是把这个故弄玄虚的人拎到眼皮子底下，好看看他那双脚是不是真的不想要了。

不然就跟心头梗了根鱼刺一样，吞饭团咽醋都软化不了，仍旧扎得她胸口疼。连带着让她看整间屋子都有些不顺眼，总有种被人侵犯的不适感，七分焦虑三分记仇。

傅征被她握住手腕，僵了一瞬，他垂眸和她对视几秒后，不动声色地握住了她的手心："先改掉门锁密码。"

他牵着她进屋："去收拾东西，今晚搬到我那儿住。"

燕绥的全副心神都集中在和他相握的手上。他的掌心温热干燥，将她完全包裹。那一瞬的触感像是过了电，从指尖到心口，一路酥麻。

没等她好好回味这个感觉，傅征已经松开手，目光在她脸上微微一定，问："还是你想住在这儿？"

燕绥条件反射地立刻摇头："不想。"

傅征抬腕看了眼时间，开始计时："那……五分钟。"

五分钟？

傅长官是不是对女人的收纳能力有什么误解？

"喂……"

傅征："四分五十三秒。"

啊！

燕绥不吭声，转身进屋收拾东西。

燕绥收拾完东西出来，傅征还在检查门窗，所有活动的锁扣他都摸了一遍，一一确认。

"郎其琛经常过来？"他问。

"偶尔。"燕绥去门口改密码，嘀嘀嘀的按键声里，她低了声音说，"每次过来都会帮忙修修零件，做个检查。在他眼里，我大概患有生活低能障碍症。"

傅征一静，抬眼看她。

玄关的灯光下，她的长发柔顺，遮挡住了她大半张脸。许是觉得头发碍事，她抬手顺着额际往后拨了一下，那几缕松散的发丝就顺着发际慵懒地滑下来。

傅征听见自己问她："那你还喜欢我？"

他的职业是在祖国需要时，立刻应召。他的工作内容，注定无法时时刻刻陪伴她。像今晚的事，如果不是他凑巧赶上，可能等他知道时，已经是几个月甚至半年以后，谈什么保护她，做她的依靠？

满室安静下，密码重置的提示音响起。

燕绥站在门口，偏头回望，像是认真考虑了几秒，轻轻柔柔地把这个皮球踢了回去："你现在就想骗我说真心话啊？休想！"

傅征的公寓离燕绥的小区不远，两条街的距离，约十分钟的车程。临江，伴桥，远望还能看到朦胧得像是虚影的山，在重重夜色下如同一层天然的屏障。

这个小区，燕绥买房前曾考虑过。居住环境好，隔江可望南辰市最繁华的夜景，又因临着江，像被隔开的岛屿，安静不闹人。

要不是离公司有点远……她叹气。

车直接驶入地下停车场，傅征循着区位指示继续前行，抽空问了句："叹什么气？"

"琢磨着现在搬来跟你做邻居来不来得及。"

"来不及。"傅征说，"我来之前，隔壁已经住进来了。"

燕绥"哦"了声，天生乐观："那我等会儿敲门问问他愿不愿意卖给我。"

傅征知道她是开玩笑，也没认真。

停了车，领她从电梯上去："不常住，所以家具有些简单，你有什么需要等会儿我去楼下超市给你买。"说话间，他开门，侧身让她进屋。

燕绥进来第一眼，只觉得傅征说的"家具有些简单"是客气了。

因为不常住，家具配备都是基础款，一眼看去，两百多平米的房子显得有些空荡荡的。

她脑子里突然涌出个奇特的想法，问傅征："这该不是你以后结婚用的婚房吧？"所以才什么都没多设计，反正他大多数住部队，也不需要。

傅征替她把行李包拎进客厅，闻言，不置可否道："有备无患。"

……这个词用得也是意味深长。

公寓虽不常住，但显然经常有人来打扫，燕绥指尖抵着鞋柜一路划过去，愣是没沾上一层灰，比她那个天天扫地机器人满地转悠的房子看着还要一尘不染。

"钟点工每星期来一次。"傅征弯腰从鞋柜里取出一双新的男式拖鞋，示意她换上，"你来得巧，今天白天她刚来过。"

他随手把钥匙放在鞋柜上，领着她先熟悉地方。从近手边的厨房、餐厅，再穿过客厅去主卧、次卧、书房，说："厨房没开过火，只供烧水喝茶。冰箱也能用，冰了啤酒、矿泉水。"

最后，他抬手指了指正前方的客房说："你今晚住这儿。"

客房和主卧相邻，隔壁就是书房。

傅征进房间开灯，问："你要不要先洗澡？"没等燕绥回答，他又补充一句，"客房的淋浴坏了还没换，你先去主卧洗。"

别看燕绥平时对着傅征没皮没脸的，真到了他的地盘，莫名有种被压了一头的感觉。

傅征说什么她都说好，乖巧无比。

反而是傅征有些不习惯，认真看了她一眼："没别的话要说？"

还真有……就是……她悄悄瞥了眼叠得跟豆腐块一样的被子，问："你不会要求我明天早上起来把它恢复原样吧？那我今晚就不盖了……"

傅征沉吟半晌，道："我对你没要求。"

哦，那就好。

燕绥指了指客房，试探道："那我先洗澡。"

傅征做了个"请便"的手势，也没进主卧，到玄关拎了钥匙准备出门。

燕绥一直竖着耳朵听动静，闻声，走出来，看他已经换了鞋，急忙问道："你去哪儿？"

"下楼买点东西。"傅征握着钥匙，在客厅和玄关门口停了停，"大概半小时，你慢慢洗。"

燕绥听明白了他这是刻意避嫌，也不急着去洗澡了，慵懒了声音，装作漫不经心地问："是不是我在这儿，你挺不自在的？"

傅征直觉她还有后招要接，没作声。

果然，下一秒，燕绥又道："你是江湖救急，好心收留我一晚。我是没瞒着我喜欢你的事，但你别有负担，我也不想给你添乱……"

那语气听着倒有些委屈？

傅征喉结轻滚了一下："我去超市买五金，等会儿把淋浴换掉。楼下有家炒面也不错，来回一趟正好半小时……你觉得我故意躲着你？"

燕绥不答。

傅征想了想，又承认了："的确有点。等你觉得我什么时候可以上任，再不避嫌吧。"

等等？

什么意思？

燕绥头一次觉得自己可能听不懂人话。

什么叫"等你觉得我什么时候可以上任，再不避嫌"？是她平时表现得不够明显还是傅征理解得不够到位？

他还需要她首肯才能上任当她的男朋友？

明明是他点点头，就能立刻走马上任的事，怎么从他嘴里说出来……跟他求着要名分了一样？

没等燕绥把他这句话琢磨通透，傅征已经带上门，走了出去。

四周忽然安静下来，燕绥在原地站了片刻，总觉得傅征话里有话。一时半会儿也没想通，干脆回客房收拾东西先洗澡。

小的时候，燕绥就觉得自己是能做大事的人。能忍能退，在各项决策上，小到买什么口味的棒棒糖，大到关乎人生未来方向的抉择，她总能习惯性地屏蔽各种干扰，理性做决定。她这样的人，用脑子多用心少，说得好听点是有自己的想法，说得难听些就是自私薄情。

她淋着温热的水流，闭上眼。灯光把她的眼皮照得发烫，不完全漆黑的视野里，她回想起半小时前，傅征问她的那句"那你还喜欢我"。

燕绥一直觉得傅征是能够看到她心底的，她想什么，算计什么，只要和他一对视，就逃不过他的眼睛。所以他知道，燕绥这样的人，不会因为"感觉"这种虚无缥缈的东西对他一见钟情。

相对地，他对燕绥的回应也格外保守，像是按着规章一条条来，什么时候应该做什么，循序渐进。

直到此刻，燕绥才恍然发觉，这段关系里真正主动的人，其实是傅征。他就像在逗猫，先剪了她的爪子，防着她的急躁抓伤了自己。又按住她的尾巴，防着她撩完就跑。

他知道，燕绥还没彻底交心。

而他要的，就是完完整整，全部属于他。

燕绥有心事，草草洗过澡。浴室里没找到吹风机，看时间傅征也快来了，去厨房冰箱里开了瓶罐装的啤酒，边喝边等。

啤酒快见底时，傅征回来了。燕绥没动，她坐在流理台上，看他拎着袋子进屋，脱下外套挂在椅背上，然后转身，准确无误地捕捉到她的视线，上下一扫，蹙眉："头发怎么不吹干？"

"没找到吹风机。"燕绥从流理台上跳下来，去客厅翻他带回来的炒面。

手里的啤酒拿着有些碍事，她递给傅征，盘膝坐在地毯上，从纸盒里把两份装在外卖盒里的炒面端出来。

刚出锅的炒面香气四溢，燕绥凑近嗅了嗅，刚掰了竹筷准备磨刀霍霍。傅征在客房找出吹风机，出来递给她，"先吹干"。

人在屋檐下……不得不低头。头发虽然擦得半干，不再湿淋淋地滴着水，但难免还是有些不好看，她起身，就在客厅里找了个插座，吹头发。

只剩发尾没晾干时，桌上的手机振动，傅征提醒她："微信。"

这么晚了，谁找她？

"你帮我看吧。"她换了只手拿吹风机，拎着发尾继续晾干。

手机没设密码，傅征上滑解锁，辛芽刷屏式的文字消息赫然跃入视野之中。

——"说好的来我家呢！！！"

——"人人人人人人呢！！！"

——"你这么欺骗我，会失去我的你知道吗！！！"

——"嘤嘤嘤，两份夜宵啊！！！"

——"你不能让我把两份夜宵都吃了啊，太罪恶了啊！跪地大哭。"

傅征挑眉。

燕绥还不知道他看见了什么，见他神色忽然变得戏谑，也没心思吹发尾了，接起手机一看……

她下意识抬眼看傅征，垂死挣扎："你都看见了？"

傅征："都看见了。"

燕绥"哦"了声，破罐子破摔："我见色忘义了……我去给她回个电话。"

傅征没忍住笑，微微抿唇，道："去吧。"

燕绥安抚好小助理再回来时，觉得刚才诱惑她食指大动的炒面也没那么让她有食欲了。她接过傅征递来的筷子，嗦了一口面，抬眼看傅征道："我这个人挺容易恼羞成怒的，你委屈点，不要太嚣张。"

傅征仍旧一副似笑非笑的表情看着她，挑衅道："想打架？"

这还能忍？燕绥筷子一搁，盯住傅征。她突然发觉，和傅征独处时，她的情绪越来越容易受他影响，也特别容易躁动。

就比如现在，她越盯着傅征越觉得心痒难耐。目光一下瞄到他的嘴唇，又一下滑到他的喉结，总想着对他做点什么。也不知道是不是酒劲上来了，她的耳根微微有些燥热，这种热像是会传染一样，很快，她觉得脸颊也微微发烫。

燕绥眨了眨眼睛，忽然有些尴尬。

傅征心如止水面无表情，她却跟个色中饿鬼一样只想占他便宜……

她摸到手机，半跪起，准备寻个借口先遁，"我、我去打个电话"。

她撑着桌角起身，然而下一秒，她的手腕被握住，傅征微一用力，就把毫无防备的燕绥拉至身前。没有着力点，燕绥几乎是半跪在他身前，另一只手，匆忙间撑在他的膝上，才堪堪稳住前扑的身体。

"还以为你胆子有多大。"他微微靠近，鼻端嗅着她身上沐浴露的清香，意外地觉得好闻。

燕绥僵住了，纸上谈兵是一回事，亲身经历又是另一回事。

她头皮发紧，无措地吞咽了声。

傅征低头，目光锁着她，问："刚才用那种眼神看着我，想做什么？"

燕绥下意识否认道："哪种眼神？"

这么多年，燕绥习惯了身处高位，平日里只有她震慑别人的份儿，哪有被傅征的气场威慑得动也不敢动的时候。

照往常，傅征敢这么送上门来，她该下嘴下嘴。要舔要亲要咬，全凭心情。她心里觉得自己怂，喉咙却像是被勒紧了，呼吸都不由自主地放轻。

燕绥看见他的目光顺着她的鼻梁落在了唇上，她抑住舔唇的冲动，故作冷静道："差不多得了啊，你再靠近我就占你便宜了。"

死鸭子嘴硬说的大概就是燕绥了。

傅征抬眼，和她对视。他近在咫尺的眸色忽然变得又深又沉，像是漫着雾的海面，可见度只有短短数米。而燕绥，就是海上泛舟被雾气包围的人，她被困在他的眼神里，毫无反抗之力。

这种身处弱势、听凭处置的被动局面让燕绥有些不习惯。她清了清嗓子，突然正色起来："你坐好，我们谈谈。"

傅征垂眼看她："你说。"

他不偏不让，表明了不想配合。这么一打岔，燕绥僵住的脑子又重新恢复了运作，她索性在他面前跪坐。谈判嘛，气势还是很重要的。

她酝酿了一会儿，被傅征这么盯着，舌头也跟被绊住了一样，不知道从哪儿说起。

傅征大概能猜到她想说什么，笑了笑，说："那我先来吧。"

这一次，他没有打哑谜："我的情况比较特殊，除非退伍转业，否则要想我时时顾及你，我做不到。我恋爱，需要打恋爱报告，结婚还要提交结婚申请，我先属于国家，再属于你。"

燕绥听懂了，她眯眼说："你是觉得这些我都没有考虑？"

傅征挑眉，直截了当道："我是觉得你没考虑结婚。"

燕绥有点蒙，她还没见过谁恋爱没谈就先聊结婚的……

她仰头看着傅征，半响才干巴巴地道："那你什么意思啊？你是觉得我不够喜欢你，还是觉得我不够真诚？"

要不是还要脸，燕绥差点想说，她虽然长得挺有欺骗性，但她还是挺专一的……

傅征却忽然沉默了下来。比起说，他更喜欢做，之前是顾忌用错地方，现在是舍不得她跟着自己。

"你大概对我有误解。"燕绥的脚有些发麻，她换了个坐姿，"我不娇气，不需要你抛弃自己的信仰和责任守着我。你尽管可以去征服你的星辰大海，我燕绥喜欢的男人，是胸怀山河万里、负重前行的战士。而不是为了守好自己一隅小家，委曲求全的男人。"

这些话，换任何一个人说出口，可能都缺点信服力。

可燕绥不同。

她身家上亿，底气十足。

她说喜欢那就是纯粹的喜欢，不掺杂任何杂质。

"我过几天休假。"傅征摸出烟，"休假结束，又要出海，归期不定。"

这回轮到燕绥没话说了，她前头刚豪气万丈地让傅征去征服他的星辰大海，他后面就跟一句他过几天就去……他这不是故意给她添堵吗？

傅征含着烟，顾着她在，没点打火机。

燕绥觉得她想谈个恋爱也挺愁人的，她眉一挑，冷笑了声："听你这意思，我就该对你敬而远之。不遂了你的愿，我觉得都对不起你的良苦用心。"她扶着沙发扶手站起来，居高临下地看着他，"看看谁先后悔？"

傅征看她怒气冲冲地摔门进屋，拧眉摸出打火机，指尖摩挲着点了火，凑到烟屁股上，点燃。

他咬着烟，在烟雾中缓缓眯起眼。

迟宴因为苏小曦家里那堆事，抹不开情面说分手，傅征那时候觉得迟宴办事婆婆妈妈的看不上眼。可今晚，他觉着自己不也是这样？

本来是真的想跟她聊开了，也不知道怎么就招惹她跳脚了。

看看谁先后悔？

不用看他也知道，肯定是他。

Chapter 10

我的孤注一掷，
一往无前

THE JOURNEY IS THE SEA

　　燕绥有脾气，脾气还不小。她这气就是故意撒给傅征看的。进屋后，她的满脸怒容一收，万事皆抛，安安稳稳地睡了一觉。

　　隔天生物钟一醒，她跟着起床。洗漱整理后，万年难得一见地认真叠了被子。虽做不到傅征那种板板正正的方块被，但勉强能过眼。

　　出门时，和刚跑步回来的傅征在客厅碰了面。她还记得自己在生气，眉眼冷淡，跟没看见傅征一样，径直去厨房倒水喝。

　　傅征出了一身汗，回房间洗了个战斗澡，出来时他放在餐厅的早餐被燕绥装碗装碟端上餐桌，桌上碗筷勺子一应俱全，就等着他一起吃早餐。

　　燕绥不是没脑子的人，发脾气归发脾气，这脾气得让男人拿糖哄了才能好。但不能真撒气，否则还没等到糖，自己先亏了礼数，回头落得个有理说不清。

　　和谐友好地吃完早饭，傅征收拾好餐桌在客厅等她。

　　早上要去物业部调监控记录，这是两人昨天晚上说好的，燕绥也不矫情，没拒绝和傅征同行。

　　回去的路上，燕绥先跟房产商通了声气。同在商场，燕绥和房产商多少有些交情。她看昨天晚上物业经理推三阻四生怕沾惹麻烦的态度，心里早就有数，有些事上级领导不施压，难成事。

　　打过招呼后，今早接班的物业经理亲自下来迎接。到监控室后，燕绥顺利地看到了昨天的视频。

　　视频回放时间从她早上离开小区开始，一切如常，直到视频的时间拉至下午一点，画面忽然黑屏，持续了两分钟才重新恢复录制。

半小时后，又是同样的黑屏，两分钟后恢复正常。

傅征让调出其他楼层同样时间段的监控做对比，唯有燕绥所在楼层的视频被刻意动了手脚。

除了这段视频，小区内所有公共区域的视频被傅征一一调看，对方有备而来，想寻到蛛丝马迹工程量巨大。

燕绥心里隐约有个猜测，只是不太能确定。

“不用报警了。”燕绥笑笑，“我仇家不多，一只手就能数得过来。”这么下三烂的更少，她正好知道一个。

辛芽在物业部楼下等燕绥，正玩着贪吃蛇，抬眼瞥见燕绥和傅征说着话走下来，一惊，已经称王称霸的贪吃蛇一着不慎头尾相连。她手忙脚乱地收起手机，按下心中的怪异，迎上去道：“燕总，傅长官。”

燕绥慈爱地摸摸辛芽的头，转头和傅征道别：“傅长官，我先去上班了。”

她一早上故意客客气气的，傅征不是没看懂，这会儿有外人在，也不好说什么，目送她上车离开，转身折回了监控室。

辛芽开着车，忍不住频频回望车后座的燕绥，正犹豫着怎么开口呢，燕绥隔着后视镜和她对视了眼：“想说什么？”

窥探老板隐私要不得！

辛芽在心里把这句话默念了三遍，定了定心神，还是脱口而出道：“燕总，你昨晚放我鸽子，是跟傅长官一起啊？”

燕绥从鼻腔里哼出一声“嗯”。

得到答案，辛芽反而醋了，她噘嘴，抱怨：“路黄昏都知道你和傅长官谈恋爱了，我这个贴身助理居然是最后一个知道的。”

“哈？”

“被恋爱”的燕绥挑眉，问：“路黄昏他又怎么知道的？”

一提更生气了，辛芽气鼓鼓道：“路黄昏他们一整个连队都知道傅长官往家属院带过开大G的家属了！路黄昏他们都在打赌，赌傅长官什么时候打恋爱报告。”

真敢赌……

燕绥挠了挠下巴，说："你也下个注吧，赌半个月，赢了我们对半分，输了算我的。"

调看监控录像耽搁了燕绥不少时间，到公司时，每周例行的晨会已经进行了一半。迟到的人不能太嚣张，燕绥不太好意思走正门，悄悄从后门进去，坐在左手边最后一排椅子上。

在后排浑水摸鱼的某部门小经理，余光扫见有人进来，还以为是进来添茶倒水的小助理，藏在袖口的手机往桌底下塞了塞，继续旁若无人地开小差。

燕绥瞥了他一眼，没作声。

燕沉正听人事部汇报本周的工作计划，枯燥板正的汇报内容听得他眉心纠结，他抬指抵着眉心揉了揉，眸光下意识落在身侧空了近一个晨会的座位上，拿起桌上的手机，斟酌着是否要给她发条短信。

人事部的工作汇报结束，会议室内短暂的安静拉回了燕沉的注意力，他神色自若地放下手机，十指交错相抵，简短的评价鼓励后，目光从整个会议室里巡视而过，正欲做晨会总结。

忽地，燕沉的目光定在某处。

话音戛然而止的突兀引得所有人循着燕沉的目光看向会议室最后一排。

燕绥神色坦然地接受众人的目光巡礼："公事差不多了，今天讲讲私人作风吧。"

她垂眸，看向终于发觉自己身后坐的是"微服私访"大老板的某部门经理，问："哪个部门，哪个职位的？"

"安全监察部。"

不知道发生了什么事的众人，直觉空气中有无形的硝烟味，屏息凝神。

"去。"燕绥微抬下巴，示意他去坐燕沉旁边空着的主座。

安全监察部的小经理都快哭了，面色发白，一声不吭地僵坐在原地。

"不敢坐？"燕绥笑起来，"还以为你胆子有多大呢。"

话落，燕绥莫名觉得这句话说起来有些耳熟，又想不起自己什么时候说过。她偏头，挠了挠耳朵说："行了，散会吧。"

　　燕绥平时说不上和颜悦色，但很少在大庭广众下这么直接地拎出员工批评工作态度，一时人人自危，生怕被小燕总的燎原之火舔着衣摆，一个个麻利地收拾了东西，鱼贯而出。

　　人一散，整个会议室瞬间空下来。燕绥慢吞吞地起身，隔着长桌，有些不好意思地朝燕沉笑了笑："我迟到了。"

　　燕沉摇头失笑："你不用领工资，不用每月打卡领全勤，只要不耽误公事，就是旷工一天也没人能指责你什么。"他收了文件，和她一前一后离开会议室，"叔叔是今天回来吧？"

　　"嗯。"燕绥和他对视一眼，"伯母呢，最近怎么样？"

　　程媛前两年大闹公司，和燕绥撕破脸后，燕绥极少主动提起程媛。程媛这个名字就像是她和燕沉的禁区，轻易不能触碰。

　　"怎么问起她了？"燕沉笑意微敛，"前两天她和叔叔通过电话，知道他要回国，已经搬回家住了。"

　　闻言，燕绥丝毫没有意外，她点点头："我猜到了。"

　　虽说程媛以前待她也不和善，但勉强还维持着表面上的伯侄关系。自从燕绥从燕戬那儿继承了公司，程媛立刻撕下了那层伪善，视燕绥为霸占燕家家产的眼中钉、肉中刺。

　　燕戬要回国，她怎么可能还待得住。只不过，和闯进她公寓留一双男人皮鞋恶心她的是不是同一个人，燕绥也不敢肯定。

　　见她沉默，燕沉也没再说话。一路走到走廊尽头，他脚步一顿，停下来："那我先去忙了。"

　　燕绥像是才回过神来，点点头，一哂："我也是。"

　　燕绥午休要去接燕戬，早上耽误了太多时间，堆积的公事忙得她脚不沾地。

　　辛芽进来了好几次，看她在忙，也不好拿闲事打扰她。静静等到午休，和她一起出发去机场，她坐副驾核实完燕绥下周的行程后，犹犹豫豫地开口道："燕总，我上午接到了苏小曦的电话。"

　　燕绥"嗯"了声，随口问道："找你联络感情？"

　　"没。"辛芽瞥了她一眼，"她说今晚请我们吃饭，要感谢我们。"

燕绥挑眉，笑道："她没拿错剧本吧？之前替她鞍前马后的时候连句谢谢也没有，那理所当然的态度我差点以为我欠了她的。"

还能开玩笑，看来没生气。

辛芽心一稳，气定神闲："你之前让我不用再跟你说苏小曦的事，自己看着办。我还担心我提到她你心里会烦……"

但苏小曦一说要请她和燕绥吃饭，这事辛芽就不能擅自做主了。琢磨来琢磨去，觉得哪怕遭燕绥嫌，也得亲自跟她知会一声。

"那我去回掉她？"

"她说什么时候，今晚啊？"燕绥打了转向灯，在路口右转后径直上了去机场的高架。

辛芽点点头，点完想起燕绥专注开车看不见，又"嗯"了声："电话里听她欲言又止的，最后什么也没说，就让我一定要把话传到。"

她估摸着，苏小曦应该知道燕绥是燕氏的小燕总，只是到底想干什么，辛芽的智商有限，想了个圈圈，到最后也没能理出头绪。她抱着包，指腹蹭了蹭手机屏幕上沾的灰尘，蹭着蹭着，脑袋瓜子一亮，她转头看燕绥，有些惊讶："燕总，你问我时间，是想去赴宴啊？"

"为什么不去？"燕绥反问，"好歹能把油钱吃回来啊。"

辛芽忍住不吐槽，就她这种日进斗金的大老板，还在乎油钱？

她默默地提醒燕绥："可是大燕总今晚回来，你不用陪大燕总吃饭吗？"

燕绥撤下车窗，吹着南辰五月的风，漫不经心道："今晚轮不到我。"

辛芽："？？？"

二十分钟后，辛芽在机场国内到达的旅客出口看到程媛时，瞬间秒懂了她家小燕总那句哀怨至极的话。

燕绥毫不意外会在机场"偶遇"程媛，笑眯眯地叫了声："伯母。"

程媛哼都没哼一声，当作没看见她。

燕绥也不恼，她摘下墨镜，往镜片上哈了口气，辛芽立刻狗腿地扯着衣袖替她擦镜片。

"辛芽，你说上了年纪的人是不是都挺目中无人的？"燕绥笑着，瞥了眼程媛，把墨镜重新架回去。

燕绥的五官精致，即使戴了墨镜也不掩丽质。身高腿长地站在人群里，跟周围举着旅客接机牌昏昏欲睡的酒店接待完全是两种画风。

不过长得再好看，这种明显故意呛程媛的话，辛芽也不敢接。她觉得自己离燕绥的生活太近，知道的豪门秘辛太多，总有种生命在倒计时的恐慌感。

程媛不屑和燕绥说话，这种低级的指桑骂槐她向来左耳朵进右耳朵出，愣是沉住气，不搭理她。

燕绥推了推鼻托，阴阳怪气地又讽了一句："我来接我爸，名正言顺。你一个当嫂子的，这么殷勤地来接小叔子，说出去丢不丢人啊？"

辛芽都快吓尿了。下车前，燕绥问她要不要在车里等她，她怎么想的，居然说"我陪你"？

陪个屁啊，小命要陪没了。

程媛这次终于有反应了，她冷哼一声，用眼锋扫燕绥："你用不着给我吃激将法，我想干什么你心里门儿清，甭给我装糊涂。你要是有点教养，就端正自己后辈的身份。"

燕绥勾着鼻托把墨镜拉下寸许，她微掀了掀眼皮，哂笑："伯母你这会儿跟我说教养，你让人去我家里往玄关放男人皮鞋吓唬我的时候就没想着这叫下三烂？"

程媛没听懂："什么往你玄关放男人皮鞋？"她表情疑惑，压根儿没有燕绥预想中的被抓到小辫子的惊慌失措。

燕绥不动声色，目光在她脸上停留了片刻，看她事不关己的表情不似作假，心中暗忖自己猜错人了？

一旁的辛芽，快抖得跟筛子一样了，啊？什么玄关？什么男人皮鞋？

燕绥试探了一次无果，也不做故意气程媛的低端操作，好整以暇地和辛芽在出口处等着燕戡。

大概五分钟后，燕戡风尘仆仆地出现在旅客出口。五十多岁的男人，年轻时再怎么风姿超然，到了这个年纪也已显了老态。尤其燕戡独身在国外两年，除了精气神看着比病愈时弱不禁风的模样好一些，其实苍弱了不少。

燕绥看到燕戡的同时，燕戡也看到了她，他朝燕绥招招手，快步步出。没等走到燕绥跟前，程媛领着司机迎上去，殷勤地让司机接过他的行李。

燕戡脸上的笑意一淡，抬头见不远处的燕绥无奈地耸了耸肩，摇头失笑。程媛在燕戡出国后做的事，燕戡自然有所耳闻。程媛在被拘留十五天释放后，一把鼻涕一把泪地和远在国外的燕戡哭诉。

燕戡因对自己大三岁的哥哥有愧，对程媛百般容忍，虽觉得燕绥的做法有些过了，但毕竟骨肉更亲，他默许燕绥在合理范围内对程媛的反击。是以，这些年，他人虽没有回来过，立场却始终和燕绥一致。

他客气地向程媛问了问哥哥的情况，得知家里一切都好，也宽了心。

"倒是挺想你的，知道你要回来，就一个劲地催我来接你。躺了太久，话也说不清楚，就叫着你的名字。"程媛顿了顿，放低了姿态问，"要不，你跟小绥说完话先回去一趟看看你哥哥吧？"

燕戡犹豫了一瞬，答应下来："那嫂子你先去门口等我，我稍后就来。"

程媛"哎"了声，叫上司机先走，经过燕绥时，抬着下巴，一脸倨傲地走了过去，头也没回。

燕绥心中暗啐：跟谁稀罕她看一眼一样……

她长这么好看，还怕她看丑了呢!

燕戡平时虽和燕绥偶尔视频，但到底两年没见，站到她面前，嘴唇翕动了数下，才道："年纪也不小了，怎么还跟小时候一样，一年一个样？"

燕父口中"年纪不小了"的燕绥差点想翻白眼，怎么开口第一句话就这么不友好。

"爸。"燕绥伸手抱他，"欢迎回来。"

感受到小棉袄温暖的燕戡终于寻回了一些昔日和燕绥相处的感觉，拍了拍她的背，问："公司怎么样？"

"好着呢。"燕绥和他并肩往外走，"公司你不用操心，你这几天闲了尽管来微服私访，看看你打下的江山被我守得怎么样。"

燕绥有多少本事燕戡最清楚，他当初力排众议扶燕绥上位，除了自己心灰意冷，也是相信燕绥的能力。

"等会儿我先跟你伯母去看看伯父，晚上可能要在你伯父那儿住一晚。"

燕绥理解，她伯父燕申早年因燕戡高位截瘫，瘫痪在床十多年。燕戡对他有愧，闲时便去照料看护。

如果不是还有这一层因果在，程媛仅凭自己是燕氏开国功臣和大股东的身份真不足以这么明目张胆地欺负燕绥。

"家里我已经提前收拾过了，随时能住。"燕绥看见程媛站在车旁，没再往前走。目送着燕戳上车，离开机场。

心情不佳，燕绥也没了回去工作的兴致，掉头带辛芽去做SPA。

香喷喷的精油味里，辛芽浑身放松，一边感慨跟对老板的重要性，一边享受地拍照晒朋友圈拉仇恨。

瞅瞅，你们忙得跟狗一样，我老板带我出来做SPA！就问你们羡不羡慕，嫉不嫉妒！

她正兴致高昂地勇斗朋友圈，忽听燕绥问："你说我要不要投资个电子竞技的俱乐部，投资个影视公司好像也不错……"

辛芽手抖了一下，差点把手机砸脸上："啊？燕总你打算扩展业务啊？"

可扩展业务也不用挑战极限吧？燕氏集团的工程项目跟娱乐圈和电子竞技完全沾不上边啊……

"不打算。"燕绥显然也不是真的想投资，她嘀咕，"心情不好想花钱而已。"

辛芽："……"她好像有点明白为什么自己那么穷了。

和苏小曦的晚饭约在七点，燕绥做完SPA和辛芽赶过去，时间正好。

餐厅地点在一家环境清幽的私房菜馆，辛芽来过一次，手忙脚乱地跟着导航在七拐八绕的巷道里给燕绥指路。

餐厅的院子不大，门口的停车位更是少得可怜，仅有的两个停车位里，已经停了一辆绿皮越野。

辛芽看着那辆眼熟的越野车，纳闷道："我是不是见过这辆车？"话音刚落，燕绥压着挡把前推，她掌心压着喇叭，三短一长的循环鸣笛，边摁喇叭边切换远近光灯，那动静，颇有搞事的势头。

没多久，门口垂地的布帘被掀开，年轻的男人低头从餐厅走出来。

燕绥不停切闪的光定在远光上，刺眼的灯光照得傅征偏头避光，她这才切回近光。也不下车，老神在在地坐在车里，隔着挡风玻璃和他对视。

傅征缓缓眯起眼，僵持了几秒，毫无立场地妥协，走到窗前，曲指叩了叩车窗。

燕绥降下车窗，皮笑肉不笑道："巧了，熟人啊。那麻烦长官把车挪挪，让我停进去。"

傅征视线偏了偏，看了眼副驾已经傻了的辛芽，见车内没别人，眉毛都没挑一下，伸手进车内，干脆利落地解开车门锁孔，拉开车门。

燕绥傻眼，这是什么骚操作！

傅征扶着车门，问："自己下来还是我抱你下来？"

燕绥到底是在吃人不吐骨头的商界摸爬滚打成长起来的，临场应变能力强，初时的错愕不过一瞬，等反应过来后，见招拆招。

她微抬了抬下巴，一脸矜傲地迈下车："你想得美！"嘴上讨了便宜，燕绥还嫌不够得意，下车时狠狠撞了下他的肩膀，这才让到一边，笑眯眯道，"那就麻烦傅长官了。"

傅征被她撞得身子一偏，深看了她一眼，顾着车里还坐了辛芽，压了声音，问："高兴了？"

燕绥笑意一敛，随手把车钥匙抛给他。

傅征伸手，稳稳从半空接了钥匙。

巷子尽头恰巧有束车灯打来，傅征的侧脸被灯光勾勒出星河和山川，一明一灭的灯光交替中，他垂眼看来的那双眸子深邃得像是能够吸走所有的光线。

燕绥呼吸一窒，到了嘴边故意挑衅他的那句"不高兴"就怎么也说不出口了。

她清了清嗓子，叫了声辛芽："走了。"

傻坐在车上看戏的资本家家的傻白甜终于回过神，连滚带爬地下了车。

车交给傅征停，燕绥带着辛芽掀了帘子先进去。

门口清隽的山水屏风前正立着两位穿旗袍的服务员，见燕绥辛芽进来，微微颔首，温声细语地询问："您好，欢迎光临董记餐厅，请问您有预订吗？"

燕绥不动声色地四下打量了眼，微笑，"不急，我等个人。"

辛芽缺根弦，见状，说："我给苏小曦打个电话。"

"不用打。"燕绥不疾不徐道，"我等的人，不是她。"

她在等傅征。

这家董记私房餐厅隔着一层帘子，屋内屋外两个世界。她进来时留意过，迎宾的那扇屏风，是一套十二扇缂丝屏风芯的黄花梨木山水屏风，瞧着那色彩搭配和做工应是以前皇家御用的。

老板能把这么精致的屏风放在迎宾口，显然这屏风也不是真品。古时屏芯多用绢丝这种细致的材料，嵌百宝镶金丝。绢、纸、丝这些东西金贵，日逐月蚀的保存不完整。真是老古董，两百年下来，屏芯早就脆了，一碰即碎，还舍得放这种人来人往的地方迎宾？

燕绥原也不懂这些，她对古玩字画的鉴别赏玩是毫无天赋。不过和那些有钱没处花，就喜欢投资些古玩珍藏的资本家打交道多了，多少还是学了点东西。

就这山水屏风的走线和色彩，门道跟国画里笔尖勾染挑刺着墨的感觉一样，不是皇家御用品，不会这么精细。

这扇黄花梨木山水屏风虽没真品值钱，但身价贵重，毋庸置疑。这种地方，苏小曦请不起。

傅征停好车，掀了帘子进来，见燕绥还站在门口，脚步停了停，跃过燕绥把车钥匙递给辛芽道："你先跟她们去包间。"

辛芽接过车钥匙，一头雾水地就被服务员引着绕过屏风，去二楼的包间。

人一走，隔了屏风的迎宾口就像是独立的一处隔断。

燕绥目带审视，盯着傅征看了一会儿，问："今晚到底是苏小曦叫我来，还是你？"

傅征好整以暇地回视她："苏小曦。"

燕绥的眉心一蹙，很快又若无其事地松开，只不过眼神里却多了一丝玩味："你是哪边的人啊？"

傅征不答，他从裤袋里摸出烟盒，低头抽了根烟咬住，声音含混地问她："我抽根烟？"

燕绥做了个"你随意"的手势，看他点了打火机，火焰舔上烟屁股的时候，他抬眼睨了她一眼。

那眼神，有几分莫名的威慑之意。

燕绥还没从他这眼神里回过味儿来，他低头，颇具压迫感地靠近她，那双眼在烟雾里微微眯起，眨也不眨地盯着她，问："脑子呢？"

燕绥："……"

傅征耐住性子，一字一顿道："你这边的。"声线压得低，又含着一口烟，嗓音低沉微哑，磁性得像是有磁石互相摩擦着，低醇悦耳。

燕绥暗暗磨了磨牙，这人生来就是克她的吧？

她退后一步，和他拉开距离，语气越发不善："你是不是知道我要来？"

"嗯。"傅征看她一眼，走了两步，把烟灰弹落在前台的烟灰缸里，"你以为我为什么在这里？"

燕绥习惯了他喜欢用反问句回答问题的方式，终于舒坦了："我把话说前头，我跟苏小曦磁场不合，互看不顺眼。而且我这人，目中无人惯了，她等会儿要是故意恶心我，你别指望我会给你面子。"

傅征揶揄道："我在这儿，她不敢。"

这话勉强顺耳，燕绥那脸阴沉彻底放晴，一副"那成交"的架势，示意他："你带路。"

这句话实在有意思，傅征回忆了下，保持着领先她一步的距离迈上楼梯："上次跟我说这话的人，没活过二十四小时。"

燕绥的脚步一顿，脚心发凉。他的语气一本正经，听着不像是和她开玩笑……所以，现在跪下叫爸爸还来得及吗？

傅征余光瞥见她脚步迟疑，弯了弯唇，慢条斯理地补充了一句："不一样的是，上一次我是被胁迫的，这一次心甘情愿。"

燕绥也是纳了闷了，欲擒故纵这招是不是普遍男人都爱吃？她之前捧着哄着就差跟他摇尾巴了，也没撬动他冰山半角。这段时间冷几天，再撩一撩，毫无包袱地撂了狠话，他倒是舍得开窍了？

想是这么想，燕绥其实也知道，没她前期一步一算计地在傅征面前刷足了存在感，哪来现在的厚积薄发？

她心里嘟囔着，当作没听懂傅征的调戏，故意把重点落在他的前半句："胁迫？谁拿枪指着你了？"

"三年前。"走到二楼，傅征停下等她同行，"驻外华侨企业家遭绑架，我接到命令，安全带他撤离。我被俘二十四小时后获救，他就死在我的枪下。"

这个话题不适合细说，傅征点到即止。

燕绥也没追问，她知道他轻描淡写的几句话里是不能与外人道的凶险，揭人伤疤满足自己窥探私欲的事，她从来不做。

"到了。"傅征压下门把，推门而入。

满室暖色的灯光涌出来，燕绥跟在傅征身后，只看见了天花板上奢华宝气的数盏琉璃官灯。

等傅征侧身，替她拉开辛芽旁边的座位，她的视野从他的后背扩至整个包间，第一眼先看见了坐在苏小曦左侧的年轻男人。

干净的寸头，双眼有神，脸颊微凹，透出几分病弱的憔悴。下巴沿至脖颈处，有结痂也有未愈的数处伤口，颈后衣领下更是露出大片纱布。

这么明显的特征，燕绥就是想装得迟钝一点也做不到。她目光落在苏小曦的脸上，微微一停顿，笑了笑："终于见到本尊了。你好，我是燕绥。"

迟宴整片后背至大腿被炸伤，虽然伤势恢复惊人，但目前行动还是不太方便。他扶着桌子想要站起，燕绥看出他的意图，忙道："别别别，你坐着就好，不讲究这些虚礼。"

第一次见面，迟宴还有些腼腆，下意识瞥了眼傅征，见他微点了下头，笑了笑："久闻不如见面，我是迟宴。"

燕绥心里"啧啧"了两声，这就是被她贴上"冤大头"标签骂了无数遍不长脑子的迟宴啊，长得是挺俊秀，可惜眼神不太好。

她还暗自感慨着，苏小曦站起来，表情不见一点生疏，热情地招呼燕绥坐下，道："刚入职，要学习的东西太多，都没时间。早就想请你和辛芽一起吃饭，感谢下你们的照顾。正好今天迟宴出院，就邀请了你们过来，不介意吧？"

伸手不打笑脸人，苏小曦客客气气的，燕绥也大方，等服务员添满茶杯，她举杯，道："有什么好介意的？反正大家都认识。"

苏小曦又笑，灯光下，她的笑容温婉动人，遮掩起燕绥看不惯的那股世俗气，瞧着顺眼了不少。

人到齐，菜很快就被端上来。辛芽对自己的定位是"凑数的"，不尴不尴的，也不打算参与任何话题。

有个定律怎么说来着……

哦！想减少存在感，吃吃吃就行，千万不要有眼神对视，更不能有表情交流，否则高智商的人是谈笑风生，轮到她那就是乱弹棉花。

辛芽不光忙着吃，偶尔也合时宜地犯职业病。盯着燕绥喝了三杯茶后，怕她喝多了太提神，晚上会失眠，让服务员换上清水。

苏小曦正和迟宴有说有笑地聊她刚进淮岸工作的趣事，闻言，说了一半的话戛然而止，转头看向辛芽。

辛芽用纸巾擦了擦嘴，确保自己没有满嘴油光，笑盈盈地解释："小燕总睡眠质量不好，入睡难。除非白天工作强度大，否则不能喝太多茶，伤身。"说完，又补充了一句，"小燕总的衣食住行基本都归我管，有点犯职业病，你们无视我就行。"

燕绥微笑，她觉得辛芽是真招她喜欢，也不是很聪明啊，可每次该机灵的时候就机灵，一点也不犯糊涂。

迟宴出院了，仍需要休养。苏小曦这人虽然装了点，但绝对不笨。看她能拿捏迟宴这么久就知道，她善于抓人弱点。这种该表现温良贤淑的时候，她绝对不可能要求迟宴来董记这种不符合她消费水平的地方，那就只可能是迟宴自己要求的。

燕绥不知道是什么事让迟宴刚出院就迫不及待约苏小曦在外面餐厅见面，不过瞧苏小曦那样子，她心里应该门儿清，否则怎么会想着叫上她一起吃饭，感谢她的照顾？

虽然不知道苏小曦打的什么主意，但就她黏迟宴的那股黏糊劲，一副燕绥她们是打包来的样子看着就让人窝火。

辛芽这一打岔，就差直接提醒苏小曦："我小燕总金贵，你紧着点伺候啊。"

燕绥这人记仇，蔫坏，好巧不巧的这时候想起一件事。她在桌下，用脚尖踢了踢傅征，问："你部队都在打赌你什么时候打恋爱报告的事你知道吗？"

按剧本，傅征无论知不知道，都该装作第一次听到的样子。

不料，傅征视线一偏，侧头看她，听不出情绪地反问："知道，你赌了多久？"

燕绥："……"啊？！

辛芽刚含进嘴里的一口水差点喷出来，她心有余悸地咽下去，看向傅征的表情满脸敬畏："傅长官，我可把年终奖都赌进去了。今晚天时地利人和，要不你和我家小燕总统一下，让我作个弊呗？"

燕绥听到"年终奖"三个字，蹙眉，轻笑："你今年还有年终奖？"

年终奖被扣了不假，但并不妨碍辛芽从别处赚回来啊。她自诩是燕绥身边最深入渗透的友军，底气足得下注时堪称一掷千金。

越想越觉得有戏，辛芽狗腿地朝傅征比了个数："半个月，不能再多了。"

燕绥没吱声，她不怀好意地睨了眼坐她正对面的苏小曦，见她欲言又止，先开腔道："不久前，你跟辛芽打听过我和傅征什么关系。"顿了顿，她没看傅征脸色，道，"我助理不懂事，闹了点误会。"

背黑锅的辛芽，眼观鼻，鼻观心，一声不吭。

"我跟傅征就是普通朋友，"燕绥抿了口茶，瞥了眼身边已经没了笑意的傅征，瓮声道，"都是单身，又门当户对，来往得稍微紧密些，身边的人就爱凑热闹开玩笑。"

她状似不经意地勾了勾头发，笑容却颇具攻击性："说起来还要谢谢你，要不是你，我欠傅长官的人情还不知道怎么还。"

燕绥一连数句，话里有话，全是特意说给苏小曦听的。像迟宴这种脑子没开过光的，可能就听个表面意思，但苏小曦不笨，燕绥这是拐着弯地教她做人。明着贬辛芽不懂事，暗则是说她。

傅征对她有意思，明眼人都能看明白。她这会儿撇清，一是想难堪她多事，二是有意让迟宴傅征知道有这回事，三是告诉她，她愿意帮她忙是给傅征面子，和她没半点关系。又扯什么门当户对，身边人爱闹爱开玩笑，明摆着宣示了她对傅征的主权，她燕绥对傅征那是势在必得。这还普通朋友？苏小曦就没见过普通朋友还要圈地盘的！

她微笑，像是根本没听懂燕绥的意有所指，目光落在傅征身上微一停顿，说："是吗？我看你和傅征挺般配的。"

"迟宴和傅征是发小，我们几个高中时就认识了，这么多年我就没见过傅征对哪个女孩上心过。"苏小曦把盛好的汤递到迟宴面前，又往他碗里夹了块剔掉刺的鱼肉，云淡风轻道，"之前听辛芽说你们在交往，我和迟宴都挺替傅征开心的。"

辛芽在心底哧了声，腹诽：是不是真心你自己知道。主食一直没上，她放下筷子，边撕了张湿巾擦手，边起身道："我去催催主食。"

燕绥颔首，目送她出门。

苏小曦被打断，也没了继续长篇大论的兴致。

言多必失。迟宴在感情方面比较迟钝，他听不懂不代表傅征听不懂。

这么多年，饶是迟家对他们百般阻挠，苏小曦也不曾畏惧。唯独惧怕傅征，他那双眼能看透人心，穿透人骨。她也不想得罪燕绥。

苏小曦是个极有眼色的女人，她见到燕绥的第一眼，就有弱者见到强者的趋从感。

燕绥在微博上以"最美女总裁"走红之前，苏小曦在淮岸她的上级领导朋友圈里刷到过淮岸老总和燕绥握手相视的合照。

那时候她被辛芽误导，以为燕绥不过是个成功的白领。直到看到这张照片……

"她是南辰市燕氏集团的总裁，这位小燕总当年上任的时候，整个圈子一片哗然。长得太好看，不少人说她像花瓶，也不知道燕氏老总是怎么想的，还挺年轻的就禅位了。结果一年后那些说她是花瓶的人就啪啪啪地打脸了，还挺传奇的。"

同事见苏小曦发愣，又补充了句："这张照片应该是我们老总补签协议的时候，特意要求照的。我们领导就特别迷这个小燕总，毫不避讳地称她是女神，要不是他能力不足，燕氏来挖墙脚他铁定第一个跳槽。"

她笑眯眯地滑着工作椅回到工位上，没敲几下键盘，突然面色诡异地挪回来："等等，你怎么会不认识她？我听说你能进来就是因为她那边给的推荐信……我们还一直以为你是小燕总那边的人，没敢给你派活。就怕和淮岸的项目一启动，你就要被调去项目组，我们回头还要交接工作……"

后来，很意外地，燕绥突然走红了。先是微博流量大V号发了一个视频，几千几万地转发后，当晚就上了实时热搜榜，势不可当。然后就是社交账号里，铺天盖地的关于燕绥的科普。

　　她以一种高不可攀的姿态重新降临。

　　除了地位，燕绥和傅征之间的关系才是苏小曦真正顾虑的。迟家不待见她，甚至对她的存在深恶痛绝。迟宴出事后，迟家几乎封锁了迟宴的踪迹，让她无法和迟宴取得联系。直到昨天晚上，她才通过傅征悄悄地去医院和已经清醒多日的迟宴见了一面。

　　迟宴出事当日病情凶险，从重症监护室转到普通病房没几天后，休养良好，伤口恢复极快。

　　苏小曦这几年所有的心思都花在迟宴的身上，他情绪有些微起伏她都能立刻察觉。当晚，她就预感到迟宴和以前不一样了。

　　她隐约能从迟宴躲避的眼神、漫长的沉默以及愧疚的语气里察觉到，迟宴想跟她分手。一夜未睡，她翻来覆去地想着怎么打消迟宴的这个念头。

　　天一亮，她就决定给辛芽打电话。就连"为了感谢燕绥"这个理由也是她深思熟虑后决定的，她知道，欲言又止最好的效果就是让燕绥联想到傅征，那她今晚肯定会赴宴。

　　她故意表现得和迟宴很恩爱，因为她知道迟宴性格优柔寡断，遇事常常无法果断选择。在傅征和燕绥面前，她越是若无其事对迟宴加诸的心理负担就越重。

　　燕绥在，傅征才在。苏小曦利用了燕绥，让迟宴无法在今晚找到合适的机会和她单独相处。

　　她心里弯弯绕绕算计了这么多，唯独漏算了一样——燕绥可不是什么良善的人。她记仇还吃不得亏，明知道你苏小曦有所图，虽不清楚她到底打的什么算盘，但被人白白算计利用这种事，燕绥怎么可能会答应？

　　门扉轻掩着，隐约能听见其他包间传菜的声音。

　　燕绥慢条斯理地剔了螺肉蘸醋，喂进嘴里后，装作不经意地问道："小曦是哪儿的人？"

　　苏小曦怔了下，答："北星下面的一个小镇。"

　　燕绥故作不解："北星那的高校比南辰多多了，你高中怎么来南辰了？"

　　"家里的原因。"苏小曦低头剥虾，拧下虾头后，捏着虾尾咬进嘴里，朝燕绥笑了笑，"我是单亲家庭长大的，我妈为抚养我长大，早年一直东奔西走地讨生活。后来到南辰才算定居，也就在南辰上了高中。"

迟宴替苏小曦盛了小碗胡辣汤，推过去，轻声叮嘱："别老吃凉菜。"

苏小曦支着下巴转头冲他笑，软声道："等会儿粥上来你多喝点，别的忌口吃不了，粥倒是挺养生的，就怕你吃不饱。"

傅征没什么胃口，垫了垫肚子后放下筷子。他话少，不说话也没人觉得奇怪。只燕绥……她看着刚瞄过一眼，下一秒就转到她面前的咖喱霸王蟹，心中狐疑。

于是，她又往冰草瞥了眼。

数次后，燕绥咬着酸溜溜的螺肉，侧脸和傅征对视了一眼："光伺候我，你怎么不吃？"

傅征："先喂饱你。"

他习惯了一大碗米饭一两个菜，吃饭对于他而言只是生理需求。除了在海上一待大半年，嘴里除了海味再寻不出别的味以外，大多数时候傅征对吃的不挑剔。只有喝酒时，才有过下酒菜的讲究。

燕绥和他一起吃饭的次数不多，下意识觉得是点的菜不合胃口："辛芽在点菜这件事上，天赋异禀。虽然这会儿我跟你还有些不对付，但借个人给你，问题不大。"

傅征挑眉，他侧身，手扶住她座椅的椅背，低笑着问："我怎么不知道我们这会儿不对付？"

他靠得近，扑面而来的压迫感。

燕绥不敢直接说"你瞎"，如果傅征真上火了，怕是一气之下能把她拎出去。于是，委婉道："可能我表现得还不够明显，不然等会儿出去了我们吵个架？"

不然打套组合拳热热身也行，好歹有点形式感。

她这会儿吃了个半饱只想走人，转念想到还没碴硬着苏小曦，跟傅征说了声"你等会儿"，转头，毫无铺垫地就问对面正巧笑倩兮的苏小曦："你们俩是不是婚期将近了？"

苏小曦的笑容一僵，抬眼看向燕绥。后者旁若无人地又补充了一句："我看你房子只租了一个月，应该是临时落个脚，婚后好直接搬去和迟宴一起住吧？"

苏小曦脸上的笑意瞬间没了，她僵坐在桌前，原本笑盈盈的眼眸渐渐沉下来，她冷声，问："你什么意思？"

燕绥没直接回答，她看了眼脸色略显苍白、阴沉着的迟宴，满脸歉意："我好像有点多事。"

她起身，拎起挂在椅背上的外套："不妨碍你们先叙个旧了。"

她转身走了两步，又停下来，正犹豫要不要叫上傅征。从开始就洞察全局的男人已经跟上来，他握住门把拉开门，倾身时格外自然地揽住她，低声道："跟我来。"

傅征出来时，顺手带上门。

燕绥听到那声锁扣，没忍住，"你是不是早知道我想干什么？"

"知道。"傅征承认得干脆，揽住她往楼梯隔间走，"高兴了？"

这三个字一旦用上疑问的语气，很难让人觉得这不是讽刺。

燕绥额角狠狠一跳，她脚步慢下来，抬头看他："怎么着，你还舍不得了？"

这欲加之罪听得傅征皱起眉："你从哪里听出我'舍不得'了？就算你不点破，迟宴也打算和苏小曦分手。"傅征的立场，相当于连接所有齿轮的枢纽。

迟宴想什么，苏小曦又算计什么，他一早就清楚。

燕绥这一环是意外，以傅征对她的了解，与她无关的事她通常喜好袖手旁观。从意识到她想使坏，他悄悄配合，整个环节都不在傅征的计划中。

"迟宴要分手？"燕绥有些吃惊。

她对迟宴的最初印象是"瞎"，外带有几分恨铁不成钢，很是不理解傅征这种人精中的战斗机怎么会有迟宴这种发小？

苏小曦对迟宴有几分真心暂且不提，但明摆着把迟宴当冤大头。不管迟宴是出于什么原因和苏小曦在一起这么多年，就凭他处理不好这件事，燕绥就能断定，迟宴这人不是性格有缺陷就是智商欠费。

所以陡然从傅征口中听到他要和苏小曦分手，她是真的……惊到了。这榆木？是动手术的时候顺便换了个脑子吧！

"嗯。"傅征带燕绥进二楼的贵宾等候室，这里正对楼梯口，能第一时间看到上楼的人。

屋子里没人，燕绥随意挑了个离门口最近的位置坐下。傅征越过桌几，轻车熟路地进吧台，目光从一列酒架上扫过，落在桌上的保温瓶上："喝水？"

燕绥不讲究，她这会儿抓心挠肝地只想了解迟宴的心路历程。

像是知道她在想什么，傅征故意放慢了速度，倒了两杯水，又从柜子里取了份准备好的水果拼盘，这才端过来，坐到燕绥对面的沙发上说："你在苏小曦租房那小区守株待兔那晚，还记得？"

燕绥瞥了眼对面那只"兔子"，哼了声："记得。"

傅征勾了勾唇角，给她梳理事情经过："迟家反对迟宴和苏小曦来往，迟宴出事后第二天，苏小曦从她同学那儿知道消息，去医院确认。人没见着，在病房门口被迟宴的妈妈拦下来了。迟宴刚做完手术，还在重症监护室观察。两边一碰头，立刻起了冲突。"他低头喝了口水，"算是压倒骆驼的最后一根稻草吧，迟宴孝顺，否则以苏小曦的手段，不至于拖到现在还没和迟宴领证。"

燕绥大致能猜到，要不是迟母一直不松口，这会儿苏小曦早该嫁给迟宴了。苏小曦大多举动在她看来是蠢得没边了，但女人对男人天生有套手段，跟智商无关。一个愿打，一个愿挨，没什么好说的。

"他当提款机这么多年，就一直这么心甘情愿？"

傅征不太想评价迟宴，闻言，反问："在我面前旁若无人地提别的男人，你当我是死的？"

燕绥："……"她反思了一下，也觉得自己跟查迟宴户口一样提问，是有些为难傅征了。下意识端起玻璃杯喝水，一口温水入喉，燕绥突觉怪异地回头看了眼吧台，视线溜回来又看了看面前那盆水果拼盘。

"这里你很熟？"都吃上自助了，瞎子才看不出他是这里的常客。

"熟。"傅征言简意赅，"董记第一笔启动资金我出的。"

燕绥秒懂，这波操作可以！

辛芽摸上来时，第一眼就无意识地和傅长官对视了一眼，似乎是跟燕绥说了声什么。背对着楼梯口的燕绥转身，朝她招招手。

辛芽一脸疑惑地走进来，看见桌上的水果拼盘，挨着燕绥坐下，伸手拿了瓣西瓜："你们开小灶呢？"

她一来，自动激活燕绥的上司气场，燕绥喝着水，一本正经道："在畅谈企业文化。"

辛芽狐疑地看了眼燕绥，挪了屁股就想走："那不打扰你们了，我回去再吃点。"

燕绥睨她："我让你走了？"

刚挪开半寸的辛芽立刻乖巧地坐回沙发，她抬眼做了个往上瞄的动作，神秘兮兮地问："燕总，你觉不觉得我的脑袋在发亮？ bling bling 的那种……"

她话音刚落，傅征的手机响起。他放下玻璃杯，看到来电显示上的"迟宴"后看了眼燕绥，这才接起。

几秒后，他挂断电话，起身道："走了。"

屁股还没坐热的辛芽满脸"？？？"。

燕绥没立刻走，她听着傅征的脚步声走远，这才搂住自家傻白甜下楼。

什么都不知道的辛芽看着她家燕总老神在在的悠闲样，想问不敢问，直到掀了帘子站在董记院子里，她到底没忍住："燕总，这就回去了？"

燕绥垂眸睨她："没吃饱？"

这要怎么回答……说实话怪难为情的。她挠了挠耳朵，回头看了眼仍在晃动的布帘，"我刚催了主食……"还没吃上一口呢。

燕绥了然："那回去煮泡面。"

辛芽："……"顿时沮丧。

上车后，燕绥行云流水地启动引擎，关闭启停系统，挂上倒挡。下一秒，车内响起雷达警报，倒车影像上两条参考线交替闪烁着提醒她——距离不够。

侧边靠得太近，除非等傅征的越野车先离开，否则她不是困死在车位里就是剐蹭隔壁越野。

意识到这点，基本给傅征定了"故意罪"的燕绥沉了脸，盯着掀开帘子走来的男人，狠狠地磨了磨牙。

不过，这点气很快就消了。燕绥转头看到跟在两人身后出来的苏小曦，身形单薄。饶是院里的灯光暗淡，也遮掩不住苏小曦苍白的脸色，她像是失了魂一样，一动不动地站在门口。目送着迟宴上车，再没往前走一步。

看样子……是分了啊。

燕绥做这件事前，满心的救人一命胜造七级浮屠。可这会儿事态发展得比她预想中的还要严重，她忽然有些于心不忍。

她看着苏小曦，舔了舔唇。连傅征已经站在车旁也没留意，直到车窗被他轻叩了两声，她才回过神，降下车窗，手肘挎着车门，吊儿郎当地睇着他："故意把我车堵了，傅长官你居心不良啊。"

"是不良。"傅征从善如流。

他承认得这么爽快，燕绥反而不知道说什么，不停歇的雷达警报吵得她更烦躁，她熄了火，在仪表盘关闭前最后一抹余光里抬眼看他。

傅征不再耽误时间，问："你今晚住哪儿？"

燕绥指了指辛芽："我俩凑合一晚。"

那就没什么不放心了。

他低头，越过燕绥看向副驾的辛芽："我的号码还存着没有？"

辛芽从听到要回去煮泡面开始就神游天外，饶是和傅征有片刻的眼神对视，她也没能回过神来，这会儿听傅征和她说话，始终被她屏蔽在外的声音终于传入耳朵。

她迷茫地点头："还、还存着……"

傅征微微颔首："等会儿回去把燕绥的身份证照片发给我。"

辛芽"啊"了声，满脸无助。

这是……什么剧情？

一直被无视的燕绥不淡定了，她伸手揪住傅征的衣领，抓得太快扯散了他领口的纽扣。

傅征低头看了眼被她捏皱的领口，笑意慵懒地主动靠近车窗。也不说话，就似笑非笑地和她对视着。

他可能压根儿不知道……自己颜值的杀伤力。

燕绥突然有些后悔，可这会儿松手显得有些尿，她硬着头皮，冷声问："要我身份证干什么？"

话一出口，她就觉得不对。

脑海中有一条线渐渐清晰，有什么东西呼之欲出。

傅征握住她拎着衬衫领口的手背，慢条斯理地一根根掰开她的手指，眉目依旧慵懒着，只那笑意随着燕绥欲渐打结的眉心越来越深。

直到燕绥松了手，他咬字清晰，一字一句道："打恋爱报告。"

燕绥眼睛一眯，气乐了："你经过我同意了？"

傅征恍若未闻，他单手扣好领口的纽扣，低头，和她对视："我要送迟宴回南江的大院，难得回一次，今晚可能要在那儿住一晚。"

风马牛不相及的话题，轻易就转移了燕绥的注意力。她瞄了眼刚才被她扯皱的衣领，有点心虚。

南江和南辰相邻，早年只有省道时，来回一趟起码三个小时，这还是交通状况良好、不堵车的情况下。

前两年南江有次高速封道，燕绥当晚必须赶到南江准备隔日一早的战略合作发布会。下午刚下飞机，晚上带着辛芽驱车从省道去南江。

受高速封道的影响，整条省道车流量骤增，出了南辰市没多久，就因路上的大型工程车堵了个水泄不通。龟速挪动了近五个小时，才在凌晨下榻酒店。

那次经历实在太过惨痛，燕绥想也没想，催促道："那你赶紧走吧。"无论是高速还是省道，夜路都不好开。

"嗯。"他应了声，看着她的眼神微深，提醒，"周末抽空来队里一趟，否则你下次再见郎其琛，可能就是几个月后了。"

他不提燕绥还没想起来，自从郎其琛封闭式集训选拔开始后，燕绥就再没见过他。

郎其琛一向是女朋友没姑姑重要，隔三岔五就要打电话跟燕绥联络感情。结果，选入傅征队里后，跟失联了一样，燕绥已经很久没跟小狼崽联系了。

傅征一走，燕绥跟着启动了大G的引擎，车在院子里掉头时，她回头看了眼孤零零站在门口的苏小曦，问辛芽："这里打车方便吗？"

辛芽摇头道："哪位师傅会来巷子里接客？"像她这种方向感不好又看不懂导航的人，估计三两下就困死在巷道里。

燕绥就等着听她这句话，既然打车不方便，她"见义勇为"下也不算对不起自己的良心。

只见黑色的大G在掉头准备离开后，方向一转，又退回了董记门口。

燕绥降下辛芽那侧的车窗，微抬了抬下巴，示意苏小曦："上车吧。"

红色的尾灯把苏小曦苍白的脸色映得如同鬼魅，她抬眼看着燕绥，那双眼空洞得像是沉涸的枯井，越过辛芽直勾勾地锁住燕绥。

辛芽一双眼睛睁得圆溜溜的，看看这个再看看那个，就在她觉得苏小曦会拒绝上车时，她低着头，闷声拉开后座的车门坐进来。

一路沉默。

到苏小曦小区门口时，燕绥停了车。

安静了一路的苏小曦终于开口："我可以跟你说几句话吗？"

燕绥抬眼，透过车内的后视镜往后座看了眼，思忖了几秒，从储物格里摸出几张零钱递给辛芽："去买瓶水来。"

辛芽知道这两人是有话要说，机智地什么也没问，接过散钱揣进兜里，麻利地下车去附近的便利店。

车上只剩下燕绥和苏小曦。她熄了火，从暗格里摸出盒女士香烟，自己抽了根，把烟盒递给她："要不要来一根？"

没傅征在场，燕绥连装都懒得装。见她不接，随手把烟盒扔进储物盒里，开了车窗，摸出打火机点烟。

女士烟烟身细长，烟味也不浓烈，白袅袅的烟雾里萦绕着淡淡的花香，嗅着有股说不出的诱惑味。

苏小曦就这么打量了她片刻，说："我知道你对我有敌意，是觉得我喜欢傅征。觉得我吃着碗里看着锅里的，是不是恶心到你了？"

燕绥没说话，她甚至没转身，指尖的烟丝丝缕缕，她似入神一般，只盯着那缕白烟。

"你误会了。"苏小曦的姿态骤然低下去，"我接触傅征从来没有别的念头，他和迟宴不同，他看得清看得透，不会被女人轻易迷惑。我打从开始，就没动过招惹他的念头。迟宴对我很好，我不会不知廉耻到这样伤害他。"她的声音渐渐开始颤抖，"我只是想傅征可怜我，他是迟宴最好的朋友。如果他愿意帮我——"

燕绥听得不耐烦，打断她："你当傅征是慈善协会的？"她是真的烦这种有问题全指望别人出手相助的人，怎么着，饭能一口一口吃，问题就不能一个一个解决了？

苏小曦不就是想霸着迟宴帮她解决她那个嗜赌如命的老爹吗？迟家对她深恶痛绝，就是担心迟宴沾惹上一身骚，影响前途。迟宴帮不了，她就指望傅征，合着这俩男人活该遇到她？

燕绥本还因为今晚这事对苏小曦存了几分愧疚，这会儿听了她的话，顿时憋出一肚子邪火。她指尖轻弹了弹烟头，弹落那层烟灰，解开安全带转身看她。

"我今晚就把话搁这儿了，傅征是我看上的男人，你要是敢用情分绑他给你处理你家那点破事，你看我怎么收拾你。我也知道你想跟我说什么，别说我跟傅征现在还不是男女朋友，就是在一起了，我也不会让他帮你。你想跟我卖惨，博取我同情，没用。"燕绥冷笑一声，毫不留情道，"之前帮你是出于道义，今后你见着我记得躲着点，我这人指不定什么时候看你不顺眼，就给你穿小鞋了，一点道理都不讲。"

苏小曦哪受过这种屈辱，呼吸起伏数次，那脸伪善终于龟裂。

她抿唇，搭在膝上的手不自觉握成拳，直揉得裤子皱成一团，她才压抑着不解地问："你对我何必这么大的敌意？"

敌意？燕绥勾唇一笑，眼尾的厉色微敛，低声道："你高估自己了，我对你单纯只是看不顺眼。与我为敌的人，你不妨去打听打听，看看他们都是什么下场。"

后面那句话……纯属装蒜。在商场打滚的人都知道，做人留一线日后好相见。太把人赶尽杀绝，只会慢慢走上绝路。

燕绥这些年，虽遇到过奇葩的合作方，有眼高于顶自命清高的，也有手段下作人品低劣的，但不涉及她的底线原则，怎么周旋全看本事。

顶多那些看不顺眼的，以后不来往就是。真没有打几个照面就仇深似海、非得你死我活的。那种到处结仇树敌的人，活着也是种本事。

不过燕绥鬼话说多了，假的都能说得一本正经。

她话音一落，苏小曦果然噤声了。

燕绥都把话说到了这份儿上，她也该知趣了。

"你下车吧。"燕绥碾熄了烟，语气冷淡。

苏小曦推开车门，下车前想起什么，又缩回来，犹豫道："我只希望我和迟宴之间的事，你和傅征都不要插手。"

　　燕绥是真的没脾气了，苏小曦到现在还以为迟宴跟她分手是她好好哄两句就能哄好的？

　　"你放心。"燕绥笑道，"我可没你那种爱好。"话落，她又补充了一句，"你凭本事让迟宴跟你复合，今晚你在我车里跟我说的这些话，我保证当作什么也没发生过。"

　　苏小曦得了她的保证，心一定，推开车门下车，头也不回地走了。

　　对面在便利店采购了若干包泡面、数根火腿肠、一把笋干榨菜丝的辛芽翘首以盼，终于等到苏小曦下车。生怕燕绥忘了捎上她，赶忙穿过马路坐回车里。

　　刚关上车门，嗅到空气里若有若无的烟味，辛芽悄悄打量了眼燕绥——果然脸上阴云密布。

　　她拧开矿泉水递给燕绥，看她漱了漱口，问："燕总，你抽烟了？"

　　"抽了口。"燕绥拧眉，"放多久了，第一口抽着跟受潮了一样，又苦又涩还呛鼻，差点当着苏小曦的面哭出来。"

　　这么严重！？

　　傻白甜又瞥了她两眼，一脸惋惜道："我还没见过小燕总掉眼泪呢。"

　　燕绥捏矿泉水的手指收紧，直压得瓶身呼啦作响，她皮笑肉不笑地道："我也没见过你走一小时回家的样子，要不要今晚就走给我看看？"

　　辛芽："……"啧，小燕总真是一点也不可爱。

　　辛芽在厨房煮泡面时，燕绥借了她手机和路黄昏玩游戏。

　　刚玩了一把，路黄昏就发觉不对，在频道内打字："去哪儿偷师了，开局五分钟了一个人头都没送。"

　　燕绥瞥了眼掀开锅盖往面上卧鸡蛋的辛芽，勾了勾唇，问路黄昏："郎其琛最近都没给小燕总打电话，你知道怎么回事吗？"

　　路黄昏正在追残血，收了一血后才回："小狼崽上次谎报军情陷害了老大，罚完跑圈又没收了手机。"

　　谎报军情？许是觉得辛芽不知道这事，路黄昏回程边打字："前段时间，大家都说老大要订婚了。也是小狼崽可怜，被老大杀鸡儆猴了。"

　　作为当事人，对内情一清二楚的燕绥顿时心虚……

　　就寝前，辛芽惦记着傅长官让她把身份证照片发给他的事，犹犹豫豫地问："燕总，身份证真的不给傅长官啊？"

燕绥闭着眼，哼了声算作回应。

辛芽很焦虑："那你打算什么时候和傅长官在一起啊？"以她的立场来看，傅征和燕绥的关系也就是临门一脚的事。她是不懂小燕总明明已经和傅长官两情相悦了，为什么就是不在一起。

"快了吧。"燕绥睁开眼，转头看窗外的路灯，顺便给自家傻白甜助理上了一课，"我之前上赶着往他眼前凑那是因为他没对我上心，现在知道他动心了不得赶紧抬抬身价啊？一句打恋爱报告就想拿下我？想得美！"

辛芽听得似懂非懂："那到底什么时候……才算时机正好？"

燕绥瞥了她一眼，吊胃口："真想听？"

辛芽用力点点头："想。"

"按字收费，一个字一块钱，你想好了我就开始说。"

辛芽："……"她燕总怕是掉进钱眼了吧！

不想听了。

她噘嘴："年终奖扣光了，听不起。"

燕绥扬了扬唇角，说："等你有喜欢的人就知道了。"

那不是能够用理智去思考的问题，她说不清也形容不来。只知道，她曾经对爱情毫无敬意，甚至嗤之以鼻，直到遇见他，她甘愿用余生孤注一掷。

第二天到公司，燕绥暗示辛芽去打听打听苏小曦在淮岸的工作表现，又吩咐她找几个钟点工把她的公寓全面清理一遍。

辛芽听说有小贼神不知鬼不觉地闯空门还在玄关留下一双男式皮鞋后，对此事格外上心，专门整理了清洁重点，以亲笔书写方式呈上燕绥的办公桌。

燕绥叫了财务部主管听利比亚海外项目的工程预算，文件签过字后，她递回去打发了人，瞄见在她手边放了近一上午的少女手绘本，唇角抽了抽，认命地翻开批阅。

辛芽哪儿都挺好……就是有时候脑子犯抽起来，做事非要有仪式感。

比如这次——

标题：《小燕总公寓清洁大作战》。

策划：小嫩芽。

内容：组织三名具有动手能力的钟点工，分别对公寓进行除菌除尘除乱七八糟等行动。

重点：

一、地毯需全部更换，不管新欢旧爱。

二、排查公寓个个角落，严防变态安插针孔摄像头或监听器，小燕总网红人设不可崩。

三、衣帽间所有衣服不论贵贱全部干洗熨烫，每只手表都要用超细纤维布擦拭表面。

四、门内外安装独立线路的监控录像，方便实时监控。（备注：虽然我觉得小燕总你跟傅长官交往后会觉得这玩意儿碍事，但老板的命令不可违。）

审批人：生命不息，赚钱不止的小燕总。

燕绥不负众望地提笔在审批人后面大笔一挥，写了个"已阅"。

审批完毕，她拨了个内线电话把辛芽叫进来，那本拿在她手里格外违和的手账本被燕绥推过去，她咬下笔帽，合上笔："我下午要跟我爸一起去南辰寺给我妈点长明灯，公寓的事全权交给你。"

辛芽把手账本抱在怀里，郑重其事地点点头："你放心，我等会儿就去采买家居物品，监控录像的安装我也全程监工。"

这点小事，燕绥对她没什么不放心的。

辛芽刚走，内线电话又响起，燕绥随手接起："喂？"

"是我，燕沉。"

燕绥以为他是来催项目策划进度的，随口道："我这边下班前能完成，你到时候让助理过来拿下。"

"不是公事。"燕沉笑了声，"中午搭趟你的顺风车。"

燕沉昨晚被程媛召回了老宅，和燕戬一起吃了晚饭。知道燕绥中午要去接他，便也回去一趟，"我妈肯定留叔叔吃了午饭，等会儿我们在公司外面随便吃点，一起回去吧。"

"好啊。"燕绥抬手按了按有些僵硬的脖颈，"那等会儿见。"

"等会儿见。"

挂断电话，燕绥起身活动。

南辰下着雨，落地窗上被淋了一层水帘，整座城市笼罩在朦胧的雨帘中，透着一股风雨欲来的末世之景。燕绥伸了个懒腰，忽地灵光一闪，冒出个主意来。

中午下班后，按约好的，两人一起在公司附近解决午餐。辛芽给燕绥安排了一家新开的面馆，就在公司对面。门店不大，装修偏日式，门口垂挂了半扇帘子，彩绘的图腾间圈了一个大大的"面"字。

燕绥看着帘子，脑海里自动浮现出昨晚在董记，傅征俯身掀开垂地帘子迈出来的场景。当时不觉得惊艳，可这会儿想起来满脑子都是他个高腿长的剪影……

她脚步一顿，在门口停下来。

燕沉见她没跟上，打着伞转身看她："怎么了？"

燕绥不好意思说是想男人了，眼睛一瞟，瞧见幕天席地坐在门口等位置有不少人，顺口道："我瞧着这家店蛮热闹的，也不知道要等多久。"

有人觉得声音耳熟，抬头看了她一眼。这一看，条件反射得跟被开会时点名了一样，一个激灵站得笔直："燕、燕总……啊，燕、燕副总。"

燕绥看了他一眼，觉得这人有点眼熟，她一定在哪儿见过。

她这副思索的模样落在燕沉眼里，他失笑，提醒："是昨天被你点名作风问题的安全监察部小经理。"

小经理都快哭了……燕副总这介绍方式，是跟他有仇吧？他贴着裤腿的手指不安地搓了搓，这才想起自己手里捏着号码牌，跟溺水之人发现浮木一样，眼睛一亮，赶忙贡献自己的号码牌："下一个就是我了，燕总你不嫌弃的话……"他局促地又收回手，不好意思地笑了笑。

燕绥赶时间，闻言："那一桌吃吧。"她转头看了眼燕沉，询问，"没意见吧？"

燕沉从善如流："你决定就好。"

几分钟后，公司某内部群，小经理颤巍巍地冒了个泡："你们敢想吗？我正和燕总、燕副总一起吃面。"

"……围观。"

"……围观。"

"……围观。"

清一色的围观后，有人打破队列，开玩笑："行啊！昨天还被燕总点名批评呢，今天就一桌吃饭了，大兄弟你前途无量。"

小经理认真地装作玩手机，连余光都不敢瞥旁边对坐的两位大佬："两位总裁不和的传言到底谁传的？"

"别跟我说端面、帮要空碗、递筷子是为了找机会下毒。燕副总对燕总殷勤得我都插不上手。"

"不和传闻早就破了好嘛！"同事 A 吐槽，"要不是这两位都姓'燕'，我真要怀疑副总对小燕总是不是有意思了。每次开会时那含情脉脉的眼神，我怕我是要瞎了。"

"我有个不伦的念头……我觉得两大佬超级般配，每天上班的动力除了领工资就是等吃狗粮。可惜 CP 党到底小众，天天闹饥荒。"

"……般配 +1。"

"……般配 +2。"

"……般配 + 圆周率。"

"哇，原来老总也吃我们平时吃的面啊。我总觉得小燕总和燕副总那样的，天天山珍海味，珍馐美馔。"

"……楼上个智障。"

"……"

燕绥自然不会知道小经理在内部群疯狂吐槽自己黑转粉的心路历程，见他打字的残影快到几乎模糊，打趣道："你这招无影手出神入化，平时应该没少偷空摸鱼吧？"

小经理顿时面若菜色，解释："没、没有，我女朋友是打字员……"磕巴得厉害，他险些咬着舌头，见燕绥笑得不怀好意，这才明白燕绥是和他玩笑，脸又涨红了，握了筷子埋头吃面。

有第三个人在，有些话也不方便说。聊公事又倒胃口，索性谁也没开口，一碗面吃得安静又沉默。

吃完，燕沉提前去结了账，把停在公司门口的车开到路边，正好接上燕绥，往老宅赶去。

从高架闸道下来时，燕绥装作不经意地问燕沉："南辰最近有没有哪些刚交房的好房源可以推荐推荐的？"

燕沉转头看了她一眼，很快又收回视线道："怎么了？投资还是自己住？"

燕绥的语气越发倦懒："自己住，最好离公司近点的。"

正在开车的男人难免分心，他笑："现在那套房子住腻了？"

"腻是没腻，就是硌硬。"她打量了眼燕沉，"前两天屋里进贼了，说来也奇怪，什么都没拿走，还给我留了一双鞋。可惜是男式的，我又穿不了。"

燕沉眉心一蹙，很快又松开，他问："报警了没有？监控查过了吗？"

"嗯，监控录像早被处理过，什么也查不到。"燕绥装模作样地叹了口气，满腹心事，"说是进贼了，可谁知道到底进来的是什么人？我今天刚让辛芽找钟点工给我把房子整个清理一遍，否则怎么住啊。"

燕沉心下一沉，脸色难看起来："警察怎么说？人没抓到，你那个小区还怎么住？"

"没有财产损失，不能立案。"燕绥抬眼。

眼看着前方路口的信号灯由黄灯跳转成红灯，前车已经停在了停止线上，燕沉却恍若未见，车速不减。

眼看着再不刹车就要一头撞上货运的小客车，燕绥头皮发麻，大喊："刹车。"

话音刚落，燕沉似刚回过神一般，脚下刹车一脚到底。惯性下，车轮在路面上仍旧前行了半米，堪堪抵住前车停了下来。

燕绥在惯性作用下身体前扑，短暂的失控后，安全带收紧，及时把她拉回来。她胃里一反，五脏六腑像是被人搅了一遍，她坐在座椅上，惊魂未定。

短短数秒的惊险里，燕沉出了一身虚汗，他双手紧紧握住方向盘，大脑还因几秒前的紧急刹车晕眩着，他下意识转头先去看燕绥的情况。

他的嘴唇血色尽失，翕合数下，正欲开口。

然而，下一秒，紧跟着大 G 的白色款大众刹车不及，一头撞了上来。沉闷的连环碰撞声中，燕绥的视野有片刻黑暗，冲撞造成的晕眩让她仿佛失去了意识一般，来不及做出任何反应。

所有的声音在刹那远去，只依稀地听到几声似远似近的敲窗声，她始终握在车门扶手的手一松，解开锁孔。

傅征脸色阴沉地拉开副驾车门，他几步而至，停在另一条车道上的军用越野打着双闪，灯光跳动。

他探身进车内，第一眼先看意识短暂模糊的燕绥。他抬手，贴着她的额头把她按回椅背："别动，安全带没解。"

傅征倾身，替她解开安全带，手臂从她肩后和腿弯穿过，小心翼翼地把她抱下车："有没有哪里疼？"

　　他耐心地轻握住她的下巴，仔细端详了一下她的脸，手指又顺着她的手臂摸索着检查了一遍。虽然心知这个程度的事故并不会对她造成实质性的伤害，但傅征仍旧不敢掉以轻心。

　　现场已经乱成一片，各种声音嘈杂。

　　燕绥终于渐渐恢复意识，她压抑着胸口翻腾的恶心，满脸诧异地看着他道："你怎么在这儿？"

　　随即，她目光下移，看见他身上一丝不苟的军装。因淋了雨，他的肩膀落了雨滴，密密的，像细小的绒毛。

　　他掩在帽檐下的那双眼，又深又沉，径直越过她，看向车后。

　　燕沉握着剧痛难忍的手腕，立在车门旁，沉默地看着她和傅征。察觉到傅征的视线，他抬眼。

　　数秒无言的对视后，傅征微勾了唇角露出抹痞笑，俯身抱起燕绥："去我车上，这里我来解决。"

　　傅征受命去司令部递交文书，返程需要经过的隧道因墙体剥落严重封道维修，不得已只能改道而行。岂料，在路口等红灯的时间，也能目睹一场车祸。

　　高架桥下的路况本就错综复杂，又是雨天，视野可见度骤减，行车时稍有不慎，都极有可能出现意外。

　　傅征起初并没有留意车况，车窗起了雾，他低着头调节空调系统里的内外循环，陡然从半敞的车窗听到刺耳的刹车声，抬眼看去。

　　只见那辆眼熟至极的黑色大G车轮抱死前滑近半米，堪堪在撞上货运小客车前停下来。但紧跟在大G后面的白色大众就没那么好运了，不可控的客观因素下，它刹车不及，猛地追上了大G的车屁股。

　　猛烈的撞击使白色大众的引擎盖整个向上凸起，车灯骤裂，保险杠更是碎了一地。

　　整件事故从大G急刹到白色大众追尾，不过短短数秒，傅征连车牌号都没来得及看清。哪怕整个南辰市不是只有燕绥的座驾是黑色的大G，可那一刻，他的心里就是有种强烈的直觉——燕绥在车上。

　　直到此刻，他把燕绥抱进后座，她安安全全地坐在他眼前，傅征悬着的心才终于落下。

军用越野车上没有任何可供擦拭的毛巾，他抬手用指腹擦去悬在她额间将落未落的雨滴，低声问："怎么回事？"

三言两语说不清，傅征这会儿脸色阴沉，一副随时打雷暴闪的模样，燕绥看得有点发怵，犹豫了一下，简单概括成一句："我和燕沉回老宅，我接爸爸他拿公司文件。路上谈了点事，他没留神，就……那样了。"

出了事，燕绥习惯性先解决问题，这会儿被他押在车上，心跟猫抓了似的难受："你先别盘问我了，你想知道什么我回头给你交代。那辆大众的车主也不知道怎么样了，你让我先去看看行不行？"

傅征一手按住她："你待着。"声音虽低，语气却不容置喙。

燕绥一静，顿时老实了。

傅征转身，又迈进雨雾中。

燕绥看着他穿着军装的背影，恍然间像是回到了半年前的亚丁湾海域，傅征浑身湿漉漉地将她扑倒在地。耳边是破空而来的子弹声，扎扎实实地嵌进甲板上。

那一刻，她躺在他怀里，嗅着他身上潮湿的海水味，是前所未有的安全感。

大众车主是个二十七八岁的年轻男人，和燕绥的情况一样，短暂晕眩了数秒后意识清醒。他站在车前，呆愣地看了两眼翻起的引擎盖，转眼看到尾部轻微凹陷的大 G 时一张脸顿时苦成了菜色。

燕沉压下手腕的痛楚，立在车旁打电话。转头看到傅征过来，眼神在他身上定了定。

电话那端的助理听燕沉的声音戛然而止，疑惑了下，问："那我现在过来，需要我帮忙通知辛芽吗？"

燕沉回过神，哑声道："她应该不需要。"

挂断电话后，他犹豫了几秒，仍是抬步上前。

正和傅征诉苦的大众车主余光瞥见燕沉走来，话音一止。

他谨慎地打量了眼燕沉，许是觉得自己是责任方，连和燕沉说话时都有些底气不足："我这边给交警和保险公司都打了电话……"

　　燕沉却不是来找他的，他看都没看大众车主一眼，问傅征："她怎么样？"

　　傅征瞥了眼他无力下垂的左手手腕，不答反问："你不需要去医院处理下？"

　　"不打紧。"燕沉隔着车流看了眼坐在越野车上打电话的燕绥，再看傅征时，神色忽然变得有些复杂。

　　自从上次在燕绥小区楼下见过傅征，燕沉就知道他的存在。当时的隐忧在今日变成现实，他只觉得胸口窒闷之气不减反增，压迫得他只能大口喘息。

　　夹在中间的大众车主听着两人的对白，恍然明白过来……他们互相认识啊！他回想起自己刚才对傅征倒的那些苦水，惆怅得差点想卧地碰瓷。

　　几分钟后，交警第一时间赶到，拍照判责。

　　傅征还在协助交警，转眼见燕沉的助理过来，手一抬，指向面色苍白的燕沉："他手腕受伤了，你先送他去医院吧，这里我来就行。"

　　许是傅征的话太有信服力，助理想都没想就答应了声，走了两步想想不对劲又折回来，语气有些不好意思："请问你是……"

　　傅征还没回答，生怕换个对接人不好谈话的大众车主抢答道："他是车主的男朋友。"

　　助理顿时满脸敬畏地看了眼傅征，把后续处理拜托给傅征后，很放心地打车送燕沉去医院。

　　燕绥见办事的一个两个都走了，也坐不住了，她跟过来，边打量车边问："小何怎么刚来就走了？"

　　傅征回："燕沉手腕受伤了，我让他先把人送去医院。"

　　受伤了？燕绥眉心一拧，顿时头大。她从后腰的裤袋里抽出手机，刚准备给燕沉打电话，机身还没摸热，就被傅征抽走手机。

　　"人是我支走的。"他垂眸和她对视，慢条斯理道，"我把他支走不是想看你给他打电话。"

　　"……"燕绥忽然笑起来，"那你想看什么？"

　　傅征不答，他微抿了抿唇，道："这边一会儿就好，你是开车走还是叫司机来接你？"

燕绥瞥了他一眼，不满道："怎么没有你送我这个选项啊？"

傅征沉默了几秒，低声道："我得尽快归队。"

燕绥不过随口一问，她心里明白，傅征穿着军装，必定是公事在身。可看傅征似有些歉疚，她心头莫名一酸，调戏的话说不出口了。

"你放心，司机已经在路边等我了。"她顺手指向停在他车后开着双闪的车，"车尾撞得太难看，不敢开，怕我爸见着担心。"

"大 G 等会儿挪到路边就近停，会有人来开走。"燕绥第一时间有条不紊地都做了安排，唯独他没在计划里，"你呢？"

"这边处理完就走。"他抬腕看了眼时间，不疾不徐地补充了一句，"不得先把你的烂摊子收拾好？"

燕绥忍笑，唇角是抿住了，眼里的笑意却没藏住，一闪一闪发着光。

赶到老宅时，燕绥比约好的时间晚了半小时。好在提前给燕戬打了电话，实话实说在路上出了车祸。

燕戬在屋里坐不住，早早就立在门口等。

程媛在知道燕沉也在车上那刻就动身去了医院，这会儿才没能站在门口硌硬燕绥。

燕戬上车后，先仔仔细细把燕绥打量了一遍，确认她真的没受伤，数落道："平日怎么跟你说的，雨天开车要小心，不出事你永远不长记性。"

莫名背黑锅的燕绥沉默了几秒，道："爸，不是我顶嘴，车是燕沉开的。"

燕戬瞪她一眼，微怒道："这个时候你只需要说你记住了就好。"

"好好好。"燕绥妥协，跟哄小孩一样哄他开心，"天大地大你最大，你说什么都是对的。"

燕戬到底没忍住，脸上终于露出几分笑意道："你没事就好，燕沉呢？伤得重不重？"

"听说只是手腕脱臼，接回去就好。"燕绥笑眯眯地挽住他的手弯，"你放心，等给妈点了长明灯，我亲自去看一眼。"

到南辰寺时，已是下午。

寺庙立于郊区的南明山上，因数十年来香火不断，始终鼎盛，有虔诚的香客出钱修了路，愣是修出了一条盘山路，正好容两车会车，可直达山顶的停车场。

燕绥每年都来，轻车熟路地寻了师傅，和燕戬一起给郎晴点了长明灯，又捐了不少香油钱。做完这些，她留燕戬在殿外等她，自己寻了方丈去取前段时间就定好的平安符。

燕戬刚回来，她还没来得及问他日后的打算。不管等郎晴忌日后他是否还要四处游历，平安符这种东西到底求个心安，她便给燕戬、辛芽、傅征、自己都求了一个。

不过现在看来，她自己这份……估计要匀给燕沉了。她把平安符小心翼翼地揣进绣工精良的香囊里，步履匆匆地出殿寻到燕戬。

雨刚停，山林里云山雾绕的，出尘得像是天外仙境。

燕戬正站在捆着心愿牌的大树下出神，听见脚步声，回头看了燕绥一眼，道："我本来还想找找几年前你写的心愿牌……"

燕绥已经猜到他后半句要说什么了，把平安符递给他："你说的是我高考前写的心愿牌吧？"

她怀疑地看了眼眼前这棵许愿树，"早年的许愿牌应该早就被庙里的沙弥摘掉了，不然这么多年了，怎么挂得下后来人的愿望。"

燕戬自然知道这个道理，又难免多愁善感道："我等会儿想去看看你妈，这么久没去看她，估计早就气得边跳脚边骂我了。"

燕绥没接话，她一静，燕戬也没再说下去。父女俩沉默地在树下站了会儿，直到从树叶上淅淅沥沥滴落的雨水把燕戬的肩头浸湿，燕绥提醒："爸。"

燕戬恍若未闻，他出神地看着满树的红丝带和许愿牌，低声问她："我记得你当初的梦想是想研究星空做个天文学家，高考后不顾你的意愿让你读报商学院，如今又不顾你的意愿让你继承公司，你有没有怪过我？"

燕绥微怔，似乎没想到燕戬会突然问她这个问题。

没等她回答，燕戬又道："你伯母天天把你不是真正的燕家人挂在嘴边，我因对你伯父愧疚，总让你多忍让，你应是怨我的吧？"

燕绥笑了："她没说错啊。"

有僧人经过，见两人站在树下，双手合十微施一礼，又自前行。

燕绥目送着僧人走至尽头，顺着台阶而下，她回身四下望了眼，指了指不远处的廊檐道："过去说。"

她挽着燕戬走到廊檐下，瓦尖还在滴着水，她往里避了避，嗅着大殿内的香火味，笑了："今日正好请菩萨给我说的话做个见证。爸你还记得我刚进燕家没多久，妈妈带我和其琛放风筝，风筝断了线挂在居民楼五楼的防盗窗上，结果我攀着空调外机爬上去把风筝拿下来的事吧？"燕绥对这件事记得清楚，即使这么多年过去，她依旧能够回想起郎晴当时被她吓得血色尽失的表情。

"记得。"燕戬失笑，"我那时候接到你妈的电话，她吓得魂飞魄散，直问我怎么办。"

"妈那天把其琛送回外公那儿，关了我小黑屋，让我反省。"燕绥挠了挠鼻尖，有些不好意思，"我那时候没觉得自己哪儿错了，可妈一生气，我觉得我就该认错。"

后来郎晴准备了一块小蛋糕，进屋后先问她："你先告诉我，你那时候怎么会想着自己去把风筝拿下来？不许撒谎。"

燕绥那时候刚被郎晴带回家，总害怕自己会给郎晴添麻烦，会惹燕戬不高兴，一旦他们觉得自己碍眼，她又要失去眼前的一切。于是，嗫嚅数下，老老实实回答："我看你着急，想如果我能把风筝摘下来你就会高兴。"

郎晴没说话，眼眶却骤然红了，她一字一句道："燕绥，无论你曾经经历过什么，你都要对生命怀有敬意。不能拿自己的生命开玩笑，你知道你那样做有多危险吗？你有父有母，你可以有自己的性格，不用刻意讨好，也不用曲意迎合。从你改'燕'姓，你外公给你取名'燕绥'那天起，你就是燕家人。我们都做好了负责你一辈子的打算，所有人都在努力接纳你。燕绥，你也要珍惜。"

那天，燕绥才真的成为燕绥，她努力生活，努力学习，只为了不辜负这一次的重生。

"研究星空当天文学家是其琛跟你说的吧？他肯定没把事情原委告诉你。"

燕戡听到这才有几分笑意，显然也是极了解郎其琛的行事作风，笑而不语。

"他那时候追班里的女生，女生要他每天写一封情书，他讨价还价还到了一星期一封，每周五一放假就来家里求我帮他写情书。他这个人你也知道，不达目的誓不罢休，缠得紧我就答应了，情书里变着法地夸女孩像星星。"

为了凑字数，燕绥甚至在情书里大幅注解天文学知识。

郎其琛这人，追女孩也不认真，情书要讨价还价也就罢了，燕绥帮他写的情书他看也不看，一连送了几星期，人家女孩吐槽他："郎其琛你的梦想应该是研究星空当天文学家吧？"

这小崽子也不知道是什么时候和燕戡通气的，要不是燕戡今天提起，她早忘记这陈芝麻烂谷子的破事了。

大殿偏门门前置放的转经筒被风吹得微微转动，有铃铛声从远处传来，风一停，铃铛声也消失了，只有殿内浓烈的香火味丝丝缕缕不绝。穿过经幡，沿着屋脊，浩浩荡荡地飘出殿外。

燕绥顺着白烟看向仍旧阴沉的天空，声音忽然低了些："爸，这么多年，我从没觉得委屈过。是你给了我方向，我才决定出国读商学院。至于公司，谁能有我的起点高？毕业就能接管公司。"

她的话条理清晰，一句句说下来，饶是燕戡都为之动容。他忽然觉得，自己是真的太久没有关心燕绥了。郎晴去世，他厌世避世，把一个做父亲的责任抛得一干二净，实在是愧疚难当。

燕绥对燕戡是真心实意地报养恩，她沉吟数秒，道："我知道伯母这些年一直在为公司继承问题烦扰你，燕沉的能力有目共睹，你要是觉得为难，我愿意割让股份。"

燕绥对上辈的事情知道得不是很详细，仅知道一个大概。燕绥的大伯燕申和头脑灵活的燕戡比起来，几乎有些憨愚。早年还未分家时，燕戡想把造船厂做大。程媛当时觉得小叔子胆子大有想法，替他说服了燕申，把造船厂全权交给了燕戡。

事后证明，程媛还是很有远见的，造船厂在燕戡手下越做越大，生意越来越好。燕戡感恩程媛当年的信任和支持，对程媛礼遇有加。股份分红等事更不用提，燕戡逐一分配。

燕申最听老婆经，拿了分红还不知足，在程媛的撺掇下跟燕戡索要造船厂，言之凿凿说当年没有分家，这造船厂有他的一半。现在燕戡公司也开起来了，他倒来分家了。

因这事兄弟俩闹得不愉快，后来和燕戡约在船厂谈事，起了争执，燕申在船厂摔断了腿，高位截瘫，请了护工一直照顾着。程媛埋怨是燕戡的过失，哭过闹过。燕戡也因愧疚，多让了股份，除了公司分红，这些年一直多有补贴。

上辈的事，燕绥不好置评。但郎晴这样聪慧的女人，对程媛也睁一只眼闭一只眼，燕绥知道，这事不是她能掺和得了的。而程媛，对公司继承权如此看重，无非是担心燕绥接手后，会断了他们一家的经济来源。她看不到燕沉的工作能力，担心日后不能维持她如今奢侈的生活，和年轻时的贪得无厌一样，她野心勃勃地想要燕沉接管公司。

说燕氏集团是祖业，而祖业，就不能落在燕绥这个不知从哪儿捡来的外姓人手里。

收养的怎么了？当成亲生的又怎么了？她身体里流的就不是燕家的血！

燕戡沉默了，许久，他无奈又疲惫道："说的什么混账话，要你让那当初我何必花那么多精力培养你。"他虽心软，但不糊涂。

程媛打的什么算盘，他一清二楚。

雨又淅淅沥沥地下起来，他揉着被揪红的眉心："燕氏是我给你备的嫁妆，你伯母今后不会再糊涂下去了。"

燕绥一怔，似听不懂一般："嫁妆？"

燕戡挑眉，反问："不是说你谈着一个男朋友了？怎么着，你是跟人耍流氓呢？"

……等等？又是谁说的！

下午去看过郎晴后，燕绥陪燕戡一同回大院见郎誉林。

要说燕戡也一大把岁数了，还有什么怕的，大概只有他的老丈人了。

燕戡打电话说要来看他老人家后，郎誉林从下午就开始盼，一听见引擎声就去门口张望下，那眼巴巴的模样逗得小舅妈忍俊不禁，劝道："小绥不都跟你说了，下午要去看小晴，天黑才能来。雨天湿气重，你可别屋里屋外地走了。"

郎誉林被揭穿，红着耳朵，比谁声大声小似的嚷嚷："谁等那浑小子了，过年也不回来，我就是等着他来了教训他。"

任谁都能听出老爷子在欲盖弥彰，小舅妈偏偏跟不知道一样，拆台："那你还不是在等他？"

老爷子一生气，躲楼上去了。燕戬来了，他才磨磨蹭蹭地下来，戴着副老花镜，手里还捧了本书。不过没绷几秒，郎誉林就破功了。

他不好直接指着燕戬的鼻子骂，只能指桑骂槐地责备燕绥："是不是我这老头子年纪大了无趣，不亲自打电话还叫不动你了？你自己说说，多久没来院里了？"

燕绥哪能听不出来老爷子是借她朝燕戬撒气，头一回煽风点火，直看到燕戬被骂得灰头土脸的这才出来做和事佬。

吃过饭，老爷子叫了燕戬去书房叙旧，燕绥帮舅妈收拾厨房。

"你别看你外公刚才那会儿脸红脖子粗的，现在关起门来肯定轻声细语地关怀呢。"

燕绥笑，她当然知道。郎誉林有多喜欢燕戬这个女婿，燕绥知道得一清二楚。她到现在都觉得，老爷子喜欢她，多少都沾了燕戬的光……

"你爸有没有跟你说以后的打算？这趟回来还打算这样不着家地在外面晃荡？"小舅妈问。

燕绥摇头："我想等明天妈妈的忌日过了再说。"

小舅妈轻叹了一声，支招："要我说，你赶紧找个男朋友结婚，借口操办婚事，一结婚就生个小外孙，看你爸还往不往外跑。"

燕绥："……"

真损招。

郎誉林留燕戬留到快十点，才开口放行。燕绥在楼下等得都快打瞌睡了，见燕戬独自下来，起身，送他回去。

在燕宅留宿一晚，第二天天亮，吃过早餐后，燕绥和燕戬一并去墓园，路上还在花店取了提前订好的鲜花。

郎誉林、郎啸和小舅妈也刚到，几人同行去墓园里扫了墓，直到午时才从墓园出来。

就近的餐馆一起吃过饭，送走郎誉林后，燕戬回头望了眼墓园，说："我再陪陪你妈，你先回去吧。"

涉及郎晴，燕戬的温文尔雅尽数变为固执，燕绥不敢劝，让司机留下等他，自己打的回了公司。

到公司才从燕沉助理小何那儿得知，燕沉今天没来上班。燕绥倚在燕沉办公室门口，透过落地玻璃往燕沉的办公室看了一眼，空荡荡的。书桌上的文件也被小何一摞一摞地码整齐堆在一角。

小何见燕绥不说话，迟疑道："是有什么紧急的公事吗？燕副总现在应该在医院复诊，我帮您跑一趟吧？"

燕沉就诊的医院燕绥知道，她转身要走，刚踏进电梯里想起一事，又退出来："小何，你的车借我用一下。"

下午医院刚上班，燕绥在临时停车场停了车，给燕沉打电话，问清科室的位置，从急诊室侧门进去坐电梯去了二楼的骨科。

燕沉坐在诊床上，正听医生的话活动手腕，燕绥站在门口看了一会儿，直到燕沉发现她，她才笑眯眯地走进来说："怎么样，还好吗？"

"已经好了。"他扣回袖子的纽扣，拎起挂在椅背上的西装外套穿上，和她并肩往外走，"你早点给我打电话，就公司见面，省得你来回跑。"

"我特意来看你的。"燕绥说完才发现自己两手空空，有些尴尬，"我什么也没带，请你喝杯下午茶？"

燕沉摇头失笑道："你不怪我就好了，昨天险些……"他话音一止，不知是想到了什么，唇边笑意微淡，转而问她，"车还没修好吧，你怎么过来的？"

"我跟小何借了车，"说到这儿，燕绥抱怨，"你是不是克扣他工资了，怎么这么多年了他还在开手动挡。"

有护士边喊着"借过"边匆匆小跑过来，燕沉揽着她的肩把她拉至身前，侧头看着护士经过，这才松开她，"把他的车停医院，坐我的车回去吧"。

"不了。"燕绶婉拒，"今天是我妈的忌日，我想去船厂看看。"

燕绶每年都有这个习惯，郎晴忌日那天要去船厂。造船厂的生意大部分由燕沉管理，所以她去之前，都会和他打声招呼。

燕沉没再坚持，他颔首，道："我跟你一起下去。"他一路把燕绶送到停车场，看她坐上车，熟练地踩离合，挂挡，神情忽然有些恍惚。他立在车旁，看她从车窗探出来挥手，扯了扯唇角，露出笑来，"路上小心"。

燕绶例行公事地看望完燕沉，车刚驶出医院大门，她脸上的笑意全消，那双眼睛里的光，像黄昏时渐渐变暗的天色，在眸底沉淀出暗色。燕沉，有事瞒着她。

郎其琛听说傅征要休假，又羡慕又嫉妒，中午一起吃饭时，戳着饭粒别扭地问："你到底有没有跟我姑姑说我想她了？"

傅征瞥他一眼，懒得搭理。

郎其琛顿时委屈："是不是没说？是不是！我就知道，你这种小肚鸡肠的男人，怎么会……"话音未落，被傅征忽然抬头看来的那一眼扫得后颈发凉。

泄愤和小命孰轻孰重郎其琛还是有数的，当下不情不愿地把话吞回去，转口道："我跟你做个交易怎么样？"

终于有那么点兴趣的傅征"嗯"了声，语气寡淡："说来听听。"

郎其琛到底是跟燕绶混过的人，做起交易来目标明确，放话道："你要是听了觉得这个消息值，就把手机还给我。"

傅征懒洋洋地睨他，那眼神虚虚实实的，郎其琛猜不准他是答应了还是没答应，咬住筷子眨了眨眼。

几秒后，傅征松口："行。"

他向来一言九鼎，郎其琛也不怕他说话不算话，沉吟片刻，道："今天是我姑奶奶的忌日，就是我姑她妈妈。我姑跟姑奶奶的感情很深，姑爷爷打我姑奶奶去世后就一直在国外，今年也不知道有没有回来。"郎其琛放下筷子，渐渐变得正经，"你别看我姑那么强势，好像无所不能一样，其实她就是个普通女孩，凡人该有的情绪她都有。"

他一顿，神秘兮兮地凑近了些，问："你还没见过我姑哭吧？不是干号那种，是真的掉眼泪。"

傅征挑眉，冷声问："你见过？"

察觉到杀气，郎其琛勉强不让自己看起来太得意，压着舌头小声道："从小到大就一回。我姑奶奶的葬礼上。"

傅征缓缓眯眼，看郎其琛缩回去，握起筷子往嘴里塞土豆，半晌才道："手机等会儿给你。"

卖姑求手机的小狼崽子眼睛一亮，还没高兴三秒，又听傅征慢条斯理地加了一句："你先告诉我，燕绥在哪儿。"

燕氏造船厂设在南辰北部的黄金水道下游十公里处，这条水道是出海必经之路，下邻辛家港，江面宽阔，水深流稳，水陆交通极为方便。

燕绥从医院出发，预计要一小时后才能穿过大半个城市到达船厂。小何的手动挡不比燕绥的车灵活，好在她也不赶时间，索性慢慢开。

一路信号灯颇多，燕绥走走停停，十分钟才开了小半截路。这点距离，估计回望时还能把医院楼顶的立体灯箱看得一清二楚。

燕绥爱车，条件允许的情况下她通常喜欢自驾出差。为此，还曾被嘲笑过当老总却没点当老总的派头，没有专用司机就算了，连助理都是坐副驾的。

辛芽年轻气盛又护主，当时就噎回去了："我们燕总人傻钱多，家里豪车多得能开车行了，总不能每辆车都配一个司机吧！"

燕绥笑而不语，回头见对方一脸尴尬色，也就没再和辛芽计较什么叫她"人傻钱多"。

不是自己的车，开车习惯不同，无论是座椅距离、方向盘高低还有后视镜的视野范围用着都不顺手。燕绥到底没忍住，到下个路口，调着座椅后推，边调节边吐槽："小何腿有这么短吗？"她腿曲起都快顶到方向盘了。

她嘀嘀咕咕着又调高了方向盘，瞥了眼后视镜，后车跟的是辆银灰色面包车。燕绥上一眼看它，还能看到整截车身，位置一调，整个视野范围缩小，只能看到前半截。

面包车上的雨刮器和挡风玻璃间夹了片大梧桐叶。

红灯跳转，她没时间再调后视镜，起步上路，下个路口掰折着后视镜，那辆银灰色的面包车依旧跟在她的车后，保持着不远不近的距离。

燕绥收回视线，又开始拨弄电台广播，勉强搜到一个音乐频道，正在放《远走高飞》。她一顿，合着拍子轻哼了两声，在后车的催促声里，慢悠悠地松了刹车，起步。

半小时后，燕绥停在体育东路的十字路口，仰头看对面商场外墙的巨屏画面里出现的南辰市宣传视频，忽然想起一个人。

几年前燕绥刚回国时，在正式接管燕氏集团前，她曾在造船厂工作过一段时间，和燕安号的老船长相处甚欢。

后来厂里的人都知道她是小燕总，没多久，燕绥也正式回了燕氏。除了特定时间的视察，她只有每年郎晴忌日那天才会去船厂。

老船长知道这日特殊，每年的今天都会在船厂里给她留灯，无论她多晚离开，老船长都会晃着手电筒一路把她送出厂外，再折回厂房。

燕安号每年八月中旬出港远洋海航，到第二年的三月归港，是以，这几年，燕安号的老船长始终没有缺过一次。但今年不一样，老船长最后一次出海归港后，已经退休了。

燕绥在下个路口临时换了路线，改去老船长家里拜访。她半年前从索马里归来，先做了安抚家属的工作，那是她第一次去老船长的家。此后第二次是燕安号归港那日，和燕沉以及几位燕氏高层去港口把船员和家属一起接到盛远酒店吃了一桌接风洗尘宴。那天酒宴结束，是燕绥亲自送老船长一家回的家。算下来，时间一晃，已经过去了大半年。

快到老船长家前，燕绥停车，在水果店买了一篮水果。掂了掂分量，总觉得这上门礼有些轻了，见对面老旧的小超市玻璃门上写着板正的"香烟"二字，穿到对街去买烟酒。

燕绥绕过路障，迈上路肩时，瞥了眼停在超市门口的银灰色面包车——雨刮器和挡风玻璃间夹的梧桐叶子还未掉落，叶尖正随着夜风颤巍巍地抖动着。

她转头，似根本没有留意到这辆跟她跟了大半个南辰市的面包车，大步迈进超市里。收银台旁边的玻璃柜里陈列着各种各样的烟盒。

燕绥认真地挑了挑，指尖落在某盒烟盒上，对坐在收银台前专心致志打纸牌游戏的老板道："这个给我拿两条。"

老板顺着她的指尖瞥了眼，说了句"稍等"，丢开鼠标，转身从柜子下面抽了两条烟："还需要什么？"

"我再看看。"燕绥转身，沿着货架挑挑看看走到正对着街外的货架前，她摸出手机正欲拍照，玻璃门被推开时，街外的车流声一下子涌进来。

燕绥下意识转头看去，进来的人背对着她，也是买烟的。

隔着一层很久没有清理过积着厚厚一层灰土的玻璃，车牌号在镜头里模糊得还不如她用脑子记。她随手点开通信录，给代驾发了条记着车牌号的短信。

数秒后，手机铃声响起，燕绥接起。

代驾一副昏睡多日刚醒来的语气，含糊问："燕总，是我长得影响你的心情了还是我的服务意识太糟糕，你怎么叫计程车也不让我给你开车？"

计程车有他这个合作了几年的代驾安全吗？看她还费劲记车牌，找他屁事没有。

燕绥说："你要来接我啊？"

代驾蒙了几秒，挠着头从床上坐起来："可以啊，我还不是你随叫随到的？你在哪儿？"

燕绥弯腰，认真地从几种口味里挑了包水果糖，转身去收银台结账，见买烟的那人付了钱还在等找零，又折去冷藏柜挑饮料："可乐喜欢吗？"

代驾"啊"了声，顿时笑得跟二傻子一样："这这、这多不好意思，还让你给我买喝的。"

燕绥拉开一扇冰柜，透过冰柜玻璃门的反光见买烟的那个人转身，正盯着自己看，心尖一紧，顺着编下去："要喝爱尔兰的冰咖啡？这我上哪儿给你买啊，速溶的行不行？"

代驾："……？？？"

他终于意识到情况有些不对，结巴道："燕燕燕燕总，您老是喝、喝醉了还是怎么着，给我点提示啊……"

燕绥觉得等会儿有必要给代驾好好上节课了。她眼也不眨地盯着冷藏柜反光的画面，手下不停地挑挑拣拣着饮料瓶，最后停在咖啡上。

老板终于把零钱找给他，温声道："您慢走。"

玻璃门一开一合，那道身影走出门外，径直往银灰色面包车走去。

燕绥转身用肩膀顶上柜门，看着那个陌生的男人坐上面包车，她额间忽地突突跳了两下，拎着饮料去收银台结账。

刚才故意拖长了音的软糯调子冷下来，语气严肃道："开你的车，立刻到这个地方。"燕绥快速报了老船长家的地址，一字一句郑重道，"记得，尽快。路找不到，到附近给我打电话。"

代驾被她那语气说得浑身发毛，凉飕飕的。他夹着手机飞快套上裤子，拎了衣服大步往外跑："燕总你是不是遇上什么事了，要不要帮你报警？"

"不用。"挂断电话，燕绥冷静地快速在脑子里分析。

从看到这辆车到现在，过去了四十分钟，燕绥基本可以确定有人在跟踪她。副驾没人，但不保证只有她刚才看到的那个男人。

前面巷口左拐，第二排居民小区的三楼就是老船长家，步行需两分钟。报警到出警的时间，如果她不迈出超市，跟踪她的人显然会发现她发觉了。而燕绥有种预感，这个人或许和她家玄关曾经出现过的男式皮鞋有关。

短短数秒，她把繁杂的思路全部理顺，在所有选择中仍是没抵抗住水落石出的诱惑，她垂眼，指尖在收银台上叩了叩，立刻做出了决定。

燕绥拎起收银台上被老板装进塑料袋里的两条烟，目光落到挂在电脑桌旁粉色的跳绳上，停留了片刻，已经迈出一步的脚又收回来，问："老板，绳子能不能卖给我？"

……

她穿过马路回到对街，从水果店拎走果篮。步行一段路后，左转，进入小巷。

巷口停了几辆车，隐约能听到隔壁露天篮球场打球的声音。燕绥转头，看停在路边的车窗，眼光余光后扫。果不其然，瞥见一道人影忽地退了回去，藏回了巷口。

　　燕绥深呼吸了一口气，加快脚步，往已经能看到的居民楼快步走去。她快，身后的脚步声也快。许是察觉到她已经发现了，那个陌生男人不再刻意掩藏。

　　穿过花坛，燕绥借着树木的遮挡，飞快奔进楼道。

　　心跳得快要跃出嗓子眼，她握紧了手里的绳子，三步并作两步跑上楼梯。

　　眼看着快到转角，燕绥瞥见转角处的水泥墙边露出一角衣服，心中大骇，以为自己是中了瓮中捉鳖之计，额头冷汗直冒。

　　来不及再仔细思考对策，她正要大叫，躲在拐角处的人似乎发觉了她的意图，忽然现身，一手捂住她的嘴，一手揽着她的腰，毫不费力地把她抱进怀里，用力地压在墙上。

　　燕绥觑空，张嘴就咬。齿尖刚咬到他的手背，他敏捷地一缩，微微松开她，覆耳道："是我。"

　　浑身高度紧绷的人压根儿听不进他压低的这句话，趁机大喊："救……"命！

　　下一秒，傅征垫在她脑后的手微微用力把她压向自己，他低头，以吻封唇，吮住她。

　　燕绥一怔，视野里，傅征的眉眼渐渐清晰，她瞬间安静下来。

　　唇上的触感清晰，她嗅着他身上独有的海水般的潮意，从心底最深处的某个角落开始，像多米诺骨牌，无声地、迅速地、毫无停顿地节节崩塌。

Chapter 12

一生

　　燕绥的手心出了一层虚汗，浑身没劲，还拎在手上的果篮，沉得有些滑手。她松手，放下东西后，发冷的指尖攥住他的袖口，轻轻一扯。

　　傅征一顿，压扣住她后颈的力量一松。他退后寸许，垂眸看着她。饶是一句话也不说，光是那眼神便夺魂摄魄，让她险些忘记呼吸。

　　仅十几级的楼梯之下，一墙之隔，有脚步声在楼道口徘徊着。

　　现在不是解释的时候，更不是对谈风月的氛围，燕绥侧耳听了听。

　　老式的区民楼隔音差，有点什么动静都能听得一清二楚。许是终于决定要上来了，微沉的脚步声慢慢地踏上楼梯，数声后，不知道附近哪楼的小孩开门关门，把门拍得震天响，还附带了一句："爷爷，电视又没信号了。"那脚步声停在楼梯上，很快，轻盈地下去了。

　　燕绥生怕他折返离开，她半点没收获回头还要遭傅征教训，一急，拽下绑在腰间的跳绳拿握在手心，压低声音道："在这儿等着。"

　　不等傅征反应，她跟条顺着缝隙溜走的鱼一般，灵活地避开他，下了楼梯。

　　傅征伸出去的手没抓到，咬着牙挤出她的名字："燕绥。"

　　也不知燕绥是没听到还是胆大包天装作没听到，她头也没回，几步走出楼道口。

　　那男人没走远，蹲在石桌上仰头四望，应是在观察燕绥进了哪户居民家。哪料，正主倚着门口绿色的铁门，好整以暇地端详了他几眼，才懒洋洋道："找我呢？"

突然出现的声音吓了男人一跳，他咬着烟仔仔细细看了燕绥一眼，跳下石桌气势汹汹地朝燕绥走来。

燕绥知道傅征就在楼道里，本来只有半成底气，这会儿气焰嚣张，不躲不避地看着他近到跟前了，觑着他伸手来抓的那只手狠狠攥住他的小拇指反向掰折，趁他一时不备，膝盖一屈一顶，近身直攻他弱点。

男人吓了一跳，再不敢轻敌，伸手格挡的空当，燕绥手臂死死夹住他的脖颈往下一勒，蓄力勾绊住他的脚后跟，一推一拉，奈何男人的下盘结实，愣是稳住了。

男女的力量到底悬殊，燕绥这招攻其不备没奏效，只能继续周旋。

这男人身上没功夫，就是仗着一身蛮力。被燕绥拧疼了手指，这会儿盯着她的眼神几乎快要喷火。

傅征站在楼底，刚才虚虚实实的两招他已经瞧到了对方的破绽，见状，指点："腰腹是他的弱点。"

陡然又听到一道男声，男人一慌，错眼观察的瞬间，燕绥忽然逼近，一拳朝着他的脸侧挥去。

结结实实打了他一拳，燕绥勾唇，也不顾手疼，乘胜追击。男人皮糙肉厚，燕绥力量不够，颇有些挠痒挑衅之感。

不出燕绥所料，对方觑空攥住她的手腕正要反击，她矮身一避避开那个大耳刮子，眸中厉色忽然变得锐利。

燕绥屈膝，腿部蓄力，一记狠顶，男人连哼都没哼出一声来，脸色蓦然一变，额角青筋暴起。他涨红了脸，猛地爆了句粗口，如蛮牛一般狠狠攥住燕绥肩膀，五指抓握的力量像铁钩深深嵌入。

燕绥"咝"地倒抽了一口冷气，一拳正中对方眼窝，直打得对方后退一步，对方大吼："你是不是个女人？"

燕绥冷笑，反问："你说是不是？"

她觑空打出一套组合拳，压根儿没给对方喘息的时间，侧踢横扫他的腰侧，他弯腰之际，燕绥侧身踢他膝盖后弯，趁他跪地毫无防备之际，反手掰住他的下巴后仰，等他失了平衡，屈膝一压，顶着他的后腰把他放倒在石桌下。

傅征看她反折了对方的双臂拧在身后，捡起她掉在地上的绳子扔给她，道："绑上。"

楼下的动静不小，不少人从屋里出来站在走廊上往楼底张望。被燕绥脸朝下压在地砖上的男人破口大骂，嘴里不干不净的没一句能听的话。

燕绥正琢磨着要不要再揍他一顿，揍得他服帖老实得再不敢叫唤为止……又怕下手太重，正当防卫过度。

还在为难，傅征已经半蹲着，伸手握住他的下巴。太过用力，捏得男人的脸侧深深凹陷。

说不出话，男人支吾着，挣扎着，犹如暴怒的野兽，双目血红。

傅征这种真刀尖上舔血的人，对他的威胁恐吓半点反应没有，微低头，捏着他下巴两侧用力一抬，指腹捏着他两颊皮肤青白，一字一句道："再不老实点，我直接卸了你的下巴。"

他的声音压得低，声线更是轻沉，本听着没什么力量，可那语气森冷，眼神认真，丝毫不像是单纯吓唬他。

男人不信邪，傅征指腹力量微松时，他"呸"的一声，刚发了音，颊侧被捏紧，痛得他头皮发麻。饶是他再不愿意承认，他也知道自己这回是真踢到铁板了。

眼见着楼上围观的居民越来越多，傅征示意燕绥从他身上下来，他拎起男人，让他坐在石凳上，看他灰头土脸地低着头，授意燕绥："报警。"

燕绥也有此意，避开两步拨报警电话，刚走出树下，听楼上有人惊讶万分地叫她名字。她抬头，见老船长站在三楼走廊上，似对燕绥会出现在这里有些不敢置信，呆愣了几秒后才反应过来，匆匆下楼。

燕绥打完电话，正好老船长也下到楼底，他看了眼石桌旁的两人，急道："怎么回事？"

老船长在楼上听到动静，出门查看时只看到燕绥压住壮硕的男人在打绳结，一时慌神。到了楼下，见燕绥一副不知头尾的样子，更是着急，只能把目光投向傅征。

傅征没含糊，干脆地直接问当事人："叫什么名字？"

男人不答。

燕绥和他在小超市打过一次交道，这人阴鸷，看着不像是单纯的混混。过招时，那狠劲，根本不会手下留情。他手上要是有个铁棍、匕首，燕绥未必能毫发无损。

他不配合，傅征也不客气："不想说？好办。警察来之前，私怨私了，看看你骨头还有没有现在这么硬。"

傅征身上自有一股不怒而威的气势，他有意要给对方压迫感，那气场便如卷低的云层，直压到你头顶让你喘不过气来。

男人坚持了没几秒，不情不愿道："李捷。"

傅征问："你跟着她干什么？"

李捷这才敢抬头看他，撇了撇嘴道："看她漂亮呗。"

傅征缓缓眯眼，语气低沉又危险："再问你一遍，你跟着她干什么？"

李捷没说话，阴着双眼睛，那眼神如淬着毒，在燕绥身上停留数秒，他低下头，摆明了不愿意回答。

一直沉默着的燕绥忽然问："认识程媛吗？"

李捷："不认识。"

"那认识我？"

李捷抬眼，笑了。他一笑那双小眼立刻眯起来，看着贼眉鼠眼的："我不认识你，我跟着你干什么？"

燕绥心里憋着火，面上不显，不疾不徐地问："我玄关的那双鞋子是你放的？"

出乎意料地，他承认了："是我放的，我还在你小区门口等了几天。你胆子也够小的，再没露过面。"

燕绥心里的猜测被证实，反而平静了，她眉目冷漠地看着他："图钱？"

李捷故意看了眼傅征，语气猥琐："当然图人。"

燕绥扬手就是一巴掌，干脆得连傅征都没意料到。她俯身，居高临下地拿手指着他："别嘴里不干不净的，我这人脾气暴。"

她微沉着眉眼，唇边带笑，看着温柔无害，眼尾却锐利又凛冽。

李捷看得心底生寒，脸颊被燕绥指甲剐蹭到的地方火辣辣地痛着，可这会儿也不敢再吱声，瓮着双眼，一声不吭。

几分钟后，警车驶进居民区。

巧的是，出警的民警中有一位是燕绥在玄关发现皮鞋报警后出警的年轻民警。他对燕绥和傅征印象深刻，下车见到两人的一瞬，就心里有了底。

燕绥录过笔录，看李捷被警察塞进后座带走，隔着车窗看到男人满脸凶相地无声放狠话。

她神色自若，目送着警车掉头驶离居民区，眼前这幕和两年前送走程媛那幕意外重合。脑海里思绪迷离，她理不清也暂时不想管，原地站了片刻，她转身看傅征，秋后算账："你怎么在这儿？"

傅征出现在这里，纯属意外。他从郎其琛口中得知燕绥每年今天都会到造船厂，午后离开部队，便直接到燕氏造船厂守株待兔。

造船厂的门岗是个年逾五十的老先生，暂替值班。

门岗窗口半开，老先生架着副老花镜边看电视边捧着餐盒解决午饭。从傅征的车停在门口起，老先生就在观察他。

等吃完午饭，洗完了餐盒，仍不见傅征离开，主动出来询问。船厂除了工作人员，少有访客，老先生一听傅征是在等人，便打听："你等谁啊？这离下班还有几个小时，外人没通行证不给进的，我可以进去帮你叫一声。"

傅征回："等燕绥。"

老先生觉得名字耳熟，但一时半会儿没想起来是谁，进去打了个电话，满脸堆笑尴尬地迎出来："老头记性不好，只记得船东姓燕，不清楚名字。你说的是小燕总吧，得去燕氏集团找她，她不来这里。"

傅征有那么一秒怀疑郎其琛的情报有误，但仍是耐心道："她每年今天都会来船厂。"

他一提，老先生倒想起来了，摆摆手："今年小燕总不会来这里了。"

不等傅征追问，他解释："小燕总和我们这儿的老李头关系很好，每年今天过来都是来看老李头的。这我不会记错……老李头今年商船归港后就退休了。就那艘燕安号啊，老船了。名字还是老板娘起的，很得小燕总喜欢，连带着对老李头也是照顾有加，不止允许他随时出入船厂，连燕安号都不再离港远洋了。"

老先生见傅征不语，想了想，又补充了句："你要么去老李头家碰碰运气。"

傅征问清地址，驱车过去。老城旧址大多具体地址不详，他在巷外的五金店门口停的车，找到居民楼没见燕绥的车，也不好贸然去敲老船长的门，就在楼道上等。

三楼的走廊居高临下，能观察到巷口。他从发现燕绥那刻起就发现了她身后尾随的李捷，傅征了解燕绥，从她警惕地借助车窗回望起，他就知道燕绥已经发现了异样。

她刻意放慢脚步等李捷跟上，到后来发现对方不掩饰跟踪意图后的加快脚步，傅征立刻猜到燕绥有意引他上钩。这才有楼道里他为了阻止燕绥发出声音打草惊蛇的那幕应急反应。

可此时燕绥问他"你怎么在这儿"时，他却连一句话都说不出来。

他和燕绥对视了片刻，欲盖弥彰地牵出另一个话题："你对自己的自保能力是不是过分自信了？"

被反将，燕绥气定神闲："不是遇到你，一般人拿我没办法。"

一般人拿她没办法？

傅征气乐了，他抬手握住她受伤那侧肩膀，微一用力，看她骤然变了脸色，立刻松了手，嘴上不饶人："这就是你说的一般人拿你没办法？"

不等燕绥说话，他回头看了眼还在向邻里解释的老船长，握住她的手腕领着她往楼上走。老船长见状，忙暂别了邻里，跟上去。

临时扔在楼梯上的果篮和香烟还原样摆在原地，傅征一声不吭地替她拎了东西，由老船长在前面带路，他落后一步，牵着她跟进屋。

"老婆子行动不便，在阳台上。"老船长让两人直接进屋不用换鞋，高声叫了妻子名字，忙招呼两人在客厅坐下。

傅征没动，他客气地问："能借用下客房吗？"他回头看了眼燕绥，解释，"她肩膀拉伤了，我替她上点药。"

老船长愣了一下，反应过来后，忙道："能能能。"

他从电视柜下拎了医药箱递给傅征，亲自引到客房门口，本想问傅征"如果不方便可以让老婆子帮忙"，话到嘴边，看平时横得能上天的小燕总乖乖地被牵进去，又把话憋回去，眼睁睁看着门在自己眼前关上。

客房不大，除了一张床、一个简易衣柜和一张书桌以外，再没有像样的家具。

傅征进屋后，把医药箱放在书桌上，翻找适合燕绥伤势的药水。

医药箱里除了常用的碘酒、棉签和酒精以外，还放着几盒速效救心丸、降血压、血糖的西药片，最底层才是跌打损伤用的喷剂和药水。

　　燕绥脱了外套挂在椅背上，坐到床沿，拉开领口看了眼左肩。

　　刚才还不觉得疼，这会儿看到肩上一大块瘀青，头皮一麻，也不知道是心理作用还是反应迟钝，左肩一阵抽痛。她"嘶"了声，对着领口比画了下，干脆把领口至左肩的布料撕开一道口子。

　　傅征转身，见她左肩半露，细瓷般凝白的肩部红肿和瘀青遍布，眉心几不可察地一蹙，往手心里倒了药酒，搓热掌心后覆上她的肩膀，"忍着。"

　　话落，他指腹推着她的伤处打着圈地推揉，他的手劲不小，刚用力燕绥就觉得疼，比李捷下狠手拼命想捏碎她肩膀时还要疼。

　　她咬住下唇，一声不吭。本还有些僵硬的肩膀被他用巧劲轻推，伤处犹如着了火，点点火星四溅，血液似在奔腾燃烧，又痒又烫。

　　傅征观察过燕绥，对她的了解没有十分也有八分。她愿意和你亲近时，是个很好相处的人，可骨子里的倔性比烈酒还要呛人。哪怕一排枪口指着，让她承认自己是个孙子，她也绝对是堵着枪眼折了枪管回骂的那个万分之一。

　　也正因为这样，看她一声不吭忍着疼，傅征才更觉得舍不得。

　　手心里全是药酒的味道，傅征指下的皮肤滚烫，他的视线落在她被自己揉得一片通红的肌肤上，微微一顿。她的肤色偏白，这一片红揉在满目瓷白里就显得尤为刺眼。

　　他一停，燕绥自然抬眼看去，顺着他流连的目光落在左肩，笑眯眯地开玩笑："心疼啦？"

　　傅征塞回木栓，转身把药酒放回医药箱里，拎起她挂在椅背上的外套亲自给她披上："以后再有这种情况，交给我。"

　　他不是没看懂燕绥要单独行动的意思，他不想自己小瞧她，觉得她的决定自负又愚蠢，所以即使在燕绥落了下风时也选择不插手。尽管傅征仍旧觉得燕绥的决策太冒险，起码现在他舍不得再对她说教。

　　"明天再推一次，好得会更快。"他回头示意了下门外，"出去吧。"

　　"等等。"燕绥拢着外套站起身，拧眉问，"你亲我这事你就不打算给我个说法？"

　　不等傅征说话，她又补充："别说什么情急之下不得已而为之啊，这种话听了我会想打人的。"

明明是在放狠话，可惜身高劣势，在傅征面前燕绥几乎没什么气场可言。显然她自己也发觉了，燕绥踩住他的脚背，垫高了继续瞪着他："说话！"

傅征失笑，怕她摔着，伸手扶住她，垂眸看近在咫尺的燕绥，道："我不想占时间的便宜，不止放在几百年前。就是现在，我看了摸了亲了，就该要娶你。"

这话怎么听着……挺耳熟的？

傅征提醒："索马里。"

燕绥："……"想起来了，这话还是她在摩加迪沙登机前跟傅征说的。

她忍不住笑，早忘了调戏他的初衷，问："你是不是把我每句话都记着？等着翻旧账了一句一句打我脸？"

傅征当真入神地想了想，答："不止。"

不止？

"有关你的每句话，我都记得。"

为了证明自己所言不虚，傅征回忆道："我惊艳你的枪法，问过郎其琛，他说是郎将军领进门，他带你修行的。知道你腕部力量不够，开枪瞄准有个小习惯，一脱离熟悉的靶圈肩膀就会特别僵硬，手指绷直。"

"还说你胆子特别大，小时候惹你生气，被你撵到差点跳河。"他微微挑眉，笑道，"之前我还不信你小时候能有这么凶，今天信了。"

燕绥轻揪了下他耳朵道："瞎说。"

这小狼崽子，也不知道说点好听的……跟傅征说她凶！活腻了？

她清了清嗓子，控制不住地好奇道："他还跟你说什么了？"

"为了摘挂在五楼外墙的风筝，踩着空调外机就上去了。"傅征问，"真没你怕的？"话落，见燕绥眼神闪躲，不再追问，"出去吧。"

燕绥正不知道怎么回答他的问题，他给了台阶，她立刻跟着下了。

客房正对着客厅，她一开门正好和已经在客厅等了一会儿的老船长夫妻打了个照面。

幸好出来前她把外套给穿好了……否则被两人看到，不知道要误会成什么样子。

傅征满手的药酒，老船长领他去卫生间洗手，燕绥坐下陪大娘说话，她刚说了来意，大娘就笑道："我们老两口倒是没想着你这么惦记着我们，倒是老李，让我做了你爱吃的几个点心，就刚才还在厨房里给你装铁罐，打算吃过晚饭送去船厂。他知道你今天要去造船厂，燕安号如今也停航了，怕你一个人在船厂待到深更半夜也没个人给你留灯，就想去船上等你。"

燕绥难得失语了片刻，她垂下眼眸，温柔又有力地握住她的手："让您跟老船长费心了，真是过意不去。"

"哪啊。老李退休在家，天天除了围着我转也没别的事了。人跟人之间的好都是相互的，你可别太挂记。"大娘拍了拍燕绥的手背，叹道，"倒是你，平时工作再忙也要注意身体，每次瞧着都瘦了大半圈。"

傅征还在走廊上打电话，听身后开门声一响，他转身，见燕绥拎着纸盒准备告辞，微微诧异。

电话那端的迟盛听傅征话说到一半戛然而止，知道他那边不方便，道："情况我了解了，南辰警局那儿我正好有个学弟，我回头联系他。"

傅征"嗯"了声，挂断电话。

老船长一路把两人送到街面上，看燕绥指了指斜对面五金店门口的越野车，才止了步道："那我不送了，你有空常来，什么时候想换换口味吃家常菜让你大娘给你做。"

燕绥笑意盈盈道："哪能让我大娘下厨，您赶紧回去吧。"

老船长"欸"了声，脚却没挪动，说："我看那个壮壮的男人有点眼熟，刚才一直没想起来，那人之前在造船厂上过班的。叫什么不记得了，但听说是谁的亲戚，我晚上打电话帮你查查。"

"在船厂上过班？"燕绥眉心一蹙。

造船厂地位特殊，又大多是燕沉负责，燕绥虽然不曾懈怠造船厂的管理，但对员工的流动的确不清楚。

"是啊。在船厂的食堂工作，本来做采购的，但一大清早四五点就要起来，这年轻小伙吃不消。没干两天，就说不想干了，后来在食堂给他安排了别的活儿，他都说做不了。因为是领导的亲戚，也没人敢给活儿，他就闲散地在食堂里待了一个星期。这小伙脾气凶得很，老掌厨看不下去说了几句，他就往老掌厨的碗里弹烟灰。这才引起食堂里的人不满，给主管告了状，把他开除了。所以你不知道很正常，要不是正好说到下厨，我还想不起来。"

燕绥应了声，道："那您回头帮我问问，看是谁介绍进来的，回头给我来个电话。"

老船长满口应了，目送着燕绥上了车，这才慢吞吞往家走去。

燕绥意外知道一个线索，这个线索虽然还没有明确的指向，但足够让她猜疑。

上了车，她降下车窗透气，挂在车窗上的手支着头，语气带笑，可看向傅征的那双眼里凉飕飕的全是冰碴儿。

她说："怎么办啊，傅长官，我差不多猜到是谁了。"

傅征问："家务事？"

燕绥沉吟片刻，道："一半一半吧。"

这回答模棱两可，连燕绥都不清楚自己脱口而出的这一半是什么，另一半又是什么。

傅征掉头，往造船厂的方向开去。经过第一个路口时，燕绥听见他问："李捷的事，你打算怎么处理？"

傅征是聪明人，关键他不止聪明，还有身为南辰地头蛇的睿智。光是老船长透露的线索，就能确定李捷的背后还有幕后主使。

燕绥选择把李捷送进局子，无疑是上上策，可如果李捷的狡猾让警方也无能为力找到更多的证据，傅征也不认为凭燕绥的智商会舍得放掉这尾刚钓上岸的大鱼。

李捷，就是突破口。

从男式皮鞋那事起，燕绥就没打算瞒着傅征，就傅征那段数……除非是他配合装作不知道，否则燕绥真不信他能安分当个局外人。

"看他本事，拘留到期后他要是能安然无恙地走出来，路上就可以把人约过来好好聊聊天了。"

"我从医院出来没多久，就注意到一直跟在我车后的面包车。真正确认是在老船长家门口的小超市，现在回想起来，还有次露馅是在我去船厂的路上临时起意决定改道，走的最右边车道。"那辆面包车停在隔壁直行车道，在看到她转向后，违规在人行道上右转。

"你是说……"傅征缓缓眯眼，"他很清楚你要去造船厂？"

"照他刚才说的他这几天一直在我的小区门口守株待兔，又突然掌握我的行踪跟我去船厂，只有一个解释。"

她的声音忽然低下去，似理顺了之前还纠结缠绕的毛线。结果，她拎着线头，看清对面扯着线的另一个人时，突然自我怀疑。

燕绥的确有一瞬间的迷茫——燕沉出卖她？但是怎么可能？

在医院时，燕绥就觉得燕沉有事瞒着她。可这会儿联系了所有的关键点，当矛头全部指向他时，她却对燕沉的动机毫无头绪。

燕沉和程嫒不同，程嫒目光短浅却又野心勃勃，但燕沉在商业上的才能、抱负有目共睹。他不是毫无底线的人，也不像是会任程嫒摆布的人……

那还有什么原因，让他突然开始针对自己？

她专注到连手机铃声都没听见，还是傅征提醒她："电话。"

燕绥回过神，拿出手机看到来电显示上的"代驾"二字，一个激灵……终于想起半小时前被她从床上铲起来任劳任怨的小代驾。

路口红灯，车缓缓停在停止线前。

傅征转头看她，问："不接？"

当然要接……

燕绥清了清嗓子，接起电话："喂？"

"燕姐。"代驾爬个楼爬得气喘吁吁，站在三楼楼梯口，喘着大气问："我到门口了，你出来吧。"

燕绥挠了挠眉心，小声道："我打到车，先走了。"

代驾："……"他咳了声，带着笑转身往楼下走，"我昨晚通宵达旦地工作到清晨，睡下三个小时却又被你叫醒……你给我营造了一个好莱坞大片的故事背景，结果我不打电话你还把我忘了？"

燕绥听到代驾那怀疑人生的语气，默了默。

代驾还在抱怨："虽然我是包年的，但费用这么便宜，你怎么忍心……"

终于等到他说累了挂断电话，燕绥还没松口气，余光瞥见傅征握着挡把的手指轻轻敲了敲，头皮一麻，只听他语气危险又低沉，问："你遇到危险，第一个想到的不是我？"

跟踪这事，从燕绥发现到她决定以身为饵，全程没超过五分钟。事出突然，她的危机处理意识习惯性替她规避以现实角度而言无法求助的名单，另外选择最佳辅助人员。

而傅征，属于前者。相比代驾能够随传随到的机动性，傅征身处部队，在没有休假的前提下，并不能由她支配。

燕绥从未回避过她和傅征在身份、职业、责任上的不匹配。只是谈恋爱，没必要跟完成工作一样，事事做总结，画图表，打报告。

这个明显怎么答都会暴露彼此生活矛盾的问题自然也不需要正经回答，男人吃醋跟女人一样，是要哄的。

她理直气壮地回答："你不就喜欢我的独立自强吗？怎么着，变口味了？"

身后有车鸣笛催促。傅征透过后视镜往后瞥了眼，轻抬刹车，又轻压油门，道："我休假了，十天假期。"

话落，他意味深长地补充了一句："休完回部队报到那天，正好是半个月。"言下之意在提醒燕绥，打恋爱报告赌约的最后期限就是那天。

急的又不是燕绥，她现在还有什么好沉不住气的？

车从老城驶进新区，耳边气流声渐渐嘈杂。夏季未至，吹来的风却已带了几分灼人的暑意。

燕绥倚着车窗的小臂隔着外套也被阳光晒得发烫，她收起手，关上车窗，忽然想起还没问他："你怎么知道我要去船厂？郎其琛告诉你的？"

除了这个小兔崽子，燕绥也实在想不出还有谁能出卖她出卖得如此理所当然。

"嗯，"傅征应了声，看着前方路况的眼神渐渐深邃，"是他说的。"

老船长家离造船厂不远，绕过一个白滩公园，前行一公里就是燕氏的造船厂。

燕绥来时，岗亭的门卫已经换成了二十多岁的年轻人。好在并不妨碍燕绥刷脸，她降下车窗，对着小跑出来查问的门卫微微颔首。

那门卫一眼认出她，什么也没问，径直替她开了门。

傅征开车进去后自然减了速，燕绥指路，绕过厂房和一片空地，指着角落尽头那艘巨轮："还记得它吗？"

她手指的方向，燕安号静静停泊在港口尽头。

"记得。"哪会不记得？

半年前为解救燕安号上被海盗劫持的二十多名船员，何止熟悉燕安号的外形，船体结构几乎都烂熟于心。如龙首的艏尖舱，防撞舱壁前的锚链舱，如同心脏位置的船舶机舱，毫厘分寸他都记得一清二楚。

车过桥，停在水泥路的尽头。燕绥下车，沿船梯登上燕安号的甲板舱。

顶层有平台，给船员或船长做瞭望用，她正寻思着怎么上去，傅征已经攀住顶层围栏，轻松一跃就攀顶。他半蹲，朝她伸出手，"踩台阶"。

燕绥顺着他指的地方落脚，手腕借力，没怎么使劲就被他拉着登上了燕安号上最高的瞭望台。

近海，尤其是环着内陆的海水，因水道船只来往密切，交通繁忙，整片水域已不再像燕绥小时候那样清澈。仅剩微蓝的水意延绵着，一路到海平线交汇处才凝成一道深蓝的水线。

燕绥眯眼看着海平线良久，直到有船从辛家港离港发出了鸣笛声，她才似回过神儿来一般，说："我怕水。"

没头没尾的一句，傅征却听懂了。她是在回答半小时前他随口问的"真没你怕的"。

燕绥并不是无所畏惧的，她也有恐惧的东西，"接下来的话，我这辈子可能也就只说这一遍"。

她想了想，从苏小曦说起："我瞧不上苏小曦不只是因为她的小聪明用错地方，人世故还不知遮掩。我就是看不起她。"

她语气轻飘飘的，被风一揉就散了。

"她觉得我天生条件优渥，根本无法理解她这种人生一开始就生活在噩梦里的人，其实不是。我生父嗜赌如命，是彻头彻尾的赌徒。"

燕绥以前不叫燕绥，这个名字是郎晴把她带进燕家后，郎誉林给取的。

她出生后就没有了对母亲的记忆，唯一一次开口问生父母亲在哪儿，也只听到一声嘲讽的冷哼。

　　有人说她是病死的，也有人告诉燕绥，她母亲生下她就跑了。她最初的记忆停留在老木屋昏黄的厨房里，她自己蒸了块邻居给她的番薯，出锅时，顾不得烫，连皮都没揭，就着没洗干净的泥巴狼吞虎咽。吃得半饱后，另外小半块番薯她就舍不得吃了，盯着看了许久，直到手里的热气耗尽，她撕了一层外皮喂进嘴里，就强忍着把番薯放回了锅里。

　　屋子里常常只有她一个人，生父嗜赌，常常夜不归宿，好像也不记得还有她这个女儿。她一天就只吃一餐，一旦钱用完了，他还没回来，她就只能饿着。

　　而饥饿，就是燕绥那时候最大的难题。邻里起初看不下去也接济，但生父好面子，脾气又暴躁，对村子里的邻里都没什么好脸色，也不来往。谁接济燕绥他知道后，甚至会上门去打砸，时间一久，就是再有邻里心疼燕绥，也不敢接济了。

　　不只如此，燕绥生父在外面的赌债欠得多了，时常有人上门敲砸。燕绥年纪小，虽没有人会对她动手，但威逼利诱却没少。

　　那年代保护法还不为人熟知，村里干部找他谈过话，他嘴上应着，回来大发一顿脾气，日子照旧。

　　这种日子终于到头，是在燕绥到了上学的年龄，村干部寻来给燕绥的生父上了堂思想课。燕绥搬着板凳坐在门口，偶尔回头看到他心不在焉、似有想法的眼神时，都有种不寒而栗的危机感。

　　隔天，燕绥被他带着上街，去买了身新衣服。她不敢穿，她直觉这是某种预兆。揪着自己磨破了的牛仔裙站在店门口，死活不愿意进去。他却笑了，难得没发脾气，掏出皱巴巴的一叠零钱，数着付了钱，抱她回家。

　　回家的路足足走了一个小时，从傍晚走到天黑。

　　他一声不吭地把她送到家，温声问："你想上学吗？"

　　燕绥摇头，她知道家里没钱。

　　他从未有过如此和善温和的一面，几句话后已经渐渐没了耐心，只把衣服递给她："去换上，爸爸带你去走个亲戚。"

　　那个"亲戚"，是人贩子。

　　燕绥被他牵到她面前接受眼神打量时，恐惧感如汪洋般吞噬了她，她害怕地仰头看他，低声叫他："爸爸，我们回家吧？"

他没理她，讪笑着问那个女人："怎么样？"

那个女人轻蔑地笑了笑，颇为看不起他："连自己女儿也卖，你等着天打雷劈吧。"

燕绥不知道她的生父最后是不是遭了天打雷劈，她只知道那一刻，犹如晴天霹雳，把她本就身处的地狱照得惨白灰淡。

"再有记忆是在一艘船上。"

船舱闷热，发动机的声音如雷声轰隆，整个舱室昏暗得只有一盏壁灯。

"海军在近海巡逻，这艘黑船上的人贩子自己心虚，军舰靠近时把船舱里所有被拐卖的孩子赶下水，只扔了一捆麻绳，威胁说，不抓牢绳子就要被淹死。发出声音，就会被打死。"

燕绥说起这段回忆，语气平静，她伸手，问："有烟吗？"

傅征从烟盒里抽出根烟递给她，看她手掌微拢挡风，摸出打火机给她点了烟屁股。

烟草味有些淡，燕绥含了口烟，缓缓吐掉后，道："十几个孩子，我不只松了手，我还喊了救命。"

她摸到麻绳的尾端，飘到离黑船最远的地方，松了手。不会游泳，呛水后她本能地扑腾呼喊，水面的动静太小，又是黑夜，整片海域如晕开的墨色，除了战舰的照明灯连月光都没有。

她的做法冒险又愚蠢，偏偏奏了效。

"我被救起来，带到了军舰船舱上。"这烟的烟味燕绥有些不习惯，她把烟屁股抵在栏杆上碾熄，眼眶微微发红，微抬了双眸看着傅征，"救我的是舅舅。"

郎啸跳下水把她从水里捞起来，交给了当时随队的军医郎晴，燕绥被救起后就一直由她照顾。几天后，当所有被拐卖的孩子都找回了家人，唯独燕绥没有。

她装了几天哑巴，郎晴就耐心地等了她几天。她已经不记得郎晴是怎么联系上她生父的，她对那个冷漠的男人仅剩的模糊记忆就是他毫无留恋离开的背影。

后来，郎晴收养了她。她是燕绥见过最有大智慧的女人，在收养燕绥之初，她便把燕绥当作一个小大人，面对面坐着和她谈了一次话："我知道你很聪明，你得告诉我，愿不愿意做我女儿？我患有遗传病史，不宜生育，所以我和我先生结婚多年至今没有孩子。如果你愿意做我女儿的话，我就带你回家。"

"所以我叫燕绥。外公希望我这一生都能安然无忧。"

燕绥把掐断的烟头揉在手心，她攀着栏杆坐上去，身后整片海湾都成了她的背景。她笑眯眯地看着傅征，问："吓着了没有？"

"没有。"他低头，目光顺着她的鼻梁落在她的唇上。她的唇色偏淡，唇形饱满，棱角弧度都像是画师一笔勾勒的，线条精致。可刚才从她嘴里说出来的那些，对他而言，的确有些无法想象。

脑海中有关燕绥的一些无法拼凑起来的拼图此刻终于完整，他抬手，把她鬓间被风吹得贴在她嘴缝中的那缕发丝勾至耳后。

燕绥呼吸一窒，仿佛整颗心都被勒紧了。

傅征的指尖微曲，从她耳后折回来，轻刮了一下她的鼻尖："以后，你的一生我来守。"

风把桅杆和绳索吹得猎猎作响。

燕绥和他对视了一会儿，靠近道："现在不说我们不合适了？"

傅征选择性失忆："我什么时候说过不合适？"

燕绥哧笑了声，用食指戳了戳他心口，抬眸道："我告诉你这些，不是示弱，也不是博取同情。那些的确是我的过去，没什么不好承认的。"

"傅征。"她一顿，一下下戳他心口的手指改为拎住他的衣领，"以前是我选择不了。但以后，路怎么走，走去哪儿，做什么，我自己能做主，也很清醒。"

就是太清醒，很多时候甚至会给人一种刻薄的假象。

"我知道。"傅征垂眸看了眼她揪住自己领口的手，想起那晚在董记分开后，他送迟宴回大院。回家时父亲还没睡，眼神扫过他略显凌乱的领口本欲训斥他仪容不整，不知想起什么，吊着眼尾觑他，笑着问："交女朋友了？"

他神情自若地答："小野猫抓的。"

现在他发现，这只野猫是真的喜欢揪他衣领。

傅征还打算说些什么，唇翕合着，还没碰出字来，燕绥的手机铃声响起。

铃声响了一遍又一遍，她没接，甚至没拿出手机看来电显示。她不想打断他说话，今天特殊，她可以谁都不用理。

燕绥有多坚持，打电话的人就有多耐心，铃声循环了数遍依旧无人接听后，很快重拨。

傅征："先接电话。"

电话是司机打来的，燕绥接起时，他似松了口气，急忙道："燕总，您父亲说这几天就在墓园住下了，您看？"

燕绥思索片刻，道："墓园有他住的地方？"

"有是有，守墓老翁住的二层小楼，可以单辟一间住一段时间，就是环境有些简陋。"

"那你问问有没有什么缺的，如果没你的事了你就先下班吧。"

"欸，行。"司机的电话还没挂断，又进来燕沉的，燕绥下意识看了眼傅征，接起，"喂？"

"是我。"燕沉轻咳了一声，问，"第一个电话你没接，再打就是通话中，是你那儿有什么急事吗？"

"没有。"燕绥从李捷之事推算出燕沉有嫌疑后，难免对他存了猜忌之心，语气虽不显，但放往常很是寻常的询问在今天莫名觉得讨嫌。

她不作解释，只问："出什么事了？"

燕沉知道她在船厂，也知道今天是郎晴的忌日，若没什么重要的事情他不会在今天给她打电话。

"是虹越那边出了点问题。"

虹越有心想分利比亚海外建设项目的蛋糕，这段时间一直非常积极地在争取，相比一些还未合作过的新公司，燕绥也属意和虹越的合作，打算过几天和燕沉开个会正式确定下和虹越的战略合作。这个当口，出什么事了？

"虹越的资金链可能断了，有些项目已经停止运作，股价也蹊跷地连跌几天……"

虹越这几年野心不小，除了家电市场，在手机、汽车行业都分了一杯羹，近期最大的动静应该是资本收购，拿下了一家影业，试图在资本构成最复杂的行业试水。

业内私下里在惊讶虹越迅速壮大的同时，也打趣过："虹越老总一把年纪娶了年龄这么小的娇妻，重燃斗志了啊。"

"也可能是虹越老板娘的枕边风吹得好，你看人家的营销。"

燕绥对虹越收购影业的决策并不意外，这几年资金忽然流入，影视投资无疑是押宝赚宝的好买卖。虹越几年前就组建了专业的工作团队，在影视方向有庄晓梦把持，进军影视投资是迟早的事。唯一没想到的是，虹越会亏钱。这事可大可小，万一虹越真的资金链断了，周转不灵，股盘崩盘就是迟早的事，那虹越即将面临的就是公司破产。

燕绥想明白这个关键点，脸色终于变了，道："我现在回公司。"

挂断电话，燕绥还没来得及措辞解释一番，傅征提着她的腰把她从栏杆上抱下来："我送你过去。"

燕绥在去公司的路上，急忙召回辛芽，又想起还停在老城的小何的车，免不了又给代驾打电话。

代驾这次连脾气都没了，只快快说了句："姐我是不是哪儿得罪你了？你这么玩我……"顿了顿，他腔调一变，差点哭出来，"我刚到家！"

燕绥忍着笑，语气故意淡道："那赶紧喝口水，可以出门了。"

代驾："……"

到公司门口，燕绥匆匆忙忙解了安全带，刚推开车门，手腕被傅征握住，燕绥回望，只听他说："我这几天都在南辰，休假。有任何事，随传随到。"

燕绥一路上沸腾跳跃的心绪此刻全在他的眼神里静下来，她抿出抹笑意，笑问："晚上过来和我一起吃饭？"

她有预感，虹越的事会忙得她人仰马翻，起码明天太阳升起前，这事都完不了。

傅征应了声"好"，这才松手，看她下了车，走出几步又转身看回来，给他飞了一吻。

隔着车窗，不好再把她叫回来，傅征拿起随手放在储物格里的手机，给她发了条短信。

——"打发我？"

傅征前脚走，辛芽后脚到，她眼睁睁看着傅征的车绝尘而去，内心悲怆。自打傅征和她的"年终奖"挂钩，她每次看见傅征都跟看见人民币一样。他和燕绥在一起，辛芽就会有年终奖还好好在她兜里的安全感。傅征一走，她就跟看见钱跑了一样……悲痛不已。

说实话，这两人一天没确定恋爱关系，她就多折一天寿！

辛芽步履匆匆地迈进公司，刚按下电梯上行键，就被前台叫住："辛芽，有份快递过来的文件。"

电梯刚上顶楼不久，下来还要一会儿工夫。辛芽小碎步跑去拿文件，边看了眼寄件人，边道谢。

眼见着辛芽拿了快递就要走，前台"欸"了声，叫住她，神秘兮兮地压低声音道："小燕总是不是有男朋友了？"

辛芽觑了八卦的前台一眼，问："谁说的？"

"小何啊。"前台长得漂亮，想从辛芽这套点消息，便笑得格外甜美，"小何昨天匆匆忙忙出去，回来说是小燕总和燕副总出了车祸，虽然没大碍吧，大家也挺关心的。听说小燕总交了个很帅的男朋友，所以我问问你呀。"

燕绥一天没承认，辛芽就守口如瓶，哪怕此刻心里狂喊着"是啊是啊，超级帅是不是"，面上却高冷得掉冰碴儿："你有空操心小燕总不如操心操心你自己吧。"话落，转身就走。

辛芽一上来，燕绥把小何的车钥匙交给她，让辛芽代她把钥匙交给代驾，把小何的车开到停车场。

她坐了没一会儿，就匆匆去燕沉的办公室细讨虹越的事。这一讨论就讨论了一下午，燕绥看完了网上有关虹越的最新报道，应是做了公关处理，刚爆出资金链断裂，欠债累累的负面新闻已经在第一时间被庄晓梦否认，除此之外，还有虹越在手机市场的合作方出面辟谣，称合作一切正常。

燕绥在商业上的嗅觉敏锐，下午整理了多方消息，包括和虹越方面也以视频通话的方式做了联系，她直觉虹越一定在某方市场吃了败仗。

为了稳妥起见，她想了想，提出："我去北星市走一趟吧，见势不对，我们立刻启动第一方案，及时止损。"

燕沉不置可否，他握着笔，笔尖在文件上点了点，沉吟："我去吧。"

"叔叔刚回来，今天日子特殊，虹越的事耽搁不了，得立刻动身。"燕沉放下笔，拨了内线吩咐小何，"尽快给我定去北星的机票，今天内，越早越好。"

小何在电话里说了些什么，他颔首，道："燕总还在公司，这些她会处理。"

挂断电话，他推开椅子起身："我这边有些公事推不掉的可能要你替我做了，我今晚出发，尽量明天就回来，任何事电话联系。"

燕绥跟着起身，一路把他送到电梯前："辛苦你了。"

燕沉笑起来："你什么时候和我也这么客气，为你卖命本就是我的荣幸。"

"燕沉。"燕绥弯了弯唇，忽然正色，"是我幸运，这几年有你陪我披荆斩棘。"

夜幕降临，他身后的落地窗外除了还透出抹深蓝的夜色，其余都是整个南辰市的繁华。

燕绥曾经在这里忙到深夜，看着这座城市从华灯初上到灯火阑珊，恍惚之间，真的有种自己在打江山的壮志豪情。

不只南辰，整个世界版图都有她的脚印。她不敢妄自居功，这燕氏江山的确不只她有功劳，燕沉也功不可没。

燕沉的笑意微敛，眸色深深地看了她一眼，在踏进电梯后，他凝视着燕绥，一字一句道："你知道我的心意，我心甘情愿。"

不等燕绥回应，他移开目光，按下关门键，在电梯闭合的最后一秒，他抬眼看向仍站在门口的燕绥，微微笑了笑。

——为你披荆斩棘，我心甘情愿。

燕绥心乱如麻，慌得厉害。回办公室坐了一会儿，还在出神，辛芽替前台转了内线过来。她接起，音色沉沉："什么事？"

前台陡然被大老板阴沉的语气吓到，蒙了几秒才反应过来，一分钟前的雀跃顿时不见踪影，她声音甜美，如往常那样汇报道："燕总，前台有位叫傅征的先生说要见你。"

往常没有预约的，内线只会接到辛芽那儿。

可如果是傅征，自然另当别论。

她紧蹙的眉心舒展，语气顿时愉悦了不少："就来。"挂了电话，她下意识看了眼一下午都被她遗忘在自己办公桌上的手机。果不其然，未接电话——傅征。

出门见辛芽还在工位上，燕绥招了招手："走吧，跟我一块吃饭去。"

辛芽把头摇得跟拨浪鼓一样："我就不去了吧。"

燕绥挑眉："怎么着，担心自己当电灯泡？"

辛芽又摇头："不是，我看着年终奖，想着还没进我口袋里，就食不下咽。"

燕绥翻了个白眼，懒得理她。

眼看着燕绥真的丢下她不管，辛芽又觍着脸跟上来："我跟你一起下去。"

燕绥勾勾指头，进电梯按了一楼，随口问："小区那边进度怎么样了？"

"今天都弄好了。"辛芽担心燕绥老跟自己住，会严重阻碍傅长官打恋爱报告的进度，很是下了番心思。

"挺快啊。"燕绥笑眯眯地摸了摸辛芽的脑袋，语气一变，故意调侃，"是不是嫌弃我住你屋呢，嗯？"

"嘿嘿。"辛芽傻笑了两声，觍着电梯一到，跟泥鳅一样，滑溜得立刻从电梯里蹿出去，险些撞到站在门口等着接燕绥的傅征。

辛芽有些傻眼，站定后，不好意思地叫了声："傅长官。"

傅征的目光越过她，看向她身后的燕绥："忙完了？"

"还没。"燕绥嘴角上扬，"工作哪有你重要。"

辛芽目瞪口呆，她才下线两天，小燕总和傅长官的进展就这么突飞猛进了？

她可以敬仰他征服大海保卫国土的信仰，
也可以挡住他时常不在自己身边的寂寞，甚至她都
可以不用他操心自己所有的麻烦。

Yan sui

Fu Zheng

在选择伴征的那一刻，她就准备好了承受随时
会孤独终老的可能。

可直到此刻，她发现自己做不到，也承受不了。

如果让她爱上他，又让她失去他，这爱情于她
而言，就是伴征不可饶恕的罪孽。

他与爱

He and Love

北倾
BEI
QING
著

下

百花洲文艺出版社
BAIHUAZHOU LITERATURE AND ART PRESS

傅征。

我们都好好地活着。

无论是动乱难平，

还是前路难行，

都要好好活着。

目 录 contents

归路卷

HE

AND LOVE

Yan Suh

Pu zheng

归路卷

如果让她爱上他，又让她失去他，
这爱情于她而言，就是傅征不可饶恕的罪孽。

35860.C

FUZHENG
YANSUI

Chapter 13

我有名分，光明正大

　　燕绥今晚还要加班，几人就没走远，在公司对面找了家中菜馆对付了一顿。说对付吧，三个人六菜一汤，三荤三素，还有甜点和饭后水果，这配置还叫对付的话，辛芽已经不知道丰盛两个字怎么写了。

　　菜上齐后，辛芽习惯性地要去端燕绥的汤碗给她舀汤，手刚伸出去，瞧见傅征已经接过燕绥推过去的碗，正给她盛汤。

　　辛芽心里苦巴巴的，默默缩回手往碗里夹了口大白菜。她这会儿虽然有年终奖要进袋的欣慰感，但却多了饭碗即将不保的焦虑感……

　　此时，以前台为首的八卦消息集散中心小群里，前台往群里发了张照片。

　　偷拍的照片，聚焦模糊，光影昏暗，就连像素都跟被糊住了一样，唯一能看清的只有一个身材修长的男人身影。

　　同事A："这是谁啊？"

　　前台："小燕总的男朋友！！！"

　　顿时，小群里无论是潜水的、划水的，还是窥屏的全部都冒出来了："啊，真的假的啊？"

　　"个高腿长，身材很好啊。"

　　"小燕总男朋友的正面照是被你吃了吗？赶紧吐出来！"

　　有眼尖的发现："这是来公司了？"

　　前台回："是啊，来接小燕总下班吃饭。激动，我还以为我们小燕总等着强强联姻，结果她居然是颜狗。"

同事 A："小燕总自己就是人生赢家了，你们谁见过哪家大集团是这么年轻的女总裁坐镇的？她还需要联姻？"

水友纷纷附和。

"果然，小燕总这种要颜值有颜值、要身材有身材、要钱有钱的人都是单着玩的。"

"当初你们谁说小燕总这样成功的女人都单着，自己不好意思找对象的？脸疼不疼？"

"……人家单着玩儿的，只有我们单身得这么认真。"

同事 B："你们只看到了别人颜好就说小燕总是颜狗，万一人家势均力敌，爸爸是商业巨贾呢！"

众说纷纭中，前台又被推出来回答："可能真的不简单，我听辛助叫他什么长官，好像是个军官。"

立刻有人联系到小燕总的军方背景："没准还真是家里介绍，之前不是有人说小燕总是军属吗？"光那辆挂着警备的军牌车就能基本坐实。

前台捧着脸，美滋滋，"心疼双燕党，我就没从小燕总脸上看到过那么少女的笑容。平常一副日天日地的御姐范儿，结果一到男朋友面前跟只萨摩耶一样……反差萌萌死我了。"

日天日地？！

"噗……"辛芽差点一口汤喷出来，她还真不知道前台那姑娘私下这么敢讲！

辛芽默默地放下手机，心里默念："珍爱生命，远离水群。"

吃过饭，傅征把燕绥送回公司，抬腕看了眼时间，问："晚点来接你？"

"不了。"燕绥解释，"燕沉临时出差去北星，他手上一部分工作转给我了，晚上和埃塞俄比亚的工程负责人有视频通话。那个翻译……"

燕绥一时没想起陆啸的名字，还是傅征提醒："陆啸？"

"对。"燕绥笑起来，"还想说个熟人的名字让你有点印象，结果我自己忘记了。"

她站在风口，长发被风吹得一股脑涌向耳后，她耐心地把头发钩住，随意绑了结，嘟囔："估计今晚要睡在公司了。"

燕绥身后就是公司大楼的立柱，傅征上前一步，把她推至立柱后，他站在风口，替她挡风，道："公司安不安全？"

李捷虽然被抓捕，但真正的危险并不来自他。

燕绥没立刻回答，她抿着唇笑，那双眼有星辉漏出来，映着路灯，亮晶晶的。

"想陪我啊？"

公司大门口只站了一个安保，此时也被辛芽借故拖进去了。隔了立柱，又被他挡住，燕绥只身笼罩在他的身影下。

她看着心情还不错，揪了揪他的衣角，又轻轻拽住他的袖口。

傅征反手把她的手握进手心，垂眸看着她："不放心。"

在他眼里，燕绥比一般女孩强大不少，有胆魄，遇事沉稳冷静，光是反应能力和解决问题的能力就比他队里那几个小孩要强多了。可这人放在心里后，哪怕知道她的能耐，在这种危机潜藏的时候，一不在自己眼皮子底下，那颗心就总是慌着。

燕绥定定看了他两眼，转头往公司门口呶了呶嘴："门口有安保，进出有登记，公司里有不少员工还在加班。辛芽今晚估计也走不了，要等到燕沉那边的消息为止。"

她蜷在傅征掌心里的手指轻轻地挠了挠他："后天周末，到下午我应该也就忙完了。你去领郎其琛到小妹那儿，我好久没见他了。"

她不安分的手指被傅征攥紧，他难得带了几分笑意："正好，帮我治治他。"

燕绥微微挑眉："他怎么你了？"

傅征的目光越过她望进贴着落地窗给他打手势的辛芽，手心压着她的后颈，替她转身，示意她看去。

辛芽正晃着手机，催她赶紧进来。

"那我先走了。"燕绥的手指贴着他的手腕钻进袖口，握住他的手臂后，抬到眼前看了眼时间。才过去十分钟就催催催！年终奖要不要了！

傅征立在原地，看她和辛芽边走边说着话进了电梯，又站了会儿，这才离开。

还在路上时，迟盛打来电话，相交多年的朋友，没怎么寒暄便进入主题。

迟盛说："李捷没留过案底，但我在南辰警局的朋友对这个人倒是有点印象。具体什么事记不清了，没犯过案子，他们几乎一周负责一起案子，也很难留下深刻印象。"

傅征理解："他怎么说？"

"李捷一口咬定是因为喜欢燕绥，鬼迷心窍。认错态度良好，也很积极配合审讯。他的面包车里也没搜到什么证据，他只承认在燕绥玄关放过皮鞋的事。"

傅征沉吟片刻，问："现在怎么处理？"

"上次出警的两位民警还有些年轻，当晚搜查后虽然没有财产损失，但只要确定有人非法闯入，能够立案。"

迟盛查问过，那晚主要出现的分歧点是"不确定有人非法侵入住宅"，原因是现场并没有留下任何脚印和指纹，包括物业经理提供的访客进出名单上也没有记录，所以在没有财产损失的前提下，并未立案。

"在没有新的证据出现前，李捷的罪名只有非法侵入他人住宅，普通拘留十五天。"

傅征沉默了数秒，回："好，我知道了。"

迟盛静了静，笑了，说："我还没见过你给谁鞍前马后的。"

傅征听出他是在套话，漫不经心道："有机会让你见见这位让我心甘情愿鞍前马后的。"

迟盛听到想要的回答，笑意渐深："巧了。"

他还想再说些什么，电话那端忽闻一道清脆的女声："迟盛盛盛盛！"

迟盛回头轻斥了声"没规矩"，道："我这还有事忙，回聊。"

"回聊。"

视频会议结束后，已是深夜。辛芽从刚才来送茶被燕绥留下后就一直窝在会客的沙发上，这会儿困得脑袋一点一点的。

直到面前有茶杯底座和玻璃桌几轻碰的声音，她才醒神，下意识坐好："燕总。"

"困了先进去睡。"

"我有事要跟你说来着。"她从沙发靠枕下找出被她压了一晚上的平板，递到燕绥眼皮子底下，"还是那个营销号，晚上八点整又发了一条你的视频。"

辛芽把视频点开，等燕绥接过去，她松开手，边喝燕绥泡给她的牛奶，边在她桌前拉了把椅子坐下："我按照你之前吩咐的，不接受媒体采访，包括官博也停止发博，以不回应的态度让这次意外走红的热度降下。但奇怪的是，背后像是有人在操控。眼看着热度降低，渐渐淡出网友视线了，这个营销号又发了一段你的视频。"

燕绥边抿着咖啡，边看视频。整段视频有几分钟之久，是不久前，燕绥在泰拳馆和傅征过招的视频。按视频的角度来看，应该是泰拳馆对着拳台的监控摄像里截取的，视野清晰。

燕绥耐心把视频看完，挑眉："我挺帅的啊！"

辛芽："……"老板，重点不是这个啊！

她无奈地提醒："我发现后给泰拳馆包括托尼打了电话，泰拳馆的回复很官方，说立刻调查原因，托尼直接拒接了电话。"

燕绥正在翻评论。

"小姐姐帅炸了啊啊啊啊！"

"@庄晓梦别天天草励志人设了，你快来学习学习这位。"

"我嗅到了一股营销广告的味道……莫不是这位燕总打算自己出道？"

"疯狂给小燕总打 call 啊！@燕总全球粉丝后援会官博你快学习学习人家营销号好吗！关注你那么久，你就是个骗粉的！"

辛芽也瞄到了，她很委屈，她哪是骗粉，明明是受制于人。

除各色好评以外，还有不少类似这种"陪练的小哥现在长得都这么帅了吗""这是哪家泰拳馆？为了教练颜值我要办个终身贵宾卡啊""这家泰拳馆是南辰市的啊，我也是会员，我怎么没见过这么帅的教练"……

燕绥指尖没停，一路快翻，偶尔看到对她指手画脚，说她鼻子坚挺得像假体，下巴看着像削骨的评论，哼了声："现在的女人嫉妒起来嘴跟抹了毒一样。"

辛芽："……"所以她刚才说的那些话，她燕总就一句都没听进去是吗？

就在辛芽绝望之际，燕绶把平板递回来，眉间哪还有半分刚才没个正经的模样，她看都没再看一眼，把座机电话转向她，命令道："把公关部和法务部的人都给我叫回来。"

辛芽小心肝一抖："燕燕燕总，已经十一点了……"

燕绶头也没抬："把热搜给我撤了，法务部准备出律师申明，一份给那个营销号，另一份给泰拳馆，顺便……"

她把签好的文件扔到一边，声音直坠冰窖："托尼拒接你电话是吧？简单。他这么做贼心虚，你告诉他，二十四小时内，他不到我面前把事情说清楚，你让他等警察传唤吧。"

午夜一点，燕氏集团的大楼仍旧灯火通明。

燕绶卸下严谨，动起真格来，底下部门更不敢怠慢，临时以会议室为据点，展开工作。连轴转了数小时，辛芽暂时担任后勤工作，出公司买了夜宵和热咖啡来犒劳将士，顺便鼓舞士气。

公关部经理一晃眼就不见了燕绶，端了咖啡坐到辛芽旁边，问："燕总去哪儿了？"

"回办公室了。"辛芽把玉米粒卷进嘴里，感慨道，"燕副总临时出差，她从下午赶回公司就一直忙到现在，歇都没时间歇。"

公关部经理连声附和："真挺辛苦的，我特意把燕总那份留出来了，你等会儿给她送过去。"

辛芽跟各部门之间打交道那是常有的事，她是燕绶身边唯一的助理，所以各部门经理不论资历深浅，对她的态度都很是友好。

见状，她抓紧时机诉苦："今晚也是事出突然，虹越那边刚传出负面消息。燕总这边又莫名其妙泄露了视频……"话说到一半，她故意停了停。

公关部经理连连点头，表示理解："你别多想，临时有紧急情况大家都谅解。再说了，跟小燕总这么多年了，在工作上她对我们的体谅和宽容，我们都看在眼里记在心里。有紧急情况的时候，我们公关部的还不披甲上阵，那什么时候上？"

她生怕自己讲得不够情真意切，辛芽无法领会精髓，继续道："小燕总这么年轻，这么有能力，还这么体谅员工，这样的老板我真没见过几个。你等会儿见着小燕总也跟她说声，无论遇到什么难题，我们做员工的，都和她共进退。"

辛芽目的达到，微笑道："姐，我先去把夜宵给小燕总送过去，等会儿凉了不能吃。会议室里你帮我照看着，我等会儿就下来。"

公关部经理满口答应，目送她离开。公司上下那么多部门，辛芽最属意和公关部经理打交道，这女人跟小燕总一个路子一种属性，都是见人说人话，见鬼见鬼话。

小燕总端着架子有时候心情不好还懒得哄人，这公关部经理睁眼说瞎话的本事练得那叫一个炉火纯青。早年燕绥刚上任时，大燕总亲点过她的名让她陪着燕绥出席必要的饭局。这种人精，就是你点到为止，她都能接着你那句话把句号画得匀称又圆满。要不然怎么叫说话也是门艺术？

燕绥洗了把脸清醒清醒，脸上还滴着水，见辛芽用脚尖抵开门，捧着咖啡和比萨小心翼翼地挤开门缝，上前几步替她开门，问："事办好了？"

"放心，公关部这边全力以赴，等会儿我去会议室盯着就行。你先去睡会儿吧？你今天一天行程都排得满满的。"辛芽把热咖啡塞进她手心，抽了纸巾递给她擦脸。

"哪有时间休息？"燕沉这边不少业务，她需要尽快上手。淮岸一向是燕沉对接的，明天既然要开会，她还得把会议需要的资料从头到尾看一遍。

她拉开椅子，在办公桌前坐下，桌面上是翻了几页半压出痕迹的会议资料。

辛芽看她握笔批注了几行，忽然笔尖一顿，吩咐："燕沉来之前那位孙副总现在也不知道在干什么，你抽空联系联系，看她现在什么情况。"

她轻描淡写，辛芽却听得心中巨骇。她跟了燕绥三年，对她的思维模式行事作风都极了解。昨晚的视频出来后，她听着燕绥调兵遣将，心中还有枪口一致对外的痛快感。

这种感觉一直延续到辛芽坐在会议室，仰头看站在上首眉目清冷、气场全开的燕绥时，还因为自己是她的助理，和她并肩站在这座城市最高楼的战场上，心中敬畏、崇拜，燃烧得血液沸腾。

可刚才有多热血澎湃，此刻就有多如坠冰窟。心里燃烧的小火苗被冰水泼了一盆又一盆，最后扑哧一声，爆出一星半点的火光后，彻底熄灭。

"燕总，你是想……"换掉燕副总吗？

话刚一开口，她就陡然发觉这不是她能问出口的。她闭上嘴，瞬间让自己冷静下来，见燕绥已经停了笔，正隔着书桌看着自己，她笑了笑，说："好，我明天去联系，一切都会秘密进行。"

燕绥颔首，笔尖在纸页上轻轻一划，有些心神不宁地看了辛芽一眼，难得多说了一句："这是一步退棋，如果公司情况真的发生我也无法预料的冲击和逆转，我起码不至于无人可用。"

辛芽那点小聪明用在揣摩大老板的心思上勉强够用，但公司上的事，她能领悟的全在自己的能力范围内。她不清楚短短几天，小燕总和燕副总之间发生了什么，但她清楚，如果所有事情在一开始就是预谋好的，她们此时已经立在孤舟中。

燕绥在公司待了一天两夜，燕沉搭乘航班回南辰市后她终于能歇口气。

傅征一大早给她打了电话，听她声音清醒得不似刚睡醒的样子，到嘴边的话改问："这个点你醒着？"

燕绥瞄了眼时间，早上六点半……对于她的生物钟而言的确是有点早，但傅征这话听着怎么就那么不顺耳呢？

她回呛："怎么着，这个点我就不能醒着？"

傅征没跟她抬杠，淡着语气道："我是来查岗的。"

"查哪门子岗啊？想知道我边上有没有男狐狸精？还是想知道我在哪个温柔乡？"她推开椅子起身，站在落地窗前伸了个懒腰。

辛芽推门进来时就只看到她家小燕总露出一截小蛮腰十足倦懒的样子，没瞧见她在打电话，直言道："燕总，你都累瘦了。"

话落，见燕绥转身，耳边还贴着手机明显在接电话，顿时捂住嘴，一副"我失言我该死"的惊恐状。

燕绥顺手把手机递给她，接过她手里的浴巾和换洗衣物："我先去洗澡，岗你慢慢跟辛芽查。"

辛芽手足无措地接过她硬塞来的手机，低头瞄了眼，见还在通话中，双目圆睁，大脑顿时死机。

这这这……什么情况啊？直到电话里傅征"喂"了两声，辛芽才手忙脚乱地接起来，点头哈腰地解释："傅傅长官，燕总去洗澡了……"

傅征："我听见了。"

辛芽都快吓哭了，捂着电话往外走，边走边继续解释："燕总一直在公司，半步都没出去过。昨天下午周常会议后就见了淮岸老总，都是正常来往……"

傅征差点失笑，打断她："我不是问这些。"

辛芽脚步一顿，脑子终于清醒了些，"那你问，我保证知无不言言无不尽。"

傅征在玄关换了鞋，拿了车钥匙出门，"她这两天是不是都没休息？"

辛芽想了想，答："休息是有，就是加起来……也没她正常休息的一半。"话落，听那端只有规律的脚步声，颇有压榨小燕总的负罪感，明明她才是被压榨的那一个。

"她上午还有工作安排？"

"没有了。"

傅征上车，启动引擎，仪表启动的提示声里，他说："那我来接她。"

半小时后，傅征到公司楼下。辛芽生怕傅征久等，催着把燕绥送下楼，直到塞进副驾，看她系上安全带，这才眉开眼笑地退后一步目送两人离开。

燕绥透过后视镜看自家傻白甜助理脸上那慈祥仁爱的姨母笑，忍不住皱眉头："不就一年终奖，小姑娘年纪轻轻就为五斗米折腰。"

话落，她懒洋洋打了个哈欠，看向傅征："去你家还是我家？"

她困得厉害，洗完澡的清醒劲从上车起就被消耗殆尽。

傅征瞥了眼她还半湿的头发："你家。"

燕绥没异议，手指支着眼皮，懒洋洋道："那你开快点，我一睡着谁都叫不醒。"

燕绥那小区离公司近，车停在地下车库，她领傅征上楼，重新翻修清扫过的公寓连她也是第一次来。

她开门、换鞋、进厨房给他倒水，说："喝什么？茶、酒、饮料？"话音刚落，听见傅征跟进来的脚步声，正欲转头。

他从身后拥上来，一手环在她腰侧微微一收，从后把她揽进怀里，另一手越过她，抽走她手心里的茶杯随手放在流理台上："去睡会儿，这些我自己来，嗯？"

他声音低沉，嗓音似自带共鸣，燕绥被他抱在怀中，感受他胸腔的震动，耳朵忽然有些发烫。

她怔了几秒，没敢回头："那不管你了，你自己随意？"

"嗯。"他低头，鼻尖在她耳后轻轻蹭了蹭，摩挲到她有些湿漉的发丝，带了微微的凉意，"把头发先吹干。"

明明……他也没做什么，燕绥却被他诱惑得一塌糊涂。她吞咽了一声，在他怀里转身，后腰倚着流理台，抬眼看他道："辛芽跟你说什么了，让你跟哄小孩一样哄着我。"

傅征反问："非得她跟我说什么，我才能哄着你？"

燕绥的视线从他一丝不苟系好纽扣的领口滑至他的喉结，又缓缓落到他的唇上，最后才在他的凝视下和他对视。

她笑眯眯的，微微踮脚，伸手环住他的后颈："你不是最能看透我吗？那你看看，我现在在想什么？"

她一双眼不躲不避地和他对视。眼里有流光，有星辉，全部揉碎在她的眼底，顾盼生辉。

傅征情不自禁低下头："我只知道我想做什么。"

燕绥笑起来，指尖抵住他的嘴唇，和他就着彼此呼吸可闻的危险距离，一字一句问："辛芽是不是跟你说我有起床气，得小心哄着？"

傅征失笑："是说过。"他拉下她那根手指，在手心里把玩着，有几分漫不经心，"哄你还得有权限？"

燕绥轻哼了一声，有那么几分小得意："寻常人哄得起吗？"

还真哄不起。

"我呢？"没了她手指的阻碍，他低下头来，鼻尖轻轻蹭了蹭她的，重复，"那我呢？"

鼻尖被他蹭过的地方像是点起了火星，酥酥麻麻的。燕绥的意志力被他瓦解得支离破碎，对视着他的眼睛，仅剩的一点理智让她抵挡住了已经送上门的傅征。

　　她往后倚着流理台，试图和他拉开些距离。这种时候，这个男人的强势顿时显露无余，他寸步不让，甚至更加得寸进尺，握住她的手环在他的腰上，他抵着她的脚尖又逼近一步。

　　半步的争让，燕绥已经退无可退，她被迫和他继续对视："你上一次亲我，我可以糊涂点不跟你计较。你再亲我，自己可要想好了。"

　　他的声音本就低沉，这会儿更加故意地低缓和温柔："谁准你糊涂了？"

　　"你……"燕绥顿时气乐了，环在他腰上的手狠狠捏了他一下。

　　傅征身材精瘦，她这一捏没捏疼他，倒是自己硌着了指甲。

　　他闷声笑，笑着笑着似忍不住，低低笑出声来。

　　"我想好了。"他干燥的唇轻轻碰了碰她，似试探一般。见燕绥不动，他低头吻上去，"不拥有你，我怕是要后悔一辈子。"

　　燕绥环住他后颈的掌心潮热，抵着流理台的后腰又凉得彻骨。浑身软绵绵的，全靠他支撑着。原本意识就浑浑噩噩的，被他亲吻着，大脑更加混沌。

　　唯一清晰的——他是傅征。

　　七点多的清晨，阳光宛如初生。她一夜未合眼，被这温柔的、带着暖意的阳光抚触，坚硬的心脏似被凿开了冰口，注入了温水。

　　直到被傅征拦腰抱起，她的掌心贴在他的颈侧，目光从他湿润的双唇移到他的耳侧，她低头，用鼻尖轻蹭了蹭他的耳郭："傅征。"

　　"嗯。"他应了声，把她送回房间。

　　她难得这么柔顺，像打瞌睡的猫，伏在他的怀里，一动不动。

　　傅征俯身，把她放到床上，问："要不要换衣服？"

　　燕绥摇头："不换。"她只能睡一会儿，下午见完郎其琛，还要回公司和燕沉开会对接。时间对她而言，紧张得像是从海绵里用力挤出来的，一滴都浪费不得。

　　她的意识渐渐朦胧，何时睡着的一点印象也没有，只记得耳边有吵人的吹风机声，傅征和她说了句什么，她一个字也没听进去，彻底沉入睡眠里。

醒来时，半遮半掩的窗帘里透出一缕正值骄阳的日光。燕绥遮眼，凝神听了听。

屋里没有别的声音，傅征不在。她慢吞吞坐起来，看了眼时间，离和郎其琛约好的还有一小时。

燕绥摸索到压在枕下的手机，边起身边开机查看消息。

辛芽日常汇报工作安排，今天特殊，她还多加了一句："已联系过目标人物，正常接触中，小燕总你安心休息！PS：对我的年终奖上点心啊，求您了！"

燕绥"哧"地笑了声，洗漱后谨遵傻白甜助理的殷殷教诲，给傅征打电话："在哪儿？"

"楼下停车库。"和他声音同时响起的还有锁车门的声音，"趁你睡着，去修理店把大G开回来了。"

他不提，燕绥差点忘了，前几天车祸后大G送去奔驰店维修，隔天客服就打来电话和她预约提车时间。她回了句先放着……就没然后了。

这些事原本都是辛芽操心，她也理所当然惯了。忽然换他来做，不知道是不是身份变了的缘故，简单的一件事，燕绥也能听出不一样的亲密。

她对傅征已经是她男朋友这件事后知后觉，怔了足足三秒，下意识摸了摸开始发烫的耳朵尖，嘀咕："你先别上来，就在楼下等我。"

话落，不等傅征回答，她又飞快地补充了句："我需要时间消化下，几分钟，给我几分钟就行。"

傅征一脚已经迈进了电梯，闻言，迟疑了一瞬，仍是按下楼层键："别挂电话。"

燕绥刚准备按上屏幕的手缩回来，她颇有些恼羞成怒，手机扔在玄关鞋柜上，僵持了数秒后，她狠狠闭了闭眼："你上来。"

话音刚落，电梯到达的声音隔着一扇门在两端重合。

燕绥没开门，她听见傅征的脚步声停在门口。

一秒，两秒，三秒……他始终没有要进来的意思。两侧耳朵的温度终于冷却，燕绥不自在地揉了揉发僵的后颈，上前一步，压下门锁开门。

傅征站在门外，门开的瞬间，他按下计时器："两分二十五秒十三毫秒。"他的声音低沉、沙哑，像含了口烟，不疾不徐吞吐着。

　　燕绥刚做好的心理建设瞬间崩塌得连地基都不剩，她觉得自己就不是个扭捏的人啊，怎么遇到傅征的事，就变得反复无常？

　　她强制自己冷静了几秒："我先换鞋。"

　　傅征不语。

　　燕绥当他默认，转身扶着鞋柜换好鞋，出来带上门后，她顿时松了口气，终于敢和他对视："我好了。"

　　傅征显然没有就这么让她糊弄过去的意思，摸出烟盒，敲了根烟咬住，也不点，眯眼看了她会儿，说："不咬着烟，心里烧着火，总想对你做点什么。"他的语气无比自然，尤其后半句云淡风轻得跟谈论天气一样。

　　燕绥忍不住打了个寒战，又是后知后觉发现他的情绪不太对。不像生气，更不像发怒，看着她的眼神带了几分揣摩，不知道在想什么。

　　"是太仓促了你没心理准备，还是我让你觉得这事不够踏实，没有真实感？"他咬着烟，低叹一声，指尖挑起她的下巴不容她躲避，俯身和她对视，"说话。"

　　传说中日天日地一脸攻气的小燕总还是头一次彻底被傅征的气场震慑，舌头险些打结。

　　傅征也发现自己似乎凶了点，松开手："你撩我的时候，你没想过这一天？"

　　直到此刻，燕绥才发觉把傅征拒之门外的举动有多不理智。她伸手，指尖从碰到他的衬衫起就像是拥有自己意识般，她上前一步，从他外套里钻进去，严丝合缝地抱紧他。

　　"以后可以不用经过你同意就抱你了，对不对？"她瓮着声音问。

　　傅征低头看她。

　　燕绥并不需要他回答，踮起脚，亲他的下巴："也可以想亲你就亲你了，是不是？发脾气会哄着，打电话不用再找理由，只要是想你就可以，对吗？"

　　她一连三个问题，没给他说话的机会，抽走他咬在嘴里未点的那根烟："我以前也没喜欢过人，有男朋友还是头一回，我还不太适应因为你才有的那些情绪。"

　　这些话，与其说是解释给傅征听的，不如说是她讲给自己听的。那些反复的、无所适从的、后知后觉的情绪不过是因为忽然拥有了傅征。她从未尝过两情相悦的滋味，毫无敬意也从未有过期待。

当这诱惑从心底破土而出时，她才发现，她无法抗拒。

从傅征对燕绥有心思起，迟疑过犹豫过，但始终没有停止朝她迈去的步伐。从索马里到国内，征途万里。

他也记不清到底是什么时候开始盘算着和她走到这一步，也许是在摩加迪沙，她说"你也就是占了时间的便宜，放几百年以前，你这样可是要娶我的"开始，也许更早，在索马里相遇那晚。

他一早知道燕绥对他十分真心用三分，设路障，放靶圈，或撵或设套，一步一块糖，哄着她尝到了甜头继续向他走来。

本以为她是缓过清晨的迷糊劲，看懂了算清了，想不认账了，就是没想到会是这个原因。

他沉默着俯低身子回抱她。他不说话，燕绥心里反而没了底，她想看看他的表情，刚一动，被傅征抱得更紧。

耳边，他的呼吸声微沉。片刻后，他说："我知道了，我会更有耐心。"

傅征的话通常都是可以当作承诺听的，他说出口的必然会做到。

燕绥心念一动，莫名有种自己亏欠了他不少情债的愧疚感。

当初是她先撩他的吧？也没管他同不同意。哪怕后来发觉自己这一步一步跟踏进他算好的陷阱里一样，可燕绥千方百计地，不就是为了达成和他不清不楚的目的吗？到后来，欲擒故纵的是她，搅和进他生活里的也是她，现在尘埃落定了要他屈就的也是她。

这么掰着手指算，条条框框，她是真的欠了他不少。

于是，自觉自己情债累累的燕绥沉默了一路，直到车停在小妹餐馆，她从副驾下车和傅征并肩而入时，想起一事："先瞒着其琛？"

话落，在他的眼神下立刻改口："好好好，不瞒不瞒。我就是觉得他一知道，不出二十四小时，全世界都知道了。"

傅征脚步一停，意味深长地问："我就这么见不得人？"

燕绥："……"她刚才怎么就没哑巴了呢！

郎其琛等了半个多小时，上蹿下跳，抓耳挠腮。趴在二楼包间窗口看到燕绥从傅征的座驾出来时，激动得险些没从二楼直接跳下去，欢天喜地地下楼迎接："姑！"

他自动屏蔽傅征，揽着燕绥左肩往楼上走，一路碎碎念。从训练多辛苦教官多不近人情念到他有多想念燕绥，傅征有多公报私仇，小妹端上来的菜都没能堵住他的嘴。

燕绥生怕傅征现在不动声色，回头却一笔笔再跟郎其琛秋后算账，那时候她可真就鞭长莫及了。于是，她试图转移他的注意力："你姑爷爷回来了。"

郎其琛怔了几秒，吮着蟹腿有些不敢置信："那他还走吗？"

燕绥还没回答，他自顾自接了一句："最好别走了，留下来给你物色对象。他认识的青年才俊能排个南辰市的头尾，还不是任你挑任你选。"

燕绥："……"这回真是神仙难救了。

果不其然，傅征筷子一搁，面无表情道："两个选择，要么把这句话咽回去，要么回去负重越野五公里。"

平时，别说傅征面无表情了，他就是眼锋一扫，郎其琛双腿都打战，尿得完全没法看。但今天不一样，他姑就在边上看着呢，死也不能认尿。

"我说错了什么了你就让我把话咽回去，就许你跟我姑暧昧不清拿我姑当备胎不许我姑去找男人啊。"他下巴一抬，傲娇无比。

傅征低笑了声，一字一句道："不然你问问你姑，你哪里说错了？她说的话，你总该信吧？"

郎其琛被郎誉林接到大院后，整个童年，甚至少年期、青年期，贯穿他这些时期最重要的人就是燕绥。他的使坏耍小聪明是和她学的，他的嘴甜会讨长辈欢心是和她学的，他对理想的坚持和努力生活的态度也是和她学的。

要说一开始郎其琛见着燕绥有些得意忘形从而忽略了不少细节，这会儿他被傅征一激，发热的头脑反而冷静了下来。他要是真跟燕绥求证，那才遂了傅征的意。郎其琛又不傻，傅征和他姑什么情况他心里还能没点数？

他剥了只梭子蟹夹进燕绥碗里，拐着弯道："姑，我跟你说，找男朋友不能只看皮相。长得好有什么用，你得照着我这样的找。"

燕绥给傅征递了个眼神，很是配合帅侄子，问："你哪样的啊？"

　　郎其琛嘴甜人暖，最会哄人："我姑这样长得好看又会赚钱的女人，不得配个会心疼人的？别找糙汉，也就满足下视觉效果，相处起来毛手毛脚，根本不知道什么叫怜香惜玉。姑你看，你进来我先给你拉椅子对吧，伺候着你坐下了，端茶倒水冲洗碗具，哪件事让你动一下手指头了？上了菜，第一口热的先往你碗里夹，你眼睛往哪儿瞟一眼我就立刻把菜给你送到嘴边。数十年如一日！"最后那句话，真挺着腰杆，掷地有声。

　　燕绥咬碎蟹壳，漫不经心地又问："那你觉得傅征是哪样的啊？"

　　郎其琛先不屑地哼一声道："我不说，他小心眼起来能让我负重越野十公里。"

　　燕绥接过傅征递来的湿巾擦了擦指尖，横了他一眼，轻轻柔柔道："他敢！"

　　傅征失笑。

　　往常总是面无表情铁血铮铮的人，忽然露出这样一个无奈又柔软的笑容，郎其琛都看呆了……

　　这两人一唱一和，真当他傻呢！

　　郎其琛正委屈，忽听燕绥叫他名字，不是什么小兔崽子小狼崽子，也不是连名带姓的郎其琛，而是和姑爷爷姑奶奶一样，叫他"阿琛"。

　　燕绥叫他"阿琛"的次数屈指可数，印象最深的一次是他不知道第几次分手后，她去酒吧接他。

　　冰天雪地里，她把他拎到对面的洗车店，抢过洗车工手里的水枪从头浇下，直浇得他神志清醒，发着抖站在门口。印象太深刻，以至于每次她要说正事，叫他"阿琛"时，他都能回忆起那天深入骨髓的冷意。

　　郎其琛下意识地打了个寒战，正襟危坐，"姑，你说。"

　　燕绥没卖关子，稍作整理，便道："我跟傅征在一起了。"

　　不意外。从起初燕绥跟他打听傅征起，眼看着就要一年了。他早从当时的不敢置信，到觉得他姑就是牛气，挑男人都挑骨头最硬的啃。心路历程在历经山路十八弯后，早已理所当然。

　　别看郎其琛整日嬉皮笑脸没个正形，有事没事就爱给傅征添堵。傅征在部队，无论是战士、教官、队长，每个身份都让郎其琛打从心眼里敬畏。燕绥就更别提了，他姑宇宙第一完美，只有男人配不上她，谁敢挑剔她一点不好，他急眼了能把他脊椎都给拧断。

刚才他就有预感，这会儿由燕绥亲自告诉他，像是松了口气，可等缓过劲来又觉得心里涩得厉害。郎其琛消化了会儿，抬眼看燕绥，扯起唇角露出笑意："你开心就好，我就想看到你开心。"

这笑容维持了没几秒，他的表情一垮，端起茶杯仰头灌了一口茶，衔住到嘴边的茶叶呸了声。他转头盯住傅征，眼睛揉得通红："我姑怕水，所以我学游泳，水性好；她不爱喝酒，酒量全是为了应酬练出来的，她怕酒后失德被人算计；只要我休假，无论多晚都会送她回家；我姑睡眠不好，姑奶奶说她是小时候吓着了容易梦魇，你晚归千万别吵着她。"

燕绥看向他，这是她第一次听郎其琛说这些。往常他总是嘴贫，说的话十句里九句都在耍滑头卖弄小聪明。头一回这么郑重其事，她心里一软，眼尾一柔，笑意盈盈地看着他。没插话，也没打断，听他把话说完。

郎其琛说："以前这些事都是我做，以后就交给你了。"

傅征话不多，认真听他说完，举杯，杯座在玻璃转盘上轻轻落定，发出一声轻叩。两个男人之间隔了一个她，像是缔结盟约一般，语气庄重："放心。"

郎其琛做事颇具仪式感，但等这仪式感一过，他立马原形毕露："姑，我是第几个知道的？"

"第一个。"燕绥舀了勺蛋花，眼也没抬，"恭喜你，可以给全世界报信了。"

被看穿，郎其琛不好意思地挠了挠他的寸头，又问傅征："你们会结婚吧……不然我刚才那些话就白说了，我难得文采好一次。"

傅征缓缓眯眼，语气危险："有本事站我面前再说一遍。"

郎其琛觉得傅征对他的胆子一定有误解，他立刻把头摇得跟拨浪鼓一样。安静了没片刻，又一惊一乍跳起来："啊，恋爱报告我押的半年后！"

这回轮到燕绥皮笑肉不笑了，她觑着自家缺心眼的帅侄子："去跟小妹要副针线，我看看能不能缝上你的嘴。"

郎其琛："……"真社会底层人员！

郎其琛是自己走回去的，走出几步还特意回头问站在车前目送他的燕绥："姑，我的背影看上去是不是特别失魂落魄？"

燕绥"哧"地笑了声，反问："你要是不哼《小跳蛙》，看着应该能更失魂落魄些。"

他听了直笑，这次转身直接过了马路，挥了挥手，没再回头。

傅征送她回公司，半路进加油站加油。靠近市中心，加油站车流较多，排了不少车，只有自助加油机还有空位。

傅征停好车，取了油卡，推门下车。

燕绥嫌下车麻烦，从未试过自助加油机，看他动作熟练地把加油卡插进磁卡孔，输入密码按下确认。她往常从不关注这些，顶多百无聊赖地看着加油机显示屏上的数字一格格飞快跳跃。这会儿看他提了油枪加油，从敞开的车窗里半探出身子。

傅征开了油箱盖，手指往上扳动油枪手柄，扣上锁扣后他松手，侧头看她。鸭舌帽的帽檐压得有些低，他的眼神就贴着帽檐，似笑非笑地看着她。

许是加满要一会儿，他没一直站在车后，走了几步倚着车门，从口袋里摸了块水果糖递给她："买烟，零钱找不开我就换了一把糖。"

他又摸出块糖，剥了糖纸喂到她嘴边。

燕绥张嘴含住，礼尚往来地剥了自己手里那块喂给他。

晒了数小时的车厢气温闷热，她从上车起就脱了外套，只穿了一件衬衫，衣袖半卷，露出一大截雪白皓腕。腕上系着根编织精巧的黑绳，坠了粒精致的铃铛。

傅征的目光凝在她的手腕上，停留了数秒。

燕绥以为他在打量那根手链，晃了晃铃铛："铃铛芯拔掉了，所以没声音。"

这是郎晴在她到燕家一周年送她的礼物，铃铛会发出声音，老师不让戴。她又实在喜欢，后来还是燕戡捏着小镊子拔掉了铃铛芯。她这才偷偷戴着上学，小心地藏在袖子里。时间久了，编绳磨损严重，几乎每隔几年都要换一次。从红绳子渐渐换成黑绳子，大部分时间都没舍得取下来。

油箱加满的提示音响起，傅征回过神，咬着水果糖，拔油枪架回托槽，关紧油箱盖，取卡，打印。他从车尾绕过来，开门上车。

车来车往，燕绥嗅着这混着汽油味道的烟火气，咬碎了那颗水果糖，含混不清地叫了声他的名字。

傅征转头看了她一眼，握着挡把的手越过中控牵住她。他的掌心温热干燥，从握住她起，手指就不安分地沿着她的指缝根根插入，直到最后严丝合缝地和她十指相扣，他终于满意。分神看了燕绥一眼，他咬着糖，学她刚才的语气，问："怎么了？"

"有个事要跟你说。"燕绥酝酿了下，解释，"前两天网上曝出过一个我的视频，视频里不只有我，还有你。"

傅征很少上网，自然也不知道这回事，闻言，凝神听她继续往下说。

"是那天在泰拳馆的监控录像……"她轻咳了声，绕过彼此心照不宣的那件事，说，"我第一时间处理了，对你不会有影响，但这件事还是要知会你一声。"

傅征对来龙去脉不了解，但他了解燕绥，她说处理了那就是解决了，知不知道这件事对他而言，一点影响也没有。他琢磨了几秒，趁路口红灯，沉吟道："李捷那边有新进展了。"

燕绥"嗯"了声，显然很感兴趣。

"李捷被拘留两天后，来过一个备注叫程姨的电话。他交代，这个程姨是他的远房亲戚，但亲属关系里并未查明，所以刚开始调查时遗漏了。"

燕绥唇边的笑意微敛，她确认道："程姨？"

"对。"傅征顿了顿，见她脸上笑意尽褪，眼角锋芒又似冰凌般锐利，有些心软，只是这句话不得不说，"确认是程媛无误。"

燕绥对警局办公的流程了解不多，傅征又向来是有一说一、有二说二的人，见她目露迷茫，解释道："目前只确认程媛和李捷有往来，警方在以程媛为突破口，继续审讯调查。"

"如果能进一步获取有用的信息或者核实证据，就能传唤程媛配合调查。"傅征意味深长道，"不过李捷口风严实，大概是觉得警方搜查不到什么证据，矢口否认和程媛有过密往来。我今天一大早找你，就是为了这件事。"

"我明白了。"燕绥听懂他的暗示，李捷这事她也不急于一时，更让她感兴趣的是傅征。

"你是不是悄悄找人帮我盯着这件事了？"燕绥是生意人，和工商局打交道是常有的事。但警局，她一不惹事，二不惹人，经过警局门口的次数都屈指可数，更别提交情了。她虽然对警方办案不了解，但没吃过猪肉还能没见过猪跑？燕绥多少知道案情进展如果不是受害者主动询问，警方很少联系受害者告知进展，更别提傅征这样能知道这么多实时进展的。

"悄悄？"傅征对她的用词很不满，"我有名分，光明正大。"

好好好，有名分惹不起。

辛芽收到燕绥微信起就等在公司楼下，在风口吹了二十多分钟后，终于看到熟悉的越野车出现在路口。

她迎上去，见燕绥下了车又没急着走，识趣地站在原地等两人说完话。过了一会儿，燕绥挥挥手，转身走向辛芽。

周末，公司除了值班的前台和少数工作没完成在加班的职员，整个办公区都空荡荡的，没有人气。

燕绥跟辛芽上了楼，问了燕沉在哪儿，接过她整理好的文件抬步去会议室。

下午的工作轻松，主要听燕沉汇报虹越债务危机一事，这事燕沉在电话里说得差不多了，两人没再细聊，做了工作交接。

所有公事谈完，燕绥回办公室，刚起身要走，听燕沉叫住她："阿绥。"

燕绥脚步一顿，转头看他。

燕沉背着光，深靠着椅背，整张脸都隐在阴影中，唯有那双眼睛清亮，锁住她。

燕绥不动声色地坐回去："你说。"

燕沉沉默了良久，就在燕绥渐渐失去耐心时，他才开口："你上次让我替你留意房源，现在还需要吗？"

许是没有休息好的缘故，他的声音有些沙哑。

对燕沉，燕绥总归是有些心软，她放下文件重新起身，端了辛芽刚送进来的暖瓶给他倒了水："不需要了。"

她目光专注地留意着水位线，水线及半，她把纸杯递过去："你说巧不巧，这小偷闯了一次空门不甘心，又来一次。"

燕沉握住纸杯，递到唇边抿了口。苍白的发干到起皮的唇被温水一润，微微刺痛。他又喝了一大口，温热的茶水烫得发干的嗓子一疼，他抬眼，苦笑了声："你不用试探我，我什么都不知道。"

被看穿意图，燕绥也不觉得尴尬，她撑着桌子坐上去，漆黑的双眼看着他："堂哥，三年前你在我身后推着我走，跟教刚刚学会走路的婴孩一样，扶着怕学不会，放手又怕摔着，一点一滴教会我。我这人涉及利益的时候挺没心没肺的，是我的东西谁敢跟我抢我能立刻翻脸不认人。唯独你，这几年，给你再多我都怕亏欠你。"

燕沉握着纸杯的手指缓缓收紧。

"我知道，能留住你是因为这家公司是燕家的，要不是……"

"留住我的是你。"他打断燕绥，那双眼倏然看向她，眼里的阴鸷就如此刻包围他的阴影，"我也不是你堂哥，我们根本没有血缘关系。"

燕绥怔住。

燕沉手里的纸杯被他捏出声响，他似没有察觉，猛地把纸杯揉成一团掷出去。"燕绥，你如今是想质疑我对燕氏有窥视之心吗？燕安号在亚丁湾被海盗劫持，我不赞同你亲赴索马里，你有听我吗？虹越这些年版图扩张太快，野心太大，我让你终止合作，你有听我吗？我让你放弃利比亚的海外建设项目，你又听我了吗？"他一句一句，语气渐沉，说到最后已是压着怒意，嗓音沙哑。

燕沉从未对她说过重话，即使是工作上有不合有摩擦，他的语气顶多公事公办，这么多年，他始终温文尔雅、温和客气。今天忽然发作，像是积怨已深，再也攒不住藏不了的恼羞成怒。

"如果我窥视的是燕氏，"燕沉一顿，无声地笑了笑，"燕氏早就是我囊中之物了。"他眼睑下方染着青黑，面容疲惫。可说这句话时，丝毫没有因为他此刻的疲乏失去任何力度。

三年前的燕绥尚显稚嫩，燕沉若要设计她，不过是多费一番工夫的事。如今她羽翼渐丰，虽不好对付，但真与她为敌，长久的疲劳战术必能拖垮她。只是以前他从未想过，更不想站在她的对立面。

辛芽在会议室外听着里头隐隐约约传来的暴怒声，急得团团转。明显两个人意见不合吵起来了，可没开门她又不好这时候进去，万一听见什么不该听的，别说年终奖了，她估计等会儿就能卷铺盖走人了。她跺了跺脚，长长叹出一口气，愁眉苦脸地继续守着。

燕沉把话说到了这个地步，显然不只是为了朝她发发牢骚，燕绥隐约有预感，眉心狠狠一跳："你到底想说什么。"

他靠回椅背，像是用尽了力气，声音虚浮："辛芽私下接触孙副总。"他自嘲地一笑，"不是你授意的，还能是谁？"

燕绥心里咯噔一声，暗道：完了。

辛芽不知道第几次双手合十默念阿弥陀佛时，会议室的门终于开了。

燕沉站在门口，目光在她身上微微一定，随即跟没看见她一样，径直越过辛芽，往电梯走去。

谈、谈完了？她抖着小心肝，目送着燕副总进电梯，听着电梯下行时滚带运作的声音，不安地转脸看燕绥。

会议室的门大开，里面一盏灯也没点，她就坐在会议桌上，魂被勾走了一般，一动不动。

辛芽迟疑了数秒，还是迈进去。她捡起扔在地上被揉成一团的纸杯顺手投入垃圾桶里，瞥见桌上的文件被打湿，又匆忙抽了纸巾铺在打湿的地方吸水。回头见燕绥仍保持着那个姿势坐在那儿，一声不吭，心里的恐慌终于到达临界点。

"燕总？"

燕绥抬眼看落地窗外高低错落的楼盘，商务区高楼林立，远望这座城市，能俯瞰它如棋盘般规整的分割和划立。她眼前却出现了一片虚影，尽头视线所不能及的地方出现了海湾，出现了港口，她看见船只忙碌着，以一种肉眼可见的缓慢横渡海平面，渐渐消失在尽头。

"你让我一个人待会儿。"良久，她说道。

辛芽带着那份打湿的文件退出去，边烘干边回忆着燕绥刚才恍如没有焦距的眼神，越想越心惊肉跳。偏偏她又不知道发生了什么，这会儿只能干着急，什么也做不了。

直到燕绥的邮箱传入一份燕沉发来的标题为"辞呈"的电子邮件，辛芽瞬间僵立在原地，骇得双目圆睁，久久回不过神儿来。

……这两位大佬，怎怎怎怎么直接就谈崩了？

燕绥一直坐到日光西沉，暮色降临。她看到路灯在六点准时亮起，像一条长河蜿蜒，一路点亮。

辛芽悄悄进来了好多次，给她泡了茶，茶凉了又换奶茶，奶茶也凉了她就煮了水果茶。茶壶架在铁架上，底座点了蜡烛一直加热。可哪怕蜡烛都烧尽了，她也一口没动。

眼看着时针指向八点，辛芽点亮了灯，斟酌一番后，说："燕总，时间不早了，我送你回家吧？"

坐久了，腰背僵直。燕绥转身看了眼站在门口怯生生望着她的辛芽，似乎终于想起来她还没走："你先回去吧，我叫司机。"

太久没说话，开口时她的声音沙哑，像含着一口沙砾。

她清了清嗓子，问："现在几点了？"

"快八点了。"辛芽轻声细语的，生怕刺激她，"燕副总下午发了份邮件给你，傅长官也打过几次电话，他的电话我帮你接了……"她小心翼翼觑了眼燕绥，见她没什么表情，才道，"就说你还忙着，别的什么也没说。"

燕绥听完，点点头："你下班吧。"

她声音虽寡淡，语气却不容置喙。

辛芽这会儿再担心也没用，乖乖应了声，留下燕绥的手机后，关上门又退了出去。

燕绥又坐了会儿，晚上降温，会议室里没开空调，干坐着没多久就手脚冰冷。她不是自虐的人，这种冷意传达到大脑，她看了眼时间，算了算下午被她虚耗掉的时光，终于起身，离开会议室。临走前，她回了趟办公室，开电脑看了眼燕沉的辞呈。

辞呈一板一眼照着模板写的，只改了首尾称呼和日期。想了想，燕绥公事公办地回复："不予批准。任命你的是董事会，我无权决定你的去留。"

发送成功后，她合上电脑，离开公司。一路下到一楼，只剩下巡夜的保安，见到她指了指公司外，提醒："燕总，你男朋友在那儿等你很久了。"

燕绥接收到"男朋友"这个称谓时，怔了几秒，才想起晚上约了傅征，顿时心虚。她绕着侧门出去，背靠立柱探出半个身子张望了眼。隔得远，并不能看清他是否在车里。她缩回来，给他拨电话。

铃声刚响了一声，很快被接起，傅征的声音清晰又悦耳："喂？"

风吹得有些冷，燕绥往柱子后又缩了缩："是我。手机放在辛芽那儿，刚拿回来。"

"嗯。"他应完，问，"忙完了？"

手机那端有呼呼的风声，他的声音虽然模糊，燕绥仍是听清了，她笑："下午遇到了点事，忘记和你约好了。你先说没关系，说完我就忙完了。"

傅征就没见过燕绥这种无赖，他轻笑一声，压低了声音，混着风声，一句话模糊到燕绥连蒙带猜才听懂。

他说："等我说没关系，不如你先想好怎么把我哄高兴，这么好的机会不能跟你大度。"

燕绥差点翻白眼，她之前怎么就没看清傅征是这样一个人呢？她懒得再藏，适可而止那叫情趣，不宜过度。真让他继续等下去，她才舍不得。

满打满算他的休假只有一个星期了，等他出了海，就是不知时日的音信全无，他们没那个时间可以浪费。

燕绥正打算从立柱后绕出来，眼前光影却先一暗。她抬头，诧异地看着不知从哪儿冒出来的傅征，惊得半晌没说出话来。

傅征挡在风口，把刚买的热饮塞进她手心，连带着握住她冰凉的手，似笑非笑地低下头，嗓音低低的，带了几分笑："自觉罚站，嗯？"

燕绥挑眉，跟着他笑："那你呢，战术包围？"

35860.C

Chapter 14

心动藏不住

立柱的角度刁钻，又离公司正门甚远，四下无人。唯一还会出来溜达巡视的保安也因今晚起势突然的妖风躲回了大厦内。

她人就站在自己面前，笑意嫣然，顾盼生辉。

傅征心念一动，从上到下拉开大衣拉链，上前一步把她整个裹进自己的外套里。他低下头，似无奈似叹息，"嘴是真的贫"。

燕绥正欲反唇相讥，没等她开口，他吻下来，一声轻到几不可闻的"欠吻"像是融进了尘埃里，又揉碎在风中，掠过她耳畔时，只余回响。

无法不心动。

这男人一言一行都在撩拨她，偏偏他又不是刻意的，这种无力抵挡的诱惑才真正叫燕绥着恼。

手里还握着他递来的热饮，燕绥能自由活动的只有左手。起先还克制地只攥住他的衬衣，不料傅征丝毫没有浅尝辄止的意图，他越吻越深，从摩挲她有些干燥的嘴唇到轻轻啃咬，唇纹相触，他似更不满足。虚揽在她后腰上的手忽然用力把她压进怀中，重重吮住了她的下唇。

他的舌尖顶入，含着，吮着，轻咬着。彼此可闻的呼吸交织在一起，越来越炙热。

傅征的强势和主导就像溅着火花的火苗，引燃了燕绥的引信，本就摇摇欲坠的山石崩塌，瞬间恸动。攥着他衬衣的手攀着他的胸膛直至揽住他的后颈，燕绥踮脚，指腹摩挲着他的脸侧，咬他的舌尖，咬他的嘴唇。

她不会轻吻，全靠本能的亲近，学他一样，一寸寸，攻城略地。也不知道过了多久，他退回来，轻吻着她，从唇角到唇珠，慢慢厮磨。餍足的男人兴致极佳，未开口先带三分笑意："饿了没有？"

燕绥乖巧点头，何止饿，她还困，身体复苏后的所有生理反应她都有。

下午和燕沉的谈话一塌糊涂，她不止情绪，连带着心态都处在最坏的状态。思考、反省、预算、筹谋，所有会发生的可能性从最坏到最好都想了无数遍，她会面临董事会的压力，会面临失去燕沉的压力，还要面临整个公司因为高层人事变动反射给她的压力。甚至，有那么一瞬间，她怀疑自己能否顶住这些压力，寻求到最佳的解决方案。

能走到这一步，谁都不无辜。

燕绥不觉得自己防着燕沉是错了，她唯一需要反省的是在接触孙副总时太过贸然。燕沉怎么知道的，她已经不关心了，她只知道明天睁眼醒来，她要面对的是一个紧迫万分的局面。

可这会儿，她什么都不想思考。因为见到傅征治愈大半的心情，愉悦又满足。如果明天她就要坠入地狱，那也等明天再说。

傅征在董记订了位置，也提早订了菜。两人到后没多久，服务员撤了桌上的装饰品，斟了茶，陆陆续续开始上菜。

傅征应该特意叮嘱过，菜量比燕绥上次看到的分量少了不少，菜目虽多，到最后竟也没有浪费。

"我今晚回南江。"傅征看着她上车，关了车门，绕到驾驶座，边系安全带边说，"迟宴有个大哥叫迟盛。在 S 市的警局工作，调任之前，他在南辰待过一阵。"

傅征和迟宴是发小，想来迟盛和他的关系也很好。既然调任前在南辰待过，李捷这事大半是这位在周旋。

"明天就回。"

燕绥诧异："明天就回来了？"话落，又觉得自己表现得不像一个刚恋爱的女朋友，哪有男朋友要离开，还嫌他离开得不够久的？于是，她连忙补救，"之前也没听你提过迟盛，估计他不经常回来，你们不打算好好聚聚吗？"

补救得还算及时，傅征并未和她计较："怎么算好好聚聚？成年后，志在四方各奔东西，见一面都是奢侈。"

燕绥朋友少，独来独往惯了，对傅征这么纯粹的感情并不能深刻体会。

她笑了笑，说："那你晚上开车注意安全。"说完，又想起什么，"唔"了声，道，"去年去索马里之前，我在西北地区待过一阵。西北资源相对东南部地区贫瘠些，国家扶持给了不少优惠政策，有合作方就把公司开在西北。我过去一半是出公差一半算给自己放假，和辛芽在西宁环线玩儿了一星期。带客的是女司机，叫曲爷，她不是本地人，但环线带客旅游做了几年，一路上结识了不少同行和客人，她说……"

傅征听得微微弯唇。

她可能自己都没发觉，和他说话时，她会不自觉地先铺垫故事背景。不止这次，还有那天在造船厂，在燕安号的瞭望台上她决定把自己的秘密告诉他时，也是一样。

听着是有根有据，逻辑条理分明，但傅征留意过，她并不是对所有人都这样。她对辛芽和郎其琛都习惯性地只说结论不说经过，更别说这么详细地从头至尾交代一遍。

燕绥说到一半，见他在笑，纳闷地问："我给你讲鬼故事呢，你能不能配合点？"

"我满脑子科学主义，"傅征说，"特别辟邪。"

燕绥："……"敢情她刚绘声绘色讲了这么多都白讲了？亏她当时听曲爷讲鬼故事的时候听得后颈发凉，手心冒虚汗，真浪费感情。

把燕绥送到家，傅征看着她上楼，二十七楼客厅里的灯亮起后，他坐在车上抽完一根烟，这才离开。

他离开不久，燕绥就接到了燕戬的电话。她算了算时间，离她驳回燕沉的辞呈过去了两小时。燕戬是该打电话了，不只燕戬，她今晚怕是还要再接一个人的电话。

燕绥开了扩音，放在酒柜上，边挑选红酒边听燕戬问话。

"燕沉向董事会提交了辞呈，怎么回事？我问他，他也不说原因，只说愧对我的栽培。这不是儿戏，燕沉担着燕氏半壁江山，他要是真的辞职，你身上的担子起码重一倍，你上哪儿再去找个燕沉回来？"说到最后，燕戬隐隐动怒。

燕沉沉稳隐忍能当大事，他与燕申又分占燕氏股份，论忠诚度没人会比自家人更可靠。再者，燕沉向来对燕绥宽容礼让，颇有纵容姿态，燕戬对他做燕氏副总可谓是心满意足，再放心不过。如今，他刚回来没几天，燕沉递交辞呈，又瞒着理由不说，燕戬难免气急。

话一出口，他就有些后悔，缓和了语气道："我知道你做事有分寸，你先和我说说到底出了什么事，明天董事会我心里才有底。"

燕绥叹气："怪我。"

程媛、李捷这点破烂事她原本打算先瞒着燕戬，一是因为线索太少，燕绥的猜测居多，她的主观意识多少影响她对这件事的公允性。二是程媛毕竟是她长辈，燕戬和燕申可是亲兄弟，无论是燕戬插手还是燕绥的立场，这件事都阴私得有些见不得光。但事情到这一地步，燕绥不觉得自己瞒着燕戬还有意义，她从头到尾，包括傅征的存在也一并详细地描述下来。

燕戬沉默着听完，拎出一个燕绥从未设想过的可能性："李捷往家里放鞋子那晚，辛芽告诉你燕沉频频留意手机。你让辛芽重新联系孙副总，结果燕沉对这事知道得一清二楚。你确认辛芽没有问题吗？"

燕绥被问得一蒙，眉心紧蹙："她能有什么问题？"

燕戬不答，他这两年除了偶尔问问公司业绩，几乎完全放手不管。相比燕沉会参与其中他更愿意相信是有人心怀鬼胎故意挑拨。但怀疑辛芽，委实有些无厘头。这丫头并不接触公司机密，多在照顾燕绥生活方面，脾性善良活泼，更没有什么理由去这么做。

短暂的沉默后，燕戬叹道："等明天再说吧，你早些休息。"

燕绥心事重重，应了声，正欲挂断电话，又听燕戬迟疑着叫住她："我今天不问，这些事你就没想着告诉我。我知道你心里做什么考虑，别人都以为你心冷手狠，你不过不喜欢多说，容易让人误解的事也从不主动开口。要不是我知道你的性子，你要吃多少亏才能明白？聪明人不投机取巧，而是他们做五分夸十分，事做了话也说了，别人看也看见了听也听见了。你对燕沉和爸爸是这样，谈恋爱估计也一样，你不能单单指望别人看懂你。"

猝不及防的一通为人处世教育听得燕绥心里一暖，她想起傅征，唇角不知不觉漾开笑，笃定道："他能看懂啊，我什么都不说他也能懂。"

燕戬露出个老父亲的笑容，刚才那番沉重的谈话似没发生过一般，他笑道："什么时候你觉得合适了，带他来让我见见。"

燕绥挠了挠下巴，挂断电话后，盯着屏幕看了会儿，给傅征发短信，如实转达了燕戡同志的请求："我爸想见你。"

发完，又补了一条："我更更更更更想。"

傅征看到燕绥短信时刚到南江的收费站，堵了车。他拿起手机看时间，看到屏幕上两条她的短信，滑开。

时针临近十二，正是夜深人静，他耳边除了工程车的引擎声，静得能回忆起晚上把她堵在立柱后亲时，她的呼吸声。

不想还好，一想就觉得心口酥麻，嘴边心里全是"燕绥"的名字。

他唇角的笑容被前车的尾灯照得发亮，一路跟着挪移到收费站口，傅征回："见。"

"正好把恋爱报告和结婚报告一起打了。"

燕绥整夜没睡，她入睡本就困难，一有心事更是辗转反侧难以入眠。以防程媛晚上电话骚扰，给傅征发完短信，燕绥就关了机。

窗外的天色玄亮，隐隐拉出一条深蓝色的边线，燕绥在如鼓雷的心率声中烦躁地抓了抓头发，起床洗漱。

手机开机后，迟钝了数秒，提示音像扑蝶的网兜一股脑叠加着响起来。

燕绥擦干脸，瞥了眼屏幕。程媛的未接来电有上百通，时间全部集中在凌晨前后。她"哧"了声，开始看短信。只有两条，还全部都是傅征发来的。

程媛这人吧，说她没脑子，她和燕绥起争执后绝对不会留下任何文字信息好让燕绥当证据。就连电话记录也很少，怕被录音。但也是她，豁得出去。半点没身为一个长辈的自觉和底线，一年攒一回气，专挑燕绥过年回燕家别墅的时候杀上门来给燕绥找不痛快。

燕绥看完傅征的短信，抿着唇浅声笑。她盘膝在飘窗上坐了会儿，眼看着天际撕开一道口子，彩色的霞光从裂缝中涌出来，渐渐云层镶上了金边，天色越来越亮。

她点着下巴，回："两份报告一起打太便宜你了，别人谈个恋爱还分试用期、观察期、备胎期，你刚上任就吃了自助，别太得寸进尺。"

发送成功后，燕绥指尖在通信录列表一点，滑到辛芽的名字上，拨打。

半小时后，燕绥拎着刚被她从被窝里铲起来的辛芽去城北早餐店吃馄饨。早餐店的实体店面并不大，就连装修看着也不够气派，顶多算个整洁。桌位不多，顾客却不少。

点完餐，燕绥拎了四脚塑料凳在角落的长桌上添了个靠墙的位置，和辛芽挤着跟一对结伴一起上学的青梅竹马凑了一桌。

辛芽瞥了眼燕绥蹭到灰黑墙壁的袖肘，有些难受："燕总，我跟你换个位置。"

桌面刚清理过，有些湿漉。燕绥抽了纸巾慢条斯理地擦干，闻言，抬眼觑她："喜欢我这位子？"

她语气里带了点故意，辛芽压根儿没听出来，指了指她的袖肘："你这衣服好几千呢，看着怪心疼的。"

老板吆喝着馄饨来了，眼神瞄到角落的桌牌，身手灵活地从狭窄的过道上挤过来，连馄饨带托盘一并送过来："你们自己端下哈，店小生意忙，见谅见谅。"

辛芽替她把馄饨端到面前，目光瞟到小竹马对面的醋瓶和辣椒油，正要伸手，咬着蟹黄汤包的小竹马余光瞥见，顺手递过来："我们这里不用了。"

眼前的馄饨冒着热气，飘着清香，味鲜香浓。燕绥一口没动，看辛芽道过谢，笑眯眯地把醋瓶和辣椒油推到她面前，美滋滋地舀起一勺馄饨吹凉了喂进嘴里。许是吹得还不够凉，烫了嘴，她猛吸了口气，满足地眯起眼。

燕绥低头看了眼清汤馄饨，汤水里有一圈圈涟漪一样的油圈，撒了葱花，馄饨皮薄肉也少，像云一样一层层漂在汤底。她抬手拿起醋瓶一圈一圈，直把透亮的汤底浇出了醋色，拌上碎椒末。调好味，她舀了一口，有点酸，还有点辣，盖不住馄饨的鲜香，好吃到舌尖打卷。燕绥也跟着眯了眯眼，一半是被倒过头的醋酸的，一半是……嗯，还是这个味道。

城北到公司，遇上上班高峰期，燕绥光是在路上堵车就堵了半个多小时。车驶入公司地下停车场，辛芽从副驾下来后，立刻切换至工作状态："燕总，今早的周会延至明天上午。大会议室已经腾出来招待各位董事，等会儿我过去再检查一遍看有没有需要调整或准备的。"

"你就在会议室帮忙接待吧，时间差不多的时候我自己过去。"燕绥按下电梯键，余光见她欲言又止，看向她，"想说什么？"

辛芽摇头："我看你好像没睡好。"

这没什么好瞒的，燕绥按揉着眼角，点头道："失眠了。"

话落，电梯门应声而开，燕绥率先迈出去，进了办公室。

周会延后一天的消息不亚于一场小型地震，陆陆续续来上班的职员椅子还没坐热就先讨论上了。等再看到许久没有现身的董事一个个脸色不好看地直接去了会议室后，这场小型地震渐渐演变成一场山呼海啸的海啸。

燕绥对这种情况早有预料，这些职员倒不是真担心高层"政变"，纯属凑热闹添谈资。只要舆论在掌控范围内，无论是地震还是海啸，都无伤大雅。

时间差不多后，燕绥独自去会议室。

辛芽特意在门口等她，远远看到她过来，迎上去，小声提醒："程大母老虎来了，趾高气扬得恨不得拿脚后跟看我，你自己小心点。"

燕绥神色未变："我爸呢？"

"还没来，我问了行程，堵在路上。"辛芽说，"燕副总也刚来，和母老虎一前一后，不是一起来的。"

"行，我知道了。"燕绥拍拍她的脑袋，"自己机灵点。"

辛芽目送着她推开眼前那扇厚重的实木大门，满眼敬畏。要知道，里面坐的董事，大多资历老、年龄大，光是一句"尊老爱幼"就能压死她。更别说官大一级气焰高，可不只有脾气不好难伺候的，还有程母老虎那种挑刺闹事的……

她和负责接待的女孩进去倒水都要在门口做半天思想建设，她燕总摇曳生姿地就进去了……那气场，辛芽隔着一米远都能感受到她浑身上下的王八，呸！王霸之气。

燕绥的出场是她一贯的作风，面带微笑，目不斜视，神情客气疏离，不过分谦逊也不失礼貌。今天不是她的主场，她难得低调，一路走到主位，看也不看别人的脸色直接坐下。

燕沉原本正和坐在身侧的一位董事低声交谈，从燕绥推门而入那刻起，眼神就似再也无法移开，直到她旁若无人地落座，他才收回目光，浅笑着听对方转而责备燕绥："这几年公司走得顺利，小燕总是有点膨胀了……"

燕绥不理会别人议论，她刚坐下，兜里手机振动。她垂眼，不动声色地看了眼手机。

有些意外，是老船长。

她刚坐下没多久，又起身，离开去接电话。

冷眼看着的程媛冷笑一声，撇了撇嘴。

燕绥走到拐角接起电话，她背倚着墙，面朝会议室，以防有人出来她却不知道。

老船长笑着和她寒暄了几句，直接进入主题："我猜你这几天都等着我电话，实在不好意思，我们这些社会都淘汰了的人，不会用什么微信，没事也很少联系，全靠一支笔一个本子摘的电话号码。这号码又是死的，老郑头换了次号码，我是又托这个又托那个的好不容易才跟他重新联系上。"

"辛苦你了。"

"辛苦谈不上，我就是怕误了你的事。这个李捷啊，是燕副总安排进来的，造船厂这么大，给人找份工作还是方便的。就我们之间谁有熟人朋友，有合适的岗位也会帮忙说说，给老郑头推荐。"老船长笑得憨厚，"老郑头人好，也爱闲嘴，没事就喜欢抓人聊天，问他还真问对人了。"

"李捷和燕副总的关系，像是表兄弟，但又没有亲戚关系。李捷他自己跟老郑头说，他初中毕业，修过车做过网管送过快递也搞过微商，就是没一样能成的。燕副总这种读名牌大学出来的，很是瞧不上他，所以也不来往。主要是燕副总的母亲对他多有照拂，他人前人后都是一口一个程姨。

"燕副总的母亲未出嫁前就在老郑头隔壁村，听说是他们村里唯一的女大学生。李捷家和她是邻居，李捷他爸爸是上门女婿，上头还有个哥哥姓程，他家中排行老二，跟父姓李。据说两家关系亲得很，李捷出生的时候她还没出嫁呢，还帮着带过李捷一阵。后来相亲嫁到燕家，那时候村子人人引以为傲，觉得这闺女有出息。程家穷啊，她又要强，老两口是砸锅卖铁供她上大学，出人头地后又嫁了个家里是造船的，可不风光嘛。"

燕绥神色淡淡，并没有因为知道这些陈年旧情有太多情绪波动："到现在也一直有联系，看来关系是挺好的。"

"燕副总母亲嫁过来后也很要强，船东老大家几乎是她管事，说一不二。她也很有本事，嫁给船东家老大后没几年就给父母买了地皮造了栋小别墅。老郑头在造船厂做了一辈子，几乎是看着造船厂一步步做大的，这些话我信他不会乱说的。"

燕绥早在傅征那儿知道了李捷和程媛有来往，老船长这通电话算是给她详细讲了来龙去脉。她嗓子有些痒，似嗅着了傅征身上淡淡的烟味，有些想抽烟。倒不是烟瘾上来了，只是心头烦躁，郁结难消，嘴里不含点什么总觉得不自在。

看了眼时间，又觉得现在再去车库拿万一撞上燕戬，臭骂一通还是小事。想了想，忍下来，道："行，我知道了，改天有空了去看您和婶。"

"还有一件事。"老船长叹了口气，"老郑头能告诉我这么多，是因为有件事埋心里埋了大半辈子，他觉得愧对东家。"

"他说，老大从脚手架上摔下去是老大家媳妇教的。"

燕绥倏然眯起眼，语气陡凉："你说什么？"

电话那端隐约传来小孩哭闹的声音，门扉一合，老船长抽完烟回了客厅："当年造船厂越做越大，船东家闹着要分家，不太平过一阵。老大家那媳妇知道争不过现在的大东家，撺掇老大弄些伤出来，东家心软必定先理亏三分。估计是没料到这一摔摔重了，高位截瘫。这事在当时闹得还挺大，外面传得很难听。具体的老郑头没看着，也不知道是不是真的争执时误伤了，他那时胆小怕丢了工作家里的丫头上不起学……"

老船长一顿，叹气："也是造孽。"

燕绥握着手机不语，这些陈年旧事尘封多年，早已无从考证。单凭老船长的转述，老郑头的口头证词对燕绥而言并没什么价值。她是能让已经高位截瘫连话都说不利索的大伯出来承认他如今这一切是自作自受，还是能让老郑头跳出来和程媛当面对质？

前者怕是生怕燕戬反应过来和他一刀两断，后者是可行，可能达到什么目的？程媛对她如此谨慎，显然是在燕绥这里吃过亏，长了记性。对她不利的事，只要没有证据她就能矢口否认，脸皮厚得堪比地层，没金刚钻还真钻不穿。

　　一不留神还能反咬燕绥一口说她恶意抹黑，燕绥能在董事会立住脚凭的就是自己的本事和一身公信力。她说一不二，雷厉风行，这才能年纪轻轻坐稳其位，连带着让那帮挑剔顽固的董事都不敢对她提出质疑。若她跟程媛一样手段下流，做法幼稚，失了威严，那还有什么威信力？

　　短暂的思索后，燕绥心中微定。她仍是觉得李捷才是所有事情的突破口，她不能本末倒置放错重点。她既不是当事人又与此事无关，横加干涉只会讨嫌，到时候只会得不偿失。

　　那此事听过就算了？

　　不能算。

　　程媛贪婪，野心勃勃，又视她为眼中钉肉中刺。算天算地算计自家人，她不知道就算了，既然知道了那就不用再和她客气了。她不是打燕氏的主意吗？不是想让燕沉留在公司好有一天继承公司吗？不是想让燕沉取她而代之吗？不知道计划落空后，程媛还忍不忍得住。

　　挂断电话，燕绥在外面站了片刻，收拾好思绪，这才重新回了会议室。

　　辛芽后脚跟进来倒茶，给燕绥添茶时，她低声道："大燕总已经到了。"

　　燕戬回来的事不是秘密，他虽不插手公司事务，但仅凭他亲手创立了燕氏集团，他的地位在董事会里就不可动摇。

　　燕绥闻言，微微颔首，继续等待。相比她的气定神闲，程媛有些沉不住气。燕沉早和她不亲近，两年前程媛带人去公司大闹的荒唐事更是把燕沉推离得更远。他给程媛在邻市度假村买了栋独门别墅，雇了司机保姆，说是让她好好享福，实则是变相软禁。

　　虽然他从未限制过她的出行自由，就是南辰市她也是想回就回。但她一回来，燕沉就避而不见，电话十有八九都是小何接的，母子一整年都说不上几句话。她不知道燕沉自请离职的用意，燕沉更不会和她报备，一无所知的情况下难免开始慌神。这与她预想的让燕沉渐渐深入燕氏集团权力中心，再伺机入主的预想完全不一样！

　　片刻后，燕戬终于到了。和燕绥不同，他含笑，满面春风地和在座董事打过招呼，格外自然地拉开燕绥身侧下首的位置坐下，示意燕绥主持会议。

燕沉自请离职一事，大家心里都有数，燕绥更是直接略过官话，进入主题。优秀的领导者总有顺口编瞎话的本事，燕绥也不例外，等她眼也不眨跟背稿子一样表扬肯定了燕沉的能力后，让董事会讨论是否同意燕沉的辞职。

别说半数，几乎除了燕沉本人，没人同意。燕绥先发言，她皮笑肉不笑地看了眼燕沉，这也是她进会议室后第一次和燕沉对视，她不躲不避、不卑不亢道："除非你有更好的机遇、更无可限量的前途、更能施展拳脚的天地，那我无法阻拦你，甚至我会很欣喜地欢送你。可如果你是因为合作上的摩擦，工作上的压力，我只能允许你调整休息。"

顿了顿，她微笑着，尽量用情真意切的语气，说："燕氏赏识你，信任你，尊重你，我不想放你走，更不想放你当我的敌手。"

这段话，连程媛都忍不住微微抬头看向她。

燕沉眼神微动，眼底似寂灭的星辉又一次泛起光泽。他抿唇，无声地笑了笑，那笑容苦涩如苦芥。他没说话，低下头，不知在出什么神。

燕戬、燕沉都在，程媛有些忌惮，董事会上并没有说什么不合时宜的话。连带着对燕绥的敌意都收敛了几分，中规中矩到让人挑不出错。

整个董事会进行得无比顺利，除了燕沉本人坚持离职，全票反对。

燕绥发言后大半时间都在沉默，见时机合适，趁机道："燕沉既然这么坚持，我觉得不如先休息一段时间吧，职位保留着，你想什么时候回来就什么时候回来。"

燕沉还没作声，程媛先反对："副总的工作量庞大，平时应酬等散事也大多燕沉包揽。不是我说话不公道，我觉得你做不好。"

董事会纷纷附和。

燕绥对程媛就没那么客气了，她这会儿看程媛是怎么看怎么不顺眼，就怕她不挑刺："伯母，你是不管事不知道，燕氏上下员工这么多，少一个人瘫痪不了。"

程媛担心的无非是燕沉休假的工夫燕绥会架空他的权力，听燕绥果真有这意思，不经激，语气倏然冷下来："你既然叫我一声伯母，我倒是要问问你，燕沉兢兢业业为燕氏工作那么多年，我这个当母亲的一年到头见不到他几回，不是在加班就是在应酬，公司大大小小的事哪件没燕沉的功劳？他任劳任怨这么多年，就没提过一句要辞职，突然递了辞呈，是不是你给他使绊子了？"

这话严重，硝烟味十足。

话音刚落，燕沉的眉心倏然一皱，终于开口道："不关燕绥的事。"他的声音低沉醇厚，隐含力量。

燕绥在这事上的确有些理亏，她没抓住燕沉的辫子，对燕沉只是心中怀疑。联系孙副总这步棋虽然走差了，但按理智而言，她也没有做错。

如果燕沉谋定计划要背叛她，她不能在嗅到了危险后还不警惕，毫无准备地看着他卷走燕氏的资源，甚至带走燕氏人才去站到她的对立面，她必须得准备一手以防不时之需。就算这个假设不存在，程媛也是个定时炸弹。

如果程媛和李捷达成了什么协议试图让她陷入危机，和程媛撕破脸就是迟早的事，燕沉处在这么尴尬的位置上，他还能在燕氏待得下去？燕绥知道，他们迟早有一天，还是要坐在这间会议室里，决定去留。

老船长的那通电话更是催化剂，燕绥原本有六分想留燕沉的心到如今一分也不剩。她在重新踏入会议室这刻起就决定——燕沉，没必要留下来了。无论他是否是牺牲品，无论燕绥曾经有多依赖他倚重他，这会儿都要忍痛割舍。

她静了几秒，再开口时，声音微扬，语带隐怒："伯母，你说话可要负点责。这些年要不是你在挑拨离间，我和燕沉不至于像今天这样。"这句话戳到了燕沉的隐痛，他眉心微蹙，看向燕绥的眼神微微异样。

两个人这样争几句还好，万一真吵起来实在太难看。

燕戬见状，杯座在桌上轻轻一落，打断道："好了。我看燕绥的处理方式就很稳妥，给燕沉批年假先休息一段时间。休息好了，随时销假回来。"后半句话，燕戬是看着燕沉说的，他虽是长辈，但对燕沉一向和蔼温和。

程媛还想再争："可公司……"

燕戬打断她："我不是回来了？先补上这个缺。"

程媛一怔，仿佛已经看到自己大势已去，脸色顿时一片灰白。

董事会众人也是面面相觑。燕戬虽然站在燕绥这边，但见大家议论纷纷，补充道："燕沉的手续就按照人事部的流程走，销假也同样，一切公开透明。"

此话落定，没人再有异议。

本就是燕沉坚持离职，目前的处理方式也的确是最佳方案。

一切都按照着自己的预想走，燕绥观察了眼程媛，见她抿唇坐在位子上似在出神，侧身，叫了她一声："伯母。"

程媛回神，爱搭不理地剜了她一眼。

燕绥笑眯眯地，和气地问她："你认识李捷吗？以前在程家村当你邻居的那小孩。"她的声音压得低，闹哄哄的会议室里绝不会再有第三个人听见。

饶是如此，程媛也是眉角狠狠一跳，哪怕她很快反应过来伪装出若无其事的模样，那点细小的变化也没逃过燕绥的眼睛。

她笑得更温和了，说出口的话却凉丝丝的，叫人心头发慌："警察啊，已经注意上你了。"

程媛这下终于没绷住，她眯起眼，眼里冷光似映着刀光剑影，她狠狠瞪了眼燕绥，咬牙切齿道："你等着，这事还没完呢。"她最后那一眼，看得燕绥心头一凉，忽然涌上几分惧意。

燕绥含笑靠回椅背，看着程媛怒而起身，丢下莫名的众人独自离开。她的目光在燕沉身上停留了片刻，后者似察觉到她的视线，侧头和她对视一眼——

那是陌生的，不见温度，似隔了遥远山海的一个眼神。

董事会结束，燕绥亲自把所有董事送下楼。

已近正午，阳光却不温暖。她在公司门口站了片刻，强自压下心头烦躁的情绪，转身回办公室。

会议时手机开了静音，直到此时燕绥才看到傅征的短信，言简意赅的一句话："我晚上回来，不妨促膝长谈。"

燕绥头抵着桌子，给傅征回拨了一个电话。

响了没几声，傅征接起："燕绥？"

"嗯。"燕绥有些无精打采，她仔细听了听他那端的背景声，"在吃饭？"

傅征走到阳台，关上门，隔绝这端的吵闹，"嗯。"他敏锐地察觉到她语气里的不对劲，没直接问，绕着弯地问她早上做了什么。不是试探，也不是询问，只是关心。

燕绥想了想，一五一十地答了。她有情商，说话也有技巧，将早上于她枯燥又锤炼心智的董事会叙述得像是讲故事一样。

她没说自己的委屈，也不隐藏自己那点心思，恰好到处地示弱道："我觉得这盘棋才下了一半，我以为将了她的军，可其实只吃掉了她的马。不知道后面等着的象和士什么时候来杀我个措手不及。"

傅征听她的比喻觉得有趣，倚着栏杆远眺着南辰市方向，低笑："放心，我身先士卒……"他一顿，再开口时，嗓音越发低沉，"怎么守卫家国，就怎么守住你。"

怎么守卫家国，就怎么守住你。

燕绥觉得这句话，得一半一半听。她不是无知少女，郎家是军政世家，保家卫国是刻在骨子里的信念，哪怕是郎晴也不例外。郎晴的理想和一般女孩长大要当老师当医生当明星不同，她只想当军人，当能摔能打能扛枪的女兵。

燕绥受她和郎誉林的影响，虽不是军事迷，但摸过枪打过靶，跳过沙坑爬过障碍物。傅征接受什么训练，又要完成什么任务，她门儿清。

前两年，别国军舰犯我中华，试图争夺南海领土。傅征所在那支南辰舰队领航，就在南海岛礁巡逻。新闻上看不到边界剑拔弩张、枪口相对的一触即发，但燕绥知道，不止南海，任何边境国界线的守卫都需要有不可推卸责任的胆气和锋芒。

更何况傅征。他守卫家国的方式并不适合用来守护她。

但这一点也不妨碍燕绥被他一句话哄得心花怒放，她揉着额头抵在桌上印出的红痕，一夜未睡的疲惫一扫而空，浑身战意。

半小时后，燕绥招来辛芽，组织各部门经理开会。那精神抖擞的模样，让蹲在茶水间画蘑菇担心她疲于应付的辛芽也跟打了鸡血一样。她打起精神，重新投入工作。

　　燕沉暂停职务休假的消息在董事会结束后不胫而走，上午若是没有召开董事会，燕沉休假顶多让众人惊讶下工作狂竟然也舍得把时间用来休息。但在公司各部门员工亲眼见过董事们接二连三地来公司开会后再传出这个消息，不免要多想。

　　最和谐的声音是"小燕总终于干掉燕副总全权掌握公司大权了"。

　　燕绥不知情，她顶多预料到底下员工会以此做谈资，八卦上三天三夜。等公司再有新的八卦传来，他们会立刻转移关注。反正不是恶意传谣，这类小道八卦十分有助于公司内部员工团结友爱，无伤大雅。

　　自然，也没人胆子大到敢上天，和她求证八卦消息的真实性。于是，一整天，辛芽这儿就成了各部门探听消息的集散地。不堪其扰下，辛芽只能装出"我很忙我很忙忙到没空呼吸"的模样，来回穿梭在燕绥的办公室间。

　　本以为燕沉休假后工作量大到以后日日要加班的辛芽，在下班的时间看见本该在办公室埋头苦干的燕绥转着车钥匙准备下班时，惊呆了。

　　她手里还有未装订好的文件，就这么傻乎乎地仰头看着燕绥，结巴道："燕燕总，你你忙完了？"

　　燕绥倚着她的办公桌，随手翻了两页她还在整理的文件又扔回去："明天就有代任副总来上班。"

　　这个辛芽自然知道，但燕绥这么理所当然地把工作留给代任副总的大燕总，她不免有些囧："你就不怕消极怠工被训吗？"

　　燕绥笑了笑，没作声，她把车钥匙递给辛芽道："我叫了司机，今晚回大院，你开我车回去吧。"话落，她微微一顿，看着辛芽的眼神带了几分微妙之意，"还有一件事。"

　　辛芽立刻竖耳倾听。

　　这么一副呆兔子的模样，燕绥连语气重点都舍不得，生怕把她吓哭了。燕绥俯身，指尖挑起辛芽的下巴微微抬起，笑意盈盈地问："是不是挺好奇燕沉怎么突然提出辞职了？"

　　辛芽犹豫了一瞬，小鸡啄米般点点头。

　　燕绥靠得近，那张光芒四射五官精致的脸庞离辛芽不过寸许，她清晰地看到她这傻白甜助理脸红红的，耳尖红红的，害羞到不敢和她直视。谈正事燕绥觉得自己还是严肃一点比较好，她松了手，正色道："联系孙副总这件事，你确认没有第三人知道了吧？"

早在今天早上和辛芽吃馄饨时，燕绥就打消了对她的怀疑。但此刻，还是吓唬道："说谎我就拔你舌头。"

辛芽顿觉自己舌根一阵发痛，她隐约觉得燕沉离职和燕绥提起的这件事有关，不敢大意，认真道："我可以发誓，我没跟任何人透露过。"

话落，她小心翼翼地观察了眼燕绥的神色，迟疑着问道："燕副总……是因为发现我联系孙副总才……？"

光是猜测到有这个可能性，辛芽就面色发白，唇色发青。如果真的坐实……她她她她不就成这次事件的罪魁祸首了吗？辛芽头皮一阵发麻，面色变了几变，强自镇定下来："燕总，你给我点时间，我去弄清楚到底是哪里出了问题，一定给你个交代。"

她跟了燕绥三年之久，初时的慌神后，很快反应过来，如果燕绥真的相信是她泄密给燕沉，她的处理方式绝对不会这么温和。还等她坦白从宽？不存在的。她甚至连见都不会见她，直接让人事部勒令她滚蛋。

燕绥要听的话听到了，不再停留："行，你收拾下先下班吧。"

"啊？"就这么放过她了？她搞砸了这么大一件事，都不打算教训教训她吗？骂一顿也好啊！辛芽忙把文件塞进柜子里锁好，跟上她，"燕总，托尼还是没有消息，手机号注销成了空号。我从泰拳馆拿到了他在南辰市租房的地址以及他出生地地址，一无所获。"

托尼像是凭空消失了一般，不见踪迹。

辛芽不提，燕绥几乎要忘记托尼这个人了，她沉思片刻，在电梯到达前，说："让法务继续走流程，这哑巴亏不能吃。另外，你和公关部这几天多盯着网络舆论，那个什么什么后援会的官博账号也捡回来继续打理吧，不能老是被人牵着鼻子走。"

燕沉把她推到幕前绝对不是心血来潮，这一次放出视频的炒作痕迹更是明显，燕绥低调，几乎不怎么在公众面前露面。若单纯是有人想要炒她人设从中获利，没她本人首肯就是条绝路。

哪怕营销号，借着她的热度刷了存在感又如何？她总会沉寂在网络高速发达的时代，不是今天，就是明天。

燕绥的内心远没有今天表现出来得那么淡定，她跟寻常一样完成工作，准点下班，燕沉的离开对她仿佛没有任何影响。可直到她回到大院，看到站在院门口等她的郎誉林，她心里的疲惫感才如潮水一般疯狂涌来。

部队的氛围沉静肃穆，哪怕是在家属院里，燕绥也能感受到。燕绥每回心烦意乱都会回大院，只有在这里，她才会感觉到岁月静好时光安然。

今天也是如此。她几步小跑上去挽住郎誉林的手弯，和往常一样，叫了他一声："外公。"

郎誉林笑呵呵地领她进屋："怎么一个人来了？"

"爸爸今晚有应酬。"

郎誉林转头看了她一眼，确认她是真傻，才道："谁问你爸了，问的你男朋友。"话落，好像没瞧见燕绥那片刻的愣怔，继续说，"也是奇了，我跟你舅瞅着这傅征都挺好，还没给你们俩介绍呢，你们自己先看对眼了。"

燕绥默不作声，心里腹诽：等这儿调侃她呢，她说郎将军今天怎么亲自出门迎接了，这可是以往都没有的待遇。

郎誉林调侃归调侃，怕燕绥脸皮薄，说了没几句转而和她聊起其他话题。他不是没看出燕绥心里有事，郎晴把这个女儿教得好，独立自强，根本不需要长辈操心。既然她不说，郎誉林也不勉强，左右她现在的靠山大过天，用不着担心。

吃了晚饭，又留她坐了会儿，等燕绥接了个电话，面露犹豫，郎誉林还有什么不知道的，挥挥手道："赶紧走，这回不留你了。"

燕绥被小舅妈送到门口，自己走出了大院。

傅征的车停在小妹餐馆门口，等她这会儿时间已经走到了军区大院附近。燕绥走了一段路，没多久就看到了站在对面路灯下等她的傅征，小跑着过了马路，一头扑进他怀里。

这冲势，饶是傅征也被她撞得往后退了一步才接稳。

他眼里漫开笑意，抱起她："跟我走？"

燕绥："跟你走。"

她自己答应的，上了车后就真的没问目的地。

街景眼熟也好，拐了个弯走了条她陌生的小路也好，始终保持着懒洋洋的姿势，有一搭没一搭地和傅征说话。

安静的时候傅征几乎能想象得出来，她以前是怎样慵懒地坐在司机接送的车后座从这座城市最繁华的地方到偏远安静的军区大院。

到地点后，傅征没下车，他亮了亮类似通行证的牌子。门卫看了眼，放了行。

燕绥一直觉得南辰市白天和黑夜两个样，她白天路过数次的路口到了晚上她一样认不出来。眼前这座建筑，有些眼熟。她仔细辨认了片刻，终于在看清场馆名字时才知道自己来了什么地方。

傅征带她去的是南辰市唯一一家射击馆，燕绥来过，上一次来还是郎其琛带的路。

谁第一次约会来这么凶残的地方？

傅征停了车，带她进场馆。

射击馆严格按照国际奥委会的有关规定以及我国有关枪械的管理规定执行，早几年甚至不对外开放。也就近两年，对外售票。但进馆需要身份登记，管理严格，就是射击，也要在专业的教练员陪同下进行。

接待人员领着两人进入室内射击馆，说："我们这儿还有室外靶场，但这个点基本关闭。这条路继续往下走，沿路都有路标，有台球馆、射箭馆、茶室、休息室等。"

她微笑着侧身示意两人进来。

射击馆的空间很大，整排黑色座椅上只坐了一个穿着教练服的男人，见傅征进来，立刻起身迎上来。

燕绥走近了，四周打量了眼。桌上已经准备好了手枪和子弹，像是……早就知道他们要来。燕绥忍不住抬眼看了傅征一眼，显然是这人提前安排的。

迎上来的是个年轻男人，接待人员含笑介绍道："这位是我们射击馆的教练。"

她话音刚落，教练伸手和傅征相握，对接待人员说："熟人，这里我来就行，你先去忙吧。"

后者颔首，转身离去。

闲人一走，教练的目光从傅征落到燕绥身上："这位是？"

傅征揽过人，言简意赅道："叫嫂子。"

教练怔了怔，下意识顺从地叫道："嫂子。"他伸出手礼节性地握了握燕绥的指尖，很快放开，"嫂子有点面熟啊。"话落，不等燕绥回答，他先想了起来，惊讶得没合拢嘴。最近网红的燕氏集团女总裁啊！下午休息时，他还见自己的学员凑在一起看视频……这会儿他不只想起燕绥，连和燕绥一起在拳击台上的傅征也想起来了，一时惊讶到合不拢嘴。

傅征没管他，离闭馆的时间不远，他领着燕绥到桌前，拿起枪掂量了下递给她，显得饶有兴致："拆卸组装会不会？"

"不会。"燕绥握着枪，眯眼瞄了瞄靶位，从手指到心脏都沸腾着久违的热血。

傅征把护目镜递给她，等她戴上眼镜后，又亲手替她戴上隔音耳罩。

后面旁观的教练简直惊呆了……他嫂子的战斗力也太惊人了吧！难怪傅征这么多年一直单身，燕绥这标准得……人间难得几回闻啊！

这会儿完全被无视，他很是自觉地揉着脑门退出去，把偌大的场馆全部让出。

燕绥第一枪只打中八环，她偏了偏视线，第二次瞄准时，傅征立在她身后，手把手调整她手臂的高度。

她的姿势标准，除了力量不足，射击经验不足，几乎挑不出毛病。

这一次瞄准后，燕绥扣下扳机，子弹命中目标离靶心仅几厘米。

傅征好整以暇地看她上弹，瞄准，扣扳机，反复数次后他扣住燕绥手腕，另一只手越过她抽走她手里的手枪，"休息下"。

燕绥手臂被后坐力振得有些麻，她接过傅征递来的矿泉水仰头喝了两口，摘了防护设备在他旁边的椅子上坐下："怎么想着带我来这里？"

"执念。"

傅征拧上瓶盖，弯腰把矿泉水瓶放在脚边，看着空旷的射击场馆，含笑道："之前看你在索马里开过枪，一直想给你调整下。"他看向她，"想到现在。"

射击这技能对燕绥而言，可能一辈子也用不上。她生活的国土平和安稳，繁荣昌盛，要不是索马里海盗劫船，除了射击馆、游戏馆，她这辈子碰真枪的次数寥寥无几。

他伸手，等燕绥把手搭上来，微一用力，把她从原座位上拉起拉进自己怀里。他垂眸，认真地看了她一眼，道："心情好点了？"

燕绥跪坐在他膝上，摇摇头，"不太好。"

傅征对她格外有耐心，捏住她后颈的拇指在她耳后轻轻摩挲着："还有哪里不好？"

"我明天开始会有些忙，燕沉一走，有些关系要维护必须我去应酬。"燕绥认真地叹了口气，和他额头相抵，缓缓闭上眼。还没片刻，她又睁开眼，"我外公和舅舅都知道你了。"

她的语气有点怪，傅征捏着她后颈的手指一顿，刚有不妙的预感就听她语气阴恻恻的，问："我舅舅说如果不是同在一个部队不让谈恋爱，你这会儿该让暗恋你的女兵啃得连骨头都不剩了。"

她堂而皇之地卖了郎啸，又说："没记错的话，是不是联谊也有你的份儿？"

欲加之罪，傅征自己都不记得什么时候有参加过联谊会，他缓缓眯眼，道："故意诈我？"

燕绥比他还理直气壮："非得我去问清楚哪届哪次啊？"

他手一收把人揽进怀里，这次认真回想了下："联谊肯定没参加过。"

燕绥"哦"了声，"看来被很多人暗恋这事是没跑了。"

傅征被她气乐了，偏偏她无理取闹的样子还挺招他喜欢，他松了手，和她空出一段距离，比她还无赖："你先让我看看什么叫啃得连骨头都不剩，我再决定认不认这事。"

燕绥被反将一军，不吱声了。

她这会儿也没了玩射击的兴致，懒洋洋地窝回他怀里："困了。"

傅征看她揉了揉眼睛，倦极的模样，猜她昨晚就没睡好："我送你回去。"

教练被叫回来清点子弹数量，点完还剩一大把，他笑得颇不怀好意："雄风不振雄风不振啊，以前在训练场的时候，连射数枪，枪枪靶心。"

燕绥咳了声，澄清："这些都是我打的。"

教练："……"

傅征微微挑眉，故作谦虚："献丑了。"

教练：你够了！

燕绥一吹风，一上车，又精神了不少，眼看着身后的教练在后视镜里模糊成一点，问傅征："刚才那位是谁？"

傅征没敷衍，也没详细说："以前的战友，并肩作战过。"

军人有份感情叫战友，能藏在山河间，也能散落在天南地北。

她想起南海某起事件时，曾看到微博、朋友圈里，或退伍或转业的士兵纷纷转发"犯我中华者虽远必诛"或晒出自己的军官证"随时等待祖国召唤"。那种炽烈的感情，时隔多年依旧记忆犹新。

傅征把人送到，看她懒洋洋地解了安全带下车，一双眼微带了几分亮意，等站到车外，她双手交叠杵在打开的车窗上，隔了半个车厢的距离，朝他眨眼睛："傅长官，好梦。"

临走撩一下，撩完也不管车里的男人是何心情，她松手就走。

恋爱这东西，解乏。

傅征看着她进了电梯，又退出小半步，朝他挥挥手，另一只手按着手机似在打字。

等她的身影消失在电梯间，傅征的手机振了振，进来一条短信。

燕绥："还没和你待够。"

手机又一振。

"临别吻也没有，我都给你机会了。"

傅征抬眼，看了眼依旧黑洞洞的二十七层，她还在电梯里。

燕绥要是有心给他出招，嘴皮子上的功夫他未必能赢。别看这几回交锋，他都占了便宜，不过是她不敢正面和他杠。

傅征行动力强，燕绥故意撩拨，还想全身而退？没门。所以有些话，不保持个安全距离，她还真没胆当面说。

她唇边噙着抹笑，笑眯眯地从电梯里迈出来，解锁开门进屋。边脱下外套边补上最后一句："上来坐坐？给你泡杯巫山茶。"

傅征看着亮了灯的二十七层，衔了根烟，没点，回拨了个电话。

燕绥正往浴缸放水，素白纤细的手指试了试水温，接起电话先问："我剪短发好不好看？"

傅征不太能想象她剪短发的样子，不过通常女人问这个问题，不用真的考虑是否好看，她要听的只有一句："你什么样不好看？"

燕绥想了想，觉得也对："那我明天去剪个短发，那些电视剧里黑化、复仇都要变个装。清一色短发，浓眼线，烈焰红唇。"

她故意把话题扯远，傅征不上当，他抬腕看了眼时间，似笑非笑问："刚不是还要请我上楼坐坐，泡茶给我喝？"

燕绥还没说话，傅征已经又接上了一句："你要是觉得遗憾，现在下来还来得及，我还没走。"

水注了小半缸，温热的水流漫过燕绥的脚踝，她从旁边的置物柜上取了精油，手腕轻抖，滴了几滴，"谢谢你啊"。

没头没尾的一句道谢，傅征握着手机不语。

燕绥觉得傅征真的挺了解她的，那种了解不像郎其琛那样用浮于表面的餐桌文化表达，他的细腻润物细无声，是从眼神到行动都让她觉得身心放松。

她骨子里其实有毁灭的欲望，相比较寻常女孩约会喜欢去的电影院、游乐场，她更喜欢射击馆——解压、破坏、聚精会神。

他知道她积攒着压力，知道她的不易，别说对她没任何要求，甚至从在一起到现在，步步都在让她适应节奏。她太知道他们两个完全天壤之别的职业要在一起有多困难，她忙碌、重压，担负着成千上万口人的生计。他则随时应召祖国的召唤，奉献万里山河。也只有两个肩上担子都这么沉的人才知道，爱一天少一天。

她忽然就有种拨开迷雾的通透感，那些庸扰她多日的、或不安或阴郁的负面情绪在渐渐扩散至空气里的精油香气里逐渐瓦解。

"客气了。"傅征咬着烟，笑起来，"小燕总，这些前期投资以后是要你还的。"

燕绥还是头一次听他叫自己"小燕总"，他故意咬着音，那低沉的语气绕耳，像是在暗示什么一般。

她踢了踢浴缸里的洗澡水，言笑晏晏："我还怕还吗？"

35860.C

FUZHENG
YANSUI

Chapter 15

醉了夏夜

　　燕绥勉强算是乐观派，事情想开了，在她这儿就没什么大不了。好好睡了一觉，隔天精神饱满地去公司上班。

　　相比她的精神抖擞，辛芽显得要憔悴些，她拿着平板，先按惯例向燕绥汇报今日行程。话落，指了指相邻不远的副总办公室道："大燕总一大早来了。"

　　燕绥比她淡定多了："正好，等会儿常会叫他先过来听，上手工作这事不急。"

　　她本就存了趁机让燕戡来看看公司发展，做个简易汇报的念头。他这会儿代替燕沉上任公司副总，还帮她省了特意做一份报表的工夫。

　　"还有就是有关孙副总的事。"辛芽指了指她的手机，"录音我刚发给你。"

　　燕绥茫然："什么录音？"

　　辛芽觉得还是自己口头叙述一遍更好，她挠了挠发尾，说："我昨天下班后问孙副总要了住址杀上门去了。"她还是知道事情轻重缓急的，这事有关她的清白自然不能拖太久。

　　燕绥没怎么跟孙副总打过交道，只知道燕戡在任时对她挺倚重，这才在有替换燕沉念头时让辛芽去联络联络，先搭上线这回事。不过，她原本给辛芽的时间是一星期……区区一天，就搞定了？

　　辛芽显然也看出了燕绥的怀疑，摸了摸鼻尖，微微脸红："我一哭二闹三上吊来着。"

虽然燕绥平时都叫她傻白甜，但真需要她用脑子的时候，她不会拎不清。

"也不是我一个人去的，我让我妈陪我去的。"她想找人要交代，带个长辈再好不过了。

"我就半真半假地把事给她说了一遍，说你勃然大怒要解雇我，不只解雇还要起诉，让我承担公司损失。"这事辛芽的确是委屈，昨天上门后都不用怎么演，真情流露哭得眼睛都肿了，"孙副总和燕副总一直有往来，她先生开了一家小公司，初期燕副总没少帮忙。所以我刚联系她，她就嗅着味告诉燕副总了。"

"也是我不好，太贸然了，我应该先跟同行了解下的。"南辰的商圈也就这么大点，这些年她也积攒了不少人脉资源，但凡谨慎点，投石问路，也不止于此。

孙副总这事虽然和她没有直接关系，间接总是有的，她也不敢完全撇清自己，这会儿就跟做错事的孩子一样低着头，等训。

燕绥没作声，一方面理智告诉她，把这事交给辛芽办是她的一个疏忽，她自己该背主要责任。一方面的确是辛芽不够谨慎，犯了错。但和当初推测的背叛罪名相比，这个错小得她完全可以不计较。

她不说话，辛芽更忐忑了，她忍着肝疼，说："年终奖已经扣了……不然你扣我整年工资？"

燕绥瞥了她一眼："全年工资扣完，你喝西北风？"

辛芽扭捏着："我妈拧着我耳朵骂我成事不足败事有余，你扣我工资也完全是我活该。"

燕绥看她红着眼睛一副又要哭的样子，凶她："还有脸哭！"

辛芽吸了吸鼻子，立刻憋住。

燕绥不知道为什么，忽然想到了郎其琛。他年幼时还挺熊，大院里一起长大的小孩都受过他的欺负，唯独在燕绥这个姑姑面前，他不敢。

可最初时候，郎其琛也没这么听她话。燕绥的记忆中有过一段和现在差不多的场景，辛芽就像幼年时期的郎其琛，被她一凶，眼泪鼻涕全部吸回去，呆萌萌地看着她。

燕绥扬了扬下颌："先去做事。"她暂时不想追究，辛芽一直紧绷着的那口气虽然没松，也没再绷得那么紧了。她颔首，抱着平板，轻声退出去。

燕绥今天很忙，忙到脚不沾地，连午饭都是边和燕戬开会边解决的。

早上的周会迁就燕戬，燕绥身负解说之职，帮助燕戬尽快熟悉公司目前的运营情况。隔了两年，燕戬对工作有些生疏，一边欣慰燕绥成长速度之快，一边暗暗惭愧自己未老先丢宝刀，实在太不思进取了。

晚上要接待从北星市来的一家叫广汇集团的张总，这家上市公司在国内的影响力非常大，虽还未和燕氏集团合作，但始终保持着良好的联系。唯一棘手的是广汇集团与燕氏集团有关利比亚海外建设项目的对接人是燕沉。

以防出意外，燕绥亲自领着辛芽去接机。

见面前，辛芽已和对方助理沟通过公司情况，张总在出口见到燕绥时也并没有太意外，客客气气地和她握手："久闻难得一见。"

燕绥微笑，落落大方地回应："张总，幸会。"

去酒店的路上，张总自然而然问起燕沉："这趟行程是一星期前就定好的，燕沉虽是我小辈，和我却相交已久，我很是欣赏他。来之前也约好要一同畅饮，怎么说休假就休假了？"

燕绥怎么会听不出他话里的不满，只是实际情况无论如何也不能如实相告，她权当没听出他的话外音，打着太极揭了过去。

把张总送至酒店，燕绥给人留了休整时间，约好晚饭，暂时离开。从机场到酒店的距离不长，交谈的时间也短暂。燕绥看不出对方对她到底持什么态度，但根据以往经验……凡是先和燕沉打过交道的，再面对她，多多少少会带上几分不信任。

燕绥年轻，还貌美，也不怪别人戴有色眼镜，她的外貌太突出，一颦一笑一举一动，实力看不出来，花瓶的潜质倒是能窥见一二。尤其最近，她在社交平台频繁露脸，在商圈恐怕早已是各位大佬口中的谈资。

燕绥觉得……别人貌美如花有如神助，到她这儿，颜值就是累赘。

到约好的晚饭点，燕绥提前赴宴。她来得算早了，结果进了酒店包间见到坐在张总身旁显然是聊了一会儿的燕沉，脸上的笑意顿时就淡了。

从燕绥出现，到进门时短暂的停顿，燕沉都看在眼里。他起身，如往常那般替燕绥拉开座位。

"张总约我见面，"他轻声解释，"说今晚不谈公事，只闲聊叙情，难以推辞，所以才来的。"他的声音轻，的确没有让张总听见的意思。

燕绥落座，低声道谢。

张总这种活了几十年的老狐狸，肯定不会被燕绥随便找的借口忽悠过去。这会儿见过燕沉，心中微定，笑着打哈哈："今晚是私宴，借燕总地主东风，我还请了几位在南辰市的朋友，燕总不介意吧？"

虽是先斩后奏，但燕绥也没意见，一个五旬老头，一个年轻女总裁，他们俩坐一块，聊不了几句就要冻死在代沟上吧？

"哪里哪里。"燕绥微笑，起身给他斟酒，"是我考虑不周。"

轮到燕沉时，他抬手接过酒瓶，指尖就擦着她的手指轻轻一握，也不是刻意，恰巧碰上："我自己来。"

燕绥还没松开手，门被守在门口的服务员推开。

三人皆看向门口。

傅征伴着一个差不多年龄的年轻男人一前一后走入，他的目光恰好落在两人手上。

满目琉璃璀璨的灯光下，傅征的脚步微微一顿，落后傅衍两步，立在门口。他一止步，傅衍很快察觉，转身回望。未等傅衍从傅征的表情里看出些什么，张总已起身，快步迎上来："傅总，许久未见了。"

傅衍周身气质矜贵沉稳，也不见他笑，给人的感觉却温和谦润。他伸手与张总相握，微微侧身，介绍傅征："我堂哥，傅征。接到电话时我和他正好一起，否则还请不过来。"

张总眼睛一亮，迎上前和傅征打招呼："我和傅老将军略有交情，数年前和你也有过一面之缘，你可还记得？"

傅征没什么表情，连语气都有些寡淡："不记得了。"

许是没料到他这个回答，张总怔了下，很快给傅征找了理由。他们这些部队里的军人，和在商圈里时常与人打交道的到底不一样，性子难免直了些，不见怪。不见怪！

只有燕绥听出来了——他那隐约的，压在话尾的不悦。

寒暄片刻后，几人纷纷入座。

张总似乎对今天能请到傅征有些意外，也有些欣喜，还未给四人互相介绍，先道："广汇和军工部一直有合作，也是这个原因，十几年前我就认识了傅老。"

他兴致颇高，特意为几人介绍傅征："这位是傅老将军的孙子，年纪轻轻已任少校，将来必定前途无量啊。"

燕绥从初时见到傅征的惊讶里回过神儿后，试图寻机会和傅征说话。不过瞧张总恨不得把傅征捧到天上的姿态，别说她根本插不了话，现在就是给她机会她也不打算先揭破自己和傅征的关系了。

她没记错的话，张总有个年芳正好的独女。这会儿再一辨张总犹如看女婿的眼神，她还能有什么不明白的？

闻言，她举了举杯，很是捧场地附和道："将门虎子，敬佩。"

傅征周身气势一凝，傅衍坐他身侧，莫名觉得冷气有些大。他对傅征有女朋友，尤其女朋友正虎视眈眈坐在眼前一事完全不知情，此时听燕绥接话，侧头看了看她。

商圈说小不小，说大也不大，尤其是有实力的集团，哪怕还未合作过，多少在平时的应酬里会有所耳闻。合作的壁垒更是薄如纸片，有战略性的相同目标，合作就是迟早的事。尤其这位小燕总，三年前接手燕氏集团，声名鹊起。

张总也未刻意，顺势向傅征傅衍介绍了燕绥和从刚才看见傅征起就始终沉默的燕沉。

除了傅征，其余几人都深谙应酬之道，酒轮着敬过一遍便已熟悉。

傅征是唯一没喝酒的，他抬手轻挡了一下欲给他斟酒的服务员："不能整桌没个清醒的，我以茶代酒。"说这话时，他转头看了眼坐在上位的张总，目光微凉，明明语气是好商好量的，可那眼神却让人根本无法说出与他意见相左的话来。

"自然。"张总笑，"你随意。"

没过多久，陆陆续续又来了几人，这批人和张总的年龄相近，与燕氏也有不同程度的合作，俨然就是一个互有利益交往的关系圈。

人多自然热闹，酒过三巡，燕绥酒意微涌，渐渐有些上脸。燕沉坐在她身侧先察觉她的异样，再有敬酒，他客客气气地替她拦下来。帮饮数杯后，他不动声色地看向坐在燕绥正对面，眸色沉沉落在燕绥身上的傅征。

酒杯遮掩住他唇角那抹微微扯动的笑意，他似没察觉傅征略带敌意的眼神，凑近，和燕绥低语："身体不适就出去透透气吧。"

燕绥摇摇头："没关系。"现在还不到透气的时间，饭桌上气氛正浓，她突然离席，难免扫兴。

燕沉正欲再说些什么，还没开口，便听桌上一人笑道："燕副总和小燕总说什么悄悄话呢，也说出来给我们听听。"

燕绥很少应酬，在座的不少和她打过交道，但想再进一步，通常都是燕沉出面，今天难得见正副两位燕总都露面了，难免打趣："今天算是借了张总东风，和小燕总同桌可是千金难求。"

房间里的温度有些高，燕绥脱了外套挂在椅背上。闻言，慢条斯理地摸出一盒女士烟。刚从烟盒里抽出一根，离她最近的就有人拢着打火机送来火。

她咬着烟，微微俯身，凑了火。长发被她顺手拢至颈后，她眯眼看了眼烟屁股，被酒意染得嫣红的脸庞愣是透出几分高冷矜贵。

这样的燕绥，还是傅征第一次看到。她不掩饰自己的风情，但这风情不娇不媚，透着股不拖泥带水的爽利。

她吐了口烟，笑道："各位都是我叔叔辈了，别拿我打趣。"

有烟袅袅，她指尖轻弹了一下纤细的烟身，目光和傅征对上，笑眯眯道："怕是我真和你们同桌吃饭，还要扫你们雅兴。"

她忽然存了几分坏心思，咬着烟，端起酒杯遥遥一敬，对傅衍道："听说傅总前段时间刚订婚，那时还不认识，现在认识了总该祝贺下。"

傅衍微微挑眉，笑着应了这杯酒，虽不知其意，但眼看着她饮尽杯中酒。傅衍作为一个男人自然没有随意的道理，也跟着喝完，倒扣酒杯示意。

傅征此刻的脸色阴沉得风雨欲来，他指尖在膝盖上有节奏地轻轻敲着，眼神毫不掩饰地直勾勾盯住她。

燕绥支着下巴，笑意盈盈地回视。

下一秒，被她提醒了的张总似不经意地正好顺着她的话问傅征："傅首长和傅总年岁相当，不知是否有女朋友了？"

燕绥斜咬着烟，好整以暇地等他回答，她一副看好戏的模样落在傅征眼里，他这会儿恨不得把她拎进怀里狠狠打一顿。

傅衍这会儿终于看出点什么了，他饶有兴味地看看燕绥再看看傅征，煽风点火："我记得应该还没有。"

张总这会儿笑得更满意了："傅首长一表人才又年轻有为——"

傅征打断他："我有女朋友了。"他这会儿所有情绪内敛，平静得像刚才想掐死燕绥的人根本不是他一样。他微翘了翘唇角，笑得一脸痞气，"都打算结婚了。"

燕绥险些被烟呛着，她掩唇，闷声咳嗽了两下，一双眼睛水亮地横了他一眼。

张总脸上笑意一淡，颇有些遗憾："不知道是哪家千金啊。"他认识傅老将军十多年，对傅家一门有多显赫一清二楚，自然想听打听。

"家中长辈对我择偶并没有家世匹配、门当户对的要求。"傅征一顿，笑容仍旧有些玩世不恭，"不过也巧，女友门庭显赫，是郎将军的外孙女。"

张总"咝"了声，不太确定道："郎姓的将军，是郎誉林老先生？"

傅征含笑颔首："正是。"

燕绥脸都黑了，这些人一时半会儿不会知道是她，但事后打听少不了。虽然她对这事瞒得严实，但张总和军工部有合作，寻个人一问，想知道傅征说的人是谁也就迟早的事。

她面无表情地碾熄了烟，拍拍膝盖，带着手机，起身离席："不好意思，接个电话。"

她前脚刚走，傅征坐了片刻，借口上洗手间，也跟着离开。

燕绥在酒店同层的洗手间门口等他，她等人通常都不是纯粹的等。镜面明亮，她照着镜子把几丝凌乱的头发勾至耳后，梳理服帖。又拧了支口红，沿着唇线慢条斯理地涂抹，填了色，她抿了抿唇，用小拇指指腹压匀。

做完这些，她低垂视线，把双手浸湿，压下洗手台上摆放的洗手液，耐心地涂满整手揉出泡沫，凑到感应区慢悠悠地顺着水流冲洗干净。

洗完手傅征还没来，她半点不见不耐烦，手放到烘干机风口处，慢悠悠地翻着手心手背。

轰轰作响的噪声里，一侧光影微暗。燕绥一抬眼，就看到了出现在门口的傅征。

他面沉如水，眼睛漆黑，什么也不做，就这么看着她。

饶是燕绥，被他这种眼神盯着，也无法淡定。她的手从烘干机下缩回来，风声一止，比气氛凝结时的安静还要安静。

刚挑衅使坏时燕绥胆大包天，这会儿无处可躲，她莫名心虚，先发制人："来之前知道我在这儿？"

"不知道。"

"看见我干吗装陌生人？"

傅征掀了掀唇角，皮笑肉不笑："你躲我眼神又是几个意思？"

来真的是吧！

燕绥狠狠一挑眉，"张总看你跟看未来女婿一样，我哪知道你是不是有意思？"

傅征眯眼，语气渐渐危险："刚才故意的？"

"故意的！"燕绥这人，不招惹她还好，一招惹，你杠她更杠。

傅征气乐了，他盯着燕绥的眼神似沁了水，短暂的安静后，他似笑非笑道："能耐了。"

燕绥酒劲上来，就想和他对着来，不料，嘴微张还来不及说上一个字。他捏着她下巴一抬，低头吻下来："不想听。"

尔后，他就像是找到了最好的解决办法，手心覆在她脑后，更深地咬住她，碾着她的唇，轻咬，重吮。

唇上触感酥麻，一路软至燕绥心口。她刚冒出来的那点火气瞬间被掐灭，一双眼本就水亮得像是蕴着水，此刻湿亮漆黑，像一块上好的宝石，光华璀璨。

顾忌着这里随时会有人来，傅征的嘴唇轻轻蹭了蹭她，舍不得松开，又吮住。如此反复，最后终于后退寸许，鼻尖和她相抵，声音沙哑得有几分性感："不跟我较劲了？"

燕绥仍旧嘴硬："谁跟你较劲了？"

傅征接得也顺："我女朋友。"

燕绥抬眼横他："那你摆脸色给我看？"

傅征理亏，没作声。

"广汇来谈合作，他第一天刚来，对燕沉印象又特别好，我怕别人兜不住就亲自来接待。"

傅征问："烟瘾很大？"

"没。"燕绥说，"招你心烦才抽的。"她那点小小心眼，自己承认了。

"张总跟你家什么交情啊，他看你的眼神欣赏得快跟看自家人一样了。别回头告诉我，你爸妈小时候给你指了门娃娃亲……"

"胡说什么。"他低笑着，吻在她唇角，"我这辈子只娶你。"

好听的话燕绥从来不嫌腻耳，她微微仰头，指腹抹去他唇上吃掉的口红，"我们俩……"

她抬眼，眼底映着灯光，笑盈盈、亮晶晶："像不像出来偷腥的？"

隐约能听见走廊尽头，电梯到达的开合声。

傅征松开她，就着洗手台前的镜子擦去口红，转头见她倚在烘干机旁好整以暇地看着他，那眼神跟在包间里等着看他好戏时那副神情所差无几。

他握住她下巴轻抬，目光在她被蹂躏得嫣红的唇瓣上流连数秒，声音低哑："等会儿我送你回去。"

燕绥依旧还是笑眯眯的，没说好，也没说不好。

郎其琛要是这样一副油盐不进的样子站在他面前，傅征能分分钟把他摔进泥潭里教他做人。可换成燕绥，这种方式绝对不行。表情刚冷一点凶一点，她就能说他是摆脸色。再没个轻重，这女人得上房揭瓦。

他俯身凑近，没闻到她身上那烟味了才松开手："除了我的车，你上谁的我今晚就和谁好好谈谈人生，听见了？"

燕绥见好就收，没再刺激他，拧了口红重新补妆："等会儿走着瞧。"

勉强算是达成一致意见，傅征先她回包间。

饭局已进入下半场，桌上残羹冷炙撤掉不少，上了刚出炉的点心和甜品。一群男人对甜食都没爱好，想起这饭桌上唯一可能对甜品有兴趣的燕绥，这才发觉她出去接电话已经接了很久。

张总四顾后，吩咐燕沉："你给小燕总去个电话，让她赶紧回来，这甜品专门为她点的，等会儿凉了不好吃。"

燕沉指尖正夹着烟，烟条燃过半，烟灰厚厚地积了一层，将落未落。闻言，他笑了笑，替燕绥兜住话："可能遇到熟人被绊住了，我去看看。"

这是傅征第二次注意到燕沉，他眸色不动，看燕沉把烟碾熄在烟缸里，推开椅子起身。

"是该去看看。"有人附和，"没准是怕我们这帮大老爷们不够绅士会劝酒，吓得躲在外面不敢回来了。"

说这话的人也没有恶意，不过是开个玩笑，调侃一二。

燕沉循声看去，眼睛里的笑意浅了些，虽还客气，语气无端地沉了些："听这话就知道你不了解小燕总。小燕总第一次出来应酬不懂事，别人敬酒她不忍拂对方的好意，结果几个大男人，被她喝趴在饭桌上，当晚全在酒店开房住下了。"

似是回想起当时的盛况，他唇边笑意渐深："第二天被我们大燕总勒令面壁思过，让她想明白错哪儿了。"燕沉的声音低沉清越，三两句话勾勒出当时的画面，引得在座的人都笑起来。

傅征斜咬着烟，啪的一声点了打火机，在满座笑声里，微微蹙眉。

"小燕总后来想明白了？"有人问。

燕沉握拳虚抵着唇，闷声笑起来，正欲回答。

"谁找我呢？"燕绥推门而入，未语先笑，"隔老远就听见有人在叫小燕总。"

燕沉见状，替她拉开椅子，等她入座，自己也坐了回去，三言两语不动声色地就把刚才的情况从头到尾说了一遍。

燕绥顺着接话道："我这么大个人了，面壁思过多丢人。没十分钟，我就说我知错了。"她满目笑意，显然不是第一次和燕沉配合，专拣大家喜欢听的话说，"我就问我家大燕总，是不是错在太损男人面子了。"

预料之中地，满座大笑。

燕绥把一桌人逗高兴了，悄悄地朝傅征眨了眨眼。

那脸小得意，饶是傅征这会儿醋海翻腾，也忍不住笑起来。

于是，宾主尽欢。

散宴后，在酒店随时待命的辛芽安排各位老总离开。

燕绶也跟着起身送客，她后半场喝了不少酒，反应不免有些迟钝，起身时扶了扶桌，燕沉托出手肘虚扶了一把："我去送。"

燕绶直觉傅征的目光落过来，她不动声色地抽出手，闭了闭眼缓过起身时的那阵头晕："没事。"

她拎起披在椅背上的外套挂在手弯，似笑非笑地看向燕沉："再过不久，你也要成为我迎来送往的客人了。"

燕沉眉心几不可察地一蹙，扶她的手似僵住了一般忘记收回去。

燕绶目的达到，笑了笑，抬步离开。

辛芽在酒店门口把最后一位大佬塞上车后，终于松了口气。回头见燕绶还在前台，马不停蹄地奔回去。走得近了才看清，燕绶半倚住前台，侧身对着她正在调戏大堂经理。

辛芽做贼心虚地探着脑袋四下观察，方圆十米内没见着傅长官这才放下心。她几步赶到前台，扶住燕绶，不好意思地朝被调戏得面红耳赤的大堂经理笑了笑，解释："我老板有点喝多了，见谅啊。"

燕绶正拨着瓷盘里的润喉糖挑口味，闻言，风情万种地横了眼辛芽。

那一眼媚生生的，眼波流转，看得辛芽呼吸一窒，脸涨得通红："走了走了，傅长官还在停车场等你。"

听到傅征的名字，燕绶才算收敛。她抓了一大把润喉糖塞进口袋里，跟拄着拐杖一样把手搭在辛芽肩头："扶着点扶着点，我满眼都是小星星。"

辛芽差点笑出来，她认命地承受住燕绶大半的身体重量，边走边问："傅长官怎么也在？"她刚才瞧见傅征的时候差点没吓出心脏病。

燕绶没作声，她把头发勾至耳后，忽然凑近，近到快和辛芽鼻尖对着鼻尖时，她才停下来，那双眼分外专注地看着她，"辛芽"。

辛芽被她盯着，叫苦不迭："小燕总，我提醒你啊，你今晚千万别这样看着傅长官。"

"为什么？"

辛芽说："他会吃了你。"

燕绶轻笑了一声，终于和她拉开距离。

电梯很快就到了负一层，辛芽辨了辨方向，没走几步就看到了倚在车旁等待的傅征。

辛芽把人送到，气喘吁吁："傅长官，今晚劳烦你照顾小燕总了。她酒品不太好，你务必先把她哄睡着啊。"

傅征把人接过来，低头看了眼，正对上她乖巧的视线，微微挑眉："不然会怎么样？"

辛芽挠了挠鼻尖，轻咳了声："我老板半醉的情况下比较闹腾，她睡眠质量又差，不哄睡了明天邻居该投诉了……"

燕绥听着呢，"啧"了声，不满道："胡说八道。"

辛芽被她瞪得一哆嗦，赶紧示意傅征："傅长官你带燕总先走吧。"

燕绥被酒精麻木的脑袋终于记起来她在前台等着辛芽是想干什么来着，摸出车钥匙递给她："回去小心点。"

辛芽忙不迭接过来，目送着两人上车，也跟着离开酒店。

酒店离燕绥的小区不远，一刻钟后，傅征把车停在燕绥公寓的地下停车场。

车刚停稳，吃了一路润喉糖的人自觉解开安全带，跳下车。

已近深夜，小区的停车场里只远远有车进库的声音。傅征瞥了眼副驾仪表台上摆得整整齐齐的润喉糖包装纸，神色自若地从后座拎过自己的外套披在她身上。

他今晚异常沉默，燕绥也安安静静的，电梯到二十七楼后，她率先迈出去，解锁开门。傅征跟上来时，她正踢开鞋子，赤脚站在地毯上等他。

"不穿鞋？"傅征问。

"不想弯腰。"

傅征难得一默，他蹲下身，从鞋柜里取了拖鞋放在她脚前，看她白嫩的脚尖蹭着拖鞋穿进去，站起身道："家里有备醒酒药没？"

燕绥胃里有些难受，难得升起几分软绵绵的依赖，她双手环住他的腰身拥上去，披在她肩上的外套掉落在地上，她在傅征颈窝蹭了蹭："你就是醒酒药。"

瞧着没醉，嘴甜着呢。

傅征眼里浸染了几分笑意，掐着她腰身两侧抱起她，燕绥顺势双腿夹住他腰身。

她的动作太自然，傅征反而因这暧昧的姿势脚步微顿："抱紧。"话落，他单臂环过她的腰身，轻轻松松地抱她进厨房烧水。

燕绥听着厨房里难得的烟火气，合眼小憩。

耳边呼吸声渐渐平稳，傅征担心她现在睡着，半夜口干舌燥要起夜，扯了话题和她闲聊："邻居投诉怎么回事？"

燕绥睁开眼，笑了声："不是邻居，是酒店房客。"

傅征按下水壶开关，搂着她往主卧走。

"我那次喝多了直接在酒店住下了，半夜敲遍了同个楼层的所有房门，请人家吃糖……"她揭起自己的老底也毫不含糊。

进卧室，傅征正欲放下她，又听她说："幸好那晚燕沉就住我隔壁……"

傅征一僵。

燕绥明显感觉到他情绪忽变，话音一止，看向他。

卧室昏暗的壁灯里，他面色微沉，那双眼，深深地、幽邃地锁住她的视线。

傅征在看到燕沉的第一眼，就知道此人不善，那是男人之间无形的气场。当时他虽觉得怪异，但因燕沉是燕绥堂哥的身份并未多想。此时他已经知道燕绥和燕沉不过是名义上的堂兄妹，还有什么不明白的？燕沉看燕绥的眼神，和他看燕绥的如出一辙。

他眼神里的占有和掠夺太明显，燕绥想忽略都忽略不了。

她着魔了一般，凑近他，近到鼻尖快和鼻尖相抵时，她停下来："辛芽让我不要这样看着你。"

她捏住他的耳垂，不由自主地覆上他唇角，浅尝辄止。像是单纯满足自己的好奇心，唯那双眼，直勾勾地和他对视着。

"她说，你会吃了我。"

厨房的水声沸腾，持续了数秒。燕绥的心就像是这水壶里的水，咕噜咕噜沸腾后，逐渐安静下来。

心是热的，也是沉静的。

她清晰地看到傅征眼底墨色最深的地方似旋起了气流，渐渐地眼中的风暴成形，幽深如四月滚起沙潮的龙卷风。

他低头，向前寸许，若有若无的一个危险距离形似于无。傅征并不急着靠近采撷，她在他怀里，近到呼吸可闻，伸手可触。他从一早就知道，饶是燕绥有翻天之力，他也对她势在必得。

他反手关上主卧的房门，放她下来。

燕绥被酒精麻痹得有些迟钝的脑子蒙了一瞬，他站在身后，很快拥上来："考考你。"

"你今晚提了几次燕沉？"

这是什么考题？

她茫茫然回想着，耳后他微凉的鼻尖蹭上来，轻而易举寻到她的敏感位置，吻上来。

燕绥浑身一哆嗦，腿瞬间软了。她闭上眼，屏着呼吸，注意力全部会聚到了他亲吻啃咬的地方。连外套什么时候被他褪去的都不知道，等发觉时，他滚烫的掌心已经贴着她的腰线掐住她的腰身用力往后一撞。

傅征顶上来，不轻不重地拖长了尾音"嗯"了声。

"一次。"燕绥试图转身，这种完全被掌控的处境让她极为不适，可刚有这个念头，他落在耳后的唇沿着颈线落在她肩上。

燕绥的身材比例近乎完美，肩线略薄，透着股刀削斧凿的线条感。

傅征慢条斯理地亲吻着她的肩胛骨，感觉到她身体渐渐紧绷，他从后轻握住她的下巴微抬，他凭借自己的身高优势，吮住她的锁骨，"这两天情绪不佳，是不是因为他？"

燕绥摇头，她口干舌燥，也不知道是在期盼什么还是恐惧什么，闭着眼，瓮声回答："一半一半。"

她思考问题总是理性，划分百分比是她最常用的分析方式。即使此刻大脑跟冻住了一样陷入了休眠状态，她仍是像往常那样说一半留一半。话不说死了，总有退路。

"哪两半？"

他的指腹摩挲着她的腰侧，沿着她腰线摸索着解开她的纽扣。

燕绥感觉他的手指正从裤线边缘探进去，下意识地握住他的手腕，"傅征"。

"害怕了？"他低笑着，声音宛若被水浸润的砂石，透出几分喑哑的低沉。

燕绥在他怀里转身,面对他:"就是觉得不公平。"

她眼也不眨地摸到他裤腰上的皮带,三两下解开用力抽出来,随手掷到地板上。似乎觉得这样还不够,她目光落在他扣得一丝不苟的纽扣上,吞咽了一声,招呼也不打一声,上手就扯。那些压抑的渴望的情绪,被他一点一点从心底勾出来,她踮起脚,毫无章法地学他刚才那样,试探着渐渐靠近,又胡乱着亲吻。

燕绥很聪明,她很快就摸索到傅征身体的敏感处,她仰头,轻吻住他上下滚动的喉结,见他忽地一僵,她眼底漫出几分笑意,循着他喉结的轨迹,露了点齿尖轻轻咬住。

傅征揽在她腰侧的双手收紧,被调动的欲望支配着身体把她拦腰抱起放在床上。

蚕丝被顷刻间被压出几分柔软,属于她身上的暗香,犹如萦绕在傅征的鼻尖,渐渐浓郁。直到此刻傅征才知什么叫作柔若无骨,她被压在身下,浑身上下没一处和他的精瘦结实相同,触手软腻,是属于女人特有的温软。

他寻到她的唇,不给她片刻喘息机会地吻她,情到浓时吮住她的舌尖,被缠住舌尖的燕绥有一瞬的发怔,不知该放哪儿的手重新环到他的颈后,手指摩挲着他微微发刺的寸头,轻哼了声。

渐渐地,这吻变了味,融了几分强势的掠夺。

燕绥那点战斗力根本支撑不到她重整旗鼓,她在傅征身下软得像是无骨水,他的手到哪儿她就软到哪儿。

借着最后那点微薄酒力,她放任自己慵懒地困在他的身下。

傅征从未遇到过这么艰难的时刻,胸腔内有战意猎猎作响,她与他水乳交融。她甚至不用做什么,只是用那半娇半媚的眼神看着他,他就彻底失了从容。

压抑了一晚的醋意此刻早已挥发得一干二净,傅征从未那么清晰地觉得,她在他怀里,迟早都属于他。

他沉身压上来,发了狠地勾吮住她的唇舌。

"要不要?"他哑声问。

　　滚烫的指尖刚碰到冰凉的纽扣，傅征的脑子忽地清醒了些，他浑身一僵，低头吻住她未出口的话。

　　他没想这么快，自然没有做准备。今晚贸贸然在一起，无论是对燕绥还是对燕家都是极不负责的行为。他休假一结束，就要执行任务，短则数月长则大半年，他不能冒这个险，也不能这么做。

　　傅征临门刹住车，胸腔内的血气微凉，颇有走火入魔的溃败感。他撑起身子，吻从她的嘴唇，到鼻尖，最后落在她眉心："尽快安排下让我见见你爸。"

　　燕绥像刚从水里捞起来一样，浑身汗津津的，听他忽然提起这事，睁眼看他："怎么了？"

　　不管她是装糊涂还是真糊涂，傅征一口重重咬在她锁骨上，听她"嗯"了声，力量一收，轻轻地吻了吻，反问："你说呢？"

　　被他那意味深长的眼神一看，燕绥终于反应过来，闷笑了声："不急。"

　　傅征瞪她，抬手一扯蚕丝被盖住她，拎着松垮到露出腰线的裤子起身："我去给你重新烧壶水。"

　　他俯身，从地板上捡起刚被燕绥抽掉的皮带，刚走到门口，就听手机嗡鸣声响起——警局来电。

　　燕绥还在欣赏傅征的好身材，见他看了眼来电显示就立在原地后，无声地用眼神询问："谁的电话？"

　　傅征食指抵住唇，示意她先别出声，把手机凑到耳边，接起电话。

　　一分钟后，他挂断电话，目光落在燕绥脸上。

　　燕绥直觉他接的这个电话和自己有关，拥着轻薄的蚕丝被盘膝坐起，半遮半掩，仍是未掩盖住全部春色。

　　"警局的。"傅征斟酌着，"从李捷那查到了程媛的转账记录，基本证实李捷对你的跟踪骚扰是出于程媛教唆，另外……"

　　话起了头，他却不想说了，要怎么告诉她，若是那天她运气不好没有半道折去老船长家，或者没有发现李捷在跟踪她，等待她的可能是一场永远不会再醒来的噩梦。

　　燕绥行事都在章法内，偶尔强势跋扈，也大多是情势所迫。可就是有人，灵魂偏执，宁愿把自己献祭给地狱。

　　他的脸色太难看，让燕绥生出几分好奇心来："另外什么？"

　　傅征回过神，没直接回答她的问题，顿了顿，说："警局会传唤程媛配合调查，离水落石出那天不远了。"

　　言下之意是，等此事调查确认后，他再告诉她。既然他一番好意，燕绥自然领情，琢磨了琢磨，问："程媛给李捷的转账记录是多少？"

　　"十万，一次性结清的。"

　　不料，燕绥听后露出一丝嫌弃的表情："我才值十万？"

　　傅征沉默数秒后，安慰："不同人眼里不同价。"起码，在他心目中，燕绥于他是这天地间独一无二的无价之宝。

　　他离开房间后，燕绥缓缓蜷回蚕丝被里。壁灯昏暗，柔和的光线下，她渐渐生出几分倦意。

　　燕绥倚着床头，定定地盯住虚空一点。程媛和李捷勾结这事，之前虽没有得到官方确认，但凭那些蛛丝马迹燕绥几乎已经认定了这个事实。此时得到证实，她心头反而飘出一缕让她不安的不真实感。

　　程媛被警方传唤接受调查，若是一般教唆，顶多就是拘留几天。只要她一日不对燕氏死心，她和燕绥就是不死不休。

　　燕戬应该也是意识到这点，才会默许燕沉暂停职务，自己接任。可燕绥隐隐有种感觉，这些事情不会因为程媛被传唤而终止。傅征的欲言又止和谨慎确认反而让她猜测到事情的严重性。

　　程媛不算聪明，她的计划总是漏洞百出，手段也低劣得毫无水平。她本以为李捷是突破口，当程媛真的和李捷绑定在一起，某些还无法解释的不确定因素忽然就变得莫测起来。

　　燕绥脑子转得飞快，囫囵理出个事情大概后，也不再去想。出了一身汗，酒意挥发了不少，她从衣柜里取了睡衣披在身上，进浴室前，想起什么，探出半个身子，叫傅征。

　　她不怀好意的目光落在他的腰线上，问："要一起洗澡吗？"

　　辛芽起了个大早，去城北早餐店买了早餐，开着燕绥昨晚借给她的大G进小区。她心中有愧，只想尽自己所能地对燕绥好一点，再好一点。工作上的事她除了更尽心更谨慎以外，提供不了太多帮助，只能在小燕总的衣食住行上更下一番功夫。所以当她进入地下车库，在燕绥的停车位上看到傅征的越野车时，她整个人都有些亢奋……

她暗搓搓地溜下车，摸了摸引擎盖——凉的。

这代表什么！这代表傅长官他昨晚留宿在小燕总这儿！

辛芽几乎控制不住自己脑中翩翩起舞的遐想，她捂了会儿烧红的脸颊，嘴角一扬，露出个姨母笑来。不等她再独乐一会儿，她忽然想起自己出现在这里的目的。

辛芽纠结地看了眼停在车位里明显属于男人的那辆线条粗犷大气的越野，对手指。

小燕总和傅征在谈恋爱，别说留宿一晚，就是同居也很正常。她都到这儿了，没有道理半途折返……再说，这么大一罐保温桶，她根本吃不下只能浪费。

这个念头刚说服她，脑海中又冒出一个声音：可万一小燕总介意呢？

僵持不下间，辛芽想了想，觉得还是给燕绥发条微信询问下比较保险。

傅征的生物钟早已定型，即使在休假期间，他也没有放任自己。燕绥客卧的大阳台上专门放置了些常用的健身器材，傅征发现后便晨起锻炼。

洗完澡正欲去叫醒燕绥，刚走到主卧门口，恰巧门被打开，燕绥很自觉地扎进他怀里，声音还带着几分刚睡醒的慵懒，嘀咕："辛芽带了早餐，我让她送上来了。"

他身上刚沐浴的香气扑鼻，燕绥坏心眼地在他胸前蹭了蹭："我去刷牙洗脸，你到门口拿一下吧？"

"好。"

傅征刚答应，门口就响起了门铃声。燕绥松开他，转身进浴室洗漱。

辛芽没料到来开门的会是傅征，怔了下才把保温桶递给他："傅、傅长官，早啊。"太紧张，险些结巴。

"早。"傅征侧身让开一步，"进来吧。"

"不不不。"辛芽连忙摆手，"我不知道你在这儿……"她懊恼地差点想咬断自己的舌头，深呼吸一口气后，她镇定下来，乌溜溜的眼睛看着他，"我是来接燕总上班的，不过既然傅长官你在这儿，我就先去上班了。"

傅征不置可否，等目送辛芽乘电梯离开，他才关上门，拎着保温桶进厨房。

吃过早餐，傅征送她去公司。车停在公司正门口，人来人往的上班高峰期，燕氏集团的员工就这么眼睁睁地看着自家美貌的小燕总神色自若地从一辆越野车上下来。甚至眼神好点的，隐约还看到了传说中的小燕总男朋友……

这几天本就因高层人事变动而分外活跃的内部小群再一次轰动了。

中午燕绥等燕戳一起在休息室吃饭，往常她总喜欢看剧下饭，但燕戳家教甚严，燕绥很小的时候都没纵容过，这会儿都顶天立地了更容易看不过眼。所以燕绥自觉地改了这个习惯。

外卖是辛芽点的，她特意研究了燕戳的口味，又跟燕绥打听了忌口，好好下了番功夫。是以，燕戳吃到精心搭配过的午餐时，还有些意外："辛芽点的？"

燕绥正剔着骨头，闻言顺势夸道："小姑娘不只问了我，还跟接送你没几天的司机也取了经。茶水间里特意备了普洱茶，给你饭后消食。"

孙副总一事水落石出后燕绥就告诉燕戳了，燕戳对燕沉和孙副总的关系有这么紧密尚不知情，在当时疑点多多的情况下自然主观偏向于是辛芽出了问题。不过像燕戳这样能借助风势扬帆而起，一路乘风破浪阅尽千帆、历尽坎坷的集团一把手就算对辛芽有怀疑，表面也是滴水不漏的。

至今，辛芽都不知道燕戳曾经怀疑过她。她这几日不遗余力地夸大辛芽的能力和贴心，燕戳怎么会看不出来她在想什么，当下便道："你放心，我对你的助理没那么大成见。越是做大事的人越要心中能容人，我当初不过是合理怀疑下，怎么到你眼里我就成小人了。"

"岂敢。"燕绥笑眯眯地给燕戳夹了块排骨赔罪，"我这不是想让你看到那小丫头的好处嘛，乐观、体贴，比我棉袄多了。"

燕戳笑着没接话，她和辛芽也没差几岁，他每回听燕绥故作老成地叫她小丫头都忍不住笑。

吃过饭，难得还有片刻闲暇的午休时光。

燕戳边喝着普洱解腻边装作漫不经心地问："我听说今天早上傅征送你来的？"

燕绥拿遥控板调台，目不转睛地道："他送我上班很奇怪？"

"我来得早，在停车场碰见辛芽了。"

燕绥按着遥控板的手一顿，转头看向燕戬。

后者神色自若道："小丫头不经问，三两句被套了话。你跟傅征同居了？"他说这话时的神色颇有些打燕绥脸的自得，她不是句句夸辛芽好吗？瞧瞧，这么容易被套话。

燕绥没什么表情地"哦"了声："小丫头年纪轻不知人心险恶，自然不是你这个老谋深算的对手。"

燕戬不上当："别避重就轻。"

见燕绥不吭声，他语重心长地教导："不是我迂腐，年轻人享受恋爱是正常的。你外公和舅舅对他赞许有加，我也信得过你的眼光。不过凡事自己心里有个数，他这个职业，出海就是大半年，杳无音信。"

说哪儿去了？

燕绥难得脸上发烫，有些害臊："我知道我知道，不会未婚先孕的，你放心。"

燕戬见她意会，这才打住。唉！女儿大了，也是很操心的。

35860.C

Chapter 16

陷入眼眸

　　下午司机从盛远酒店把张总接到公司谈项目，燕沉前期和他接触时，合作内容已经聊得差不多，燕绥此次做的就是深入和细化。既然互相都有合作意图，合作方式和合作成本也要一一涉及。

　　不料，张总似乎对燕绥草拟的合作条款不太满意，挑挑剔剔的一直谈到下午下班，又提出想去看看燕氏几处制造业的工厂。

　　这个倒没什么问题，就跟燕绥去北星市也参观虹越的公司和厂房一样，她爽快地答应下来，约好时间，亲自送下电梯。

　　等人一走，她脸上的笑意渐渐就淡了。

　　燕绥返身折回，回公司加班。

　　第二天中午，燕绥领着辛芽和部门经理接上张总和他的助理去吃日料。也不知道辛芽上哪儿打听来的张总喜好，宴请后一行人直接坐公司的保姆车去厂房，包括造船厂。

　　张总从造船厂的厂房出来后，步行至港口，听燕绥介绍不远处的辛家港，微笑道："我听说这造船厂是燕副总接管的，难怪制造业日渐严峻的实情下还如此生机勃发。"

　　燕绥脸色不变，跟听他夸自己一样笑眯眯的。结束视察，燕绥把张总送回酒店，回公司的路上，她沉默地坐在座椅上，一言不发。要是此时她还不知道张总卖什么关子的话，她也可以不用混了。

　　张总看重燕沉的能力和才华，利比亚的海外项目于他而言并不是非分不可的蛋糕，甚至对这个于他而言有些陌生的领域，怀了百分百的戒心。

他试探燕绥询问埃塞俄比亚海外项目的负责人，试图得知项目盈利亏损和发展前景，又或者说他只是想从燕绥嘴里核实一些他听到的消息。

他向燕绥提出的顾虑里，每条都和之前她与燕沉私底下分析过的契合。

说这是巧合？

燕绥不信。燕沉可能不会主动接触张总，但以他眼下的情况，绝对不会让自己的人脉资源流失。联想张总抵达当日，请了燕沉同来，燕绥冷笑一声，恼火到心中那盆火焰几欲倾倒而出。

她抬手推开窗，车窗半敞，车行驶间有风灌进来，把她的衬衫吹得像丝绸一般顺滑得随风鼓动。

辛芽从车上的小冰箱里取了瓶矿泉水，拧开盖后递给她。

燕绥接过来，咕咚咕咚灌了两口，递回去。

因张总这事她连轴转了两日，此时想起傅征，给他拨了个电话。

傅征看了眼来电显示，和对方打了声招呼，走出嘈杂的办公区接起电话。

"是我。"上一秒还火冒三丈的燕绥在听到傅征的声音后浑身气息陡然变得平和，"你在哪儿？"

"警局。"傅征站到树下，扭头看了眼站在警车旁说话的几个人，衔了根烟，"忙完了就过来。"

燕绥听出他话里的沉郁，没多考虑，命司机改道："去警局。"

半小时后，燕绥在警局对面的路口下了车，一眼就看到站在树下倚着车和人说话的傅征。

行道树的树叶发绿，茂盛密实地伸展着枝叶。傅征站在树下，长身玉立，身姿挺拔，倒比那树看着还要挺拔惹眼。

职业原因，傅征对周围的感知格外敏锐。不多时就寻到了落在他身上的目光，他让对方稍等，穿过川流不息的车流走到对街接她。

南辰市早年发展的规模还没这么大，警局就建立在老城区不远的旧址上。老城的交通不便，警局所处的方位又在丁字路的一端，交通复杂，因还未设立红绿灯的缘故，此处的交通情况时常有些混乱。

傅征牵她过了马路，走到刚才和他说话的男人面前，给燕绥介绍："这位是于队于凌霄，李捷和程媛的案子就是他负责的。"

轮到燕绥时，傅征的介绍格外简单："燕绥，女朋友。"

燕绥伸手："你好。"

于凌霄轻握住她："你好。"

不出燕绥所料，于凌霄就是和傅征一直保持联络的那位警察。

傅征觉得电话里说不清楚，他与燕绥的关系虽然亲密，但沾亲带故的家务事他仍旧不适合深入参与，这才有了这次见面。

于凌霄等会儿儿还有事，也就没卖关子，开门见山道："程媛昨天下午来的警局，熬了通宵，下午交代了事情始末。我们核实过，和李捷的证词一致，如果查实，预计要判上一两年。"

"一两年？"燕绥惊讶。以她对刑法的了解，如果程媛只是教唆李捷骚扰、恐吓，顶多拘留不至于判刑。

于凌霄听她语气，以为嫌少了，笑了笑，解释："犯罪也是有阶段的，预备阶段，犯罪未遂，犯罪既遂以及犯罪终止。程媛教唆李捷杀人，是故意杀人罪的预备阶段，未对受害者造成实质性伤害，按照法律，应是判处一两年。但我不是法官，我告诉你的也只是我的预判。"

燕绥眼睛一眯，忽然笑了："故意杀人罪？"她的声音轻飘飘的，语气却有些瘆人。

于凌霄见她对此事一无所知，看了眼傅征，没等他和傅征眼神交流下，又听燕绥问："我现在能见她吗？"

这次于凌霄果断答道："不能。"

话落又怕燕绥觉得自己太铁面无私不知通融，想了想，解释道："这是规定，无论哪个警察都没有这个权限。"

和程媛见面行不通，燕绥也没兴趣再停留，微一点头："理解理解，我等宣判后再寻机会见她。"

于凌霄瞥了眼傅征，见他眸色沉沉的不知道在想什么，看在迟盛的面子上，多和燕绥说了几句，包括后续的办案流程，以及法院开庭审判的大概时间。他知道燕绥是受害者，和程媛还是亲属关系。就和他办案一样，允许范围内他愿意交个朋友行个方便，权限范围以外他无能为力，也不会多嘴问过。办案几年，什么爱恨情仇人性丑恶没见过，犯不着去讨人嫌。

警局二楼的窗打开，一个年轻的小伙子半探出身来，喊了声："于队。"

于凌霄扯嗓应了声："就来。"话落，他哂笑了两声，"我的联系方式傅队那儿有，你要是有需要可以再打给我，我这边还有事，就先去忙了。"

燕绥颔首，道了声："劳你费心。"

于凌霄不甚在意地挥挥手，转身小跑着进了警局。

傅征看着他的身影消失在门口，衔在耳郭上的烟被他取下来，拧着中间线折断后抛进垃圾桶里。

燕绥有些莫名："怎么扔掉了……"

"你有点鼻音。"他拉开车门，示意她上车，"烟味会呛着你。"

傅征要是不提，燕绥自己还没发现。可能是下午在港口吹了风，有些冻着了。她揉了揉鼻尖，闷头坐上车。

车刚洗过，车厢里弥漫着淡淡的清新剂味道，不浓烈，反而隐有余香。

燕绥嗅了嗅："你车在哪儿洗的？"

"自己洗的。"傅征启动引擎，挂挡起步，"闲下来就想你，怕管不住自己去找你，只能给自己找点事做。"

燕绥果然被逗笑，手心覆在他握着挡把的手背上："你前天晚上没告诉我的，是不是就是这事？"

傅征没否认："兹事体大，想等程媛招供后再告诉你，没料到会这么快。"

一提程媛，燕绥就沉默。她以为程媛虽憎恶她，但起码还有道德底线。骚扰、恐吓应该是她能做到的极限，不料，她竟然会对自己起杀心，教唆李捷杀害她。

是不是郎晴忌日那天她按部就班地到造船厂，既没发现有人跟踪也没发现有人意图不轨，明年燕戬就要到墓园献两束花了？

燕绥钩住发尾旋了一圈，眼睛忽然被落了阳光的指示牌闪了下，微微刺目的亮光里，她一眯眼，陡然想起一件事来。

董事会那日，燕绥试探程媛试图让她尽快露出马脚时告知她警方已经注意她了。当时程媛除了露馅后的气急败坏外仿佛并没有太惊讶，似是已经预知到。包括警方传唤，程媛的态度也是相当配合。

以燕绥对她的了解，再结合两年前程媛被警方拘留后犹如泼妇般耍赖的行为，程媛如今的表现实在异于寻常。她留给燕绥的最后一句话也是——"等着，这事没完。"

假设程媛对自己今天的遭遇已经了然于胸，但这事她打算怎么个没完？心思千回百转间，渐渐有一条线变得清晰起来。燕绥觉得，她可能需要去见见燕沉。

见燕沉这事不急，燕绥琢磨透了张总曲折纠结的心路历程后，觉得自己迟早要和燕沉打个照面。她隐约可见日后的腥风血雨，便更加珍惜和傅征所剩不多的相处时间。

晚饭时燕绥顺口提了提和燕戬见面的事，时间定在傅征休假的最后一晚。

燕绥觉得自己这恋爱谈得颇有深度，交往没多久，她爸就想见她男朋友，而她男朋友也很想见她爸。这总能让她产生一种已经和傅征交往多年的错觉……

许是燕绥一整晚的表情都有些一言难尽，分别时，傅征难得多留了她一会儿。

除了牵手，燕绥今晚一直没占到他便宜。这会儿夜深人静，正是"作案"的好时机，她解开安全带，单膝跪在椅垫上，越过他锁了车门。

傅征怕她摔着，伸手托了下。

燕绥顺势钩住他的后颈，凑到他面前，"车门锁了"。她存了撩拨的心思，故意压低声音跟他咬耳朵，那声音又轻又软，酥麻麻的一路钻到他心底。

傅征耳朵发痒，他托在燕绥手弯处的手滑下去揽住她。

越野车虽宽敞，但对于两个身高在同性间都属拔萃的人来说还是不够伸展。

傅征把她抱坐在自己怀里，燕绥屈膝，双腿越过中控踩在副驾的座椅上。

这姿势有些别扭，也不算舒适。

傅征注意到了："说几句话就放你走。"

他敛目垂眸，眼里虽有笑意，表情却一本正经，看样子是想和她谈正事。

"程媛这事我猜你心里已经有了打算。"傅征是聪明人，他对燕绥了解得越深，越明白她的处境，也更能理解她的思维方式。他知道程媛这件事并不是终点，哪怕知道燕绥习惯自己解决问题，他也不打算袖手旁观。"你可能觉得我是无辜卷入的，不想让我参与。既然我们在一起，你就不能有麻烦我这种心态，我们以后会走得更远，捆绑得更深，你打算遇到事情后，都像现在这样，把我排除在外？"

燕绥哑然，她没想到傅征要和她说的是这些。的确，她主观上认为傅征和这些事无关，所以始终是不主动的态度。甚至，她的惯性思维里，就没有让傅征替她解决麻烦的念头。

"军舰去索马里护航，保护经过亚丁湾的船只时，通过无线电传送的第一句话：中国海军为你护航。你不是需要保护的商船，可你是我的女人。"

他这么严肃，却说着这么动听的话。

燕绥有那么一瞬间，被他打动，从心尖暖到心窝。她从一开始就知道，傅征这样的男人难以驯服，她试探着一次次去触探他的底线，即使最后知道这是他一开始就圈画好的，她也只有满心喜悦。

她是第一次认真地去喜欢一个人，此时她庆幸，她喜欢了一个如此正确的人。燕绥的本性里有残忍，有极端，她选择辛芽是贪恋她那些自己幼时就已经被剥夺走的单纯善良和温暖。若不是遇到郎晴，她可能无法像个正常人一样生活。

喜欢傅征最初也是因为被保护，有安全感，她羡慕他和战友间纯粹的感情和军人间热血的生命力。直到被他珍视、喜欢，燕绥才有一种缺陷被填满的充实感。

她抿唇，转身埋进他颈窝。扣在他颈后的十指交缠，收紧，半晌才闷出一句："我知道了。"

话落，又觉得自己这些话在他面前显得有些单薄无力，又补充了句："我会牢记的。"

他的身体温暖，隐约地燕绥还能听到他的心跳声。她蹭了蹭他的颈窝，"傅征，你是不是特别喜欢我？"

傅征没有犹豫："是。"

"我脾气不是很好，你别看我现在撒娇的时候跟你咬耳朵。我生气的时候能掀桌子，砸东西我也干过。我遇到不太好解决的事，能一个人闷一天谁都不搭理。"燕绥绞尽脑汁搜刮自己的缺点。

"还特别能花钱，时尚周我看中的衣服，可以眼也不眨，成套成套买下来……"说完又有些后悔，万一傅征真的听进去了以后吵架的时候跟她翻旧账怎么办？

傅征果然笑了，他似乎是忍着的，胸腔震动着，唇边却只溢出几声低笑："生气了就哄，哄不好可以给你当陪练。你遇到想不通的事，我陪你想。经济方面，我可能没有你想象的那么穷……"

他委婉道："虽然没你这么有钱，但我尽量让自己早日达到你的消费水平。"

燕绥眯着眼睛笑起来，显然对他的回答很满意："那明天我给你电话，你来接我，我想去找燕沉。"

她被傅征哄得整颗心都软了，牢记遇到麻烦不能和他见外的新准则，解释："程媛的表现让我觉得应该有燕沉指点，可能是程媛联系不上李捷，预感要出事才找燕沉商量。燕沉和程媛不亲，但毕竟是母子，不可能见死不救。我现在遇到的问题，也和燕沉脱不了干系。你记得我之前跟你提过视频的事吧？"

傅征抚着她的后背，看她慵懒得像只猫一样蜷缩在他怀里，声音也轻柔了不少："泰拳馆的视频？"

"这是第二次，第一次是一场饭局。他以前对媒体很谨慎，但那一次却一反常态把我推到了公众面前。现在想起来，时间线正好在李捷在我公寓玄关放鞋子之后。我察觉到燕沉的反常，便让辛芽私下联络燕沉任前的那位孙副总，本想以防万一，如果燕沉做了对不起公司的事不至于让我手下无将。结果他和那位孙副总私下关系甚密，我这招刚出就被他破了。出差回来后，他直接跟我翻脸了。时间线在我爸亲口告诉程媛，燕氏集团是给我当嫁妆的之后。"

傅征认真听着，插嘴问了句："车祸那次的时间线呢？"

"在我翻修公寓之后，我怀疑程媛，所以试探燕沉。他当时在开车，走神后才发生车祸。"燕绥回想当时的场景，越发觉得燕沉并非一无所知。

傅征估算了下时间，沉吟片刻，问："燕沉对你图谋不轨，你知不知道？"

燕绥正在梳理事情的先后顺序，冷不防听到傅征的问题，怔了片刻，仰头看他。地下车库的灯光泛着港片里惯有的冷色调，她从傅征眼底看到了涌进去的光，像大片夜晚海岸边遍布的荧光。

她问："你想听真话还是假话？"没等傅征瞪她，她自觉改口，"两种都说。"

傅征纳闷："你是有双重人格？一个判断题都能做成双选题。"

燕绥作势要咬他，本是虚张声势，"嗷呜"了一声收势后，傅征却主动送上门来，低头亲了她一口。

燕绥立马老实了，她清了清嗓子："假话是不知道，真话是知道也装作不知道。"

傅征："嗯？"

"事实上，我也是猜测。"燕绥又不是真的不谙世事，基本的判断力还是有的。

"他从没跟我表白过，连暗示都没有。"燕沉天性压抑克制，做事的标准严苛到不容许自己出一点错。他对燕绥的喜欢，是理智的，理智到他根本生不起掠夺的心。

哪怕燕绥是郎晴收养的，和燕家没有一点血缘关系。但只要燕绥还冠着"燕"姓一天，名义上的堂兄妹关系就一日无法解除。

燕家中长辈，如燕戡。他真心把燕绥当成自己亲生女儿来培养，无论燕沉有多优秀，在他的眼里，燕沉就是燕绥的堂哥，这种婚配不说要排除非议，燕戡是压根儿没想过要把燕绥嫁给燕沉。更遑论还有个程媛，视燕绥为眼中钉肉中刺，贪婪无度，心比天高。

"而且我觉得……"燕绥不敢再和傅征对视，连声音都低了八度，"这件事我和燕沉心照不宣。"

哪怕从未彻底捅破那层窗户纸，但燕绥和燕沉一起长大，又在同一个战场披荆斩棘，多年的默契是彼此一个眼神一个动作就能领会的。

燕绥这么聪明，她不会看不懂。她那点心虚和羞赧劲还没翻篇，理智先一步上线。她挠了挠下巴，拧眉道："你是说，燕沉的动机是因为……"

爱而不得?

最后几个字燕绥没能说出口,她雷厉风行惯了,视男女间那点情爱和欲望如粪土。她尊重一心一意对待家庭的合作伙伴,憎恶家中已有妻儿却仍花天酒地在销金窟逍遥洞的臭男人。但这回轮到自己身陷其中,终于找回了她以为自己天生缺失的羞涩。尤其这会儿傅征的脸色……实在有点一言难尽。

傅征以为自己顶多听到个"知道",结果这道判断题已经从多选题发展成了论述题,完全出乎他的意料。

不过他清楚自己的不悦是基于燕沉参与着她人生那么多重要时光的醋劲,不动声色按捺下:"你继续说。"

燕绥察言观色的本事炉火纯青,哪会看不出他有些不高兴,想了想,解释:"我说的心照不宣不是主观交流后达成一致,是多年来彼此了解的默契……"

完了完了,怎么感觉傅征的脸色越来越难看了。

她轻咬住下唇,果断闭上嘴。

傅征比她想象中要坦诚得多,他懒得遮掩,直接道:"我吃醋了。"

燕绥:"哦……"她凑近,摸了摸他有些刺厉的下巴,寻到他的唇,沿着他的唇线契合上,"醋有什么好吃的?"

她小声嘀咕:"有这工夫不如吃点豆腐。"

傅征失笑,吮住她送上来的唇,轻啄着,从唇到鼻尖,最后落在她额头,印上一吻:"放你走了。"

不放也没事啊。不过这话她不敢说出口,只能默默腹诽。

"一个人不要胡思乱想。"傅征送她到电梯口,"睡前大脑太活跃容易失眠。"说着,话音一转,"不然我上去帮你泡杯牛奶再走。"

燕绥想起极尽折腾的那晚,笑得不怀好意:"也不是不可以。"

傅征顺着她的目光落在自己小腹下三寸的地方,显然也想起那晚冷水淋身也浇不息的折磨感,赶她进电梯。

眼不见为净!

燕绥哼着曲儿进屋,瞄了眼厨房,鬼使神差地打开冰箱,看看是否有保鲜的牛奶。

　　冰箱刚清过一次，干净得跟被老鼠全家打劫过一样。她倒是知道奶粉放在哪个柜子里，燕绥煮上水，边刷后援团的官博边打着拍子等水开，咕噜咕噜煮沸后，燕绥看了看奶粉罐里的小木勺，又看了看手边的玻璃杯，无奈求助："奶粉放几勺来着？"

　　远在数公里以外，敷好面膜戴好眼罩准备美滋滋睡美容觉的辛芽拿起手机，她反复看了数遍燕绥发的消息，确认自己没有理解错误，很神奇地在万籁俱寂的深夜指挥她家那帅到掉渣的大老板——泡牛奶。

　　隔日，辛芽刚和燕绥打上照面，就委婉地问："燕总，你昨晚怎么想到泡牛奶啊？"

　　燕绥公寓的厨房里除了新鲜蔬菜和瓜果，各类食材俱备，但这些全部是辛芽置办的，方便伺候她。燕绥顶多兴致来了，煮点咖啡喝，就连水都很少烧，渴了就开瓶矿泉水……

　　燕绥正在翻看自己的行程做批注，闻言头也没抬："先学着，以后给孩子喂奶啊。"

　　辛芽震惊到险些石化，"奶、奶孩子？"

　　不是……小燕总才和傅长官谈了多久的恋爱啊，就发展得如此迅猛了？

　　就在她坚强地消化这个消息时，燕绥抬起头，笑得一脸得逞："这你也信？"

　　辛芽："……"老奸巨猾！

　　下午，惯例是司机去盛远酒店接了张总和他的团队前来。燕绥一早等在会议室，除了利比亚海外建设项目相关的部门经理外，还有燕戬也参与这次会议。

　　原本燕戬主张的是徐图渐进，燕氏集团财力雄厚，运作良好，利比亚的海外建设项目又是一块稳赚不赔的蛋糕，没理由燕绥天天撵着人家上门谈合作，这太不矜持了，不是他一贯的作风。

　　要是没燕沉在后面拖后腿，燕绥也不想着急。她和傅征正处在蜜恋期，难得不思进取荒淫无度地不想早起，奈何条件不允许。

　　利比亚海外项目开工在即，这种大工程一旦运作，关乎的不止是集团利益还有海外工人的生存保障。她必须尽快确定合作方，敲定合作方案，保证万无一失。工程需要投入的资金庞大，一旦出现意外，很容易造成资金断链，陷入公司无法周转的危机里。

燕绥虽然没和燕戬明说，但她话语里透出的强势就连燕戬也无法反驳她的决定。

张总本欲再拖几天，被辛芽一路迎到会议室，看燕绥这副阵仗，知道她今天是必须要个结果了，当下有些不快。他面上不显，仍旧笑得和走街串巷时会慈爱地摸摸邻里小孩的老头儿一样和蔼温和。但等燕绥一切入话题，他的不悦和挑刺立刻显现了出来。

昨天燕绥已经解答过的问题被他翻出来重提，已经过目过的合同被他逐条拿出来针对。饶是只看过企划案半路加入的燕戬，也听出了对方的问题。他起初以为是燕绥没做到位，太冒进，此时才发觉燕绥是早知对方没有合作诚意，逼他表态。

燕绥慢条斯理喝掉不知道第几杯水后，她的耐心终于告罄。

按捺住自己忍不住想抽走他手下合同从顶楼会议室扔出去的冲动，燕绥笑眯眯道："张总，不瞒你说。利比亚的海外项目我接触了不少家公司，广汇是我最看好的，所以以我尽自己最大的诚意招待你，让你感受到燕氏的企业文化和产业实力。我所承诺的条件，白纸黑字全部落实在合同上，张总你若是有什么顾虑不妨直接说出来，我们共同协商解决，再这么鸡蛋里挑骨头，委实有些太欺负我了。"

张总沉默了数秒，笑道："小燕总多心了，我的确是有兴趣，否则也不会千里迢迢赶来南辰市。不过，利比亚海外建设项目之所以吸引我是因为有燕沉在。我和燕沉有私交，对他极为信任，广汇又是初次涉猎海外项目……"他一顿，话音一转，"据我所知，燕沉不久前向燕氏董事会提出了辞呈。"

燕绥微笑："是有这么一回事，张总消息真灵通。"

商圈里向来是知己知彼才能百战不殆，张总会去打听这些也不奇怪……或者他根本不用打听，燕沉自己也会透露。昨晚和傅征理过这段时间发生的事情后，她一早就"排兵布阵"把张总的动机企图全部列了一遍，如今得出的结果和燕绥所预想的差不多。

燕沉不想让广汇和燕氏合作，他希望燕绥错失广汇，焦头烂额，疲于奔命。燕绥虽然不知道燕沉承诺了张总什么好处，但她知道和广汇的合作只能止步于此。

她手中的茶杯一落，杯底和桌面发出结实的一声轻响。所有人都被这道声音吸引了注意力。

燕绥合起面前那份合同递给辛芽，她一副谈话终止的神情看得张总有些莫名……这和之前说好的不太一样啊。

"我这个人做生意挺轴，合眼缘合脾气的我们好商好量，多让几个点为下次合作打基础我也是舍得的。但这种机会，我通常只给一次。"她下巴微抬，神情倨傲，"不瞒张总，燕沉，被解雇了。"

言下之意是，没法合作了。

燕戡眉心紧蹙，桌下的手焦虑地轻轻敲着座椅扶手。他沉住气，没吭声。

张总愕然，显然没想到燕绥说不合作就不合作，连合同都收了起来，摆明了一副不想坐下再谈的决绝姿态。他眉心微拧，思考了片刻。坐于他身侧的助理稍微有些沉不住气，抬手遮掩住嘴型，俯耳和张总低声说了句什么。就见张总眉心的纹路扭得跟麻花一样，抬头看了眼站在会议桌尽头的燕绥。

半晌，他也站起身，笑道："既然如此，期待下次能有机会和小燕总合作。"

燕绥颔首，客气地亲自送他出去。一路到电梯口，她似忽然想起一件事来，很抱歉地对张总笑了笑："有一事要跟张总道个歉，希望张总大人不计小人过。"

张总微微挑眉，根本想不起来燕绥有做过什么对不起他的事。从他到南辰市起，燕绥的接待、安排的确是费了些心思的，就像燕绥说的那样，她重视和广汇的合作，也尽了最大的诚意。

放弃和燕氏的合作，他其实很有些肉疼。燕绥承诺的条件白纸黑字落实在合同上，给出了很主动的利润，若是他真有合作意图，坐下来好好谈谈，未免不能再提高一些。

这个小辈，初生牛犊，胆大心细，天生是吃这碗饭的。

燕绥见他感兴趣，笑得更温柔了，"前两天和傅征闹脾气，让你笑话了。"

张总眉心一蹙，等反应过来，瞠目结舌："你就是……"

燕绥见他那副后悔不迭的表情，报复心顿时满足："电梯到了，我让助理送你下去。"

燕绥目送着张总欲言又止地进了电梯，微微颔首，给辛芽递了个眼神。

辛芽意会，敛眉垂目，关上电梯。门一关合，燕绥脸上的笑意顿时淡了。她的目光落在电梯楼层显示板上，看着数字逐渐变小最终停留在负一层的地下停车场，终于收回视线。

电梯斜对面是一个开放式露台，因在顶楼，默认是燕绥的活动区，平常鲜有人涉足。她拉开玻璃门，倚着栏杆下望。

此时正是南城商务区最繁忙的时候，车水马龙，川流不息。

没带烟，她把口袋里那张纸卷成圆柱状，衔在嘴边。燕戡还在会议室里，等着她过去把事情的前因后果交代一遍。她还没想好，要把事情剥清到什么程度。

粗略估计过了有两根烟的时间，燕绥拍了拍衣角，给傅征拨了个电话。约好半小时后在公司门口见面，她返身折回会议室。

会议室里只留了小何，在回答燕戡的问询。见燕绥回来，他格外识趣地收拾了东西，麻利地退出去。燕绥端着一壶温茶，拉开燕戡身旁的座位坐下来。

燕戡没问她这么久才回来是干什么去了，也没问和广汇合作的事情她是怎么想的。他推过来一份做参考资料的利比亚海外建设项目，示意她先看。

企划案上是他听协商时留的注释，有不少划去的，也有不少新添的。

"我刚和小何了解了下，他说这个项目投资金额较大，所以你和燕沉一开始的方向就是寻求合作，和乙方共同承担风险。你前两天问我埃塞俄比亚海外项目的利润是否能比预期回收更多，是不是打算放弃这个方案，复制埃塞俄比亚的经验。"

"是。"谈起公事燕绥毫不含糊，"利比亚国内现状和埃塞俄比亚差不多，公司账目上的流动资金也足够启动利比亚。"也就是说，如果胆子大一点，这个项目根本无须寻找合作方，燕氏一己之力能够支撑起。

　　埃塞俄比亚的经验是现成的，集团的资金也是足够的，与其到处寻求合作，拱手相让一半利益求稳，不如燕氏自己扛起大旗。

　　燕戬沉吟片刻，问："这个提案是不是被燕沉否决了？"

　　"他觉得太冒险。"加上那时候埃塞俄比亚项目还未竣工收检，燕绥自己心里也没有底，就没坚持。

　　"可以试试看。"燕戬笔尖落在文件上，划出一道不深不浅的划痕。

　　燕绥眼睛一亮，先是惊喜，惊喜过后又是现实扑面而来："时间太紧，工程是可以延期，延期数日燕氏还能承担。但若是一直搁置，只怕利比亚局势瞬息万变，到时候那损失无法估量。"

　　"我负责。"燕戬握着笔尖在刚才那道划痕上草草添了数笔："这才是我想跟你商量的。我当这个副总不伦不类的，短时间内无所谓，时间久了迟早会出问题。你不能把希望寄托在我身上，既然决定舍弃燕沉这枚良相，该谋将征兵了。"

　　他笔下的字是笔锋勾画出的"将"字，画了个箭头，直指利比亚："燕沉谨慎，是因为不知道海外项目对燕家而言代表了什么。你母亲是军医，随军舰救治过无数同胞和受战争压迫的难民。海外项目虽有利益回报的考虑，但若不是抱有凝聚国力、凝聚民族力量的情怀，谁会千里迢迢横跨半个地球去别人国土上建设家园。"

　　燕戬是个浪漫主义的商人，埃塞俄比亚的机会来临时，他还笑称，要在军舰可以停靠的每条海岸线上建造一个可以让郎晴落脚的地方。哪怕郎晴去世后，他的初心也未曾改变。只不过那个刻在心上的名字，早已换成了中国人。

　　"好。"燕绥压下眼中被燕戬掀起的热血和干劲，深吸了一口气，下了决心，"我回来就做提案。"

　　燕戬笑了声，杯盖撇开几瓣上浮的茶叶，呷了口普洱："你是打算去找燕沉算账吧。"

　　啊？她表现得有这么明显？

　　似是猜到了她在想什么，燕戬解释："你记仇的性子我又不是不知道，张总因为燕沉落了你这么大的面子，你不得去为难为难他？"

　　提到燕沉，燕绥不免沉默。她那股焦虑又从心底蹿出来，就在她琢磨着怎么开口时，手机嗡鸣声响起，燕绥从口袋里摸出手机一看，在燕戳管不住眼睛好奇地看过来时，淡定地挂了傅征电话："应该是司机到了，我先走了。"

她收起燕戳批注过的企划案抱进怀里，跟兔子一样三两下蹿到了门口，正要开门离开，听燕戳叫住她："阿绥。燕沉要是有错，你放手收拾。欠他们家的，爸爸还了大半辈子，早已还清了。"

这一瞬，他的声音像是苍老了好几岁。那种岁月压身、阅尽千帆的沧桑，无端让燕绥也跟着心头一闷。

"爸。"燕绥转身回望，"当年大伯摔下脚手架，高位截瘫，你为这事谴责了自己半辈子。你该去问问大伯的，让他摔下脚手架的到底是谁，谁才是那个罪该万死的人！"

话落，不忍再看他，燕绥头也没回地走出会议室。

辛芽守在离会议室不远的走廊上和小何说话，见燕绥出来，立马丢下小何跟上去。

燕绥径直走在前面，声音还是冷的，问："人送走了？"她面色不善，心情显然极差。

辛芽这时候不敢有一丝插科打诨，认真回答："我送到停车场，让司机师傅送走的。"

燕绥按下电梯下行键，这才看向她："他都问你什么了？"

"问我你跟傅长官交往多久了，什么时候见的家长，打哈哈说一点也看不出来你是将门子女……"辛芽陪她进电梯，继续道，"我就回答你跟傅长官大半年前就认识了，双方家里长辈都是知根知底的，所以什么时候见的家长我这个做助理的哪会知道得那么仔细。"

辛芽对燕绥的眼神领悟力堪称通透，上电梯前她那眼暗示，辛芽立刻就知道什么时候该吹牛什么时候该谦虚。

当张总一脸苦笑说看不出燕绥是将门子女时，辛芽笑得格外小人得志："我们燕总低调，不爱拿家里那点背景说事。虽说有时候能省去不少麻烦，但出来做生意得以诚待人。仗势欺人不过能得一点短期利益，得不偿失。"

她这指桑骂槐听得张总脸青一阵白一阵的，又只能默默吃下这哑巴亏，灰头土脸地上车走了。

燕绥听完，觉得有点耳熟："你是不是又上哪儿抄的心灵鸡汤呢？"

"没有啊。"辛芽无辜，"这话是你自己说的呀，一年前吧……"想不起来当时的情况了，她眼珠子一转，格外机灵道，"我平时都把你的话奉为圣旨的。"

燕绥被她逗笑，正巧电梯到了，她抬步："我不在你也下班吧，明天起可能就要开始加班了。"话落，她拎着那份企划书，把住傅征从里侧推开的车门坐上车，"走吧。"

以防走空，燕绥上车后给燕沉打了个电话，确认他在家，留了句"我现在过来找你"便干脆利落地挂了电话。她从张总那儿受的气一股脑全算在了燕沉头上，这会儿哪还会有好脸色。

可她来气快，散气也快，随着电话一挂，她就跟着气消了似的，翻下活动挡板，划开镜子补口红。

"燕氏和广汇的合作正式告吹了。"她跟说着别人的事一样，云淡风轻道，"幸好吹了，否则这条件签合同，我怕每次看到张总就忍不住对他使点坏。"

傅征从她上车起就没说过话，闻言，颇感兴趣道："使什么坏？"

"钓鱼执法知道吗？"她抿了抿唇，指腹沿着唇线擦掉多余的，低声道，"设局让他家宅不宁还不简单。"听她那语气，像是熟能生巧。

"捉弄过多少人？"傅征问。

燕绥"啧"了声，拧他一记："我在你心目中就这么无理取闹啊。"

傅征侧头，正对上她斜过来那眼，许是今天要谈合作，她上了点妆，轻细的眼线把她眼尾的形状勾勒得像鱼尾。

他一直觉得燕绥的眼睛很有特色，从浓转淡，眼瞳里像是藏了一个世界，五光十色。

记忆最深刻的，应该是在索马里那晚，探照灯的灯光下，她眉目清冷，眼尾的锋利似出鞘的匕首。此刻打了眼影，颜色由淡转浓，顷刻间驱散了她眼角的锐利和冰寒。

见他看来，燕绥立刻正经了些："做生意难免有摩擦有纠纷，但我发誓，我都是有仇现场报，正直正当绝不阴私，不会给你抹黑的。"

若是别人，可能觉得她的话里有些许谄媚，听完一笑了之。但傅征立刻听出了她话里的关联，他曲指轻抬了一下雨刮器的控制杆："拿我当挡箭牌了？"

他声音里隐有笑意，听得燕绥也忍不住弯起唇角，她寻常连对燕戬都不曾殷切邀功，这会儿却甘愿跟个要糖吃的小孩一样把她怎么解气的过程详详细细说了一遍。

那点小得意，藏在她眉眼之间，呼之欲出。

车停在停止线前，雨刮器刷过挡风玻璃的声音钝钝的，车玻璃从朦胧到清晰，又从清晰到朦胧。

傅征曲指轻刮了下她的鼻尖："照照镜子。"

燕绥疑惑，但仍是配合地翻下活动挡板："怎么了？"

他眉眼深邃，低声问："看到她把心交给我的样子了？"

他的语气认真，丝毫不像是在开玩笑。

燕绥摸着下巴的手微僵，转头看他。她的齿尖轻咬住下唇，抿出一丝窃笑，很快又收起，唯独那双眼里盛满笑意，藏都藏不住。

二十分钟后，车驶进城中别墅。

燕沉提前打过招呼，除了在岗亭处停留了数秒，并未受到阻拦。

这处住所是燕沉入职一年后置办的，独门独院的二层小别墅，院子里养了只金毛，平常都由保姆阿姨喂养。

傅征的车刚停在门口，保姆阿姨就殷勤地前来开门："小绥来了。"

燕沉的别墅，燕绥也就来过几回。燕沉第一次给保姆阿姨介绍时，叫的就是小名，燕绥也不爱听什么"燕小姐""绥小姐"的称呼，就不拘小节地让保姆阿姨跟着燕沉一块叫。

傅征见她僵在座椅里看他，忍着笑，俯身替她解开安全带："这副表情看我做什么？怕我误会你和燕沉私交甚好？"

听语气燕绥就知道他没放在心上，笑眯眯道："你在这里等我，最久半小时，我尽快出来。"

傅征颔首："我自己会打发时间。"

燕绥这才开门下车。

保姆阿姨就站在大门口，身后跟着的是那只胖墩墩的金毛，摇着尾巴来嗅她。

"还认得你呢。"保姆阿姨笑着把她迎进来，迟疑着回头看了眼车上还未下来的傅征，"你朋友不进来吗？"

"有点公事要谈，谈完就走。"燕绥弯腰摸了摸金毛的脑袋，逗了它一会儿，才问，"燕沉在哪儿？"

"在书房等你。"保姆阿姨领着她进屋，拿了鞋给她换，"小绥你自己上去吧，我去厨房给你切点水果。不忙的话多待一会儿，阿姨做些点心让你带回去。"

燕绥客气地笑了笑，装作不经意道："伯母前阵子搬回老宅住了，这里没来过吗？"

"来过的，就前两天，深更半夜过来了一趟，很快又走了。"

前两天？不就是程媛被传唤的前晚吗？保姆阿姨和程媛接触少，并不太清楚程媛和燕绥交恶的事，自言自语道："也难怪母子生疏，这天一个地一个的，一年到头也碰不了几次面。"

燕绥跟着她进厨房，见小石锅里煮着东西，嗅着奶茶香，问："大伯母回来有一段时间了，都没跟燕沉见面？"

保姆阿姨知道燕沉和燕绥是堂兄妹，关系要好，也没防燕绥试探，一五一十道："刚回来的时候，燕沉让我回老宅帮过忙，我以为要好一阵子呢，结果待了没几天又把我叫回来了。"

燕绥微微挑眉："怎么回事？"

保姆阿姨看了她一眼，欲言又止："这个不好再仔细说了，燕沉知道了要怪我多嘴的。"

燕绥也不好强人所难，从桌上果盘里抓了一把瓜子，边嗑边说："阿姨你别多心，燕沉和我大伯母关系紧张，我就想做个和事佬。医生问诊不还得对症下药啊，我这不是看你在我堂哥身边久，知道得多嘛。"她忽悠起人来眼都不眨，格外真诚。

保姆阿姨对燕绥印象极好，她做保姆这一行业多年，少不了受些轻视。燕绥却是难得的有礼貌，逢年过节的来串门甚至还记得给她带些礼物，当下，不疑有他，道："多的我也不知道，主人家并不是什么事都交代的，他吩咐我做什么我就做什么。他让我盯着来老宅的客人，看你大伯母都和谁来往。就是打电话，看到了听到了都要告诉他。"

保姆阿姨叹了口气，声音又低了些："后来燕沉车祸，虽然不严重，但伤筋动骨就不是小事。我和你大伯母一起去医院看他，那天我就回来了。那天在医院，我去打个水的工夫，回来就见你堂哥脸色难看地在和你大伯母吵架。我身份不合适，就守在楼梯口，没上去。"保姆阿姨把煮好的奶茶倒进燕绶在燕沉家专用的马克杯里，递给她，"刚才燕沉特意让我给你煮上奶茶，说你一会儿就来。"

燕绶接过来，道了谢，端着杯子上楼。

胖乎乎的金毛跟着她走了一段，送燕绶到二楼后，又一骨碌地下了楼。

燕绶轻叩了叩书房的房门，应声而入。

燕沉正独自坐在棋盘前博弈，见她进来，手上白子悬在半空欲落未落，"来了"。

燕绶端着奶茶坐到他对面，看了眼棋局——看不懂。她从小就优秀，别人会的她也学一些，就连象棋她都略微精通，唯独这围棋，她除了能玩成五子棋以外，一窍不通。

燕沉显然也意识到这点，手中白子落下，逐个把被包围其中的黑子捡走。他那双眼睛辨不清喜怒，幽深幽深地看了她一眼，如能洞悉她的想法，弯唇一笑："跟阿姨打听了什么？"

这事燕绶就没想能够瞒住他，她呷了口温热的奶茶，坦诚道："打听了些事，不过听得一知半解，反而更糊涂了。"

燕沉眼也没抬，沉声道："想问什么？"

他向来沉稳，泰山崩于前而面不改色，燕绶没从他的表情里嗅出什么，干脆直接问他："程媛对我做的事，你知道多少？"

"我不知道。"他手中黑子落入棋盘，抬眼看向燕绶，"在你第一次试探我之前，我什么都不知道。她回来了，我替你防着她，看着她，生怕再出现两年前那样的局面，让我们之间的关系僵化。"

燕绶第一次试探燕沉，就是燕戬回来隔天，两人同去老宅接他。还因燕绶的试探，发生了车祸。那时候他不知道，燕绶相信。

"李捷入侵我公寓，在玄关留下皮鞋那天，你是不是预感到程媛有所动作，所以频频留意手机，等阿姨报信？"

"是。"

所以那天他工作忙完后仍在加班，等她一起下班后，亲自送她回去。不料，李捷的目的并不在伤害她，而是恐吓。

燕绥的第一反应也不是求助还未走远的他，而是傅征。如果没有傅征，事态发展未必会变成现在这样。

这次，没等燕绥提问，燕沉自嘲地笑了一声，说："她到医院说的第一句话是问我知不知道燕氏是叔叔送给你当嫁妆的。"他仍旧记得当时血液沸腾，心口滚烫的感觉，心河里的水像是被烧干了，枯竭如古井。

"我不知道。我没有侵占燕氏的念头，叔母去世后，叔叔让你接手燕氏那刻起我就知道它是属于你的。我心甘情愿辅佐你，心甘情愿替你扫除障碍，心甘情愿为你开疆扩土。没有一点私心，甚至连和你在一起也不敢奢望。"

燕沉远比同龄的男人心思深沉，他做每一件事之前都深思熟虑，事情的结果他成竹于胸。他和燕绥不只隔着世俗，也隔着一个家族，最深最远的是燕绥对他的感情和他的不同，没有男女之情。

意识到这点，他就知道，他对燕绥的任何想法都横跨不过两人之间又宽又深的沟壑。那里常年罡风阵阵，寸草不生。

"我让她罢手，她也同意了。"落地窗的雨帘下，他的面色也被天光映得发白，"我答应她会取代你成为燕氏总裁，我以为我们已经达成了默契，李捷失踪后不久，她打电话告诉我，她已经很久没有联系上李捷，让我替她去警局打听打听。"

李捷好吃懒做，整日不务正业。程媛当时有心瞒他，语气轻松道："李捷爱赌你又不是不知道，我给他谋了份酒店的工作，结果一直联系不上他，不知道是不是被警察抓走了。你警局有熟人，帮忙打听打听。"

早年前程媛曾让他帮忙在造船厂替李捷安排一份工作，燕沉知道程媛对李捷多有帮助，没多想，便找人查问，结果大吃一惊。

"我告诉她，李捷被捕了。"燕沉眸光渐深，那双眼里的阴沉像是暴风雨来临前滚动的雷云。他声音微哑，冷声道，"也招供了。"

　　燕绥捏着杯柄的手指用力，她低头慢慢地喝了口渐渐凉透的奶茶。那凉意顺着她的喉咙直入心底，冷得她牙齿打战。

　　程嫒匆匆赶来，当时他就坐在这个位置，脚边还窝着那只打瞌睡的金毛，一字一句问她："你到底对她做了什么！"

　　那是他的母亲，在他面前瑟瑟发抖、惶恐不安，最终跟被抽走了全身力气一般瘫坐在椅子上，泣不成声。知道郎晴忌日那天燕绥一定会去造船厂的，除了燕沉还有程嫒。

　　她指使李捷在造船厂找到那艘停靠在孤港没人看守的燕安号上，伺机把燕绥推下船。她怕水，越怕水的人在落水第一时间越容易慌张，她呛水后连救命也叫不出来。远处就是繁华的辛家港，无论是午后还是深夜的造船厂，那座孤港偏僻，绝对不会有人注意。

　　有什么比燕绥悄无声息地淹死在海里更简单的让她消失的办法？

　　等几天后她再被人发现，所有人都会觉得她是因为养母忌日太过伤心轻生的，再不济就是失足落水……不会有人怀疑她这个大半年没和她见过面的伯母。

　　可事实是，李捷败露了，被警方抓捕。程嫒在董事会上被燕绥那句"警察已经注意你了"吓得心惊胆战，终于崩溃。

　　终于得知真相，燕绥手脚冰凉，她松手，把杯子放在桌几上。嘴唇有些发干，她眼里深藏戒意，看着他漫不经心地收走棋盘上的黑子，心口勒得发紧。总有种他收割的是她的错觉。

　　"你要是一开始就没打过燕氏的主意，又为什么向程嫒妥协要和她联手，取代我的位置？"

　　以燕沉的立场，他若是一直怀有初心，会强势又不为人所知地解决掉程嫒潜藏的危险。他大可以让程嫒远离南辰市，再无法触碰与燕氏有关的事。显然，她这个问题一针见血，燕沉似被刺痛了一般，倏然抬眼看她。

　　他松手，手中棋子悉数落回棋盘里，毁了他精心布好的棋面。

　　燕沉看着她，笑容讽刺："你真的不知道原因吗？"

　　落在棋盘最边缘的一枚白子被击飞，骨碌着滚落到地板上，发出一声闷钝的声响。

　　燕绥抬眼，不偏不倚地和他略显阴骛的眼神对上。她的眼睛微眯，眼尾狭长，像鱼尾一样的眼线让她的眼睛看起来又黑又深："我知道。"

燕绥弯腰，把落在她脚边的那枚白子捡回来抛进棋盘里，她的声音像是屋外的雨水，揉了几分湿漉的冰凉："所以我才瞧不起你。"

她喜欢傅征，直接而热烈，不带任何污浊心思。她足够优秀，所以不惧怕无法与他比肩，更不会怀藏着女人曲折的小心思把简单的事情复杂化。

燕沉的心思太沉，他对自己要什么太清楚，他压抑着日渐滋生的心魔若无其事，时间久了，连他自己都被蒙骗。以至于当他发现傅征，那些终日压抑的情绪溃堤。

他可怜吗？可怜。

但也挺可恨的。

那些无法掌控的负面情绪被勾引，被诱导，他便开始放任自己，给自己所有的行为找足借口，不管什么原因，一股脑推到燕绥身上。

"你真的不知道原因吗"这句话就像是在质问燕绥，事情发生到今天难道没有你的责任吗？

可关她屁事？她行事磊落，光明正大，没有对不起任何人。

程媛想杀她除了后患，燕沉想以将换帅，一换一，完全不管高层领导的人事变动会让集团陷入一个怎样风雨飘摇的危局里。

"以前我觉得程媛那么刻薄的女人怎么会有你这样优秀的儿子。"燕绥紧蹙的眉心舒展，露出抹讽笑，"现在才发现，你和程媛的偏执都是刻在骨子里的。"

她眉眼冷漠，睨着他问："我刚才要是回答不知道，你打算怎么做？告诉我，你做这一切都是因为喜欢我？"

燕绥冷笑一声："你是想欣赏我大吃一惊，还是大惊失色？或者，感恩戴德？"

她不是一个容易受道德绑架的人，她眼里的黑是比墨色更浓郁的黑，她眼里的白是比无垢的冰凌更纯透的白。她这样的人，三观是非分明，常人经常会绕进去的死胡同，她一眼就能首尾通透。

到现在，她基本已经猜测到燕沉和程媛达成的是什么协议，燕沉取代她达成程媛的目的，程媛答应燕沉的只有一件事——接受燕绥。这才能解释为什么这母子俩达成一致后，却还隐瞒对方各自行动。

燕沉向董事会递交辞呈是为择清自己，他对燕氏集团的核心了然于心，他知道燕绥的软肋和弱点，离开才能捏着燕绥的七寸把她逼到死角，毫无反抗之力。而这第一步，就是阻拦广汇和燕氏集团的合作。意图拖垮利比亚海外项目建设，大挫燕绥锐气。

他成功了。但他离职这步棋，程媛显然没有料到，也无法理解，否则也不会让燕绥窥到马脚，实在是程媛董事会那日的战斗力太弱，那架势颇像是有所顾忌，又忍不住露出一副有一张王牌在手的底气十足感。

至于程媛，她对燕绥下了杀心，无外乎两件事催化的。一是燕戬当面亲口承认燕氏集团是他准备给燕绥做嫁妆的。二是燕沉提出的条件触怒了她，让她理智全无。

能让程媛这么歇斯底里，觉得燕绥死在造船厂港口才是唯一解决途径的理由只可能是她知道了燕沉的谋划和心意，不满又无力与燕沉抗衡，才会如此不计代价地想铲除她。

甚至，为此精心谋划。

想到这儿，燕绥顿觉口干舌燥，有火苗从心底蹿出，似要把一切焚尽。她拧眉，神色不郁，下意识沿着裤腰摸向裤袋。

除了手机，并没有她预想中的烟盒触感。这段时间，破烂事太过集中，她对香烟也多了几分依赖。奈何此时双手空空，她只能作罢。

他一声不吭，掀了眼皮看她，递来一盒烟："不借火？"

燕绥伸手去接，指尖刚挨上烟盒，燕沉手指一松一带连着她的指尖一起握住："我知道我和你之间势必会有这么一次见面。"

她垂眸觑了眼，按捺下想反手拧断他手指的冲动，抿着唇，正欲提醒。

忽听他道："我对燕氏势在必得。"

燕绥并不怀疑这句话的真实性，她曾眼睁睁看到他以一己之力吞并了一家实力并不比燕氏差很多的大型公司。

在商圈，燕沉这名字比她燕绥要响亮得多。从知道真相起，那种藏在胸臆间的荒唐感在此刻终于化成一声轻笑。燕绥一甩手，从他掌心抽走自己的手。

她起身，居高临下地看着他，耐心彻底告罄："燕沉，看在我们并肩作战多年的分儿上，我给你提个醒。我这人记仇，你最好别来阴的，被我抓着辫子你看我念不念旧情。"

她不是圣母，没有悲天悯人的情怀。燕沉摆明了要对付她、对付燕氏，别说这会儿对他没什么好脸色，她甚至想上去一套组合拳，听他叫爸爸。

不过这里到底是燕沉的地盘，她也不是一动怒就理智全无的野兽。这个念头在脑海中一闪而过，很快被她撇至脑后。

她不欲久留，目光落在恍如静水般凝固的奶茶上，端起杯子，一饮而尽："谢谢招待。"

也直到此时，遭遇曾经可以把后背互相交托的对手背叛，被迫要和燕沉划清界限时，她无比庆幸自己这些年虽承蒙他的照拂，始终待他公允大方。起码临了道别之际，她不用顾念曾欠他恩情而耿耿于怀，记挂于心。

她松手，似不经意般让手中马克杯脱手落下，漂亮的瓷绘磕在凳脚，顿时四分五裂。

"碎了也好。"她眼神都未变幻一下，低声道，"是时候散伙了。"

燕沉的目光从棋盘上凌乱的棋局落到她脸上，停留了数秒，想叫她的名字，那两个字都到了嘴边，却又打了个转吞了回去。

燕绥似看不出他眉宇间的纠结，低头轻笑了声，说："以后桥归桥路归路，你用不着对我手下留情，我也必不会给你留可乘之机。"

话落，她抬步就走。眼看着燕绥走至门口，按下门把就要离开，燕沉终于开口叫住她："小绥。"

燕绥转身，无声地用眼神询问："还有什么事？"

他站起来，修长的身影遮挡住了大片天光，本就因下雨而昏昏沉沉的天色更暗了几分。他背着光，五官藏在黑暗里，唯有那双眼睛如亮着幽火，闪闪而动："你现在回来，我愿意跟你谈条件。"

燕沉的"谈条件"，无疑是松口给了莫大的优惠。燕绥就是要求他别对燕氏集团做什么，他都可能应允。

可那又如何呢？燕沉的目的昭然若揭，她用脚指头想也知道，置换他亲口允诺的条件是哪些。

燕绥嗤笑了一声，显然不屑。

身后原本从容的声音忽地变得凝实，提声道："你非要等到燕氏在你手中无力回天才肯跟我认输吗？"

燕绥脚步一顿，她懒得搭话，最终什么也没说，甚至连回望一眼也没有，快步下楼。

走下楼梯，确认燕沉看不到了，她脸上轻松笃定的神色顿时一垮，面沉如水。

听到脚步声，正在厨房忙活的保姆阿姨探出半个身子来，见燕绥脸色难看，诧异道："小绥，你这就要走了？"

燕绥"欸"了声，没多说："阿姨，我先走了。"

保姆阿姨疑惑地看了眼站在二楼望着燕绥背影的燕沉，往常燕绥回去，主人家不说亲自开车送回去也一定会送到门口。瞧着两人脸上表情都不对，顿觉气氛古怪。

她湿漉漉的双手在围裙上轻蹭了蹭，紧追上去送客。

正在院中玩球的金毛忽地一定，抬起脑袋观察了两眼，一骨碌爬起来，在燕绥经过时蹭到燕绥脚边跟了两步，两只前爪扑抱住燕绥脚踝，呜呜直叫，似在挽留。

燕绥脚踝被金毛宽厚的脚掌按住，步伐一僵，低头看去。

保姆阿姨终于追上来，呵斥了声金毛，摇着大尾巴的金毛轻吠了一声，这才松开。

"不好意思啊，平常没人教它，散漫惯了。"保姆阿姨送她出去，她大概猜到燕绥和燕沉吵了一架，联想起燕绥上楼前问她的那些话，担心燕绥觉得委屈，安慰道，"主人家向来不喜欢有人插手他的事，他和你大伯母关系紧张这么多年了，一时半会儿想修复也急不得。"

见燕绥不作声，她没多提，觑眼见傅征撑着伞已经下车等着燕绥，笑了笑："小绥你男朋友倒是很贴心，我都忘记给你拿伞了。"

燕绥笑笑："没关系。"

雨丝虽细，这时节却最是来势汹汹，燕绥避到傅征伞下，催着保姆阿姨赶紧回去，后者乐呵呵地看了登对的两人一眼，这才转身小跑着进屋了。

燕绥拂去肩上在廊檐下滴上的水珠，眼神却看着傅征："怎么出来等我了，等得急了？"

傅征不语，他似没听到一样，微抬伞骨，抬眼看向站在阳台上的燕沉。

　　燕绥刚要顺着他的视线看去，伞面忽地往下一压，遮挡住了燕绥全部的视线。

　　傅征拉开副驾车门，轻托了一把她的腰身："走，带你回家。"

35860.C

FUZHENG
YANSUI

Chapter 17

满满都是你

越野车从城中别墅驶出，汇入车道。临近下班高峰期，进入高架桥的闸道挤满了从各个方向涌来的车辆，车鸣声不绝于耳。

燕绥心头烦躁，强压住火气，打开交通广播。

主播正在播报南辰市的交通情况，清越的女音和车内呼呼作响的循环风向交织。车外让人心浮气躁的鸣笛声被淡化，连红灯似乎都变得不那么漫长。

赶在晚高峰前抵达小区，雨停了，天也晴了。要不是水泥路面上还能隐约见到几条水痕，刚才那场大雨就像是场午后梦境一般，来去匆匆。

"雨线往南江方向，海面上的风浪会大一点。南辰的城区不过只沾湿地面而已，没什么影响。"傅征把车停在大 G 隔壁的车位上，他撩下车窗，看了眼停在车位上日渐失宠的大 G，问，"要不要洗车？"

燕绥有些意外："现在？"

"最近的洗车店也在几条街外。"

商务区寸土寸金，谁会想不开在这种地段开家洗车店？再加上临近晚高峰——乐观点儿，路上也就堵个半小时。如果不需要排队，四十分钟后清洗完毕，正好给寸步难行的主干道继续添堵。这么算下来，洗趟车起码要花费两个半小时。

傅征却是一笑："钥匙给我。"

燕绥虽狐疑，仍把车钥匙递给他。

傅征接过，示意她下车。

下车时磨蹭了些，燕绥刚推开副驾车门，就听后备厢打开的提示声，转头看去，傅征弯腰抱出一个收纳箱，转身填进大 G 的车肚子。

他立在车后，见她好奇，招招手，"上车"。

燕绥知道傅征这是让她跟上来自己看的意思，满腹狐疑地上了车。大 G 驶离车库后并没有往小区出口方向走，反而掉头沿着主路往小区更深处驶去，七拐八绕后，终于停在最偏僻的那栋住宅楼外。

虽是同一个小区，但这一排连栋的住宅楼和燕绥居住的高层公寓不同，一层是储藏室，可改作车库，也有不少户主单独把储藏室出租。因地处繁华的商业区附近，即使储藏室简陋也有不少人租用了当库房使用。

傅征先下车。储藏室灰旧的卷帘门只卷了三分之二，还有一截半掩着，他低头迈进去，再出来时抬手托了下卷帘门，也没见他怎么用力，那卷帘门一缩，彻底卷了上去。

燕绥这才看清，这间储藏室是改装的私人厨房。跟在傅征身后出来的是个二十多岁的年轻女孩，还戴着手套，笨拙地指方向："水在这边，接上水管就好。"

话落，好奇地瞄了眼车标，顿时斯巴达了——现在的有钱人都这么会玩了吗？开大 G 还要自己洗车！她没敢多问，朝站在车旁的燕绥含蓄地笑了笑，转身回储藏室继续切水果。

傅征从后备厢搬下收纳盒，取出卷好的高压水枪，接上水管。

燕绥凑近看了眼，收纳盒里除了洗车用具，还有一小盒工具箱压在最底层。凡事喜欢用钱解决的小燕总有些不敢置信："要每个车主都跟你一样，洗车店怕是要喝西北风了。"

话音刚落，正低扫车轱辘的水枪忽地上抬，水柱滋在挡风玻璃上，溅出的水花不偏不倚地溅了燕绥一身。

见她狼狈，傅征低笑了几声，把水枪递给她："要不要来试试？"

燕绥不置可否，等傅征把水枪交到她手里，她掂了掂分量，也不用傅征教她，很快上手。

整辆车被喷湿后，燕绥还莫名地油然而生一股成就感："我就是下岗也不愁没饭吃啊。"她那副满足样，全然没有平时在公司里那股矜傲劲儿。

傅征从她手里接过水枪，赶她到一边休息："你就这点出息？"

"不然呢？"燕绥扬扬得意，"混吃等死是我的人生理想啊。"

傅征笑了声，弯腰从收纳箱里拎出瓶泡沫壶，叼了根木签斜咬在嘴边，声音含混道："这还不简单……"后面还说了句什么，燕绥没听清，不过就傅征看她时那种居心不良的眼神，她觉得自己还是别问的好。

储藏室里的女孩出来过一次，拎着做好的奶油蛋糕装进后备厢，见燕绥站着，又送了趟凳子，给她递了一小盒蛋糕。

燕绥道过谢，捧着蛋糕边吃边逛进储藏室里。等一盒蛋糕吃完，燕绥的订单也下好了，她留了辛芽的手机号码方便她联系。

负手踱步走出来时，脸上再不见半点在燕沉那儿受气后的郁色，笑意盈盈地坐在女孩敞开门的后备厢上，托腮看傅征。

傅征见她脸上重新有了笑意，换了只手握住软毛刷，说："有话就问。"

燕绥没跟他客气："我在这儿住了两年都不知道有这地方，你怎么知道的？"

傅征脱下外套扔进后座，把袖口挽至手弯："还记不记得上次调看监控摄像？辛芽接你去公司后，我折回去把一周内的录像重新看了一遍。怀疑在监控上做手脚的就算不是物业部的人，也有可能是同小区的住户，就顺便逛了逛。"

这个地方偏僻，也没有进出口大门。燕绥这类时间就是金钱的资本家，宁愿把时间花在做企划案上也不会兴起逛逛自家小区的念头，自然不会知道小区里还有这么个地方。

话落，傅征指了指放在她脚边的水枪，示意她拿过来。

燕绥还在消化他刚才那段话，忍不住诧异道："你后来又折回去看录像了？"

"不然呢？"傅征说，"你不上心，但我放心不下。"

不过什么线索也没查到，自然也没什么好说的。毛刷被他顺手放在引擎盖上，他微抬了抬下巴，重复道："帮我拿下水枪。"

等燕绥起身递来水枪，他又不急着接了。

在干净的吸水毛巾上擦干手，傅征握住她手腕把她拉至身前，从后圈住她，掌心覆着她手背压下水枪，边冲走车身泡沫边问："燕沉和你说什么了？"

他耐心等了很久，从上车后察觉到她压抑的闷闷不乐等到现在她心平气和，他才以这种不会给燕绥增加任何压力的方式，漫不经心地提出来。

果然，燕绥没有任何不适，简单概括完对话内容后，她才眉心一拢，道："按他的意思，阻拦广汇和我合作只是第一步。他知道利比亚的项目对我以及对整个集团的重要性，应该会想方设法地阻拦我和其他公司合作。"

傅征安静地听完，问："你那个项目傅衍可能会感兴趣，自己人也比较靠得住。你需不需要我替你和傅衍约个时间，互相聊聊？"

燕绥还在斟酌怎么把她决定自己做利比亚海外项目的企划三言两语说清楚，闻言，思绪一断，忽然有些感慨："我以为你只能做我心灵上的港湾，但此时我却感受到了被大哥罩着的社会感……"她借机狗腿，"我上辈子一定是拯救了银河系才能交到你这种男朋友。"

"那你想怎么感谢我？"傅征低头咬住她的耳朵尖，是真的咬，齿尖轻轻地磨过她的耳郭，时轻时重。

燕绥起初还绷得住，到后来被他调戏得面红耳赤，浑身发软，悄悄用胳膊肘拐他："你松开。"

傅征怎么可能松开，低笑着问："不喜欢？"

燕绥顿时想爹毛的心都有了。那晚除了最后一步，该做的几乎都做了，她身上所有部位的敏感点，他了如指掌。耳朵颈窝就是一处，他这会儿故意折磨她……是料定她脸皮薄不敢反抗？

燕绥还真的不敢，里头这女孩明天还要往她公司送点心，她堂堂一个集团老总，不要面子的啊？

占到了便宜，傅征见好就收，兔子急了还咬人，何况燕绥。

他松手从燕绥手里接过水枪，回到正题："你是什么打算？"

燕绥摇头，坦诚道："没想法。"

以她对燕沉的了解，他考虑周密，做事周全，不会把时间花在无用功上。那他走的每一步都是有计划、有目的的，她目前仅知的只有和广汇合作一事，其余毫无头绪，自然谈不上有打算。

她放狠话时的气势全凭当时那股怒火中烧，这会儿火灭了，气势自然也灭了。

相比燕沉手握燕氏集团的核心，燕绥如今处处被动，实在很难斗志昂扬。

手机突然嗡鸣。

燕绥示意傅征"等一下"，转身接起电话："爸？"

没得到回应，燕绥耐心等了会儿。她不意外燕戡会在此时打来电话，若是燕戡在听到她那句话后仍旧无动于衷，她才会觉得奇怪。

她垂眸看了眼屏幕，确认还在通话中，再开口时语气里不自觉地多了丝怜悯："爸？"

手机那端一声轻叹，燕戡的声音像是瞬间苍老了十多岁，透着股死气沉沉："我在你小区门口，想和你说几句话，说完就走。"

他刚从燕申那儿出来，燕绥下午说的话像一记重锤，把他多年来对燕申的愧疚，对自己的自责，对兄弟情的笃信，对程媛的宽容粉碎得一干二净。

他不是善人，若不是燕申高位截瘫，他虽不至于利益至上罔顾兄弟情，但也的确做不到如今这种让步。可到头来，这一切是场以自身为牢笼的骗局，他被骗了十几年，若不是燕绥提醒，他此刻仍旧被蒙在鼓里。

另一边，燕绥揉了揉发胀的眉心，回头看了眼傅征，正对上他的目光，她无声地用口型问："我爸现在要过来，说些话就走，提前见个面有没有关系？"

傅征难得善解人意道："看你安排。"

四个字，掷地有声，铿锵有力……

燕绥："……"故意的吧！

果然，燕戡问："你在和谁说话？"

燕绥顿时一阵无力，燕戡现在的情绪太过消极，而傅征是状态不佳，她想象中的正式见面不应该是这样。但显然，她的考虑傅征并没有。

也罢，燕戡对傅征印象极佳，因为郎晴的原因，他对海军格外敬重，尤其从郎誉林那儿得知傅征是海军特战队里首屈一指的一队队长，暗地里没少夸燕绥眼光好。

正式见面前先打个照面，应该……也不错。

"傅征。"燕绥不自然地清了清嗓子，"你……要过来吗？"

燕戡思考了几秒，问："你们现在方便吗？"一句话，欲扬先抑，吞吞吐吐，语气里弥漫着一股"爸爸很开明"的意味。似乎只要燕绥犹豫一下，他就能立刻心领神会。

燕绥沉默了几秒："很方便。"她让燕戡把电话递给司机，指明方位后，走了几步站在路口迎接。

很快，一辆黑色的轿车从道路尽头驶来，缓缓停在了燕绥面前。与她想象中的面色阴沉、形容枯槁不同，燕戡精神抖擞地下车，先看向她身后。

燕绥忽然有一种怪异感，她觉得自己掉进了燕戡的陷阱里，他刚才那句"你们现在方便吗"其实是在对她用激将法吧？

于是，她就怀着这种她的爸爸和她的男朋友互相吸引、迫切想要见面的诡异念头互相给双方介绍了一下。

燕戡："傅征。"

傅征不卑不亢，微笑颔首："伯父好。"

燕戡满意地点点头，长得挺好看，跟燕绥足够匹配。身材看着也挺结实，能挑能扛，比公司里那些年纪轻轻就啤酒肚的年轻人耐看多了。这么一想，他微笑着看向两人身后，迟疑着问："在洗车？"

燕绥还没接上话，燕戡又笑上了："现在愿意自己动手洗车的年轻人不多了，大多往洗车店一放，时间一到再去取。"

这是说她呢吧？她爸是不是拿错剧本了？哪个在家受到万千宠爱的小公主在把男朋友领到爸爸面前的第一眼，是爸爸越看男朋友越满意的？不该百般挑剔，千般刁难？

她正出神，没听见两人交流了什么，等回过神，傅征拿起水枪继续洗车，燕戡笑眯眯地观察了几眼，越看越满意："这男朋友找得挺合我心意，你妈妈肯定喜欢。"

他笑着笑着叹了口气，语气低落："你妈临走之前还跟我说，要长命百岁，她要亲自帮你把关。我们阿绥这么漂亮，有太多臭男人要骗走你了。"

他一提郎晴，燕绥唇边的笑意也淡了，她挽住燕戡："等他下次休假，我带他去见见妈妈。"

燕戡笑笑，收回目光看向燕绥："你和燕沉谈得怎么样？"

　　燕绥不敢托大，饶是难以启齿也把该说的详细告诉燕戬。

　　燕戬本就有些僵的脸色越发难看："他是冲着你来的，你打算怎么处理？"

　　就在一刻钟前，傅征也问过她这个问题，可这回问她的人是燕戬，他既然问了就不是想听她说没准备。

　　燕绥思考了片刻，答："回公司先做利比亚项目的企划案，核心成员全部签署保密协议，确保项目的保密性。数据在计算后符合预算的话，我想在项目启动前亲自去一趟埃塞俄比亚，验收海外工程。"

　　燕戬不置可否，也没再多谈公事。眼看着天色渐黑，燕戬终于问了他来时想当面问燕绥的问题："你是怎么知道这件事的？知道多久了？为什么今天才告诉我？"

　　燕绥答道："我知道这件事也是意外，我本想调查李捷和谁往来，受谁驱使，意外得知了这桩旧事。本来也不打算告诉你的，程媛还在燕家一天，她就能威胁大伯父保守这个秘密一天。我没有证据，这么大的事我不敢随便听一耳朵就当真。"

　　她没回答为什么今天才告诉他，不说燕戬也明白。她是下午听了他说的那些话心疼他，不忍这个万分之一的可能性真的让他负累余生。

　　两个人彻底安静下来，谁也没有先开口打破沉默。

　　储藏室里做蛋糕的女孩忙完准备送货，模糊间只看见黑影靠在车旁，以为傅征还没忙完，手电的光一打，见他倚着车门抽烟，忙竖起手电："不好意思，我以为你还在收拾。"

　　她把蛋糕拎进后备厢："你女朋友呢？"

　　傅征夹着烟的手指往路口指了指，见她握着一沓便签，问："她点的什么时候要？"

　　"明晚八点。"

　　傅征盘算了下时间，点头："明天我去送。"

　　女孩"啊"了声，随后想想人家男女朋友，还不得时时刻刻努力制造机会见面，了然地笑了笑，压下她的后备厢："行，那我先去送货了。"

　　燕戬听到这边的说话声，回头看了眼，挥挥手："我也走了，你外公等着我去陪他喝酒，今晚就歇在大院里。"

他拉开后座车门坐进去，离开之前还意味深长地留了一句："春宵一刻值千金，别送我这个老头子了。"

燕绥头一次觉得燕戳有老顽童的潜质，她皮笑肉不笑地拍上车门，挥手："不送。"

解决了晚饭，两个无趣的人在看电影和宅家里约会中和谐统一地一致选择了后者。

燕绥对生活品质的要求忽高忽低，所以家里什么小玩意儿都有一些。郎其琛当年受腐败思想熏陶严重，撺掇燕绥专门整理出一个房间当私人影院。虽然被她驳回，但简陋版的投影仪和音响她还是有的，因常年压箱底，加上这次公寓翻修，她费了些工夫才在书房的各个角落里把设备收集齐全。

等傅征组装好，燕绥才发现书房的空间有些不够施展，调试设备又太花时间，她立马取消这个浪费时间的项目，和傅征回客厅，老老实实看电视。

这个时间段满屏的新闻频道，压根儿找不到一台可以培养氛围的电视剧。

燕绥难得受挫："郎其琛这些年也就这个建议是正确的，可我居然没采用。"

傅征用指腹摩挲她的颈窝，触感细腻滑顺，他的注意力很快从电视新闻落在指腹上，渐渐心猿意马："想要家庭影院？"

燕绥点头。

"我那房子我们两个人住正好还多一间，大小合适，正好改成影院。"他握住燕绥手腕拉起来，掐着她的腰让她坐到沙发上，"明天我把钥匙拿给你，你喜欢什么样的就照什么样的重新装修一遍。"

燕绥觉得自从喜欢上傅征，自己变得容易满足多了。他不过要给她钥匙，她就美滋滋得跟自己又赚了一套房一样。她挑眉，轻咬了咬下唇问："什么风格都随我？"

"随你。"

"你不用参考？"

　　傅征反问："参考什么？"他把人抱进怀里，"你喜欢什么样就改成什么样，最好喜欢到就住我那，让我一回来就能看到你。"他的语气似真似假，燕绥一时辨不清他是在开玩笑还是说真的。

　　似是猜到她在想什么，傅征目光微垂，和她对视了几秒，忽然笑了，"明明还有两天假期，可我现在就开始舍不得了，怎么办？"

　　"舍不得还是放心不下？"燕绥问。

　　傅征："有差别？不都牵肠挂肚。"

　　燕绥发现傅征说话是真的对她胃口，她支着手半撑起身，笑眯眯道："有啊，区别在对待我的态度上啊。"

　　傅征不语，示意她继续往下说。

　　"舍不得多一点就让你占点便宜，放心不下多一点就明天带你到公司加班，感受下企业文化。"燕绥问，"你选哪个？"

　　"不能双全？"他慵懒的模样看上去很是心不在焉，目光从客厅落到书房，拍了拍她的臀，"跟你借几本书带部队里去看。"

　　燕绥色心正起，被他揽着腰一并抱着坐起，不情不愿地领他去书房。

　　这间公寓里她最稀罕的就是书架，占了整整一面墙，颇为壮观。

　　她亮起灯，侧身让傅征先进。

　　"上次就想问你，"傅征走到书柜前停下来，转身回望，"书架里摆的都是你看完的书？"

　　燕绥回答得理直气壮："全部都翻过。"

　　她的女人天性在善变上展现得淋漓尽致："小学的时候，班里女生喜欢收集明星贴纸，买漂亮本子抄歌词，翻手绳，编手链。我为了不显得和别人不一样也跟着喜欢过一阵子，养出了三分钟热度的习惯，不过幸好，正事的时候从来没有犯过这种糊涂。

　　"买完房子后着迷过一阵子家装，光是设计师就把不同风格的都面试了一遍。验收时才想起自己让设计师做了个书架，又热火朝天地闲了就往书店跑。这里面的书除了专业书、工具书以外，只在买回来之前翻过首尾，还没来得及看就已经过了集书热。"

　　傅征把她圈到书架和他之间，"那现在呢，对什么着迷？"

　　燕绥卖了个关子："往常这个时候，我不是在健身房就是在办公室，回家的时间起码在九点以后。"

她倚着书架，手指攀住他的皮带，往上一寸一寸，拎住他敞开的衣领，"但现在，不思进取，沉迷男色。"

傅征捉住她在衣领作乱的手拉到唇边亲了亲："想要我怎么补偿？"

燕绥踮脚，亲了他一口，"两清。"

傅征微怔，随即失笑，没再闹她："给我挑几本入门的工具书，理论和实例也行。"他低头，埋在她颈窝深嗅，低声道，"船上大部分时间训练、演习。枯燥是真的，无聊也是真的。"

没有信号，大海再美，也如身在荒岛。燕绥不太能感同身受，她常年东奔西跑，忙得焦头烂额。海上的日子于她而言反而是偷得浮生半日闲，全是属于她的。

一想到他回部队就要出海执行任务，再见又不知是几时，燕绥眉眼一暗，没作声，指挥他搬了木梯，爬到高架上把以前燕戡拿给她看的书都取了下来。

"比较枯燥，也没什么实际用处。"

生意经可以参考但极少能复制，做生意不只看货比价钱，还要选人。这不只是燕戡一点一点教她的，也有这几年实打实从泥圈里摸爬滚打出来的感悟。

傅征随手翻了翻，看见书里夹着的早已失了黏性的便签，水笔的字迹有些发散，做的注解更是不伦不类。他没作声，当作没看见这几乎每隔几张就会夹上的便签，就怕她眼尖发现，不愿意让他带走了。

傅征没留太久，夜一深，男人蠢蠢欲动的本性就会苏醒。在燕绥面前，他对自己的自制力毫无信心。

隔日，他按惯例来接燕绥上班。自打有了上次撞破小燕总和傅长官同居一夜的尴尬，辛芽再没自作主张给燕绥送早餐。她一早等在公司，电梯门一开，就跟只兔子一样蹿上去，格外积极地汇报一日行程。

燕绥边听边脱了外套挂在衣架上，打断她："上午临时加个会议，我要组建一个临时工作小组，你去把保密协议打印几份，等会儿带到会议室来。"

辛芽随口答应下来，等她坐下，把抱在身前的一份文件夹递给她：
"燕总，这是我昨晚统计的粉丝增长量。"

她重新接管后援会的官博后就没掉以轻心，辛芽小事糊涂，大事还是
能够拎得清的。自打上次在孙副总那儿吃了亏后，她就学聪明了，不只认
真地打理微博，还潜伏进了几个粉丝群。务必让自己从哪儿跌倒就从哪儿
爬起来，多听多看多打听。

"官博的粉丝数量增太快，我借着和几个大 V 合作微博商务广告的
理由拿来了一些微博后台才能看到的数据分析。官博的粉丝增长量有些超
乎控制，我根据关注方式查了查来源，发现不少营销号仍旧在营销。

"主力军你应该有印象，走红那个视频就是那个营销号首发的，他像
是有接头人，对你的一切了如指掌。第二个视频从热搜撤走后，他就换了
种营销方式，踩高捧低，每次有关你的博文，他都会拉一个公众人物陪衬。
以至于现在粉丝虽然增长飞快，质量却参差不齐。"

辛芽打开平板上的照片，把截取的一些微博评论递给她看："热搜高
居不下，和之前绝大部分的夸奖不同，网上的声音渐渐开始变了。"

燕绥闻言，接过平板。

官博底下清一色的赞美之词的确变了味，从起初的"给小燕总疯狂打
call"，短短半月多了不少质疑声。

网友 A："想红想疯了吧？社交 App 哪儿都能看到广告博文……"

网友 B："同觉得用力过猛了，当初对她的印象还挺好的。"

网友 C："加一。我现在只觉得小姐姐想红想要名利的吃相太难看，
营销就营销好了，每次都拉踩别人，Low 不 Low？ Low 穿地心了。"

网友 D："可能公司开不下去，打算进娱乐圈了……"

网友 E："楼上的朋友可能真相了哈哈哈哈。别再吹长得漂亮还努力
了，这种人设已经过时了。"

网友 F："坐等打脸。按剧本走向，不出一个月就会有新料曝光，按
这位网红总裁用力过猛的走势，绝对要煳。"

辛芽见燕绥眉心紧锁，吞咽了一声道："我觉得评论里有水军在引
导风向，我还在读大学的时候打入过一个大粉丝的核心团队，知道怎么
控评。"

燕绥抬眼看她："有这事？"

辛芽忙不迭点头，颇有使命感："你别看我现在谁长得好看就喜欢谁，早年还是很专一地喜欢过一个本命。"

"哦？"燕绥来了兴趣，"我怎么都没听你说过？"

"追星又不是什么值得说的事……"辛芽扭捏，"况且我也脱粉了。"

"不是本命吗，怎么就脱粉了？"

"我是女友粉。"辛芽挠了挠鼻尖，有些不好意思，"本命交了女朋友，已经失恋一半了。没几个月，又传言他劈腿，散了另一对CP。粉头查实后，我就彻底失恋了，觉得自己看走了眼。"

燕绥挑眉，似对她这段经历有些啼笑皆非，但也不好说什么，只是问："那你觉得我现在遇到的情况是哪种？"

辛芽沉吟片刻，无法决定："看数据图，是营销无误。奇怪的是，我找不到营销后的受益方是谁。"

大多营销，都是抱着捧人的目的。辛芽要是单纯的旁观者，下意识会猜测受益方是燕氏集团以及燕绥，可她不是。她清楚地经历过泰拳馆视频流出时加班加点撤下热搜的那个夜晚，也无比清晰地知道燕绥是个低调的人，她并没有参与这次营销，她没理由也没目的。

这未知的走向，让她冷不丁地觉得陷入了一个巨大的陷阱里，井底利箭倒刺，井壁光滑没有着力点，燕氏身在其中，像已无力挣扎的瓮中困兽。

"你继续关注，一有异常，哪怕是风吹草动也别漏过。"燕绥交代完，想起一事，问，"你和陆啸还有联系吗？"

辛芽一怔，不太确定地反问："偶尔朋友圈点个赞算吗？"

其实起初……两个经历过生死的人还是很惺惺相惜的，互相问好，互道晚安，一起珍爱生命。但时间一久，那种死里逃生的感觉被冲淡后，加上圈子不同，生活重叠的交集太少，渐渐就没了共同话题，只剩下朋友圈互相点赞的交情了。

燕绥颔首："你跟他联系下，给他订回国的机票，让他放个假，来我这里坐坐。"

辛芽的脑子一时没转过弯来。严格来说，陆啸并不算燕氏集团的直属员工，人事部甚至没有他的相关资料。他的直属上司是埃塞俄比亚项目的外派负责人，主要负责翻译。

她记得陆啸曾经说过，燕氏在埃塞俄比亚的项目竣工他就换碗饭继续端。她这会儿甚至不太确定陆啸是否还在职。

"不在职更好。"燕绥合上文件夹，往桌上一扔，"你只要尽快给他订好机票，让他过来，酬劳另算。他嫌少，就加倍，再得寸进尺你就让他滚。"

"……"辛芽默默地退了一步，"好，我知道了。"

辛芽出去后，燕绥起身站到落地窗前。她抬手挡了挡阳光，眯眼看向脚下初醒的南辰市，懒洋洋地勾了勾唇角。

倚着窗，她滑开手机屏幕，给傅征发了条短信。

短短的只有两个字——捧杀。

傅征刚到南江，沿护城河一路疾行，几乎穿过半座城市，终于抵达目的地。

傅寻正在遛貂，说是遛貂，却连牵引绳也未束缚着，貂在前面一溜小跑，他不疾不徐地跟在其后。听到引擎声，他转身回望，轻吹了一声口哨，已渐渐跑远的雪貂忽然从一蓬草丛后立起身来，像一道闪电一般蹿回来。

傅寻弯腰，俯身抱起站在他脚面上正抓着他裤脚往上爬的雪貂放到肩上。

那小畜生，攀着他的肩膀卧成一团，随傅寻转身向傅征走来："来挺早。"

傅征反手关上车门，瞥了眼盘在傅寻肩头的雪貂，对傅寻的调侃恍若未闻："东西呢？"

"先进来。"

他先一步推开院门进屋，等傅征跟上，一前一后往屋里走："东西替你装在了紫檀木盒里，小而精致，你未来的老丈人若是识货一眼就能看出这物件值钱。"

傅征在玄关换了鞋，经过客厅时顺手捡了个小琉璃球递给仍乖巧盘在傅寻肩头的雪貂。雪貂伸出小爪捧过来，伸着脑袋朝傅征咕咕咕叫了几声。

傅寻侧身看了他一眼，进书房后，示意傅征自己随便找个地方坐。他绕至书桌后，从暗格中取出一个紫檀木盒递给他。

傅征接过来，打开紫檀木盒看了眼，显然对傅寻的眼光感到满意。收下紫檀木盒，他提步要走。傅寻没留人，起身送他，到门口时傅征问："这次回来待多久？"

"不久。"傅寻把肩上的雪貂抱进怀里，还没托稳，这小畜生顺着他的袖口就钻了进去，不见了踪影。

"过两天就回西宁。"

傅征本就随口一问，见雪貂钻进傅寻的袖子，笑了笑："回见。"

傅寻目送着他掉头离开，这才轻抬袖口，刚低头就和露出一个小圆脑袋的雪貂对视个正着，他远远看了眼渐渐模糊的车影，喃喃低语："各有使命。"

燕绥的工作节奏很快，从制订计划到执行，她只花了一个上午的时间。到下午，她已经召集团队核心大刀阔斧地更改利比亚海外建设项目的企划案。

时间像是从指尖漏走的流沙，燕绥恍然一抬头，大脑放空的一瞬，转头看向顶层会议室里的落地窗——窗明几净，回映着会议室内的灯火通明。

和这座城市大多数为生存为理想奋斗的人一样，这一簇灯火，像是添柴加油后熊熊燃烧的火焰。

燕绥从落地窗的反射镜面里看到了忙忙碌碌的员工，那些或蹙眉或咬唇或互相紧迫交流的年轻面庞。满桌摊开的文件夹，他们的脸庞被电脑显示屏的冷光照得发亮。

她忽然就从满屋的咖啡香味里找到了许久没有过的热血。三年前，埃塞俄比亚的建设项目也是在这里，由一个团队齐心协力完成。而三年后，工程初步竣工，正遥遥立在世界的另一边，等着她去验收成果。

她端起茶杯，抿了口早已凉透的咖啡，正要继续投入工作，会议室的大门被轻叩两声推开。

辛芽推着玻璃门，侧身让出身后拎着甜品点心上来的傅征。

连燕绥都是微微一怔。

她指尖的笔嗒的一声落在桌面上，等回过神来，她推开椅子起身，一时不知该笑还是该意外。还没人发觉燕绥的异样，忙了一天的所有人都只在好奇这位外卖小哥是哪家的，从没见过。

辛芽帮忙在会议桌上扫开一块空地，等傅征放下足份的点心甜品，张罗着招呼："来来来，忙了这么久都累了，先歇会儿吃点东西补充能量。"

她趁没人注意，朝燕绥挤挤眼，笑得坏透了。一转头，又一本正经道："快来快来，燕总看大家辛苦给大家买的夜宵。别怕发胖啊，项目完成后跟燕总申请发放健身卡！"

有她居中调节气氛，很快，大家的注意力被夜宵吸引走。

燕绥不动声色地上前几步，悄悄握住他的手，牵他离开。

办公室就在隔壁，她推开门，连灯也没开，反手关门时，双臂格外自然地环住他的腰身，紧紧扣在他身后："你怎么来了？"

不等傅征回答，她仰头，踮脚亲了一口他的下巴："好高兴。"

傅征微微俯身，深深地回抱住她："还用问？"

燕绥低笑："不问不问，心里有数。"她指尖在他背心挠了挠，"你松松，我去开灯。"

"告诉我方向。"

"报告首长，一点钟方位，沿墙走三步，电灯开关离地约一米五高度。报告完毕。"

傅征没动，等她说完，用力握了握她的腰，低笑一声："调皮。"

燕绥听他语气里的笑意，还想缠着他，门外不凑巧地响起不识趣的敲门声，辛芽的声音从门缝里透进来："燕总，给你留了块蛋糕，一杯奶茶。你们边吃边聊？"

没等燕绥斥她没眼色，傅征先松开她，说："我让她送的，听说你一天没好好吃饭。"

燕绥腹诽：不只没眼色还是个小叛徒！

傅征的面子总要给的，燕绥不情不愿地开了门让辛芽把点心送进来。显然这只"小耗子"也知道自己惹着大老板了，夹着尾巴放下东西，灰溜溜地就出去了。

燕绥看了看放在桌几上的蛋糕，满脸为难地看傅征："我不爱吃甜的。"

傅征从善如流："你想吃什么？"

"面！"燕绥眼睛一亮，"牛肉面！"

黄澄澄晕开油圈的面汤上撒着翠绿欲滴的葱花，光是想着似乎就有一股牛肉面的香味飘进鼻腔。

燕绥唱了一晚空城计的肚子是真的饿了，对面就有家味道不错的牛肉面。她口中生津，片刻都忍不了："出去一起吃碗？"

傅征不置可否，他虽然没有夜宵的习惯，但也不妨碍他陪燕绥吃一碗。

燕绥和辛芽交代了一声自己半小时后回来，从公司偏门抄近路到对街的牛肉面馆。

离夜宵时间还早，店内除了头凑头围在一起玩游戏的两个小孩以外还有个挺着将军肚的老板，见有客来，起身招呼。

燕绥点了最简单的牛肉面，要了两份小碗。她沿左手边就近挑了个靠窗的座位，刚坐下就嗅到了自制辣椒的香味，从筷筒抽了双筷子，她揭开瓶盖，挑了一小筷子磨碎的辣椒喂给他："吃不吃辣？"

傅征说："看谁喂的。"他不挑食，有什么吃什么，好赖都没意见。从林生存训练时，物资只有一块压缩饼干，被雨水打湿，泡发得像融碎的泡沫，吃进嘴里没味儿，也不管饱。

就像在船上待久了，味觉感受器几乎和大海的咸涩味融在一起。时间久了，就是吃惯山珍海味的娇舌头都锻炼成了钢筋铁骨，吃什么都面不改色。

"早上去了趟南江。"傅征在桌下握住她的手，根根把玩着她的手指，"傅家有两个派系，一门从军，一门从商。"

这个燕绥知道，只是不清楚从商的那一门都有谁。

"南江那位有机会介绍你认识，他常年在西宁环线一带。明天见你爸爸之前，你抽点空，我带你跟傅衍见一面。"

他话说完，燕绥就猜到了他的意思——他在给她安排退路，如果哪一天燕氏走到绝路，起码傅家还给她留着一线生机。

这个情不能不领，她没再推辞，确定时间后，默默记下。

后厨的窗口隐约有烟雾升起，汤面的香味在空气中隐约可闻。傅征看着，把玩她的手指严丝合缝地嵌着她的指缝和她十指相扣："早上给我发的短信，捧杀。"

他一顿，问："什么意思？"

燕绥之前铺垫过，也不怕他听不懂，直接说："我猜到燕沉对付我的手段了，我亲眼见过他帮一家公司起死回生。如果我没猜错，他是想先把我捧红，捧到一定高度后，开始释放燕氏的负面消息试图打击压垮我。不出意外，他应该是针对利比亚海外建设项目，和广汇合作失败后在利比亚项目启动前我不会再找到合适的合作方。

"而他想在燕氏最薄弱的时机动摇军心，过不了几天，顶多不会超过一星期，就会有他自己成立公司的消息传出来，燕氏属于他的旧部会尽数离职跟他走。他掏空一半的燕氏，再用舆论打击给我造成压力，等我撑不下去的时候他会试图向燕氏伸出援手。只要我松口答应他的条件，他就会接手燕氏，重整旗鼓。"

这是大概的猜想，需要实现这个猜想，燕沉私下做的小动作只多不少。燕绥没法一一猜测到他的动态，但此时光是参悟了他的动机，就足够她防备一阵子，更何况利比亚的海外项目她已经完全更改了企划案。

只不过她能想到，燕沉不傻，燕氏利比亚项目沉寂不超过三天他肯定能猜到原因。他不会罢手，只会重新再找个燕绥薄弱且短期内无法防备的弱点伺机而动。曾经信任到能交出后背的同伴，一旦背叛，就如出鞘的利刃，出鞘必见血。他想把燕绥踩到尘埃里，成为翻身不起的败者。

他要碾碎她的自尊和骄傲，磨平她的棱角和锋芒，把她变得如同依附他的傀儡，只要乖巧地顺从就好。

门口风铃声响起，有客人进来。被交代了看店的两个小孩同时抬起头来，脆生生说了声"欢迎"，随即指了指收银台上方的菜单，"这里点"。说完，又叽叽咕咕地凑在一起，继续玩游戏。

后厨连接收银台的窗口，老板探出头来吆喝了一声，目光落到傅征一桌时，又笑得和善起来："就快好了！"

他话音落下没多久，厨房的布帘被掀开，老板端着托盘走出来。

两碗面，从托盘上移到桌面，热气氤氲的白雾把傅征的面容都模糊了大半。

满满的生活气息。

燕绥以为他要说些什么，筷子挑起面，一浪一浪翻起的白雾里，傅征嘴唇动了动，低声道："他不会有这个机会的。"

燕绥醒来时，天色大亮。休息室的玻璃透着光，把桌上沾着墨迹的玻璃笔和垫在笔下的白纸映得一片狼藉。

她揉着酸疼的肩膀坐起来，盯着有点乱的休息室片刻，记忆终于回笼。昨晚和傅征吃完面把人哄走后，她回公司继续加班，直到晚上十点才陆续放人下班。她自己留下来继续整理资料，也不记得忙到几点，最后的意识只剩下——上床睡觉。

她起身时，低头看了眼自己皱巴巴的衬衣，从衣柜里挑了套替换的，拎着去卫生间。

经过书桌时，她瞄了眼连笔帽都来不及扣上的玻璃笔，以及零零散散还未收编的文件资料，难得还有那么几分小得意。困到连东西都来不及收拾了还知道先把自己送到床上，她是真舍不得亏待自己。

早上九点，洗完澡后的燕绥神清气爽地出现在办公室。

辛芽昨晚最后离开公司，知道燕绥歇在了休息室，来不及去城北买早餐，就近装了壶热的。一听办公室有动静，立刻拎着早餐去送温暖。

燕绥刚在办公桌前坐下，抬眼见辛芽笑得眉眼弯弯的，心情跟着大好，"一大早有什么好事？乐得贼眉鼠眼的。"

辛芽被燕绥寻乐寻惯了，并不在意，把保温壶递给她，笑眯眯地说："陆啸的事情搞定了。"

不等燕绥问，她主动说道："机票订在今晚，到南辰应该是后天下午。"

燕绥算了算时间，颔首道："你后天下午抽空去接一下。"话落，她似想起什么，考虑几秒后，说，"不然给你也放个假，你替陆啸订好酒店，好好招待他几天。"

突然被放假的辛芽并没有想象中的愉快，她吃惊过后，跟被踩着尾巴的兔子一样，委委屈屈地看了她一眼："燕总，你还是别给我假期了，你一给我放假我就有即将失业的恐慌感。"

燕绥："……"她的助理是不是有臆想症？

企划案在初步定型后，开始核算成本。燕绥午休结束后，马不停蹄地和核心项目小组连轴开会，核对数据。

临近下班时，燕绥把据点扎根在顶楼会议室的项目小组重新召集起来："今天准时下班，等会儿到点你们就收拾东西离开。这个周末可能需要各位辛苦下，加个班，在周一前把这个项目的企划案落实下来。"

燕绥看着下属年龄都奔三奔四的员工，一脸坐过山车般的表情，忍俊不禁。她虚掩住唇，轻咳了一声，在满座翘首以盼的目光里，忽然捡起几分在校时听老师宣布下课的青春情怀。

坐在最后一排角落充当后勤的辛芽，一抬头就看见燕绥冰冷的眉眼柔化。她眼里似含了笑，明明还绷着领导者的面无表情，偏偏那眼角眉梢如雪意融化，春暖花开。她本欲退出微博的手指收回来，在一条"小燕总在公司的时候凶不凶"的评论下回复："攻受切换自如，你说呢？"

被吐槽的小燕总还毫不知情，结束会议后，她提前离开会议室，回休息室换了套中午让辛芽去公寓取的高定。与上次在饭局中意外碰面的形势不同，这次是傅征引荐，她下意识掺了几分郑重的仪式感。

约好的时间刚到，傅征的电话就如约而至。地点选在燕绥公司附近的咖啡馆里，傅衍来早一步，正转着木桌上咖啡厅用来计算上咖啡时间的沙漏。

包厢门被推开时，他转头望来，起身，微笑，十分客气地和燕绥打了声招呼："小燕总，久仰大名。"

这种不知该被鉴定成什么形式的会面让燕绥有一瞬的不自然，没等她先适应适应，傅征按着她在对面沙发上坐下，抬手一压，示意傅衍也坐下，"不用这么客气，赶时间，长话短说。"

傅衍往后一靠，这回是真的笑了："不就要见未来岳父？"

他端起桌上的柠檬水呷了口，笑得促狭："有必要这么显摆？"

傅征瞥了他一眼，没应声。摸出烟盒，指尖一转，隔着桌子抛给他。

傅衍接过，从烟盒里抽了两根烟。自己拿了打火机点火，火舌刚舔上烟屁股，他把烟夹在木桌碎裂的夹缝里，再抬起头时，换了副表情，也换了副语气。

"我一会儿的飞机要回S市，两根烟的时间，我们把事谈妥。"

傅衍是生意人，燕绥也是。饭桌上的交际没人比他们更懂。

碍着傅征的面子，他大可以官方客套地满口应承说："既然傅征开口，遇到麻烦你尽管来找我。"

傅衍没有，他先告诉燕绥，我一会儿要赶飞机。再点烟，说我们把事谈妥。

……就跟向生日蛋糕许愿时要吹灭蜡烛一样。

燕绥忽地轻松起来，她笑了笑，目光落在已经烧掉半寸烟屁股的烟灰上，直截了当道："我保证，燕氏是做正当生意的，账目上没有一笔账是来源不清的黑账。"

她一顿，思考了几秒，才继续道："燕沉，你见过的。"

傅衍晃着杯，闻言点头，"见过。"

"内斗。"她言简意赅，"详细的就不说了，如果需要帮忙，应该就是借钱。"

傅衍抬眼，看向坐在她身旁的傅征："跟你女人算利息，有没有意见？"

傅征语气淡淡的："有。"

"她如果需要借钱，就不是几百万的事。"傅衍气乐了，"动辄千万上亿的资金链，就是我也不能随随便便拿出那么多流动资金，收个利息你还有意见？"

傅征懒洋洋瞥他："别人轻易能做到，找你干什么？"

傅衍："……"好，算你有道理！他掐灭那根燃到烟嘴的烟，重新点上一根，示意燕绥继续。

燕绥想了想，莞尔道："应该不会出现比需要借钱更糟糕的情况。"

傅征负责翻译："她的意思是，她都能解决。是我未雨绸缪，担心她不能应付。"

傅衍笑了，他认真地盯了傅征一会儿，忽然说："你真应该照照镜子。"

他打了哑谜，燕绥听不懂，正要转头看傅征，放在桌下的手被他捉住握进掌心，他指尖轻挠了挠她的手心，示意她等会儿再解释。

燕绥没动，看了眼慢吞吞才烧了一半的烟，转眼看向傅衍，等他表态。

傅衍沉思片刻，眉心隐隐一蹙，淡淡的烟味蹿进鼻端，他几不可察地笑了笑："你放心，只要他护着你，那整个傅家都愿意倾尽全力。"他拾起烟，把烟屁股碾熄在烟灰缸里，"先走了。"

燕绥心中还因他那句话深受震动，下意识起身送他。

傅衍察觉，挽着西装外套转过身来："不用客气，自家人。"

后半句，咬重了尾音，那眼神飘着看向傅征，似在取笑他。随即抬步，很快离开。

傅征握着她的手，从手腕到掌心，严丝合缝。

"现世报。"他闷笑了两声，"我取笑他也有成妻奴的一天，所以他才说，'你真应该照照镜子'。"

傅征抬眼，似笑非笑："你仔细看看，是不是眼里心里都刻满了你的名字。"

　　见过傅衍后，两人出发去燕家别墅。燕戬对这次和傅征正式会面很重视，下午还特意请了假，回家收拾兼购买新鲜食材，打算亲自下厨招待傅征。

为此，燕绥还特意解释："我爸觉得第一次见面的分量不同，不只你要表现，他这个准备当人未来岳父的也该表现下。所以原定的餐厅取消了，说是没人情味，哪有未来女婿第一次上门带人下馆子的。"

她还掰了掰手指头，数落道："自打我妈去世后我爸就再没下过厨，我读书时还在花家里的钱，为省那点机票钱，只有过年才回家。林林总总算下来，已经有四年多没吃过我爸亲手做的菜了。"

交通拥堵，她又闲着无聊，干脆给傅征开了后门。燕戬的喜好、习惯、忌讳，她没一句藏私一股脑儿倒给了傅征。

又一个漫长的红灯前，傅征把玩着她的手指，似笑非笑地问："临时给我补了课，岂不是便宜我了？"

前车尾灯的灯光里，燕绥笑起来："我爸就没打算考验你。"

许是燕戬和郎誉林比寻常翁婿关系亲密很多的原因，燕戬受郎誉林的影响，从知道燕绥交了男朋友起，他始终持开放、信任、支持的态度。故意拿捏、考验、下马威在燕戬的认知里属于"不满意"的范畴。对女儿眼光的不认同、不信任以至于对她的男朋友也抱有观察的目的，这才需要敲打敲打小辈，让他知道长辈的良苦用心。

燕戬对燕绥的眼光有信心，多年的教育让他深信燕绥的选择，自然也尊重傅征。再者，有郎誉林和郎啸都一致称赞，就跟加封了一层保险。他对傅征的人品，没有任何质疑。

到家时，正巧赶上饭点。燕戬把刚出锅的几盅汤端至餐厅，见两人换了鞋进来，笑眯眯道："赶紧去洗手，先吃饭。"余光瞥见傅征拎进来的见面礼，又补充了句，"东西让阿绥放，这里也没外人，就不用客气了。"

有了前两天那次见面，燕戬对傅征的态度显得随和不少，招呼着坐下吃饭。

"我听阿绥说，你明天就要回部队了？"

傅征微微颔首："明天回去报到。"

燕戬点点头："阿绥的妈妈是军医，经常随舰队出海，一走就是好几个月。"话落，他的话音忽地一转，"我听说你们俩是因为燕安号被海盗劫持那回认识的？我那时候因为阿绥妈妈去世的原因在国外散心，发生这件事的时候我刚进南极圈，别说阿绥不告诉我，就是想收到消息也很困难。"否则，燕戬再混账也不会让燕绥孤身亲赴索马里。

傅征回想起在索马里接到任务营救燕绥一组人时，他还讽刺地问过"她家属呢"，这时隔大半年的回答，让他心头莫名涌上股五味杂陈感。打死他也想不到，大半年前他口中的那位家属会成为他未来的岳父……

35860.C

Chapter 18

等我回来

作为海军军属，燕戬和傅征不只有共同话题，还有情怀共鸣。相谈甚欢时，燕戬更是邀请傅征饭后到他书房一叙。

他书房的墙上挂着一幅水彩画作的世界地图，是郎晴执笔在所在的南辰海军舰艇编队进行环球航行访问时所画，图上标记了三百多个日夜的征程——十四个国家，靠泊十六国十八港，总航程五万多海里。

舰队归港后，郎晴把水彩画当作礼物送给燕戬，此后便被燕戬视若珍宝。

傅征在书房见到那幅画时，心中的震动难以言表。水彩画的世界地图并不精致，甚至有些粗糙。南辰所在位置画了一艘简易版的军舰，军舰出发途经的海湾、访问的国家、停靠的港口，一里一线勾勒出了完整的征途。

燕戬见他看得专注，沏了壶茶，坐下等他。

"阿绥的妈妈在海上见过沙尘暴，沙漠的风沙卷至海上，遮天蔽日的黄沙。她和我说起这些时，我觉得我就像是个傻子，我从没想过海上也能发生沙尘暴。"燕戬抿了口茶，见他转头看来，示意他坐过来。

"这也是我不反对阿绥和你在一起的理由之一，她这一生可见的风景有限，你却不受拘束。"他话中有话，之前的随和在独处时渐渐褪去，夹带了几分沉淀后的锋芒。

"我想阿绥应该没瞒着你她不是我亲生女儿的事。"燕戬看向他，从傅征的表情上得到验证，笑了笑说："她给我当女儿的第三年，我问她'你介意告诉别人你是爸爸收养的孩子吗'，她摇头，回答'这有什么不好承认的’。

"她是个知道感恩的孩子，心里的想法很真实。从没觉得自己被收养是件自卑的事，也不贪恋我提供给她的优渥生活。给她泥土她能努力成长，给她黄金，她也不会迷失。"

咕咚咕咚的水声沸腾里，燕戬的声音低沉，如古钟，余音不绝："她是我和郎晴最得意的骄傲，我信任她。她既然选择你，以后我就会和她一样，相信你支持你。"

燕戬抿掉最后一口普洱，舌尖有些发涩。他提起水壶往茶壶里注了水，泡开茶叶后，过滤，泡茶时他看似全神贯注，余光却分神观察着傅征，见他取出个精致的紫檀盒放到他面前时，他壶柄一提，微微诧异地看向他，"这是？"

"玉佩。"傅征一整晚表现得都很沉默寡言，除了燕绥，他无论对谁话都很少。所以从拿出紫檀盒之后，他难得多言。

"玉佩在古时有定情信物的意思，我归队后很快要出海，少则数月多则半年。职业关系，任务是机密，我在哪儿去哪儿都要保密。我不想你误解我对燕绥的真诚，玉佩当作信物许诺给你。等我回来……"

傅征微抿了抿唇，陡然紧张："等我回来，我要娶她。"

燕戬不语。

"职业关系，我很难给燕绥正常的婚姻生活。祖国应召，义不容辞，她只能在家国之后。说我自私也罢，我考虑过，问责过，舍不得也做不到放弃她。但我保证，允许范围内，万事她为先。"

燕戬垂眸看了眼紫檀盒里的玉佩，饶是他对玉石没什么研究，光看玉佩的质泽也知道傅征是花了点心思的。

"她是能自己做主的，嫁不嫁给你她自己说了算。当然，你这玉佩若是当彩礼放我这儿，我就收下了。"燕戬把泡好的普洱给他倒了一杯，"我这儿你不用担心，我对你的职业没有任何犹疑，只有敬畏和尊敬。也理解你职责所在，应该担起的重任，不是不心疼阿绥，说句实话，如果她今天带来的不是你，我可能还要操心到闭眼为止。"

燕戬通情达理，担心傅征有负担，开解道："你们平时怎么相处我不知道，我和阿绥的妈妈当如燕绥和你。我只想娶她，别的什么也不在乎。"

燕绥收拾完厨房，闲着没事又给自己切了个苹果。吃苹果还吃出了形式感，指腹贴着小刀，一块一块划"井"字，每小块果肉尺寸大小一致。她就用指腹夹着刀尖一口口喂进嘴里，也不嫌烦。吃掉一整个，终于听见些楼上的动静，她竖起耳朵。

燕戬送傅征下楼，也不知道傅征和他说了什么，他笑得满面红光。看见燕绥，眼睛亮了亮，招手道："赶紧，让傅征顺路送你回去。"

燕绥："……"就没什么要跟她交代的？嘿！她总算有自己不是亲生的感觉了。哪有男朋友第一次正式见完家长后，家长还懒得交代女儿几句的？

她不满地拎包走人，上了车，见燕戬站在车旁，忍不住降下车窗探出头去："爸，你不留留我？"

"天天能见到你，有什么好留的？"他不耐地挥挥手，笑眯眯赶人，"路上注意安全。"

燕绥气闷，用力地靠向椅背，抬手关窗。眼不见为净！眼不见为净！

安静了没一会儿，耐不住好奇，她把玩着安全带，问傅征："我爸跟你说什么了？"

正经过一座大桥，偏向郊区，桥上车流稀少，傅征靠边在停车带停了车，转头问她："下来走走？"

燕绥没意见。行车道和桥侧非机动车道用栏杆隔开，傅征单手一撑，干脆利落地翻过来。随即拦腰抱起她，不费吹灰之力把她抱上桥面的栏杆。

她背后无遮无挡，是顺着上游辛家港而下的海风。有突突船只马达声，慢悠悠沿着灯塔的指示，从桥底钻过。

傅征一手握着栏杆，一手揽在她腰后固定，他俯身，鼻尖蹭了蹭她的，低声道："有话跟你说。"

燕绥"嗯"了声，顺从地揽住他后颈："你说，我听着。"

"我明天回部队报到，出海前我会告诉你一声。"

有风起，船笛幽幽。

傅征看着她，眸色渐深："我不在要注意安全，天黑了别单独行动。带上辛芽也好，叫司机送你也成，我不吃醋，你的安全最重要。"

燕绥哭笑不得，提醒他："李捷被抓了，一时半会儿出不来。"

"还是不放心。"傅征轻咬了一口她的鼻尖,"你一刻不在我的眼皮子底下,我就不安心。按时吃饭,准时睡觉,周末好好休息别给自己增加工作量。我保证,你不加班损失的我都给你补上。都听进去了,嗯?"

他离得太近,燕绥很难再集中注意力。她揽在傅征颈后的手微微收紧,那种叫"舍不得"的情绪铺天盖地涌来,瞬间没顶。

明知他要走,舍不得,也无法不放手。时间一分一秒地在眼前流逝,如指间沙,抓不住,握不住。

真的到了这一刻,她才觉得自己不够潇洒。说不出话,也不知道要说什么,她瓮着,和他鼻尖相抵,一寸不离地看着他。距离太近,他在焦距里是散的。

燕绥却半步不想离。

"等我回来。"傅征低头,轻轻地碰她的嘴唇,轻吻的接触像是把心都揉成了一团,眼里只有彼此。

"等我回来,嫁给我。"他吮住她的唇,低到极致的声音像午夜低沉的小夜曲,透着股慵懒的沙哑,"好不好?"

傅征归队后,燕绥的全副心神皆用在了利比亚海外建设项目上,不留片刻喘息。

燕戬参与其中,对燕绥这两年的成长速度有点惊讶。记忆中,燕绥虽不至于大小公事都要过问他的意见,但在公司决策上偶有犹豫是常有的。大多数时候,她都会先询问他的意见,斟酌再三,才能下定决心。

而利比亚的海外项目,整个工程的难度不亚于埃塞俄比亚项目。可明显,她已经成长为一个合格的企业领导者。在确定目标后,评估风险,排除万难,带领团队直奔预想的结果。

几天后,利比亚海外建设项目的企划案终于落实。

燕绥似这时候才想起陆啸,让辛芽约上他,晚上在盛远酒店一起吃个饭。燕戬今晚在盛远也有应酬,顺路带了燕绥和辛芽一程。

路上有些堵,父女俩从公事谈到某某老总的私德,旁若无人地侃八卦:"广汇的张总年轻时也就一地痞流氓,运气好,嫁了个富婆,这才飞黄腾达。爸,你别看他现在人模狗样的,以前根本上不得台面。"

　　燕绥记仇，广汇张总和燕沉狼狈为奸端架子给她看的事给她留下了深刻的阴影，虽然这会儿两清了但并不妨碍她以私下吐槽张总为乐。

　　燕戡没附和，他抖了抖手上的报纸，拖长了音调教育她："背后说人不君子，有本事你当面给他落个难堪，让他咽不下去又吐不出来。"

　　这就没意思了，吐槽就是要两个人一起吐才开心嘛！

　　燕绥碰了个没趣，刚窝回后座，就听燕戡说："你别小看广汇的张总，他是走了捷径没错。但这抄小路没点脚力，这些年怎么把广汇越做越大？"

　　"你别只记着别人给你的难堪，成大事者要有点度量，当然，我也不是教你吃闷亏。现在这个社会人人平等的口号喊得是挺响亮，但女人做生意就是吃亏些，一是对方会戴有色眼镜，二是饭局上聊不出什么优势。"

　　话落，燕戡话音一转："不过我的确是有点瞧不上他。"

　　燕绥听了半天大道理，终于听到一句感兴趣的，忙问："哪点？"

　　"不知道感恩。"燕戡瞥了她一眼，含笑，"他有今天，的确是当初'嫁'得好。从起初只拿个几百万的分红到他争取掌权，数十年，没他夫人他成不了事。但现在，有权有势也有钱，膨胀了。

　　"以前还依附他夫人时，他就偷偷摸摸和公司里的女员工有不正当的来往。现在变本加厉，情妇养在身边当秘书。前两天，也不知道谁捅给正房了，广汇最近变天了，内部争权，不可开交。"

　　说者无心，听者有意。燕绥想起傅征当时听说她借势压人当场就报仇解恨的事，笑得还颇玩味。她当时就觉得傅征在动什么心思，这会儿听到广汇内部争权，难免多想了一些。

　　这一想，就想深了。燕沉和广汇肯定达成了某种协议，这协议必定比燕绥当初试探张总底线时给的获益更大，张总才能在最大利益的诱惑下坚持站定燕沉。她联想到燕沉的笃定，以及他信誓旦旦说对燕氏势在必得，很快琢磨出燕沉和广汇的合作究竟是什么了——是造船厂！

　　广汇是军工厂，有和军方合作的背景，具体合作什么是机密，燕绥也不得而知。但既然要和燕氏合作，除了海外建设项目就只有造船厂匹配。

　　电光石火的刹那，燕绥几乎想明白了整个关键点。脑中有根线渐渐清晰起来，像是浮在水面上的浮标忽然被鱼儿咬住了。

燕绥在酒店门口就下了车，和辛芽从酒店大堂上至餐厅。

三个人也不谈公事，为了缓解陆啸的紧张，燕绥善解人意地选择了餐厅大堂。

她和辛芽到时，陆啸已经在靠窗的四人位上翘首以盼，一注意到门口的动静，立刻起身，等燕绥走近后，迎上来："燕总。"

燕绥笑得格外亲和："陆啸，好久不见。"

和在索马里不同，国内的燕绥仿佛更艳光四射一些，明晃晃的笑容带了几分亲近之意，陆啸只一眼，就红透了脸。他不敢再盯着燕绥看，低头掩饰自己的羞赧，弯腰拖开椅子示意燕绥和辛芽入座。

燕绥有意营造"一起经历过生死的朋友"的氛围，开口先怀念怀念索马里，提到燕安号时，眉眼间恰到好处地一暗，声音跟着低下来："老船长退休后，燕安号就停靠在造船厂的港口，孤零零的。应该也没有再回到大海的可能了。"

陆啸跟着惋惜，顺口询问了老船长的近况。

共同话题一多，很容易聊出感情来，燕绥见火候差不多了，才装作漫不经心道："我有一件事想请你帮忙。"

陆啸忙不迭应下："你说。"

燕绥笑了笑，说："对你而言也就是举手之劳，你在埃塞俄比亚负责翻译，住工房，参与了不少工程建设。项目初步竣工，也算圆满。你可能不知道，埃塞俄比亚是我接手燕氏后第一个大项目，意义不同。"

她一顿，终于点题："埃塞俄比亚毕竟太远，我虽和项目负责人经常对接，但工程中容易出现的实际问题所知不多。我最近想启动另一个海外项目，我想留下你，给我做工程顾问。"

燕绥请陆啸做顾问，是考虑过的。当初刚从索马里回国时，因这特殊到有人一生都不可能碰到的交集，燕绥对陆啸关注过一阵子。

许是觉得这一趟出生入死，多少算得上有交情，燕绥动过提拔他的心思。但后来顺口问了问人事部，发现陆啸隶属埃塞俄比亚海外项目部的，就立刻歇了这个想法。

此时提起，一是需要用人；二是陆啸除了闷了些，还挺好的；三是人干净，和燕沉没牵没扯，她用着舒服。况且，人也被她先调过来了，不从？

扣护照的事她干得出来!

陆啸犹豫了几分钟。

燕绥猜到他的顾虑,沉吟道:"时间不会很久,短则半个月,最长也不会超过一个月,结束后我送你回埃塞俄比亚。顾问的薪资我直接结给你,可以先付一半定金,项目结束支付尾款。为我工作的这段时间,吃住我包。你还有什么疑问?"

陆啸觉得……燕绥的柔软亲和都是假象,谈及公事时她的强势让他自然而然地把眼前的她和在索马里敢持枪威胁司机的女人拼凑起来。

他那点绮丽的心思顿时烟消云散,仔细地想了足足三分钟,他点头,老实道:"我还是喝敬酒吧,我怕你回头扣我护照。"

他无心一句,燕绥拿筷子的手一顿,诡异地看了他一眼。

陆啸和她一对视,内心顿时惊了一声:"……被我猜到了?"

辛芽乐不可支,差点笑昏过去。

吃完饭,燕绥去结账。燕绥这人想做表面功夫时滴水不漏,明明可以记在公司账上,她非要招来服务员,现金支付。

她是盛远的熟面孔了,服务员见到是她,等打印收费单的工夫笑着和她闲聊了一句:"燕总今天过来怎么坐大堂?"

"不谈公事就不占你们地方了。"

服务员把打印单递给她:"这次消费不记在账上吗?"

燕绥就喜欢这多嘴的服务员,笑眯眯道:"朋友过来,我尽地主之谊,记账上多没意思。"

陆啸这朵小白花,顿时被哄得心花怒放。看破燕绥要扣他护照的事也不计较了,笑容满面地把两人送到酒店门口,在腹中打着送走燕总的草稿——

一定要亲切!

拍马屁要拍得恰到好处又不能显得狗腿!

对对对!必不可少地感谢一番今晚的招待,还要表达下自己对未来合作的期许和展望。听说领导都喜欢这种句式。

他正琢磨着,美滋滋地转头准备开场白。结果下一秒,他的笑容僵在脸上……他身后哪还有人???

燕绥看到站在立柱后的燕沉时，就停了下来。

辛芽见状，自觉地避让开，给两人腾出说话的空间。

燕沉脸上略有薄薄的一层酒意，眼里光芒大盛，就是和正中那盏璀璨的水晶灯灯光比也不遑多让。

燕绥自那日和燕沉在他别墅一谈后，再见到燕沉心情难免复杂。她不欲和他交谈，微一颔首，抬步就走。

刚走出几步，听燕沉叫住她："小绥。"

见燕绥停下来，他抿了抿唇，说："听说你在这儿，我就下来等了。"

燕绥皮笑肉不笑："有事？"

她的态度冷漠，一副拒绝沟通的模样看得燕沉唇齿发寒。喉间似有苦意翻涌，他笑了笑，无奈摇头："也没什么。"

这明显有后续的话听得燕绥眉心一蹙，耐心地等他后半句话。

"明天在盛远，我的庆功宴。"他一顿，一字一句咬着音，"庆祝我成功收购公司。"

他观察着燕绥的表情，哪怕细微的一丝变化也不放过。可令他失望的是，燕绥闻言，半点情绪起伏也没有。

"那先恭喜了。"燕绥面无表情地道过喜，转身走向酒店前台，指了指站在原地的燕沉，"以后凡我公司在酒店有预约，有他在场，请务必通知我助理。"

她的声音不大，正好让站在大堂里的所有人听得一清二楚："我退场。"

话落，她再也不看燕沉，抬腿就走。

围观群众辛芽：靠！我小燕总帅炸了！

围观群众陆啸：？？？

上了车，燕绥一言不发窝进后座，陆啸见势不对，再心疼打好的腹稿也只能忍痛咽回去。

送走燕绥和辛芽，他转身看了眼仍旧站在原地的年轻男人。他此时正望着他的方向，没什么表情，唯那双眼睛，泛着森森凉意，似出神一般陷在回忆里。许是察觉到陆啸的探究，他牵着唇角意味不明地笑了笑，转身离开。

那背影瞧着……有那么几分落寞的味道。

刚离开酒店没多久的燕绥，手机一声嗡鸣，进来一条短信。

短短的一句话——"明天出海。"

郎其琛趿拉着拖鞋，把毛巾挎在肩上进寝室时，熄灯号刚好吹响。搁好洗具，他三两下爬到上铺，刚躺好，又探出个脑袋看向睡在他下铺的路黄昏，压低声音叫他："黄昏。"

路黄昏睁眼，猛地看到一个倒垂下来的脑袋吓得一悚，床板咯吱了一声，他没好气道："什么事？"

郎其琛还没出过海，对什么都好奇得不得了，眼看着明天就要登上军舰，内心激动，没话找话地问："我看你和胡桥偷偷带那么多烟，不是不让抽吗，纠察看到了怎么办？"

"你懂什么。"路黄昏笑了声，"舰艇上的日子不好过啊，你想想，方圆几百海里内只有你一艘船，除了海水还是海水，海面上漂来个垃圾都要拿望远镜看看。一天二十四小时，扣掉正常的训练，执勤也有大把时间，不带点存货怎么打发时间。"

胡桥刚躺下，他是南辰市本地土著，平日里对同为土著的郎其琛很是照顾，猜他是好奇军舰上的日常生活，好脾气地科普道："你第一次上军舰可能会不习惯，起码要先晕个四五天适应适应。海上没信号，除非靠岸补给，所以手机大多数就是个摆设的物件。"

"你放心，炊事班的手艺不错，哪怕十天半个月吃不到一口新鲜蔬菜也不会生无可恋。带烟是习惯了，还不得悄悄地有点娱乐活动啊。"

胡桥说到这儿，神秘兮兮地压低了声音："队长也带烟，长得帅就这点好，纠察看他抽烟都睁只眼闭只眼。"

郎其琛被逗笑，傻乐着躺回去，双手枕在脑后，望着天花板出神。

直到不知被谁叫了一声，他哑着嗓子应了声，就听路黄昏说："明天你找个机会问问老大，就问恋爱报告什么时候打。"

郎其琛郁闷："凭什么我问啊！"傅征这么凶残，他也很害怕的好吗！

几人异口同声："谁让他是你姑父！"

郎其琛："……"

许是没听到他答话，几个人七嘴八舌起来。

路黄昏："你有保命符，我就不信你大喊一声姑父，老大会不应。"

胡桥这时候和路黄昏站成一线："保命符没用你不还有尚方宝剑？就让你姑姑往老大面前一站，你看老大敢不敢动你一根手指。"

褚东关："实在不行，你被老大扔到海里时，我们给你放根绳，你拽着游，省力些。"

郎其琛听不下去了，猛地一个翻身，把被子盖过头顶，闷在被子里的声音瓮声瓮气的："我才不去喂鲨鱼。"

天一亮，集合，整队。军舰起航的鸣笛声响起，船只从军港驶离。

远在半个城市外的燕绥似有所感，批注文件的笔尖一顿，恍然抬眼看向落地窗外海军部队所在的方向，"辛芽"。

正给她倒水的辛芽一提壶嘴，水声一停，办公室里安静得连窗外呼啸而过的风声都听得一清二楚。

燕绥视线未收回，仍看着海边，喃喃问："你有没有听到船笛声？"

"没、没有啊。"辛芽顺着她的目光看向落地窗外，映入眼底的只有南辰市高低错落的钢铁森林。她屏息听了听，刚想笑她幻听，视线落在她难得惆怅落寞的脸上，忽然就什么都懂了。

她压下壶嘴，把水线添至八分满，正欲悄悄退出去。

燕绥叫住她："继续吧。"

自从燕绥吩咐辛芽微博上有个风吹草动都要汇报后，辛芽几乎每天都能整理出一份列表。小到微博广告合作，大到媒体约访。今天倒是有些不一样。

辛芽："几天前，有一艘油轮在近海口翻覆，大量石油泄漏。因还在调查事故原因，这几天讨论较多的都是石油泄漏造成的生态影响。"

燕绥头也没抬："然后？"

油轮倾翻的事她听说了，只不过前两天她正在为利比亚海外建设项目焦头烂额，除了关注是谁家这么倒霉以外，并未放在心上。

辛芽见她没什么反应，小心翼翼看了眼她的脸色，提醒道："我实习期没正事干，研究过造船厂的记录图册，这艘油轮是燕氏造船厂售出的。"

燕绥提笔正要勾出笔锋的字顿时用力过猛，在纸上划出长长一道。她盯着那坏了她一整排书法字迹的黑弧，目光幽幽地问："你刚说什么？"

"这艘油轮是燕氏造船厂五年前出售给马来西亚的，因为是新型号，又仅此一艘，所以你大概不知道。"辛芽瞥了眼燕绥的脸色，见她蓦然黑了脸，瑟瑟发抖，"我怕自己记忆出错，上午特地跟大燕总求证了下。"

燕绥拧眉："你继续往下说。"

"事故原因还在调查，但不知道谁先提起的，质疑好端端的一艘油轮怎么会在近海口翻覆，引起石油泄漏，把矛头指向了燕氏造船厂。"辛芽盯得紧，加之她管理着官博，网上但凡一点有关燕绥的风声，或粉丝或路人，总有人会来官博，以提醒、质疑、告知等方式让她知道。所以这个风头刚冒出来，辛芽就看到了。她想了想觉得事情可大可小，没等到日常汇报时间就提前来说了。

燕绥沉思片刻，当机立断："你赶紧给海事局打电话，询问下最新进展。"她利落地滑着鼠标搜索油船翻覆的新闻，记住发生事故的坐标，拎起座机话筒快速拨出一串号码。

辛芽见状，片刻没耽搁，立刻出去给海事局打电话。

数秒后，电话那端咔的一声轻响，老船长的声音清晰地透过电波传来："喂？"

"是我。"

老船长熟悉燕绥的声音，听她语气似有些紧绷，没打诨，直接问道："是不是遇到难事了？"

燕绥划着听筒的指尖一顿，忽地低头笑起来："真是什么都瞒不过您。是这样，我想跟您打听一个地方。近海口，三江汇流的地方，坐标和定位我现在给你发过去，你跑海多，给我看看这个位置。"

老船长满口答应了，看到燕绥发来的坐标，在纸上比画了几下，顿时了然："你是不是想问油轮的事？"

"我那天看见新闻，就觉得那艘船眼熟，后来仔细回想，想起来这船就是我们厂出去的。当时为了实用性，更改了甲板室的设计，我记得清楚，全靠这点辨认。"

老船长心里通透，燕绥不说，他也猜到她是来问什么的，不等她问，主动说道："那艘船倾覆应该是操作不当，船只倾覆的方位正在三江汇流地，海底暗涌多，水流急，浪头大多藏了险。我们跑船的，每次经过都尽量离得远远的。"

燕绥悬着的心顿时放下大半。挂断电话后，她切换到网页版的微博，未登录，进入官博首页。

油轮倾覆是无法预料的意外，于燕沉而言有如天助，能加快他玩弄网络舆论的步伐，从而提前给燕绥施加压力。但事故原因与造船厂无关，这是无论怎么引导舆论都会澄清的事实，他不会在这上面花费时间，那他的终极目的到底是什么？

燕绥腾出午休时间，列了个表单，手写了她能猜到的燕沉的下一步计划。从已知推测未知，有太多的干扰和未知性。她看着行云流水般的那几行字，心头忽起烦躁，掌心一握，把纸揉成一团掷进纸篓里。

她指尖滑着屏幕，落在通话记录上的"傅征"二字时，鼻尖忽地有些发酸。一直以来，她都没把程媛当回事，那是因为燕绥从没把这个人放在心上。她能理智地推算她的动机，洞悉她的每一步计划，即使有超出掌控范围的她也能一笑了之。

燕沉却不同，他们曾经并肩作战，在燕绥刚接手燕氏的那段灰暗时光里，人生仿佛一下进入低谷。她失眠，易怒，人前伪装出运筹帷幄的云淡风轻，人后熬夜恶补资料，用一年的时间去学习别人十年的积累。

那时候陪伴她的，是燕沉。他曾真的别无二心和她披荆斩棘，开疆扩土。那是被她接受的伙伴，是可以交心的交情。

人一旦用过心，就难以再接受背叛。如今燕沉做的不只是背叛，更是摧毁。

燕绥可以当面给燕沉放狠话，也可以意气用事地在盛远前台拍桌子说有他的场合她就退场，但当眼睁睁看着燕沉一步步推进他的计划，一步步催化着燕氏进入危局，她还是无法做到她以为自己能做到的淡定自若。

她这会儿无比怀念傅长官的解压方式，他总知道她需要什么。她后悔昨晚没有回他短信，不然打个电话听一下声音也好啊……偏偏钻了牛角尖，莫名其妙置气。

承认一句"舍不得，我不想你走"对燕绥而言不难，难的是这些话她想说却不能说。一旦说出口，对傅征而言，就像是上了枷锁。

他走得越远，就越不踏实。

她正出神，辛芽轻叩了叩门扉，叫她："小燕总。"

燕绥回过神，姿势不变，收敛起刚才独处时倾倒而出的情绪，稳着声音道："进来。"

辛芽一蹦三跳跟只兔子一样蹦进来，笑眯眯地把平板递给她："傅长官邮件。"

燕绥的私人邮箱大多公务，大部分时间都由辛芽处理。只偶尔有文件传输，她会自行接管。此时听她提到傅征，她还有片刻回不过神来："你说谁？"

"傅长官啊。"辛芽狐疑地看了她一眼，把平板递到她眼前，指着发件人一字一顿道，"你看。"

燕绥接过来，盯着他的名字良久，语气比辛芽更奇怪："他今天……出海了啊。"

邮件的标题只有一个字——致。

她点开阅读。

空白的背景下，只有一张照片，照片里是他手写的恋爱报告，除了燕绥的身份证号空着，其余都填写完整。

她下滑，看到他的备注："只差你了。"

没有任何格式，他空了几行，留了一句："定时邮件，一天一封。善于给女朋友制造惊喜大概是我今年唯一及格的项目了。"

之后的邮件果然是一天一封，定时发送。

傅征话少，指望他长篇大论情话绵绵显然不太实际。他也不负燕绥所望，邮件内容通常言简意赅，偶尔是一张以前在海上拍的照片，偶尔只有短短数字的只言片语。

聊胜于无。

周日，燕绥起了个大早来公司加班。

这周有陆啸当顾问，项目策划进程比预计时间提早近一周完成。

她花了一上午的时间敲定利比亚海外建设项目的终版企划案，琢磨着半个月后就启程去埃塞俄比亚，等辛芽订机票的空当，她刷了刷微博。

上周油轮沉没事故原因迟迟未披露后，舆论照燕绥所猜想的那样，被人故意引导着推向燕氏造船厂。

因营销过度，燕绥那会儿正招黑。油轮是燕氏造船厂出厂的言论就像是恰好递到他们手中的剑，直指燕绥。

从批判燕绥不务正业到不追求工程质量反而旁门左道想成名，更有所谓的微博大 V 指桑骂槐地以她为例，破口大骂如今这个人人浮躁、不踏实的社会。

燕绥早有准备，公关提前写了一篇长微博，在舆论刚发酵的黄金时期发表声明，及时地阻止了事态进一步扩大化。

好在油轮沉船事故的原因经过海事局的调查后确认的确是人为操作不当，油轮为了增加运货量私自改装，导致重心过高，抗倾覆能力弱。而油轮倾覆前日，南辰市刚下过一场暴雨，尤其海上风浪较大。

虽第二天放晴，但三江汇流地，河道地形复杂，暗流急涌，不熟悉此海域情况的船只难免发生意外。

燕绥尝到了有备无患的甜头，最近一有空闲就会自己刷刷微博，随时掌握风向。

这么一刷，还真让她刷出了不对劲。

最开始发布燕绥微博的营销号忽然删除了有关她的所有微博，她起初以为是手机问题，等切换成平板再刷，依旧是这个结果。

燕绥费解，这是打退堂鼓了？

辛芽刚订好机票，出票结果发送到手机上后，她关掉电脑，叫燕绥："燕总，可以走了。"

燕绥回过神，隐隐觉得这操作透着股说不出的诡异。没深想，她收起手机，抓起桌上的车钥匙，揽住辛芽的左肩，一副纨绔过街的姿态搂着她进电梯："跟寿司店约的什么时间来着？"

辛芽抬腕看了眼时间："半小时后，现在过去正好。"

要说这家寿司店，还是傅征推荐的。周六的定时邮件里留了一串详细到门牌号的寿司店地址，还有店主的手机号码。备注也很简单——"提前预约"。

半路上，傅征的定时邮件准时发至燕绥的电子邮箱。和周六的邮件内容大致相同，他留了一个羽毛球球馆的地址，详细到教练的手机号码也备齐了，备注："放心，我不认识这个女教练，单纯是不想你被苍蝇围住。"

苍蝇？

燕绥弯唇，腹诽：小气鬼大醋缸。于是，本该吃完寿司就结束的周日下午，又因傅征的安排，燕绥去了趟羽毛球球馆。

辛芽被拉着打了一下午的羽毛球，胳膊酸痛得苦了一张脸："我觉得我明天得请病假，胳膊要肿老高了。"

最近抽空就锻炼的燕绥神清气爽："早让你跟我一起锻炼了，还不听。"

辛芽委屈巴巴地瞅了眼小燕总："我生平除了破财最讨厌的就是锻炼了！"

傍晚，燕绥回了趟大院，她想跟郎啸打听打听傅征这次出海的路线，顺便蹭顿吃的。

郎啸进屋后，见燕绥跟个小尾巴一样跟着他，没好气道："有事说事，你这么跟着我又不知道你想干什么。"

"想问问傅征这趟出海去哪儿。"燕绥笑眯眯地又是端茶又是递水果的，殷勤备至，"是机密的话你就拣些能说的，让我听听就好。"

这语气听着倒真有些可怜。

郎啸沉吟片刻，道："没什么不好说的，最迟明天，官网也会有报道。"

"近海那边，走私猖獗。"郎啸拉开椅子坐下，曲指用指关节轻叩了叩桌面，"以前缉私行动主要由海警执行，但最近严抓走私，南辰舰队接到指令在近海停留一段时间，和海警合作，展开海面缉私行动。"

"说是合作，海军主要执行的还是海域安保任务，保护领海不受侵犯。日常巡逻，对非法入境及非法持有枪支进行打击，没什么危险。"

在近海啊，燕绥用地图丈量了一下南辰市和近海的距离，忍不住叹了口气。

郎啸看得发笑，安慰道："这才出海多久，近海任务完成还要去索马里护航，起码小半年。"

燕绥忍住翻白眼的冲动："您还是别说了，这哪是安慰我，分明是在补刀！"

"嘿！"郎啸瞪她，"不识好歹了啊，我话还没说完呢。"

"你说你说。"

"傅征这趟回来就要过段时间再出海了，你们俩有什么想法啊趁这段时间该办的都办了。比如过年把人领回来，让我跟你外公好好瞧瞧，是不是？"郎啸笑眯眯地摸了摸下巴，笑道，"这手底下的尖兵成了外甥女婿，你说我该夸谁本事好呢？"

燕绥："……"

一周后，燕绥开始为出行埃塞俄比亚做安排。她预计在埃塞俄比亚停留一星期，这一星期她的工作要交接给燕戡。除了公司日常的工作以外，副总之位也得尽快找人接替。

否则燕戡去利比亚后，副总之位悬空，她得忙到脚不沾地。开过几次小会后，燕绥和燕戡达成一致，副总之位与其外招不如从公司内部选人升职。

外招的副总要重新熟悉企业文化，上任后的磨合期漫长不说，一堆要操心的事。

内部升职就简单多了，朝夕相处，谁能胜任副总之位燕绥一目了然。就在她忙得热火朝天时，沉寂了数日之久的微博终于发生质变。

删除了她所有相关微博的营销号在周一当天，迎合"周一见"的话题，回应这一周以来他始终沉默以对的关于"为什么要删掉燕绥相关营销微博"的问题。

他爆料："大半年以前，燕氏集团旗下的一艘远洋商船燕安号在亚丁湾海域遭遇海盗劫持。我们这位女中豪杰小燕总单枪匹马就领了个助理和翻译去了索马里，之前见识过她大半夜撤热搜屏蔽关键词的壮举吧？听说这位小燕总有军方背景，后台硬得很。我就想问，这么值得宣扬的新闻为什么藏着掖着不说出来？营销的博文全在吹嘘盘正条顺高学历，商船被挟持这么大一件事，她一个企业老总亲自涉险，事后只字不提，难不成网上说的燕氏集团夹带走私这事是真的？"

一潮掀起十浪，浪头尽数浇透了礁石。

底下评论纷纷大吃了一惊："没想到营销号也有这节操？居然敢正面抨击。"

网友 A："真的假的？捧红这位网红女总裁的人是你，现在拆台的也是你，能信吗？"

网友 B："走私？真的假的！"

网友 C："从走红到凉透，没超过一个月吧……这速度！"

网友 D："求实锤，没锤别放屁。"

网友 E："商船被海盗劫持，她就自己去了？索马里那种地方这么危险，她自己去了？我怎么觉得你这句话说得我就很怀疑呢！"

网友 F："有军方背景嘛……难怪底气这么足。上次那条泰拳视频出来没多久就被删得一干二净，热搜连个影子都没瞅见。"

偶尔也有质疑的评论，比如："微博上关注时事的人少，官博的正能量微博你见过有几个转发的？我看到过海军官博发过微博，作为一个数百万粉丝的大 V，别随随便便张口就给别人定罪。"

"小燕总是不是得罪人了……最近的消息对她都不太友好啊。"

"这个营销号满嘴喷粪一样，居然还有人信？有背景有实力有家底的人会去干走私，你逗我呢！家里长辈不得打断她的腿啊？我也是服了，头一次见营销号以质疑的口吻来爆料的，这不是空口白牙泼人脏水吗？缺不缺德！"

营销号很快发布了一条新微博，配字："求锤得锤。"

配图是一张从海军官网里截取的海军和海警在近海海上缉私的图片。

没人求证图片真假，也没人求证被包围检查的商船是否是燕氏集团旗下的远洋商船，评论里一片坐实罪名的嘘声，甚至有不少网友艾特数个相关官博要求严查燕氏集团。

辛芽火急火燎地把平板递到她眼前时，燕绥反而有种如释重负的轻松感。

近半个月，燕沉在短时间内借着孙副总的公司完成收购，入主收购的驱壳成立属于自己的公司，并且立刻带走燕氏不少合作方，让燕绥背负了不轻的压力。包括公司内部，曾经跟着他的下属陆陆续续离职转投他的麾下，燕氏短期内人才流失严重。

而她，除了要处理以上那些情况，还要时时刻刻绷着一根弦以防他的下一步计划。直到此时，她终于看清了他的牌，再不用提心吊胆他什么时候会突然再给自己来个措手不及。

燕绶挠了挠下巴，眉梢轻扬，云淡风轻地反问辛芽："你觉得该怎么处理？"

辛芽这段时间成长了不少，被提问也不怵，想了想，回答："营销号恶意诽谤，处理这个我有经验，直接用律师函让他闭嘴。然后立刻发声明，说明情况，及时止住负面消息的扩散对公司造成影响。"

燕绶微微颔首，似有几分赞许。然，她话音一转，问："证据呢？"

辛芽被问得满头问号："律师函不就是最好的说明吗？"证据要怎么给？劫船的事都过了大半年了，上哪儿证明去？

燕绶不语，辛芽提的两点的确是常规做法，但她要做的不只是遏制这一次的谣言。她挨打了这么久，脾气暴得想把燕沉摁在地上狠狠摩擦。

她要一劳永逸地解决他！

燕绶微微眯起眼，微抬下巴，吩咐："去查最近出海的船只或即将归港的，一艘都别漏。"

名单很快递到了燕绶手上，薄薄几页纸，每艘都标注了型号、出海时间以及航海路线。层层筛选后，只剩下一艘即将归港的商船，符合燕绶的要求。

"把船员名单拉一份给我。"燕绶夹了口炒面，把批复好的文件夹叠成一摞递给辛芽，"埃塞俄比亚的机票退掉，时间等我再通知。改定日本的，时间越早越好。"

辛芽诧异："日……日本？"

燕绶抬笔在商船的航海路线上圈出一个停靠港口："船今晚到港，我们在补给完成前登船。"她凑近看了眼地名，是日本的一座半岛，因国际贸易往来，港口繁华。燕氏远洋船只离港归港都会在那儿补给。

以燕绶对燕沉的了解，走私这盆脏水不是横空杜撰的，他一定知道不少燕绶被蒙在鼓里的内幕。燕沉是聪明人，他有不少方式能让燕绶无知无觉地跳进陷阱里，万劫不复。只是那些方式耗费的时间太漫长，要花费的精力也太多，他根本等不及。所以，即使这个急效的方式破绽百出，他也在所不惜。

　　燕沉和程媛唯一的不同，大概是程媛见识短浅，而他有底线有原则有法律观念。自然不至于用捏造诽谤的方式来达成自己的目的。也就是说，商船走私一事可能是存在的。但燕绥不知情，燕沉知情不报就说明走私的并不是燕氏集团，也不是船厂，而是船员。

　　一艘远洋的商船并不只有中国公民，还有不少来自各国的船员，每个港口补给下货鱼龙混杂，的确难以掌控。

　　燕沉以燕氏集团走私为切入点，试图造成舆论重压。燕绥走红后数百万的微博粉丝都将成为一柄重剑，深深反向刺入她的心窝。只要她陷入负面风波，整个燕氏立刻风雨飘摇。

　　前有他成立公司挖走燕氏大部分骨干人才，公司客户流失严重，内部员工早已人心惶惶，小心观望。一旦燕绥被摧毁，燕氏立马失去主心骨，哪怕有燕戬主持大局也没什么作用。

　　没有哪家公司会在风口浪尖向燕氏伸来援手，到那时无论哪一环脱节都会造成无法逆转的严重后果。燕沉打的就是乘虚而入的主意。

　　他会在燕绥最脆弱的时候出现，宛如救世主一般，入主燕氏。他的公信力能挽救只剩下最后一口气的燕氏，到那时，燕绥什么也没做就已身败名裂，再无法出现在幕前，只能依顺挽救了燕氏集团的燕沉，做一只听话的金丝雀。

　　整个计划安排，燕绥就是靶心。来自公众的、员工的、董事会的，甚至可能还会有燕戬的，四面八方的利箭破空而来，直钉靶心。她会被钉在耻辱柱上，一生一世无法翻身。

　　燕绥在推算出燕沉整个策划时，浑身一凛，那种被程媛买凶杀人的凉意从心底凉彻四肢。程媛想要结束她的命，而燕沉，是想结束她的人生。

　　燕朝号今夜到小岛港，明日午时完成补给继续启程。辛芽能订到的最早起飞去日本的航班是凌晨三点起飞，时间紧张。

　　确定要亲自走一趟后，燕绥立刻安排后续工作。副总之位还未正式提拔上任，所有工作只能暂由燕戬接手。担心引人注目，也担心打草惊蛇，燕绥离开时只带了辛芽和陆啸。

凌晨登机后，燕绥戴上眼罩进入睡眠状态前，有些忧虑地叹了口气。这两个一个个肩不能挑手不能提，没半点武力值……

这配置在索马里时要不是遇到傅征，九死一生，也不知道这次能不能逢凶化吉。

飞机落地后，为了赶时间，燕绥在机场包车赶往小岛港。

机场离小岛港五十公里，近一个小时的路程。幸好下机时间尚早，机场外围环线并未拥堵，一路畅通地赶至码头。

十分钟前接到燕绥电话在码头等候的船长在看到燕绥一行三人时，热情至极地欢迎几人上船。

燕朝号连船长在内共十五名船员，外籍船员占五名。

燕绥研究过船员名单，燕朝号的船长陈蔚是老船长的学生，刚进船厂时跟老船长出海过几年。后来燕绥在造船厂体验时因跟老船长关系甚笃，和陈蔚也打过交道。不过等燕绥离开船厂正式接手燕氏集团后，和陈蔚自然也没有了联系。

燕绥在电话里借口搭船回南辰，陈蔚引着几人上船时，见三人行李皆少，不由问道："燕总是正好在小岛出差？"

"是啊。"燕绥笑眯眯地登上甲板，和陈蔚一并往甲板室走去，"喏，我这助理想看海，看大海哪有比在船上一路看过去更好的。我听说陈叔你正好在这里，就想搭个顺风船。好久没放假了，想趁机休息休息。"

燕绥忽悠起人来脸不红气不喘的，反倒被拉来当挡箭牌的辛芽浑身不自在。

陈蔚不疑有他，笑道："船员休息室有点简陋，好在刚补给过，船上的口粮还不错，等会儿让小崔给你们做顿新鲜的海味。"

"那再好不过了。"燕绥扶着扶梯跟在陈蔚身后上楼，"这两天就麻烦陈叔照顾了。"

陈蔚大笑："瞧你这话说的，哪有什么麻烦不麻烦，你愿意来我高兴还来不及。"

在陈蔚眼里，燕绥就算多了一层船东的身份，也依旧是个年龄比他小大半的年轻小姑娘。她说偷懒来玩，他便当真了。给燕绥、辛芽和陆啸安排好休息室后，陈蔚找出几杆钓鱼竿，亲自陪燕绥钓鱼。

燕绥倚着栏杆放下渔线时，她盯着海面起伏的波涛良久，忽地笑出声来。这一笑莫名其妙，让辛芽丈二和尚摸不着头脑，小心翼翼地探出半个身子去看她的鱼钩……也没鱼咬钩啊。

于是便问："小燕总你笑什么？"

"在想傅征。"燕绥把长发顺至耳后，甲板上迎面的海风把她头发吹得一蓬乱舞，她头一次觉得头发太长也碍事。她索性摘下手上那根手链把头发绑起，没有松紧，绑得并不结实，松松垮垮地拖在脑后。阳光有些刺眼，她把挂在胸前的眼镜架回鼻梁上，咬着糖，慢悠悠地眺望远方。

她在想傅征，想他闲来无事打发时间时是不是也这样支根鱼竿，不过可能鱼竿会更结实些？毕竟傅长官钓的是鲨鱼，和她这种连鱼饵都不放的小打小闹不一样。

刚上船，燕绥也不急，她就像是真的来观光旅游的，握着鱼竿在左舷待了一下午，日落时还好心情地迎着夕阳用手机自拍。从左舷一路转至右舷，说她是燕朝号的船东可能别人都不信，看着就一个爱玩爱漂亮的年轻女孩，没什么攻击性。

这船上心怀鬼胎的人，顿时打消了大半的戒备。

海上没信号，燕绥又故意掐着点登船，并不担心她出现在这儿的消息会传到燕沉耳朵里。就算燕沉发现了，她此时已经上船，小岛港已是燕朝号此行最后一个停留的港口，谁还能中途下船？

傅征站完岗回船舱，吹了一下午的海风，露在作训服外的皮肤黏腻得厉害。值岗换了一批，他倚着舱门寻个地方坐下，看着渐渐西沉的夕阳，咬着烟猛吸了一口。

不远处有艘商船出港，海太大，巨轮也像是一叶孤舟，正循着灯塔方向缓慢前行。

这个时间，她应该刚下班。忙起来也可能在加班，让辛芽叫一份外卖，边吃边工作。

归队前一晚，傅征跟她求婚，她没回答，甚至连一个字都没说。只用那双眼睛直勾勾地看着他。

她的眼睛本就漆黑，颜色深时，几乎分不清瞳孔。可那么深那么深的眼神里，流露出几分软绵绵的眷恋，就像是猫爪子似的在傅征心里挠了一道又一道。

出海后，看着海面会想她；看见商船会想她；看见海鸥也能想起她。在索马里时，她倚着军舰的围栏，仰头看盘旋在船尾的海鸥，迎着光，和傅征见过的所有女人都不一样。他眯眼，被晒黑了不少的脸上露出抹轻笑，他缓缓吐出口烟，看着那艘笨拙的商船在视野里飘飘荡荡。心想，下艘商船里有她，该有多好。

然而，当傅征这个随随便便顺口许下的愿望猝不及防实现时，他只想掐死燕绥这不知天高地厚的女人！

此时夜深，已近凌晨四点。

傅征接到紧急任务登船检查，靠近商船更近一分，他心头不安的预感就强烈上一分。直到郎其琛看到商船的名字，"咦"了一声，"燕朝号？这不是我姑家的船吗！"

傅征拧眉："什么？"

郎其琛比了比船头"燕朝号"三个大字，"我姑船厂的船大部分燕字开头，瞎编乱造一个名字。你说一艘商船，还是国际化的，叫这么文绉绉的名字合适吗？"

他还在小声吐槽，傅征的脸色却越发难看起来。他接到的任务是缉私，有人举报燕朝号涉嫌走私，凌晨四点，海警部署的警力离这里较远，所以派出他们先行部队，登船检查。可如果这艘船是燕绥的，无论这个举报电话真假，对燕绥而言，都会是一个棘手的麻烦。

傅征压了压帽檐，小艇靠近垂下的软梯前，他端着枪，低声道："出现任何异常，先控制船员。"

海上的暮色降临后，比陆地更深。甲板室亮起了灯，陈蔚站在船长室门口吆喝："燕总，开饭了。"

没听见声，陈蔚定睛一看，借着微弱的灯光看清燕绥坐在左舷栏杆上抽烟时，吓了一跳。

海面上风大，她就孤身一人坐在那儿，也不怕被风吹走！陈蔚这会儿也顾不上燕绥船东的身份了，边小跑着从船长室三步并作两步冲下来，边吼着燕绥让她赶紧下来。

走船的人，嗓门大多很大。既要镇过海风海浪声，又要盖过机舱内轮机的动静。

陈蔚的嗓门如雷响，吵吵嚷嚷的，很快惊动了聚在餐厅准备开饭的所有船员。所有人都涌出甲板室，纷纷看来。

燕绥觉得这一幕有趣，指尖夹着的烟被海风吹着，没几口就燃到了烟嘴。她把烟头碾熄在栏杆上，等陈蔚跑到近前，她扯了扯绑在腰上的那根锁链，笑得有些恶作剧："吓着您了？我绑着呢，丢不了。"

陈蔚看她三两下解开锁扣，从栏杆上蹦下来，又顺着她手指的方向看向瞭望台："这里我都上去过。"他一身冷汗被风一吹，凉了个彻底。

陈蔚苦笑了两声，提醒："今天海上风大，入夜后风力升级，你到时就是走上甲板都有些困难，可别不把海风当回事，一个人坐在栏杆上了。"说到最后，语气越发严肃。

燕绥双指并在额边一飞，微微颔首表示歉意："陈叔你凶起来怪吓人的，我就是坐这看个日落，文艺情怀一下。入夜了我哪还敢出甲板室，你放心，准不给你添麻烦。"

陈蔚闻言，这才缓和了脸色，领着她去餐厅用餐。

在餐厅用餐的船员只是一部分，燕绥下午见了不少。她见人就聊几句，语言不通时就指派陆啸连蒙带猜地翻译，意外地，居然也能鸡同鸭讲地沟通上。

陈蔚说："梭温跟我的船两年了，缅甸人。我看他年轻力壮，做事积极，为人也憨厚就一直留着他。"

梭温的名字在燕绥嘴边打了几个转，她吃得半饱后，停了筷子，问："我看他手脚麻利，说句不中听的，缅甸这地方发展前景可比当一个船员有前途多了。"

陈蔚听出燕绥说的是缅甸走私，笑了笑，压着声回答："梭温是跟我曾经的老搭档上的船，家里只剩他这口人了，他就想图个安稳，我观察过一阵子，没什么问题。"

燕绥笑了笑，没接话。

吃过饭，她借口参观，领着辛芽把燕朝号整个转了一遍，自然一无所获。

三个人一碰头，燕绥先问陆啸："你跟他们交了一下午的朋友，就没什么发现？"

陆啸有些尴尬："光玩儿牌了……"

这不顶用的！

燕绥基本确定走私是船员个人行为，陈蔚没这个胆子。他和老船长是同一种人，受点东家恩惠就能对船东死心塌地地忠诚。

排除了陈蔚的嫌疑，那问题只可能出在船员身上。眼看着入夜后商船就要进入国界线内，到近海不过数小时的事。燕绥如果不能及时揪出这个船员，她不知道等着她的，等着燕氏集团的，会是什么样沉重到无法挽回的后果。

她猜遣送燕朝号归港的码头一定有燕沉安排好的媒体记者，一旦船员被海警抓捕，燕氏集团走私的污名第二天就会登上各类媒体报刊。可是，哪里是能让她发现的破绽呢？

燕绥回休息室，把随身带着的船员名单重新展开做排除。连带陈蔚在内的十名中国籍船员，几乎都是五年工龄以上的老员工。另五名外国籍员工，有两名缅甸籍，分别是梭温和吞钦。

她取笔在这两个名字上做了圈画。梭温是陈蔚曾经的老搭档带上船的，吞钦则是一年后梭温领上船来的，这么一推算，两人相熟，嫌疑最大。

她不敢贸然就确定目标以至于看走眼，忽略了真正有问题的船员。在灯下反复推敲后，她忽然想起一件被她漏掉很久的事。

燕绥咬住笔帽，含混不清地问辛芽："我们去索马里时和南辰舰队的联系方式你还记得吗？"

辛芽："记得。"

这趟出海，她特意带着卫星电话，以备不时之需。

燕绥重新翻出一张白纸，列了个计算公式。

燕朝号的航行方向是从小岛港途经近海海峡抵达近海，这也是燕绥为什么会在那么多船只中押中它的原因。只有燕朝号，时间地点都与燕沉的谋划对上了号。

他想揭露燕朝号船员走私务必要有强有力的证据，还有什么证据会比多家主流媒体一起捕捉报道更真实，更具影响力？

近海是所有船只归港的必经之路，商船跟着灯塔指示必然会驶入海警管辖范围内。

即使是心中有鬼试图绕路的商船，有海军在边境巡逻也很快就会发现异常。

燕朝号势必会驶入近海，从最近严抓严打走私的势头看，所有船只驶入近海都要接受检查。等那时，海警搜出走私物，无论是陈蔚还是燕绥，都将百口莫辩。她不能坐以待毙。

燕朝号驶离小岛港近十个小时，驶入国界线内顶多不超过两小时。

大约凌晨三四点，进入近海海域。她最后的机会，就在那儿。

35860.C

爱与风起

　　凌晨四点，傅征带海军特战队一小队登船临检。胡桥留在登船快艇上持枪警戒，其余人跟随傅征上船。

　　说是临检，其实他心知肚明。这艘被举报的商船某处就藏着走私的物品，傅征的任务是控制船员。

　　仍被蒙在鼓里的陈蔚在舷侧迎接，他负责带傅征检查全船。

　　褚东关留在原地警戒，傅征带路黄昏和郎其琛跟船长进甲板室，全船搜索。

　　临上船前，傅征把任务详细说了一遍，登船前一直以为只是例行检查的郎其琛在听闻燕朝号有人举报走私，要控制船员后，整张脸绷得跟地狱罗刹一般，见谁都黑着一张脸。

　　傅征给两人指派了搜索房间的任务，正欲去船长室，脚下一硌，似踩到了什么。

　　他一顿，军靴微抬，手电的光朝下打在地面上——一根串在黑色编绳上的铃铛在灯光下泛出琉璃一般的光泽，一闪而过。

　　傅征一僵，弯腰从地上拾起黑色编绳的铃铛手链。

　　手电一打，他轻晃了晃铃铛。铃铛是哑的，没发出任何声音。他想起那日在加油站，她衣袖半卷露出的半截手腕上就系着根编织精巧的黑绳，绳结是死扣，坠了粒铃铛。

　　燕绥以为他看的是铃铛，晃了晃说："铃铛芯拔掉了，所以没声音。"

　　很巧，这条手链里的铃铛也拔掉了铃铛芯。

陈蔚见他不走，也跟着停下来。眼看着傅征盯着手链的脸色越来越难看，有些摸不着头脑。下一秒，傅征的手电一晃，光束在陈蔚脸上绕了一圈，强光刺得陈蔚眯起眼，下意识遮挡。

傅征语气低沉，隐隐压了几分风雨欲来的肆虐，沉声问："船上几个人？"

燕绥三人虽是半路从小岛港上的船，但手续齐全，登记在册并不是偷渡。陈蔚回答时，丝毫不心虚："加上我在内，船员十五名。停靠小港岛时，我家船东带了助理翻译登船，所以现在一共是十八人。"

话音一落，陈蔚只觉得周身温度陡降，他牙齿打战，看向脸色似乎更阴沉的傅征。

"那三个人呢，让他们出示证件接受检查。"

傅征周身气势让陈蔚兴不起半点反抗之意，忙去甲板室叫人。

他一走，傅征眉心一拧，手电打着光看那串黑绳铃铛。陈蔚口中的船东，加上这串手链，基本证实了燕绥就在这艘船上。

问题是，她来船上做什么？

燕朝号此时就像是一摊浑浊在海上的污水，藏着污，隐着乱，她是闲得慌了，才专往这种麻烦地方跑是吧？

他立在原地，想了不下五种方案琢磨着等会儿见到她要好好落她面子教育一番。不料，没等陈蔚把人带到他面前，他先听到的是甲板上原地警戒的褚东关疾跑汇报的声音。

同时响起的还有胡桥那方，在海上待命的快艇引擎声。

傅征大喝了一声："小狼崽。"

在楼下那层房间搜索的郎其琛立刻倚着栏杆探出半个身来。

傅征吩咐："上来。"

郎其琛接到指令，徒手攀着栏杆，脚下用力一蹬，借力抓住上层的栏杆，一起一伏翻身而上，双脚落在地面上，发出一声闷响。

"守着。"傅征指了指陈蔚离开的方向，"这个方向，一分钟内燕绥没有出现，你去把船长给我扣了。"

郎其琛双腿一并，一个敬礼刚完成，突然反应过来，诧异道："燕、燕……呸，我姑？"

傅征没空跟他解释，几步跨至走廊尽头和郎其琛的方式一致，攀着栏杆三两下速降至船尾。

褚东关湿淋淋地刚从水面上透出来，见头顶一束手电光，知道是傅征在那儿，抬手比了个完成的手势，反手撑着快艇一跃而上，押着刚被他扔上快艇的吞钦重新返回甲板。

同一时间，眼也不眨地看着分针走完一圈的郎其琛如离弦的箭一般嗖地蹿出去，没等他去把船长扣了，陈蔚面若菜色地先领着辛芽走了回来。

郎其琛背着光，身量又和傅征差不多，陈蔚没辨清，张口就是"首长"。没等他把一句话说完，辛芽先认出了郎其琛，几乎是一个箭步迎上来，似哭似笑紧紧地拽住郎其琛的袖子："走私的毒品就藏在梭温的房间里，小燕总报警后，就守在两人的休息室门口，现在不见了……我也不知道去哪儿了。"

郎其琛听得一头雾水，但事关燕绥，他强自让自己保持镇定，一把拎起辛芽连拖带拽地把她领到傅征面前。

陈蔚再迟钝，也知道船上出事了，闷声不吭地追上来。

吞钦被褚东关按在甲板上，面如死灰，目光呆滞地看向船尾，低头不语。从他身上搜出的、还来不及毁掉的毒品被褚东关扔在甲板上，傅征面色沉沉，一言不发，不知道在想什么。

辛芽被郎其琛带过来时，双腿一软险些摔倒。看见傅征她跟看到救星一样，把刚才的话重新说了一遍。

傅征抬眼顺着她手指的燕绥最后离开的方向看了眼："你最后见她是什么时候？"

"报警后。"辛芽用力拍了拍额头，让自己保持逻辑清晰，"她和陆啸去盯梭温和吞钦了，只来得及告诉我东西藏哪儿了。海军要登船检查后，小燕总人就不见了。"

傅征没吭声，他双唇紧抿，握着枪托的手微微收紧。短暂思考后，他立刻部署现场，分派任务，确认只有梭温一人，只身进入船机舱。

燕绥被困在船机舱内，和梭温远远对峙。梭温是练家子，燕绥那点泰拳在他面前就如花拳绣腿不堪一击。燕绥和陆啸在两人房间外盯梢时就知道不能和梭温正面杠上。

陈蔚还夸他憨厚老实，压根儿不知道梭温就是出入最肮脏的地方做最肮脏的买卖的那种人。

船机舱内的温度灼人，燕绥闷出一身汗来，她半蹲在机舱遮挡物后，紧盯着守在门口的梭温。他知道海军登船了，知道事情败露了，这种穷凶极恶的人临死也会拖走一个。燕绥只能祈求拖延时间，等到救援。

不料，她的祈求像是被梭温听到了一般，他暴躁地突然放弃了守株待兔，在船机舱内飞快寻找燕绥的藏身地，那行为像是被激怒的野兽，伸出獠爪。

燕绥浑身悚然，目光定定落在机舱入口。与其等在这儿被梭温找到，不如试试能不能离开机舱。她向来有冒险精神，这个念头刚起，她盘算着最佳逃离路线，飞快计算着速度和距离的极限。

等梭温往机舱内部再深入些，她直接绕过机器直线跑向舱口。她心中暗暗计时，听着梭温的脚步越来越近越来越近，心尖似拧成了绳，整颗心悬了起来。

她眨了眨眼，刚要起身，后颈忽然被人按住，那冰凉的手像锁铐紧紧扣住了她的脖颈。

下一秒，一只手捂住她的口鼻，她往后坠入一个熟悉的怀抱。

傅征垂眸看她，压低的声音像夜间轻细的风声："别动，他有枪。"

船机舱不止一个入口，另一个通道不常走，寻常人也不会留意。

梭温在船上工作了两年，对燕朝号的熟悉程度比燕绥要高。他手里又有枪，只要通往船机舱的入口被他把控住，他就能守株待兔等到燕绥露出马脚。

陈蔚说他憨厚老实，可梭温其实是条不会叫的狗。饲养在主人身边时，温顺听话。一旦离开陈蔚的视野或者说他隐藏身份的圈子，他就是蛰伏在黑暗里、会突然蹿出来狠狠咬人的犬。

会咬人的狗是不会叫的。他擅长潜伏、隐藏，船员的身份于他而言是最好的掩护。

原本，这只是一趟寻常的旅程。

船到岸后，他能熟练地不露半点破绽地把走私的毒品运进中国境内。

地下市场有他稳定的合伙人，毒品这东西从来就不缺买家，而他的买家稳定又靠谱。

两年来，他一直走着相似的流程，从未出过任何差错。燕绥刚上船时，梭温本能戒备。但女人，尤其是看上去有些天真的女人，总能轻易让人放下防备。

吞钦胆小，心理承受能力差的人一旦心虚起来草木皆兵。他趁换班的空当回到船员休息室，吞吞吐吐地提醒他要注意在小岛港上船的燕绥三人，他觉得船东有些古怪。

梭温心不在焉，挥挥手，敷衍着打发他走了。

变故出现在凌晨三点多，夜班该换班回来的吞钦迟迟没有回来。

梭温为人谨慎，虽不把燕绥三人当一回事，但眼见着就要归港，不敢掉以轻心。半梦半醒间，看了眼时间，刚翻过身准备入睡，陡然清醒，吓出了一身冷汗。

吞钦没有回来，这不正常，很不正常。他飞快起身，一边压踩着鞋跟，蹭套上球鞋，一边囫囵披上外套。灯也没关，拉开房门就欲去看看吞钦。刚走出门口，又想起什么，折回去从床底拉出个箱子。

梭温压根儿没想到，燕绥和辛芽就躲在对面的休息室里，把他所有举动看了个一清二楚。他背对着两人，把枪揣进怀里。床底的箱子被他扔回去，梭温双手环胸，似怕海风顺着缝隙钻进他的皮肤里，双臂抱得死紧，一摇一晃地走了出去，脚步声很快消失在楼梯上。

他一走，燕绥就打算跟上去。她误以为梭温开箱扔箱那个系列动作是检查走私的物品，听着甲板上陈蔚大嗓门吩咐船员降登船梯后，心中一定，交代辛芽后就跟了上去。

陆啸负责带走吞钦，登船后他虽没替燕绥打探到什么有用的信息，倒是和害怕露出破绽反而对陆啸很友好的吞钦交了朋友。

他趁吞钦换班，掐着时间在必经之路上等他。本还苦恼要找什么借口才能哄骗吞钦心甘情愿地跟他走，不料边揉着后颈纾解压力边打哈欠的吞钦在看见他时，条件反射般地掉头就跑。

这不是摆明了有鬼吗？

正好连借口都省了，他拔腿就追，堪堪在船尾把人扑倒在地。

吞钦心里有鬼，自然不敢呼救，陆啸是担心坏了燕绥的好事，打草惊蛇，也一声不吭。两人暗自较了一番劲，吞钦听到海军登船检查乘的快艇声，心慌意乱，和陆啸扭打中一分神，彻底落了下风。

不料，就在此时，察觉有异出来寻找吞钦的梭温正好赶到，人还在左舷拐角处，辨出吞钦和陆啸的身影，当即知道事情败露，果决地对着陆啸后背开了一枪。

枪口装了消声器，声音不大，闷闷的一声连火光都没擦出来。

陆啸只觉得胸口一透一凉，那种悚然到极点的恐惧溢出，求生自保的本能让他还未想明白自己是中弹了，先拖着身子慌不择路地躲进货舱藏了起来。

燕绥尾随在后，不知梭温手里有枪，只当陆啸被发现。见梭温沉着步子欲往货舱追去，趁没人注意自己，沿着船舷潜至吞钦身后，拉起固定在栏杆上的铁索死死从后套住吞钦的脖颈。

这铁索还是她下午坐在栏杆上抽烟，固定身形用的。

梭温被她的突然出现一拦，脚步一顿，真没往陆啸藏身的货舱去，反而怪异地一手插在口袋里，偏头望她。

燕绥不会说缅甸语，但她料想梭温在燕朝号上工作了两年，多少能听懂中文，洋不洋土不土地糅了英语和中文告诉他："我报警了，海军很快登船检查。你配合，我会替你求情。"

梭温听懂了，他的中文不差。只是习惯了伪装，学会了藏私。他在陈蔚的面前表现得很愚笨，也成功地让他放下戒心，觉得他是个愚笨得只会听懂部分日常中文的缅甸人。

他眼神诡异地看着半跪在吞钦身后用铁索就把他吓得面色发青的燕绥，走在黑暗中的人，有近乎保命用的直觉。

寻常的女人在这种处境下，瑟瑟发抖都不为过，她的反应太冷静，反而不正常。他示意吞钦袭击燕绥，后者观察他的表情的无声动作的嘴唇就知他打什么主意，几乎是当机立断放弃了吞钦这个人质，飞快地跑进机舱内。

比起生死不知的陆啸，梭温显然对燕绥更感兴趣，他垂眸静静地看了眼坐在地上一脸恐惧的吞钦，刚举起枪准备击杀，只见吞钦一骨碌爬起，用从未有过的速度飞快地跑向船尾。

梭温察觉到危险在渐渐靠近，没再犹豫，低头快步跟进机舱。他是常年在刀口舔血的人，做事狠厉。在听到燕绥说她报警后，他很快分析到自己的处境。挟持燕绥当人质，是出路之一。但他领教过中国海军的厉害，知道这不过是困兽之斗，很快放弃。改为另一种——

他要挥舞收割的镰刀，在死神碾近之前，收割那条鲜活大胆的生命。

梭温知道船机舱不止一个出入口，在他察觉机舱内不只燕绥一个人后，他再也等不下去，主动搜寻。他有枪，他故意放出一条生路，他不信燕绥不上钩。只要她有求生欲，就会暴露在他的枪口下。

傅征职业的条件反射就是侦查周围一切细微的环境，许多看似无关的隐蔽物、设备都有可能在关键时刻救命。也是这种灵敏让他发现了陆啸，在进入船机舱前知道了一个至关重要的线索——梭温有枪。

从进入机舱快速搜寻，到确认燕绥所在目标，阻止她踏进梭温圈套后，眼看着梭温离两人藏身地越来越近，他距离这里的每一步都成了倒计时。

不便再说话，傅征握住燕绥掌心，飞快写字："我出去，你待着。"

眼看着梭温再往前走几步就能发现，傅征忽然紧紧握了一下她的手，没等燕绥反应过来，他已经站了出去。和梭温隔着一臂距离，面对面。

他的突然出现，尤其是胸前那醒目的中国国旗，让梭温的危机感瞬间攀至顶峰，他藏在口袋里的手终于伸出来，握着枪，隔着一拳的距离指住傅征的眉心。

燕绥骇得整颗心都拧了起来，死死咬住下唇，防止自己发出声音。

傅征的目光落在梭温扣在扳机上的手指。

他这么一垂眸，燕绥心跳都要停止了。她看到梭温指尖微颤，已经往后扣下了扳机。

就在这千钧一发之际，燕绥都没看清傅征做了什么，仿佛在那零点零一秒之内，他迅速地出手，在梭温毫无所觉的刹那拍掉枪口，另一个零点零一秒，他顺势接住枪，反向一指，枪口牢牢地抵住了梭温的眉心。

一场战斗还未开始……就猝不及防地结束了。

燕绥眼前发晕，似出现了虚无的一幕幻觉，没等她反应过来，情势斗转。

她惊愕得说不出话来，双眸微睁，不敢置信地看向傅征。

察觉到她的视线，傅征视若无睹，提声吼了声："狼崽。"

埋伏在外的郎其琛闻声出现，满脸严肃地反手剪住梭温的双手，押着他上商船的甲板。

他一走，傅征转身看了眼仍躲在机器管道后的燕绥，冷声道："还不出来？"话落，也不等燕绥，抬步就走。

从机舱踏上甲板，傅征留神听了听身后的脚步声，确认燕绥跟上来了，步子一顿，压了压帽檐，示意在甲板上等他的路黄昏先走，"给我五分钟，我跟你嫂子说两句话"。

路黄昏恍然大悟，侧头瞅了眼慢吞吞跟上来的燕绥，震惊、大悟，又瞬间镇定下来，敬礼后扯着嗓子应了声"是"，一路小跑着回了甲板。

傅征立在船舷左侧，倚着栏杆回望，见她隔了几步远定在原地，没好气地道："杵那儿干吗？我会吃你？"

燕绥腹诽："比吃了我还可怕。"

不过脚下一挪，格外利索地三两步走到他面前。也不出声，抬了眼眸定定地和他对视了几秒。

傅征扭头，目光沿着压实的帽檐看向灯火通明的甲板："为什么会在这儿？"

怕她不配合耽误时间，他又补充了句："我只有五分钟时间，说完这句话，就只有四分钟了。"

"三言两语说不清楚。"燕绥舔了舔发干的嘴唇，试探着伸手钩住他的小拇指，谅他也没胆甩开她的手，得寸进尺地把手蜷成拳整个塞进他掌心里。

傅征用力握了握，很快松开："你胆肥了？不知天高地厚！"

燕绥没敢回嘴，默默忍了，谁让他刚又救了她一命，不能顶嘴。

不料，傅征那怒火半点没熄灭，反而越蹿越高："你知道这是什么地方？领着辛芽和陆啸就敢上船，索马里的教训没吃够，嗯？"

燕绥翕合了下双唇，想解释，可只有四分钟，这四分钟忽然就变得弥足珍贵起来。让她觉得她的每一个字都是在浪费时间，她宁愿听他训她、发火，好像多听一句就赚一句，半点不觉得委屈。

时间有限，傅征还有公务在身，见她不说话，沉默地看了她几秒，站直身体，转身就往亮着灯的甲板走去。

没等他走出一步，身后一只手牢牢握住他的小臂。

燕绥："还有一分钟。"

傅征扭头看她，似笑了笑，再开口时，声音低沉又沙哑："我宁愿战死沙场，也不想在战场上见到你。"

"我宁愿战死沙场，也不想在战场上见到你。"

海上越来越大的风声里，他这句话很快被海风吹散，一字一字糅进翻腾的海水里。

燕绥心尖滚烫，下意识松了手。

他长身玉立，一身墨色的特战服衬得他身形格外挺拔。

傅征喉结轻滚，压抑下想亲吻她拥抱她的冲动，最后看了她一眼，霍地一声转身，大步离开。

军靴踩在甲板上的声音坚实有力，一步一步。那背影由清晰渐渐变成线影，在燕绥的视野里彻底模糊。

她浑身绷着的劲儿彻底松懈，倚着栏杆靠住，才发现手脚都在不受控制地发抖。也不知道是冷的，还是后怕。

舌尖有些发涩，她舔了舔唇，远远听见螺旋桨的发动声，一转头就看见几海里外闪烁着灯光正往燕朝号飞来的直升机。她脊背一僵，蓦然涌上一股不妙的感觉。

船身被海浪拍浮得微微摇晃，甲板上方的瞭望台忽然打亮了探照光，明亮刺眼的灯光由上而下笔直打向甲板。

燕绥侧脸，在看清甲板上淋漓的血迹时，脑中嗡的一声，像是被人重重锤击，余音如环绕的 3D 音响，盘亘在她耳边。

她缓缓站直身体，被她忽略了很久的陆啸突然跃入脑中。

陆啸受伤了？失去思考能力多时的大脑终于恢复运转，燕绥边往甲板上走去边回想——

傅征压住她后颈阻止她暴露行踪时，说梭温有枪。

她也亲眼看见傅征空手夺了梭温的枪。

时间再往前一点……

她追梭温至船舷时，以为陆啸的闪躲是暴露了，其实那时候陆啸是中弹了？

她如同拨记忆碎片一样，一帧帧一幕幕地回忆着。

直到看清甲板上躺着的陆啸时，她脸色瞬间煞白。

陆啸的意识还清醒着，就是担心自己快死了，哭得涕泪横流。什么形象啊风度啊通通不要了，死死攥着辛芽的手交代后事。

跪在陆啸左侧的是燕朝号上一名略通医理的船员，平时也就帮忙看个头疼脑热，见血的不是切菜时伤了手指头就是上火流鼻血。

头一次处理枪伤，他紧张得满脑门汗，一直叨叨："这这这我不行啊，子弹把身体都打穿了……"

陆啸哭得更大声了。

那场面……燕绥看了觉得怪内疚的。

不知道谁先叫了声"燕总"，围着陆啸的人自动让出一条路来。

她一来，这群人似有了主心骨一般，纷纷镇定。

燕绥借着头顶灯光看了眼陆啸的伤势，伤口明显偏离心脏也未伤及重要器官。及时做了止血消毒处理，渗透衬衣的血迹并不多。

"贯穿伤。"傅征不知何时过来的，轻握了一下替陆啸止血消毒的船员的肩膀，"没伤及要害，及时止血消毒，休养一段时间就好。"

被陆啸狠狠一瞪，傅征慢条斯理地又补充了一句："当然，必要的详细检查和后续处理必不可少，越快越好。"

话落，数海里外在军舰上起飞的直升机终于抵达，随队军医老翁领了一支军医小队匆匆下了飞机，直奔甲板。

燕绥下意识给老翁让出位置，她这一让和老翁的眼神一对，后者忍不住多看了两眼："我是不是见过你？"

没等燕绥回答，他放下医疗箱，对陆啸紧急施救。

老翁见多了枪伤，见陆啸面无人色好心安慰："子弹贯穿伤，又没伤及要害，及时处理连后遗症都不会有。"

怕陆啸不信，他还举例："傅队。"他努努嘴，示意陆啸看傅征，"那位首长，子弹穿透伤都是我处理的，你看他活蹦乱跳的，能看出那次中弹后差点见阎王吗？"

陆啸抬手擦了把鼻涕，呼吸都不敢用力，小声哼哼："真的？"

"等会儿先把你送出去，救护车已经在码头等着了。"老翁用手肘擦了把汗，笑笑，"你福大命大，死不了。回头还能吹牛，说中过枪伤。"

"我们战士受的伤，都是功勋章。这条船上的，军医不说，这些特战队员，哪个执行任务时没点刮蹭，需要零件维修的。"老翁处理好他的伤口，扭头问，"船长呢？不然负责人来一个也行。"

"我。"燕绥上前，"我是船东。"

老翁一怔，朦胧的记忆在看清燕绥那张脸后终于清晰，他"欸"了声，瞄了眼在现场调度兵力的傅征，"还真见过，熟人了……"

他"啧啧"了两声，瞄了眼甲板上躺着的陆啸："我说怎么看着眼熟，还以为自己记忆出错了。"

陆啸需要尽快送医，寻常人就是摔一跤骨折了都要去医院接骨，好好休养，何况陆啸。子弹贯穿伤比穿透伤轻微一些，虽然没有伤及要害和脏腑，但也够呛。少不了要做些详细的检查，精细处理。

近海离南辰市不远，直升机到不了，需要快艇送达。在事情没有调查清楚前，所有船员都应配合调查，但陆啸情况特殊，做特殊安排。

这么一会儿工夫，收到消息的海警支队也已赶到。

傅征是第一梯队，交接后便整队离开。临走前，他转身看了眼站在探照灯下正和海警支队队长说话的燕绥，似察觉到傅征的视线，她的话音一止，看了眼傅征。

他什么也没说，连唇型也没有，只定定看了她一眼，那一眼深刻得似要把她刻进骨子里。

傅征克制自持，难得流露出这样的神情，饶是和傅征接触不久的海警支队队长都有些诧异。等人一走，忍不住问燕绥："你跟我们特战队队长认识？"

"认识。"燕绥听着快艇渐渐远去的声音，低着头，连声音都轻弱了几分，"他是我男朋友。"

海警支队队长瞬间肃然起敬。

梭温和吞钦被捕，搜捕毒品的难度减小。除了查获走私的毒品，还查获了另两支非法枪支。

天刚亮，所有事情便已水落石出。梭温借船员身份的伪装走私毒品将近两年，一年前因毒品需求量增大，他拉了吞钦伙同作案，直到今天事情才败露。

而此次走私的毒品量是这两年来最多的一次，吞钦负责带货并不知道和梭温联系的买方是谁，只听梭温提起过："他说这次多了一位买方，要的毒品分量很大，因为是第一次合作，梭温很谨慎，先收了买方一笔定金。"

再问别的，吞钦一概不知。

因走私是船员的个人行为，其余人员既没有参与，也不知情，并不需要承担法律责任。

陈蔚作为船长，有失察之责。燕绥作为船东，监督不力。

警方逮捕梭温和吞钦继续审问，燕朝号由警方协同归港停靠，其余船员以及燕绥等人短期内都不许离开南辰市，以配合警方调查。

直到午时，一切尘埃落定。

梭温和吞钦被海警带走，燕朝号继续返航。

老翁回军舰后，没敢直接问傅征，和路黄昏打听："我刚在船上见到的那位燕总，是不是就是你们打赌的那位傅队的女朋友？"

郎其琛落后一步，因没和燕绥说上话，闷闷不乐。闻言，哼了声："不是，迟早会分手的。"

老翁："……"

路黄昏："……"

老翁奇怪："这孩子怎么回事啊？"

路黄昏压低声音，小声道："我们傅队的女朋友是他亲姑。"

老翁恍然大悟，回头看着郎其琛，笑着问："不怕你队长听见了收拾你啊？索马里那会儿，他可就惦记上了。"这万年老光棍开一次窍，还得逗了，不得心肝宝贝着！

郎其琛负气地哼了声，抬腿就走。

路黄昏解释："傅队和燕总结婚后就是一家人了，不带怕的……我们都习惯了。"

老翁："……哦。"话落，他又问，"今儿凌晨咋回事啊，你给我说说呗。"

军舰在海上一漂就是数月，日子周而复始。想当初老翁清心寡欲，捧着本《哲学》横看竖看能看一年，如今不行了。哪有八卦往哪儿凑，有点新鲜事都不愿意错过。

路黄昏笑笑："别问我啊，我知道得不多，你去问老大。谁的人你问谁嘛！"

老翁被踢了皮球，狠狠一拍路黄昏的后脑勺，一路嘀咕着真去找傅征了。

当事人敞亮多了。

傅征："她自个儿举报船员走私，请求协助。我上船抓了人，海警接手处理后续，完了。"

老翁有些蒙："完了？"

傅征微眯着眼看他，好脾气地问："你还想听什么？"

"我记得索马里那会儿你就惦记上人家了，大半年了居然真给你追上了？"

傅征波澜不惊地"嗯"了声："我队里那小子，新进来的，有印象不？"

"有！"特别有。

那小子横起来连你也不怵！

傅征点头："军舰归港第一晚，他喝醉了冲我叫姑父。就这么巧，把人带到我跟前了。"

老翁双眼放光："这么有缘！"

傅征勾唇，道："还有更有缘的。"

毫无防备的老翁顿时上钩："说来听听。"

傅征伸手："烟。"

这世上果然没有白听的故事。

老翁抠抠搜搜地从烟盒里敲出一根递给他。

傅征没接："你打发叫花子呢？"

老翁面露难色，"这盒烟我刚赢来，还没焐热呢……"

闻言，傅征掉头就走。

"别别别，"老翁连忙叫住他，把整包烟塞进他手里，"你继续说。"

傅征掂了掂烟盒，说："没索马里那回事，这趟回来也差不多该认识了。跟海打交道，总有一天会在船上认识。"

老翁觉得自己那盒烟给得有点亏："你这句就是废话。你们俩再晚几年认识，没准各自都有归宿了……还总有一天呢！"

他嫌弃地翻了个白眼，问："是不是心情不好，你平常心情好的时候可不会这么心平气和地跟我说这些。"

傅征从烟盒里抽了根烟递给他，自己也咬了根，没否认："我在这儿见到她，心情能好？"

老翁深有同感，斜眼睨他："好不容易见一面，你就一句话都没跟她说？"

老翁结婚两年，和老婆待在一起的时间满打满算还没一个月。平日里笑嘻嘻没个正形，看上去什么玩笑都能开。可一提到妻子，瞬间沉默。

"说了。"傅征低头，拢着火点上烟，斜咬着含混道，"只顾着训她了，别的什么也没来得及说。"

不敢抱，一抱就彻底松不开。

也不敢亲，怕揉在怀里，就不只心疼，而是浑身都疼。

那种情况，陆啸受枪伤，他进船机舱前都不知道她到底还活着没。和索马里的情况不同，索马里再凶险，有他在，刀山火海他都能护住她。

他满脑子翻来覆去只有一个念头，不凶她她根本不知道天高地厚。

可现在他后悔了，掌心、小臂，全是属于她的味道。

傅征知道，她既然来，那一定有非来不可的理由。

她身处的困境，没人比他更清楚。

老翁看他垂头不语，吐了口烟，问："后悔了？"

"后悔了。"傅征低笑了声，"早知道，先抱抱她。"

深夜，本该下午就归港的燕朝号姗姗来迟。码头灯火通明，有海关人员候在港口，准备对商船的货品进行严查。

跟随海关一起上船的还有《南辰商报》记者，燕绥下船前和她打了个照面，让辛芽递了张名片："有任何疑问，欢迎随时致电。"

不等这名记者开口，燕绥迤迤然一笑，领着辛芽提前离开。还在海上时，燕绥把该陈蔚须知的都交代了，包括配合海关检查、应付媒体，事无巨细地教会陈蔚善后。这要是还能再出纰漏，她就把名字倒过来写！

代驾在码头出口等了近三个小时，昏昏欲睡。副驾车位被拉开时，他大脑放空了一瞬，盯着燕绥看了数秒，顿时弹起，"可算来了"。

燕绥接连两日都只匆匆合眼，上车后神经一松，疲惫感扑面而来。

"送我回家。"她瓮声道，"辛芽今晚在我那儿睡，不用单独送了。"

代驾哼哼了两声，手机往支架上一撂，掉头驶入车道："你们俩这是做贼去了？"

燕绥没吭声。

见她连敷衍两句都费劲，代驾识趣地闭上嘴，再没说话。

从码头到小区并不远。而这段时间也足够燕绥把所有事情梳理一遍。

她把起始点定在燕沉知道燕戬要回来的那一天。

程媛这几年为了让燕沉掌权燕氏集团，豁出一张老脸，也不管别人如何议论，和燕戬保持着很频繁的联系。她知道燕戬要回国的时间和燕绥相差无几。

在燕戬准备归国前，程媛应该就在策划怎样打开她这边的缺口。对于她而言，燕戬回国，是一次千载难逢的好机会。

于是，她安排李捷潜入她的公寓，放了一双男式皮鞋，意图恐吓。又或许是刻意营造她得罪人的恐怖氛围，让燕绥先自乱阵脚。

到如今，燕绥更倾向于后者的可能性。程媛试图让她觉得自己在生意场上得罪了人，得罪谁不重要，人在受到威胁时会主观地寻找结过仇的对手，建立假性的针对。

若是计划成功，燕绥很快就会精神崩溃，需要休养。到那时，燕沉接手燕绥的工作理所当然，名正言顺。离燕氏集团总裁的位置，只近不远。只可惜，这个计划刚实施就受到了客观因素的干扰。

而这个客观因素，就是燕沉。

他就是那时参与到这件事情中的，他为了防备程媛再做出任何威胁燕绥的举动前把保姆阿姨送到燕家，名为照料程媛生活起居，实则暗中监视程媛。他的干涉让程媛有所顾忌，也自觉收敛，等待时机。

虹越和公关部交涉发布视频被燕沉否决后又连夜同意，许是那时燕沉已有预感，在替程媛转移燕绥的注意力。

当燕绥真的怀疑他，把李捷所做的事套个皮囊拿来试探他时，燕沉又彻底失了镇定。

在这之前，燕沉对程媛有所动作一事只是怀疑，亲耳听到后他才确定程媛罔顾他的警告，又对燕绥动起了歪心思。失神之下，发生追尾。

车祸后续处理时，傅征的出现，意外地激化了燕沉心中的魔鬼。

大多心中有执念的人，拿不起放不下，一旦被人触碰心中隐秘就犹如被刺痛。

傅征接手现场处理，燕沉就医。他本就消沉，而程媛赶至医院，先关心的不是他的伤势，而是他是否知道自己正在为他人做嫁衣。

燕氏，是燕戬打算送给燕绥的嫁妆。他千辛万苦打下的江山、守卫的疆域都将成为燕绥嫁入傅家的资本。

而他，一无所有。

所以燕沉的天平失衡了。

傅征唾手可得的凭什么他要拱手相让？

燕绥接手燕氏集团三年，他做了三年良相忠将，谁比他更有资格两者皆得？

多年坚固的底线被越过，燕沉变得肆无忌惮。他和程媛约定，他替燕家争回燕氏，而程媛，必须答应事成之后接受燕绥。

不论手段，不计方法。

程媛知道单凭自己的能力根本斗不过燕绥，燕戬归国于她本是大机遇如今也成了大势已去。她不得不答应燕沉，但又无法迈过心里这道坎，这才有程媛忽然改变主意对燕绥痛下杀手。

不料，一步错，满盘皆输。

燕沉在和程媛约定后，便开始策划。

第一步，营销。

他想从舆论方面捧杀燕绥，首先要做的就是造势。所以第二个视频，是燕沉从泰拳馆取的监控录像。托尼的失踪也和他脱不了干系，不是被燕沉有意藏起来了，就是托尼自知理亏，收了燕沉的好处后自己躲起来了。

以燕绥对托尼的了解，后者可能性更大。距离上次发律师函走法律程序过去了很久，不出意外，托尼的行踪在这几日就会到她手上。

第二步，离职。

燕沉深知燕绥对他的依赖，以及他对整个燕氏集团的重要性。他的离开，会让燕绥措手不及、短期内无暇顾及旁事。离开燕氏，他才能彻底告别守护者的身份，正式地站到她的对立面，成为燕绥的敌手。

第三步，阻止利比亚海外建设项目。

利比亚海外建设项目是燕氏集团未来几年的重要项目，投入资金更是占了绝大多数的百分比，若是这个计划搁浅，燕氏在十年内都无法从巨大的损失中缓过来。

他私下和广汇达成协议，广汇本就醉翁之意不在酒。说服广汇放弃与燕氏利比亚海外建设项目的战略合作再许诺今后与广汇有关造船厂的长期合作，对燕沉而言，轻松无比。

第三步计划落空后，燕沉加速推进"捧杀"。先引起网民对燕绥过度营销的不满，催化黑粉滋生。再披露燕绥军方背景，在如今敏感的大环境下，勾起网民对特殊权力的敌视。最后，以营销号删除相关微博内容，用看似反水的姿态恶意诽谤燕氏集团走私来达成他的目的。

若是燕绥不查，或者没把这些负面消息当一回事，等到明天，燕氏集团走私的负面传闻将不只是传闻，而是板上钉钉的实锤。

天一亮，迎接燕绥的，不是新的一天，而是永无止境的黑暗。而她身处地狱，永无光明。

车身颠簸着，她渐渐泛起困，将睡未睡间听代驾压低了声音问后排的辛芽："我这几天看网上评论，对燕总不太友好啊，你们是不是忙这事去了？"

代驾给燕绥当司机几年了，就是合作关系也相处出点感情了。他等燕绥的那几个小时里，就琢磨着要不要开口问问，不问显得他特别不会做人，特别薄情；问吧，又担心这事太敏感，万一惹燕绥不高兴。不过等燕绥上车后，他悄悄瞅了一路，好奇心压都压不住。

微博不是说燕氏集团走私吗？说燕绥这种不踏踏实实做生意，想着营销炒作的，铁定家产也是走歪路挣来的。

他不信！

那时他刚给燕绥当代驾，还不熟。他不是什么特别正派的人，瞧着自己的顾客这么漂亮，又总是深夜出没，难免有些直男想法。

起初以为她是特殊职业，都没搭过话。直到某一天，他接到燕绥电话出工，她的位置就在他上网的网吧附近，他提前十分钟把车停到对面，还没过马路，就瞧见她压着舌根在路边催吐。

接了人，他开着燕绥的大 G 送她回去。路上没忍住，多嘴说了句，具体说了什么他不记得了，但现在想想，对当时的燕绥而言挺侮辱人的。

但燕绥回答他时，不卑不亢，半点没被人误会的恼羞成怒，就很平静地告诉他："我是生意应酬，一单几百万那种，和你想的皮肉生意不一样。你在开的车，是我自己挣来的。我自己赚的钱，我想撒着花还是跪着花就不劳你费心了。"

他那时被她这几句话说得面红耳赤，觉得自己就是个以小人之心度君子之腹的渣渣。等后来熟悉了，他敢和燕绥贫嘴之后才发现，要不然人家能当老总呢？她早不说晚不说，偏偏挑他轻佻狂妄的时候抽着他的脸说！

这不就是打着教他做人的主意吗？

他那段时间对待燕绥可是毕恭毕敬、诚惶诚恐，开她那辆大 G 时都恨不得戴副洁白蕾丝手套、自带脚垫呢……就这种老奸巨猾天生做生意的料，他们怎么会觉得她没有踏踏实实做生意？她要是不正经做生意，盘算着进娱乐圈，就这位大佬的手段，还有那几个一线大腕什么事？

没等到辛芽回答，代驾从后视镜里瞥了她一眼，嘀咕道："你别怕，我就是关心关心。我站小燕总，铁实的那种。要是有什么需要帮忙的，你也别跟我客气。"

话落，似是反应过来自己这种"代驾""代练"职业的，除了帮人打游戏、开开车也没什么能让人家用得上的地方，干笑了两声，补充："就需要人手的时候，喊我也行的，不收费。权当给朋友帮忙了，甭客气。"他说这话，原本是给自己一个台阶下。

不料，话音刚落，就听副驾上那位大佬睡意慵懒道："我当真了啊。"

没想到她还醒着，代驾吓了一跳，等回过神，差点结巴："你不当真我这话不白说了？"

燕绥就等着他这句话，睡意顿消，她跷起二郎腿，笑笑："真有个事要问问你。"

代驾内心：他就没见过这么不客气的人……

不过话都说出口了，反悔多不男人。

代驾笑眯眯问："你说你说，我肯定知无不言，言无不尽。"

燕绥先夸他："会用成语了，最近是不是勾搭上妹子了？"

"哪儿啊！"代驾满脸春意，"我不是还搞游戏代练嘛，最近接了个女施主，女生事多，非要天天给她看进度。"

燕绥也笑眯眯的："我之前听你说过，在做代驾以前做过网管，也给溜冰场看过场子，不管哪条线人都熟得很？"

代驾摸了摸最近刚剃成寸头的脑袋瓜子，谦虚道："哪里哪里，也就一帮狐朋狗友，上不得台面。"

"现在还有联系？"

代驾被她问得一怔，侧头看她，见她眼里精光微闪，莫名涌起股不妙的感觉："怎、怎么了？"

"也没什么。"燕绥扫了扫膝盖上沾上的灰尘，"想劳你给我打听打听南辰市做毒品生意的是谁。"

代驾一个激灵，一盆冷水从头泼到脚，他刚还说燕绥是个正经做生意的，她这会儿就跟他打听做毒品生意的……

他苦着脸，巴巴道："不是我不帮忙，毒品这玩意儿沾都沾不得，我跟我那些朋友虽然混账，但底线原则就是道高槛，谁也不会不识趣地跨过去。打听这个，可能有点困难。"

"再说了，要是随便打听打听就知道谁手上有毒品，那警察破案岂不是分分钟的？"代驾试图打消她的念头，喋喋不休道，"能做这种生意的都是道上混的，少不得沾点恶习，穷凶极恶。这种地头蛇，往往不会是单打独斗，人脉广着呢。打听他们被知道了，少不了要收点东西走。"

怕燕绥听不懂，他"嗯"了两声，举例："收东西是为了让人长记性，钱啊宝贝啊这些东西他们都不缺，就喜欢那种缺了能让人看到的。"

他比了比自己的手指头，问："懂了吗？"

燕绥觉得……代驾可能港片看得有点多。她沉吟片刻，换了种方式："那打听消息呢？但凡是做生意的，谁见面先收你根手指头，真量着上头没人了？钱货到位，什么消息买不着？"

代驾觉着自己用错了方式，他下意识拿出吓唬寻常女孩的方式来吓唬她，别说没吓着人，还让她小看自己觉得自己就是个废蛋，业务能力太差。

车从岗亭驶入，停在她的单位楼前。代驾熄了火，锁控没开，只解了安全带转头和燕绥对视："这不是顺水人情就能帮的小忙，你得先跟我说说目的。诓我也不成，我要是为你这事犯了险，我买根白绫就吊死在你家门前这棵大树上。"

燕绥无语了片刻，抬眼瞅他："我像那种会害人的人吗？"

代驾斟酌道："张无忌说过，漂亮的女人都不能信，指不定什么时候就变成美女蛇了。"

燕绥懒得跟他辩论，直截了当道："我想打听走私的东西在哪儿销赃，我船上有两个外籍船员走私毒品。毒品这东西肯定有个关系网，他们走私，会找上家卖货。"

她从中控储物盒里捏起烟盒给他递了根，拢着打火机的火给他点上。抬眼对上代驾一知半解的眼神，笑了笑："我要查个人。你放心，这事不会让你白干。打听要花多少钱，你随销随报，找辛芽要。我也跟你保证，我知道我想知道的，绝不多事。"

代驾咬着烟，偏头打量她，似认真考虑了片刻，点点头："行，你给我说具体点，想找谁，又打听什么，我今晚就找人帮你问问。"

第二天一早，燕绥开车和辛芽先去医院探望陆啸。

陆啸醒着，衣装整齐，一副久候的模样。见燕绥拎着水果篮进来，还得意道："我算着时间你们今天也该到了，激动得一夜没睡好。"

辛芽替燕绥放好水果篮，问陆啸有没有吃早饭。

陆啸早看见她手里拎着的保温桶了，忙摇头道："还没。"

燕绥让辛芽去洗两个苹果，自己端着保温桶给他布好，又递筷子又拿调羹，伺候得陆啸有些不自在："燕总你坐着，我又不是高位截瘫……"

"挺不好意思的，我本来以为没什么危险。"燕绥依言在床边的椅子上坐下，"怎么样，医生怎么说？"

"没什么事，也就这几天需要留院观察。休养一阵子，连后遗症也没有。"陆啸用筷子拌了拌白粥，"就是埃塞俄比亚，可能在痊愈之前都去不了。"

"安心养伤。"燕绥说，"埃塞俄比亚等你伤好之后再去。"

对陆啸，燕绥有愧疚。索马里那趟不说，燕沉委派他过去之前和他说明过风险。虽然安保出了问题，但好在有傅征，整趟下来陆啸连皮都没擦破一下。

这次在近海，燕绥反而低估了危险。也难怪傅征要和她生气，尤其有陆啸负伤在前，傅征就是对她再凶一点，她都不觉得傅征有错。就连她自己事后也觉得太过鲁莽，如果多一点时间，她一定能想得更周全更稳妥。

离开病房后，燕绥去见陆啸的主治医生，确认陆啸的伤势没什么大碍，这才回了公司。

相比她立刻投入工作的云淡风轻，辛芽一整天都极不淡定。每隔几分钟就忍不住刷一次微博，从首页到私信，从评论到热点，无一遗漏。但网上风平浪静，连捕风捉影的负面消息都没冒出来一茬。

辛芽问："难不成他们打算放弃了？"

"你觉得可能吗？"燕绥头也没抬，回，"只不过比起抓现行，现在这个局面已经好太多了。"

警方有意想从梭温身上破获整条走毒线，不会走漏任何风声。陈蔚要想工作还能保住，也会管住船员的嘴。记者什么都没拿到，顶多就写写海关人员多么辛苦，商船深夜到港还要检查。

但这种新闻，没有爆点，放出来就是石沉大海，谁会关注？舆论这东西，引导一次两次，还有人愿意被当枪使。这个新鲜劲过去，看看谁还愿意搭理。

燕沉显然深谙此道，此刻只能按兵不动。他一连数招，招招如同打在棉花上，这会儿不知道有多窝火。

燕沉发泄不满的方式是多抢几个燕绥的生意，短短一周内，燕绥屡屡碰壁，不少项目的进度停滞不前。

燕戣和她私下开过会，一致决定利比亚海外建设项目如期启动。既然燕戣要走，副总一职就不能空缺。本在燕绥预选内的几名人选，终于敲定最后名单。内部提拔一个，外面又请来一位。

燕绥以防再出现燕沉这种情况，想到了制衡术。她没因为公司资金周转不灵求助傅衍，倒是为了让他推荐合适的副总人选打了热线电话。

傅衍一听说她被燕沉逼到这个份儿上，颇有些恨铁不成钢，当晚便做东引了不少人脉给她。

送燕绥回去的路上，他不忘给傅征刷存在感："跟我就不用客气了，全还给傅征吧。"

一提到傅征，燕绥就情绪低落。前两天，定时邮件忽然断了。燕绥寻思着是不是傅征故意的，回大院一问，郎啸说："近海任务刚结束，在口岸补给后，启程护航了。"

还真是故意的！

生气就生气，哪能不给她发定时邮件！

她怒极，冷笑了声，当即拍板决定："不是不想见我嘛，从埃塞俄比亚回来不坐飞机！搭船！"

眨眼半月已过。

下班前，辛芽神神秘秘地凑过来，低语道："燕总，托尼回来了。"

燕绥打电话叫上代驾，让他租一辆无牌的面包车，再请几个壮实点的朋友，去托尼新租住的出租房前堵他。

代驾接上燕绥后，忍不住打趣："小燕总，你最近这办事风格有点野啊。"

燕绥坐在后排，闻言，笑了笑没作声。

面包车在托尼新租住的小巷口等了半个小时，终于等到托尼关上铁门从院子里出来。他毫无防备，晃到巷口叫了份炸酱面打包。

摇摇晃晃往回走时，代驾盯死了，他前脚刚迈进监控死角，后脚他就把面包车门一推，领着人下去三两下把人带进了车里。

燕绥全程坐在车内，只降下一半的车窗往外打量。

等托尼被带上车，她抬手关上车窗，冷不丁出声道："都客气点，好不容易找到人，别又吓跑了。"

不断挣扎的托尼顿时老实了，他被代驾压坐在椅垫上，抬眼看向坐在面包车后座的女人，头皮发麻，哆嗦着叫她："燕、燕总。"

"还认识啊。"燕绥笑眯眯的，"那事情好办了。"

"我就是有事想问问你，你老老实实告诉我了，我们就两清，怎么样？"

托尼不傻，自然知道她想问什么，支吾道："你不是告我了吗，这事迟早法院会给你个说法的……"

燕绥忽然说："面包车租的，没牌照，我这位朋友一路绕过监控过来的。以你现在东躲西藏的状态，你说你失踪多久才会有人发现？"

见托尼沉默着不说话，她放柔声音，又给了个蜜枣："我说话算话，只问你个事，你愿意配合，我也愿意撤诉，你考虑考虑？"

燕绥愿意撤诉的诱惑太大，托尼一动摇，防备心立马跟多米诺骨牌一样，成片接连着倒下。他嗫嚅了下嘴唇，声音不稳："你说真的？"

代驾在一旁嗤笑了声，大半月前，燕绥让他帮忙打听一个人时也是用这种口吻，他这会儿见托尼和他一个反应，算是知道自己当时在燕绥眼里到底有多尻了。

不过也不能怪他啊不是？

防人之心不可无！

他从储格里摸出烟盒，抽了根烟含在嘴里，替燕绥回答了："她能骗你？骗你图啥，你知道的既不是她老爹保险箱的密码又不是藏宝图。"

他擦起火，凑到烟屁股那点了，吞了口烟，慢条斯理道："兄弟，你俩嘴唇一碰，就能给自己免了牢狱之灾，这还不划算？"

燕绥没作声，她把玩着魔方，似压根儿没听到俩人说话。

可面包车的车厢空间狭小，说个悄悄话都能从头传到尾，她怎么可能会听不到。

托尼看着她手速极快地把同样颜色的方块打散，拼装，再打散，再拼装。他心里悬着的那壶水终于在她耐心快要告罄时倾倒而出："你想知道什么？"

燕绥拼扣魔方的手指一顿，她单手掂量了下，顺手抛回座椅椅垫上，微微俯身，极具压迫性地盯着他："和你交易监控录像的人，是谁？"

托尼舔了舔唇，眼神微暗："我不确定，从始至终我们都没有见过面，全是网上交易。"

这个回答在燕绥的意料之内。燕沉和托尼见过面，如果面对面交易，很容易被认出来。

"不过聊天记录和交易记录我都留着，手机在屋子里没拿出来，我现在去取给你。"

燕绥笑了笑，"就不用你亲自去拿了，放哪儿了？让他们替你跑一趟吧。"

托尼沉默，显然是发觉燕绥今天是铁了心要从他这里拿到东西，没再做无谓的挣扎："我放厨房那个水壶里了。"

他递出钥匙，看着代驾接了，想说什么又敢怒不敢言，眼巴巴望了眼燕绥。

燕绥没理。

代驾去了一趟，很快折回来。手机也顺利取过来了，开了机递给燕绥。

托尼这次很自觉："截图就保留在相册里。"

燕绥看了眼，确认有截图，手机在指尖一转被她顺手扔进大衣口袋里："最近都住这儿，不跑吧？"

托尼摇头。

"行，那我也不在你家留人了。"燕绥大度地挥挥手，示意他可以走了，"手机借用几天，用完了我让人还给你。"

托尼在听到她前半句时心里咯噔一声，当然听完整句话也没有更好点。

她话里有话，警告他最近老实待在这儿，别挪窝。还手机不过是听上去好听一些，她打算的是还有需要再找他的意思。

他没吱声，被代驾领出车外，送着回去。

"我听说你之前是她泰拳教练？"

托尼低着头，老实得跟鹌鹑一样点点头："以前是。"

"监控录像卖了多少钱？"

托尼看了他一眼，说："十万。"

代驾眯着眼猛抽了一口烟，烟头被他碾熄在脚底时，他看着托尼的眼神就跟碾着根烟似的："你一个大男人挺有出息的啊，十万就把良心出卖了。"

托尼想辩解，话到嘴边，一想，他也没说错。一个监控录像十万，他就把自己的良心出卖了。

从给货、收钱、交易成功那刻起。他离职、退房，跟做贼似的连夜离开了南辰，东躲西藏那么久，不敢找工作，也不敢出现在人多的地方。别人多看他一眼他都觉得是有人盯着他，惶惶不安。这十万拿的，亏心。

见他不说话，代驾哼笑了声，警告："你也别花心思再躲了，她这次既然能查到你的行踪，下一次也可以。不过是多费点精力的事，别回头把她惹急了，那些花费的心思全算在你头上，得不偿失。"

等托尼点头表示自己知道了，代驾拍拍他的肩："安心等着吧。"

目送着托尼进屋关门，代驾在他门口站了会儿，又转悠了半天摸地形，这才走回去。

前两天他刚把燕绥大半个月前让他打听的消息告诉她，估摸着今天之后，这事差不多要到此为止了。他的安生日子哦，终于要重新回来了。

35860.C

Chapter 20

你战，我陪你战

　　燕戬出发去利比亚当日，燕绥亲自送他。

　　临近安检前，他还惦记着傅征，千叮咛万嘱咐："别私定终身啊，你爸我还活得好好的，听见了没？"

　　燕绥忍不住掏了掏耳朵。

　　"他在南辰的时候，你让我别未婚先孕。我说要结婚吧，你又让我多谈几年恋爱。这回好了，又冒出个别私定终身。你之前不是挺中意他给你当女婿的？"

　　燕戬瞪她，难得端起了大家长的严肃："嘴别贫。正式见面那天他往我这儿放了一枚玉佩，当信物。你们什么时候决定要结婚了，爸亲自把玉佩拿给他，也算是兑现君子承诺了。"

　　"好好好。"燕绥催他进安检，"你放心，早着呢。"

　　还有一架没吵完呢，哪能就这么便宜他？

　　燕戬被她三推四请的，话还没说完，就先进了安检口。他回头看了眼站在队伍外朝他挥手的燕绥，无奈地笑了笑。罢了罢了，反正时间还长。

　　燕绥看着燕戬通过安检进登机口候机，转身往航站楼的地下停车场走去。

　　半小时后，燕沉拉开在停车场等候已久的商务车后座，意外地看见靠窗的位置坐着一个衣着干练的年轻女人。

　　他眉心一拧，下意识地看向司机。

　　司机被他一眼盯得头皮发凉，解释："她说是你堂妹，硬要上车等……"

燕绥用指尖拨撩着一头短发，打断司机："搭个顺风车而已，不会这么小气吧？"

话是对燕沉说的，眼睛也是盯着他看的。

燕沉上车，在她身旁的位置坐下，和往常的温和煦暖一样，笑着问她："去哪儿？"

"既然是顺风车，当然话说完就走，你随意往哪儿开。"

燕绥曲指勾下墨镜鼻梁，拿在手上把玩。听燕沉吩咐去公司，微低头，借着车窗反光，顺了顺鬓角。

燕沉已经很久没见过她了，他抢她的生意，她无动于衷；断她的财路，她也无关紧要。就像是什么都无法引起她的兴趣，任由他兴风作浪，她自波澜不惊。

忍到今天才来找他，实在有点出乎燕沉的意料。

等出了停车场，燕绥直接开门见山："有些话憋久了，想找个人说说。"

燕沉从车载冰箱里拎了瓶矿泉水，拧开盖递给她。

南辰入暑，这几日气温居高不下。

车内的空调舒适，他递进她手心里的冰水也格外下火。

燕绥抿了几口，就拿在手上，说："我费了点时间，从托尼和梭温那儿拿到了你参与的证据。"

她的语气云淡风轻，仿佛像是在说"这瓶水挺甜"一样。

燕沉闻言一僵，慢慢转头看她。

"被动挨打不是我的风格。"燕绥莞尔，"我记仇，你知道。"她一如几年前刚回国时那样灵动精明，策略正确会笑得有几分招人的得意。

"东西都发你邮箱了，不过估计你刚下飞机还没来得及看。"燕绥和他对视了一眼，往后压住椅背，"你看看，我们是和解还是法庭见？"

燕沉不语，只仰头灌了几口冰水解渴。

"法庭见的话，事情闹大了，是家丑。毕竟是豪门秘辛，估计会有不少人关注。商人逐利，我觉得这方式太难看，对我们以后的发展都不好。和解就比较温和了。"

燕绥举例："没人知道我们之间发生过什么，锅我背了，仁至义尽。"

燕沉轻笑了声："你还是和以前一样，从来没有给过我选择的机会。"

燕绥眉目间最后那点笑意彻底淡了:"你在我这儿,用错了方式。我来,是看在我爸的面子上最后给你提个醒。但你非要和我不死不休,我也不是吃素的。最多三年,我能让你在这个圈子里彻底混不下去。"

燕沉毫不怀疑她这句话的真实性,他笑了笑,提着瓶口的水瓶和她拿在手上的矿泉水瓶轻轻一碰:"我知道了,你让我想几天。"

他这么好说话,委实有些出乎燕绥的意料,她来之前,挖空肚子准备了一套说辞,应对各种仇人见面分外眼红的各种情况。

不料,他就给她来一句"你让我想几天"?这是几个意思?他想得通就坐下来好好谈,想不通就继续牛脾气跟她纠缠到底了?

燕氏短短数月,损失惨重。燕沉要是真的发了狠,决心和她杠下去,谁胜谁负真的难说。

"叔叔是今天去利比亚吧?"燕沉问。

燕绥:"嗯,刚走一会儿。"

"我出差前,他私下找过我。"燕沉长腿微伸,脚尖抵着前座,眉目慵懒道,"他告诉我,我父亲高位截瘫是我母亲的过错。我喜欢你,是我的错。我知道我母亲荒唐,但不知道她这么荒唐。我不想再像她一样,偏执地把一条路走到黑。我想了想,如果你成了我的金丝雀,我可能就没那么喜欢你了。"

"我爱的,是不可一世无往不胜的燕绥。我甘愿当你的良相忠将,为你冲锋陷阵。如果只剩下我一个人,我想……"

他没再说下去,自嘲地笑了笑。

"是我荒唐了。"

车从高架闸口驶入,渐渐加速。燕绥扯了扯唇角,没表态。她做不到设身处地去理解他的立场,自然也无法体会他曲折的心路历程。

他既然认错,燕绥也好说话:"等账一笔笔清算了,我们也两清。"

她记着每一个被燕沉带走的员工,记得每一笔被燕沉搅和黄了的生意,也记得燕沉带走了她多少客户,令燕氏蒙受了多大的损失。

这些,不是他说一句抱歉就能够一笔带过的。否则她做什么生意?直接做慈善好了。

"两清？"燕沉眉心隐皱，很快又松开。

清不了的。不只他和燕绥之间，光是燕姓这两门，就算不清楚。

这些年，燕戬对他们一家做的一直被他当作理所当然。可当真相揭开，仁慈和残忍高下立见。

"我最近在联系美国的疗养院，等办完手续，送我爸过去。"

燕绥一怔，扭头看他。

"我也去。"他仰头喝尽最后一口矿泉水，把瓶身捏得咔咔作响，抛进垃圾桶里，"燕氏走私的新闻夭折时我就猜到梭温被捕了，营销那边投放的所有博文临时全部撤销，准备等梭温的新闻再造一波势。"

他当时都已经准备操控股票，给燕氏一记迎头痛击。不料，梭温被捕的新闻始终没有出现。一个月，足够网友遗忘之前征伐的热血。他错过良机，早已大势已去。

靠争夺客户、抢夺生意的恶劣竞争方式并不长久。燕氏作为南辰市扎根深厚的大集团，不会因他抢几个生意就活不下去。

不久后，埃塞俄比亚海外项目的竣工，以及利比亚海外项目的同期启动，会让燕氏集团名利双收。既开拓了海外市场，也能在这一领域占得先机。

燕沉经营良久所积累的优势，早已在一招漏算的棋盘上崩溃得一干二净。

燕绥在高架出口的第一个路口下了车。发定位让辛芽来接的同时，她拨了个电话求证燕沉话里的真实性。

得到的回答出乎意料——燕沉的确在联系美国的疗养院。

傅衍那边也给她传了消息："我听说他最近接了美国一家公司的offer，应该是想赶在梭温那条走毒线被端前出国。惹上一身腥臊，别说前途了，牢狱之灾也有可能。"

"不至于。"燕绥抬手遮着刺眼的阳光，去捕捉从她头顶飞过的那架银色飞机，"我刚和他见了一面，如果不是对我使缓兵之计，那他应该是筹划好了退路。"他不会让自己搭在南辰，一无所有。

燕绥给了燕沉三天时间。整整三天，她没再接到燕沉任何电话或者讯息，他就像是人间蒸发了一样，不见踪影。

　　燕绥原定的两个计划，通通没派上用场。不得已，她只能启动备用计划。

　　事实上，三天前和燕沉在车上简短的谈话后，燕沉再没有做出任何与燕氏集团敌对的行为。和他一样，他借壳重生的公司像是点燃了一发哑炮，火花哧哧响了数声，等引信烧到头就等着点燃烟花时，忽然火光熄灭，沉寂在了黑夜之中。

　　燕绥默认燕沉的中立立场，开始反侵攻势。

　　燕沉前期疯狂拦截燕氏集团的合作项目纳为自己所有，公司在运转项目时早已负债累累。他之所以急着让燕氏陷入困境，是想以无本买卖的方式入主燕氏，从而解决他的燃眉之急。这不亚于拆东墙补西墙，两家公司在几年内都将有资金周转艰难的困境。

　　燕沉败势已定，这毋庸置疑。

　　燕绥的吞并方式，是购买燕沉公司的股本取得控制权。她向傅衍借了一笔周转资金，不惜承担燕沉公司的债务以市价收购。

　　收购前，燕绥算了一笔账。

　　燕沉借壳重生的公司和燕氏集团的主要业务相差无几，收购成功后，燕沉公司的资源重新回到她的手上。她不用费太大的整合力去磨合这家公司，直接纳入燕氏集团，很快就能消化成功。

　　但郁闷的也是这点，她莫名其妙花了一笔本不用支出的资金去买回原本属于自己的东西……窝不窝火？

　　窝火！

　　燕绥原本的得意在算清这笔账后只剩下满肚子的怨气。她怎么会觉得燕沉是真心认错真心服软？有这么报复式的认错吗！

　　他是接了美国一家公司的 offer 远走高飞了，留下一堆烂摊子给她收拾。

　　由于心疼钱……燕绥在整个收购过程中面如阎王，脸色委实难看得很。

　　最让人心疼的其实是跟着燕沉出走的部分员工，他们本是燕氏集团的得力干将。结果……刚跟着燕沉跳槽了没多久，又黑吃黑，被老东家给重新吃回去了。

一想到以后和原东家低头不见抬头见，众人便觉得前途堪忧，生无可恋，这……以后怎么面对小燕总？

傅衍抽空来燕氏做过客，饶有兴致地旁观了燕绥脚不沾地的忙碌后，开解道："就当交学费了，毕竟燕氏收购完成后大了一圈。这是你短期内甚至五年内都无法收获的吧？"

燕绥没吭声，傅衍是债主，惹急了是要立刻还钱的……

收购完成没多久，梭温那条走毒线在警方秘密调查数月后，彻底被端。燕绥已经许久没有燕沉的消息了，让傅衍留意的美国方面也没收到任何有关燕沉的回馈。以防万一，她趁新闻发布当天，大张旗鼓地发布了一个宣传视频。

请了专业的团队，拍摄了一支时长十分钟类似于纪录片的公益短片。以船长的视角，讲述了远洋商船燕安号的一生。视频的末尾，是统一的口号——

"我们保护大海，遵纪守法，严拒走私。"

包括沉寂了数月的官博，也在同一天重新发声。

先是承认了梭温是燕氏远洋船只的船员，客观阐述了他的犯罪事实后，划重点："感谢各位监督，在发现此例问题后，公司立刻做了自检，今后也会加强对船员的管理，避免再出现类似事件。"

官方的客观和虚心很容易赢得好感。

成功刷了一波存在感后，辛芽又适时地放出一段精心准备的博文。

先澄清数月前在网上引起惊涛大浪的索马里事件："燕安号事件，并非营销号恶意揣测的那样，是因为走私原因才未上新闻，是因为有军方背景才能把所谓'真相'掩盖。"

长微博下面，附带了几张早年燕绥接受的文字采访资料；燕安号获救后在新闻官网的历史截图；以及一年前的亚丁湾，燕绥站在甲板上，侧身和傅征说话的照片。

傅征的身影被虚化，他的帽檐压得又低，远景里根本看不清他的脸，只有作战服上的五星红旗鲜艳又清晰。

公关部还特意投了几个官博的广告，一口气重新洗白燕绥。

黑粉刷不清没关系，路人好感度重新拉了回来。再说了，她也没有要当网红的意思，公司的形象重新树立起来于燕绥而言才是最终目的。

程媛开庭时，燕绥抽空出席了，不出意外，她见到了消失已久的燕沉。

没有燕绥想象中的憔悴，他与燕绥最后一次见面的样子差不多，只不过脸颊稍微凹陷了一些。看着脸部轮廓更加瘦削，仿若斧刻。

结束时，他在法院门口叫住燕绥："有个人，想托给你关照。"

燕沉在一个月前去了美国，但没去公司任职，陪着燕申在疗养院住了医院，等程媛开庭，提前两天回的国。

"我一走，阿姨就要失业了。我想她做菜做点心都合你胃口，所以问问你……"

"行，你让她来我这儿。"程媛被判，她心情不错，边和他并肩走下台阶，边问，"这次什么时候走？"

"晚上的飞机。"燕沉低着头，声音沉郁。

燕绥本想说你都金蝉脱壳把和梭温买毒品的事推得一干二净了，身上没背负任何枷锁，这么着急干什么？

可话到嘴边又觉得自己真这么问出口才是不厚道，顿了顿，笑笑："祝你今后前途似锦，一帆风顺。"

燕沉看着她，没说话。这么久，他仍是过不了自己这一关，他能压抑自己对燕绥的喜欢，可每次一见到她，那种深埋在心底的悸动重新萌芽。他甚至不能多想，一想到她今后会在另一个男人怀里巧笑倩兮，就觉得心口被堵了酒精浸湿的棉花。

一呼吸，又凉又湿，有股说不出的堵滞。

拿不起，也放不下，更无法释怀。

唯有夜夜舔舐伤口时，才敢剥开血淋淋的过去，一点一滴地翻看。

燕戬说他喜欢燕绥是错的，可他百遍反省，千遍思虑，也没觉得自己哪里错了。有些东西它不讲道理，不受控制。

你一步步受它引诱，渐渐沉迷，无声无息。

戒不掉，割舍不了，每每想起只能自欺欺人地越埋越深，越埋越深。

如果是酒，年月越长还越醇香。可这种感情，不容于世俗，不容于你我之间，爱一天就少一天。

若是两情相悦，拼命燃烧一回又如何？纵是肝肠寸断，亦无所惧。

可惜不是。

他唇边的笑意苦涩，对上她看来的目光时又敛得悄无声息。

上车离开前，面对面地，燕沉问她："清了？"

燕绥笑了笑："清了。"

吞他一个公司，虽然她也付出了不少。但能把燕沉从南辰市彻底铲除，也不必担心他随时卷土重来，花点钱……算得了什么？

她有钱嘛！

"清了就好。"燕沉笑容寡淡，看了她片刻，说，"结婚的时候通知我一声，我不来，只想给你道声祝福。"

饶是两人每回见面时都风平浪静，看似与以前的相处没有任何不同。可燕沉知道，彼此之间的缝隙越裂越深，此生难以跨越。

燕绥看不出什么情绪地点点头："好。"

两厢无话。

燕沉又站了片刻，道："那我先走了。"

燕绥没作声，看他坐进后座，隔着黑色的车窗只隐约能看见他的轮廓。

她唏嘘，尘埃落定，物是人非。

辛芽来接她时，燕绥正叼着镜腿坐在石狮子墩上。

她被燕绥盯得差点跪下叫"爸爸我再也不敢迟到"时，她终于开口说话了。

燕绥说："订去埃塞俄比亚的机票吧，我想他了。"

辛芽很快落实了去埃塞俄比亚的机票，中途转机虽然麻烦却是整趟行程中最简单的，只要从机场中转入口重新办理登机即可。

麻烦的是要找靠谱的安保，和协调从埃塞俄比亚港口去往亚丁湾海域的远洋商船。

有上次在索马里吃的教训，辛芽联系的是国内的安保，直接从国内一起出发。她在公司的会客厅安排了面试，燕绥没空，她就做主试官，力求从雇佣开始就严格把关。

燕绥看过辛芽递来的雇佣合同，每条每款霸道得都犹如剥削。要不是给出的佣金可观，燕绥觉得安保公司可能会把辛芽当成神经病。

　　签订好雇佣合同，安保将安排保镖于出发那日在机场和燕绥会合。

　　辛芽把备忘录上已经做完的工作全部挑上个鲜艳的红钩，用座机给一个月前先回埃塞俄比亚的陆啸打电话。

　　陆啸身体素质不错，枪伤养了没多久就已痊愈。出院后，燕绥安排了营养师，给他调了一个月的营养餐。直养得他长了一身膘，他才从这种每日醒来只等张嘴吃饭的日子里及时醒悟，提出要先回埃塞俄比亚。

　　燕绥准了，没理由不准。

　　原定计划是她先把南辰市这堆烂摊子善后了，和陆啸一起去埃塞俄比亚。辛芽一个小姑娘，不能扛不能打的，不得有个免费输出的男劳力？但燕沉一事拖了太久，她委实抽不开身，亲自把陆啸送到机场，约了个后会有期。

　　陆啸接到电话时，很雀跃："你们终于要来了，机票订了几号的？"

　　得知就在半个月后，他笑道："等会儿你抽空把航班发给我，我和项目经理一起去接你们。"

　　辛芽连声应好，又划去备忘录上一条备忘，开始对接燕氏旗下的远洋商船。

　　途经亚丁湾海域的船只有一艘——燕洋号油轮。这是订机票签雇佣合同之前就先确定的，谁让她大老板醉翁之意不在酒，去埃塞俄比亚出差不过是顺带呢。

　　等一切安排妥当，燕绥按时出发。

　　出发的路上，燕绥终于想起来关心一下："安保签了几个？"

　　辛芽："……"敢情她连雇佣合同都没看就签了？

　　"两个。"辛芽把平板递给她，"你别看就两个啊，和上次去索马里的情况不同。这两位都是有很出色履历的，绝对顶一个车队！"

　　燕绥抬眼瞅她。

　　辛芽立马狗腿地摇尾巴："当然，这次出海有傅长官护航，根本用不着一个车队。"

　　燕绥没细看，指尖滑着屏幕翻了几页，记了个大概，就把平板扔了回去。上次孙副总一事对辛芽的打击还挺大的，她如今处事谨慎小心，做派沉稳，燕绥把事交给她基本上不用再操心。

两日后，燕绥抵达埃塞俄比亚。

完成工作后，她在埃塞俄比亚又停留了三日，出发去港口等船。燕洋号当晚到港，停留了一夜，隔日清晨补给后重新起航。

船长听说过上一年同一时间，燕安号最后一次出航在亚丁湾遭遇海盗，船只连同船员一并被劫。也知道燕朝号几个月前因船员走私被捕，所以只当燕绥是来视察的，打足了精神。

在海上漂了一天后，终于驶入危险海域。满载二十吨原油的油轮，笨重又迟钝。为了安全起见，船长请求就近巡逻的中国海军护航。得到回应，为表示感激和欢迎，船员在船舱上拉起致谢横幅。

燕绥在甲板室顶层架了把椅子，就窝在躺椅里听甲板上船员走动的声音。海上日照强，她戴了顶鸭舌帽，又架了副墨镜，全身慵懒地看着船尾横越过海面追逐的海豚。

辛芽跟老妈子一样边碎碎念边给她补防晒："你别现在嫌麻烦，等晚上你就知道错了。晒黑都还是轻的，蜕皮又痛又痒，有你受的。"

燕绥叼着根棒棒糖，垂眸看她家傻白甜助理："你知道什么叫苦肉计吗？"

辛芽"啊"了声，没懂。

不是说好来把架吵完的吗？怎么就……又苦肉计了！

"男人吧，喜欢女人的时候是占有欲。这占有欲里不只精神上的，更直观地体现在肉体上。欸……我话刚开头，你脸红什么？"

辛芽囧："我是被太阳晒的。"她懒得听燕绥那不正经的歪理，转移话题，"这海上漂个几天几夜可能都见不到一艘船，要是傅长官来了，雷达上不得先显示？你没事在这儿晒什么太阳，去船长室待着不好吗？"她就是心疼燕绥这身细皮嫩肉。

燕绥没作声，她忽地坐起来，曲指勾下墨镜的鼻梁，露出一双眼来。

远处，有一艘水灰色的舰艇正从茫茫大海上驶来。眼前是蔚蓝色的大海，阳光直射，水面泛着碧蓝碧蓝的银光。有海鸥在船尾盘旋，不时发出鸣叫。

那艘渐渐逼近的水灰色军舰上，傅征立在甲板上，一身特战服，衣装笔挺。他握着对讲机，低沉的声音透过无线电流清晰地传进燕绥手边的对讲机里："中国海军为你护航。"

半小时后，南辰舰队派出五名特战队员赴燕洋号油轮执行随船护卫任务，护送燕洋号从亚丁湾东部海域至曼德海峡南口。

傅征接到上级命令后，陆战队准备好物资和武器弹药，下小艇以挂梯的方式登上油轮进行随船护卫。

船长在左侧船舷迎接，没等他开口把感谢词先说一遍，傅征抬眼，仰头看向船舱顶层。逆着光，傅征什么也没看见，他眯眼，打量了片刻后才道："带我熟悉下船上情况。"

船长忙不迭应下，领着几人先围着三百多米长的油轮甲板和高达八层的舱室转了一圈。再从舷梯进舱室，熟悉船体结构和船上的防护。

上至顶层舱室，船长介绍完正要回头领几人下去。只见那位身姿挺拔的特战队队长攀着铁门，手上用劲，一蹬一踩，连看都没看尾部的小楼梯一眼，直接跃上了舱顶。

船长眯着眼睛往上看，想起船东下午一直待在上面，扯高了嗓音忙说："傅队长，上面是我们船东在休息……"

傅征已经看见了，他居高临下地看着躺椅上鸭舌帽遮住了整张脸的女人，以及旁边从他出现起就被他低气压震慑得瑟瑟发抖的辛芽。

他抿唇，瞬间暴怒，咬牙切齿地从齿缝里挤出她的名字："燕绥。"

燕绥似压根儿没察觉到他的怒意，懒洋洋地抬起鸭舌帽，觑了眼傅征，笑眯眯道："傅长官，好巧啊。"

舱顶之下众人，纷纷打了个寒噤。

胡桥先反应过来，拍拍老船长的肩膀："船长，你先带我们下去吧。"

船长指了指舱顶，满脸犹豫："可是这……"

"没事。"郎其琛往舷梯下迈了一步，示意船长边走边说，"两人认识。"

走了几步，他似想起什么，提声喊了句："辛芽。"

舱顶有人"欸"了声，似终于回过神儿来般仓促地寻着楼梯走下来。

辛芽一走，舱顶顿时便只有两个人。

傅征压着怒，看了她好一会儿，语气低得能融进海风里："你把我的话当耳边风是不是！"

"出差。"燕绥坐起来，她有一大笔账要跟他清算，但不是现在。她的目光往甲板瞟了眼，低声道，"有什么话等你忙完再说。"

傅征刚上船来，熟悉了船体结构和安防布置，还要尽快制定防护措施，加固船身防护，的确时间紧迫。反正离曼德海峡南口还有两天两夜，想收拾她，不急。

燕绥有恃无恐，看他一身威压尽数收起，知道他是明白轻重缓急的。当下又懒洋洋地躺回去晒太阳，刚把鸭舌帽压在脸上，兜头盖上一件外套。

她睁眼看去。

傅征刚迈过栏杆准备下跃，见她看来，冷硬地抛出一句："海上阳光烈，待会儿就下来。"话落，人也下去了。

燕绥抱着外套躺回去，缓缓勾起唇，嘴硬心软的臭男人！

傅征很快归队，前后都没超时一分钟。

燕洋号油轮吃水深，干舷低，航速慢，机动性也差。若是被海盗盯上，成为他们的袭扰对象，等待燕洋号的可能就会重蹈覆辙。尤其这艘油轮，满载二十吨原油，价值好几亿。一旦被海盗挟持，后果不堪设想。

傅征领队对油轮进行了仔细的排查，加固了一些海盗容易攀爬的"矮地"，并在船周围布置了铁丝网，以争取在海盗袭扰时增大海盗登船的难度而赢取时间。

布防后布控："在驾驶室设置二十四小时警戒哨，并负责左右两舷瞭望警戒。三小时换一次岗，每小时向指挥所报告一次情况。若遇海盗袭扰，狙击手和我会分别在驾驶室左右舷天桥就位，轻机枪手和步枪手分别在甲板左右舷就位。"

话落，傅征的目光微厉，一一扫过几人："明白了没有？"

"明白！"

有海鸥忽鸣，傅征转头看去。

燕绥倚着栏杆，吹了声口哨。船尾破水声响起，还未远去的海豚在远处跃出海面，轻啼声中，她转身，双手撑着栏杆，逆着光，身段玲珑又妖娆。

傅征只看了一眼，收回视线，再开口时，喉结微滚，声音沙哑："解散。"

燕绥在舱顶眺望了会儿，觉得无趣。沿着舷梯下来，跟船长要了副鱼竿，自己去厨房弄了饵，搬了把椅子，坐在船舷边钓鱼。

她是这艘船上最闲的闲人，船上又没什么解闷的乐子，只能自娱自乐。

傅征巡逻时看到好几次她毫无耐心地调整鱼竿，见他来了，头也没回一声不吭地盯着浮标。他也懒得多事，往往脚步不停，直接路过。

船长来过一次，问燕绥战果。

燕绥笑眯眯地提起空空如也的鱼钩，答："还没有上钩的。"

"燕总心态挺好的。"船长安慰，"钓鱼要有耐心，你这才坐了一会儿呢。"

燕绥正愁没人聊天，借着收竿放鱼饵的工夫问船长："我记得燕洋号不是第一次经过亚丁湾吧？"

"不是。"船长看她重新挂上鱼饵放鱼线，想了想，说，"大概五年前了，船期紧任务急。不像这趟，时间充裕。"

"没申请护航？"燕绥问。

"没有，根本来不及。"船长摇了摇头，失笑，"我十几年的'海龄'，见惯风浪。那次经过亚丁湾连我都觉得骨子里发冷。你不跑船不知道，踏进亚丁湾海域我就觉得这里的海水都比别处凉。"

这当然是心理作用，但跑船经过亚丁湾，无论船长是否经验丰富，都会心里发怵。

浮标被风吹得左摇右摆，燕绥分神看了眼海面，听船长说："这片海跟长眼睛一样，我们油轮驶入后一开始还很平安，可到快驶离亚丁湾时，海盗乘着快艇追上来。一口气松了一半又猛提起来，拼命加速拼命加速，这才甩掉。"船长比画着，"就那种小艇，好几条，速度又快，尾随着跟上来。"

燕绥笑了笑，说："燕安号更倒霉些，刚进亚丁湾没多久。"

船长跟着唏嘘，指了指油轮的左后方："一海里外就是南辰舰，船上又有特战队，这次就是遇上也没问题。"

燕绥眯眼看去，一海里外，南辰舰在燕洋号的左后方，伴随护航。

手中的鱼竿一沉，她转眼看来，浮标被鱼咬得沉进海中，她还没反应过来，船长先吆喝了一声："上钩了上钩了。"

燕绥这才收起鱼竿，鱼钩上钩着一条叫不出名字的海鱼不断挣扎。

她笑起来，腹诽：就她这么三心二意的居然也有鱼愿意上钩。

郎其琛是第一批岗哨，他站在船左舷，瞭望警戒。三小时后路黄昏来换岗，他终于能放任自己从浑身紧绷的工作状态里脱身而出，抱着枪，喋喋不休抱怨道："姑你就是故意的，你想考验我的意志，锻炼我的筋骨！"

燕绥纹丝不动，钓鱼竿拿着手酸，她还跟船长要了个大夹子把鱼竿固定在围栏上，这会儿倚着椅背伸了个懒腰，打着哈欠问："我看着像有这闲工夫的人？"

郎其琛斜眼睨她，"这船上就你最闲。"

眼看着就快入夜，燕绥也懒得在郎其琛面前卖关子，没等他巡逻过来，先收了鱼竿："帮我提下椅子送回休息室里，等会儿赏你吃颗巧克力。"

郎其琛噘嘴："你这是把我当小孩哄呢？提椅子可以，巧克力就免了。我在出任务呢，你别引诱我犯罪。"他拎起燕绥的椅子跟着她往甲板室走，边走边贼眉鼠眼四下环顾，"姑。"

燕绥领先他两步，头也没回："有事说事，别跟做贼一样，你把心虚都刻在脑门上了知道吗？"

郎其琛腾出手摸了摸额头，奇了，她不是没回头吗？怎么就看见他东张西望做贼心虚了！

不过现在不是纠结这个的时候，他紧跟一步凑上来，压低声音道："你跟我队长吵架了？"

燕绥答不上来，吵了吗？也没拌嘴过招血流成河啊，可说没吵也不合适。

见面冷冰冰的，同一条船上见着她跟看见空气一样，余光都不分一眼。送人的礼物说收回就收回去，那眼神那语气，凶得跟仇人见面分外眼红一样。

她"啧"了一声，迁怒道："毛长齐了吗就敢八卦长辈？"

郎其琛一脸无辜地瞄了眼自己的下腹："……毛齐了啊。"

入夜后，海上风大，温度陡凉。半夜时起了浪，浪头舔上甲板，澎湃的海浪声吵得燕绥半丝睡意也无。

她爬起身，披了条厚披肩，开窗往下看。没了月色的大海像一团无边无际的乌云，把油轮包裹在内。船上除了信号灯，黑寂一片，就像是融进了这墨色里。

燕绥适应了一会儿黑暗，视野里终于出现了一个朦胧的身影。颠簸的船上，左舷仍旧站了一个人。固定身形用的绳索在和栏杆碰撞时发出清脆的敲击声，一声一声，微弱得很快就被海浪声盖了下去。

有敲门声传来，规律的三声后，是郎其琛的声音响起："姑。"

燕绥起身开门，摇晃的船身中，她就势倚着门站立。

郎其琛往屋里走了两步，还打着哈欠："队长让我来看看你。"

燕绥挑眉："他不是在站岗？"

"是啊，站岗才能看见你没睡，偷偷开了窗子查他岗啊。"郎其琛坏笑了两声，"海上有风浪是常有的事，今晚风大，等天亮了也就好了，你要是害怕让辛芽陪你睡。"

燕绥"哧"了声，她独居为的就是给傅征提供方便，把辛芽叫回来？除非她脑子进水了！

郎其琛在她那声哧声里嗅着味儿，眼珠子一转顿时明白她在打什么主意，又掩着唇打了个哈欠："队长还要站几小时岗，你就别瞎琢磨了。"

话带到，郎其琛没久留，挠着头往门外走了两步又折回来，说："看在你是我亲姑的分儿上，我给你提个醒。我要是队长，我在这种地方看见你，也高兴不起来。"

燕绥"嗞"了声，半点没客气地抬腿一踹，直接一脚把郎其琛踹了出去。

关门之前，她学着他的句式，以牙还牙道："看在你是我亲侄子的分儿上，我才送你一脚。"

郎其琛扶墙，一脸惊恐，又欺负他！

燕绥关了窗躺回去，闭上眼，想起傅征，风大浪大的还在站岗。耳边海浪声似渐渐远去，取而代之的是他身上铁索和栏杆碰撞的声音，铛铛铛——

她抬手掩着光，深深叹了口气，认命地爬起来拿平板。

海上没信号，平板里全是上船前就载入的文件。她半点不嫌烦，逐条逐条重新看一遍，不知道翻了几页，眼皮渐重，蒙蒙眬眬睡意正浓时，听到耳畔又是敲门声。

燕绥睁眼，确认这不是错觉后，起身开门。

门刚开，一身潮意扑面而来。

燕绥还没看清是谁，人已经进屋，连带着反身把她压在门后，抱进了怀里。鼻尖湿漉，嗅到了一股海水的湿意，燕绥一声不吭地被他抱在怀中，半晌才问："换岗了？"

傅征低低应了声："看你灯还亮着，就过来了。"他低头，抱得更紧，"一会儿就好。"

傅征侧着脸埋在她的颈窝，脸上的皮肤被她的短发刺得发痒，他掐着她的腰，闷声问："怎么剪短发了？"

这一副什么事都没发生的语气莫名听得燕绥心头火起，她拧了一把傅征的腰侧，听他"嘶——"了一声，这才解气，"你今天——"

话没说完，他扶住她的后颈，张嘴咬来，咬得她唇色嫣红，指腹沿着她的唇形摩挲着，那双眼又深又亮："我上次怎么跟你说的？"

燕绥一时没反应过来……等等，现在到底谁要翻旧账？

"我是不是让你不要再出现在这种危险的地方？"他吻下来，吮住她的下唇，趁她失神的片刻，舌尖撬开她的齿关，长驱直入，舐着她的上颚。一时麻痒，像有火花沿着他舌尖勾舐过的地方胡乱窜动。

燕绥想躲，被他按在怀中动弹不得。

他一点点，像是早就想好了那样，惩罚般专拣她敏感的地方舐舐啃咬摩挲。

"你不听话，还不准我生气了。"他微凉的鼻尖蹭着她的，又不给她说话的机会，等她嘴唇一张，又覆上去。

"怎么样才肯听话，嗯？"他含住她的舌尖，吮她舌根，吮得燕绥发痛，闷哼了一声，他才抵着她的额头。

双手都放在了她的腰上，她的腰细，他一掌能够握住。

此时，他压着她的腰身贴近自己，严丝合缝地紧贴着，只微微侧头，在她耳边低语了句："枪已经卸了，怕顶着你。"

明明是一句正经话，他含着笑，语气低沉，那沙哑的笑声像是含了口烟，混着海浪声落入燕绥耳里像是一剂猛药，她浑身发软。

"不正经。"她嘟囔了一声。

心里的气半散,半推半就地伏在他怀中,尖尖的牙齿咬着他的嘴唇,又沿着嘴唇咬他下巴。知道他时间有限,每一秒都像是偷来的。

她摸着他被浪打湿的特战服,抬眼,和他对视:"枪知道先卸了,衣服不知道先换一身?"

傅征低头,鼻尖蹭着她的,一下一下,眷恋不已:"能怎么办?跟你生气是怕你不知轻重,心里没数。惹急你了又心疼,怕哄不好,只能苦肉计了。"

燕绥被他一句话哄舒坦了,暗暗埋怨自己没用。明明苦肉计是她用来和他吵完架后再用的,他淋一身海水,就想把这事揭过去?

"想你了。"似知道她心中动摇,傅征吻她眉心,又顺着她眉骨亲啄她的鼻尖,最后拉起她的手,在她手心印下湿漉的吻痕,"想得要命。"

油轮被海风掀起的巨浪掀拽着,犹如有双手攀着巨轮的左右船舷东摇西晃。

涌上甲板的潮声一浪接一浪,船身颠簸摇晃中,猛地一个浪头打来,燕洋号船身微倾,燕绥狠狠撞进傅征怀里。

赤着的脚踩上他的军靴,傅征连哼都没哼一声,稳住她的身形。顺势坐在床沿,把她抱在膝上:"风浪这么大,下半夜可能还要下雨。"

甲板室的走廊里传出急匆匆的脚步声,沿着舷梯很快就消失在再度涌来的浪声里。

"海上暴风雨无常。"傅征看了眼窗外依稀可见的信号灯灯光,"规避不及时,就是一场束手无策的恶战。"

他屈指刮了刮她的鼻尖,这会儿心定下来,话便多了些:"想你想得要命的时候在军舰上跑步、做体能、抽烟。离开近海没多久,有场对抗演习。我知道你在南辰,很安全,战斗时心无旁骛。可你在海上,再安全的海域,我都会放心不下。

"在近海看见你,你险些一脚踏进梭温的陷阱里。你幸运,又机智,可这不是你对生命没有敬意的理由。也不是回回都能那么幸运地遇到我,我会豁出命去保护你,因为你不只是我爱的人,也是我该保护的中国公民。

换作别人呢？

"每位海军都愿意以命抵命换取国人的安全，不是我也会有别的军人义无反顾。不到万不得已的时候，我不希望我的战友牺牲自己来换你平安。"他郑重又严肃，低眸见她垂耳听着，又一笑，"对你，我自私也无私。"

自私，是他可以站在国土最前线，维护祖国领土，保护国人生命安全，甚至不惜以牺牲自己为代价。但燕绥不行，她无论在哪儿，都要平平安安，不能有半点轻视生命的行为。

无私，是他愿意以命抵命保护她的安全，守她一生。傅征愧对她的，是穿着这身军装时，她永远无法占有他心里的优先位置。

"我错了。"他用指腹摩挲她的脸颊，微有些粗粝的手指有些刺，燕绥抬眼，眨也不眨地看着他。

"我用错方式了。"他额头抵着她的，微微闭眼，"情绪藏不住，碰到你就失态。气你胡来，不把自己的安全当回事。"

来之前，他原本想的是来收拾她一顿。进这个门之后，一切就变得不可控了。那些压抑的渴望，沾到她就悉数爆发，抑都抑不住。

那本记满她罪名的"账本"忘得一干二净，只记得自己凶了她，对她发了脾气。他在近海离开燕朝号之前，她望向自己那最后一个眼神就反复地被回想起。

想想觉得都是自己的错，女朋友不听话要教，凶什么？越想越觉得自己生气生得莫名其妙，她就哪儿哪儿都是对的。哪还有半点气？全自我消化了，现在还要低头认错……

傅征自嘲地笑了笑，睁眼和她对视："不答应嫁给我都没关系，我可以慢慢求，一次不成两次，反正你迟早是我的人。可有件事你一定要答应我，要平平安安的，危险的地方不要去，磕着碰着一点都不行，我回来……会检查的。"

他又是认错又是哄的，燕绥对他半点办法也没有，垂着脑袋乖巧得像是讨食的猫，只想扬起尾巴仰着下巴蹭蹭他。

她揪住他的衣领，一缕一缝地替他整理着："答应你。"

她用指腹抚过他的眉眼，轻声问："我这么麻烦，这么让你操心，你有没有后悔过招惹我？"

"从未。"想了想，傅征又补充了一句，"在一起以后，从未。"

还未在一起前，后悔过。

她这样的人，不该和他在一起。后来，傅征又觉得，不是遇到他，她和谁在一起都不合适。

燕绥笑了声，轻弹了弹他鼻尖。

两个人都不是磨磨叽叽、搞不清楚状况的人。话说开了，不管是算了的账还是没算的账，都一笔勾销。谈恋爱翻旧账是最没意思的事。

燕绥窝在他怀里，听着浪头拍上燕洋号的钢筋铁骨，偏头咬了咬他的耳朵："我的邮件呢，能还给我了？"

傅征失笑："能。"

话落，他轻拍了拍她的臀："你早点睡，我出去看看。"

燕绥就一老赖，这会儿怎么可能放他走，环住他的腰身，又钩住他的腿，"不放"。

忽地，船身猛地一晃，被拔高的浪头俯拍而下，半个船身侧倾沉进海里，又很快被海浪托起。哗啦啦的海水声里，船身颠簸，顺着浪潮剧烈起伏。

走廊尽头传来船长的声音，听不清说了什么，断断续续的，很快被风浪掩了大半。不消傅征开口，燕绥自觉从他膝上下来，站到床边。

傅征看了她一眼，起身，大步走到门边，开门前又转头望了她一眼，这才大步离开。

他一走，燕绥捡起早就滑落的披肩，趿了双鞋，跟出去。

被船长嘱派了任务的船员刚走到燕绥门前，脸上是看到傅征从这房间出去后还未收起的震惊之色，被燕绥一瞥，这才回神，扶墙叮嘱燕绥："燕总，船长让我来叮嘱你一声。关好门窗，待在房间里，等风浪过去。"

燕绥问："船长呢？"

"船长掌舵绕行，避开风暴圈。"越来越猛烈的颠簸里，船员的脸色也有些难看，但他仍旧笑了笑，说，"晚上雷达监测到海中风暴时就在绕行，就是没料到风暴的移动速度太快，船在边沿，受到了波及。"

船舱走廊里的灯光有些惨淡，映在燕绥的脸上颇具有惨白的戏剧效果，船员想了想，安慰道："颠簸的时候可能会有点难受，等绕到平静的海面后就好了。"

燕绥颔首，示意他先去忙，自己回了屋。这种时候，她这个什么都不懂的门外汉还是不要去添乱了。

过了没多久，门外传来辛芽的声音："小燕总，你睡了没有？"

燕绥：这间休息室应该很久没这么热闹了吧？来了一个又一个。

她去开门，辛芽站在门口，笑得有些惨兮兮："燕总，我害怕，今晚能不能……跟你睡一屋？"

燕绥默许，侧身让她进来。

"我来之前，看到傅长官领着郎其琛和路黄昏上来了，三个人都浑身湿透……"辛芽舔了舔干巴巴的嘴唇，躺上床，等心踏实了些，又道，"我本来不害怕的。"

燕绥心有些沉，连安抚小助理都有些心不在焉："这里是海上，不像在陆地，出事了能跑能躲能自救，大多得听天由命，对死亡有恐惧很正常。"

辛芽吓得唇都白了，哆哆嗦嗦得连话都说不出来。

她一安静，燕绥才反应过来她这个安抚……跟恐吓差不多吧？

她轻咳了一声，问："你本来不害怕，后来呢？"

辛芽静了几秒，回答："我问那个替船长传话的船员，遇到这种风暴要怎么办。他跟我说，一般求菩萨保佑……"

傅征中途来敲过一次门，给她拿了个对讲机，调了频，教她操作。也不知道过了多久，风浪渐渐平息，摇晃到像是随时能倾覆在海中的油轮重新稳住了船身。

将睡未睡间，燕绥听放在耳边的对讲机内传出微弱的电流声，轻轻一响后，傅征的声音透过对讲机传过来："离开风暴圈了，安全。"

话落，他似顿了顿，声线温柔："天快亮了。"

燕绥隔日睡到日上三竿才起来，洗漱后先在天桥上站了会儿。

这大海也真奇怪，昨晚风暴时，海天混沌一色，那凶猛程度恨不得把油轮解体撕碎一般。最凶险时，油轮被浪打得船身侧倾，船左舷都沉进了海水里。

那风声像呼厉的鬼声，海浪就是千万只从海底伸出的手。可风暴一停歇，天是湛蓝的，海水也清澈极了。

她转身，从燕洋号的船尾看去，左后方的南辰舰依旧保持着一海里的距离，伴随护航。

燕绥笑眯眯地从天桥下去，吃早餐，雨过天晴可真美好啊！

中午吃饭时，燕绥和正好换下来的郎其琛碰到，坐在一块吃饭。

"还有二十四小时才能到曼德海峡南口。"郎其琛瞥了眼燕绥，"姑，你是回国还是去哪儿？"

"回国。"燕绥喝了口蛋汤，满足得眯起眼来，"不是在船上还吃不到这种什么菜里都带着点海腥味的饭菜。"

郎其琛拉长脸："让你吃个半年试试。"

燕绥横他一眼："兴致不高啊，谁招你了？"

"除了你谁还能招我不高兴？"郎其琛扒光最后一口饭，吸溜了蛋汤，"二十四小时后就见不着你了，你眼里除了傅征还能不能有一点点你帅侄子的位置？"

不等燕绥回答，他起身，端着餐盘摇头晃脑地走远了："有男朋友的姑姑泼出去的水。"

燕绥："……"这小子犯什么浑呢？

等她意识到郎其琛可能是缺少关爱心理不平衡后，燕绥在补了个午觉后自觉主动地去送爱心。

她又在船舷支了根钓鱼竿："等着啊，姑钓条鲨鱼给你吃。"

站岗中的郎其琛："……"

没等他内心腹诽下，他眼尖地瞄到远处海天相接的地方隐隐有船影在漂。他心中一骇，就跟验证他想法一样，下一秒，船上的广播响起——

"注意注意，海盗来袭。"

警报拉响的瞬间，所有特战队员进入备战状态。

燕绥收起鱼竿退进船舱这会儿工夫，郎其琛和路黄昏已分别在甲板左右舷就位。

傅征正好在驾驶室，第一时间和军舰指挥中心取得联系，得到了上级指令——保护燕洋号油轮以及船员的生命及财产安全，驱赶海盗。

船长掌舵，油轮右转试图避开与海盗正面对峙。似是发现油轮的意图，疾驰而来的几艘快艇忽分散开呈包围之势迎面驶来。这是打算在军舰提供支援前，先行登船挟持人质。

船上广播仍旧十万火急地通知所有船员进入船舱躲避，傅征调整耳麦，持枪三两步沿船体舷梯抵达天桥左舷高地。

胡桥已经在天桥右舷就位，褚东关作为观察手，王替他锁定目标。

"九点钟方向落后的最后一艘快艇，配有火箭筒。"

"两点钟方向突击的第一艘小艇全员配备 AK47 突击步枪。"

"这支是先行军。"傅征压实了手套，微微侧脸瞄准两点钟方向试图突击的第一艘海盗小艇，"火力覆盖，让他们无法靠近。"

"胡桥，毁掉他们的动力系统。"

海盗的快艇足够靠近，终于开始发动突围。

第一声枪响后，海面上的平静瞬间被打破。

有子弹射入栏杆发出的叮当声，磨出的火光似一簇冷色火焰，转瞬即逝。

傅征的拦阻射击极具威慑性，步枪快突下，掩护胡桥破坏了小艇的动力。快艇马达前进的突突声一止，忽地在前方海面停了下来。

场面一旦被傅征占据主动，这场战斗几乎已经有了定局。

燕绥赶到驾驶室时，船长仍在掌舵驱使油轮拉开与海盗快艇之间的距离，"两进三，右舵十五"。

她拿起望远镜，海盗被傅征用火力牵引，几乎没有还手之力。最后一艘快艇的火箭筒仅用于威慑，顾忌燕洋号是油轮并不敢使用。不多时，就有快艇掉头离开。

直升机盘旋的螺旋桨声从头顶呼啸而过，密集的火力覆盖下，这一队试图挟持油轮的海盗终于打消念头，悉数离开。

为防止这只是海盗反扑的障眼法，接下来整个下午，傅征整支陆战队全员警戒瞭望，片刻不敢松懈。就连晚饭，也是轮班换岗一个个吃。

一整天下来，燕绥和傅征连十句话都没说上。

她胃口不佳，晚饭就没吃几口。

船长和她同一桌吃饭，以为是船上的饭菜不合胃口，笑眯眯道："海上新鲜食材不易保存，刚补给完，基本上都先紧着新鲜的蔬菜和鸡蛋做菜。肉质类的不是腌的就是罐头，你吃不惯也正常。"

见她不答，又猜测道："燕总你可是担心海盗的问题？"

半小时前，傅征换岗后特意寻到驾驶室和他说明了一下情况："下午那几艘快艇属于索马里最大的海盗势力——布达弗亚。"

燕绥有印象，劫持燕安号的海盗里弗就是布达弗亚势力的叛军。

"布达弗亚对外宣称自己是索马里海上力量的正规军，和索马里政府与当地索马里人都有勾结，就像一条食物链，他是顶端捕食者。"话落，他转眼看燕绥，提示，"你一年前在索马里遇到的安保车队，和他就是一条食物链上的。

"布达弗亚之所以成为索马里其余海盗无法抗衡的最大势力，除了我说的这些，还因为他有足够的实力。他有几艘大型海盗母船，数十艘快艇。快艇分派给各艘母船，母船负责每天轮流出港、捕猎。

"被母船锁定后，会立刻放下快艇，就像今天这样，几艘快艇分散开呈包围之势试图包抄，船长和船员束手就擒后，登船劫持。布达弗亚的快艇上有图徽和标志，类似这样。"

傅征拿出手机，翻到图册放大图片给两人看。

"而且全员配备 AK47 突击步枪，携带重型武器火箭筒，这不是一般的海盗势力能够做到的。"他收起手机，压了压帽檐，低头，凝视着燕绥，"我需要你们今晚全员警惕，驾驶室除了特战队队员以外还要安排一名船员值班警戒。"

船长眉心紧拧，看了看燕绥又看了看傅征，问："他们今晚还会来吗？"

"说不准。"傅征抬腕看了眼时间，"布达弗亚心狠手辣，下午袭击燕洋号油轮时母船应该就在附近。要不是碍于有南辰舰伴随护航的震慑，他们不会这么轻易放弃。"说完，语气一转，又轻缓了些，"不过也不用担心，有南辰舰在一海里外保驾护航，他们不敢再犯。顶多在夜深天黑寻个机会回来探探，以防万一，我觉得还是打起精神做足防备比较好。"

船长听得连连点头："我等会儿去跟大伙说，首长你辛苦了，这边先去用餐吧。"

傅征微微颔首，转身前看了燕绥一眼，大步离开。

燕绥忽然搁下筷子，连"我在很努力不浪费粮食"的样子都懒得再装，一本正经道："下半夜值班警戒把我也安排上吧。"

船长愣了一下，吓得刚夹上的煎蛋重新掉回餐盘里。他勉力镇定下来，轻咳了一声，出乎燕绥意料地问了句："燕总，您跟首长是不是在谈恋爱？"

有这么明显？

"是我听见的。"他反而比燕绥这个当事人要更不好意思，笑了笑，说，"你时间自由，自行安排就行。"

于是，傅征下半夜进驾驶室，第一眼先看到的，是一脚横踩着墙壁、坐在窗口拿望远镜瞭望的燕绥。

剪了短发后，她精致的五官比之前更透出几分不加掩饰的艳丽和犀利，就这么回眸望来，对傅征的杀伤力不亚于一颗高速飞行一路撞进他胸口的子弹。

他脚步一顿，停在门口。还未来得及开口，就见她扬了扬脖子上挂着的工作证。

欲盖弥彰！他什么也没说，迈进来先站到船长身侧观察了一下雷达。

雷达扫视区域一片正常。

他抬手招了招燕绥："过来。"他顺手拧掉通信耳麦，把手里的步枪递给她，"端着。"

燕绥不明所以，见他神色语气又都正常，握着枪托接过来，手指轻搭住扳机，掂量了下重量。

有些沉，久握她一定端不住。

"尝试下射击感觉，但不准真的扣下扳机。"他帮忙调整燕绥握枪的姿势，"每颗子弹都要写报告的。"

燕绥不傻，看他踢开自己并拢的脚尖，又压实她的肩膀调整出一个减缓后坐力的姿势就知道他在教她用枪。被要求这么抱枪半小时也没一句抱怨，凝神盯着前方，心中计时。

教完步枪，他又列举了其余几种枪的使用和减缓后坐力的方式，说到狙击枪时也没跳过，以步枪为例，左手与肩同高架住枪，压低燕绥脑袋示意她去看瞄准镜。

这种囫囵的填鸭式教学也不管燕绥能不能消化，教了一遍后，又做了个抽查。不得不说燕绥是真的聪明，她善于抓重点，根据傅征说话时语音轻重、咬字清晰去确定记忆重点，十分的内容记了个七八分。

临近凌晨三点，对讲机内忽地传出微弱的声音。

傅征立刻凝神，顺手抓起枪："重复。"

咔一声轻响后，对讲机里郎其琛的声音清晰起来："下一更，接岗。"

船长本昏昏欲睡，神经一紧一松后，疲态毕现。他拿起保温杯，朝两人晃了晃："我去接点水，提个神。你们要不要？"

燕绥摇头，傅征也婉谢。

明天一早，燕洋号油轮就会停靠在曼德海峡南口，护航结束。

下次再见就是南辰舰归港之日。

燕绥有一肚子话要说，可这个时候说什么都不合适。她上船来是想跟傅征说个清楚，这事凌晨已经解决了，她又不是磨磨叽叽的性子，肉麻的话又委实觉得腻口。

这么一犹豫，顿时安静下来。母亲一门都是军人，她对军人的责任了如指掌，哪些话不该说哪些话要藏着说她心里有数。

刚一抬眼，舌尖刚起，余光瞥见雷达波动，定睛一看，眼睛都眯了起来："傅征。"

傅征看去，见她眼眨也不眨地盯着雷达，眉心一拧，低了头凑过去看："我出去看一眼，你待着别动。"

凌晨的大海，夜比海更深。

傅征用夜视望远镜侦测，确认雷达上的未知船只是海盗的快艇后，立即部署。和他预料得所差无几，这次前头接了一艘渔船，船型不小。应该就是海盗母船，盘算着趁凌晨时分船员防备松懈打个措手不及。

傅征不等对方把快艇放出来，命令胡桥射击驱赶。

海盗母船体型大，容易成为目标。而南辰舰就在燕洋号油轮的左后方一海里，随时能够支援。再加上船上防御警戒的明显是中国海军，海盗母船在吃了几发子弹后，没再坚持，快快而归。

这次的速度之快，从听到枪声到驱赶海盗离开，不过才用了一刻钟。

　　傅征继续调度一队轮流守夜，燕绥则负责和船长一起安抚被枪声惊醒的船员。

　　在船舱两厢遭遇时，傅征回头看了眼跟在他身后的郎其琛，后者很自觉地背着枪邀请船长一同先往驾驶室走。

　　走廊上一空，傅征握住她的手腕把她拉得离自己更近些："刚才想跟我说什么？"

　　燕绥歪头想了想，答："下次求婚的时候穿海军制服吧，白色的那套。"

35860.C

FUZHENG
YANSUI

Chapter 21

我们都要好好地活着

一夜警戒，海盗没再来犯。海上连个鬼影也没出现，风平浪静。

天亮时，燕洋号油轮终于驶离索马里海域。不出两小时，燕洋号就将抵达曼德海峡南口。

辛芽端着船上的早餐来敲燕绥房门时，她正在收拾行李，见是辛芽，指了指休息室床柜边上那个狭窄的小桌："放那儿吧，我等会儿吃。"

"欸。"她应了声，把托盘放在桌上。转身见她气定神闲地继续收着东西，"我帮你吧。"

燕绥没拒绝，指了指休息室角落逼仄的卫生间："洗漱品我收拾好了，你给我递一下。"

收拾好，燕绥扣上行李箱的暗扣，拉了椅子坐在桌前吃早餐，看那样子，半点不着急。

"我刚经过傅长官他们的休息室，看他们在收拾装备……"辛芽拉开罐头，又给她递了个茶叶蛋。

"知道。"燕绥剥开蛋壳，小咬了口蛋清，瞥了眼腕上的手表，"等我吃完早饭，再和船长一起送他们。"

她一副"我心里有数"的口吻，辛芽便不再说什么，趁她吃早饭的工夫把接下来的行程做了个汇报。

曼德海峡是连接红海和亚丁湾的海峡，位于红海南端的也门和吉布提之间。而燕绥接下来的行程，就是在下一个停靠的港口赶至当地国家的国际机场，飞往利比亚。

利比亚的海外建设项目已实地开工，燕绥在埃塞俄比亚成果验收后的心得正需要一个项目做试验。

整个行程安排在从南辰出发前辛芽就先做好了粗略的大纲，埃塞俄比亚的安排太满，直到上了燕洋号，辛芽才有时间完善。

燕绥听得心不在焉，等她汇报完，把瓷碗罐头一并收拾回托盘，说："延长两天吧，这趟出来时间长，也不在乎是早一天回去还是晚一天回去。"想了想，她又补充了一句，"利比亚的景点攻略等到地方后再做不迟。"

她把托盘递回给辛芽，再开口时，声音忽然低了些："我去送送他们。"

燕洋号油轮安全抵达解护点，傅征的整支小队圆满完成任务返回军舰。

燕绥和船长把几人送至船左舷，下方是军舰派来接回海军特战队的小艇，突突的马达声里，燕绥跟在船长之后一一和特战队员们握手致谢。

郎其琛被燕绥握住指尖时，还有些别扭。悄悄瞄了眼打头笔直站立的傅征，见他面无表情地看过来，又重重握了握燕绥的手，双腿一并，啪的一声敬了个军礼。

另外几人和郎其琛的感受差不多……明知道面前站着的是队长的女朋友，叫嫂子不合适，被嫂子感谢更不合适……

一个个都恨不得船长别走了，握住船长的手时久久舍不得松开。

船长不明所以，还悄悄压低了声音和燕绥说："我们自己人民的海军真是热情啊！"

燕绥嘴角含笑，不置可否。

傅征整队后，命胡桥带离整支小队。他落后两步，趁没人注意，和燕绥并肩，低声问："下船后回南辰？"

"利比亚。"

傅征看了她一眼："利比亚有直飞首都的航班，每周二、周四的上午从利比亚的黎波里机场起飞。"

言下之意——别打海上经过了。

燕绥轻咬住下唇笑："放心，七天后我就回南辰，安安分分老老实实地等你回来。"

得了保证，傅征弯了弯唇，压低声线，说了最后一句话："利比亚局势不稳，自己机灵点。"

话落，他在船长转身看来时，若无其事地和燕绥擦肩而过，顺着船舷放下的软梯速降至快艇。

燕绥看着他头盔下露出的半截后颈，看他低头时瘦削的骨节，心中一软一酸。

她眯起眼，压抑了一阵那瞬间涌上心头的酸楚。到底没忍住，她忽地低低咒骂出声："去他妈的假正经。"

她根本就不想在分别的这一刻还一本正经地维持两人在队员在员工面前的形象，她只想拎着他的衣领把他逼至墙角，亲得他没有还手之力。

最起码，耳垂上或者脖颈上留口牙印。怎么舍得就这么放他走了！

可一看到他身上那身作战服，她就什么勇气都没有了。

他穿着军装时，从来不独属于她一个人。一想到这儿，浑身的力气瞬间卸去了七八分。

她抬手挡住渐渐刺眼的阳光，指尖压了压发烫的眼尾，深吸了一口气，转身大步进了舱室。

辗转抵达利比亚已经是两天后的事，燕戬在获知燕绥的航班号以后，准时在班加西机场接机，同行的还有一位年逾三十的女翻译。

舟车劳顿，燕绥半点打量这个国家的心情都没有，先跟燕戬回了住所。

一觉睡醒已是半夜，空气里隐约传来肉酱的香味，她洗漱后循着香味出来，略显昏暗的暖橘色灯光里，燕戬看着火，正在翻炒肉酱。

炒拌在其中的番茄汁水丰沛，被火炖出酸甜的清香，混着旁边煮着意大利面的热气袅袅，光是香味就勾得燕绥食指大动。

听见脚步声，燕戬转身回望，见燕绥自己醒了，笑呵呵道："我本来想先叫醒你，辛芽说你闻着香味自己就醒了。她是真的了解你啊。"

"那是饿的。"燕绥拖了把椅子坐在桌旁，见桌上有涂了炼乳的吐司面包，也不顾是否太甜，喂到嘴边叼走了一大口，"从船上下来就一直在赶路。"

燕戬关了火，把煮好的意大利面装盘，端到燕绥面前："尝尝我的手艺。"

"利比亚人深受意大利影响，餐厅的菜单上一般都备有意大利面食。我到这之后没少吃，自己就学着做了些，翻译说挺有当地味道的。"

瞎扯……

意大利面到哪儿不是这个味道？

"我听辛芽说，你们过来的路上又遇上海盗了？"

燕绥曝了口面，点头。她急着垫肚子，对燕戡的问话通常用点头摇头代替回答，燕戡也不深问，等她吃饱了，又赶她回去睡觉："工作的事不急，翻译在利比亚当地生活了十多年，明天我们一起出去转转，我对古罗马的遗址还挺感兴趣的。"

燕绥自然不会败燕戡的兴致，笑眯眯应下："那你明天敲敲我的门，叫我起来。今晚吃饱了，明天这一招就不好用了。"

吃饱后睡的这一觉，燕绥的精神得到了极大的满足和滋养。不用等辛芽来敲门叫醒，她已经神清气爽地洗漱完毕。

吃过早餐，燕戡先带她熟悉环境。

燕氏海建的工棚紧邻着中化，这一片是班加西有名的唐人街，聚集了不少远渡重洋来利比亚工作的中国公民。

"利比亚光是在班加西的中国公民人口数量就有数万，不能小觑海外市场啊。"燕戡给她指了指中化的厂房，以及附近的公司，"你看，这些都是。"

等到了自己的地盘，燕戡带她下车巡视："燕氏海建的工地用围墙圈了出来，工人住的工棚在这一片区。我以及几位领导的居住小区就在工地后面，开车要绕一条街，大约五六分钟。步行可以抄小路，大约三分钟。"

"办公室的规划还不完善，在中化公司大楼里包了一层……"等燕绥跟着燕戡把燕氏海建的地盘都走了一遍熟悉后已经正午，在附近的餐厅吃过午餐，燕戡租车，领燕绥和辛芽观览班加西。

"班加西是利比亚的第二大港，第一大港是首都的黎波里。"

利比亚全境有百分之九十五以上的地区为沙漠和半沙漠，班加西的城市建设再跟得上经济步伐带给燕绥的感觉依旧是空气中都飘着黄土沙砾。

"你要是感兴趣，我们明天可以去的黎波里逛逛。"

"没有感不感兴趣，只有需不需要。"燕绥对利比亚有种说不出的戒备感，那是她曾经在索马里才升起过的防备和不安。

不知是因为这里的人主用阿拉伯语还是环境与索马里有些相似，她从踏入利比亚的国界线就有种未知的警惕，像根弦一样，一寸寸越绷越紧。

她透过车窗往外望，见十字路口聚集了不少人，经过时特意观察了几眼，问翻译："附近有商场吗，或者中介？"

翻译不明所以，顺着她的目光往外看去，笑道："燕小姐，这些人不是去购物或者找工作的。购物市场附近是有警察持枪巡逻的。"

燕绥挑眉："警察？"

她转身，透过后车窗拧头回望。十字路口那聚集的人群像是一团蜂窝，密密匝匝。

翻译以为她是个没见过什么世面、年轻又有些好奇的女孩。这种主观印象刻进脑子里，燕绥的这些问题就像是被吓住了又像是被未知的事物吸引了，闻声安慰道："您不用太紧张，利比亚只是治安有些混乱，像人流量多的地方都有警方镇守，不会发生什么事的。"

燕绥笑了笑，不置可否。

埃塞俄比亚的政局也不稳定，国内治安乱。但燕绥走在街头不会有像在利比亚这样，有种骨子里透出来的凉意。

她觉得可能是因为刚从亚丁湾回来的原因，人都有应激反应，或轻或重。然而，这个假设在班加西黎明的枪响中，被她推翻了。

燕绥被枪声惊醒，睁眼坐起后，凝神辨听方位。

这是一场小规模的枪战，枪声在西南方位。她脑中立刻勾画出小区西南方位的地图，拜良好的记性所赐，她虽记不住完整的地图，但大致的地形还是一清二楚的。

西南方位在燕氏海建的工棚附近，听枪声远近，应该更靠近中化公司。除此之外，再没有任何可以分析得出的有效讯息。

她倚着墙，默数枪声，间或留意子弹射出的频率试图分析枪支。

燕绥是个半吊子，她学东西通常分为两类，一类是有用的，另一类是可以为她所用的。

她会射击，是因为射击可以为她所用。但论对枪支的了解，她除了知道有哪些型号，能够把枪和它的名称对上以外，一窍不通。

当每支枪的适用子弹口径、装弹量、杀伤力一股脑冒出来后，燕绥的脑中如同被投爆了一枚闪光弹，倏然一片白光。

等枪战结束，枪声停歇。燕绥才觉颈后发凉，抬手一摸，后颈连同后背冒出一身冷汗。

这黎明的枪声，就像是一个讯号，彻底引爆了利比亚的暴乱。

天亮后，几乎是令所有人措手不及的，班加西发起反利比亚领导人的游行示威。

燕绥居住的小区紧邻班加西的主街，她站在楼上透过窗口，看见下方游行队伍举着旗帜，高喊着阿拉伯语，从街头一路走向街尾，往班加西政府驻扎处走去。

她倚着墙，叼着根小木棒，齿尖咬住末端。

一咬，木枝翘起。

一松，木枝垂落。

一咬一松，一咬一松，木枝翘起再垂落，再翘起再垂落。

不知过了多久，她抬手把木枝掷入手边的垃圾桶里，拉了把椅子坐下来，"爸"。

燕戳压下听筒，示意她稍等片刻，等接完电话，他才看向燕绥，"你说"。

"利比亚局势动荡，游行示威就是个缺口。利比亚的武装势力很快就会从这个缺口突破，发动政变。"

今早枪战后，燕绥动用了国内和利比亚一切可用线脉打听消息。

班加西是利比亚第二大城市，它的动荡就像是地震的震源，以它为中心，逐渐向周边城市蔓延。不出两天，恐慌、袭击、战乱就将蔓延到首都的黎波里。

一旦利比亚的领导人倒台，这个国家将立刻沦陷为地狱。

燕绥："以防万一也好，先让燕氏海建的职工家属先走，妇女儿童第一批撤离。"

她舔了舔嘴唇，说："假设我判断失误，人再接回来。满大街的游行示威，也没法开工，工期肯定要耽误。"

燕戬沉思了片刻，颔首道："你让辛芽和翻译去包机，妇女儿童第一批撤离。"

意见一致，那就好办了。

辛芽当天下午就联系好了航空公司，包了一架国际航班晚上十点直飞首都。燕戬是利比亚海外建设项目的总负责，撤离的安排由他通知、落实。同一时间，燕绥也没闲着，她带翻译一起研究利比亚的交通网。

她做了两种极端的方案。

一种是最乐观的，利比亚的政府强势镇压了国内的反对势力。那顶多延误工期，损失轻微到燕绥可以忽略不计。

一种是最悲观的，利比亚的领导人倒台，暴乱冲突像瘟疫一样传遍整个利比亚。她将损失整个项目，失去利比亚的市场。

如果是前者，她最多苦笑着把刚送回国的人重新接回来。她不会为这次决策感到后悔，也不会觉得自己这个决策是大惊小怪。

她可以对自己的生命毫无敬意，可无法同样对待别人。再来一次，她依旧会做出这个保守的决定。

但如果是后者，她要考虑的就多了。局势恶化缓慢她会有足够的时间撤离燕氏海建的所有员工，那她有无数种方式安排大家平安离开。

可万一局势恶劣，很快利比亚的机场、港口、边境会全面关闭，手机与国内的通信完全中断。到时，孤立无援。

"第二次世界大战后，铁路被拆。整个利比亚境内没有铁路，陆路的交通也主要以公路为主。"翻译把利比亚地图圈画给燕绥看，"班加西的港口在这里，利比亚第二大港口。"

"我知道。"燕氏旗下有途经班加西航海路线的远洋商船。包括燕绥自己，也并非对利比亚一无所知。

至下午，班加西的暴乱发生，有人开始打砸抢烧中资公司。

黎明时分那场小规模团战并不是偶然，而是有武装势力意图划地盘，抢占根据地。阴谋与骚乱深埋在地底，如今，一触即发。至此，所有中方公司都意识到事情的严重性，纷纷准备撤离。

晚上七点，燕氏内部紧急会议结束后，项目经理着手组织安保力量准备护送第一批撤离利比亚的队伍。分配给燕绥的任务是联系燕氏所有在地中海附近的船只停靠班加西港口，以备不时之需。

她起身，刚准备去隔壁办公室给中国驻利比亚大使馆打电话协调此事，被燕戬叫住。

偌大的会议室里顷刻间只留下两人。

燕绥微微抬眼，目光和燕戬一对，按捺下心浮气躁，重新坐回去。

燕戬沉吟了片刻，说："等会儿你也一起去机场，和辛芽一起第一批撤离。"

燕绥眨了眨眼，笑了："爸，这种时候你让我先走？"

时间紧迫，她一分也不想浪费，只能言简意赅道："我是公司决策人，只要我在这儿，就能带所有人平安回家。现在根本没有我撤不撤离这个问题，我雇他们一天，我就负责他们一天。我最后走。"

燕绥晃了晃手里的手机："我先去忙了，等会儿机场我跟你一起去，我想把辛芽先送回去。"

走出几步，她似想起什么，转身，语气毋庸置疑道："燕同志，你也可以准备下了，你第二批撤离。"她悉数把话堵回来，没再给燕戬开口的机会，边拨打大使馆热线边大步离开。

晚上八点，以燕绥和与燕戬为中心的高层，组织了一支安保力量护送妇女儿童先行撤离。

班加西的街道上，随处可见烧抢的痕迹，去机场的路上到处冒着浓烟。虽还不至于看到血腥到令人不适的场面，光是满街的混乱、萧条就足以彰显此时此地正在发生着什么。

五辆租用的大巴车组成的一列车队，快速平稳地从人流稀少的小道一路前行。

车厢内安静到没人说话，连呼吸声都轻得几不可闻。

八点三十，车队有惊无险抵达班加西的机场。

一天的骚乱令班加西今晚的机场尤其混乱。

推搡的人群、浑浊窒闷的空气、杂乱的噪声一股脑儿扑面而来。到处是带着行李准备搭乘飞机离开利比亚的民众。

辛芽和翻译组织所有人按顺序通过安检候机，燕绥站在队伍外，看她忙前忙后连鼻尖沁出的汗都没时间擦一下，偏头掏了掏耳朵。

等燕氏海建第一批撤离的队伍排到了队尾，燕绥招招手，叫辛芽。

"你排上去，跟着走。"她指了指队伍，"不出意外，到明天，班加西范围内的手机信号会被屏蔽。乱起来我就顾不上你了，你回国，在南辰坐镇，想办法接我回去。"

辛芽一怔，随即摇头："小燕总，你本事比我大，你先走，然后再接我出去。你看这里，很多事情都需要我。"

燕绥盯着她看了一会儿，忽然抬手用力地揉了揉她的脑袋："废什么话，让你走就走。这里需要我，不需要你。"

她这个小助理，胆小、心软、爱哭鼻子。其实燕绥一直都知道，辛芽不适合给她当助理，可面试那天只有她傻乎乎的，不知道表现，不知道讨巧，又偏偏十分合她眼缘。

她低叹一声，轻拍了拍辛芽的肩膀："现在不是谦让的时候，你放心，我会平安带着所有人回南辰。班加西的局势只会恶化，你待在这儿没什么用。能走一个是一个，你别让我没法跟你妈交代。"

辛芽眼眶一红，硬咬住唇，下巴颤抖得连话也说不出，就这么看了她一会儿，视野逐渐被眼泪模糊。

她吸了吸鼻子，抬袖子狠狠擦了把眼泪，给燕绥鞠了一躬，保证道："我会安顿好所有人的，地图我看过好多遍了，翻译也跟我说了你的安排。回去后我立刻安排人接应你们。"

燕绥点头，屈指抬起她下巴，微沉了语气，低声道："乖，把眼泪擦了，去过安检。"

送走辛芽，燕绥、燕戬和几位高层同车，来时的车队简化成两辆越野返回公司。

燕绥坐在后座，以中控扶手为支点，摊开了一张自绘版简略地图："我刚和大使馆领事联系过，我们国家已经开始制订营救计划，策划撤侨行动。"

"我们有商船，正好国家想雇用船只让侨民撤离。我调了所有能赶来的船只尽快抵达班加西港口，无条件优先让中国同胞离开利比亚。码头有大使馆的人，会协调秩序，我们要安全撤离的，不只燕氏的工人，还有中化公司等所有在班加西的中资公司。"

燕绥条理清晰，做事沉稳，三两句说明了整个计划安排，有条不紊地进行工作任务的分配。

"利比亚的局面只会越来越糟，今天可能还是烧抢，明天就是枪林弹雨。回公司后，我去和中化公司的负责人协调，所有工人退避到他们的厂房，等待一起撤离。"

她指了指地图中被她圈画的红点："港口可停靠船只有限，并且支援的船只此时并未全部到港。我们需要分成几拨撤离，海路和陆路。我需要利比亚当地人领路，通过陆路往西撤离去埃及。海运，就抵达希腊，再乘坐飞机回国。"

她抬眼，又补充了一句："我会全程和大使馆联络，安排所有路线的撤离。你们也请放心，如果我不能带你们回家，还有祖国。"

晚上十一点，燕绥与中化公司在利比亚的总经理协调完毕，划立中化公司的厂房为安全区。除了中化公司，还有十几家中资企业配合驻利比亚大使馆的安排，以燕绥为领导者，成立应急指挥部，统一协调班加西中资企业撤离问题。

午夜零点整。

燕绥结束第二次紧急会议，通知燕氏海建所有工人连夜对项目的大型机械和物资进行封存。电脑、保险柜等就地掩埋，公司可用的全部汽车统一封藏，命人看管，以备撤离时所需。以防万一，燕绥动员所有燕氏海建的工人储备粮食和矿泉水，以应对危机。

午夜一点。

燕氏海建的工棚遭到攻击，子弹穿透营房，工棚围墙内外突突的枪声和马达声似一匹突然闯入的烈马，嗟嗟扬蹄。

燕绥正在工棚里分配任务，工棚外的爆炸声响起时，巨大的炮声震得整个营地晃了两晃。屋内吊顶的灯光呼哧一声闪了两下，昏暗明灭的灯光下，燕绥一张脸阴沉得能滴下水。

"把灯全部关了，就地隐蔽。"她咬牙，"天亮就撤离。"

不只燕氏海建的工棚，四周无论远近，枪炮声都四起。暴乱分子的骚动在夜色下如夜行的野兽，无声咆哮。

午夜两点。

燕绥试图联系大使馆无果，利比亚手机通信信号被屏蔽比她预估的时间还要早。她背靠着工棚的墙壁，看远处燕戬在安抚工人，目光透过窗口能看到外面四处燃烧的火焰。火光卷起的白烟在夜色里厚重如凝固般，鼻腔呼吸到的空气都带着无处可逃的硝烟味。

燕绥坐到木箱上，摸出包烟，烟条叼进了嘴里才发现自己没有打火机。目光在四周一巡，叫了声坐在地上不停拨电话的巴基斯坦籍男人："欸，有火吗？"

小伙愣了下，点点头，从皱巴巴的外衣里掏出打火机递给她。

"手机信号被屏蔽了。"燕绥点上烟，指尖把玩着那枚打火机，"你给谁打电话？"

"家、家人。"小伙结巴了下，"巴基斯坦和中国是好兄弟，我们一家都来了中国。我父母在南辰开了家面馆，我跟工头来了利比亚。"

燕绥斜咬住烟，垂眸看他。

他的中文很好，平仄咬字清晰，说话流利："我来这里赚钱，攒聘礼，娶我女朋友。"话落，他又有些沮丧，看了看燕绥，小声道，"我每晚都要和他们通电话的……"

燕绥吐了口烟："敢不敢跟我上房顶？"

小伙顿时睁大眼。

燕绥指间夹着烟，指了指隔壁小洋房的屋顶。

凌晨三点。

燕绥在无数次接通失败后，终于拨通了大使馆的电话。轰炸和混乱的枪声里，她倚着屋顶上的围墙躲流弹。

触目所及，整个班加西被火光包围，轰炸、枪击、爆炸，火光把整个城市映得如同白昼。

断断续续的电流声里，大使馆领事的声音也模糊得只能依稀辨清："你们尽量躲避，不要正面和暴乱分子发生冲突。大使馆的工作人员和中国军方同志正赶往班加西，帮助你们撤离。"

　　燕绥皱眉，正欲详细询问，风声忽起，夹杂着沙砾灰尘和硝烟的风似要撕裂空气般。

　　一声剧烈的爆炸声后，燕绥耳中剧痛，所有声音都在瞬间消失了。她抱头趴地，手肘在粗糙的水泥地面上滑擦，短暂的死寂后，右耳如同失聪一般只余轻微的声响。

　　紧接着，一股热浪从街道下方扑面而来，蒸腾的热气伴着熊熊火焰，顷刻间堵住了街道。

　　凌晨四点。

　　燕绥清理完伤口，倚着堆放在墙角的木箱小憩。

　　燕戬给她拿了条毯子，拍了拍自己的膝盖，示意她靠过来，将就一晚。

　　嗡嗡的耳鸣声中，持续了整晚的枪弹声微弱得几乎听不见，她闭上眼，在即将到来的黎明里渐渐睡去。

　　第二天上午七点。

　　燕绥从中化公司驻利比亚项目的总经理那得知了一个噩耗——距离中化公司班加西项目三公里外的军营受到游行民众的冲击，军营被攻陷，武器库失守，武器弹药被哄抢一空。

　　班加西最大的监狱瘫痪，大量重刑犯逃狱。一切都如燕绥所预料的那样，利比亚的政局正以肉眼可见的速度恶化。

　　上午八点。

　　燕绥组织燕氏海建所有工人向中化公司厂房转移。

　　上午十点。

　　燕氏海建所有工人，包括可携带物资，全部转移完毕。

　　上午十一点。

　　燕绥试图联络利比亚邻国突尼斯的航空公司，班加西整个范围内的网络与通信瘫痪，彻底与利比亚境外失联。

　　如果说凌晨的袭击还是借着夜色掩护的示威，自黎明以后，暴乱分子以及极端民众已经彻底释放天性，对班加西的中资企业烧抢夺掠。

　　燕绥带领燕氏海建工人撤离后没多久，就传来凌晨还被他们当成庇护所的燕氏海建已被狂乱分子占领的消息。

　　通信失联，燕绥无法得知港口情况，自然也不能安排工人撤离。

燕氏海建的工人与中化公司的工人加在一起，人数足有一千之多，并不是拉几车就能全部撤离的。

她需要在撤离行动的原计划上重新筹划。班加西的机场基本上不用指望了，辛芽还没跟第一批燕氏海建职工一起撤离时，包机事宜是她全权负责的。费了九牛二虎之力才包到一架飞机，如今时局越发紧张，包机不可行。更别说暴乱开始后，机场堵满了各国试图离开利比亚的人员。

班加西机场在这种情况下，安保松懈，危机四伏，燕绥并不觉得机场适合他们撤离。当然，如果祖国安排了空军，送来了自己国家的飞机，这另当别论。

既然无法在第一时间立刻撤离，那就需要对厂房进行加固，一旦运气不好，和暴乱分子正面遭遇，起码还能抵抗一会儿争取生机。

"我过来的时候看到你们厂房外面停了几辆挖掘机，先在围墙外面用挖掘机挖一圈壕沟，再加固围墙。"燕绥指了指厂房三公里外监狱的方向，"大量重刑犯逃逸，而且有枪，这些暴徒本就漠视法律。现在的利比亚，很快就会变成无政府状态，再没有什么可以约束他们。不止围墙要加固，厂房入口和地下应急避难室也同样要重视。再统计一下应急食品和医疗用品的数量，让我心里有个数。"

燕绥指尖点了点眉心，思考了片刻又补充了一句："所有人都准备个防身武器，钢管、啤酒瓶，哪怕水果刀也行。在场领导负责好自己的小组，非常时期，希望大家能够团结起来，不要有个人主义，也不要莽撞冲动。班加西整座城市都陷入了疯狂的暴乱中，我们等待大使馆的工作人员和军方过来，再一起平安撤离。"

话是这么说，但燕绥不是坐以待毙的性格。她抓了翻译，以及厂房里利比亚的当地人，重新策划撤离路线。

晚上八点。

利比亚枪声越来越密集的时候，燕绥又得知了一个噩耗——利比亚现任领导班子倒台。这意味着，利比亚这个国家已经进入了无政府状态。

燕绥还没来得及消化掉这个消息，靠近厂房正门的那扇大玻璃忽然被子弹击碎，一大片玻璃如冰山上断裂的冰凌，锋间带着冷光，粉碎一般扑簌着下落。

百米之外的壕沟前，暴乱分子立在车上，正持枪扫射厂房的玻璃。在枪声和玻璃碎裂的刺激下，本就郁郁沉沉的厂房内惊叫声一片。

燕绥立刻从木箱上弹起，用力把慌乱着试图逃离的所有人重新摁回原处，她扬高声音，大声喝止："就地隐蔽！就地隐蔽！躲开流弹！"

同一时间，贴身藏在外套内口袋的手机振动。

燕绥拿出手机，来电显示都没细看，摁下通话键。

"你好，我是驻利比亚大使馆的工作人员荀莉。我和中国海军特战队的同志已经抵达中化公司的厂房门口，你现在能告诉我厂房内的情况吗？"

燕绥定了定神，很快回答："厂房内除了燕氏海建以外还有中化公司的工人，包括外籍工人在内共一千三百二十一名。没武器，除了厂房正门有暴徒持枪行凶以外，所有人安全。"

电话那端的电流声轻微地浮动了一下，似有小声交谈的动静。

燕绥这时才发现，厂房外的枪声已经停止了。

安静数秒后，电话那端的声音重新响起："厂房正门的暴徒已经被击毙，我们一路开车过来的，附近的暴乱分子不少。"顿了顿，荀莉说，"你现在能过来开下门吗？你们挖的沟……车进不去。"

挂断电话后，荀莉转头看了眼驾驶座上的男人，说道："和我保持联系的这位是中资公司燕氏海建的女总裁，在利比亚刚刚混乱的第一天就包机安排了老弱妇孺离开。班加西内的情况多半是她转述给我的，替我们大使馆营救华侨同胞的计划争取了不少时间。"

"她那边的伤亡情况如何？"

"所有人安全。"话落，荀莉思索了一下，又补充了句，"凌晨时分，暴乱分子的轰炸区集中在燕氏海建工棚附近。信号被屏蔽，她为了联系我们，险些被引爆的汽车炸伤，右耳近乎失聪。"

车后座警戒的四人忽觉周围气压一低，自觉屏息凝神。

荀莉不知傅征和这位女总裁的关系，等待的时间还不忘夸燕绥："国家还在策划撤侨时，她就无偿提供了几艘商船。包括班加西所有中资企业集合起来组织指挥部，也是她的意见。"

见傅征打量厂房外面的壕沟和一看就是临时加固了铁丝的围墙，她余光瞥到厂房大门被打开了一道缝，转眼看去。许是确认了厂房外没有异常情况，大门在打开一条缝后，吱呀着终于缓缓向两侧打开。

燕绥站在门后，抬眼看过来。

利比亚时间晚上八点半。

她见到了傅征。

此时见到祖国的军人，对身困利比亚险境的所有华侨同胞而言，无疑是吃了颗定心丸。厂房内没有开灯，所有滞留工人在短暂的沸腾后很快安静下去，各守其位。

燕绥在前面带路："跟我来。"

穿过一条窄缝有一个狭窄的通道，尽头安装了一道铁门，这本是厂房里储存重要物件的库房，临时被改装成了指挥部。

"这里还有个地下应急避难所，现在是空的。"燕绥抬手往另一侧堆积着不少木箱的角落一指，"避难所空间没有厂房大，不能给所有人提供庇护。"

言下之意是，应急避难所就是最后一道生命防线。如果不到最后关头，谁也不会踏进那里。燕绥开门，侧让一步，让身后六人先进。

指挥部是厂房里唯一一开了灯的地方，正中的墙壁上挂了面五星红旗。房间内原有的货架被拆得零零散散统一堆在角落。房间中心位置是所有办公桌拼凑在一起，才勉强凑出的四方大桌。

燕氏海建和中化公司的高层此时就围坐在桌前，见特战队队员进来，讨论声一止，纷纷激动地起身来迎接。

燕绥最后进的屋，她拉了把椅子，从铺着各种文件的办公桌上翻出一盒烟，抽了根烟叼进嘴里，点上火。咬着烟，她的目光从所有人脸上滑过，径直落在傅征的侧脸上。

几天前刚在曼德海峡南口分开时，她还可惜不知要过多久才能等到军舰归港，等他卸甲而归。不料，她来利比亚才几天，就又见面了。也直到此刻，她才终于有些明白傅征不想在战场上见到她的心理。

很矛盾。

她在纷乱的枪声里第一个想到的人是他。在汽车爆炸、脑内寂静无声的那一刻，她想到的也是他。

　　她不是圣人，心理承受能力远没有她表面上所表现出来的镇定。脆弱时，难以承受时，以为自己快要死了时，唯一的信念就是再等等，再等等。

　　可厂房大门打开，她看见坐在车里的人是傅征时，有种心死了重新鲜活，又立刻冰封的冷意。

　　有那么一瞬间，她自私地想，不是他来该有多好。

　　无论是谁，不要是他。

　　晚上九点。

　　临时会议，由燕绥主持。

　　"班加西中资公司所有需要撤离的工人人数是五千多名，怕目标太大，会受到暴乱分子集中攻击，所以共划分了五个安全区，每个安全区的人数控制在一千人左右。"

　　燕绥把安全区的位置用记号笔圈出："目前，燕氏海建的工棚已经被暴乱分子占领。中化公司的厂房除了刚才的针对性攻击以外还未受到损伤。我了解过，所有中资企业都受到不同程度的袭击、侵扰以及洗劫。"

　　她抬眸，看向荀莉："我最后一次和大使馆连线，领事指示我守好安全区，等待使馆工作人员和中国军方帮助撤离。"

　　荀莉颔首："是。"

　　"其余安全区也分派了人手帮助撤离，利比亚局势恶化太快，集中撤离并不合理，也无法分配等量资源。"

　　"行。"燕绥摁下笔帽，在她所在的安全区打了个五角星，"那现在我们就商量厂房里这一千三百多名工人的撤离方案。"

　　她把之前做好的预案翻出来，递到傅征和荀莉面前："我们离机场较远，班加西南部交火激烈，穿过交战区去机场显然不合理，所以我放弃了机场转移。"

　　"我建议陆路和海路撤离。"她把画好的撤离路线翻出来，"包括你们所有人在内，一共一千三百二十七人。一次性全部撤离的可能性不大，同一种方式撤离也不理想。可以分成五批或者六批，从不同路线转移。"

　　她的方案和傅征不谋而合，他沉吟数秒，道："分五批，每人带一队。"

他手指从利比亚的班加西划至希腊的克里特岛："海路撤离是从利比亚撤至希腊的克里特岛，目前的困难点是，厂房到港口的距离也有一片交战区。我们需要从交战区北侧绕远路抵达港口，这比原先的路线要多一个小时的路程。并且，海路运力不足。"

"港口目前停靠的船只数量少、容量小，最多三批能从海上撤离去希腊的克里特岛。"顿了顿，傅征抬眼，目光和燕绥相对，"利比亚机场已经禁飞，无法撤离。港口很快也将关闭，起码要有两批队伍，从班加西撤离至埃及。"

情况和燕绥预估得差不多，她拧眉，凝神看着灯下的笔影良久，说："先分组，决定撤离路线。"

从利比亚政变开始，整个撤离行动全程都是燕绥安排。这种时候，没有虚假客套，谦让互争，也没有论资历论辈分论年龄排序的说法。

燕氏海建以及中化公司的几位高层里有数名党员，互相望了眼后，推出代表说："我们是党员，于情于理都应该是最后一批撤离，保护中国公民的生命安全也该是我们的职责。"

"陆路从埃及撤离的路程较远，利比亚整个国内都乱成一锅粥，这路上想来也不会安全。小燕总带人先从海路撤离，我们两个商量好了，带工人陆路从埃及撤离。"

燕绥有点欣慰，她挠了挠下巴，笑了笑："这样吧，还是我来安排。陆路我来带一批，我路子野，这路上就是再有牛鬼神蛇也能镇住他。"话落，她挑眉看向傅征，笑容里带了几分戏谑和调戏，"傅首长，你说是不是？"

她一句话，成功让所有不知内情的人怔了怔，面露疑惑。

傅征压着嘴角笑了笑，看她的眼里透出几分无奈和宠溺，"是"。

燕绥突然把矛头转向他，其实带了几分试探的意思，两人心照不宣，一来一往两句对话达成共识。

在这里，不谈情不谈爱，一切以平安撤离所有侨民为先。他不会意气用事，千阻万拦。她的平安重要，在利比亚的所有中国公民的平安也重要。

傅征知道的陆路撤离最适合的领导人选，的确是燕绥无疑。

"海路撤离就让我爸领路吧，燕氏旗下的远洋船只受召，已经在来班加西港口的路上。我和附近商船最后一次通话得知的地点与利比亚很近，最迟天亮，燕氏第一批撤侨商船就能抵达港口，我爸坐镇能够自由调度商船。"

他年纪这么大了，海路撤离是所有撤离方式中最安全也最高效的，燕绥舍不得看他在利比亚的炮火里穿梭，她自己可以在泥里滚，在沙里爬，可就是见不得燕戬弯下腰，低下头，一下也不行。

晚上十点。

撤离路线敲定，撤离人员分组安排完毕。

散会。

燕绥怕被燕戬拎住教训，片刻也不敢停留，装作事务繁忙的样子挽着苟莉往外走。她的确还有事要做，要清点可用的车辆，安排批次，会上所有决定的事情全要一件件落实下来。

傅征同样负责清点物资，前后脚跟着她离开。

主厂房南侧还有个库房，燕绥从燕氏海建的工棚撤离后就把所有车辆封存在了这间库房里。

燕绥说："利比亚混乱发生的第一天，还是凌晨，中化公司受到过袭击。一车队，八个持枪的暴徒，抢走了他们不少物资，车辆、粮食和医疗品。包括他们的员工，还受到流弹误伤。包扎处理后，提前先送出去了。"

燕绥走到车前，抬了抬下巴，示意所有车都在这里了："可用车辆不多，不能一次性全部从厂房里撤离。"

第一天撤离妇女儿童时租用的五辆大巴返程后怕引人注目直接还给了租车公司，第二天燕绥见势不对再去租借，只租来了三辆租金翻倍的四十人座次大巴。

"还有两辆五人座越野。"燕绥开窗，示意他们往外看，"中化只留下两辆载货的卡车，暴徒嫌是敞篷的，才没抢走。"

窗一推开，空气中的硝烟味就立刻蹿入鼻腔。远处炮火不时轰炸，枪声肆虐。突突突的枪声里，时不时有危险逼近的紧迫感。

傅征关上窗："足够了，明早第一批让海路先撤离，能带多少走就带多少走，第二批让陆路撤离的队伍先离开，等海路撤离的工人安全离开，

第三批全部撤离。"

燕绥算了算时间，明天天黑前厂房里的所有工人都能离开班加西。

几人原路返回主厂房。

夜色已深，枪林弹雨里，依旧没有几人敢睡。一千多人或坐或站，密密麻麻，却无一人发出声音来。就是说话，都格外小声，像是怕惊扰这夜色里的魔鬼。

如今的利比亚，百鬼夜行，说是人间炼狱也不为过。

荀莉有些感慨，忍不住说："我来时经过不少营地，有被洗劫一空的，也有人员伤亡的，甚至有中资公司和暴乱分子正面发生冲突，这里是我看到的最井然有序的安全区。"

燕绥想了想，回答："居安思危，我的危机意识比较敏锐。"

"你看你的应对方式很熟练……"荀莉一顿，想问又怕唐突，话说了一半就戛然而止。

燕绥倒不介意，说："我外公是海军，他退役前的最后一仗就是撤侨。"

荀莉恍然大悟，看向燕绥的眼神越发敬畏。

零点前，撤离路线和撤离时间全部落定。

高层领导各司其职，准备明天一早的撤离。

傅征和指挥中心通话确认撤侨计划后，调度五人小队站岗警戒。胡桥是狙击手，占据厂房高地隐蔽瞭望，其余几人分守厂房一侧负责警戒。

燕绥去慰问郎其琛时，这位年轻的军人纹丝不动地端着枪，看向窗外。

班加西靠海，海风透过没有玻璃的窗户卷入空旷的厂房内，透着股冰封的凉意。

燕绥悄悄拿手贴了贴郎其琛的脸，颇有些担心道："你这么吹一晚，该面瘫了吧？"

郎其琛斜睨了她一眼，嘀咕："你别咒我成不？"

"成成成。"燕绥踩着木箱坐上去，舌尖苦得想抽烟，刚摸到烟盒，又听郎其琛说："你赶紧别抽了，没见我傅队看你抽烟时那恨不得把你生吞活剥了的眼神？小心回去他跟你秋后算账。"

燕绥咬住唇笑，亮晶晶的眼睛看着他，问："欸，你们不是在护航吗？怎么就过来了？"亚丁湾和地中海可隔得不近呢。

郎其琛终于等到她问这个问题，哼了声："我说我姑这么见色忘侄的人，怎么还能惦记起我，果然就只是想撬开我的嘴。"

燕绥踢他，还专挑膝弯这种脆弱的地方踢。

郎其琛被踢得腿一弯，"哑"了声，狠狠瞪了她一眼，用力绷直了双腿站得更加笔直："姑你干吗，我这儿站岗执勤呢！"

燕绥笑得一脸纯良无害："教训你啊。"

"我和傅征在一起后，你的失姑侄儿人设是不是太抢戏了点？"

郎其琛委屈。

燕绥又重复问了遍："你们不是在亚丁湾护航，怎么就来利比亚了？"

"哪里需要我们，我们就出现在哪里，这还有疑问？"郎其琛翻了个白眼，不情不愿地补充了一句，"来利比亚，是他主动请战的。"

傅征巡视完整个厂房，在东北角寻了个位置，架设警戒点。身后脚步声渐渐靠近时，他转身回望了眼。燕绥在离他两步远的位置停下，给他递了瓶矿泉水。

傅征接过，顺手放在窗台上。他倚墙而立，微侧了侧身，正面看向她。直到此时，他才算仔仔细细地把她看了一遍。

他的目光落在她缠着纱布的手肘和小臂上，视线一转，又凝神打量了眼她的右耳。

一整晚，他注意到很多次，她和人说话时，始终是微微低着头用左耳去听。

他转头，视线透过铁丝网巡向厂房外的空地，低了声音问："耳朵怎么样了？"

"听力受损。"燕绥不以为意，"爆炸太突然，耳膜可能被震裂了。"

她坐上货箱，拧了瓶水喝。余光瞥见他皱了下眉，一口水咕咚咽下，又补上一句："利比亚乱成这样，别说去医院检查治疗了，出趟门都要担心还能不能回得来。"

傅征抬了抬下巴，指向她的手臂，"换过药了？"

燕绥沉默了几秒，缓缓拧上瓶盖。她觉得这边的木箱有点硌屁股，她从坐下开始就觉得这里的风水和她八字不合。

于是，她硬着头皮解释："就昨天凌晨包扎了下，纱布有限，后面会出什么事都不知道，哪能奢侈地换药。"

傅征似笑了下，那笑容凉飕飕的，直看得燕绥后颈发凉。

"去拿医药箱。"他说，"节省物资不是这么节省的，你要是心疼纱布，赔你件背心。"

燕绥："……"算了吧，她还是用纱布好了。

她跳下货箱，去提了医药箱过来。自己咬住打了死结的纱布一角，抽出别在腰后的水果刀，一刺一挑，利落地拆下被血浸脏的纱布。

傅征接手包扎，他咬住小手电照明，一手握住燕绥手腕，看了眼她的伤口。不是爆炸炸伤的，手肘和小臂上多处摩擦，还有利器割伤的伤痕，好在伤口不深，只是碘酒消毒后，本就有些触目惊心的伤口看上去更添几分恐怖。

傅征重新替伤口清洗、消毒，抬眼见她死咬着唇忍耐，开口时，声音都哑了几分："怎么弄伤的？"

"我在顶楼收信号，楼下的汽车被引爆了。整个人晕了下，在火蹿上来以前，只记得护住脸了。"

顶楼灰尘沙砾，还有不少碎啤酒瓶和剪断的钢板块。黑灯瞎火，又是情急之下，她只有本能地一扑，可扑哪块地上，哪还有时间让她思考。

傅征一声不吭，重新咬住手电，替她缠上纱布。

手电的光柱下，他垂着眼，专注认真。挺直的鼻梁被光影分割出峰影，明暗之间，有种深沉到无法用语言去描述的隐忍和深情。

燕绥忽然就觉得心软，她犹豫着抬手，手指从他眉峰上拂过："傅征。"

傅征抬眼。

"我们都好好地活着。"

无论是动乱难平，还是前路难行，都要好好活着。

"我还等着嫁给你。"

天亮以后，放弃守地，踏出撤离的第一步。要穿越交战区，穿越沙漠，她不知道黎明后到来的是黑暗还是光明。

但这一刻，她只想所有人都能平平安安走下去，顺利回国。

六点，天亮。

按计划，第一批海路撤离的队伍由褚东关带队，包括燕戬在内的数百名燕氏海建和中化公司的工人，绕过交战区，抵达港口前的检查站。

通过安检放行后，褚东关头车开路，直抵班加西的港口。港口停靠了一艘邮轮，架通海陆的浮桥边站着数位邮轮工作人员，正高举五星红旗。

港口，中国的武装部队持枪戒严。大使馆工作人员确认撤离名单，队伍有序地在通过安检后排队搭乘邮轮。

利比亚厂房内，所有人凝神屏息等待结果。

耳麦旦一声电流轻响，褚东关的声音清晰又雀跃："第一批海路队伍成功撤离，路黄昏带领车队返程。"

傅征忽地笑起来，转身看向身后鸦雀无声的工人们，扬高声音，低喝："第二批，整队！"

厂房内死寂般的安静后，瞬间爆发出山呼海啸的喝彩。

"祖国万岁！"

"祖国万岁！"

十点。

第二支海路撤离的车队驶出厂房。

车队驶离后，厂房大门缓缓关闭。

有了第一支队伍的成功撤离，沉郁了许久的工人脸上终于有了几分看见曙光的喜色。

十一点。

耳麦忽然传来路黄昏的汇报："原定路线发生交火，我们需要绕路，从隧道经过。"

原定路线是绕过交战区唯一一条可以确定安全的路线，这条路线上发生交火，一列车队数百人，手无寸铁，极易被误伤。而路黄昏一人，顶多阻挡几人一队的小型武装组织。

傅征只犹豫了一瞬，就做出了取舍："隧道路险，又靠近班加西监狱，通过时切记要小心武装的重刑犯，我让褚东关立刻来支援你。"

切断通话，傅征立刻联络指挥中心。

南辰舰收到上级命令，已经从亚丁湾以最快的速度赶往地中海，执行护送撤侨船舶的安保任务。傅征主动请战，提前到达班加西帮助侨民撤离，但仍需要听从指挥中心的指示，也需要寻求南辰舰的支援。

汇报情况后，港口增派一支军方的武装小队去隧道口接应。

下午一点。

第二批海路撤离的车队成功抵达港口，通过安检后顺利登船。

至此，海路运力饱和，第三支海路撤离车队需等大使馆工作人员的安排通知。

同一时间，车队在港口一支军方武装小队的护送下通过隧道，原路返回厂房。

褚东关以及路黄昏执行随船护送邮轮的安保任务，与邮轮一同离港。

陆路撤离人数较少，共两支，每支队伍还不满两百人。厂房并不十分安全，只要在班加西多停留一刻，就多一分危险。

海路运力有变数的情况下，提前安排第一批陆路撤离的队伍先行离开。因还要用车，第一批陆路撤离的队伍人数精减，一百多人，挤上两辆大巴车先离开班加西。

撤离路线是昨晚定好的，班加西南部是火力集中的交战区，自然要避开。大巴车可用的汽油量不多，半路肯定要加油。而利比亚东部地区，已经被反政府武装占据，能否加到汽油是个未知数。往西，是撒哈拉沙漠。

如果是七座以下的越野车，穿越沙漠还不算太冒险。超载的大巴车……显然不行。

只剩下唯一一条往北的撤离路线。

然而，在海路不知什么时候能撤离的情况下，他们的整个计划被打乱。燕绥不只需要车，还需要汽油。

荀莉去联系大使馆，看能否提供车辆。

燕绥负责联系租车行。

其实有那么一刻，她动了歪脑筋："中化公司没被洗劫前，物资挺肥的，包括车。"

傅征一句话打消了她的念头："你上哪儿去劫回来？"

下午两点。

坏消息接连传来，两辆大巴在北线撤离途中因前方检查站安检进度缓慢，堵在了路上，从北线撤离班加西的车队堵了足足两公里远。甚至有无法提供证件试图强行闯过检查站的外籍人员被射杀，整条北线一片混乱。

下午两点十五分。

傅征从指挥中心接到命令——"利比亚政府试图轰炸班加西，不计一切代价立刻安全撤离滞留在班加西的侨民。"

利比亚政府对班加西彻底失去控制，而班加西正是游行示威、反政府行动的发起地，已默认为反对派的盘踞地。

中国外交部在得知消息的第一时间进行交涉，呼吁国际组织关注。然而，无论利比亚政府的此项决定是否属实，已经彻底不受掌控的班加西也已是一个极度危险的地方。

下午两点三十分。

胡桥忽然传讯："傅队傅队，厂房正门十二点方向，有一列车队正在靠近。"

傅征和胡桥的方向一致，闻言立刻用望远镜观察。

车队一列三辆车，第一辆就是装甲突击车，车顶架设了120毫米的火箭筒，来势汹汹。

傅征额间青筋一跳，低吼："快，全部进地下应急避难室。"他的声音压得极低，力量却足。

那风雨欲来的气势当头砸下，燕绥一个激灵，立刻进入戒备状态。她大脑清醒得可怕，满脑子的"执行"。

工人撤离了三批，最后留下的两支队伍加起来还有四百多人。她一马当先，竭力稳定情绪，守在地下应急避难室门口，和荀莉一前一后，快速把所有工人撤离至地下室。

厂房外，已有枪声响起，子弹突突突打在加固过的大铁门上，穿透力似撕裂一张白纸般轻而易举。

傅征隐蔽在窗口，枪口缓缓对准从装甲突击车上冒出头操控火箭筒的暴乱分子。

他微微压低视野，指尖轻轻压住扳机的同时，对胡桥下令："他们不知道我们有狙击手，一旦开火，先端了他们的火箭筒。"

车队在厂房正门口彻底停下。

托燕绥挖壕沟这大手笔的福，即使暴乱分子已经攻破大门，一时也无法开车长驱直入。

"先别开枪暴露位置。"傅征摸出根烟，斜咬住，低声道，"打个赌，猜猜你嫂子这次会不会听话地在地下室待到我战斗结束。"

胡桥："……"

傅征低声笑起来："我赌不会。"

胡桥回想起一年前在索马里，燕绥半路下车，开枪卸了雇佣兵安保车的那一幕，跟着笑起来："怎么办，我也想赌不会。"他眯细眼睛，盯住装甲突击车上操控火箭筒的男人。

狙击枪倍镜下，他的一举一动都清晰得像电影里的慢镜头，一帧一帧，逐渐拉近。

胡桥忽然觉得哪里有些不对，他用观察镜逐帧逐帧仔细地观察了一遍。

"队长，"胡桥把视野落在装甲突击车后的第二辆越野车上，"车身上的喷漆我们是不是在哪儿见到过？"

傅征也发现了，他枪口微抬，对准第二辆越野车："记不记得我们来班加西的那晚？"

傅征偏了偏头："在门口试图袭击厂房的那辆越野，备用轮胎就挂在后备厢上。小狼崽还说过一句，无法理解他们的审美。"

胡桥顿悟："是反政府组织的一支势力。"

傅征脸色微凝，厂房门口虽然有壕沟，但也只能抵挡一时。如果只是对付临时起意试图洗劫厂房、抢掠车辆粮食等物资的武装小队，他和胡桥的确绰绰有余。

只要久攻不下，外面的暴徒不会浪费这个时间来针对这个明显防卫措施良好的厂房。可如果对方是来寻仇的，或者是得知这里有中国的军方势力，故意来示威、挑衅、屠杀，那就不妙了。

第一种，结果势必两败俱伤。

第二种，如果等不到支援，还未撤离的所有侨民都将成为利比亚反政府行动中无辜的牺牲品。

无论哪一种，都面临着生死考验。

35860.C

走，带你回家

燕绥安顿好所有工人，尽量安抚好所有人的情绪后，把荀莉叫到一边："你继续联系大使馆，看能否安排车辆或者支援。"她指了指指挥部的方向，"我去把所有撤侨资料销毁，厂房一旦失守，我们要面临的就是最糟糕的情况。北线陆路撤离的队伍还没离开班加西，包括这里还有最后一批海路撤离的队伍。"

荀莉理解，她回望了眼神情焦虑的工人们，压低声音："那我们下一步怎么办？"

厂房正门被堵，不解决门外的暴乱分子，他们根本无法撤离。

"担心什么？"燕绥轻笑了声，"外面那位，海军特战队一编队队长，全能型特种兵。知道什么叫全能吗？海陆空就没他不能作战的地方，还不是单挑，以一敌十都没问题。"燕绥抽出根烟，拢了手点火。

再开口时，语气平静："顶上那位，国际型狙击手比赛里排名数一数二的狙击手，所以用不着慌，等我消息。"

她一本正经地忽悠完荀莉，脸上没半点说谎不打草稿的不自在。笑起来，那双漆黑明亮的眼睛半眯，透着股说不出的风情。

荀莉还没缓过神来，她又忽地一眨眼，吐出口烟来，神态俏皮又戏谑："我，泰拳金腰带。要不是打比赛赚的钱没开公司多，我这会儿该是拳王了。"

她拍拍荀莉的肩膀，指了指避难所里的工人，跟托孤一样，忽然郑重了语气："他们交给你了。"

不等苟莉回答，她推门出去，脸上的笑意转身时就彻底没了。她抬眼，目光落在楼梯口透出的那稀薄的一线日光上，眼里全是肃杀之意。

燕绥胡编乱造一通给苟莉壮胆，自己反而虚起来。从避难所到指挥部，停下来时，小腿肚子都有些打战。

她抬眼看向仍挂在正中的五星红旗，定了定心神，开始给自己洗脑："慌什么，我又没骗她。胡桥就算不是数一数二的狙击手，但人能打一枪中一枪啊，够要求了。"

她把桌面上画了路线的地图全部收到一起，只留了几份有用的，其余的一股脑儿塞进一个铁桶里，咬在嘴里没吸几口的烟，被她夹在指尖，寻了一个角，点燃所有要销毁的资料文件。

正烧着，外面枪声一响，她一抖，火星舔着手，烫得她一缩，转身看去，心突然慌得不行。她强自镇定下来，哆嗦着手，又点了根烟，直接扔进铁桶里，看着火烧起来，那些文件卷着边被焚成灰烬后，起身。

离开前，从墙角顺了根钢管，提握在手里时感受到那重量，掂了掂，又折回去把国旗从墙上拆下来，叠成一块塞进口袋里。

傅征听到身后的脚步声时，想也没想，准确无误地按住燕绥的后颈把她揽到身边压进怀里，"别动"。

"我这边暴露位置了，对方在找我。"他压得紧，说话时声音吐息也缓慢，一字一字落进燕绥耳里，每个字都沉得有千斤重。

"你听好了。"傅征缓缓抬手，把枪口一点点送出窗外，他咬着那根没点的烟，眯了眼对焦，"外面的车队，三辆车。第一辆是装甲突击车，火箭筒没拆掉，胡桥暴露位置后撤离换高地。我吸引火力，掩护他撤离，干掉了对面两个。对方人多，火力覆盖的话没多久就能闯进厂房里。"

"燕绥，我需要你。"他的声音忽然轻沉，随着瞄准，消声器下的子弹如闷在被窝里的响雷。

他一击击中立刻连枪带人一起缩回掩护点，按在她颈后的手用力把她更紧地压进怀里，整个护在怀里。

同一时间，一整排子弹落在窗台附近，枪声密集。

燕绥忍不住缩了缩脖子。

傅征察觉，把她抱得更紧。

"你听着，我把手雷全部给你，你去厂房后面炸出一条路来。我和胡桥掩护你们撤离，人多车少，上不了车的就跑。路线还记不记得？"他起身，一只手护着她一只手端着枪，把枪口送出去。

这次枪口刚冒头，立刻就遭遇火力压制。枪林弹雨中，傅征寻了个刁钻的位置，继续做胡桥的眼睛。

"记得。"燕绥从他怀里探出头，呼吸中扑杂着木屑被击碎的硝烟味。她仰头，看到他俊削的下巴和紧抿的双唇，心整个就乱了。

她闭了闭眼，强迫自己冷静下来。如果要从厂房后方撤离，只能穿越沙漠抵达埃及边境。目前所有车辆只够撤离从海路撤离的那支队伍，要是放弃海路，一并走陆路，危险程度不亚于留在这厂房里。

车不够，人太多，物资太少。留下的粮食和水，只足以支撑一百多人。

一并撤离目标太大，万一遇上反政府组织，全军覆没也不是没可能。可这会儿她不能够质疑傅征安排的合理性，她得先把所有工人带离厂房。

燕绥咬牙："好，交给我。"

难得这个时候，他有些想笑，胸怀畅意，心怀柔情。

耳麦里，胡桥的声音响起："队长，我就位了。"

"等我指令。"傅征话落，松开燕绥，独手脱下防弹衣递给她，"穿上。"

燕绥摇头："我不要。"

"由不得你。"傅征强硬地把防弹衣替她穿上，"我和胡桥会分散他们的火力，你放心把后背交给我，无论听到什么声音都别回头，先完成任务。"

他最后那句话听得燕绥心里咯噔一声，本就压抑在极深处的恐惧铺天盖地而来："那你呢？"

"我会安全撤离。"他把手雷递给她，"不用我再教你怎么用了吧？"

燕绥慌中出乱，听力极弱的右耳似有针穿过耳孔，细密如针扎。

又一轮子弹扫射，傅征把她紧紧按进怀里，胸口的对讲机挂在她的衣领上："害怕了就告诉我，保持联络。你放心，所有人撤离后，我和胡桥会立刻撤出。"

他忽然不忍心再说下去，保证得越多，他越觉得心里沉重。这是傅征第一次看她满目慌乱，再无往日镇定。

他不受控制地拎住她的后颈一提，压向自己。他低头，重重地吻在她的唇上："别怕，我带你离开。"

燕绥鼻尖一酸，强行控制，才不让自己哭出来。眼眶热得要命，再难再绝望的时候她都不曾哭过，他一句话，险些逼出她的眼泪。

"我不怕。"她哽咽，"我就是，舍不得你。"

总觉得，这一眼再见时山重水远。

她站起身，狠狠用袖子揉了揉眼睛，眼角被衣袖揉得鲜红，像是哭了一样。

傅征忽然叫住她："燕绥。"

她转身，听力微弱的右耳只来得及捕捉到轻轻的一句"我爱你"，回望时，他已转身，抱枪。

有弹壳弹落在他军靴一侧，那声音，在她寂静的世界里，比风还轻。

傅征，我也爱你。

下午三点。

燕绥召集所有工人在厂房后方集合。行动前，她用对讲机提示傅征，注意掩护厂房右后方的小门。所有工人将从这个侧门，先到厂房后方的空地集合。

核对人数的任务，燕绥交给了荀莉。她带司机横穿过厂房空地，去取车。

胡桥换阵地后成功击毁了对方的火箭筒，在最具有杀伤力的武器无法使用的情况下，一把狙和一杆步枪的火力压制，即使对方有三辆车，人数众多，也一时落了下风。

厂房间隔数十米的距离，燕绥头也没回，任枪声近至耳边，脚下半息不停，领着司机安全进入厂内。

傅征来时开的越野是手动挡，燕绥上车打火后，双手紧握着方向盘，一时不知道要如何操控。

她急得猛地一捶方向盘，揿下车窗，探出半个身子大吼："老方，手动挡的车怎么开？"

"点火。"

"点了。"

"踩离合。"

燕绥低头，把脚心踏上离合，右脚踩住刹车，挂一挡，半抬离合让车辆前行。

起步车速慢，她也不急。握着方向盘，一挡一挡往上加速，档位挂至数字四后，她一脚刹车猛地踩停车轮，扬手一挥："跟我走。"

她按下对讲机的通话键："傅征，我开车从厂房出来了。"

同一时间，傅征指挥胡桥："胡桥，牵制对方机枪手，我掩护燕绥撤离。"

"明白。"胡桥压低脑袋躲过对方的子弹，子弹射入砖石的声音扑哧入耳，他偏了偏头，重新掌控狙击枪时，嘀咕了句，"我们中国建筑的质量就是好啊，子弹也打不烂。"

燕绥在厂房门口蓄势以待，直到对讲机里传出傅征那声低喝："走。"

她脚下油门一踩，打头冲出厂房，只一手扶着方向盘，右手始终握在挡把上，一挡，二挡，三挡，稳稳当当一路加至五挡。

越野车马力足，她油门踩得凶，短短数秒，车身如离弦之箭飞快从毫无遮掩的空地上直扑厂房后方的隐蔽处。

不等车停稳，燕绥熄火，开了车窗跳下车，指挥海路撤离的工人先上车。

燕绥则直奔厂房后方的围墙，她目测了一眼墙高，又掂量了下手雷，忽地起念："傅征，你那辆越野，质量好不好？"

傅征险些被子弹打中，呼吸声一沉，端着枪靠向墙边的木箱。闻言，正欲回答，只听厂房后方一声爆炸声响起。

他手劲一松，拖起枪开始换阵地。他刚动，胡桥的声音同时响起："队长，他们大概猜到我们想从厂房后方撤离，分了四人，一左一右包抄过去了。"

傅征心中一动，问："剩下的那三个，交给你解决？"

胡桥的枪口瞄准副驾，痞笑道："再来三十个都没问题。"

"我现在去厂房后方。"

步枪子弹告罄，后备无法补足，傅征换上手枪，快速穿过空旷的厂房，跳出窗口。

燕绥正指挥工人放下承重板，手雷炸出的通道太窄，她抡起扔在副驾上的钢管用力地掀翻砖石土墙。

她的力量有限，钢管被这几下掼抡抡得变了形，也没能把土墙推出一条平整的路来。

她狠狠磨了磨牙，目光落到停在不远处的越野上。三两下爬上车，启动、加速，猛地撞向那半截土墙。

砰一声撞击声，目睹这一幕的所有工人发出一声惊呼。

燕绥大脑一片眩晕，险些在轮胎滚入壕沟前踩了刹车。

傅征看得心一提，余光透过铁丝瞥见厂房左侧有人影浮动，大吼："倒车！倒车！"

几乎是同一时间，子弹射穿驾驶座的车窗，玻璃碎裂的声音应声而来。燕绥下意识躲避，眼前的空气似被什么撕裂一般，透着股灼烧的稀薄。随即，连带着副驾的车窗也被击穿，玻璃如碎裂的冰面，四分五裂。

燕绥终于意识到有人在向她开枪，心尖绷到极点，似一张拉满的弓，浑身鼓动着蓄势待发的狠劲。

她死死咬住下唇，扭头看向站在厂房尽头正在换弹夹的暴徒。

他的枪口对准她，露出的那双眼睛即使隔得老远也透着股誓不罢休的狠厉。

对讲机里，傅征的声音忽然清晰："后退。"

燕绥侧头，余光里看见一个身影，快速突进至墙角。她立刻右手挂挡，脚下油门轰踩，被提到极致的引擎声大震，车轮磨着沙土扬起阵阵黄沙，飞速后退。

下一秒，傅征徒手攀越围墙，稳稳站在墙头后，枪口一抬，扳机下扣，子弹出膛。有火光从他枪口迸出，卷着利比亚漫天的黄沙，直直没入暴徒的眉心。

吱一声急刹，车轮和沙土碾磨，发出粗嘎的摩擦声。

厂房空地上一静，就像是被谁按了停止键一般。

燕绥耳膜里鼓动的全是自己的心跳声——也许只是短暂的几秒，也许又过了漫长的一分钟，她才终于从死亡的阴影里回过神来。

她扶着车门，耳边空空如也，什么声音都接收得格外缓慢——身后满载工人的大巴和货车，引擎声隆隆，荀莉声嘶力竭催促还未上车的工人尽快上车，还有……

还有什么？

她看见傅征隐蔽回墙角，有枪弹落在他身侧，那藏身的围墙四周，土尘翻起，烟尘不绝。

她一个激灵，忽地回过神儿来。视野里，厂房后方左右都出现了持枪的暴乱分子。

她转身，看向仍在上车的工人们。回头时，那被火力覆盖的角落，已经看不见傅征的身影。

对讲机里，他的呼吸声忽地一沉。

燕绥心里一咯噔，眼尾那抹还未散去的鲜红炙热地灼烧着她的皮肤。

她发了狠，重新上车，还未熄火的越野，在她大力的一脚油门下，轰鸣着，车头猛地往前一送。

她后背紧贴着座椅，双眸始终落在傅征的方向，她拧开对讲机的通话键："你十点钟方向，只有一个人，两点钟方向两个人。我车头会对准两点钟方向，你从后座上来，上车时小心十点钟的方向。"

枪林弹雨中，她义无反顾地紧轰了一脚油门，车头斜对着围墙，替傅征圈出一个严密的保护圈。

用力过猛，数下点刹后仍旧控制不住车速，越野车本就脆弱到不堪一击的防撞杆一声脆响，突然掉落。

引擎盖上吃了不少颗子弹，燕绥把头低至方向盘齐高。听到后座车门打开，关上，扬声叫他："傅征？"

傅征："快倒车。"他一手压住她的后脑，护住她，枪口从开了一丝缝的车窗伸出去，连着两枪后，"往前开，加速。"

他俯低身子，看着仪表台上车速从二十猛地飙高，哑声道："往上挂挡。"

燕绥依言照做，她被护在他的手掌下，什么也看不见，全凭感觉。

"方向往右打半圈，继续加速。"

燕绥听着油门声，感受着从两侧车窗涌进的风声判断，她的车速已经过了六十迈。

她咬了咬后槽牙，闭上眼，呼啸的风声里，感觉到他的指腹在她后颈上蹭了蹭。

他的指尖湿漉，重重地捏了一下她的颈侧。

燕绥能感觉出他说话越来越吃力，刚想抬头，忽听他低喝一声："停车。"

她下意识踩下刹车，无法摆脱的惯性里，她被傅征整个压在身下牢牢护住，耳边迸裂的枪声里，她睁开眼，终于看清了从她耳畔滴落的血迹。

她一僵，急刹后的大脑晕眩还未缓过来，握着方向盘的双手已虚汗淋漓。

她抖着唇，不敢动，张了张唇，努力了好几次，才听见自己从齿缝里挤出的声音："傅征……"

"傅征！"

荀莉眼皮狠狠一跳，转头看去。

离围墙仅仅十几厘米距离的越野车旁，是刚刚被击毙的两名暴乱分子。

风卷动地上的黄沙，涌起旋涡，翻卷的风沙渐渐迷眼。

她紧握在手中的手机忽地振动起来，阳光下，为了省电开了最低背光的屏幕漆黑一片。

她蜷着手心，试图看清来电显示，忙中出乱，百股涌上心头的焦虑和急躁让她耐心全失，她手忙脚乱地接起电话。

"喂？"

……

利比亚当地时间三点三十分。

荀莉猛地跳起来，高举手机，兴奋大叫："燕绥，燕绥，我们有车了！"

"我们能去港口了！"

"我们能回家了！"

回应她的，是恍如静止般的越野车里，一声汽笛长鸣。

"傅征。"

"你听见了没有。"

"我们有车了。"

"我们可以回家了。"

紧连着厂房的信号塔上，胡桥紧咬后槽牙，手中狙击枪的枪夹大开大合，跳了不少发子弹。耳麦里燕绥低声呢喃的声音轻飘飘的，恍若没有实感。

他和傅征的通话从傅征转移阵地，绕去厂房后方截住四位暴徒时就已终止。并肩作战多年，傅征负责突进，近身格斗。他负责遥遥占据高地，为战友铺下火力布防。彼此间的默契，是不用言语就能互相领会的。

此时，他心里一空，似有风声从高处俯冲入低谷。那种恐惧和三年前傅征为安全撤离人质和战友，被俘二十四小时时如出一辙。

胡桥盯着高倍镜中，抬了机枪往塔顶扫射的机枪手，眼中猩红一片。子弹上膛，他在密集的火力横扫下，终于寻到机会瞄准对方机枪手。这一刻，他顾不得自己是否会暴露在对方的视野里，千载难逢的一线机会里，他扣下扳机，手速极快地又上了一发子弹，连发两枪，追入对方眉心。

有子弹擦着他的耳郭钉入身后的墙体，发出没体一般的声响。胡桥狠吸了一口气，身子一滑，紧贴着墙体贴地趴下隐蔽。

左耳一阵钻心的剧痛，他哆嗦着手，碰了碰耳朵尖。被子弹吃了一口的耳朵温度烫手，他沉着一口气，小心地用指腹沿着耳郭一点点往下摸。

幸好。

还在。

他长长吐出一口气，饶是耳垂缺了一个缺口也觉得高兴，跟又捡了一条命一样欣喜不已。这一枪耗费他太多精力，他翻了个身，仰面躺着。

信号塔临架在厂房旁侧，高度也就比厂房高一层楼左右。

胡桥原先的根据地暴露后，被迫撤离。

信号塔的塔顶安装了收取信号的仪器，不过在利比亚全境信号真空的环境下犹如鸡肋。而塔顶的平台无遮无掩，只有一丛墙体，狭窄得只供他匍匐在地上。脚尖露在塔外，远远看去，摇摇欲坠，并不适合狙击手展开工作。

喘匀了这口气，他终于觉得左耳的痛感没有之前那么强烈了。他抬腕，从随身佩戴的仪表里确认傅征的生命体征。

还活着。

他无声地大笑起来，劫后余生的痛快让他差点笑出眼泪来。就像前一秒还是被海水抛上岸的鱼，干涸到窒息。下一秒，潮水涌入，那口将死的浊闷呼吸被海水一漾，汲取到的全是新鲜的养分。

胡桥趴回原位，调整耳麦频道，试图和燕绥建立联系。

沙沙的电流声里，先响起的，是指挥中心的呼叫。

胡桥重新端起狙击枪，枪托抵住肩膀，他重新调整了个方向，斜倚着墙面，把枪口送出塔顶的缝隙。

砰的一声，最后一声枪响。

战斗结束。

与此同时，指挥中心指示的撤离指示结束，胡桥背起狙击枪，远眺天际。

远方高空之中似有蜂鸣般的引擎声响起，联动着同一片天空下的大地，轰鸣作响。

班加西南部的交战区忽地火光冲天，轰炸声密集，像炸开的锅炉，整座城市都掩在炮火之下，生灵涂炭。

指挥中心："燕回号商船已抵达班加西港口，请尽快撤离至港口。"

"重复。"

"燕回号商船已抵达班加西港口，请尽快撤离至港口。"

胡桥收回视线，顺着信号塔外置的攀爬架迅速降落。有血滴顺着他的颈窝滴入作战服内，渗入他的军装，浸透他的皮肤。

他恍若未觉，快速降落在厂房房顶，沿着原先的狙击阵地疾跑。刚从厂房的天窗跳入，落在舷梯上，耳麦里指挥中心的声音又响起。

"利比亚政府派出的轰炸机正在轰炸班加西南部交战区，我方撤侨商船受到威胁，四小时后将从港口暂退至外海。"

"重复。"

"利比亚政府派出的轰炸机正在轰炸班加西南部交战区，我方撤侨商船受到威胁，四小时后将从港口暂退至外海。"

重复响起的声音里，傅征沙哑的声音穿透一切，重新响起："胡桥，撤离。"

傅征击毙暴徒后，在越野车的急刹中头晕目眩，短暂昏迷了几分钟。

醒来后，他歪倒在后座，目眩神迷中只看到满目白烟。越野车的引擎盖因撞击损毁，正冒着大量白烟，车窗破损严重，哧哧冒出的白烟弥漫了整个车厢。

他刚一醒，燕绥就察觉了，差点死寂的心忽地重新跳动起来，她短短数分钟从天堂掉入地狱，浑身虚汗不止，手脚发软。

她难得慢半拍地恢复理智，似不敢相信刚才连呼吸都轻不可闻的人苏醒了回来，下意识起身，动作太猛，重重地被安全带的反作用力勒回座位。

那口滞在嗓子眼里的闷气终于吐出来，她又哭又笑，抖着手去解安全带。眼泪模糊了视野，她只蒙眬地看清红色的锁扣，虚软的手指试了几次都没能顺利地解开安全带。

"傅征。"她声音哽咽，语不成句。

终于咔嚓一声，锁扣一解，她扶着两侧座椅跨到后座，还没碰到傅征，就听他声音虚弱道："别动，就站那儿。"

燕绥立刻停下。

"现在下车去拿医药箱，"他呼吸沉重，鼻翼翕动数下，"医药箱交给胡桥，让他处理。"

他翕合着唇瓣："轰炸开始了，班加西已经沦为危险区，尽快……撤离。"

燕绥没作声，心尖抖得厉害，有积蓄的怒火和什么都做不了的无奈在胸腔里不断发酵，可她什么也做不了。

傅征浑身是伤，燕绥根本不敢碰他。作战服的颜色和血色相近，她根本不知道深色的地方是不是浸透了他的血，生怕碰疼了他，正手足无措间，后座车门被拉开。

胡桥背着医药箱，见到傅征的那刻，整个人都松了一口气。

他上车，检视了一遍傅征的伤势，轰燕绥下车："这里我来处理，你去荀莉那边看看有没有什么需要。我过来的时候，厂房空地上还有很多无法上车的滞留工人。班加西的轰炸已经开始了，如果不能在半小时内撤离厂区，所有人都走不了。"

他撕开傅征的衣袖，翻出纱布压上去止血。

另一侧车门被推开，胡桥抬眼看去，燕绥已经下了车，她站在车外，冰凉的手指轻轻地握了握傅征的手。

胡桥看见她嘴唇动了动，似乎想说些什么，最后到底是把想说的话咽了回去，握住傅征的手拉到唇边，亲了亲他冰凉的手指。

胸腔内的酸涩涌到喉间，燕绥眼眶发热，眼泪不受控制地落下来，砸在傅征的手背上。

"半小时。"她忽然哑声。

蜷起的手指拂去眼角的眼泪，她深吸了一口气，笑起来："就是只剩下十分钟，我也能带你走。"

那笑容，是她一贯的明艳和底气十足。

有阳光从天窗里落进来，临近夕阳的光，透着暖暖的昏黄，眼前的路像极了回家的路。

——没关系，你受伤了就让我来保护你。

——我会去找到车。

——我还有船，我能带你回家。

——中国不远，回去后我们就结婚。

——你答应我，等等我。

——一会儿就好。

荀莉刚结束和大使馆的通话，见燕绥过来，看到她脸颊上的血迹时，大惊失色："你受伤了？"

燕绥偏头，用袖口蹭了蹭，也不管有没有蹭干净："不是我，是傅征。"她转身，看了眼空地上滞留的工人，问，"现在什么情况？"

"大使馆租用的车辆在三十公里外的废弃加油站，和我们陆路撤离的路线一致。班加西港口有一艘商船刚到港，但因港口无法停船，四小时后将往外海撤离。"

燕绥拧眉："有没有支援？"

荀莉摇头："利比亚整个境内的侨民都要撤离，军舰离班加西还有半天航程，暂时无法再提供支援。"

她迟疑了一下，又补充："傅队负伤的情况下，出于安全考虑，两支不同路线撤离的队伍可能要变为一支。"

傅征负伤，胡桥一人分身乏术，不可能支援两路撤离。而可用的车辆又在三十公里外，在半小时前，这无疑是个好消息。

她甚至可以选择借用海路撤离的两辆越野把三十公里外的车开回厂里，或者她领着陆路撤离的队伍徒步三十公里取车再穿越沙漠。但现在，商船四小时后撤离至外海，傅征负伤，没有足够的车，工人大量滞留……无论是按照原计划还是全部陆路撤离都有风险。

燕绥转身望了眼远处那辆越野，立刻否定这个计划："等不了。所有人全部从海路撤离。"

荀莉愣了一下，似是在思考海路撤离的可能性："港口的确驻守了军方和大使馆的工作人员，班加西还有一半之多的侨民没有撤离，他们目前还没有离开。但燕绥，班加西即将沦为轰炸区，港口会在四小时后封闭。"她语气微沉，"我们赶不及。"

她分析道："可用的车辆在三十公里外，光是来回就要一小时，还不知道路上是否会出什么波折。陆路撤离至埃及是最安全的。"

"傅征受伤了。"她一字一句道，"陆路撤离起码要两天，我不知道他能坚持多久。"

"他的命也是命，他为什么在这里，为什么会受伤，你不知道？"燕绥怒极，"在有办法的前提下，凭什么牺牲他？"

荀莉一怔，唇色发白，解释道："我不是这个意思……"她只是觉得海路撤离，既无法保证傅征的安全，也无法保证工人的安全。就像是每个选择都进入了死胡同，总也无法两全。她为自己忽略了傅征的情况而懊恼不已，接话道，"你先说说你的想法。"

燕绥深吸了一口气，尽量让自己心平气和："港口即使要关闭，也是在四小时后？"

荀莉点头。

那来得及。

路黄昏撤离时，原先路线发生交火，所以穿过隧道绕了远路，他多走了近半小时的冤枉路。

如果燕绥在这半小时内找到足够的车，直接沿着西线穿越隧道，就能确保在四小时内抵达班加西港口。

"厂房外面还有三辆车，我带几个人走。"她抬腕看了眼时间，"我们有伤员，单胡桥一个人分两批撤离的确不实际。给我半小时，我去拦车。"

苟莉惊得差点咬着舌头："拦车？"

燕绥的计划是收车往西，去最近的加油站里拦车。班加西如今一片混乱，东部南部都是反政府势力与利比亚政府的交战区，危险重重。相对平和的只有西部，那里居住着最多的当地人口。

燕绥的想法很简单，有人的地方必然会有需求。而加油站，相当于一个补给的站点，车子吃油，想从西线撤离，就得把油箱喂饱。

她从滞留工人中挑了几个年轻力壮的，又带上了一个利比亚的当地小伙——茂德加尔。茂德加尔在中化公司工作，在职五年，会说英文和部分中文。

燕绥告诉他："我要去附近的加油站租车。"

班加西合法经营的租车公司早已一车难求，她要是按照正常手续去联系租车公司只是浪费时间。

茂德加尔显然有些不解。跟着燕绥到厂房外，看她挑了敞篷的装甲突击车后，自觉地坐在了她的副驾。

装甲车车顶的火箭筒被胡桥喂了子弹，成了个破烂的摆设。燕绥用着倒正好，她风驰电掣地一路把车开进加油站，本还有序排着队的车辆立刻四散奔逃。

燕绥停了车，从后座提了把冲锋枪下来，校准，上膛，端枪试瞄。

耳边是把她当作反政府暴乱分子的惊叫声，她丝毫不介意自己造成的恐慌，在满目恐慌中，招招手，示意茂德加尔："你挑那些只有司机一个人的空车，问问有没有人愿意租车。从加油站到港口，随他开价。"

茂德加尔照做。

燕绥则在所有人恐慌躲避的目光中，开车堵在加油站的路口。

跟着她同来的不只有燕氏海建的工人也有中化公司的，这几天所有人同吃同住，共同躲避炮火，燕绥表现在他们面前的也是沉着冷静的大将之风。

就是没人知道……这位才二十多岁的小燕总，有这么社会的一面。

几人面面相觑，一声不吭地跟在她身后给她当背景板。

和燕绥预想的差不多，西线陆路撤离的外籍人员多，靠一双腿从班加西的西部撤离去埃及怎么想都不实际，所以在这里，车辆供不应求。但只要有市场，这里就不会缺车。

她大刀阔斧拦在主车道，又愿意出天价租车，很快就在路上拦到了三辆破破烂烂的家用轿车。

这些车是不是车主的还未知，每辆车车身上都有或多或少的弹痕，甚至还有挡风玻璃整面碎裂的。

燕绥让车去加油，趁着汽车加油的时间，亲自把每辆车的暗箱、储藏柜、后备厢等，只要是能藏东西的地方都搜了一遍，确认车上没有枪支弹药等危险品，这才支付定金。

除了燕绥拦到的三辆车，茂德加尔也租到了两辆类似保姆车大小的中型面包车。这么一来，车足够了，汽油也足够了。

燕绥检查过那两辆半旧不新的面包车后，没再耽搁时间，立刻返程。来时她的装甲突击车打头阵，是故意营造来者不善的氛围。目的达到后，返程时她从头车变成垫后的，遥遥坠在车尾。

茂德加尔依旧和她同行。

路上，燕绥抽空问："你上哪儿租来的？我在加油站时都没看到。"

"他们的车就停在加油站后头的停车场里。"茂德加尔说，"他是当地人，之前在班加西也是开车拉客为生。战争爆发后，他也打算离开班加西了，正巧听到我要租车，酬金不菲，决定和朋友一起再拉一趟客。把我们送到港口后，他们也要离开了。"

燕绥不动声色地眯了眯眼，意味不明道："是吗？"

茂德加尔肯定地点点头。

她没再继续追问。

几分钟后，黄沙的尽头已经能够看到厂房的轮廓。燕绥不打算再进厂房，驶入对讲机的使用范围后，联系胡桥让所有人在厂房外等候，即停即走。

剩下的时间不足三个半小时，就像是一场豪赌一样，所有人的生命都捏在时间的流逝里。

一分钟后，厂房尽头远远能看见车辆驶来时车轮带起的黄沙翻滚。

燕绥从车尾超车，装甲突击车车身笨重，提速并不快。但在黄沙路面上却占了优势，她油门轰踩，一路疾驰，超越前车领先抵达厂房。

一张张疲乏了几日的脸在看到燕绥下车的那刻，从茫然到惊喜，最后汇聚成山呼海啸般的欢呼。

他们知道，燕绥会带领他们安全撤离班加西。他们也知道，营地现存的车辆无法供所有人一起离开，所以才会有第一批、第二批、第三批从不同路线撤离的队伍。

而现在——

燕绥回来了。

不只她回来了，她还带来了足够撤离的车辆。

不会被丢下了，没有人会被丢下。

每个人都能跟着大部队一起撤离。

距离班加西轰炸不足三个半小时的最后时刻，他们，能回家了。

荀莉安排工人排队上车，燕绥负责分配车辆。

时间一分一秒流逝，等所有人上车，车队驶离厂房进入城区街道时已经临近傍晚。

燕绥头车开路，傅征同车，坐在驾驶座后第一排的窗口。燕绥谨慎，特意安排中型面包车一前一后，一辆开路，一辆殿后保护。

整列车队疾驰在班加西荒废的街道上，街上随处可见的残垣断壁，浓烟滚滚。有翻倒的车辆还在燃烧，街面上所有的店铺几乎都遭遇过洗劫，空无一人。

战争的残酷在这种时候展现得淋漓尽致。面包车内鸦雀无声，偶尔有两声轻叹，也是唏嘘不已。

燕绥握着傅征的手，指尖斜插入他的指缝里和他十指相扣。鼻端还能嗅到他身上的血腥味，混着班加西的硝烟黄土，却让燕绥有种说不出来的安心。

　　她低头，鼻尖在他脸侧蹭了蹭，看他眼睫微动，睁开眼来，一笑，握着他的手指收紧："傅征。"

　　他声音模糊："我在。"

　　燕绥是在上车前才从胡桥那儿知道他的伤势，傅征肩胛骨中了两枪，子弹还留在身体里，右臂还有处子弹贯穿，虽没伤及重要器官，但失血严重。

　　她心如被放在火上烤，水分蒸发后，只剩无边无际的灼烫，沿着心口一圈圈蔓延。饶是如此，她却只能故作若无其事，手心紧紧裹覆着他的手指，拼命拼命地试图把身体里的热量传给他。

　　"你以前……受过这么重的伤没有？"燕绥问。

　　"枪林弹雨里，谁没受过伤？就是像今天这样背水一战，也有过。"他语速极慢，"在任务点，子弹用尽，只能徒手拼刀刃。"

　　他用力地捏了捏燕绥的手心："每一次，都活下来了。"

　　"这次也一样。"

　　他的使命未完，不会甘心就这么死去。

　　从班加西西部城区驶入港口还要经过一段荒无人烟的荒漠，荒漠的尽头才是贫瘠山脉，穿山隧道就在这座山里，全长三点八公里。

　　可以说，只有穿越隧道，才是真正地靠近安全。

　　天黑时，车辆驶出荒漠，远远地已经能够看到前方的隧道。

　　傅征向指挥中心汇报行程，并提醒胡桥注意警戒。他起身，一手攀着行李架，在颠簸行驶的车内弯腰越过中控坐入副驾。

　　右手无法持枪，他就用左手，上膛，拉开保险。车呼啸着驶入隧道口，黑暗得只有一束车灯的隧道里，燕绥不自觉凝神屏息。

　　引擎声在隧道的圆拱内似被无限放大，看不到尽头的黑暗里，燕绥看清隧道砖墙上的指示牌，蜿蜒着一路往前。

　　燕绥的对讲机里忽地传出胡桥的声音："队长，我们车的引擎盖忽然开始冒浓烟，你们看到隧道口了吗？"

　　她眉心一跳。

　　几乎是同时，傅征拧眉，叫她："燕绥。"

　　燕绥立刻心领神会，手背到身后，摸到别在腰后的水果刀，屈膝往前迈了一步，靠近司机。

胡桥的声音又断断续续传来："引擎可能温度……过高，我怀疑……冷却……损坏。停车……检查，你们……"

电流声咔咔作响，忽地，一下被切断。

燕绥还未反应过来胡桥那儿发生了什么，隧道外，几乎是胡桥所处的位置忽然发出一声爆炸的巨响。

隧道对向车道的连接处蹿出两辆摩托，车上的暴徒持枪，举着旗帜呼啸而来，包围了胡桥那辆已经停下来的面包车。

几乎是同一时间，燕绥看见了三百米外的隧道出口。而那里，整齐地停着数辆摩托，摩托车的车前灯大亮，有三人立在车旁，高举了火把。

不消燕绥把刀抵上司机的脖颈，车速已渐渐缓下来，最终在离隧道口几十米左右彻底停了下来。

堵在隧道口的三人中有一人上前，手里握着小型的定时炸弹，已经开始倒计时的计时显示器正向朝车内，让车内的人将跳跃的时间看得一清二楚。随即，他敲了敲车门，指了指炸弹上不足五分钟的时间，示意能做主的人下车来。

车内的死寂在数秒后转化成恐惧的叫声。

"这些人应该是监狱逃逸的逃犯，摩托全是警方用车。"傅征轻咳了一声，枪口悄悄放下，隔着车门对准站在车外的暴徒。

胡桥的声音透过耳麦和傅征重新建立联系："队长，隧道口被炸塌方，没有退路。"

"我这边三个人，手里都有枪。"

傅征透过后视镜，往后看了眼——隧道内应该只有这六人，一头一尾包围了整个车队。

僵持下，燕绥看着已经跳向三分钟的计时器，重新把刀别回腰后："我下车。"

"待着。隧道被炸，通道塌方，我看他们可能不只是抢劫。"傅征拧眉，每用力呼吸一次，唇色便越发苍白。

他用力按住肩胛骨处，问胡桥："三个人，你有办法解决吗？"

嘭嘭作响的砸车门声和车内因惊恐发出的惊叫声混在一起，傅征皱起眉，转身轻"嘘"了声。

果然奏效，所有人瞬间安静了下来。

而胡桥那儿，他思考数秒后，回答："有。"

傅征似笃定胡桥会有办法，轻笑了声："准备好，等我数三二一。"

他收回枪口，叫："燕绥。"

燕绥应声。

"你听着，别下车，摇下车窗把人引到你那儿。听我口令，我负责击杀封路的那两人……"他抛去一把手枪，"你负责放倒他。"

燕绥接了，拉开保险，把蓄势待发的手枪压在手心下，她招招手，悄无声息地和坐在窗口的人换了个位置。她用力握了握枪柄，压下心头的鼓噪，摇下车窗。

那渐渐失了耐心的拆门声果然一止，暴徒上前一步，整张脸除了眼睛全部隐藏在面巾下，他俯身，看进车内。

就在这时，傅征压低的声音清晰地传入燕绥耳中："三。"

她弯唇，对暴徒露出抹示弱的笑容。

"二。"

燕绥比画了下耳朵和嘴巴，示意自己听不懂阿拉伯语。

"一。"

几乎是最后一个数字落下，燕绥笑容顿时收起，她半个身子从车窗内探出去，屈肘牢牢地拐住暴徒的脖颈让他死死贴在车身上。

车内惊叫声四起，她握着枪，把下唇都咬出血来了，才稳着手，闭着眼，隔着车门，砰砰两声连发。

手枪的后坐力震得她手腕发麻，听到枪声，她似浑身的力气都泄了一般，桎梏着暴徒的手劲一松。

和她行动同时的是隧道里接连响起的数声枪响，被隧道的回音扩散至每个角落。

燕绥眼睁睁看着暴徒支撑不住身体滑落至柏油路面上，万籁俱寂中，定时炸弹的嘀声倒计时就尤为清晰。

她止不住战栗的神经还未从开枪后的冲击里缓过来，倏然绷紧。短短一秒钟内，从她脑中跃过的竟然只有一个念头——傅征只让她放倒他，那炸弹呢?

电光石火的刹那,她看见傅征推开车门,就连他受伤后也没有离手的步枪被他顺势留下,他抱起炸弹,转身往隧道口跑去。

"傅征!"

当一个军人,在战场上放下枪时,说明他将与自己的生命告别。他没留一句话,甚至在做出这个决定的最后关头,连看都没有看她一眼。

是,他的选择没有错。

如果炸弹留在隧道内引爆,已经承受过一次爆炸伤害的隧道将无法再苟延残喘。所有人都会被深埋在这里——一个远离自己国土,隔着重重大海的地方。

这里有永无止境的战争和纷扬的炮火,唯独没有故人。

可当这种选择眼睁睁血淋淋地摆在燕绥眼前时,她才发现自己原以为坚不可摧的心壁能够碎成粉末。

她可以敬仰他征服大海保卫国土的信仰,也可以挡住他时常不在自己身边的寂寞,甚至她都可以不用他操心自己所有的麻烦。

在选择傅征的那一刻,她就准备好了承受随时会孤独终老的可能。

可直到此刻,她发现自己做不到,也承受不了。

如果让她爱上他,又让她失去他,这爱情于她而言,就是傅征不可饶恕的罪孽。

她跌撞着下车,绊到人摔倒在地也不觉得疼。她不错眼珠地看着他的身影在视野里渐渐模糊,逐渐逐渐地最终消失。

那一声尚未出口的"傅征"堵在喉间,让她痛不欲生。

眼前的路不再是路,是悬崖,是峭壁。

她再未踏出一步,浑身的力量被抽走,她连动一下的力气也没有,眼睁睁地看着隧道外,一瞬爆炸的火光吞并了夜色,燃烧起熊熊烈火。

我说过我们都要好好地活着,无论是动乱难平,还是前路难行,都要好好活着。

我还等着你穿白色的军装向我求婚。

我还等着嫁给你。

你说怎么守卫家国,就怎么守住我。可如果是这样的守护,傅征,我宁可从未认识你。

"利比亚撤侨行动，是中华人民共和国成立之后最大规模的撤侨行动之一。"

"利比亚内战爆发后，局势很快失控。驻利比亚的中资企业全面停工，等待撤离……"

"利比亚境内，约有三万中国人。主要分布在利比亚东部、西部、南部和首都地区。大多从事铁路、通信、建设和油田等行业，此外还有一些中餐馆经营者和留学生等人。"

"与此同时，中国海军护航编队南辰舰抵达利比亚附近海域执行撤侨任务。"

"这次行动中，中国政府共动用91架次中国民航包机，35架次外航包机，12架次军机。租用外国邮轮11艘，国有商船5艘，军舰1艘，历时12天，成功撤离中国驻利比亚人员35860人，还帮助12个国家撤出了2100名外籍公民。"

……

十日前，定时炸弹引爆后，南辰舰中国海军特战队二编队及时抵达隧道口，帮助被困侨民撤离至班加西港口。

燕绥登上燕回号，从班加西撤离至希腊克里特岛。

辛芽在各个撤侨点设立了据点，迎接燕氏海建的所有员工，也为中国公民提供帮助。

燕绥抵达克里特岛当天，用国际漫游电话卡先后给郎誉林和燕戬报了个平安。当晚就从希腊乘坐国际直达航班，在第二天凌晨飞抵南辰。

辛芽和她一起回来的，见她全程臭着脸，直到下飞机时才敢问："小燕总，傅长官呢？"

燕绥脚步一顿，冷笑一声，答："分手了。"

辛芽"啊"了声，丈二和尚摸不着头脑。

等等，郎大将军不是这么说的啊……

不是受伤了要回来养伤吗？

怎么就……分手了？

几天后，辛芽终于从胡桥那儿得知了事情因果，对远在大海另一端当地接受治疗的傅长官抱以深深同情。

于是，收了傅长官发的年终奖的辛芽不遗余力地为两人做传声筒。

"小燕总，傅长官手术顺利，已经回南辰养伤了。"

燕绥抬了抬眉毛，没作声，隔天就包了一个北星的项目，搭机过去亲自监工。

辛芽："小燕总，傅长官出院了，问你有没有时间见一面。"

燕绥冷哼："想见我自己不会跟我说？"

辛芽觑她一眼，回："你把他的联络方式全部拉黑了啊……"

燕绥手中的笔往桌上一摔，怒道："在利比亚的时候不是挺能耐的吗？"

辛芽：小燕总好可怕啊啊啊啊！

于是，在燕绥有心的避而不见下，傅征出海前都没能见到她一面。

半年后。

南辰舰护航任务结束，军舰归港。

当日，港口聚集了前来迎接的军人家属。

燕绥故意站得远，百无聊赖地叼着墨镜的镜腿站在人群之外，偏偏这样更引人注目。

傅征刚交接完，踏上军舰甲板。

他还没发现燕绥时，郎其琛先看见了，悄悄撞了撞傅征，提醒："欸，闹了半年脾气的家属来了。"

傅征挑眉，转身看去时，屈指微抬了抬帽檐，隐在帽檐下的那双眼在看见燕绥时缓缓眯了眯。

他转身面对队列，重新压低了帽檐，不动声色地勾了勾唇角。

郎其琛瞥他一眼，哼了声，看那得意样，出息！

正腹诽着，脚踝被傅征用军靴踢了一脚，他隐含笑意，低声问："你什么时候改口叫姑父？"

郎其琛哼哼："看你今天求婚成不成功吧。"

傅征苦笑。

目前看来，漫漫征途。

他的征途是大海，也是燕绥。

HE
AND LOVE

你说，
你的征途是大海，
也是我。

那我许你到终点，
陪你继续征服大海。

番外

想你

燕绥生了傅征半年气，拉黑、放冷话、避而不见，她能想到的所有小脾气一口气全招呼上了。

燕戬以为她是对傅征在利比亚做的那些事耿耿于怀，晓之以理、动之以情，试图开解她。

燕绥酒喝了，话听了，老老实实交代："我是自己过不去。"

从利比亚发生动乱的那日起，她那颗心就惶然不定。傅征松手脱了枪，抱起炸弹奔出隧道的背影更是像烙在她脑海里一样，只要她闭上眼就能看到。

她很清醒，也很理智。

知道这件事不管再重来多少次，傅征依旧会是那个选择。

如果把家国大义、数百人的性命放在她的眼前，她恐怕无法做得比他更好。

再强悍的人，也需要时间去修复心里的漏洞，燕绥也不例外。

这半年，辛芽一有机会就跟她汇报傅征行踪。

胡桥也对燕绥热情了起来，每到一个港口，只要有信号，小视频就在线转播。

就连看傅征不怎么顺眼的郎其琛，抽空也会来探探燕绥的口风，譬如："姑，你这么冷着他还不如直接分手了呢，你都不知道我队长有多可怜。"

他喝了口小酒，酡红了一张脸，冲着手机视频呵呵傻笑："联谊会没他份儿，以家庭为单位的聚会又没他份儿，天天在军舰上跑圈，你知道他跑了几公里吗？"

"要我说，你给他个痛快，一了百了了，全都再找。"

燕绥正翻着文件看策划，赶进度，闻言，问："他在你边上吗？"

小奶狗乖巧地把下巴挂在覆在瓶口的手背上，摇摇头："没有。"

"给他打个电话让他把你接回去。"

燕绥看了眼屏幕，笑得温婉动人："当然，有胆子就把刚才那些话一字不漏地说给他听一遍，让他把你扔海里清醒清醒。"

郎其琛听得直笑，道："姑，你知道吗？"

他双颊绯红，把脸凑近手机摄像头，放大的脸把屏幕塞得连丝缝隙都不留，说："你提起我队长，完全是一副自己人的口吻。"

他连声啧啧，关掉了视频。

后来……

后来燕绥气就消了，她特意从北星的项目里抽身，去军港接他。

甚至心软得连傅征求婚时都没太折腾他，他一求，她就顺水推舟同意了。

不然呢？

真跟他较着劲这么较一辈子？

亏不亏！

在大院吃过饭，傅征送燕绥回公寓。

目送着她下车，刷门禁卡，进电梯后，傅征从储物格里摸出盒烟，下车透气。

整一天，军舰归港，求婚，回大院，半年没见也没能好好地说上话。

他斜咬着烟，仰头看了眼刚亮起的灯，扔在车里的电话响起来，他折回去，看了眼来电显示，接起。

燕绥站在窗口，往下望，问："还不走？"

傅征仰头，忽地笑起来，说："气还没消？"

燕绥静了几秒，问："你还知道我生气呢？"

她瞄见他嘴边一闪一闪的火星，说："烟掐了。"

傅征眼睛微眯，从善如流，把烟碾熄了，再开口时，声音沙哑，透着股说不出的性感："时间还早，下来让我抱抱？"

电话忽然就挂了。

傅征听着手机那端的忙音，抬头看了眼，窗口哪还有她的影子。

他原地等了会儿，有些犯轴，开始琢磨着从外墙攀上去的可能性。

没等他付诸行动，电梯门一开，燕绥穿着拖鞋就下来了，她倚着门，瞧着比他还委屈，说："你就这么放我走了？"

哪能！

傅征几步迈上台阶把她抱进怀里，埋在她的颈窝深深吸了口气，说："你再晚来几秒，我就要从外墙爬上去了。"

燕绥捶他道："疯了？不怕报警被抓受处分？"

"女朋友都不理我了，我能怎么办？"傅征拥着她进屋避风。

这里明晃晃的，不适合拉灯办事。

燕绥被他拥着抱了会儿，领他上楼，进玄关后，从鞋柜上的收纳盒里拿了门禁卡直接塞进他口袋里。

塞完就去剥他外衣服，脱了他外套，手沿着他的腰线把毛衣从腰带里抽出来，刚掀开一角就回想起他的伤口位置，又去扯他领口。

傅征被她打了个措手不及，只来得及抬手扶了扶她的腰，她已经扒下他衣领一角，看见了肩胛骨处那两处枪伤。

玄关的灯光，温暖不烈。

已经痊愈很久的伤口长出了新的皮肤，她微带着凉意的手指抚上去，抬眼时，眼眶微红，道："忘了问你，疼不疼？"

傅征见不得她这个样子，整个心像被她用手揉碎了，怎么都拼凑不完整。

他低头，蹭了蹭她鼻尖，回道："不敢疼。"

"这半年，我知道你需要时间。所以不打扰，不干涉，不侵入。"他把声音压得极低，就在她耳边，"唯独没做你会跟我分手的准备。"

所以策划着求婚，规划着未来，一步一步，从未在原地踏步。

他连等待，都有自己的节奏。

"我不怕你想不通，我只怕你困在里面太久。"他低头，唇落在她唇角，拥着她靠着墙壁。

他喜欢把她困在怀中，后无退路。

这样，低头是她，亲吻也是她。

横亘在两人之间的话题太沉重，燕绥怕他今晚要深入和她谈，提前扯开了话题："你打算让我什么时候见你爸妈？"

傅征指腹摩挲着她的颈侧，问："明天？"

这、这么快？

"可能还会有个家族聚会，傅家一姓两户，傅衍你见过了，还有傅寻和老三。"他吮着她的唇，慢条斯理地解释，"我是独生子，但架不住堂兄弟多。"

燕绥头皮有些发麻，她后悔自己扯什么不好，偏扯见家长。

但危机处理，一向是她的拿手绝活儿。

她挽在他颈后的双手微一用力，把他拉下来，仰头把自己送到他嘴边，道："不说这些。"

"先让我检查检查身体。"她微笑，笑得风情万种。

轻描淡写一句话，傅征却被她勾起了心底最隐秘的渴望。

他玩味地凝视她，最后确认："你确定？"

燕绥没回答，她的指尖沿着他的腰线钻入，渐渐侵入。

她喜欢的、想要的、渴望的，在他面前，从不需要隐藏。

隔日。

傅征送燕绥上班。

辛芽一如既往，早早在公司门口等候。

见燕绥从傅征车上下来，一点儿也不意外，小碎步挪近了些，还隔着车窗和傅长官打了声招呼。

等进了公司，燕绥揿下电梯上行键，随口问她："北星的工程进度还剩多少？"

辛芽答："快收尾了。"

"那我在南辰多留几天。"电梯门一开，燕绥迈进去，"对了，等会儿你跟前台打声招呼，傅征来了别拦，让他直接上来。"

辛芽差点咬着舌头："傅长官，什么时候过来？"

"中午吧。"燕绥心情好时，特别恶劣，就喜欢和辛芽开玩笑，这一次，她笑眯眯地拍了拍她的小脸蛋，说："你下午进我办公室前，记得先敲门，万一看见什么十八禁的画面就不好了。"

她收回手，在电梯抵达顶层后，潇洒步出，又道："也替我拦着点儿那些部门经理，屁大点儿事别惊动我。这几天想当当昏庸无度沉迷男色的昏君，你能理解吧？"

辛芽目瞪口呆。

才一晚……

小燕总的画风就变得如此别致。

但作为助理，就是要有领会领导用心的机智。

辛芽忙完手头上的工作，第一件要执行的，是去前台传"口谕"。

第二件事，上官博发感慨——"被爱情滋润的女人是真可怕，尤其是被求婚成功的女总裁！"

说到这儿，得再提提利比亚撤侨的事。

利比亚撤侨时，燕氏无偿提供了五艘商船供侨民撤离。而燕绥，成功撤离驻利比亚中化公司的员工与燕氏海建员工的视频资料也在网上广为流传。

而此事在官媒报道后，更是引起了网民极大的关注。在网络媒体如此发达的情况下，一夜之间刷爆了热搜。

辛芽管理的官博迎来了又一波涨粉高峰，向燕绥递出采访请求的各大媒体络绎不绝。

燕绥也一改之前的低调，筛选后选择了一家评分不错的媒体答应了采访。

以后，小燕总的江湖地位便无人可动摇。

在利比亚受过燕绥恩情的中化公司更是递出了橄榄枝，邀请战略合作。利比亚海外项目的失败，反而是塞翁失马，焉知非福。

傅征来时，南辰下着雨。

因燕绥的特意嘱咐，全公司都翘首以盼等着前台直播。

前台从迎接到把人送至电梯，目送着电梯关上，脸上的淡定终于渐渐消失，她迈着沉稳的步子回到自己的工位，微笑着，啪啪啪在公司小群里敲字。

辛芽潜伏的公司小群从沉寂到消息速度突破 99+ 后就知道，傅征来了。

她敲敲门，提醒燕绥："小燕总，傅长官来了。"

燕绥正忙着看企划案，"嗯"了一声，起笔备注这会儿工夫，门开了，她抬眼。

傅征披着一身寒气进屋，见她在笑，想了想说："你知道我这一路过来什么感受吗？"

这没头没尾的一句，燕绥想接也接不了。

她丢了笔，勾勾手指，示意他过来。

办公室里开了空调，傅征脱下外套才去抱她，想着进她办公室这一路被人瞩目的感觉，轻咬了她耳垂一口，听她疼得嘶嘶吐气方才解气。

燕绥还没来得及捂耳朵，他又轻吮住，鼻尖蹭到她耳窝，微微发痒。

她一躲，正要以牙还牙，却听他说："有个事……"

燕绥："嗯？"

"我上午向部队政治部门递了结婚报告。"傅征一顿，"被家里的老爷子压下来了。"

燕绥心里一咯噔，刚冒出不妙的预感，又听他补充："不是因为你。"

接下来的话傅征有些难以启齿，他曲指轻弹了弹燕绥鼻尖，哂笑道："老爷子怕我耍流氓，非让我带你回家，否则这结婚报告就压着不批。"

他握住她的手拉到唇边，咬她指尖，低了声音问："小燕总，不然你赏个脸？"

从生向死的事

燕绥见过傅家那位老爷子，在三年前。

她送郎誉林去了趟南江的烈士陵园，归程时顺道去了南江的军属大院给傅老爷子拜年。

英雄迟暮，周身锋利尽褪。唯独那一身铮铮铁骨，独立余生。

再多，燕绥就没什么印象了。

过完年没几天，傅征批了假带她去南江。

时隔三年，再次登门，燕绥的心境大不相同。

三年前她单纯是个晚辈，可这次……她是以傅征女朋友的身份见家长。饶是燕绥见惯了大场面，过南江的高速收费站时仍是忍不住发虚。

傅征的车过岗哨，畅通无阻。

傅寻正在院子里遛貂，听见引擎声靠近，轻吹了声哨，一团白绒绒的东西飞快地从院中空地跑过。

他矮身捞起，那绒白团蹬着短腿就攀上了他的肩头，跟放哨一样，立在傅寻肩膀上，侧目看驶进院中的那辆越野。

于是，燕绥来南江第一个见到的，是傅家这一辈的老大——傅寻。

傅寻是傅征堂哥，傅衍又比傅征小，傅家还有个最小的，虽不比傅衍差几岁，但吃亏就吃在他出生得最晚。

傅征没提他的名字，燕绥也就没问。

第二个见到的，是傅老爷子，傅征的爷爷——也就是那个传说中扣了傅征结婚报告怕他要流氓的老爷子。

傅老爷子记性好，见燕绥第一眼便说："三年前你跟老郎来给我拜过年。"

见燕绥拘束，傅老爷子又笑眯眯道："我一听傅征的女朋友是你，心放下大半。傅征瞧着对人冷冰冰的，却惯会哄人。我担心你被他哄了，才让他带你回来瞧瞧。"

打开了话题，燕绥便自在多了，傅老爷子问起两年前索马里劫船之事她也能跟说段子一样，把老爷子哄得笑个不停。

晚饭时，傅征父母一起到了。

傅征的父亲一身常服还未来得及换，进屋先看燕绥，道："难为你愿意嫁给这浑小子。"

傅征的母亲笑骂了一句"老不正经"，挽着燕绥去阳台上小坐。

"我和傅征的父亲聚少离多，从小对傅征的关心就不够。"她微笑，"他从懂事起就自己拿主意，没让我们操过什么心。"

"就是结婚这事，不上心。"她斟了杯茶，就着暮色看着燕绥，满心柔和，"我虽然不干涉他，但眼看着他三十而立，也探过他口风。没遇见你之前，他就没想过结婚，总一口一句他这职业，尽不了责，别耽误了别人。"

"你和他枪林弹雨里也闯过了，死亡没能牵绊住你们，我想也不用我再多说什么了。"她推来一个包装精致的木盒，"这是我和他爸为你准备的见面礼，你收下，便算是我傅家儿媳，是我半女。"

燕绥垂眸看向桌上那个木盒。

"我深知军属不易，也知道你愿意嫁给傅征，用了多大的勇气，冒了多大的险。你们小两口的事，我们做长辈的不会干涉，充分尊重。我们傅家最是护短，你今日坐在我面前，我便认可了你。你如果遇了事，傅征会负责，他负责不了的，还有他身后整个傅家。

"我今天赶回来，除了这是你第一次来傅家，也为了把这些话告诉你。我作为傅征的母亲，我只希望你们幸福快乐，这是唯一的心愿。"

燕绥没二话，收下了木盒。

她没看木盒里装了什么，再贵重也比不上傅征母亲的这席话。

她心头最后一丝顾虑全消。

直到此时此刻，她终于知道傅征的情商像谁了……

她未来婆婆这番话，字字烙进她心里，无比熨帖。

燕绥正琢磨着说些什么也表表心意，只听她未来婆婆话音一转，很真诚地问："你和傅征结婚，要不要写个婚前协议？"

燕绥："……"

她听得出这不是试探，而是真的满心为她考虑。那语气……就像是生怕傅征分走她一半财产一样。

燕绥轻咳了一声："阿姨。"

傅征母亲："嗯？"

燕绥说："我嫁给傅征，是从生向死，一辈子的事。"

傅征母亲微微一怔，随即笑起来，微微颔首。

燕绥回去后，和小舅妈说起傅征母亲，仍旧一脸玄幻："要不是知道傅征的行情有多走俏，我真的要担心傅征是没人要，所以他妈妈才……"

还找不到词来形容。

小舅妈一笑，推她去洗草莓："傅家是军政世家，教养好，大气又知礼数。你瞧瞧你自己就知道了，能进傅家门的哪有平凡人。"

　　燕绥一想，也是。

　　像她这样能赚钱、能拿枪、出得了海、闯得了枪林弹雨的女人，傅征上哪儿再去找一个？

不负千里

　　郎誉林急病送医时，燕绥正在北星出差。

　　接到燕戬的电话时，她正在开会。临时暂停会议后，她拿着手机去隔壁的休息室给小舅妈打电话。

　　郎誉林不欲告诉燕绥，包括傅征在内，所以还没人告诉她。陡一听她问，小舅妈还怔了下："你从哪儿听来的？"

　　燕绥顿时上火，道："外公住院了都不告诉我，这事还不急？我不就出个差，又不是小孩子了，瞒着我干什么？"

　　燕绥把家人看得比什么都重。

　　郎誉林就是深知这一点，才不想告诉她。要是在南辰市也就罢了，她在北星出差，一上头能连夜赶回来。

　　"我就一点儿小毛病住个院，挂个针就好了，告诉她做什么？"

　　为此，他甚至对送他来医院的傅征都耳提面命不准说漏，就是没防着在埃塞俄比亚做二期工程的燕戬。

　　"……你也别太担心，已经没事了。"

　　"……"

　　"傅征送你外公去的医院，我过去时他办好住院手续，正陪你外公吊针。"

　　燕绥拧眉，唇色发白："他没跟我说啊。"

　　"你外公没让他说，就是怕你惦记着。行了，你赶紧去忙，回来再说。"

　　"我知道了。"燕绥道，"我马上回来。"

　　她较上劲了，非要今晚就回南辰，小舅妈劝不住，听电话那头她斩钉截铁地吩咐辛芽订票，顿觉不妙。

挂断电话后，转头去叮嘱傅征。

正赶上过节，这么临时的航班，机票一票难求。

辛芽看她铁了心要回去，只能给她定高铁。可就是最后一班高铁，也满座。折腾到最后，只买上了一张无座。

路程过半时，终于有座位可以补票。

燕绥补了票，在七车厢靠窗位置坐下。

高铁一路呼啸，车窗外零星的灯火都渐渐熄灭，只余盏盏路灯。

她觉得疲惫，刚闭上眼，身旁位置起落。有人离开，又很快有人坐下。

她懒得睁开眼，呼吸渐渐平稳时，鼻端又似嗅到了海水的潮意，她如噩梦惊醒般，睁眼看去。

傅征就坐在她右手边过道位置上，等她自己发觉。

燕绥一瞬的错愕后，反应过来问："你怎么来了？"

"劝不住，只能来接了。"他脱下外套披在她身上，车离开站台时，他俯身吻她唇角，浅浅一触，又吮住她嘴唇，轻咬了一口，"你这脾气，什么时候能改改？"

燕绥抬眼，和他对视。

近在咫尺的人，眼里微微漾着笑意，满目深情。

她抬指推开他的唇，呛他："怎么着，还没结婚呢，就不喜欢了？"

"喜欢。"傅征侧身，把她的身影笼罩在自己身下，"喜欢得不得了。"

"想你该迁怒我知情不报了，千里来赔罪。"他吻她不安分的手指，"你什么时候能对我也这样？"

燕绥挑眉，道："哪样？"

见她唇边有笑意，傅征说："我一说想你，你也能不负千里来见我。"

她终于笑起来，任自己陷在座椅里。她不顾周围人注目，拎住他衣领拉下他，一手环着他后颈，一手故意逗弄他喉结，道："我没问题啊，就怕你受不了。"

她仰头，凑到他耳边，开荤腔调戏他："我浑身都是劲，会缠得你再交不出粮来。"

待你卸甲而归

年后，南辰舰队数百名陆战队官兵赴塞北训练基地开展寒区训练。

这是海军陆战队首次成建制开展寒区训练，傅征自然在列。

傅征前脚刚去塞北，燕绥后脚就接到了一个特殊的邀请。

来得很巧。

是和塞北仅一小时车程的首都电视台访谈邀请。

往常遇到这种邀请，辛芽通常都会过滤掉，可这次一听地名，她眼睛一亮，转手把这封邀请函发进了燕绥的邮箱里。

燕绥一琢磨，便让辛芽继续跟进。

电视台的访谈邀请定在半月后，是燕绥的个人专访。

和辛芽联系的是访谈节目的副导演，本对结果不抱任何希望，在收到辛芽回复时欣喜若狂。当即敲定了后续事宜，签了合同。

等尘埃落定，副导演搂着合同，问辛芽："我听说小燕总一般不接访谈节目，就连杂志专访也很少，这次怎么……？"

辛芽挠了挠脸，回答："你是赶巧了。"

副导演："？"

辛芽笑而不语。

半个月后，燕绥赴电视台录制节目。

节目的大纲在一星期前便发到了燕绥的电子邮箱内，整个访谈半小时。

结束后，燕绥和正巧在首都的未来婆婆一起吃了晚饭。没等她给傅征去电话，她刚回酒店，傅征就先打来了。

"在首都？"

燕绥倚墙脱下高跟鞋，回道："出公差啊。"

傅征低低笑起来："你是不是徇私我还能不清楚？"

燕绥弯弯唇，并不反驳。

"明天没训练。"他微顿，又笑起来，"我来找你。"

燕绥原本打算亲自去趟塞北，就是只能和他吃顿饭也认了，听他要来，有些意外，便问："你能过来？"

"你都不远千里了，"傅征说，"我怎能缺席？"

傅征说到做到，第二天天亮就出现在了燕绥房间门口。

燕绥开门时，望着披着一身寒霜立在门口的傅征，怔了怔，还未反应过来，已经被他一步上前紧紧搂在了怀中。

傅征没敢抱太久，她身上只穿了一件薄薄的丝质睡衣，怕冷着她，他一抱过后先脱了身上凉透的外套。

随即，俯身横抱起燕绥，放她回床。

昨晚挂断电话后，燕绥连夜开了个视频会议，凌晨三点才刚刚睡下，这会儿睡意正浓。

即使被傅征打断了睡眠，一回到床上，她便裹进被窝里，湿漉黑亮的眼睛望了他一会儿，抬手摸了摸他下巴上新冒出的胡茬儿："你是陪我再睡会儿还是看着我睡？"

傅征清晰地听出她传达的"要睡觉"的信息，掀了被角，揽住她，唇印在她眉心，微凉的指腹在她耳后揉了揉，道："一起睡。"

燕绥钻进他怀里，嘀咕："和你在一起真不容易……"

她感慨道："你一待在我眼皮子底下就让我觉得补觉是在浪费时间浪费生命。"

"那怎么样才不觉得浪费？"傅征扶着她的腰，严丝合缝地压进怀中。

燕绥微微仰头，鼻尖蹭了蹭他粗糙的下巴，笑得顾盼生辉，道："抵死缠绵。"

傅征：也不知道到底谁给谁开荤。

两人在一起后，燕绥跟没底线一样，一茬一茬地冒荤话。

他按住在他怀中乱动的人，覆耳，低声警告："老实点，不然办得你出不了这扇门。"

自打燕绥上期的访谈节目播出后，网民对"小燕总深藏的男人"表现出了空前高涨的热情和求知欲。

辛芽每天清理私信，看到最多的就是粉丝们的疯狂求照。

就连评论里也不外乎——

"我室友临死前只想见一见那位能让小燕总这么女王范儿的女人也羞涩到低头抿唇浅笑的男人。"

"我前男友死前唯一的愿望是想知道这么优秀，既能保家卫国又能上厅堂下厨房的男人长啥样。"

"附议，虽然我没有前男友。"

"能让我女神咬唇笑得这么苏的男人，一定比我女神更苏。"

"我粉小燕总一年，买了燕氏股票大赚了一笔，房子首付有了。粉小燕总这对 CP 一个月，男人有了，我脱单了。求官博行行好，让我见见我的救命恩人吧。"

燕绥看完这些递到眼前的热评后，不置可否。

傅征不喜欢拍照，尤其穿着军装时，更不允许拍照。更遑论公然在这些顶级流量的网络平台上放照了，她第一个不答应。

然而，粉丝的渴求从来不是你置之不理或者低调处理就能够平息的。

某次明星慈善公益演唱会上，燕绥作为赞助方受邀出席。

坐席安排在舞台正前方的二楼贵宾席上，视野极佳。

傅征当日正好有空，权当是和燕绥的约会，欣然陪同她前往。

然而演唱会开始没多久，现场的音乐就吵得傅征心烦意乱。

燕绥察觉了，不过她刚来没多久，这椅子还没坐热，哪能这会儿就走。

演唱会过半后，燕绥脸露得差不多了，正准备起身离开，忽听节奏密集的鼓点骤停，内场观众席上爆发出一阵尖叫声。

傅征抬眼，闻声看向屏幕。

环绕在舞台四周的大屏幕上正投映着他蹙着眉心，有些不耐烦的侧脸。

和他同框的，还有燕绥转瞬即逝的惊讶后露出的无奈笑容。

不少人认出这是最近大热门的燕氏集团总裁小燕总，尖叫声统一成口号，如海啸，排山倒海而来。

就连场上嘉宾也微笑着加入。

燕绥心里琢磨着等结束后去收拾这场演唱会上的摄影师，脸上不动声色，笑意宴宴地抬手半遮挡住傅征的脸。

她倾身，吻上去。

山呼海啸的起哄声里，光明正大占到便宜的人得意地冲傅征眨了眨眼睛："长官，这是规矩。"

这波由燕绥掀起的全场高潮，顷刻间趋向最高点。

随即不受控地，这个视频当晚便在网络平台走红。神秘到粉丝们抓心挠肝的小燕总的神秘男友也终于现出了"庐山侧面目"。

热评里一水儿的——"果然，长得帅的，都上交给国家了。"

"再次验证'长得帅的才能被以身相许，长得抱歉的只能来生来报'是至理名言。"

"国家欠我一个海军小哥哥。"

更罕见的是，当晚"小燕总全球粉丝后援会"由正主亲身上阵，公布了婚期。

……

我要结婚了。

和他。

你说，你的征途是大海，也是我。

那我许你到终点，陪你继续征服大海。

我不惧枪弹，也不惧危险。遇见你，爱上你，嫁给你，是我燕绥这辈子，最义无反顾的决定。

我爱你心中有山河，有家国，也爱你心中有大义，有仁慈。

你战，我陪你战。

你守，我陪你守。

待你卸甲而归，便是我，独自坐拥你心中山河之时。

守护

四月末，正是南辰天气不稳定的时候。

艳阳忽变大雨，浇淋着整片大地。

燕绥结束会议后从公司的地下停车场出发，到盛远赴约。一路堵车，险在约定时间前十分钟抵达。

近两年因时局变化，燕绥和北星的公司合作密切。

这家来自北星的企业负责人和傅家有那么点沾亲带故，还参加过她和傅征的婚礼。燕绥思量良久，抽空亲自接待。

下着大雨，空气湿润黏腻。

燕绥今日心情本就不好，因这下雨天更是添了几分烦躁。尤其见完对方公司副总以及那远房亲戚后，越发不耐烦。

她见面便能观人三分，坐下一盏茶的工夫，已经把对方摸了个透彻。

除了公司副总，那位王赢和他的团队从里到外透着股不专业。虽说和傅家沾亲带故，她瞧着不只没有半点傅家男人的风度，还有些坐井观天的酸气。

燕绥瞧不上，自然对对方摆明了想空手套白狼的合作也没兴趣。吃过饭，把人交给辛芽，吩咐尽地主之谊即可，便不再过问。

岂料，那王赢是个没眼色的。在南辰待了还没三天，就给燕绥惹了事。

人在南辰出了事，又打着她的旗号，燕绥不好袖手旁观，当晚做局请人谈事。

王赢和对方起了争执，还动了手。加上得罪的人虽愿意给燕绥几分薄面，却并不想善了，这局越谈越僵。

也不知道过了多久，门被轻叩，服务员推门而入领了傅征进来。

满室茶香里，他谁也没看，目光在燕绥身上微微停留，抬步迈来。走到近前，他冷眼看向坐在燕绥身侧的王赢。刚下战场，他浑身的戾气还未来得及收敛平和，满身杀意。

只这一眼，就看得王赢浑身发抖，背脊发凉，僵坐在座椅上，不知作何反应。

还是燕绥，似笑非笑地给王赢递了个眼神，他才恍然醒悟般，给傅征让了座。

燕绥抬手，被傅征牵住，含笑看着他在身侧坐下后才问："回来了怎么也不提前跟我说一声？"

傅征不轻不重地捏了捏她的手，抬眼看向自他来后显得浑身有些不自在的对方，不答反问："有人为难你了？"

燕绥笑意盈盈，答："你来了，谁还敢？"那语气微恼，显然不若此刻面上表现出来得云淡风轻。

莫名其妙要看人脸色，能不恼吗？

她本就不想替王赢收拾这烂摊子，傅征一来，她顿时松了口气。借口出去透透风，到走廊抽了根烟。

等一根烟抽完，傅征寻过来，见她正碾着烟头，替她拿了烟灰缸，顺势从她身后拥上去。

南辰半座城市的繁华倒映在她眼中，像星辉落入银河，熠熠生辉。

她在他怀中转身，微仰头，问："搞定了？"

"搞定了。"傅征低头亲她鼻尖，"今晚就把人送回去。"

傅征道："我都舍不得给你添乱，他倒是不客气。"

燕绥最会得寸进尺，闻言，故意示弱："我每天忙着给你儿子、女儿囤奶粉钱，你还招些奇奇怪怪的人给我多事。"

她觑了眼傅征，见他唇角勾了笑，拎住他的衣领轻拢，道："你是不是该补偿补偿我？"

傅征一向上道，也不申辩这事本与他无关，顺着她的话接道："也好，是该补偿个小傅征小燕绥替我陪着你了。"

要孩子的事，傅家没催，倒是郎誉林先催起来了。

那日傅征陪郎誉林去钓鱼，架好鱼竿，郎大将军状似无意地问道："前两日，我让郎其琛给燕绥捎了箱荔枝。这小子，没结过婚不知道，大半夜就给他姑送去了。"

老爷子笑眯眯地看了傅征一眼，继续："听说大晚上的，就你一个人在家？"

傅征立刻警醒。

果不其然，老爷子下一句就说："结婚了，你得管着她点。她生意应酬多，也不能耽误正事啊？"

傅征笑了笑，摸出兜里的烟盒顺手抛进不远处的垃圾桶里，回道："您说的是，不过急不得。烟得慢慢戒，正事也得慢慢来。"

这事回去后傅征没跟燕绥提，傅队长过惯了清心寡欲的生活，好不容易夜夜春宵，还真没考虑过给自己添个孩子来抢燕绥。

不过那晚，傅征听着浴室里的水声，把玩着一根未点的香烟，想了想家里添丁后的场面，觉得……好像也不错？

等燕绥发现傅征在戒烟时，已经是一个月后。

傅征平时很少在她面前抽烟，是以一开始她并未发觉异常。直到她有天心血来潮拎了件他的衬衫洗，水泡湿的白衬衫上沁出一抹粉色。

她伸手一探，摸出块化了一半的水果糖。

当天，傅征回来。刚推开门，门后那只妖精就缠上来，又是嗅衣领又是扒口袋的。

傅征钳着她手腕拉她进屋，反手关上门后，俯身把她扛在左肩进了主卧。小心卸了"货"后，他欺身而上，一手拉高她的手腕压在头顶，单手解开衬衣的纽扣，边解边问："搜到你要的'罪证'了？"

燕绥抿唇笑，抬腿环上他的腰，道："我如果说有呢？"

他衬衫半解，语气低沉："那要看你是不是想兴师问罪了。"

许是猜到了她下一句，不用燕绥开口，他先回答："无论是发脾气还是问罪，我们先做点什么，让你消消气。"

他从衣角钻进来的指尖微凉，摩挲着她腰侧的细肉，低头吮她脖颈。

"午休时做了个梦。"那声音压得极低，像是从心底最深处传来的，"梦见了情窦初开时曾梦到过的女神……"

燕绥刚闭上的眼微睁。

只听他说："这么多年，以为自己忘了。重新梦见，发现我从始至终喜欢的都是你这样的。"

燕绥轻哼，顺从地把自己交给他："什么时候开始戒的烟？"

傅征这才知道她是在找什么，埋在她颈侧闷笑了一声："一个月前。"

"想要孩子了？"燕绥问。

"没想那么远。"他沉默了几秒，和她对视，"只是提前准备着，随时配合你的心血来潮。"

"我不着急，也不羡慕。未来的安排，都听你的。"

怕她多想，他握着她的手覆在心口，声音像压在嗓尖沉吟了许久："以心为证。"

燕绥开完两个会，给公司下了最新的决策后，突然就闲了下来。

辛芽去打印文件，整个会议室走空后只剩下她一个人。

她端着杯子起身，给自己倒了杯咖啡。

落地窗外是整个被打湿的南辰，玻璃上的朦胧倒影是她眼前半座城市的灯火。

她倚着会议桌，安静看雨。

封闭式的大厦窗户，隔音良好的会议室，除了头顶空调徐徐送风再没有别的动静。

她难得有这片刻闲暇，想起了和傅征婚后的第一年。

像是故意要考验她一般，婚后的第一年，傅征的工作时间几乎占满了所有属于两人的空间。说好的休假往往才开了个头，他便忽然要归队。

难得有一次看他空闲，还是在南江。

他半陷在沙发里，翻杂志。

那本杂志是几个月前的财经杂志，要说有什么特别之处，是那一期有她的人物专访。

燕绥陪老爷子浇完花，端了盅冰糖雪梨回房。

已近黄昏的天色透着沉沉的暗色，天光将暗未暗，呈现出一种缱绻的密度。

他闻声看来，眼角的笑意还未收起，就这么直直打在她的心上。

燕绥不动声色，走近沙发后，他支着扶手半起身，单手从她手里接过那盅冰糖，揽她坐下。

木地板和透过窗交织的光线仿佛穿越时光。

傅征从身后搂住她，轻捏了捏她的下巴，又慵懒地陷回沙发里。

燕绥看得有趣，摸过桌上的烟盒抽了一只，递到他嘴边，又拢了火机替他打火，看他咬着烟透过烟雾眯眼看她的样子，蠢蠢欲动地抽走那根烟，俯身吻他。

傅征偏了偏头，等那股烟味散了些，不由分说扣住她后颈压向自己。

……

那盅冰糖直到最后凉了，燕绥也没能喝上一口。

隔日陪老爷子去看戏，车开了一小时，弯弯绕绕地从城区驶入一个还未开发的古镇上。

镇中央的老街上搭了个大戏台，在唱着京剧。

戏台上的灯光亮得刺眼，那唱腔并不是燕绥喜欢的，傅征却听得认真。

他摩挲着她的手心，在满堂喝彩里，低下头，轻声说："有你在，最不耐烦的事我都能自得其乐。"

等戏散场，连夜返回南辰。

燕绥坐在副驾，流连的灯光下，她转头，恰好和他对视了一眼。

她忽然觉得，遇见傅征，是命运给她的最好的补偿。

雨停时，燕绥的咖啡也正好喝完。

她起身，拎起车钥匙，下班。

雨天的下班高峰期，堵车堵到极致，她却半点没有不耐烦，跟着车流一步一挪慢悠悠回了家。

一个人，索性下了碗速冻饺子解决晚饭。

嘈嘈切切的电视背景下，她忽地似听到开门声，刚抬起头，就见本该过几天才能见到的人，风尘仆仆地立在玄关。

燕绥一怔。直到傅征招招手，她才快步奔去。

傅征站在那儿没动，等她走到跟前，握着她的手从衣角探入直到按到近胸口处的纱布上，说："不小心受伤了。"

"等会儿还要回去报到，我只有三分钟。"他忽然低头，吻她的嘴唇。

他不给燕绥任何说话的机会，吮着她的唇，像是极度渴求，深情又浓烈。

楼下有车鸣笛，催促了两声。

紧接着傅征的手机响起，他低头，那双染着海水湿意的双眸深邃得一望无尽。

"我先走了。"

燕绥拉住他，在他手腕上不轻不重地咬了一口，道："两清了。"

无论你是否突然不告而别，无论你是否做到承诺的不受伤，她都不计较了。

因为燕绥无比清晰地知道——她爱着的男人，是个英雄。

一个守护着边疆，守护着国土，守护着人民，守护着她的英雄。

Yan Su
Fu Zheng

吾妻燕绥亲启

再版番外

傅征不知道的事

因业务需要，燕绥偶尔也会出席一些酒会，维系一下南辰太太圈的人脉。

说实话，没多大意思。太太们习惯了衣来伸手饭来张口，平日里最热衷的，不是显摆自己的珠宝首饰，就是炫耀老公孩子。

无论哪个话题，燕绥都游刃有余。她甚至能讲出些太太们从未听过的一二三四来，逗得她们惊呼连连，直把燕绥视为此生挚友。

燕绥起初只觉得有趣，一群衣着华贵的女人，或端庄或冷艳，美得各有千秋。掩唇轻笑时顾盼生辉，放声大笑时又璀璨夺目，就是剜你一眼都风情万种。她就跟进了盘丝洞一般，乐不思蜀。

但渐渐的，她咂摸出了太太社交的好处。只要太太们回家和老公提一提酒会上的趣事，燕绥结交合作伙伴，扩展商业人脉，就会容易许多。不过这些人情往来，她一般不会和傅征提起。

傅征窥到她的这一面，还是因为一次商业酒会。这种酒会相对正式，所以门槛也高。除夫妻以外，连助理都得避嫌。燕绥原本只是试探性地一提，不料傅征并不抵触，特意空出时间陪同她前往。

燕绥起初还挺高兴，可到场一看受邀名单，瞬间头皮发麻。她在太太圈的好友们，几乎都来了。她趁着事态还能挽回一二时，试图给傅征先打个预防针："你等会儿听到什么都一笑置之，千万不要往心里去！"

傅征还没理解她话里的意思，迎面就走来了一群优雅的太太。太太们一边微笑着和燕绥打招呼，一边不着痕迹地疯狂打量傅征。

太太 A 说："燕绥，好难得看见你带先生出来参加晚会。"

太太 B 说："这位就是很能干的傅长官吧？"

"很能干"三个字被她咬得格外清晰，加上周围一众太太别有深意的微笑，就是个傻子也知道她在说什么。

傅征虽然没立刻听懂，但现场氛围如此古怪，他显然也有察觉，轻飘飘地瞥了身旁已开始逐渐僵硬的燕绥一眼。

太太C感慨："看你俩这么恩爱，我就放心了。婚姻啊，都会有磕磕绊绊，只要两人心里都有对方，什么困难过不去。"太太C亲热地拉住燕绥的手，轻轻拍了拍她的手背，"你啊，得多花时间去理解小傅。"

燕绥脸都僵了，她压根儿不敢去看傅征的脸色，只皮笑肉不笑地回了太太C一个安慰的眼神。

太太D自认和燕绥的关系还算亲近，也忍不住叮嘱："小傅啊，我勉强算是小绥的长辈，今天就托大嘱咐你一句。小绥呢，是很难得的女孩，她和我们都不一样，她有事业、有野心、有能力，你要大度一些，要学会体谅她、理解她、包容她。不是所有女孩都可以在广阔天地里闯荡的，你得珍惜。"

燕绥差点没绷住表情，她挤出个比哭还难看的笑容，连忙补救："珍惜！怎么不珍惜呢！他是最懂我的人。"

太太D闻言，十分欣慰，想着今天的场合也不适合茶话会，草草说了几句，便回了自己的席位。

等酒会正式开始时，燕绥已经从脚趾麻木到了颅顶。来自傅征身上的压力犹如实质般将她彻底包裹，她伸手，悄悄在桌下牵他的手。原以为他会一把甩开，不料，他却似乎享受她这样的主动和讨好，一把将之握在掌心里，揉捏把玩。

燕绥一时没猜透他在想什么，更忐忑了。今晚恐怕是不能安枕了……

于是，心不在焉的小燕总头一次商场失意，一场酒会下来，啥也没干成。

酒会结束后，两人回到家。

进门后，傅征把门一关，扣住燕绥的腰，不费什么力气就将弯腰准备换鞋的燕绥一把抱起。她连挣扎的机会都没有，就被傅征抱坐在玄关的鞋柜上。

脱了一半的高跟鞋，要掉不掉地挂在她的脚背上，轻晃了两下。他凑近，一双极具侵略性的眼眸锁定她，倾身咬住她的上唇，不轻不重地咬了一口。

燕绥痛呼，趁他退开时，急忙捂嘴："我招，我全招。"

傅征的视线落在她嫣红的唇上，流连了数秒，嗓音微沉："骨气呢？就不再坚持几秒？"

燕绥看着他喉结微动，似要再亲的样子，怕他再咬她，挪了挪屁股，往后靠了靠。她完全忘记了玄关柜上还放了个现代风的摆件，那棱角尖锐，一旦碰上，肯定会被划伤。

傅征眼看着她后背就要撞上，当即握住她的大腿往怀中一拉，将她整个抱进怀里。燕绥吓了一跳，搂住他的脖子偏头去看。

傅征顺手推那个摆件，她扭头时，露出白皙修长的后颈，他的喉结一滚，再压抑不住想亲吻她的冲动，低下头去。

他的鼻息温热，铺在她的颈后，顷刻间引起了她的战栗。这种下意识的反应取悦了傅征，他低笑了一声，边吻边催促："不是说要招？供词呢？"

燕绥怀疑傅征是故意的。这让她怎么还有心思招？她轻叹了口气，简略地概括了一下："我觉得逗她们挺好玩的，就捏造了一些不实的传言，博她们一笑。你放心，都是无伤大雅的。"

傅征抬眸，看了她一眼："比如呢？我不大度，既不体谅你、理解你、包容你，我还不珍惜你？"他一字一句，几乎咬牙切齿。

燕绥狡辩："我都说是捏造了……"

傅征扣着她的后颈，微微用力，迫得她仰起下巴。他流连在她的锁骨和耳侧，声音含糊，反问道："捏造？那'很能干'也是捏造？"

他今晚这么故意地想惩罚她，简直将她拿捏在手心，不轻不重地折磨。她闭了闭眼，撑在柜面上的手指微微蜷起，语气忍耐，故意挑衅："不记得，忘记了。"

傅征一顿，埋在她颈侧，轻笑起来："真不记得？"

此时此刻，说什么都破坏了气氛，她干脆什么也不说，那双凝视着傅征的眼睛似含着春水，在灯光下微微漾动。

傅征低头亲了亲她的鼻尖，原本撑在燕绥身后的手臂收回，准确地握住她的脚踝。他的掌心温热，替她脱下挂在脚上的高跟鞋。

随即，他抱起燕绥，一掌稳稳托住她，一手脱去她另一只高跟鞋。鞋子落地的声音在安静的室内像一碰即开的开关，瞬间将火焰高高燃起。

"我不会不体谅、不理解、不包容、不珍惜。"他吻她眉眼，低声说，"我是你的裙下臣，我心甘情愿，身当矢石……"他停顿了几秒，嗓音沙哑，"干柴烈火。"

燕绥彻底失控。

燕绥的征途

婚后第三年，因国际形势变化，海运紧张，船舶行业的订单量骤然增多。燕氏集团作为国内数一数二的大型国际造船企业，加上其又有军工背景，在追赶国际排名、争取国际地位方面一向是咬紧牙关，紧追不舍的。这一年，燕绥察觉到风口即将到来，立刻乘胜追击，以燕氏集团为代表的中国造船企业击败多个国家的强劲对手，一举占据第一。

也因此，燕绥出国签订订单时，破例申请了人身保护。燕绥的航班落地非瑞亚*国际机场时，接到保护目标任务的海军陆战队也同时就位。

傅征在航站楼接到了燕绥。结婚三年有过无数个亲密时刻的两人，在最初一个短暂的对视后，分别移开了目光。

傅征边调整耳麦，边联系队友。

负责侦察和警戒的是胡桥和褚东关，两人清空了燕绥团队到停车场的必经之路，正守在车门两侧。路黄昏和郎其琛一左一右，看似随意分散，但站在五人团的队伍两侧，可以机动地应付所有突发情况。

确认安全后，傅征回头看了眼燕绥，言简意赅："跟我走。"

燕绥点头，她将放着重要文件的公文包从辛芽手中接过，紧紧跟上傅征的步伐。

非瑞亚地处亚欧分界，政府屈服于当地黑手党之下，国家的危险程度不比索马里和利比亚低。

燕绥非要走这一趟，只因非瑞亚是一个重要的海港关卡，一旦能和非瑞亚签订相关航线合作，就能打通和非瑞亚结盟的所有亚欧国家的合作，这对中国的造船业和海运都有无法估量的价值。

燕绥出发前，傅征已去了外海海域执行护航任务。因这件事，燕绥给傅征打了近一小时的电话。

傅征听完事情始末，只问了燕绥一句："非去不可吗？"

燕绥沉默了很久，她有无数个可以说服傅征的理由，可她最后只是肯定了他的问题："是，我非去不可。"

海风忽起，听筒里传来猎猎风声以及近在耳畔的逐渐沉重的呼吸声。良久，他才说道："如果我不同意，你会后悔打这个电话吗？"

"不会。"燕绥了解他，他对她的尊重和支持从不仅限于此，"你曾经跟我说过，你宁愿战死沙场，也不想在战场上看见我。既然我决定要去非瑞亚，肯定要第一个告诉你，你是我先生，更是我最爱的人。"

她顿了顿，继续说："你有你的征途，我也有我的。你从未质疑过我的决定，也从未试图浇灭我的野心。因为你，我才会从一个普通商人成长为一个想靠自己能力为祖国做些贡献的中国公民。"

只是她的战场，比一般人要更艰难一些。

傅征没再多说什么，他似无奈地轻笑了一声，笑声低沉，很快被风吹散："为你骄傲，燕女士。"

他没说注意安全，也没问她的出发时间。燕绥失落之余还想着找个机会发作发作，结果……登机时她才知道，保护她完成非瑞亚之行的陆战队，就是傅征的队伍。

她看着几步外，将她严严实实挡在身后的挺阔背影，悄悄磨了磨牙。

人员全部上车后，路黄昏开始分发防弹衣。他从后往前，发到燕绥时，很自觉地把防弹衣抛给了傅征。傅征顺手接过，转头用眼神示意燕绥脱去外套。

车辆已经启动，正前往今晚要入住的酒店。微微晃动的车厢内，衣料摩擦发出的窸窣声里，他毫不避讳，微微起身，单膝跪在了燕绥面前。

燕绥吓了一跳，还未等她反应过来，他已经抬起她的手臂，利落地将背心穿了上去。她抬着手，看着他俯身替她收紧防弹衣的结扣。眼前的画面，和几年前一幕逐渐重合，燕绥仿佛看见了那晚西沉的夕阳，将他的面部轮廓逐渐勾画得柔和。

察觉到她的视线，傅征抬起头看了她一眼。

他的目光沉静，和他对视时，无端就会产生莫名的服从和信任。她眨了眨眼，压低声音问："这次没枪吗？"

傅征瞥了她一眼，专心确认她的防弹衣是否穿好，并未回答她的问题。只在收回手时，悄悄地用力握了握她的手。

一路风平浪静。

抵达入住的酒店时，路黄昏和褚东关先一步下车，排查酒店房间。许是一路太过顺利，所有人的心态都有所放松。车厢内不再如之前那般气氛沉闷，同行的人员或窃窃私语，或互相交谈，逐渐活跃。

傅征调整了下耳麦，不动声色地往她身旁靠了靠："老爷子那儿你怎么说服的？"

燕绥抬了抬眼，低声回答："和之前一样，先斩后奏。"

傅征挑眉，忍不住看了她一眼："胆儿挺肥啊。"

燕绥弯了弯唇，憋着笑，语气促狭："我现在不归他管了，他要是气不过，只能你替我挨骂了。"

傅征下意识拧眉，垂眸看她。

后者显然是有所依仗，半点不怵。他无奈失笑，抬手轻拍了一下她的脑袋："那你最好连根头发丝都别掉这儿，否则，我很难保证会发生些什么。"

他说得随意，语气却充满了危险，像极了风雨欲来时，徒手撕裂天地的雷霆。

非瑞亚的夜晚要比白天热闹许多，城市中心的古堡内，一场盛大的宴会正在举行。

燕绥洗完澡，披上浴袍，站在阳台上，俯瞰着这座古老的城市。

非瑞亚在古罗马时期，是一个非常辉煌的帝国。即使后来逐渐走向没落，这个国家仍旧保留着曾经的意气风发，给世界留下了十分宝贵的历史财富。但同时，战争、犯罪、人类的贪婪正在逐渐侵蚀这个国家。

她想得出神，直到身后响起脚步声，她才倏然回过神来，转身看去。

傅征还是战备状态，无论是耳侧的通信器，还是腰间的对讲机，全都保持着信号灯持续闪烁的工作状态。

"我在门外按了一会儿门铃，一直没有回应，就进来看看。"他解释了一句，随即克制地停在了离燕绥三步远的地方。

除备战以外，燕绥很少能看见他这个模样，像横越在山川河流的天堑，有无法跨越的距离。

她微微勾唇，目光欣赏地由上至下打量他。

明明一句话没说，可光是她的眼神，就让傅征忍不住喉结微动。他挎着枪支的手缓缓收紧，无意识地摩挲了一下枪身："早点休息。"

话落，他转身，准备离开。

"傅长官。"燕绥叫住他。

傅征回头。

她动了动唇，无声地用口型告诉他："我好想你。"

出于对他职业的尊重，也出于对他肩上责任的敬畏，她从下飞机看见他的那一刻起，就在拼命压抑。可只要他出现在视野里，分别多月的想念和日积月累的爱意就像一把钝刀，一刀一刀凌迟着她。

她突然理解了傅征为什么不想在战场上看见她，因为他一出现，这个世界的天平就开始向他倾斜，无法理智，无法公平，更无法无视。

她的眼神太炽热、太专注，也太深情，令傅征无法再忽略。

而傅征这里的沉默和寂静也令通信频道内的所有队员有所察觉，胡桥调整狙击镜的角度，低声汇报："报告，1号警戒位无任何异常，请队长放心，完毕。"

紧接着，路黄昏汇报："报告，2号观察点也没发现任何可疑目标，请队长放心，完毕。"

褚东关："报告队长，3号伏击点一切正常，请队长放心，完毕。"

同一时间，郎其琛也清了清嗓子，掷地有声："报告，4号天台位严密监控，一定确保三分钟内无任何危险情况发生，请队长放心，完毕。"

傅征抬眸，目光如猎人般锁定燕绥。他的眼眸深邃，在古堡灯光的倒映下，似海生潮意，有将明未明的魅惑，又有深不可测的暗昧。那眼神危险，令燕绥生出久违的战栗与热烈。

他按住耳麦，低声且快速答道："洞幺收到，完毕。"话落，他转身往回走，边走边摘下耳麦。直到来到燕绥面前，他居高临下，将赤脚踩在地板上的燕绥扣腰抱起，紧紧按入怀中。

傅征双目微闭，下巴在她颈窝处用力地蹭了蹭，克制又克制地在她颈侧轻吻了一记："我不比你少。"

一拥之下，他又一次收紧手臂，感受将她嵌入怀中的触感。

很快，他抱着她转身，将她放在阳台的玻璃桌上，他握住燕绥的脚踝，轻轻拍了拍她赤裸的沾上了灰尘沙砾的脚底："早点休息，我就在门外。"

说完，他松开手，目光仍旧没舍得移开，手却精准地摸到耳麦，重新整戴。似是怕自己心志再次动摇，他这一回没再转头，转身大步离开。

燕绥看着他的背影，听着他离开前，低声说的那句"报告队友，我已归队，请继续警戒，完毕"，忽然红了眼眶。

致吾妻燕绥

有一年的冬天，特别特别冷。

燕绥因疲劳过度，身体状态不佳，被医生勒令回家休养。傅征得知此事，又因抗寒冬训远在哈市，无法抽身回家照顾燕绥，便委托母亲接燕绥回南江老宅休养。

燕绥对婆婆很是尊敬，自然乖乖接受好意。休养一周后，燕绥已经习惯每日早起，跟着傅老爷子锻炼身体，也习惯了午休后，和婆婆一起晒着太阳做做手工。

有时是插花，新鲜的花还是花苞时就从云南空运来了南江。她负责泡水醒花，满怀期待地等上六小时后，傅母就会拿着园艺剪，给半开未开的花朵修剪枝叶，然后一枝枝插入花瓶，等它逐渐绽放。

这种满足感是和签订合同时完全不一样的感觉。

有时是做中式糕点，从揉面到捏出形状包裹馅料，会花上数个小时。傅征的母亲是个很有好奇心和探索欲的女人，即使如今人到中年，依旧保持着对万事万物的热爱。她会尝试任何她感兴趣的东西，包括烹饪。

还有时，只是单纯地享受下午茶，她仿佛有无数可以打发时间的事，并且乐在其中。

燕绥不傻，她很快就明白了婆婆的用意——她是在教燕绥享受生活。

生活是自己的，不要为任何人停留等待。傅征的工作很忙，所以她也忙着工作，忙着填补所有没有他陪伴的时刻。但傅母从不会占据长辈的高度，如宣读圣旨一般，告诫劝说。

休养结束前两天，燕绥捧着茶，真心实意地感谢了婆婆。

傅母并不以为意："你是最聪明的孩子，哪需要我来提点宽慰。我一心躲闲享乐，是你自己悟的道理，跟我没有关系。"她笑眯眯地看着燕绥，语气真诚，"军婚不易，你选择傅征，我是打心底喜爱你也心疼你。我比你多走了半辈子，如果我能让你对生活、对婚姻有所感悟或启发，那我是真的高兴。"

燕绥笑着点点头，倾身拥抱她。

生病是人心理最脆弱的时刻，傅母担心她会对傅征心生怨怼，也担心她会对这段婚姻产生怀疑，所以才抽出空来，代替傅征陪伴她。这种温和又坚定的庇护和偏爱，让燕绥久违地感受到了家庭的温暖。

那天晚上，燕绥正倚在贵妃榻上和傅征视频。傅母敲了敲房门，在门外叫她："小绥。"

燕绥和视频里的傅征对视了一眼，匆忙起身："妈喊我，我去看看。"

傅征坐在车厢的最后一排，棱角分明的脸上投映着路过的盏盏路灯，明暗在顷刻间交替往来。

他应该是累了，眼神退去了锋芒，显得温和又清冷。他含笑看着燕绥，寸目不离："去吧，我晚点就到家了。"

燕绥忽然就有些心疼，她抬手摸了摸手机屏幕，似借着这个动作去抚摸他的脸庞，可触感冰冷，两人之间的距离又岂是触手可及的？

她若无其事地收回手，笑着低声道："那我等你。"

挂断视频，她披上外套去开门。傅母正在等她，见门开了，牵住她的手，说："我有本书放在傅征书房里了，你陪我去找找。"

傅母的书怎么会放到傅征的书房里？燕绥虽然有些疑惑，但还是一同前往，帮忙一起找。

傅征的书房收攒了他从小到大的所有书籍，燕绥回南江老宅次数较少，又因书房算是比较私密的领地，在没有傅征的陪同下她并未私自进去过。

傅母找了一会儿，似有些意兴阑珊，接了个电话后，便起身离开。临走前，她还不忘掩着手机听筒，叮嘱燕绥："记住啊，是一本黑色外封的相册，你再帮我找找，我去接个电话。"

燕绥点头答应，继续翻找。

她没花多久，就在书架的最上层找到了那本相册。书架高度太高，她踮着脚也够不到。于是移了把椅子，踩着去拿。

相册被抽出书架的那一刻，外封散开，无数杳信封飘然落地。燕绥吓了一跳，俯身去捡时才看清，每张信封的封皮上，都写了"致吾妻燕绥"。

她似有所感，忽然就不敢再捡。地上散落的信封可能承载着她根本无法承受的重量。

可这是写给她的。

燕绥没纠结太久，她回房端了杯热茶，走回书房，盘膝坐在地板上，随意拆开了其中一封。

信纸折得整整齐齐，开口处是烫金的六个大字——吾妻燕绥亲启。

她满心虔诚，轻轻打开。书信的开头，是寥寥两笔画出的燕子，随即才是正文。

见信如晤，展信舒颜。

原计划出海后，每天一封。但任务繁重，事多且忙，又总是食言。我时常愧疚，作为你的先生却未能在你人生所有重要的时刻陪伴你，和你共同参与。更愧疚，还要你懂我、理解我、支持我。

为不辜负你，只能每日多加训练，将想你的时间都浇筑在边防海域。也珍惜每一个戍守海域的时刻，待我卸甲，定是祖国不再需要我。我将归来，把家书上的每一个字都念给你听。

燕绥拿信的手微微发抖，她抿了抿唇，继续拆下一封。

燕绥，见字如面。

归期已定，我已开始翻着日历，倒数每日。没遇见你之前，我像生在这海上，无惧枪弹，不畏敌寇，只恨不能日日握枪守卫领土。惭愧的是，遇见你之后就动了痴心。

舰长说这是好事，起码每回出任务时，记挂着家中爱妻，不至于豁出命去。我说你的思想高度我都拍马不及，我的这条命，如果是献给祖国，献给疆域，你连第二句话都不会有。说这话时，我笃定，也骄傲。但你放心，我一定珍重我的生命，哪怕死也要回到故土，回到你的身边。

暌违日久，拳念殊殷。

再下一封。

久未写家书，至以为念。

今日风大浪急，许多已经适应舰上生活的战友都晕船了。小狼崽吐得昏天黑地，面如青兕还要跟我借纸笔，说要写封遗书。我斥他胡言乱语，他还顶嘴，说早就发现了我天天写遗书。我真是哭笑不得，要不是看在你的面子上，我定把他扔进海里喂鱼。

什么遗书，明明是写满想念的万金家书。

燕绥看完，笑出声来。可笑着笑着，鼻子发酸，她再低头时，已经泪流满面。

封封"吾妻亲启"，字字拳拳思念。他一字没说爱她，可句句都表达把她爱到了骨子里。

那些"见字如面，至以为念"，那些"暌违日久，拳念殊殷"，像海面上骤起的风暴，顷刻间将她卷入。她被推着攘着进入了狂风暴雨的中心，可这风暴中心，平静得只有极致的温柔和极致的深情。

它可以风平浪静，也可以骤然拔地而起。

她手边的热茶已经没有了余温，她换了下坐姿，拆开了最后一封。

见信如晤，展信舒颜。

燕绥。

燕绥。

燕绥。

三句燕绥，他写得几乎力透纸背。

我一时想不起来写这些信的初衷。起初可能是排解思念，后来又想着，可以寄回家给你看着解闷。但现在我只希望，这些家书能跟随我的骨灰送回你的身边。即使我不在了，它们也能在最后的时刻，聊以陪伴。

我这一生，不过寥寥数笔。生是海域防线，死后归于山河。我愧为人子，未能孝敬父母。我也愧为人夫，未能好好爱护你。唯一无愧于祖国，召必战，战必胜，护我山河，保家卫国。

如果哪一天，我战死沙场，埋骨他乡，你不必为我收殓躯体。若连我也回不来，那必定是个危险至极的地方，你就当我魂葬大海，已无全尸。有朝一日，我的战友能将我带回，我一定魂归故里，到那时，你再来见我最后一面，哪怕我已面目全非。

燕绥，我毕生所求，唯愿海晏河清，潮落江宁，世间昌平，你万念如愿。

百封家书，她翻至凌晨，浑身凉透。她捧着信发了很久的呆，想着他正在回家的路上，强撑着把信一封封装回信封，再原样放回了书架。

回到房间，她已经没有丝毫睡意，站在窗口，一直盯着他回家的方向。

不知过了多久，远远有犬吠声传来。一辆车由远及近，缓慢驶来。燕绥看着傅征下了车，放下茶杯，飞快地往楼下跑去。

傅征告别战友，回头就看见家中的灯一盏盏亮起。他推开院门，军靴踩在厚厚的积雪上，才到院中，燕绥已经一头扑进了他怀里。

傅征被她撞得往后退了一步才堪堪站稳，他拉开外套，将她裹进怀里，低头看她。

她笑容满面，顾盼生辉："我等到你了。"

他失笑，将她重新按进怀里，下巴抵着她的头顶轻蹭了蹭："说吧，干什么坏事了？"

燕绥眼眶微热，没敢抬头，只悄悄拧了记他的后腰："你问哪一件啊？"

她不想被傅征察觉，很快绕开话题，抬头去亲他的下巴："好想你。"她声音轻的近乎呢喃，"好想好想你。"

隔日，天亮。

傅征端着咖啡下楼，在厨房遇到母亲时，顿了顿，问："您昨晚，和燕绥说什么了？"

傅母一头雾水："没有啊，我早早睡了。"

傅征挑眉，似分辨了一会儿母亲话里的真实性。随即，他换了种问法："她又有些着凉了，您确定昨晚没发生任何事？"

"着凉？"傅母瞪了他一眼，"我照顾得好好的，怎么你一回来她就着凉了？"

傅征抿了口咖啡，没再追问。他状似随意地倚着吧台，目光不经意地环视四周，最后将视线定在了餐桌上一本他读国防大学时的学习课本。他忽然有所猜测，起身去了书房。

书架上，相册里的家书封封整齐，与他随手塞夹的凌乱完全不同。他看着信封上，那被眼泪晕开后又干涸的"致吾妻"三字，终于明白了她昨晚的反常从何而来。

燕绥似醒非醒间，突然想起很早很早以前，郎其琛跟她吐槽傅征："姑，趁还没彻底结婚，你要不考虑换个人？"

燕绥夹着菜，眼也没抬："他又哪里得罪你了？"

郎其琛"嗤"了声，语气不屑："我单纯看不上他！你都不知道，他有多幼稚。他背着我们叠纸飞机，战备包里每回都放一只。有一次啊，我趁他不注意，打开了他的包，你猜我看见了什么？五六只纸飞机！他在船上折还不够，还带回部队！你说说！"

燕绥翻了个白眼，一巴掌就把郎其琛从桌上拍了下来："我男人爱干什么干什么，你管得着？"

郎其琛捂着脑袋，满脸震惊："姑，你还是我姑吗！"

燕绥在梦里，悄悄腹诽：可以不是。

梦中画面一转。

蔚蓝色的大海里，水灰色的舰船上，傅征戴着墨镜立在甲板上，军装笔挺。

他手中捏着一只纸折的飞机，冲着海面，用力掷去。

那只纸飞机，跨越山海，落进了她的掌心。

她展开一看，他的字落笔纸上，只有短短四字——等我回家。